SHAMAN

NOAH GORDON

SHAMAN

Uitgeverij Luitingh ~ Sijthoff

© 1994 Nederlandse vertaling
Uitgeverij Luitingh B.V., Amsterdam
Alle rechten voorbehouden
Oorspronkelijke titel: *Shaman*
Vertaling: Vincent van der Linden
Omslagontwerp: Nico Richter
Omslagillustraties: Josef Fladerer

CIP-GEGEVENS KONINKLIJKE BIBLIOTHEEK, DEN HAAG

Gordon, Noah

Shaman / Noah Gordon ; [vert. uit het Engels: Vincent van der Linden].
– Amsterdam : Luitingh-Sijthoff
Vert. van: Shaman. – London : Little, Brown & Company, 1992.
Oorspr. uitg.: New York : Dutton, 1992.
ISBN 90 245 1416 9
NUGI 341
Trefw.: romans ; vertaald.

Dit boek is met grote genegenheid opgedragen
aan Lorraine Gordon, Irving Cooper,
Cis en Ed Plotkin, Charlie Ritz,
en in liefdevolle gedachtenis aan Isa Ritz

DEEL EEN

De thuiskomst

22 april 1864

1. Spring-in-'t-veld

Toen de *Spirit of Des Moines* in de koele morgen het station van Cincinnati naderde, stuurde hij signalen vooruit die Shaman eerst waarnam als een lichte beving die op het perron nauwelijks merkbaar was, toen als een duidelijk voelbare sterke trilling en toen als schudden. Opeens kwam het monster met zijn geur van stoom en heet, geolied metaal door de grauwe schemering op hem af gestormd. Koperen sierranden glommen op het lijf van de zwarte draak, machtige zuigerstangen bewogen; de bleke rookwolk werd in de lucht uitgestoten als de straal van een walvis en bleef achter in flarden die uiteenvielen, terwijl de locomotief glijdend tot stilstand kwam.

In de derde wagon waren maar een paar plaatsen op de harde houten banken onbezet en hij zocht een plekje, terwijl de trein sidderde en weer in beweging kwam. Treinen waren nog een nieuwigheid, maar ze brachten met zich mee dat hij tussen te veel mensen moest reizen. Hij reed graag te paard, alleen, in gedachten verzonken. De lange wagon zat stampvol soldaten, handelsreizigers, boeren en allerlei vrouwvolk met of zonder kindertjes. Van het kindergehuil had hij natuurlijk geen last, maar de wagon stonk naar allerlei geurtjes: vieze sokken, vuile luiers, slechte spijsvertering, bezwete, ongewassen lichamen en de muffe geur van sigaren en pijptabak. Het raam leek wel gemaakt om mee te vechten, maar hij was groot en sterk en tenslotte wist hij het open te rukken, wat een grote vergissing bleek. Drie wagons vóór hen braakte de lange schoorsteen van de locomotief behalve rook een mengsel van roet, vonken en as uit, die door de snelheid van de trein naar achteren werden geblazen en waarvan een deel door het open raam naar binnen vloog. Al vlug begon de nieuwe jas van Shaman door een vonk te smeulen. Kuchend en mopperend van ergernis trok hij met een ruk het raam dicht en sloeg tegen zijn jas tot de vonk gedoofd was.

Een vrouw aan de andere kant van het middenpad keek hem even aan en glimlachte. Ze was een jaar of tien ouder dan hij, modieus maar voor de reis praktisch gekleed in een grijswollen jurk met een rok zonder hoepels, afgezet met blauw linnen, waardoor haar blonde haar goed uitkwam. Ze keken elkaar even aan voor haar blik weer naar het frivolité-klosje op haar schoot gleed. Shaman was blij dat hij de andere kant op kon kijken: in de rouwtijd beleefde je geen plezier aan de spelletjes tussen man en vrouw.

Hij had een interessant nieuw boek meegenomen om te lezen, maar telkens als hij zich erin wilde verdiepen moest hij weer aan pa denken. De conducteur had zich achter hem een weg gebaand door het middenpad en Shaman merkte hem pas op toen de man zijn schouder aanraakte. Hij schrok op en keek in een blozend gezicht. De snor van de conducteur eindigde in twee punten die met was in model werden gehouden en hij had een grijzende, rossige baard die Shaman wel aanstond omdat de mond goed zichtbaar bleef. 'U bent zeker doof!' zei de man gemoedelijk. 'Ik heb al drie keer om uw kaartje gevraagd, meneer.'
Shaman glimlachte tegen hem, op zijn gemak, want die situatie had hij zijn leven lang al keer op keer meegemaakt. 'Ja, ik ben doof,' zei hij en gaf hem zijn kaartje.

Hij keek hoe buiten het raam de prairie voorbijdraaide, maar die aanblik bleef hem niet boeien. Het landschap bood niet veel afwisseling en bovendien schoot de trein zo snel overal langs, dat het praktisch voorbij was voor hij er zich van bewust werd. Te voet reizen of te paard, dat was het beste; als je dan ergens langskwam en je had honger of je moest pissen, dan kon je gewoon naar binnen gaan om daar iets aan te doen. Als de trein ergens langsreed, was het een korte flits en weg was het weer.
Het boek dat hij had meegenomen was *Ziekenhuisschetsen* van Louisa Alcott, een vrouw uit Massachusetts die sinds het begin van de burgeroorlog gewonden had verzorgd; haar schildering van de ellende en de barre toestanden in de lazaretten had in medische kringen opzien gebaard. De lectuur vrolijkte hem niet op, want hij moest denken aan de ellende die Bigger, zijn broer, misschien te verduren had; hij was vermist, als soldaat bij de zuidelijke troepen. Als Bigger tenminste niet een van die naamloze doden was, dacht hij. Zulke gedachten brachten hem direct weer op pa; dan werd het verdriet hem te machtig en begon hij wanhopig om zich heen te kijken.
Voor in de wagon begon een mager jongetje over te geven, en zijn moeder die met een bleek gezicht tussen stapels pakken plus nog drie kinderen zat, sprong op om zijn voorhoofd vast te houden, om te zorgen dat hij haar spullen niet bevuilde. Toen Shaman bij haar was, was ze al begonnen met de onprettige taak het schoon te maken.
'Misschien kan ik hem helpen. Ik ben dokter.'
'Ik kan u niet betalen.'
Hij wuifde dat weg. De jongen zat te zweten na een aanval van misselijkheid, maar hij voelde koel aan. Zijn handen waren niet opgezet en zijn ogen stonden vrij helder.

Ze was mevrouw Jonathan Sperber, zei ze toen hij vragen begon te stellen. Uit Lima, Ohio. Op weg naar haar man, die met andere quakers een boerderij begonnen was in Springfield, tachtig kilometer ten westen van Davenport. De zieke heette Lester, acht jaar. Hij zag bleek maar de kleur kwam terug, en hij maakte een vrij gezonde indruk.

'Wat heeft hij gegeten?'

Uit een vettige meelzak haalde ze onwillig een zelfgemaakte worst. Die was groen en zijn neus bevestigde wat zijn ogen zagen. Mijn God.

'Eh... Hebt u ze allemaal hiervan gegeven?'

Ze knikte en hij keek naar haar kleinere kinderen, met ontzag voor hun spijsvertering.

'Nou, u mag ze er niet meer van geven. Hij is bedorven.'

Haar mond werd een strakke lijn. 'Niet zo erg. Hij is goed gezouten; we hebben wel erger gegeten. Als het zo slecht was, dan waren de anderen ook ziek en ik ook.'

Hij wist genoeg van beginnende boeren van wat voor geloofsovertuiging ook om haar te begrijpen: ze hadden alleen maar die worst, ze hadden bedorven worst te eten of niets. Hij knikte en liep terug naar zijn eigen plaats. Zijn eten zat in een welgevulde proviandzak, gevouwen van bladen van de *Cincinnati Commercial*: drie dikke boterhammen van donker Duits brood met mager rundvlees erop, een stuk aardbeienvlaai en twee appels, waarmee hij even jongleerde om de kinderen aan het lachen te maken. Toen hij mevrouw Sperber het eten gaf, deed ze haar mond open om bezwaar te maken, maar ze deed hem weer dicht. De vrouw van een beginnende boer moet wel praktisch denken. 'Wij staan bij u in het krijt, vriend,' zei ze.

De blonde vrouw aan de overkant van het middenpad keek toe, maar toen Shaman zijn boek weer eens gepakt had, kwam de conducteur terug. 'Zeg, ik ken u, ik bedenk het opeens. De jongen van dokter Cole, van Holden's Crossing. Ja?'

'Dat klopt.' Shaman begreep dat zijn doofheid hem verraden had.

'Je kent mij niet meer. Frank Fletcher... Ik kweekte vroeger maïs, ginds aan de weg naar Hooppole. Je vader heeft meer dan zes jaar voor ons zevenen gezorgd, tot ik de grond verkocht, bij de spoorweg ging werken en we naar East Moline verhuisden. Ik weet nog dat je nog maar zo'n ventje was, dat je meekwam, achter hem op het paard, en je wanhopig vastklampte.'

Het huisbezoek was voor zijn vader de enige kans om tijd aan zijn jongens te besteden, en ze vonden het heerlijk om met hem op huisbezoek te gaan. 'Nu herken ik u weer,' zei hij tegen Fletcher. 'En uw huis herinner ik me ook nog. Een wit vakwerkhuis, een rode schuur met een zinken dak. De oude plaggenhut gebruikte u als opslagplaats.'

'Ja, zo was het. Soms kwam jij mee, soms je broertje, hoe heette hij ook weer?'

Bigger. 'Alex. Mijn broer Alex.'

'O ja. Waar zit die nu?'

'In het leger.' Hij zei niet in wèlk leger.

'Natuurlijk. Heb je voor predikant geleerd?' vroeg de conducteur met een blik op het zwarte pak, dat een etmaal geleden nog aan een rek gehangen had in de winkel van Seligman in Cincinnati.

'Nee, ik ben ook dokter.'

'Gossie. Je lijkt er wel erg jong voor.'

Hij voelde zijn lippen verstrakken want met zijn leeftijd had hij het moeilijker dan met zijn doofheid. 'Oud genoeg. Ik heb in een ziekenhuis in Ohio gewerkt. Meneer Fletcher... Mijn vader is donderdag gestorven.'

Zijn glimlach verstierf zo langzaam, zo volkomen, je kon zien dat het hem echt erg verdriet deed. 'O... De besten raken we allemaal kwijt, niet...? Door de oorlog?'

'Hij was thuis. Tyfus, stond in het telegram.'

De conducteur schudde zijn hoofd. 'Wil je je moeder zeggen dat veel mensen voor haar bidden?'

Shaman bedankte hem en zei dat ze dat wel fijn zou vinden. '... Komen er op een van de volgende stations venters op de trein?'

'Nee. Iedereen neemt zelf eten mee.' De spoorwegman keek hem bezorgd aan. 'Je kunt nergens iets kopen voor je in Kankakee overstapt. Heregod, hebben ze je dat niet gezegd toen je een kaartje kocht?'

'O jawel. Niks aan de hand. Ik vroeg het me alleen maar af.'

De conducteur tikte tegen de rand van zijn pet en was vertrokken. De vrouw aan de overkant van het middenpad stond nu op om een flinke mand van stroken eikehout uit het bagagerek te pakken, waarbij een aantrekkelijke lijn van boezem tot dij zichtbaar werd, en Shaman stak het middenpad over om hem voor haar uit het rek te halen.

Ze glimlachte tegen hem. 'U moet met me meeëten,' zei ze vastbesloten. 'Zoals u ziet heb ik genoeg voor een leger!' Daar was hij het niet mee eens, maar het was misschien wel genoeg voor een peloton, dacht hij. Weldra zat hij gebraden kip te eten, pompoenbrood, aardappelvlaai. Meneer Fletcher, die terugkwam met een armzalig boterhammetje met ham dat hij voor Shaman geschooid had, grijnsde en verklaarde dat dokter Cole beter was in het foerageren dan het Potomac-leger, en hij vertrok met de bedoeling, naar hij zei, om de boterham zelf op te eten.

Shaman at meer dan hij praatte, beschaamd en verbaasd over zijn eetlust ondanks al zijn verdriet. Zij praatte meer dan ze at. Ze heette

Martha McDonald. Haar man, Lyman, was in Rock Island vertegen-woordiger van de Amerikaanse Landbouwgereedschappen Maat-schappij. Ze uitte haar medeleven met Shamans verlies. Toen ze hem iets aanreikte kwamen hun knieën even tegen elkaar, iets prettig in-tiems. Hij wist allang dat vele vrouwen op zijn doofheid reageerden met afkeer ofwel met opwinding. Misschien werden de vrouwen van de tweede groep geprikkeld door het langere oogcontact; als mensen iets zeiden, bleef hij ze aankijken, en dat was nodig omdat hij moest liplezen.

Hij maakte zich geen illusies over zijn uiterlijk. Maar al was hij niet knap, hij was groot zonder lomp te zijn; hij straalde de energie uit van jonge mannelijkheid en uitstekende gezondheid, en zijn regelmatig gezicht en doordringende blauwe ogen die hij van zijn vader had, maakten hem toch op zijn minst aantrekkelijk. Hoe dan ook, in ver-band met mevrouw McDonald was dat allemaal van geen belang. Hij stelde zichzelf als regel – even strikt als de eis, zijn handen goed te wassen voor en na een behandeling – dat hij het nooit met een ge-trouwde vrouw aanlegde. Zo gauw het beleefdheidshalve kon, be-dankte hij haar voor het heerlijke middagmaal en ging hij weer aan de andere kant van het middenpad zitten.

Het grootste deel van de middag verdreef hij de tijd met zijn boek. Louisa Alcott schreef over operaties die werden verricht zonder dat de pijn van het snijden verdoofd werd, over mannen die stierven aan wondkoorts in lazaretten die stonken naar vuil en bederf. Hij werd al-tijd verdrietig van dood en leed, maar overbodige pijn en onnodige sterfte maakten hem woedend. Later op de middag kwam meneer Fletcher langs en die deelde hem mee dat de trein vijfenzeventig kilo-meter per uur reed, drie keer zo hard als een paard in galop, zonder moe te worden! Shaman had het telegram over de dood van zijn va-der gekregen op de morgen nadat het gebeurd was. Hij vroeg zich peinzend af of de wereld afstevende op een tijd van sneller transport en snellere communicatie, van nieuwe ziekenhuizen en behandelings-methoden, van chirurgie zonder marteling. Hij werd die grootse ge-dachten moe en heimelijk ontkleedde hij Martha McDonald met zijn ogen en vermaakte zich een halfuur lafhartig door zich een medisch onderzoek voor te stellen dat overging in een verleiding, de veiligste en onschadelijkste schending van zijn eed van Hippocrates.

Het bleef hem niet boeien. Pa! Hoe dichter hij bij huis kwam, hoe moeilijker het werd de werkelijkheid onder ogen te zien. Er prikten tranen achter zijn oogleden. Een dokter van eenentwintig moest niet huilen in het openbaar. Pa... Donker viel de nacht, uren voor ze in Kankakee over moesten stappen. Tenslotte, tè vlug, nauwelijks elf uur nadat ze uit Cincinnati vertrokken waren, kondigde meneer Fletcher zijn station aan als 'Ro-o-ock I-I-I-s-la-a-and!'

Het station was een oase van licht. Toen Shaman uitstapte, zag hij meteen Alden die hem onder een van de gaslantarens stond op te wachten. De knecht klopte hem op zijn arm, glimlachte hem droevig toe en begroette hem vertrouwelijk. 'Weer thuis, weer thuis, spring-in-'t-veld?'

'Dag Alden.' Even bleven ze onder de lantaren staan praten. 'Hoe is het met haar?' vroeg Shaman.

'Nou, je weet wel. Ellendig. Het is nog niet echt tot haar doorgedrongen. Ze heeft niet veel kans gehad om alleen te zijn, met al dat kerkvolk en dominee Blackmer de hele dag over de vloer.'

Shaman knikte. Zijn moeders starre vroomheid was voor iedereen een bezoeking, maar als de Kerk van de Eerste Baptisten hen hier doorheen kon helpen, was dat reden tot dankbaarheid.

Alden had terecht verwacht dat Shaman maar één tas bij zich zou hebben, zodat hij met het koetsje kon gaan dat een goede vering had, in plaats van met de kar die er helemaal geen had. Het paard was Boss, een grijze ruin waar zijn vader erg op gesteld was geweest; Shaman wreef hem over zijn neus voor hij instapte. Toen ze eenmaal onderweg waren viel er niet meer te praten, want in het donker kon hij Aldens gezicht niet zien. Alden rook nog hetzelfde, naar hooi en tabak en ruwe wol en whisky. Ze gingen over de houten brug over de Rocky en volgden toen op een draf de noordoostelijke weg. Het land aan weerskanten zag hij niet, maar hij kende elke boom en rots. Op bepaalde plaatsen was de weg nauwelijks te berijden omdat de sneeuw bijna verdwenen was en de grond door de dooi modderig was geworden. Na een uur rijden hield Alden halt om het paard te laten rusten waar hij dat altijd deed, en Shaman en hij klommen omlaag en pisten op de natte lage weiden van Hans Buckman en liepen een paar minuten rond om de spieren te ontspannen. Al vlug kwamen ze over de smalle brug over hun eigen rivier, en het voor Shaman pijnlijkste stuk kwam toen het huis en de stal in zicht kwamen. Tot dan toe was het gewoon geweest: Alden had hem opgehaald en naar huis gereden – maar als ze aankwamen zou pa er niet zijn. Nooit meer.

Shaman ging niet direct naar binnen. Hij hielp Alden aftuigen, ging met hem mee de stal in en stak de petroleumlamp aan zodat ze konden praten. Alden stak zijn hand in het hooi en haalde een fles te voorschijn die nog voor eenderde vol was, maar Shaman schudde zijn hoofd.

'Ben je in Ohio geheelonthouder geworden?'

'Nee.' Het lag niet zo eenvoudig. Hij was een matig drinker, net als de andere Coles, maar belangrijker was dat vader hem lang geleden had uitgelegd dat alcohol de Gave aantastte. 'Je moet gewoon niet te veel drinken.'

'Ja, je bent net als hij. Maar nu moest je maar een slok nemen.'

'Ik wil niet dat ze het aan me ruikt. Ik heb al genoeg problemen met haar, zonder daar ook nog ruzie over te krijgen. Maar laat hem daar liggen, wil je? Ik haal hem op als ik naar de plee ga, als ze naar bed is.'

Alden knikte. 'Je moet een beetje geduld met haar hebben,' zei hij onzeker. 'Ik weet dat ze moeilijk kan doen, maar…' Hij verstarde van verbazing toen Shaman een arm om hem heen legde. Dat hoorde niet bij hun verhouding; mannen omhelsden elkaar niet. De knecht klopte Shaman verlegen op zijn schouder. Meteen al had Shaman genade met hem; hij blies de lamp uit en ging over het donkere erf naar de keuken waar, nu de anderen vertrokken waren, moeder zat te wachten.

2. De erfenis

De volgende morgen voelde Shaman zijn hoofd bonzen, al was het niveau in de fles van Alden nog geen tien centimeter gedaald. Hij had slecht geslapen; het oude touwmatras was in jaren niet strakgespannen of herknoopt. Bij het scheren sneed hij in zijn kin. Een paar uur later deed dat er allemaal niet meer toe. Zijn vader was meteen begraven omdat hij aan tyfus gestorven was, maar de rouwdienst was uitgesteld tot Shaman erbij was. Het kerkje van de Eerste Baptisten was propvol met drie generaties patiënten die door zijn vader geholpen waren: op de wereld gezet of behandeld voor ziekten, kogelwonden, messteken, gordelroos, gebroken botten en meer wat niet al. Dominee Lucian Blackmer sprak de rouwrede uit – met genoeg medeleven om te zorgen dat de kerkgangers niet boos werden, maar niet zoveel dat iemand op het idee mocht komen, dat men gerust kon sterven zoals dokter Robert Judson Cole, zonder zo wijs te zijn zich bij de Ene Ware Kerk aan te sluiten. Shamans moeder had diverse keren haar dankbaarheid geuit dat dominee Blackmer ermee had ingestemd dat haar man op de begraafplaats van de kerk werd bijgezet.

De hele middag was het huis van Cole vol mensen, de meesten brachten schotels gebraad, gehakt of pastei mee, zoveel voedsel dat de bijeenkomst bijna een feestelijk karakter kreeg. Zelfs Shaman knabbelde op zeker moment aan koude plakjes gebakken hart, het vlees waar hij het meest van hield. Van Makwa-ikwa had hij geleerd hoe lekker het was; hij had gedacht dat het een Indiaanse lekkernij was, zoals gekookte hond of met ingewanden en al geroosterde eekhoorn, en het was een prettige ontdekking geweest dat vele van zijn blanke buren ook het hart klaarmaakten als ze een koe hadden geslacht of een hert geschoten. Hij nam net weer een plakje toen hij opkeek en Lillian Geiger dwars door de kamer op zijn moeder af zag stevenen. Ze was ouder geworden en wat meer versleten, maar zag er toch nog goed uit; Rachel had haar schoonheid van haar moeder geërfd. Lillian had haar beste zwartsatijnen jurk aan met een zwartlinnen overgooier en een gevouwen witte halsdoek; het davidsterretje danste aan het kettinkje tegen haar mooie boezem. Hij zag dat ze oplette wie ze groette; er waren er die een jodin met enige tegenzin beleefd groetten, maar een koperkop* nooit. Lillian was een volle nicht van Judah Benjamin, de minister van buitenlandse zaken van de Confederatie**; haar man Jay was in het begin van de burgeroorlog naar zijn geboortestreek South Carolina vertrokken en had zich met twee van zijn drie broers aangemeld bij het zuidelijke leger.

Toen Lillian bij Shaman was aangekomen, was haar glimlach verstard. 'Tante Lillian,' zei hij. Ze was helemaal geen tante van hem, maar de Geigers en de Coles waren opgegroeid als broers en zussen, en hij had haar altijd zo genoemd. Haar ogen werden zachter. 'Dag Rob J.,' zei ze op de oude, tedere manier; niemand anders noemde hem zo – zo noemden ze zijn vader – maar Lillian had hem zelden Shaman genoemd. Ze kuste hem op zijn wang en nam niet de moeite hem te condoleren.

Uit wat ze van Jason gehoord had, zei ze – wat niet vaak gebeurde, want zijn brieven moesten door de frontlinie komen – was haar echtgenoot gezond en scheen die niet in gevaar te zijn. Als apotheker was hij, toen hij tekende, aan het hoofd gesteld van een klein militair hospitaal in Georgia, en nu had hij de leiding over een groter hospitaal in Virginia, aan de oever van de James. In zijn laatste brief, zei ze, stond dat zijn broer Joseph Reuben Geiger – net als de andere mannen in hun gezin apotheker – die bij de cavalerie was gegaan, in de strijd was gevallen, onder Stuart.

Shaman knikte even en sprak ook geen condoléance uit; de mensen beschouwden dat nu als iets vanzelfsprekends.

---

* Koperkop: zuiderling of sympathisant van het Zuiden. (Vert.)
** Confederatie: in de Amerikaanse burgeroorlog de bond van van de Verenigde Staten afgescheiden staten, 'het Zuiden'. (Vert.)

En hoe ging het met haar kinderen?

'Heel goed. De jongens zijn groot geworden, Jay zal je niet meer herkennen! Ze eten als bootwerkers.'

'En Rachel?'

'Ze heeft afgelopen juni haar man verloren, Joe Regensberg. Hij is gestorven aan tyfus, net als je vader.'

'O,' zei hij somber. 'Ik heb gehoord dat er vorige zomer in Chicago overal tyfus heerste. Is het goed met haar?'

'O ja. Het gaat heel goed met Rachel, en met de kinderen. Ze heeft een zoon en een dochter.' Lillian aarzelde. 'Ze heeft omgang met een andere man, een neef van Joe. Hun verloving wordt aangekondigd als het rouwjaar voorbij is.'

Zo. Verbazend dat het er nog toe deed, dat het zo diep ingeslepen was. 'En hoe vindt u het, dat u grootmoeder bent?'

'Ik vind het heel fijn,' zei ze terwijl ze zich van hem losmaakte en knoopte een rustig gesprek aan met mevrouw Pratt, wier land grensde aan dat van Geiger.

Tegen de avond schepte Shaman een bord vol eten en bracht het naar Alden Kimballs benauwde hutje, waar je altijd de brandgeur van hout rook. De knecht zat in zijn ondergoed op het bed en dronk uit een kruik. Zijn voeten waren schoon, hij had zich gebaad ter ere van de rouwdienst. Zijn andere wollen onderkleding, meer grijs dan wit, hing midden in de hut te drogen aan een koord, gespannen tussen een spijker in een balk en een stok die tussen de dakrand zat.

Toen Shaman de kruik werd aangeboden, weigerde hij. Hij zat in de enige houten stoel en keek hoe Alden at. 'Als het aan mij gelegen had, dan had ik pa op onze eigen grond begraven, waar je uitkijkt op de rivier.'

Alden schudde zijn hoofd. 'Zij zou het nooit goedgevonden hebben. Te dicht bij het graf van de Indiaanse. Voor ze werd… gedood,' zei hij behoedzaam, 'werd er door de mensen genoeg over hen gepraat. Je moeder was afschuwelijk jaloers.'

Shaman had dolgraag vragen gesteld over Makwa en zijn moeder en vader, maar het leek niet juist om met Alden over zijn ouders te roddelen. Dus wuifde hij ten afscheid naar hem en vertrok. Het schemerde en hij liep naar de rivier, naar de bouwval van Makwa-ikwa's *hedonoso-te*. De ene kant van de hut was nog heel maar de andere kant was ingevallen, de stronken en takken waren aan het wegrotten, een goed toevluchtsoord voor slangen en knaagdieren.

'Ik ben er weer,' zei hij.

Hij voelde Makwa's aanwezigheid. Ze was al lang dood; hij voelde voor haar nu spijt, in het verlengde van zijn verdriet over zijn vader.

Hij had behoefte aan troost maar hij voelde alleen haar vreselijke woede, zo duidelijk dat zijn nekhaar overeind ging staan. Haar graf was niet ver weg, het had geen zerk maar was goed bijgehouden: het gras geknipt, de bloemenrand opnieuw beplant met wilde gele irissen die van een veldje langs de rivier gehaald waren, daar vlakbij. De groene scheuten kwamen al boven de drassige grond uit. Hij wist dat zijn vader voor het graf gezorgd moest hebben; hij hurkte neer en trok wat onkruid tussen de bloemen weg.

Het was bijna donker. Hij stelde zich voor dat hij voelde dat Makwa hem iets probeerde te zeggen. Dat was eerder gebeurd en hij geloofde altijd half en half dat hij daarom haar woede kon voelen, omdat ze hem niet kon zeggen wie haar had vermoord. Hij wilde haar vragen wat hij nu moest doen, nu pa dood was. De wind maakte rimpeltjes op het water. Hij zag de eerste bleke sterren en rilde. Er hing nog veel winterse kou, dacht hij terwijl hij naar het huis terugliep.

De volgende dag wist hij dat hij in huis moest blijven voor het geval er verlate bezoekers kwamen, maar hij ontdekte dat hij dat niet kon. Hij trok werkkleren aan en merkte die morgen met Alden de schapen. Er waren nieuwe lammetjes en hij castreerde de jonge rammen en Alden eiste de 'prairie-oesters' op om ze met eieren te bakken voor zijn middageten.

's Middags, gebaad en weer in zijn zwarte pak, zat Shaman met zijn moeder in de woonkamer. 'Je moest de spullen van je vader maar eens uitzoeken en besluiten wie wat krijgt,' zei ze.

Zelfs nu haar blonde haar grotendeels grijs was geworden, was zijn moeder een van de interessantste vrouwen die hij ooit gezien had, met haar prachtige lange neus en gevoelige mond. Datgene wat altijd tussen hen in stond, was er nog steeds, maar ze voelde zijn tegenzin wel aan. 'Vroeg of laat moet het gebeuren, Robert,' zei ze.

Ze maakte zich klaar om lege schalen en borden naar de kerk te brengen, waar ze opgehaald zouden worden door bezoekers die eten hadden meegebracht naar de begrafenis, en hij bood aan, ze er voor haar heen te brengen. Maar zij wilde dominee Blackmer een bezoek brengen. 'Ga maar mee,' zei ze, maar hij schudde zijn hoofd, want hij wist dat het zou uitdraaien op een lange preek, dat hij zich moest openstellen voor de Heilige Geest. Het letterlijke geloof van zijn moeder in hemel en hel bleef hem steeds verbazen. Als hij dacht aan haar vroegere twistgesprekken met vader, wist hij dat ze nu een extra kwelling te verduren had, want het had haar altijd dwarsgezeten dat haar man, die geweigerd had zich te laten dopen, haar niet op zou wachten in het paradijs.

Ze stak haar hand uit en wees door het open raam. 'Daar komt iemand te paard.'

Ze luisterde een tijdje en wierp hem een bittere grijns toe. 'Die vrouw vroeg Alden of de dokter er was, ze zegt dat haar man thuis iets is overkomen. Alden zei dat de dokter dood was. ''De jonge dokter?'' vraagt ze. ''O nee, die is hier,'' zegt hij.'

Shaman vond het ook grappig. Ze was rechtstreeks naar de plek gegaan waar Rob J.'s doktersstas stond te wachten op zijn gewone plaats bij de deur, en ze gaf hem aan haar zoon. 'Pak het koetsje maar, het is helemaal opgetuigd. Ik ga later wel naar de kerk.'

De vrouw was Liddy Geacher. Zij en haar man Henry hadden tijdens Shamans afwezigheid de boerderij van Buchanan gekocht. Hij kende de weg goed, het was maar een paar kilometer. Geacher was van de maaimachine gevallen. Hij lag nog steeds op dezelfde plek; hij ademde met pijnlijke, ondiepe zuchten. Hij kreunde toen ze probeerden hem uit te kleden, dus knipte Shaman zijn kleren los, precies over de naden, zodat mevrouw Geacher de kleren weer in elkaar kon naaien. Er was geen bloed, alleen een lelijke plek op een opgezwollen linkerenkel. Shaman pakte zijn vaders stethoscoop uit de tas. 'Kom hier, alstublieft. U moet me zeggen wat u hoort,' zei hij tegen de vrouw, en deed de oorknoppen in haar oren. Mevrouw Geachers ogen werden groot toen hij de beker op de borst van haar man zette. Hij liet haar flink lang luisteren en hield de beker in zijn linkerhand terwijl hij met zijn rechter de pols van de man voelde.

'Bons-bons-bons-bons-bons!' fluisterde ze.

Shaman glimlachte. De pols van Henry Geacher was snel, en wie kon hem dat kwalijk nemen? 'Wat hoort u nog meer? Neem rustig de tijd.'

Ze luisterde een hele tijd.

'Geen zacht gekraak, alsof iemand droog stro verfrommelt?'

Ze schudde haar hoofd. 'Bons-bons-bons.'

Goed, er was geen gebroken rib een long binnengedrongen. Hij verloste haar van de stethoscoop en betastte elke vierkante centimeter huid van Geacher met zijn handen. Omdat hij doof was, moest hij zorgvuldiger en aandachtiger met zijn andere zintuigen werken dan de meeste dokters. Toen hij de hand van de man vast had, knikte hij van voldoening over wat de Gave hem zei. Geacher had geluk gehad, hij was terechtgekomen op een hoopje oud hooi en dat maakte alles uit. Hij had zijn ribben gekneusd, maar Shaman vond geen teken van een nare breuk. Hij dacht dat er in de vijfde tot en met de achtste rib wel barstjes zouden zitten en in de negende misschien ook. Toen hij de ribben verbond, ademde Geacher gemakkelijker. Shaman legde een drukverband om de enkel en haalde een flesje van vaders pijnstiller uit de tas, voornamelijk alcohol met een beetje morfine en wat kruiden. 'Hij zal pijn krijgen. Elk uur twee theelepels.'

Een dollar voor de visite, vijftig cent voor het verband, vijftig voor het medicijn. Maar hij was nog niet helemaal klaar. De naaste buren van de Geachers waren de Reismans, tien minuten rijden. Shaman ging erheen en sprak met Reisman en zijn zoon Dave, die bereid waren een handje te helpen en de boerderij van Geacher een week of wat op gang te houden, tot Henry weer op de been was.

Op de terugweg liet hij Boss langzaam rijden en genoot van de lente. De zwarte grond was nog te nat om te ploegen. Die morgen had hij op hun eigen velden gezien dat de weidebloemen uitkwamen, de paarse klaver, de oranje bloedwortel, de roze prairieflox, en binnen een paar weken zou de vlakte vol staan met grotere, fel gekleurde bloemen. Met plezier ademde hij de vertrouwde zware zoete geur in van de bemeste landerijen.

Toen hij thuiskwam, was het huis leeg en de eiermand hing niet aan zijn haak, wat betekende dat moeder in het kippenhok was. Hij ging niet naar haar toe. Hij doorzocht de dokterstas voor hij hem weer bij de deur zette, alsof hij hem voor het eerst zag. Het leer was uitgebeten, maar het was goede koeiehuid, onverslijtbaar. In de tas zaten de instrumenten, het verband en de geneesmiddelen zoals vader ze eigenhandig erin had gedaan: netjes, ordelijk, overal klaar voor.

Shaman ging naar de studeerkamer en begon met een systematische inspectie van de bezittingen van zijn vader; hij snuffelde in bureauladen, maakte de leren kist open en scheidde de spullen in drie categorieën: voor zijn moeder, de beste van alle kleine voorwerpen die emotionele waarde konden hebben; voor Bigger de zes truien die Sarah Cole gebreid had van hun eigen wol, om bij koude nachtelijke visites de dokter warm te houden, vaders vis- en jachtuitrusting, en een schat, zo nieuw dat Shaman hem voor het eerst zag: een Colt .44 Texas Navy-revolver met een zwarte notehouten kolf en een gegroefde loop van tweeëntwintig centimeter. Het wapen was een verrassing en gaf hem een schok. Ook al had zijn pacifistische vader er tenslotte mee ingestemd om soldaten van de Unie* te behandelen, hij had altijd duidelijk laten weten dat hij niet meevocht en geen wapens zou dragen; waarom had hij dan dat onmiskenbaar dure wapen aangeschaft? De medische boeken, de microscoop, de dokterstas en de apotheek van kruiden en pillen waren voor Shaman. In de kast onder de mi-

---

* Unie: in de Amerikaanse burgeroorlog de bond van niet-afgescheiden staten van de Verenigde Staten, 'het Noorden'. (Vert.)

croscoopkist zaten een verzameling boeken en een aantal cahiers van ingenaaid gelinieerd papier.

Toen Shaman ze doorkeek, zag hij dat het het dagboek van zijn vader was.

Het deel dat hij eruit pikte was geschreven in 1842. Toen Shaman het doorbladerde, vond hij een rijke, willekeurige verzameling medische, farmacologische en persoonlijke aantekeningen. Overal in het dagboek stonden schetsen: gezichten, anatomische tekeningen, een volledige naakttekening van een vrouw; dat was, besefte hij, zijn moeder. Hij bekeek het jongere gezicht en staarde gefascineerd naar het verboden lijf, zich ervan bewust dat in die kennelijk zwangere buik een foetus had gezeten waaruit híj zou groeien. Hij deed een ander cahier open dat eerder geschreven was, toen Robert Judson Cole een jongeman was in Boston, net van de boot uit Schotland. Ook daar stond een vrouwelijk naakt in, ditmaal met een gezicht dat Shaman niet kende, met vage gelaatstrekken maar met een in klinische details uitgewerkte vulva, en hij las over een seksuele verhouding die zijn vader had gehad met een vrouw in zijn logement.

Terwijl hij het hele verslag las, werd hij jonger. De jaren vielen weg, zijn lichaam kromp, de aarde draaide terug en de broze geheimen en kwellingen van de jeugd kwamen weer tot leven. Hij was weer een jongen, die in deze bibliotheek met verboden boeken op zoek was naar woorden die alle geheime, primitieve, misschien allerwonderbaarlijkste dingen zouden ontsluieren die mannen met vrouwen deden. Hij stond bevend te luisteren of zijn vader niet zou binnenkomen en hem daar zou vinden.

Hij voelde de trilling van de achterdeur die stevig werd dichtgetrokken toen moeder binnenkwam met haar eieren en hij dwong zich het cahier dicht te doen en terug te zetten in de kast.

Aan het avondeten zei hij moeder dat hij vaders spullen aan het doorkijken was en een lege kist van zolder wilde halen om de spullen in te pakken die naar zijn broer zouden gaan.

Tussen hen in hing de onuitgesproken vraag of Alex nog zou leven, terug zou komen en er gebruik van zou maken, maar Sarah kwam tot een besluit en knikte. 'Goed,' zei ze, blijkbaar opgelucht dat hij eraan begonnen was.

Die nacht, toen hij wakker lag, bedacht hij dat het lezen van de dagboeken hem tot een voyeur zou maken, een indringer in het leven van zijn ouders, misschien zelfs in hun slaapkamer, en dat hij de cahiers moest verbranden. Maar de logica zei hem, dat vader ze geschreven had om de wezenlijke dingen van zijn leven vast te leggen, en nu lag Shaman in het doorgezakte bed en vroeg zich af hoe Makwa-ikwa in werkelijkheid had geleefd en gestorven was, en hij maakte zich zorgen dat de waarheid ernstige gevaren met zich mee kon brengen.

Tenslotte stond hij op en stak de lamp aan en nam hem op kousevoeten mee naar de overloop, om moeder niet wakker te maken.

Hij snoot de rokende pit en draaide de vlam zo hoog mogelijk. Die gaf zo weinig licht dat hij er nauwelijks bij kon lezen. Het was op dit uur van de nacht onaangenaam koud in de studeerkamer. Maar Shaman pakte het eerste cahier en begon te lezen, en al vlug was hij zich niet meer bewust van de verlichting en de temperatuur, terwijl hij meer te weten kwam dan hij ooit had willen weten over vader en zichzelf.

DEEL TWEE

Een schoon doek,
een nieuw schilderij

11 maart 1839

3. De immigrant

Rob J. Cole zag de Nieuwe Wereld voor het eerst op een nevelige lentedag, toen de pakketboot *Cormorant* – een log schip met drie korte masten en een bezaan, dat toch de trots was van de Zwarte Bal-Lijn – door het opkomend tij een ruime haven in werd gezogen en het anker uitwierp in de ruwe deining. Boston-Oost was niet veel, een paar rijtjes slordig gebouwde houten huizen, maar op een van de pieren pakte hij voor drie cent een stoompontje dat zich een weg zocht tussen allerlei indrukwekkende schepen door, de haven over naar de hoofdkade, een allegaartje van woningen en winkels die geruststellend naar rotte vis, scheepsruimen en geteerd touw rook, net als alle Schotse havens.

Hij was lang en breed, groter dan de meesten. Toen hij door de kronkelige straten met kinderhoofdjes wegliep van het water, viel het lopen niet mee, want de reis had hem uitgeput. Op zijn linkerschouder droeg hij zijn zware koffer, en onder zijn rechterarm droeg hij – alsof hij een vrouw bij haar middel had opgetild – een heel groot strijkinstrument. Hij zoog Amerika door zijn poriën naar binnen. Smalle straatjes waar nauwelijks karren en rijtuigen door konden. De meeste gebouwen waren van hout of van heel rode baksteen. Winkels, rijkelijk voorzien van koopwaar, pronkten met kleurige uithangborden met vergulde letters. Hij probeerde de vrouwen die de winkels in- en uitgingen niet aan te staren, al was hij bijna dronken van verlangen naar de geur van een vrouw.

Hij keek vluchtig een hotel binnen, het American House, maar werd afgeschrikt door de kroonluchters en de oosterse tapijten, in het besef dat het er te duur was. In een eethuis in Union Street nam hij een kom vissoep en vroeg twee kelners of ze hem een schoon en goedkoop logement konden aanbevelen.

'Je zult moeten kiezen, jongen, het een of het ander,' zei een van de twee. Maar de andere kelner schudde zijn hoofd en stuurde hem naar mevrouw Burton in Spring Lane.

De enige kamer die beschikbaar was, was bedoeld geweest als bediendenkamer op zolder, samen met de kamers voor de knecht en de meid. Hij was klein, drie trappen op naar een hokje onder de dakrand, waar het 's zomers beslist heet zou zijn en 's winters koud. Er stonden een smal bed, een tafeltje met een gebarsten lampetkom, en een witte pot met een linnen doek erover, waar blauwe bloempjes op geborduurd waren. Het ontbijt – pap, biscuits en één kippeëi – was bij de huur van anderhalve dollar per week inbegrepen, zei Louise Burton hem. Ze was een kleurloze weduwe van over de zestig, die je strak aankeek. 'Wat is dat voor een ding?'

'Ze noemen het een viola da gamba.'

'Verdient u de kost als muzikant?'

'Ik speel voor mijn plezier. Ik verdien de kost als dokter.'

Ze knikte onzeker. Hij moest vooruit betalen en ze zei dat er bij Beacon Street een eethuis was, waar hij voor nòg een dollar per week warm kon eten.

Meteen toen ze weg was, viel hij op zijn bed. Die hele middag en avond sliep hij droomloos, al voelde hij eigenlijk nog steeds het stampen en slingeren van het schip, maar 's morgens werd hij als herboren wakker. Toen hij naar beneden ging om op zijn ontbijt aan te vallen, zat hij naast een andere huurder, Stanley Finch, die in een hoedenwinkel in Summer Street werkte. Van Finch leerde hij twee heel belangrijke dingen: de bediende, Lem Raskin, kon er tegen betaling van vijfentwintig cent voor zorgen dat er heet water in een zinken teil werd gegooid; en er waren in Boston drie ziekenhuizen: het Algemeen Ziekenhuis van Massachusetts, de Kraamkliniek en het Oog- en Oorlijdersgasthuis. Na het ontbijt weekte hij zich heerlijk in een bad en boende zich pas toen het water koud werd; vervolgens deed hij zijn uiterste best om zijn kleding zo toonbaar te maken als maar kon. Toen hij de trap af kwam, zat de meid op handen en voeten de overloop te boenen. Ze had sproeten op haar blote armen en de ronding van haar billen trilde van de kracht waarmee ze schrobde. Een stuurs gezicht van een oude vrijster keek op toen hij langskwam, en hij zag dat onder haar muts haar rode haar de kleur had die hij verafschuwde: die van gekookte worteltjes.

In het Algemeen Ziekenhuis van Massachusetts wachtte hij de halve morgen en kreeg toen een gesprek met dokter Walter Channing, die hem meteen vertelde dat het ziekenhuis niet om artsen verlegen zat. Die ervaring deed hij al vlug opnieuw op bij de twee andere ziekenhuizen. In de Kraamkliniek schudde een jonge dokter, David Humphreys Storer, vol medeleven zijn hoofd. 'Aan de medische faculteit van Harvard studeren elk jaar dokters af die in de rij moeten staan voor een aanstelling, dokter Cole. Een nieuweling maakt eerlijk gezegd weinig kans.'

Rob J. wist ook wat dokter Storer níet zei: sommige afgestudeerden van hier werden een handje geholpen door het aanzien van hun familie en van relaties, net zoals hij er in Edinburgh van geprofiteerd had dat hij uit de doktersfamilie Cole stamde.

'Ik zou het in een andere stad proberen, misschien in Providence of in New Haven,' zei dokter Storer. Rob J. mompelde dankjewel en vertrok. Maar een ogenblik later kwam Storer hem vlug achterna. 'Er is een kleine mogelijkheid,' zei hij. 'U moet eens praten met dokter Walter Aldrich.'

Het kantoor van de arts was bij hem thuis, een goed verzorgd wit vakwerkhuis aan de zuidkant van een met gras begroeide brink die de Common heette. Het was tijd voor de huisbezoeken en Rob J. moest lang wachten. Dokter Aldrich bleek een gezette man, met een volle grijze baard die net een mond als een snee vrijliet. Hij luisterde terwijl Rob J. sprak en onderbrak hem nu en dan met een vraag. 'Het Academisch Ziekenhuis in Edinburgh? Bij chirurg William Fergusson? Waarom hebt u daar een positie als assistent laten schieten?'

'Als ik niet gevlucht was, hadden ze me naar Australië gestuurd.' Hij begreep wel dat de waarheid zijn enige hoop was. 'Ik heb een pamflet geschreven dat geleid heeft tot een arbeidersrel tegen de Engelse kroon, die Schotland jarenlang uitgemolken heeft. Er werd gevochten en er zijn mensen omgekomen.'

'Dat is mannentaal,' zei dokter Aldrich en knikte. 'Een man moet vechten voor het welzijn van zijn land. Mijn vader en mijn grootvader hebben allebei tegen de Engelsen gevochten.' Hij keek Rob J. plagerig aan. 'Er is een kans. Bij een liefdadige instelling, die dokters naar de armen stuurt.'

Dat maakte de indruk van een smerig, onaantrekkelijk baantje; dokter Aldrich zei dat de meeste dokters die huisbezoeken aflegden, vijftig dollar per jaar kregen en blij waren dat ze ervaring opdeden, en Rob vroeg zich af wat een dokter uit Edinburgh van de geneeskunst kon leren in een achterbuurt van zo'n stad.

'Als u bij de Medische Dienst van Boston gaat, zal ik zorgen dat u 's avonds assistent kunt worden aan de Medische Opleiding Tremont. Dat levert nog eens tweehonderdvijftig dollar per jaar op.'

'Ik denk niet dat ik van driehonderd dollar kan leven, meneer. Ik heb vrijwel geen middelen.'

'Ik kan u niets anders bieden. Uw jaarinkomen zou trouwens driehonderdvijftig dollar zijn. Het is werk in Wijk Acht, en het bestuur van het ziekenhuis heeft onlangs besloten dat de arts die daar huisbezoeken aflegt honderd dollar krijgt in plaats van vijftig.'

'Waarom brengt Wijk Acht twee keer zoveel op als andere wijken?'

Ditmaal koos dokter Aldrich voor een eerlijk antwoord. 'Daar wonen de Ieren,' zei hij met een stem, net zo dun en bloedeloos als zijn lippen.

De volgende morgen beklom Rob J. de krakende trap van Washington Street 109 en ging de kleinbehuisde apotheek binnen, het enige kantoor van de Medische Dienst van Boston. Het zat er al vol met artsen die hun adressen voor die dag kwamen ophalen. Charles K. Wilson, de directeur, was kort en zakelijk toen Rob aan de beurt was. 'Zo. De nieuwe dokter voor Wijk Acht, hè? Nou, in die buurt werkt niemand. Deze zitten te wachten,' zei hij en gaf hem een stapeltje papiertjes met telkens een naam en adres erop.

Wilson legde de regels uit en beschreef Wijk Acht. Broad Street liep van de zeehavens naar de dreigende Fort Hill. Toen de stad pas bestond, was die buurt gesticht door kooplui die er grote woonhuizen bouwden om dicht bij de loodsen en de havenhandel te zitten. Gaandeweg verhuisden ze naar andere, betere straten en de huizen werden in gebruik genomen door arbeiders uit het noorden; vervolgens, toen de gebouwen werden onderverdeeld, door armere Amerikanen; en tenslotte door de Ierse immigranten, die bij zwermen uit de scheepsruimen kwamen. Inmiddels waren de grote huizen uitgewoond en in slechte toestand en werden ze verder onderverdeeld en onderverhuurd tegen woekerprijzen. Magazijnen werden omgebouwd tot bijenkorven van kamertjes zonder licht of verse lucht, en er was zo weinig woonruimte dat er naast en achter elk gebouw lelijke, scheve krotten waren verrezen. Het gevolg was een akelige achterbuurt waar wel twaalf man op één kamertje woonden: getrouwde vrouwen, echtgenoten, broers, zusters en kinderen, die soms met z'n allen in hetzelfde bed sliepen.

Op aanwijzingen van Wilson vond hij Wijk Acht. De stank van Broad Street, de gemene stank die uit de weinige wc's kwam waar te veel mensen gebruik van maakten, was de geur van de armoede, die in alle steden ter wereld hetzelfde is. Iets in hem, dat er genoeg van had een vreemdeling te zijn, verwelkomde de Ierse gezichten, want ze waren net als hij Keltisch. Op het eerste briefje stond Patrick Geoghegan op Half Moon Place; het adres had net zo goed op de zon kunnen zijn, want hij raakte bijna meteen verdwaald in de doolhof van stegen en naamloze gangen die rond Broad Street lagen. Tenslotte gaf hij een jongen met een vies gezicht een penny om hem naar een dichtbewoond binnenplaatsje te brengen. Bij navraag werd hij naar een bovenverdieping van een buurhuis gestuurd, waar hij zich een weg zocht door kamers die door twee andere gezinnen bewoond werden, voor hij het kleine onderkomen van de Geoghegans had bereikt. Daar zat een vrouw bij kaarslicht een kind te luizen.

'Patrick Geoghegan?'

Rob J. moest de naam herhalen voor er een hees gefluister klonk. 'Papa... Is al vijf dagen dood, aan hersenkoorts.'

Zo noemden ook de mensen in Schotland een hoge koorts waar de dood op volgde. 'Het spijt me dat ik u lastig gevallen heb, mevrouw,' zei hij zacht, maar ze keek niet eens op.

Beneden bleef hij staan kijken. Hij wist dat er in alle landen zulke straten waren, gereserveerd voor het bestaan van een verpletterend onrecht, dat een eigen aanblik en geluid en geur heeft: een vaalbleek kind dat op een stoep aan een kale varkenszwoerd zit te knagen als een hond aan een bot; drie schoenen die niet bij elkaar horen, totaal afgedragen zijn, versierselen van het zandsteegje vol rotzooi; een dronken mannenstem die een lofzang maakt van een sentimenteel liedje over de groene heuvels van een ontvlucht land; vloeken die even hartstochtelijk klinken als een gebed; de geur van gekookte kool, vermengd met de alomtegenwoordige stank van overstroomde riolen en vele soorten vuil. Hij kende de arme wijken van Edinburgh en Paisley, en de bakstenen rijtjeshuizen van wel tien steden waar de volwassenen en de kinderen voor het dag werd het huis uit gingen, naar de katoen- en de wolfabrieken sjokten, en die pas weer thuiskwamen als de zon al lang onder was, die altijd in de duisternis liepen. De ironie van de toestand trof hem: hij was uit Schotland gevlucht omdat hij de krachten die zulke wijken teweegbrachten bestreden had, en nu werd hij er in een nieuw land met zijn neus in geduwd.

Op het volgende briefje stond Martin O'Hara op Humphrey Place, een buurtje van keten en hutten dat tegen de helling van de Fort Hill geplant was en waar je kon komen via een houten trap van vijftien meter, zo stijl dat het praktisch een ladder was. Langs die trap liep een open houten goot, waardoor het grove afval van Humphrey Place sijpelde en stroomde, en beneden de ellende van Half Moon Place nog verergerde. Ondanks de verschrikking van de omgeving klom hij snel omhoog en raakte gewend aan zijn praktijk.

Het was uitputtend werk, en toch had hij aan het eind van de middag alleen maar een karig, onrustig maal in het vooruitzicht en 's avonds zijn tweede baan. Voor beide betrekkingen zou hij pas over een maand loon krijgen, en voor het geld dat hij nog had, kon hij niet veel warme maaltijden krijgen.

De snijzaal annex collegezaal van de Medische Opleiding Tremont was een enkel groot vertrek boven de apotheek van Charles Metcalfe, Tremont Place 35. Zij werd geleid door een groep op Harvard opgeleide artsen die, verontrust door de dubieuze medische opleiding van hun *alma mater*, een goed georganiseerd driejarig cursusprogramma had opgesteld dat naar hun mening betere dokters zou afleveren.

De professor pathologie onder wie hij zou werken als ontleeddocent was een korte man met o-benen, een jaar of tien ouder dan hij. De man knikte hem achteloos toe. 'Ik ben Holmes. Hebt u ervaring als docent, dokter Cole?'

'Nee. Ik ben nooit docent geweest. Maar ik heb ervaring in chirurgie en ontleden.'

Het koele knikje van professor Holmes liet hem weten: We zullen zien. Hij gaf in grote lijnen de voorbereidingen aan die voor dit college getroffen moesten worden. Op enkele kleinigheden na waren dat dingen waar Rob J. vertrouwd mee was. Fergusson en hij hadden elke morgen, voor ze op ronde gingen, lijkschouwingen gedaan, voor onderzoek en als oefening, waardoor ze snel door konden werken als ze een operatie verrichtten. Nu trok hij het laken van een lijk van een magere jongeman af, deed toen een lang grijs ontleedschort voor en legde de instrumenten klaar, terwijl de studenten binnendruppelden.

Er waren maar zeven medisch studenten. Doctor Holmes stond achter een lezenaar aan de ene kant van de ontleedtafel. 'Toen ik in Parijs anatomie studeerde,' begon hij, 'kon een student voor maar vijftig stuiver een heel lijk kopen, op een plek waar ze elke dag op het middaguur verkocht werden. Maar vandaag de dag is er een tekort aan lijken voor studiedoeleinden. Deze jongen van zestien, die vanmorgen gestorven is aan een longcongestie, hebben we van de Staatscommissie voor Liefdadigheid. Jullie gaan hem vanavond nog niet ontleden. Bij een komend college verdelen we het lijk onder jullie, twee studenten krijgen een arm, twee een been, en de anderen werken samen aan de romp.'

Terwijl doctor Holmes beschreef wat de docent deed, opende Rob J. de borst van de jongen, haalde er de organen een voor een uit en woog ze, waarbij hij met heldere stem het gewicht noemde zodat de professor het kon noteren. Daarna was het zijn taak, de verschillende plaatsen in het lichaam aan te wijzen om te verduidelijken wat de professor zei. Holmes sprak met stokkende stem, op hoge toon, maar Rob J. merkte dat de studenten zijn college hooglijk waardeerden. Hij was niet bang voor gepeperde taal. Ter illustratie van de armbeweging gaf hij een woeste vuistslag in de lucht. Toen hij de werking van het been uitlegde, gaf hij een hoge trap, en om te laten zien hoe de heupen werkten gaf hij een buikdans ten beste. De studenten genoten. Aan het eind van het college drongen ze om doctor Holmes heen met vragen. Terwijl de professor ze beantwoordde, keek hij toe hoe zijn nieuwe docent het lijk en de anatomische onderdelen in de pekelbak legde, de tafel schoonpoetste, en de instrumenten afwaste en afdroogde en ze opborg. Toen Rob J. zijn eigen handen en armen waste vertrok de laatste student.

'U hebt het voortreffelijk gedaan.'

Waarom niet, wilde hij zeggen, het is toch werk dat een goede student zou kunnen doen? Maar in plaats daarvan vroeg hij bescheiden of hij een voorschot kon krijgen.

'Ik heb gehoord dat u voor de Medische Dienst werkt. Ik heb zelf ooit voor de Medische Dienst gewerkt. Verrekt zwaar werk en nijpende armoede, maar leerzaam.' Holmes pakte twee vijf-dollarbiljetten uit zijn portemonnee. 'Is het loon voor de eerste halve maand genoeg?'

Rob J. probeerde zijn opluchting te verbergen terwijl hij doctor Holmes verzekerde dat het genoeg was. Samen draaiden ze de lampen uit, wensten elkaar onder aan de trap welterusten en elk ging zijns weegs. Hij voelde zich licht in het hoofd met die bankbiljetten in zijn zak. Toen hij langs bakkerij Allen kwam, haalde een man net bladen met gebak uit de etalage omdat hij ging sluiten. Rob J. ging naar binnen en kocht twee bramentaartjes om het te vieren.

Hij was van plan ze op zijn kamer op te eten, maar in het huis in Spring Street was de meid nog op, ze had net de afwas gedaan. Hij ging de keuken in en liet de gebakjes zien. 'Als je me aan wat melk kunt helpen, mag je er één hebben.'

Ze glimlachte. 'Je hoeft niet te fluisteren. Ze slaapt al.' Ze wees naar de kamer van mevrouw Burton op de eerste verdieping. 'Als zij eenmaal slaapt wordt ze niet meer wakker.' Ze droogde haar handen af en pakte melk en twee schone bekers. Allebei genoten ze van het diefstalkomplot. Ze heette Margaret Holland, zei ze; iedereen noemde haar Meg. Toen ze het lekkers opgegeten hadden, zat er nog een melkrandje aan de hoek van haar volle mond; hij stak zijn hand uit over tafel heen en met vaste chirurgenhand verwijderde hij het bewijs.

4. De anatomische les

Bijna meteen ontdekte hij de vreselijke fout in het systeem dat de medische dienst gebruikte. De namen op de briefjes die hij elke morgen kreeg, waren niet die van de ziekste mensen in de buurt van de Fort Hill. Het hulpsysteem voor gezondheidszorg was oneerlijk en ondemocratisch; behandelingsbriefjes werden verdeeld onder de rijken die aan liefdadigheid deden en die ze uitgaven aan wie ze maar wilden, meestal aan hun eigen bedienden bij wijze van beloning. Heel vaak moest Rob J. naar een woning om te zorgen voor iemand met een licht kwaaltje, terwijl een kamer verderop een werkeloze arme lag te sterven door gebrek aan medische zorg. De eed die hij had afgelegd toen hij arts was geworden, dwong hem de wanhopig zieke patiënt te behandelen, maar wilde hij zijn baan houden, dan moest hij een groot aantal briefjes inleveren en melden dat hij de betrokken patiënten behandeld had.

Op een avond besprak hij het probleem op de medische school met doctor Holmes. 'Toen ik bij de Medische Dienst werkte, verzamelde ik behandelingsbriefjes van vrienden van mijn familie die geld geschonken hadden,' zei de professor. 'Ik zal ze weer om briefjes vragen, en die geef ik u dan.'

Rob J. was dankbaar, maar niet enthousiast. Hij wist dat hij niet genoeg blanco behandelingsbriefjes bij elkaar kon krijgen om alle behoeftige patiënten van Wijk Acht te behandelen. Daar zou een leger van artsen voor nodig zijn.

Het prettigste deel van de dag was vaak als hij terugging naar Spring Street en zich met Meg Holland een paar minuten wederrechtelijk te goed deed aan restjes. Hij raakte eraan gewend, haar kleine dingen toe te stoppen, een zak geroosterde kastanjes, een stukje ahornsuiker, een paar gele appeltjes. Het Ierse meisje vertelde hem de roddels van het huis: dat meneer Stanley Finch, eerste verdieping vóór, pochte – pochte! – dat hij een meisje uit Gardner zwanger had gemaakt en haar had laten zitten; dat mevrouw Burton onvoorspelbaar aardig of hatelijk kon doen; dat Lemuel Raskin, de knecht die een kamer had naast Rob J., niet vies was van een slokje.

Toen Rob er een week was, zei ze heel terloops dat Lem, als hij een kwart liter brandewijn kreeg, die altijd meteen opdronk en dan sliep als een os.

De volgende avond bracht Rob J. brandewijn mee voor Lemuel.

Het wachten viel lang en meer dan eens zei hij bij zichzelf dat hij een stomkop was, dat de meid maar wat gedaasd had. In het oude huis klonken 's nachts allerlei geluiden, planken die nu en dan kraakten, het gesnurk van Lem diep achter uit zijn keel, geheimzinnig geknap in het houtwerk. Eindelijk hoorde hij een zacht geluidje bij de deur, eigenlijk nauwelijks een klopje, en toen hij opendeed glipte Margaret Holland zijn kamertje binnen met de vage geuren van vrouwelijkheid en afwaswater om zich heen. Ze fluisterde dat het een koele nacht zou worden en stak hem haar voorwendsel toe, een tot op de draad versleten extra deken.

Nauwelijks drie weken na de ontleding van het lijk van de jongen had de Medische Opleiding Tremont weer een meevaller: het lijk van een jonge vrouw die in de gevangenis gestorven was aan kraamvrouwenkoorts. Die avond was doctor Holmes in het Algemeen Ziekenhuis opgehouden en dokter David Storer van de Kraamkliniek viel in als prof. Vóór Rob J. begon te snijden wilde dokter Storer de handen van de docent goed inspecteren. 'Geen nijnagels of wondjes?'

'Nee meneer,' zei hij een beetje gepikeerd, want hij zag geen reden voor die belangstelling voor zijn handen.

Toen de anatomieles voorbij was, zei dokter Storer dat de studenten naar de andere kant van het vertrek moesten gaan, waar hij zou laten zien hoe je een inwendig onderzoek deed bij patiënten die zwanger waren of vrouwenproblemen hadden. 'Jullie zullen merken dat de zedige vrouwen in New England voor zo'n onderzoek terugschrikken of het zelfs weigeren,' zei hij. 'Maar het is jullie taak, hun vertrouwen te winnen om ze te helpen.'

Dokter Storer had een zware vrouw bij zich die hoogzwanger was, misschien een prostituée die hij gehuurd had voor de demonstratie. Professor Holmes kwam binnen terwijl Rob J. de ontleedruimte schoonmaakte en opruimde. Toen hij klaar was, ging hij bij de studenten staan die de vrouw onderzochten, maar een geërgerde doctor Holmes sneed hem opeens de pas af. 'Nee nee!' zei de professor. 'U moet u wassen en weggaan. Meteen, dokter Cole! Ga naar Café Essex en wacht daar terwijl ik wat aantekeningen en papieren bij elkaar zoek.'

Rob, die er niets van begreep, vertrok geërgerd. Het café was bij de school, vlak om de hoek. Hij bestelde bier omdat hij zenuwachtig was, al bedacht hij dat hij misschien ontslagen zou worden en geen geld uit moest geven. Hij had zijn glas pas half leeg toen Harry Loomis kwam opdagen, een tweedejaars student die twee dictaatcahiers bij zich had en een aantal herdrukken van medische artikelen.

'De dichter laat deze brengen.'

'Wie?'

'Weet u dat niet? De hofdichter van Boston. Toen Dickens in Amerika kwam, vroegen ze Oliver Wendell Holmes om een welkomstgedicht te schrijven. Maar maak u geen zorgen, hij is een beter dokter dan dichter. Hij geeft fantastisch college, niet?' Loomis wenkte om een glas bier. 'Al is hij een beetje overdreven met handen wassen. Hij denkt dat viezigheid wondinfectie veroorzaakt.'

Loomis had ook een briefje meegebracht, gekrabbeld op de achterkant van een oude laudanumrekening van drogisterij Weeks & Potter: *Dokter Cole, lees dit voor u morgenavond naar de Med Opl Trm komt. Absoluut svp. Uw dw, Holmes.*

Toen hij terug was op zijn kamer bij mevrouw Burton begon hij bijna meteen te lezen, eerst wat gepikeerd en toen met groeiende belangstelling. De feiten waren door Holmes uiteengezet in een artikel, gepubliceerd in het *New England Kwartaaltijdschrift voor Geneeskunde* en een uittreksel ervan in het *Amerikaans Tijdschrift voor de Medische Wetenschap*. Het begin was voor Rob J. bekend, want het kwam precies overeen met wat er naar hij wist ook in Schotland gebeurde: een groot percentage van de zwangere vrouwen werd ziek en kreeg heel hoge koorts, die al vlug leidde tot een toestand van algemene infectie en dan tot de dood.

Maar in het artikel van doctor Holmes stond dat een geneesheer in Newton, Massachusetts met assistentie van twee studenten een lijkschouwing had verricht bij een vrouw die aan kraamvrouwenkoorts was gestorven. Dokter Whitney had aan één vinger een nijnagel en een van de medisch studenten had een rauw brandplekje aan zijn hand. Geen van beiden had het idee dat zijn verwonding meer was dan een nietig ongemak, maar binnen een paar dagen begon de arm van de dokter te tintelen. Halverwege zijn arm was een rood vlekje ter grootte van een erwt ontstaan, waarvandaan een dun rood lijntje naar de nijnagel liep. De arm zwol snel op tot tweemaal zijn gewone omvang en hij kreeg hoge koorts en moest onbeheerst braken. Intussen was de student met de verbranding aan zijn hand ook koortsig geworden; binnen een paar dagen verergerde zijn toestand. Hij werd paars, zijn buik zwol op en uiteindelijk stierf hij. Dokter Whitney was de dood nabij, maar hij werd langzaam beter en herstelde tenslotte. De tweede medisch student, die geen wondjes of plekjes aan zijn handen had toen ze de lijkschouwing deden, kreeg nergens last van.

Er werd melding gemaakt van het geval en de dokters van Boston hadden het schijnbaar verband tussen de open wonden en infectie met kraamvrouwenkoorts besproken; dit leverde weinig op. Maar een paar maanden later had een geneesheer in de stad Lynn een geval van kraamvrouwenkoorts onderzocht met open wonden aan zijn handen, en binnen een paar dagen was hij gestorven aan een ernstige infectie. Bij een bijeenkomst van het Genootschap voor Medische Verbetering in Boston was een interessante vraag gesteld. Als de dode dokter nu eens geen verwondingen aan zijn handen had gehad? Als hij eens geen infectie had gekregen, had hij dan de infectiestof niet met zich meegedragen en een ramp veroorzaakt als hij een wond of ontvelde plek van een andere patiënt had aangeraakt, of de onbeschermde baarmoeder van een jonge moeder?

Oliver Wendell Holmes had die vraag niet uit zijn gedachten kunnen zetten. Wekenlang had hij het onderwerp bestudeerd, bibliotheken bezocht, zijn eigen aantekeningen doorgekeken, en aan dokters met een verloskundige praktijk gevraagd naar hun ervaringen. Als iemand die aan een ingewikkelde legpuzzel werkt, zocht hij een verzameling sterk bewijsmateriaal bijeen, de neerslag van een eeuw medische praktijk van twee werelddelen. De gevallen waren in de medische literatuur zeldzaam gebleken en niet opgemerkt. Pas toen ze opgezocht waren en bij elkaar gezet, versterkten ze elkaar en vormden een verbijsterend, schrikwekkend bewijs: kraamvrouwenkoorts werd veroorzaakt door dokters, verpleegsters, vroedvrouwen en ziekenhuispersoneel die na aanraking met een geïnfecteerde patiënt doorgingen niet-geïnfecteerde vrouwen te onderzoeken, en ze veroordeelden tot een dood door koorts.

Kraamvrouwenkoorts was een epidemie, veroorzaakt door de medische professie, schreef Holmes. Als een dokter dit eenmaal besefte, moest het als een misdrijf gezien worden – als moord – wanneer hij een vrouw infecteerde.

Rob las de artikelen twee keer en bleef toen verbijsterd liggen. Hij wilde er dolgraag mee spotten, maar de beschreven gevallen en de cijfers waren voor een onbevooroordeeld persoon onweerlegbaar. Hoe kon zo'n doktertje uit de Nieuwe Wereld meer weten dan sir William Fergusson? Bij gelegenheid had Rob sir William geassisteerd bij een lijkschouwing op een patiënte die aan kraamvrouwenkoorts gestorven was. Daarna hadden ze zwangere vrouwen onderzocht. En nu dwong hij zich te denken aan de vrouwen die na dat onderzoek waren gestorven.

Het leek erop dat die kolonisten hem nog iets te leren hadden over de geneeskunst.

Hij stond op om de lamp te snuiten, om het materiaal nog eens door te lezen, maar er werd aan de deur gekrabbeld en Margaret Holland kwam de kamer binnenglippen. Ze schaamde zich om haar kleren uit te trekken, maar in het kamertje was geen plaats voor privacy en hij was zich trouwens ook al aan het uitkleden. Ze vouwde haar spullen op en zette het kruisbeeld weg. Haar lijf was mollig en stevig. Rob masseerde de indrukken die de baleinen in haar huid hadden gemaakt en ging over tot prikkelender liefkozingen, maar hield opeens op toen een beangstigende gedachte hem trof.

Hij liet haar in bed liggen, stond op en plensde water in de waskom. Terwijl de vrouw keek alsof hij gek was geworden, zeepte hij zijn handen in en boende ze. Nog eens. Nog eens. Weer opnieuw. Toen droogde hij ze af, ging terug naar bed en hervatte hun liefdesspel. Al vlug begon Margaret Holland ondanks zichzelf te giechelen.

'U bent de vreemdste jongeheer die ik ooit heb ontmoet,' fluisterde ze in zijn oor.

5. De godverlaten wijk

Als hij 's avonds terugging naar zijn kamer was hij zo moe dat hij maar zelden op zijn viola da gamba kon spelen. Zijn streek was verwaarloosd maar de muziek was een balsem, die hem jammer genoeg ontzegd werd omdat Lem Raskin al vlug op de muur begon te bonzen om hem duidelijk te maken dat hij op moest houden. Hij kon zich niet permitteren om Lem whisky te voeren voor muziek én seks, dus was de muziek het slachtoffer. Een tijdschrift in de bibliotheek van de Medische Opleiding gaf de aanbeveling dat een vrouw die geen moeder wilde worden, na geslachtelijke omgang moest spoelen met een aftreksel van aluin en de bast van de witte eik, maar hij wist wel zeker dat Meggy dat niet steeds zou doen. Harry Loomis nam het heel ernstig op toen Rob J. hem raad vroeg en stuurde hem naar een net grijs huis aan de zuidkant van Cornhill. Mevrouw Cynthia Worth was een dikke vrouw met wit haar. Ze glimlachte en knikte toen ze Harry's naam hoorde. 'Voor dokters reken ik niet te veel.'

Haar produkt was gemaakt van de blindedarm van schapen, een natuurlijke darmholte, aan één kant open en dus uitermate geschikt om door mevrouw Worth bewerkt te worden. Ze was zo trots op haar koopwaar als dreef ze een viskraam en waren het schepselen der zee met ogen die blonken van versheid. Rob J.'s adem stokte toen hij de prijs hoorde, maar mevrouw Worth hield voet bij stuk. 'Er is veel werk aan,' zei ze. Ze beschreef hoe de blindedarm urenlang in water moest weken en binnenstebuiten gekeerd werd. Dan moest hij nog zachter worden in een zwakke basische oplossing die om de twaalf uur ververst moest worden, en voorzichtig afgeschraapt tot het slijmvlies er helemaal af was en vlies- en spierlaag blootgesteld konden worden aan de rook van brandende zwavel. Vervolgens moest hij met water en zeep gewassen worden, opgeblazen en gedroogd. De open kant moest op twintig centimeter afgeknipt worden en voorzien van een blauw of rood lintje om hem dicht te kunnen binden, zodat hij bescherming bood. De meeste heren kochten er drie tegelijk, zei ze, want dan waren ze goedkoper.

Rob J. kocht er één. Hij had geen voorkeur voor een kleur, maar het lintje was blauw.

'Als u oplet, kunt u met één toe.' Ze legde uit dat hij telkens opnieuw gebruikt kon worden als hij na gebruik steeds werd gewassen, opgeblazen en getalkt. Toen Rob met zijn aankoop vertrok, wenste ze hem vrolijk goedendag en vroeg hem om haar bij zijn collega's en patiënten aan te bevelen.

Meggy had een hekel aan het kapotje. Ze had meer waardering voor een geschenk van Harry Loomis aan Rob, waarmee hij hem veel plezier toewenste. Het was een fles met een kleurloze vloeistof, stikstofoxydule, dat lachgas genoemd werd door medische studenten en jonge dokters, die het voor hun plezier waren gaan gebruiken. Rob goot er wat van in een doekje en Meggy en hij snoven eraan voor ze gingen vrijen. De ervaring was een onvoorwaardelijk succes: nooit had hun lichaam zo koddig geleken en de geslachtsdaad zo komisch absurd.

Buiten de genoegens van het bed was er niets tussen hen. Als de daad langzaam verliep, was er iets van tederheid en als hij woest lichamelijk was, was er meer wanhoop dan hartstocht. Als ze met elkaar spraken, roddelden ze meestal over het logement, wat hem verveelde, of over herinneringen aan het oude land, wat hij niet graag had omdat de gedachte eraan hem pijn deed. In hun denkwereld, hun gemoed hadden ze geen contact. Het chemisch plezier dat ze samen één keer hadden door het gebruik van stikstofoxydule, zochten ze niet meer, want hun seksuele vrolijkheid was rumoerig geweest. Al had de dronken Lem niets gemerkt, ze wisten dat ze geluk gehad hadden dat het niet ontdekt was. Ze lachten nog maar één keer opnieuw samen, toen Meggy knorrig opmerkte dat het kapotje wel van een ram moest zijn en het Ouwe Geilaard doopte. Het zat hem dwars dat hij zo'n gebruik van haar maakte. Hij merkte dat haar onderrok heel vaak versteld was en kocht een nieuwe voor haar, een schuldoffer. Dat deed haar groot genoegen en hij schetste haar in zijn dagboek, terwijl ze op zijn smalle bed lag: een mollig meisje met een glimlachend kattegezicht.

Hij zag veel andere dingen die hij geschetst zou hebben als hij na zijn werk genoeg energie over had gehad. Hij was in Edinburgh begonnen als kunststudent, in opstand tegen de medische traditie van de Coles en droomde er alleen van schilder te worden, maar de familie verklaarde hem voor gek. In zijn derde jaar aan de universiteit van Edinburgh werd hem gezegd dat hij artistiek talent had, maar niet genoeg. Hij was te prozaïsch. Hij miste de levendige fantasie, de nevelige visie. 'Je hebt de vlam, maar mist de hitte,' had zijn professor portrettekenen gezegd, niet onvriendelijk, maar te bruut. Hij was er kapot van, tot er twee dingen gebeurden. In de stoffige archieven van de universiteitsbibliotheek kwam hij een anatomische tekening tegen. Hij was heel oud, misschien nog van vóór Leonardo, een naakte mannenfiguur, opengesneden naar het scheen om de organen en de bloedvaten te tonen. De titel was: 'De tweede doorzichtige mens' en met een schok van blijdschap zag hij dat hij getekend was door een van zijn voorouders, die het leesbaar had gesigneerd: *Robert Jeffrey Cole, naar de wijze van Robert Jeromy Cole.* Dat was het bewijs dat minstens enkele van zijn voorouders behalve chirurgijn ook kunstenaar geweest waren. Twee dagen later kwam hij een chirurgische collegezaal binnenlopen en zag William Fergusson, een genie, die operaties verrichtte met absolute zekerheid en zo snel als de bliksem, om de shock die de patiënt kreeg van de vreselijke pijn zoveel mogelijk te beperken. Voor het eerst begreep Rob J. de lange reeks Cole-dokters, omdat bij hem de overtuiging postvatte, dat het geweldigste doek nooit zo kostbaar kon zijn als een enkel mensenleven. Op dat moment eiste de geneeskunst hem op.

Vanaf het begin van zijn opleiding had hij 'de Cole-gave', zoals zijn oom Ranald, die bij Glasgow een huisartsenpraktijk had, het noemde: het vermogen te zeggen of een patiënt van wie hij de handen vasthield, in leven zou blijven of niet. Het was een diagnostisch zesde zintuig, deels intuïtie, deels een geërfde gevoeligheid die niemand kon benoemen of begrijpen, maar het werkte zolang het niet werd afgestompt door een overmatig alcoholgebruik. Voor een geneesheer was het een echte gave, maar nu, verplaatst naar een ver land, was het een gave die Rob J.'s moreel aantastte, omdat er in Wijk Acht horden mensen stervende waren.

Die godverlaten wijk, zoals hij hem voor zichzelf was gaan noemen, overheerste zijn bestaan. De Ieren waren aangekomen met de hoogste verwachtingen. In het oude land was het dagloon van een arbeider zes penny, àls er werk was. In Boston was minder werkloosheid en de arbeiders verdienden er meer, maar ze werkten ook vijftien uur per dag, zeven dagen per week. Ze moesten veel huur betalen voor hun krot en meer voor hun eten, en hier hadden ze geen tuintje, geen lapje grond waarop ze melige moerasappels konden kweken, geen koe om te melken, geen varken voor spek. De wijk achtervolgde hem met haar armoede, vuil en behoeftigheid, die hem hadden moeten verlammen maar die hem juist prikkelden om te werken als een paard, in een poging die augiasstal op te ruimen. Hij had de zondag aan zichzelf moeten hebben om te herstellen van het afmattende werk van de vreselijke week. Op zondagmorgen kreeg zelfs Meg een paar uur vrij om naar de mis te gaan. Maar Rob J. ging 's zondags steeds weer naar de Wijk; dan hoefde hij zich niet te houden aan het briefjessysteem en kon hij de mensen zijn eigen tijd schenken, tijd die hij niet hoefde te stelen. Binnen de kortste keren had hij een echte, zij het meest onbetaalde, zondagspraktijk opgebouwd, want waar hij ook keek, er waren ziekten en verwondingen. Het ging als een lopend vuurtje rond dat er een arts was die in staat en bereid was Erse te praten, de oude Gaëlische taal die Schotten en Ieren ook spraken. Als ze hem de klanken van hun oude thuis hoorden uitspreken, werd zelfs de bitterste en slechtst gestemde opgewekt en begon te stralen. *Beannacht De ort, dochtuir oig* – God zegene u, jonge dokter! – riepen ze hem op straat achterna. De een vertelde tegen de ander over een jeugdige dokter die 'de taal sprak' en al vlug praatte hij elke dag Erse. Maar al werd hij op de Fortheuvel aanbeden, in het kantoor van de Medische Dienst van Boston was hij niet zo gezien, want allerlei onverwachte patiënten kwamen daar opdagen met recepten van dokter Robert J. Cole, voor medicamenten en krukken en zelfs voor voedsel, voorgeschreven tegen ondervoeding.

'Wat is er aan de hand? Wat dan? Ze staan niet op de lijst van degenen die door de schenkers voor behandeling zijn aangemeld,' klaagde dokter Wilson.

'Dat zijn de mensen uit Wijk Acht die onze hulp het hardst nodig hebben.'

'Maar toch. U moet het paard niet achter de wagen spannen. Als u bij de Medische Dienst wilt blijven, dokter Cole, moet u zich aan de regels houden,' zei meneer Wilson streng.

Een van zijn zondagse patiënten was Peter Finn van Half Moon Place, die een spierscheuring in de kuit van zijn rechterbeen had opgelopen toen een krat van een wagen viel, terwijl hij op de kade een halve dag werk had. De wond, verbonden met een smerige lap, was opgezwollen en deed pijn toen hij hem aan de dokter liet zien. Rob maakte de wond schoon en hechtte de kapotte huidranden, maar het begon meteen te zweren en de volgende dag moest hij de hechtingen verwijderen en een catheter in de wond plaatsen. De infectie werd al snel erger en binnen een paar dagen zei zijn Gave hem dat het been eraf moest, als hij het leven van Peter Finn wilde redden.

Dat was op dinsdag en het kon niet worden uitgesteld tot zondag, dus moest hij weer tijd stelen van de Medische Dienst. Hij was niet alleen gedwongen om een van de kostbare blanco behandelingsbriefjes te gebruiken die doctor Holmes hem had gegeven, hij moest ook zijn karige, zuur verdiende geld aan Rose Finn geven om in een wijkkroeg de kan clandestien gestookte whisky te halen die voor de operatie even onmisbaar was als het mes.

Joseph Finn, de broer van Peter, en Michael Bodie, zijn zwager, waren schoorvoetend bereid te helpen. Rob J. wachtte tot Peter stomdronken was van de whisky met wat morfine erin, en op de keukentafel gelegd was als een offerdier. Maar bij de eerste snee van de lancet puilden de ogen van de havenarbeider uit van ongeloof, de pezen van zijn hals zwollen op, en zijn luide schreeuw was een beschuldiging waarvan Joseph Finn verbleekte en Bodie machteloos stond te beven. Rob had het gekwetste been aan tafel gebonden, maar nu Peter spartelde en brulde als een beest in doodsnood, riep hij tegen de twee mannen: 'Hou hem vast! Hou hem omlaag, meteen!'

Hij sneed zoals hij van Fergusson geleerd had, diep en snel. Het geschreeuw werd zwakker terwijl hij door huid en spieren sneed, maar het geknars van de tanden van de man was akeliger dan zijn gegil. Toen hij de dijbeenslagader doorsneed, spoot het helrode bloed eruit, en hij probeerde Bodies hand te pakken om hem te laten zien hoe hij de bloedfontein moest stelpen. Maar de zwager rukte zich los.

'Kom hier. Jij lummel!'

Bodie rende jankend de trap al af. Rob probeerde te werken alsof hij zes handen had. Zijn eigen grootte en kracht stelden hem in staat, Joseph te helpen de spartelende Peter tegen de tafel te drukken, terwijl hij tegelijk kans zag het glibberige uiteinde van de slagader dicht te drukken en de bloeding te beteugelen. Maar toen hij losliet om zijn zaag te pakken, begon de bloeding opnieuw.

'Zeg wat ik doen moet.' Rose was naast hem komen staan. Haar gezicht had de kleur van bloemdeeg, maar ze wist het uiteinde van de slagader vast te pakken en het bloeden te stelpen. Rob J. zaagde het bot door, maakte een paar vlugge sneden en het been was los. Nu kon hij de slagader dichtbinden en de randen hechten. Intussen stonden de ogen van Peter Finn glazig van de schrik en hij bracht alleen maar een rauw, onregelmatig gehijg uit.

Rob nam het been mee, gewikkeld in een kale, vlekkerige handdoek, om later in het snijzaaltje te ontleden. Hij was verdoofd van vermoeidheid, meer doordat hij besefte hoeveel pijn hij Peter Finn had bezorgd dan door de amputatie zelf. Hij kon niets doen aan zijn bebloede kleren, maar bij een openbare kraan in Broad Street waste hij het bloed van zijn handen en armen voor hij naar de volgende patiënt ging, een vrouw van tweeëntwintig van wie hij wist dat ze zou sterven aan de tering.

Toen ze nog thuis, in hun eigen omgeving waren, hadden de Ieren een ellendig bestaan. Buiten hun eigen omgeving werden ze zwartgemaakt. Rob J. zag aanplakbiljetten op straat: *Iedereen die katholiek is of voor de katholieke Kerk is, is een smerige oplichter, leugenaar, schurk en laffe moordenaar.* OPRECHTE AMERIKAAN.

Eens per week bezocht hij een medisch college in de zaal op de eerste verdieping van de Academie, in het ruime onderkomen dat ontstaan was door in Pearl Street twee herenhuizen samen te voegen. Na het college ging hij soms naar de bibliotheek en las de *Boston Evening Transcript*, die de haat weerspiegelde waar de gemeenschap onder gebukt ging. Eerzame geestelijken zoals dominee Lyman Beecher, predikant van de congregationalistische kerk in Hanover Street, schreef het ene artikel na het andere over de 'Babylonische hoererij' en het 'smerige beest van het Rooms-Katholicisme'. Politieke partijen roemden degenen die in Amerika geboren waren en schreven over 'vuile, domme Ierse en Duitse immigranten'.

Toen hij het nationale nieuws las om iets over Amerika te leren, merkte hij dat het een hebzuchtig land was dat met beide handen gebied bijeengraaide. Kort tevoren had het Texas ingepalmd, door een verdrag met Groot-Brittannië het gebied Oregon verworven, en met Mexico oorlog gevoerd over Californië en het zuidwestelijke deel van het Noordamerikaanse vasteland. De grens werd gevormd door de Mississippi, die de beschaving scheidde van de wildernis waar de prairie-Indianen naar toe verdreven waren. Rob J. was erg geïnteresseerd in Indianen, hij had zijn hele jeugd lang boeken van James Fenimore Cooper verslonden. Hij las alles wat er in de Academie te vinden was over Indianen en verdiepte zich toen in de poëzie van Oliver Wendell Holmes. Die vond hij mooi, vooral het portret van de taaie oude baas in 'Het laatste blad', maar Harry Loomis had gelijk: Holmes was beter als dokter dan als dichter. Hij was een fantastische dokter.

Harry en Rob maakten er een gewoonte van, hun lange dag af te sluiten met een glas bier in de Essex, en vaak kwam Holmes daar ook. Het was duidelijk dat Harry de favoriete student was van de professor, en Rob had moeite zijn afgunst te onderdrukken. De familie Loomis had goede relaties; als het zo ver was, zou Harry een baan krijgen bij een ziekenhuis, die geschikt was om in Boston een medische loopbaan op te bouwen. Op een avond merkte Holmes op achter zijn drankje, dat hij bij onderzoek in de bibliotheek gestuit was op de vermelding van het kropgezwel van Cole en de kwaadaardige cholera van Cole. Zijn nieuwsgierigheid was geprikkeld en hij had de literatuur doorgenomen en tal van bewijzen gevonden van de bijdrage van de familie Cole aan de geneeskunst, waaronder de jicht van Cole en het syndroom van Cole en Palmer: een ziekte waarbij oedeem gepaard ging met sterk zweten en snorkende ademhaling. 'Verder,' zei hij, 'heb ik ontdekt dat er meer dan twaalf Coles in Edinburgh of Glasgow professor in de geneeskunst geweest zijn. Allemaal familie van u?'

41

Rob J. grijnsde, verlegen maar gevleid. 'Allemaal familie. Maar in de loop van de eeuwen zijn de meeste Coles gewone dorpsdokters geweest in het heuvelland, net als mijn vader.' Hij zei niets over de Cole-Gave; dat was niet iets om aan andere dokters te vertellen, want die zouden denken dat hij óf een gek óf een leugenaar was.

'Is uw vader daar nog?' vroeg Holmes.

'Nee nee. Hij werd gedood door op hol geslagen paarden toen ik twaalf was.'

'Zo.' Dat was het moment dat Holmes, ondanks het betrekkelijk kleine leeftijdsverschil, besloot om een vaderrol te spelen door Rob middels een gunstig huwelijk toegang te verlenen tot de kring van de beste families in Boston.

Kort daarna nam Rob twee keer een uitnodiging aan bij Holmes thuis in Montgomery Street, waar hij een blik kreeg op een levensstijl, zoals hij die voor zichzelf in Edinburgh mogelijk had geacht. Bij de eerste gelegenheid stelde Amelia, de levendige, koppelgrage echtgenote van de professor, hem voor aan Paula Storrow, die van een oude, rijke familie afkomstig was, maar een lompe, pijnlijk domme vrouw was. Maar bij het tweede diner was Lydia Parkman zijn disgenote. Ze was te rank en scheen nauwelijks borsten te hebben, maar onder haar gladde, nootbruine haar straalden haar ogen een wrange, schalkse humor uit, en ze brachten de avond door met een plagerig maar diepgaand gesprek. Ze wist een en ander over Indianen, maar ze praatten vooral over muziek want zij speelde klavecimbel.

Die avond, toen Rob terugkwam in het huis in Spring Street, ging hij op zijn bed onder de dakrand zitten en dacht erover na, hoe het zou zijn om zijn leven in Boston door te brengen als collega en vriend van Harry Loomis en Oliver Wendell Holmes, getrouwd met een gastvrouw die aan het hoofd zat van een gevat gezelschap.

Opeens klonk het bekende klopje. Meg Holland kwam het kamertje binnen. Zij was níet te dun, merkte hij op toen hij glimlachte ter begroeting en zijn overhemd begon los te knopen. Maar deze keer bleef Meggy onbeweeglijk op de rand van het bed zitten.

Toen ze begon te praten, was het een hees gefluister; haar toon maakte nog meer indruk op hem dan haar woorden. Haar stem had iets verstikts, iets doods, als het geluid van gedroogde bladeren die door een windje over een harde, koude grond worden gejaagd.

'Ik zit ermee,' zei ze.

6. Dromen

'Zo zeker als iets,' zei ze.

Hij wist niet wat hij tegen haar moest zeggen. Toen ze naar hem toe kwam, had ze ervaring gehad, waarschuwde hij zichzelf. Hoe wist ze dat het kind van hem was? *Ik heb altijd het kapotje gebruikt*, opperde hij in stilte. Maar hij moest eerlijk bekennen dat hij de eerste paar keer niets gebruikt had, en ook niet die avond toen ze het lachgas hadden geprobeerd.

Door zijn opleiding was hij erop ingesteld om nooit in te stemmen met abortus, en hij was verstandig genoeg het nu niet voor te stellen omdat hij wist dat ze erg godsdienstig was.

Tenslotte zei hij dat hij haar trouw zou blijven. Hij was Stanley Finch niet.

Ze scheen niet zo geweldig blij met zijn verklaring. Hij dwong zich, haar in zijn armen te nemen en vast te houden. Hij wilde teder zijn en haar troosten. Dat was het ongelukkigste moment om te beseffen, dat haar kattegezicht binnen een paar jaar beslist meer op dat van een rund zou lijken. Niet het gezicht waarvan hij gedroomd had.

'Jij bent protestant.' Het was geen vraag, ze wist het.

'Zo ben ik opgevoed.'

Het was een kranige vrouw. Pas toen hij haar vertelde dat hij twijfelde aan het bestaan van God kreeg ze tranen in haar ogen.

'Jij charmeur, jij schurk! Je hebt op Lydia Parkman een gunstige indruk gemaakt,' zei Holmes hem de volgende avond op de Medische Opleiding en straalde toen Rob J. zei dat hij haar een bijzonder aardige vrouw vond. Terloops vermeldde Holmes dat Stephen Parkman, haar vader, rechter was bij het hooggerechtshof en toezichthouder van het Harvard College. De familie was begonnen met handel in gedroogde vis, op den duur waren ze in de meelhandel gegaan en nu hadden ze de wijdverbreide, lucratieve groothandel in verpakte kruidenierswaren in handen.

'Wanneer zie je haar weer?' vroeg Holmes.

'Vlug, dat kan ik u verzekeren,' zei Rob J. beschaamd, want hij stond zichzelf niet toe erover na te denken.

Holmes' ideeën over medische hygiëne hadden voor Rob een ommekeer teweeggebracht in zijn medische praktijk. Holmes vertelde hem twee verhalen die zijn theorieën ondersteunden. Het ene ging over scrofulose, een tuberculeuze ziekte van de lymfeklieren en gewrichten; in de middeleeuwen meende men dat scrofulose genezen kon worden door aanraking van koninklijke handen. Het andere verhaal ging over de oude bijgelovige praktijk om wonden van soldaten uit te wassen en te verbinden en dan een zalf te smeren – een afschuwelijk smeersel met bestanddelen als rottend vlees, menselijk bloed, en mos van de schedel van een terechtgestelde – op het wápen waarmee de wond was toegebracht. Beide methoden hadden succes en waren beroemd, zei Holmes, omdat ze onvermijdelijk zorgden voor zindelijkheid van de patiënt. In het eerste geval werd de scrofuleuze patiënt van top tot teen grondig gewassen om te zorgen dat de koninklijke 'genezer' niet gegriefd zou worden bij het aanraken. In het tweede geval werd het wapen besmeerd met die walgelijke rommel, maar de wond van de soldaat, gewassen en met rust gelaten, had kans te genezen zonder geïnfecteerd te worden. Het magische 'geheime ingrediënt' was hygiëne.

In Wijk Acht was het moeilijk om klinische zindelijkheid te betrachten. Rob J. wende zich aan, handdoeken en groene zeep mee te nemen en waste zijn handen en instrumenten verschillende keren per dag, maar de armelijke omstandigheden spanden samen om die wijk tot een plek te maken waar je gemakkelijk ziek werd en stierf.

Hij probeerde zijn leven en zijn gedachten te concentreren op de dagelijkse medische strijd, maar als hij lang en diep nadacht over zijn toestand, vroeg hij zich af of hij niet op zijn eigen vernietiging aanstuurde. Hij had zijn loopbaan en zijn bestaan in Schotland verspeeld door zijn politieke bemoeienis, en nu had hij in Amerika aan zijn ondergang gewerkt door een rampzalige zwangerschap te veroorzaken. Margaret Holland bekeek de toestand praktisch; ze stelde hem vragen over zijn bezittingen. Zijn jaarinkomen van driehonderdvijftig dollar scheen haar niet tot wanhoop te brengen, maar tevreden te stellen. Ze vroeg naar zijn familie.

'Vader is dood. Met moeder ging het slecht toen ik uit Schotland vertrok, en ik weet zeker dat ze intussen… Ik heb één broer, Herbert. Hij beheert het familiebezit in Kilmarnock, hij fokt schapen. Hij is eigenaar van land en goed.'

Ze knikte. 'Ik heb een broer, Timothy, die in Belfast woont. Hij is lid van Jong Ierland, altijd in de problemen.' Haar moeder was dood; in Ierland had ze een vader en vier broers, maar haar vijfde broer, Samuel, woonde in de wijk Fort Hill in Boston. Ze vroeg schuchter of ze haar broer niet over Rob zou vertellen en Samuel zou vragen, uit te kijken naar kamers voor hen, misschien in de buurt van zijn eigen woninkje.

'Nog niet. We hebben de tijd nog,' zei hij en streelde haar wang om haar gerust te stellen.

Het idee om in die wijk te wonen vond hij verschrikkelijk. Toch wist hij, dat als hij dokter bleef van arme immigranten, hij zichzelf met vrouw en kind alleen in zo'n doolhof in leven kon houden. De volgende morgen bekeek hij de wijk met schrik en ook met woede, en er groeide een wanhoop in hem, even groot als de hopeloosheid die hij elke dag in de armzalige straten en stegen zag.

Hij begon 's nachts rusteloos te slapen en werd door nachtmerries gestoord. Twee dromen kreeg hij telkens weer. In slechte nachten kreeg hij ze allebei. Als hij niet kon slapen, bleef hij in het donker liggen en overdacht keer op keer de gebeurtenissen tot in details, zodat hij tenslotte niet meer wist of hij sliep of wakker was.

Vroeg in de morgen. Grauw weer, maar de zon kan doorbreken. Hij staat tussen duizenden mensen voor de IJzerfabriek Carron, waar grote scheepskanonnen gemaakt worden voor de Engelse marine. Het begint goed. Een man op een kist leest het pamflet voor dat Rob J. anoniem geschreven had om de mensen aan het demonstreren te krijgen. 'Vrienden en landgenoten. Ontwaakt uit de toestand waarin wij zovele jaren gehouden zijn, zijn we gedwongen, door de uitzonderlijkheid van onze situatie en de minachting waarmee onze verzoekschriften worden bejegend, op te komen voor onze rechten, met gevaar voor ons leven.' De stem van de man is hoog en begeeft het nu en dan, een teken dat hij bang is. Als hij klaar is wordt hij toegejuicht. Drie mannen spelen op de fluit, de verzamelde mannen zingen luid, eerst godsdienstige gezangen en dan krijgszuchtiger dingen, en tot slot Scots Wha' Hae Wi' Wallace Bled. *De autoriteiten hebben Robs pamflet in handen gekregen en voorbereidingen getroffen. Er is gewapende politie, het Eerste bataljon jagers en goed opgeleide huzaren van de Zevende en Tiende cavalerie, oudstrijders uit de oorlogen met Europa. De soldaten dragen prachtige uniformen. De goed gepoetste laarzen van de huzaren glimmen als helle, donkere spiegels. De militairen zijn jonger dan de politiemensen, maar op hun gezicht staat dezelfde harde minachting te lezen. De moeilijkheden beginnen als Robs vriend Andrew Gerould uit Lanark een toespraak houdt over de vernietiging van boerenbedrijven en het onvermogen van arbeiders om te leven van de paar duiten die ze krijgen voor werk dat Engeland verrijkt en Schotland zelfs nog verarmt. Terwijl de stem van Andrew steeds fanatieker klinkt, beginnen de mensen hun boosheid uit te schreeuwen en ze roepen: 'Vrijheid of dood!' De dragonders sturen hun paard langzaam naar voren, ze drijven de demonstranten weg van het hek om de ijzerfabriek. Iemand gooit een steen. Die treft een huzaar die uit zijn zadel stort. Onmiddellijk trekken de andere ruiters met gekletter hun sabel, een regen van stenen* komt op de soldaten neer, bloed spettert op het blauw, rood en goud van uniformen. De militairen beginnen op de menigte te schieten. De cavalerie trekt zich terug. Mannen schreeuwen en huilen. Rob is ingesloten. Hij kan niet wegkomen op eigen kracht. Hij kan zich alleen laten meesleuren, weg van de wraak van de soldaten, vechtend om op de been te blijven, in de wetenschap dat hij, als hij struikelt, door de schrik van de vluchtende menigte onder de voet zal worden gelopen.

De tweede droom is erger.

Weer midden in een grote bijeenkomst. Net zoveel mensen als er bij de ijzerfabriek waren, maar ditmaal staan er mannen en vrouwen voor acht galgen die zijn opgesteld bij kasteel Stirling; de menigte is ingesloten door militairen die rond het hele plein staan opgesteld. Een geestelijke, dominee Edward Bruce uit Renfrew, zit zwijgend te lezen. Tegenover hem zit een man in het zwart. Rob J. herkent hem voor hij zich achter een zwart masker verbergt: het is Bruce zus-of-zo, een verarmde medisch student die als beul vijftien pond verdient. Dominee Bruce gaat het volk voor in psalm 130: 'Uit de diepten heb ik tot U geroepen, o Heer.' De veroordeelden krijgen hun gebruikelijke glas wijn en worden dan de verhoging op gebracht, waar acht doodskisten staan te wachten. Zes gevangenen willen niets meer zeggen. Een man die Hardie heet kijkt uit over de zee van gezichten en zegt met gedempte stem: 'Ik sterf als martelaar voor de gerechtigheid.' Andrew Gerould spreekt duidelijk. Hij maakt een vermoeide indruk en lijkt ouder dan hij is: drieëntwintig. 'Mijn vrienden, ik hoop dat u geen van allen gewond bent. Als dit gebeurd is, ga dan alsjeblieft rustig naar huis en lees in de bijbel.' Er wordt een kap over hun hoofd gezet. Twee van hen roepen vaarwel als de strop wordt aangebracht. Andrew zegt niets meer. Op een teken gebeurt het, en vijf sterven er zonder strijd. Drie trappen nog een tijdje. Andrews Nieuwe Testament valt uit zijn krachteloze vingers tussen de zwijgende menigte. Als ze losgesneden zijn, slaat de beul met een bijl de koppen af, een voor een, houdt het gruwelijke voorwerp bij het haar omhoog en zegt telkens, zoals de wet voorschrijft: 'Dit is het hoofd van een verrader!'

Soms, als Rob J. ontsnapte aan de droom, lag hij in het smalle bed onder de dakrand, voelde aan zijn ledematen en beefde van opluchting dat hij in leven was. Terwijl hij omhoog keek in het donker, vroeg hij zich af hoeveel mensen de dood gevonden hadden omdat hij dat pamflet geschreven had. Hoeveel lotsbestemmingen waren niet veranderd, hoeveel levens niet geëindigd omdat hij zijn geloof aan zoveel mensen had doorgegeven? De algemeen aanvaarde moraal zei dat beginselen het waard waren ervoor te vechten, te sterven. Maar als je alles bij elkaar beschouwde, was het leven dan niet het enige, kostbaarste bezit van een mens? En was het niet zijn taak als dokter, om bovenal het leven te beschermen en in stand te houden? Hij had zichzelf en Aesculapius, de vader van de heelkunde, gezworen dat hij nooit weer oorzaak zou zijn dat een mens stierf vanwege geloofsverschil, dat hij nooit weer iemand in woede zou slaan, en voor de duizendste keer stond hij versteld wat een vreselijke manier het voor die Bruce zus-en-zo geweest was om vijftien pond te verdienen.

7. De kleur van het schilderij

'Het is niet uw eigen geld dat u spendeert!' zei meneer Wilson hem op een morgen bits, toen hij een stapeltje bezoekbriefjes aanreikte. 'Het is geld dat door vooraanstaande burgers aan de Medische Dienst is geschonken. De liefdadigheidsfondsen moeten niet verspild worden aan grillen van een dokter die bij ons in dienst is.'
'Ik heb nooit liefdadigheidsgeld verspild. Ik heb nooit patiënten behandeld of ze recepten gegeven, als ze niet echt ziek waren en onze hulp hard nodig hadden. Het systeem deugt niet. Ik moet soms mensen behandelen voor een verrekte spier, terwijl anderen sterven omdat ze niet behandeld worden.'
'U gaat te ver, meneer.' De ogen en de stem van meneer Wilson waren kalm, maar zijn hand met de briefjes trilde. 'Begrijpt u dat u in de toekomst uw visites moet beperken tot de namen op de briefjes die ik u elke morgen geef?'
Rob had meneer Wilson dolgraag willen zeggen wàt hij begreep, en wat meneer Wilson kon doen met zijn bezoekbriefjes. Maar gezien zijn ingewikkelde omstandigheden had hij de moed niet. Hij dwong zichzelf dus tot een knikje en draaide zich om. Hij stopte het stapeltje briefjes in zijn zak en ging naar zijn wijk.

Die avond veranderde alles. Margaret Holland kwam op zijn kamer en ging op de rand van het bed zitten, haar plaats om verklaringen af te leggen.
'Ik bloed.'
Hij dwong zichzelf allereerst als dokter te denken. 'Heb je een bloeding, verlies je veel bloed?'
Ze schudde haar hoofd. 'Eerst een beetje meer dan gewoon. Toen net als bij mijn gewone bloeding. Bijna voorbij nu.'
'Wanneer is het begonnen?'
'Vier dagen geleden.'
'Vier dagen!' Waarom had ze zo lang gewacht voor ze het hem zei?

Ze keek hem niet aan. Ze zat doodstil, alsof ze zich schrap zette voor zijn woede, en hij besefte dat ze vier dagen tegen zichzelf gevochten had. 'Bijna had je het me helemaal niet gezegd, wel?'

Ze gaf geen antwoord, maar hij begreep het. Ondanks het feit dat hij een vreemde snuiter was, een protestant die vaak zijn handen waste, had hij voor haar een kans gevormd om tenslotte uit de gevangenis van haar armoede te ontsnappen. Hij had van nabij een blik geworpen in die gevangenis en was verbaasd dat ze hem überhaupt de waarheid gezegd had. In plaats dus van woede vanwege haar traagheid voelde hij bewondering, overweldigende dankbaarheid. Hij ging naar haar toe, trok haar overeind en kuste haar rood geworden ogen. Toen legde hij zijn armen om haar heen, hield haar vast en klopte haar nu en dan zachtjes op haar rug, alsof hij een bang kind op zijn gemak stelde.

De volgende morgen trok hij erop uit, zijn knieën nu en dan slap van opluchting. Mannen en vrouwen glimlachten als hij ze groette. Het was een nieuwe wereld met een stralender zon en een weldadiger lucht om te ademen.

Hij verzorgde zijn patiënten met ongewone aandacht, maar tussen de patiënten door tolde zijn hoofd. Eindelijk ging hij in Broad Street op een houten stoep zitten en overdacht verleden, heden en toekomst.

Voor de tweede keer was hij aan een vreselijk lot ontsnapt. Hij had het idee dat hij een waarschuwing had gekregen dat hij zijn bestaan zorgvuldiger, met meer ontzag moest gebruiken.

Hij zag zijn bestaan als een groot doek dat geschilderd werd. Wat hem ook overkwam, het schilderij zou over geneeskunst gaan, maar hij voelde wel aan dat het in grijze tinten zou zijn als hij in Boston bleef.

Amelia Holmes kon voor hem een 'schitterende partij' organiseren, zoals ze dat noemde, maar nu hij net ontsnapt was aan een liefdeloos, armelijk huwelijk, had hij niet de minste lust in koelen bloede een liefdeloos rijk huwelijk aan te gaan, of om zich op de huwelijksmarkt van Boston te laten verkopen: doktersvlees à zoveel per pond.

Hij wilde dat zijn leven geschilderd werd met de krachtigste kleuren die hij kon vinden.

Toen hij die middag klaar was met zijn werk, ging hij naar de Academie om de boeken te herlezen die zijn belangstelling zo gewekt hadden. Lang voor hij daarmee klaar was, wist hij waar hij heen wilde en wat hij wilde doen.

Die avond, toen Rob in zijn bed lag, klonk het vertrouwde klopje op de deur. Hij keek omhoog in het donker zonder zich te bewegen. Het krabbelige geluid klonk voor de tweede keer, toen voor de derde. Om verschillende redenen wilde hij naar de deur gaan en opendoen. Maar hij bleef onbeweeglijk liggen, als verstijfd, zoals in zijn nacht- merries, en tenslotte ging Margaret Holland weg.

Het kostte hem meer dan een maand om zijn voorbereidingen te tref- fen en ontslag te nemen bij de Medische Dienst van Boston. In plaats van een afscheidsfeestje ontleedden Holmes, Harry Loomis en hij op een gemeen koude decemberavond het lijk van een negerslavin die Della heette. Ze had heel haar leven gewerkt en haar lichaam was op- merkelijk gespierd. Harry had blijk gegeven van serieuze belangstel- ling en talent voor anatomie en zou op de Medische Opleiding de plaats van Rob J. gaan innemen. Holmes gaf onder het snijden uitleg en liet zien dat het behaarde uiteinde van de eileider 'als de franje aan de sjaal van een arme vrouw' was. Elk orgaan, elke spier deed een van hen aan een verhaal, een gedicht, een anatomische woordspeling of een vieze mop denken. Het was serieus wetenschappelijk werk, elk detail werd nauwgezet behandeld, en toch brulden ze onder het werk van het lachen en hun goedgeluimdheid. Na de ontleding gingen ze naar Café Essex en dronken tot sluitingstijd bisschopwijn. Rob beloof- de dat hij, als hij een vaste standplaats vond, contact zou houden met Holmes en met Harry en hun hulp in te roepen als dat nodig was. Ze scheidden zo kameraadschappelijk, dat Rob spijt had van zijn besluit. In de morgen liep hij naar Washington Street en kocht geroosterde kastanjes; hij nam ze mee naar het huis in Spring Street in een van de *Boston Transcript* gedraaide zak. Hij sloop de kamer van Meggy Hol- land binnen en legde ze onder haar hoofdkussen.

Even na het middaguur klom hij aan boord van een spoorwagon, die kort daarop door een stoomlocomotief van het spoorterrein werd ge- trokken. De conducteur die zijn kaartje controleerde keek achterdoch- tig naar zijn bagage, want hij had zijn viola da gamba en zijn kist niet in de bagagewagen willen zetten. Behalve zijn medische instrumen- ten en zijn kleding bevatte de kist nu de Ouwe Geilaard en zes staven sterke bruine zeep, dezelfde soort die Holmes gebruikte. Al had hij dus weinig contanten, hij vertrok veel rijker uit Boston dan dat hij er was aangekomen.

Het was vier dagen voor Kerstmis. De trein gleed langs huizen met een krans aan de deur en door de ramen van de huizen langs de spoorlijn waren kerstbomen te zien. Al vlug lieten ze de stad achter zich. Ondanks een lichte sneeuwval waren ze in minder dan drie uur in Worcester, het eindpunt van de Spoorweg van Boston. Passagiers moesten overstappen op de Westelijke Spoorweg en in die nieuwe trein zat Rob naast een gezette man die hem meteen een fles aanbood. 'Nee, vriendelijk bedankt,' zei hij, maar begon wel een gesprek om de pijnlijke weigering goed te maken. De man was handelsreiziger in gesmede nagels – haaknagels, klinknagels, tweekoppige, verzonken, ruitvormige en rozetnagels, in afmetingen van de kleinste spijkertjes tot enorme bootnagels – en hij liet Rob zijn monsters zien, een goede manier om de tijd te doden.

'Naar het Westen, op naar het Westen!' zei de handelsreiziger. 'U ook?'

Rob J. knikte. 'Hoe ver gaat u?'

'Helemaal naar het eind van de staat! Naar Pitsfield. En u, meneer?'

Het gaf hem een ongewoon grote voldoening om daarop te antwoorden; zoveel plezier dat hij grijnsde en zich moest inhouden om niet te schreeuwen zodat iedereen het kon horen, terwijl de woorden hun eigen muziek speelden en een zacht romantisch licht in elke hoek van de schommelende spoorwagon wierp.

'Naar het gebied van de Indianen,' zei hij.

8. Muziek

Hij reisde verder door Massachusetts en de staat New York via een reeks korte spoorlijnen die onderling verbonden waren door postkoetsen. Het was moeilijk, reizen in de winter. Soms moest een koets een tijd wachten terwijl wel twaalf ossen ploegen trokken om opeenhopingen van sneeuw op te ruimen of de sneeuw in elkaar te drukken met grote houten rollen. Logementen en herbergen waren duur. Hij was in het woud van de Allegheny-hoogvlakte in Pennsylvania toen zijn geld op was en hij prees zich gelukkig dat hij werk kon vinden in het kamp van Jacob Starr om houthakkers medisch te verzorgen. Als er een ongeluk gebeurde, was het meestal ernstig, maar in de tussentijd kon hij weinig doen en hij zocht bezigheden, hij hielp de mannen met het omhakken van naaldbomen die soms meer dan tweehonderdvijftig jaar oud waren. Gewoonlijk stond hij aan één kant van een 'ellendezweep' ofwel een tweepersoonszaag. Zijn lijf werd gehard en gespierder. In de meeste kampen was geen dokter en de houthakkers wisten hoe waardevol hij voor hen was; ze beschermden hem als hij hun gevaarlijke vak beoefende. Ze leerden hem zijn bloedende handen in pekelwater te houden, dan werden ze hard. 's Avonds jongleerde hij in het slaaphuis om zijn eeltige vingers soepel te houden voor operaties, en hij speelde voor hen op zijn viola da gamba en wisselde de begeleiding van hun wellustig gebrulde liederen af met stukken van J.S. Bach en Marais, waar ze verrukt naar luisterden.

De hele winter stapelden ze enorme stammen op aan de oever van een rivier. Aan de achterkant van elke bijl in het kamp zat op het staal een grote vijfpuntige ster. Telkens als er een boom geveld en gladgekapt was, keerden de mannen hun bijl om, sloegen het reliëf van de ster in het afgezaagde uiteinde en merkten hem zo als een stam van Starr. Wanneer de lentedooi begon, steeg de rivier tweeëneenhalve meter en voerde de stammen naar de Clarion. Er werden enorme boomvlotten gemaakt en daarop werden blokhutten gebouwd, keuken- en voorraadketen. Rob voer als een prins met de vlotten de rivier af, een trage, droomachtige reis, die alleen onderbroken werd als de stammen bleven steken en zich ophoopten, waarna ze uit elkaar gehaald werden door de bedreven, geduldige afduwers. Hij kreeg allerlei vogels en dieren te zien, terwijl ze over de kronkelige Clarion voeren tot die in de Allegheny stroomde, en op de stammen de Allegheny afdreven, helemaal naar Pittsburgh.

In Pittsburgh nam hij afscheid van Starr en de houthakkers. In een café werd hij aangenomen als arts voor een ploeg spoorwegarbeiders van de Washington & Ohio-Spoorweg, een maatschappij die wilde concurreren met de twee drukke kanalen in de staat. Met de werkploeg werd hij naar Ohio gebracht, naar het begin van een grote vlakte die in tweeën gedeeld was door twee glimmende rails. Rob kreeg een onderkomen bij de opzichters in vier spoorwagons. De lente was prachtig op de grote vlakte, maar de wereld van de W&O-Spoorweg was afschuwelijk. De spoorleggers, de egaliseerders en de voerlui waren geïmmigreerde Ieren en Duitsers, die werden beschouwd als goedkoop materiaal. Rob had de taak ervoor te zorgen, dat al hun krachten beschikbaar waren voor het aanleggen van de spoorlijn. Hij was blij met het loon, maar het was van het begin af aan noodlottig werk want de hoofdopzichter, Cotting, een man met een somber gezicht, was een stuk verdriet dat geen geld aan voedsel wilde besteden. De spoorweg nam jagers in dienst die heel wat wild doodden, en er was een cichoreidrank die doorging voor koffie. Maar behalve aan de tafel waaraan Cotting, Rob en de opzichters zaten, waren er geen groenten, kool, wortels of aardappels, niets waar ascorbinezuur in zat met uitzondering van, als zeldzame lekkernij, een blik bonen. De mannen hadden scheurbuik. Ondanks hun bloedarmoede hadden ze geen eetlust. Ze hadden gewrichtspijn, hun tandvlees bloedde, hun tanden vielen uit en hun wonden genazen niet. Ze werden letterlijk vermoord door ondervoeding en door het zware werk. Tenslotte brak Rob J. in met een koevoet in de afgesloten voorraadwagon en deelde kisten kool en aardappels uit tot de voedselvoorraad van de opzichters zelf verdwenen was. Gelukkig wist Cotting niet dat zijn jonge arts gezworen had geen geweld te gebruiken. Robs grootte en conditie en de koele minachting in zijn blik brachten de hoofdopzichter tot het besluit, dat het gemakkelijker was, hem te betalen om van hem af te zijn dan om tegen hem te vechten.

Hij had bij de spoorweg nauwelijks genoeg geld verdiend om een trage oude merrie te kopen, een tweedehands voorlader kaliber twaalf en een jachtgeweertje om kleiner wild mee te schieten, draad en naalden, een vislijn en haakjes, een roestige ijzeren bakpan en een jachtmes. Hij noemde het paard Monica Grenville ter ere van een knappe oudere vrouw, de vriendin van zijn moeder, op wie hij in zijn koortsige puberale fantasieën jarenlang had willen rijden. Het paard Monica Grenville gaf hem de kans om op zijn eigen manier naar het Westen te gaan. Toen hij eenmaal ontdekt had dat het geweer een afwijking had naar rechts, schoot hij gemakkelijk wild, en hij ving vis als hij de kans had, en als hij ergens kwam waar mensen een dokter nodig hadden, verdiende hij geld of spulletjes.

Hij stond versteld van de afmetingen van het land, de bergen, dalen en vlakten. Na een paar weken raakte hij overtuigd dat hij door kon trekken zolang hij leefde, voortsjokkend op Monica Grenville, altijd doorrijden in de richting van de ondergaande zon.

Zijn geneesmiddelen raakten op. Het was al moeilijk genoeg om een operatie te verrichten zonder hulp van de weinige pijnstillers die beschikbaar waren, maar hij had geen laudanum of morfine of een ander middel en moest vertrouwen op zijn snelheid als chirurg en op de kwalijke whisky die hij onderweg soms kon kopen. Fergusson had hem een paar handige trucs geleerd die hij nog wist. Omdat hij geen nicotinetinctuur had die ingenomen kon worden als spierverslapper om de rectale sluitspier te ontspannen bij een fisteloperatie, kocht hij de zwaarste sigaren die hij vinden kon en stak er de patiënt een in zijn anus tot de nicotine uit de tabak was opgenomen en de ontspanning optrad. In Ohio kwam op een keer een oude man naar hem toe terwijl hij bezig was met een patiënt die gebogen lag over een disselboom, en de sigaar stak eruit.

'Hebt u een vuurtje, meneer?' vroeg Rob J.

Later hoorde hij in de dorpswinkel de oude man zijn vrienden ernstig vertellen: 'Jullie geloven nooit hoe ze die rookten.'

In een café in Zanesville zag hij zijn eerste Indiaan, een bittere teleurstelling. In tegenstelling tot de prachtige wilden van James Fenimore

Cooper was de man een weke, suffe dronkaard met snot uit zijn neus, een zielig schepsel dat zich uit liet schelden terwijl hij bedelde om drank.

'Een Delaware, denk ik,' zei de kastelein toen Rob hem vroeg van welke stam hij was. 'Een Miami misschien. Of een Shawnee.' Hij haalde minachtend zijn schouders op. 'Wat kan het schelen? Die ellendige klootzakken zijn voor mij allemaal hetzelfde.'

Een paar dagen later ontdekte Rob in Columbus een corpulente jonge jood met een zwarte baard, Jason Maxwell Geiger, een apotheker met een welvoorziene zaak.

'Hebt u laudanum? Hebt u nicotinetinctuur? Kaliumjodide?' Wat hij ook vroeg, Geiger antwoordde met een glimlach en een hoofdknik, en Rob zwierf blij rond tussen de kruiken en potten. De prijzen waren niet zo hoog als hij had gevreesd, want Geigers vader en broer in Charleston fabriceerden farmaceutische artikelen en hij legde uit dat hij de dingen die hij zelf niet kon vervaardigen, bij zijn familie kon bestellen tegen gunstige prijzen. Rob J. sloeg dus flink wat in. Toen de apotheker zijn aankopen naar het paard hielp dragen, zag Geiger het grote ingepakte muziekinstrument en vroeg meteen aan zijn klant: 'Een cello zeker?'

'Een viola da gamba,' zei Rob en zag iets nieuws in de ogen van de man, niet direct begeerte, maar een droefgeestig verlangen, zo sterk dat het onmiskenbaar was. 'Wilt u hem zien?'

'U moet hem mee in huis nemen, aan mijn vrouw laten zien,' zei Geiger enthousiast. Hij ging hem voor naar de woning achter de apotheek. Binnen hield Lillian Geiger een theedoek voor haar keurs toen ze aan elkaar werden voorgesteld, maar Rob J. had de vlekken van haar lekkende borsten al gezien. In een wiegje sliep Rachel, hun dochtertje van twee maanden. Het huis rook naar de melk van mevrouw Geiger en versgebakken *halla*. In de donkere woonkamer stonden een paardeharen sofa en stoel en een piano. De vrouw glipte de slaapkamer in en verkleedde zich terwijl Rob J. de gamba uitpakte; toen bekeken zij en haar man het instrument en gingen met hun vingers over de zeven snaren en de tien fretten, alsof ze een pas herontdekt familie-icoon streelden. Ze liet hem haar piano zien, van zorgvuldig geolied donker notehout. 'Gemaakt door Alpheus Babcock uit Philadelphia,' zei ze. Jason Geiger haalde van achter de piano een ander instrument te voorschijn. 'Dit is gemaakt door Isaac Schwartz, een bierbrouwer die in Richmond, Virginia woont. Het is gewoon een fiedel, niet goed genoeg om viool te mogen heten. Ik hoop op een dag een echte viool te hebben.' Maar toen ze gingen stemmen bracht Geiger meteen mooie klanken ten gehore.

Ze keken elkaar behoedzaam aan, voor het geval ze het muzikaal niet met elkaar konden vinden.

'Wat?' vroeg Geiger en gaf de bezoeker de eer.

'Bach? Kent u deze prelude uit het *Wohltemperierte Clavier*? Het is uit boek twee, het nummer weet ik niet meer.' Hij speelde hun de beginmaten voor en meteen viel Lillian Geiger in en haar man, die knikte, ook. 'De twaalfde,' mompelde Lillian. Het kon Rob niet schelen dat hij het nummer niet wist, want dit soort spel was niet om houthakkers te vermaken. Het bleek meteen dat de man en de vrouw kundige en ervaren begeleiders waren van elkaar, en hij was zeker dat hij een figuur zou slaan. Terwijl hun muziek voortging, volgde de zijne vertraagd en stokkerig. Zijn vingers leken spastische sprongen te maken in plaats van over het muzikale pad te vloeien, net als zalmen die tegen een waterval op ploeteren. Maar halverwege de prelude raakte hij zijn vrees kwijt, want de gewoonten van vele jaren musiceren overwon de houterigheid als gevolg van gebrek aan oefening. Al vlug merkte hij dat Geiger met zijn ogen dicht speelde, terwijl zijn vrouw op haar gezicht een blik had van wezenloos genoegen, tegelijk voor anderen bestemd en intens persoonlijk.

De voldoening was bijna pijnlijk. Hij had niet beseft hoe hij de muziek gemist had. Toen ze klaar waren gingen ze zitten en grijnsden naar elkaar. Geiger ging vlug even weg om zijn winkel te sluiten, Lillian ging naar haar kindje kijken en een gebraad in de oven zetten, Rob tuigde de arme, geduldige Monica af en voerde haar. Toen ze terugkwamen, bleek dat de Geigers niets kenden van Marin Marais, terwijl Rob J. niets van buiten kende van die Poolse knaap, Chopin. Maar alle drie kenden ze de sonates van Beethoven. De hele middag sloten ze zich in een stralende, heerlijke afzondering. Toen het gejammer van een hongerige baby hun spel onderbrak, waren ze dronken van de koppige schoonheid van hun eigen geluiden.

De apotheker wilde niet dat hij vertrok. Het avondeten bestond uit roze lamsvlees met een vleugje rozemarijn en knoflook, geroosterd met worteltjes, nieuwe aardappeltjes en bramenmoes. 'U slaapt bij ons in de logeerkamer,' zei Geiger.

Rob voelde zich tot hen aangetrokken en vroeg Geiger naar de mogelijkheden voor dokters in die streek.

'Er wonen hier veel mensen, want Columbus is de hoofdstad van de staat en er is hier al een aantal dokters om ze te verzorgen. Voor een apotheek is het een goede plek, maar we vertrekken zelf uit Columbus als ons kindje groot genoeg is om de reis te kunnen maken. Ik wil zowel boer als apotheker zijn, en ik wil land om aan mijn kinderen na te laten. Landbouwgrond in Ohio is veel te duur. Ik heb een studie

gemaakt van plekken waar ik vruchtbaar land kan kopen dat te betalen is.'

Hij had kaarten die hij op tafel opensloeg. 'Illinois,' zei hij en wees Rob
J. het gedeelte van die staat aan die volgens zijn onderzoek het aantrek-
kelijkst was gebleken, een gedeelte tussen de Rocky en de Mississippi.
'Een goede watervoorziening. Prachtige bossen langs de rivieren. En
de rest is prairie, zwarte grond die nog nooit een ploeg gezien heeft.'

Rob J. bestudeerde de kaarten. 'Misschien moest ik daar ook heen
gaan,' zei hij tenslotte. 'Eens kijken of het me daar bevalt.'

Geiger straalde. Lange tijd bleven ze over de kaarten gebogen en ze
schreven de beste route op, terwijl ze goedmoedig redetwistten. Toen
Rob naar bed was, bleef Jay Geiger lang op en bij kaarslicht kopieerde
hij de muziek van een mazurka van Chopin. De volgende morgen na
het ontbijt speelden ze die. De twee mannen bekeken de kaart met de
route opnieuw. Rob J. sprak af dat hij, als Illinois zo goed bleek als
Geiger dacht, zich daar zou vestigen en zijn nieuwe vriend meteen
zou schrijven, om te zeggen dat hij zijn gezin naar het westelijk gebied kon brengen.

9. Twee landerijen

Illinois was meteen al interessant. Laat in de zomer, toen het taaie
groen van de prairie was uitgedroogd en gebleekt van vele dagen
zon, kwam Rob in die staat aan. In Danville keek hij hoe mannen water uit zoute bronnen in grote zwarte ketels uitdampten, en toen hij
vertrok had hij een pak zuiver zout bij zich. De prairie golfde en hier
en daar verrezen lage heuvels. De staat was rijk aan zoet water. Rob
zag maar een paar meertjes, maar wel een aantal moerassen dat beekjes voedde, en die samenstroomden tot rivieren. Als de mensen in Illinois het hadden over het land tussen de rivieren – ontdekte hij – dan
bedoelden ze gewoonlijk de zuidelijke punt van de staat, die tussen
de Mississippi en de Ohio lag. Daar lag een diepe, vette, aangeslibde
bodem van de twee rivieren. De mensen noemden die streek Egypte,
omdat ze meenden dat hij even vruchtbaar was als de befaamde
grond van de grote Nijl-delta. Op de kaart van Jay Geiger zag Rob J.
dat er tussen de rivieren in Illinois een aantal 'klein-Egyptes' was. Tijdens zijn korte ontmoeting met Geiger had hij respect voor de man
gekregen, en hij reisde verder naar de streek die volgens Jay het aan-
trekkelijkst was om zich te vestigen.

Het kostte hem twee weken om Illinois te doorkruisen. Op de veertiende dag liep het spoor waar hij over reed een bosrand in en bood hem verrukkelijke koelte en de geur van vochtige groeisels. Hij volgde het smalle spoor en hoorde het geluid van een hoop water en al vlug stond hij op de oostelijke oever van een flinke rivier, de Rocky, naar hij dacht.

Het was het droge seizoen, maar de stroom was sterk en de grote rotsen waaraan de rivier haar naam ontleende, maakte het water wit. Hij stuurde Monica langs de oever en zocht naar een mogelijk doorwaadbare plaats, toen hij bij een dieper, trager stuk kwam. Tussen twee hoge bomen op beide oevers was een dikke touwkabel gehangen. Een ijzeren driehoek en een stuk ijzer hingen aan een tak naast een bordje waarop stond:

HOLDEN'S CROSSING
BELLEN VOOR PONT

Hij sloeg flink op de triangel, naar het hem toescheen een hele tijd, alvorens hij een man op zijn gemak langs de andere oever zag lopen waar het vlot was gemeerd. Boven aan twee dikke verticale staken op het vlot zaten grote ijzeren ringen waardoor het opgehangen kabeltouw liep. Zo kon het vlot langs het touw glijden terwijl het met een vaarboom over de rivier werd geduwd. Toen het vlot in het midden was, had de stroom het touw stroomafwaarts getrokken, zodat de man met het vlot in een boog voer in plaats van recht over te steken. In het midden was het donkere, gladde water te diep voor de vaarboom en sleepte de man het vlot langzaam verder door aan het kabeltouw te trekken. De veerman zong en de woorden van zijn bariton waren voor Rob J. duidelijk te verstaan.

Ik trok door het land en ik hoorde een klacht
Van een oude vrouw met verdriet in haar ogen.
Ze keek naar de modder (het regende hard).
Ze bezemde flink en haar lippen bewogen.

'Het leven is zwoegen, de liefde een last,
De schoonheid verdwijnt en het geld gaat verloren,
't Plezier wordt steeds minder, en wat alles kost!
De wereld is anders dan ik wel mocht hopen.'

Er waren vele strofen, en lang voor de veerman ze gehad had, kon hij de vaarboom weer pakken. Toen het vlot dichterbij kwam, zag Rob een gespierde man, misschien in de dertig. Hij was een kop kleiner dan Rob en zag er heel Amerikaans uit, met zware laarzen aan zijn voeten, een bruine tiereteinbroek die te zwaar was voor het weer en een breedgerande leren hoed met zweetvlekken. Hij had een hele hoop zwart haar dat hij lang droeg, een volle zwarte baard en vooruitstekende jukbeenderen aan weerskanten van een kromme neus, waardoor zijn gezicht wreed geleken zou hebben als hij niet zulke blauwe ogen had gehad die vrolijk en vriendelijk keken. Naarmate de afstand tussen hen kleiner werd, voelde Rob de behoedzaamheid, de verwachting van onoprechtheid, die opkwam bij het zien van een vrouw van volmaakte schoonheid of een te knappe man. Maar deze veerman leek niet erg onoprecht.

'Hallo,' riep hij. Met een laatste duw tegen de stok zette hij het vlot knarsend op de zandbank. Hij stak zijn hand uit. 'Nicholas Holden, tot uw dienst.'

Rob schudde hem de hand en zei wie hij was. Holden had een stuk donkere, vochtige pruim uit zijn hemdzak gehaald en er met zijn mes een stuk afgesneden. Hij bood het Rob J. aan, die zijn hoofd schudde. 'Wat kost de overtocht?'

'Voor u drie cent. Tien voor het paard.'

Rob betaalde de gevraagde dertien cent vooraf. Hij bond Monica aan de ringen die daarvoor aan de bodem van het vlot zaten. Holden gaf hem ook een paal en het tweetal zette er grommend de schouder tegen.

'Wilt u zich hier gaan vestigen?'

'Mogelijk,' zei Rob voorzichtig.

'Toevallig geen hoefsmid?' Holden had de blauwste ogen die Rob bij een man ooit had gezien en die toch niets vrouwelijks hadden, doordat ze doordringend keken en de schijn wekten van heimelijk vermaak. 'Vervloekt,' zei hij, maar scheen niet verbaasd dat Rob zijn hoofd schudde. 'Ik zou willen dat ik een goede hoefsmid tegenkwam. Bent u boer?'

Hij fleurde zichtbaar op toen Rob hem zei dat hij dokter was. 'Hartelijk welkom, en nogmaals welkom! In Holden's Crossing hebben we een dokter nodig. Dokters mogen gratis met dit pontje,' zei hij en hield lang genoeg op met duwen om de drie cent plechtig terug te leggen in Robs hand.

Rob keek naar de muntjes. 'En die tien cent dan?'

'Verrek, ik denk toch niet dat dat paard ook dokter is?' Toen hij grijnsde was hij wel zo innemend dat je bijna dacht dat hij lelijk was.

Hij had een hutje van vierkant gehakte boomstammen, aangesmeerd met witte klei, bij een tuin en een bron, gelegen op een heuveltje dat uitzag op de rivier. 'Net op tijd voor het eten,' zei hij en al vlug zaten ze van een geurige stamppot te eten waarin Rob rapen en kool en uien herkende, maar hij vroeg zich af wat voor vlees erin zat. 'Ik heb vanmorgen een oude haas en een jong prairiehoen gevangen en ze zitten er allebei in,' zei Holden.

Bij de tweede portie in hun houten kom vertelden ze zoveel over zichzelf dat ze zich op hun gemak gingen voelen. Holden was een dorpsadvocaat uit de staat Connecticut. Hij had grootse plannen.

'Hoe komt het dat het dorp naar u genoemd is?'

'Dat hebben zíj niet gedaan,' zei hij minzaam. 'Ik was hier het eerst en ben met het pontje begonnen. Als iemand zich komt vestigen, zeg ik hoe het dorp heet. Niemand heeft ooit bezwaar gemaakt.'

Volgens Rob was de blokhut van Holden lang geen gezellige Schotse hut. Het was er donker en stoffig. Het bed, te dicht bij de rokerige vuurplaats, zat onder het roet. Holden zei hem vrolijk dat de ligging het enige goede aan dat onderdak was: binnen een jaar, zei hij, zou de hut afgebroken worden en er zou een mooi huis op die plaats komen. 'Ja, meneer, grote plannen.' Hij vertelde Rob J. wat er binnenkort zou komen: een herberg, een dorpswinkel, en straks ook een bank. Hij kwam er openlijk voor uit dat hij Rob wilde overhalen om zich in Holden's Crossing te vestigen.

'Hoeveel gezinnen wonen hier nu?' vroeg Rob J. en glimlachte meewarig bij het antwoord. 'Een dokter kan niet leven van de zorg voor zestien gezinnen.'

'Nou nee. Maar beginnende boeren zullen hier liever heen komen dan een man met een wijf. Al die zestien gezinnen wonen in het dorpsgebied. Buiten het dorp is er geen dokter van hier tot Rock Island, en er liggen heel wat boerderijen verspreid over de vlakte. U moet alleen een beter paard zien te krijgen en bereid zijn om een eindje verder op huisbezoek te gaan.'

Rob wist nog hoe bitter hij zich gevoeld had toen hij geen goede praktijk had kunnen uitoefenen onder de krioelende bevolking van Wijk Acht. Maar dit was weer te veel van het goede. Hij zei tegen Nick Holden dat hij er een nachtje over zou slapen.

Die nacht sliep hij in de hut op de vloer, gewikkeld in een lappendeken, terwijl Nick Holden in bed lag te snurken. Maar dat was niet erg voor iemand die de winter had doorgebracht in een barak met negentien stinkende, rochelende houthakkers. 's Morgens maakte Holden het ontbijt maar liet de afwas aan Rob over, met de mededeling dat hij iets te doen had en terug zou komen.

Het was een heldere, schone dag. De zon was al heet en Rob pakte zijn gamba uit en ging op een overschaduwde rots zitten op de open strook tussen de hut en de bosrand. Naast zich op de rots spreidde hij de kopie uit van Chopins mazurka die Jay Geiger voor hem had overgeschreven en begon ijverig te spelen.

Een halfuur misschien oefende hij op het thema en de melodie, tot het muziek begon te worden. Toen hij opkeek van het blad, het bos in, zag hij twee Indianen te paard die vanaf de rand van de open strook naar hem zaten te kijken.

Hij schrok ervan – ze herstelden het vertrouwen in James Fenimore Cooper, omdat het holwangige mannen waren met blote borst die er gespierd en mager uitzagen, glanzend van een of andere olie. Degene die het dichtst bij Rob was droeg een broek van hertevel en had een grote haakneus. Zijn geschoren hoofd werd in tweeën gedeeld door een kuif van stijf, ruw dierlijk haar. Hij had een geweer. Zijn metgezel was een grote man, even groot als Rob J., maar zwaarder. Hij had lang zwart haar, bijeengehouden door een leren hoofdband en hij droeg een lendendoek en leren beenstukken. Hij had een boog bij zich en Rob J. zag duidelijk de pijlenkoker om de hals van zijn paard hangen, zoals op een tekening in een van de boeken over Indianen in de Academie van Boston.

Hij wist niet of er in het bos nog meer waren. Als ze vijandige bedoelingen hadden, was hij verloren, want de viola da gamba is als wapen weinig waard. Hij kwam op het idee om weer te gaan spelen. Hij zette de strijkstok op de snaren en begon, maar niet met Chopin; hij wilde ze niet uit het oog verliezen door naar de muziek te kijken. Zonder na te denken speelde hij een zeventiende-eeuws stuk dat hij goed kende, *Cara la vita mia* van Oratio Bassani. Hij speelde het helemaal en toen nog eens tot halverwege. Tenslotte hield hij op, want hij kon niet eeuwig doorgaan met muziek spelen.

Achter zich hoorde hij iets; hij keerde zich half om en zag een eekhoorntje wegschieten. Toen hij weer opkeek was hij enorm opgelucht en teleurgesteld tegelijk want de twee Indianen waren weg. Eén ogenblik hoorde hij nog hun wegrijdende paarden; toen was het enig geluid het zuchten van de wind in de boombladeren.

Nick Holden probeerde zijn ongerustheid te verbergen toen hij terugkwam en het verhaal te horen kreeg. Hij keek snel in het rond maar er scheen niets weg te zijn.

'De Indianen hier in de streek waren Sauk. Een jaar of negen, tien geleden zijn ze over de Mississippi Iowa ingedreven, bij een strijd die de mensen de Oorlog van Zwarte Havik zijn gaan noemen. Een paar jaar geleden werden alle Sauk die nog in leven waren, verplaatst naar een reservaat in Kansas. Vorige maand hoorden we dat er zo'n veertig flinke kerels met hun vrouw en kinderen de benen genomen hadden, het reservaat uit. Ze zouden richting Illinois gaan. Ik denk dat zelfs zij niet zo stom zijn om het ons lastig te maken, zo'n handjevol. Ik denk dat ze gewoon hopen dat we ze met rust laten.'

Rob knikte. 'Als ze me lastig hadden willen vallen, hadden ze dat gemakkelijk gekund.'

Nick veranderde graag van onderwerp als het over iets ging dat Holden's Crossing in een slecht daglicht kon stellen. Hij had de morgen besteed aan het bekijken van vier percelen land, zei hij. Hij wilde ze laten zien, en op zijn aandringen zadelde Rob zijn merrie.

Het was grond van de regering. Onder het rijden legde Nick uit, dat het land door nationale inspecteurs in percelen van drieëndertig hectare was verdeeld. Particuliere grond kostte minstens twintig dollar per hectare, maar land van de overheid drie dollar: drieëndertig hectare voor honderd dollar. Vijf procent van het aankoopbedrag moest direct op tafel gelegd worden om het land toegewezen te krijgen, vijfentwintig procent moest binnen veertien dagen voldaan worden, en het restant moest worden afbetaald in drie gelijke delen: na twee, drie en vier jaar na de begindatum. Nick zei dat het het beste onontgonnen gebied was dat iemand ooit zou vinden en toen ze er kwamen, geloofde Rob hem ook. De percelen besloegen zo'n anderhalve kilometer van de rivier en er stond een flinke rand oeverbos op, dat verschillende bronnen bevatte en bouwhout. Achter het bos lag de vruchtbare belofte van onontgonnen grond.

'Ik zal u eens wat zeggen,' zei Holden. 'Ik zou dit land niet beschouwen als vier percelen van drieëndertig hectare, maar als twee van zesenzestig hectare. Op het moment geeft de regering nieuwe kolonisten de kans om twee stukken tegelijk te kopen, en dat zou ik doen als ik u was.'

Rob J. trok een gezicht en schudde zijn hoofd. 'Het is mooi land. Maar ik heb alleen die vijftig dollar niet.'

Nick Holden keek hem peinzend aan. 'Mijn toekomst is afhankelijk van het ontstaan van dit dorp. Als ik kolonisten kan aantrekken, bezit ik de dorpswinkel, bezit ik de molen, bezit ik de herberg. Kolonisten komen naar een plek waar een dokter is. Voor mij komt er geld in het laatje als u in Holden's Crossing komt wonen. Banken lenen geld uit tegen tweeëneenhalf procent rente per jaar. Ik geef u die vijftig dollar als lening tegen anderhalf procent, terug te betalen binnen acht jaar.'

Rob J. keek om zich heen en zuchtte diep. Het was góed land. Het leek hem zo'n goede plek dat hij moeite moest doen om zijn stem in bedwang te houden toen hij het aanbod aannam. Nick schudde hem

warm de hand en schoof zijn dank opzij: 'Gewoon een goede handel.'
Langzaam reden ze over de grond. Het dubbele perceel aan de zuidkant was aangeslibd land, praktisch vlak. Het noordelijker stuk was
golvend, met verschillende hoogten die je bijna heuveltjes kon noemen.
'Ik zou de stukken in het zuiden nemen,' zei Holden. 'De grond is beter en gemakkelijker te ploegen.'
Maar Rob J. had al besloten het meest noordelijke stuk te kopen. 'Ik
laat het meeste gras staan en ga schapen fokken, die kant van het boerenbedrijf ken ik. Maar ik weet iemand die heel graag met landbouw
wil beginnen en die wil misschien het zuidelijk gedeelte hebben.'
Toen hij Holden vertelde over Jason Geiger, grijnsde de jurist van plezier. 'Een apotheek in Holden's Crossing? Zou dat niet de klap op de
vuurpijl zijn? Nou, ik zal een bedrag deponeren voor het zuidelijke
stuk, om het op naam van Geiger te reserveren. Wil hij het niet, dan
zal het niet moeilijk zijn om zo'n goed land van de hand te doen.'
De volgende morgen trokken de twee mannen naar Rock Island, en
toen ze uit het Kadaster van de Verenigde Staten kwamen, was Rob J.
landeigenaar en schuldenaar tegelijk.
's Middags reed hij alleen terug naar zijn land. Hij bond zijn paard
vast en verkende te voet het bos en de prairiegrond, kijkend en plannen makend. Als in een droom liep hij langs de rivier en gooide stenen in het water. Hij kon nauwelijks geloven dat het allemaal van
hem was. In Schotland was heel moeilijk aan land te komen. De scha-
penboerderij van zijn familie in Kilmarnock was eeuwenlang van generatie op generatie overgegaan.
Die avond schreef hij een brief aan Jason Geiger en hij beschreef de
zesenzestig hectare die naast zijn land waren gereserveerd en hij
vroeg Geiger om hem zo vlug mogelijk te laten weten of hij eigenaar
van die grond wilde worden. Ook vroeg hij Jason om een grote voorraad zwavel te sturen, want Nick had hem schoorvoetend verteld dat
er in de lente altijd Illinois-schurft uitbrak, zoals ze dat noemden, en
het toedienen van een flinke hoeveelheid zwavel was het enige dat
daartegen scheen te helpen.

10. De knecht

Meteen werd er doorverteld dat er een dokter was. Drie dagen nadat
Rob J. in Holden's Crossing was aangekomen, werd hij vijfentwintig

kilometer ver weg geroepen naar zijn eerste patiënt en vanaf dat moment was hij doorlopend aan het werk. In tegenstelling tot de kolonisten uit zuid- en midden-Illinois, van wie de meeste uit zuidelijke staten kwamen, kwamen de boeren die zich in noord-Illinois vestigden uit New York en New England, iedere maand vaker, te voet, te paard, in een huifkar, soms met een koe, een stelletje varkens, een paar schapen. Zijn praktijk zou een enorm gebied beslaan: prairie die tussen grote rivieren golfde, doorsneden door beken, onderbroken door bosjes en ontsierd door diepe, modderige moerassen. Als patiënten bij hem kwamen, vroeg hij vijfenzeventig cent per consult. Als hij een visite bracht, rekende hij een dollar, en 's nachts anderhalve. Het grootste deel van zijn werkdag zat hij in het zadel omdat de boerderijen op dit vreemde platteland ver uit elkaar lagen. Als het avond werd, was hij vaak zo moe van het rijden dat hij alleen nog op de vloer in slaap kon vallen.

Hij zei Holden dat hij aan het eind van de maand een deel van zijn schuld kon afbetalen, maar Nick glimlachte en schudde zijn hoofd. 'Haast je niet. Ik wil je eigenlijk liever nog wat bijlenen. De winters zijn hard en je zult een sterker paard nodig hebben dan dat waar je op rijdt. En met al je gedokter heb je geen tijd om een hut te bouwen voor het gaat sneeuwen. Ik moest maar eens rondkijken of niemand dat tegen betaling voor je kan doen.'

Nick vond een huttenbouwer, Alden Kimball, een man zo mager als een spriet, onvermoeibaar, met gele tanden doordat hij voortdurend uit een stinkende maïskolf rookte. Hij was opgegroeid op een boerderij in Hubbardton, Vermont, en was sinds enige tijd zo'n vervloekte mormoon uit het dorp Nauvoo, Illinois, waar de mensen bekend stonden als Heiligen van de Laatste Dagen en de mannen, naar men zei, zoveel vrouwen hadden als ze maar wilden. Toen Rob J. hem ontmoette, zei Kimball dat hij ruzie had gehad met de ouderlingen en er net tussenuit geknepen was. Rob J. had weinig lust om hem verdere vragen te stellen. Het was voor hem genoeg dat Kimball met bijl en hak omsprong alsof ze een deel van zijn lichaam vormden. Hij velde bomen en kapte de takken weg en platte ze ter plaatse aan twee kanten af, en op een dag huurde Rob een os van een boer die Grueber heette. Rob voelde wel aan dat Grueber hem zijn waardevolle os niet had toevertrouwd als Kimball er niet bij geweest was. De afvallige heilige hield geduldig vol dat hij de os wel kon mennen en in één dag sleepten de twee mannen en het dier de vlak gekapte stammen naar de bouwplaats bij de rivier die Rob had uitgezocht. Terwijl Kimball de grondbalken met houten pennen aan elkaar bevestigde, zag Rob dat er in de ene grote balk die de noordelijke wand moest dragen ongeveer op een derde een lelijke bocht zat, en daar maakte hij Kimball op attent.

'Komt wel goed,' zei Kimball en Rob ging weg en liet hem doorgaan.

Toen Rob een paar dagen later op de bouwplaats ging kijken, zag hij dat de wanden van de hut er al stonden. Alden had de balken dichtgesmeerd met klei, ergens van de oever afgegraven, en was de kleistroken aan het witten. Aan de noordelijke kant hadden alle balken een afwijking die praktisch overeenkwam met die van de grondbalk, waardoor de hele wand een beetje krom stond. Het moest Alden heel wat tijd gekost hebben om stammen te vinden met precies de juiste afwijking, en ja, twee van de stammen hadden met de hak bewerkt moeten worden om ze erin te passen.

Alden vertelde hem over een renpaard dat Grueber te koop had. Toen Rob J. bekende dat hij weinig verstand had van paarden, haalde Kimball zijn schouders op. 'Vier jaar, nog steeds in de groei. Er lijkt me niets mis mee.'

Dus Rob kocht de snelle merrie. Het was een bloedvos, zoals Grueber het noemde, meer rood dan bruin, met zwarte benen, manen en staart, en zwarte vlekken als sproeten op heel haar voorhoofd, vijftien hand hoog, met een stevig lijf en een intelligente blik in haar ogen. Omdat de sproeten hem deden denken aan het meisje dat hij in Boston gekend had, noemde hij haar Margaret Holland. Afgekort Meg.

Hij merkte wel dat Alden een oog had voor dieren en op een morgen vroeg hij Kimball of hij, als de hut klaar was, wilde blijven om als knecht op de boerderij te werken.

'Tja… Wat voor bedrijf?'

'Schapen.'

Alden trok een gezicht. 'Ik weet niets van schapen. Heb altijd met melkkoeien gewerkt.'

'Ik ben opgegroeid tussen de schapen,' zei Rob. 'Ze hoeden, daar is niets aan. Schapen hebben de neiging bij elkaar te drommen, op de open prairie kunnen ze gemakkelijk door één man met een hond gehoed worden. Wat de andere klussen betreft, castreren en scheren en zo, dat kan ik je leren.'

Alden deed alsof hij weifelde, maar dat was maar uit beleefdheid. 'Om de waarheid te zeggen, ik ben niet zo dol op schapen. Nee,' zei hij tenslotte. 'Hartelijk bedankt, maar toch liever niet.' Misschien om van onderwerp te veranderen, vroeg hij Rob wat hij van plan was met zijn oude paard. Monica Granville had hem naar het westen gebracht, maar het was een uitgeput rijdier. 'Ik denk niet dat u veel voor haar krijgt als u haar niet weer in conditie brengt. Op de prairie staat genoeg gras, maar als wintervoer zult u hooi moeten kopen.'

Dat probleem werd een paar dagen later opgelost, toen een boer die kort bij kas was voor een bevalling een wagenlading hooi betaalde. Na overleg stemde Alden ermee in om het dak van de hut aan de zuidkant uit te bouwen en de hoeken met palen te steunen, zodat er een open stal voor twee paarden ontstond. Een paar dagen nadat het klaar was, kwam Nick langs om de hut te bekijken. Hij grinnikte om de aangebouwde stal en vermeed de blik van Alden Kimball. 'Het is wel een rare hut geworden, dat zul je moeten bekennen.' En hij keek bedenkelijk naar de noordkant van de hut. 'Die verrekte wand is krom.'

Rob J. wreef met zijn vingertoppen bewonderend over de bocht in de balken. 'Nee, die is opzettelijk zo gebouwd, dat vinden we mooi. Dat maakt hem anders dan andere hutten die je tegenkomt.'

Toen Nick weg was, werkte Alden zwijgend nog een uurtje door. Toen hield hij op met het inslaan van pennen en liep naar de plek waar Rob Megs vacht aan het roskammen was. Hij klopte tegen de hak van zijn laars het restje tabak uit zijn pijp. 'Ik kan misschien toch wel met schapen leren omgaan,' zei hij.

11. De kluizenares

Voor zijn eerste kudde besloot Rob J. voornamelijk Spaanse merino's te nemen, want hun fijne wol zou een waardevolle oogst opleveren en hij wilde ze kruisen met een langharig Engels ras, zoals zijn familie in Schotland gedaan had. Hij zei Alden dat hij de dieren pas in de lente wilde kopen en zo de kosten en het werk besparen om ze gedurende de winter te houden. Intussen werkte Alden aan een voorraad hekpalen, bouwde twee overdekte stallen en maakte in het bos een hut voor zichzelf. Gelukkig kon de knecht zonder toezicht werken, want Rob J. had zijn handen vol. De mensen in de buurt hadden het zonder dokter moeten stellen en de eerste paar maanden deed hij zijn best om de gevolgen van verwaarlozing en huismiddeltjes te herstellen. Hij zag patiënten met jicht, kanker, waterzucht en scrofulose en te veel kinderen met wormen, en mensen van alle leeftijden met tering. Hij werd moe van het trekken van rotte kiezen. Tanden trekken vond hij net zo erg als het afzetten van een lichaamsdeel: hij had er een hekel aan iets weg te halen dat nooit meer terug zou komen.

'Wacht maar tot de lente, dan komt iedereen aanzetten met een of ander soort koorts. Je wordt nog rijk,' zei Nick Holden vrolijk. Zijn huisbezoeken gingen over verre, bijna onzichtbare paden. Nick wilde hem een revolver lenen tot hij er een kon kopen. 'Reizen is gevaarlijk, er zijn bandieten: struikrovers en nu die vervloekte vijanden.'

'Vijanden?'

'Indianen.'

'Heeft iemand anders ze gezien?'

Nick trok een lelijk gezicht. Ze waren verschillende keren gezien, zei hij, maar erkende met tegenzin dat ze niemand hadden aangevallen. 'Tot nu toe,' voegde hij er somber aan toe.

Rob J. kocht geen handwapen en ook dat van Nick nam hij niet mee. Op zijn nieuwe paard voelde hij zich veilig. Ze had een groot uithoudingsvermogen en hij genoot dat ze zo vast ter been was als ze steile oevers op en af moest en door snelle beken moest waden. Hij leerde haar dat ze van beide kanten bestegen kon worden en om naar hem toe te komen draven als hij floot. Renpaarden werden gebruikt om vee te hoeden en Grueber had haar al geleerd te starten, te stoppen, snel te keren en te reageren op de geringste verschuiving van Robs gewicht of de minste beweging van de teugels.

Op een dag in oktober werd hij bij Gustav Schroeder geroepen, die twee vingers van zijn rechterhand had verbrijzeld tussen zware rotsblokken. Onderweg verdwaalde Rob en hij stopte bij een armoedige hut, die bij goed verzorgde akkers stond, om de weg te vragen. De deur ging maar op een kier open, maar de vreselijkste stank kwam op hem af: verzuurde lichaamsgeur, bedorven lucht, verrotting. Een gezicht tuurde erdoor en hij zag rode gezwollen ogen en klam, vuil aangekoekt heksenhaar. 'Ga weg!' beval een schorre vrouwenstem. Iets ter grootte van een hondje schoot door de kamer achter de deur. Toch geen kind hier? De deur sloeg met een klap dicht.

De verzorgde akkers bleken van Schroeder te zijn. Toen Rob bij de boerderij kwam, moest hij de pink en het eerste kootje van de ringvinger van de boer afzetten, pijnlijk voor de patiënt. Toen hij klaar was, vroeg hij aan Schroeders vrouw wie de vrouw in die hut was en Alma Schroeder keek een beetje beschaamd.

'Dat is die arme Sarah maar,' zei ze.

12. De grote Indiaan

De nachten werden koud en kristalhelder, met grote sterren; daarna was de lucht wekenlang betrokken. Er viel sneeuw, lieflijk en vreselijk, voordat het half november was; toen kwam de wind die door de dikke witte deken sneed en hem opwierp in hopen die de merrie hinderden maar nooit afschrokken. Toen Rob J. zag hoe het renpaard reageerde op de sneeuw, zo moedig, begon hij echt van haar te houden.

De bittere kou op de vlakte bleef de hele maand december en tot ver in januari. Toen hij eens vroeg in de morgen naar huis reed, na een nacht op gezeten te hebben in een rokerige plaggenhut met vijf kinderen, van wie er twee ernstige kroep hadden, kwam hij twee Indianen tegen die grote moeilijkheden hadden. Hij herkende meteen de mannen die naar hem hadden geluisterd toen hij bij Nick Holdens hut de gamba zat te spelen. Uit de kadavers van drie hazen bleek dat ze op jacht waren geweest. Een van de paardjes was gestruikeld, zijn voorvoet was bij de vetlok gebroken en hij had zijn berijder, de Sauk met de haakneus, ingeklemd. Zijn metgezel, de enorme Indiaan, had het paard meteen gedood door zijn buik open te halen en het was hem gelukt de man onder het kadaver uit te sleuren en hem in de dampende buik van het paard te zetten om hem voor bevriezing te behoeden. 'Ik ben dokter. Ik kan jullie misschien helpen.'

Ze verstonden geen Engels, maar de grote Indiaan deed geen poging te verhinderen dat hij de gewonde man onderzocht. Zodra hij onder de haveloze pelskleding voelde was het duidelijk dat de rechterheup van de jager aan de achterkant ontzet was en dat hij pijn had. De grote beenzenuw was beschadigd, want zijn voet hing los en toen Rob hem de schoen van huid uitdeed en hem prikte met een mespunt, kon hij zijn tenen niet bewegen. De skeletspieren waren door de pijn en de vrieskou zo onhandelbaar geworden als hout en de heup kon niet ter plaatse gezet worden.

Tot Rob J.'s ergernis stapte de grote Indiaan op zijn paard en reed weg, over de prairie naar de bosrand, misschien om hulp te halen. Rob had een door de motten aangevreten jas van schaapsvacht aan, vorige winter met pokeren gewonnen van een houthakker. Die deed hij uit en legde hem over de patiënt. Toen maakte hij zijn zadeltas open en haalde er verbanddoek uit waarmee hij de benen van de Indiaan samenbond om de ontzette heup te stabiliseren. Nu kwam de grote Indiaan terug. Hij sleepte twee schoongekapte boomtakken met zich mee van stevig maar buigzaam hout. Hij bond ze aan weerskanten van zijn paard als de armen van een disselboom en verbond ze met een paar kledingstukken van huid tot hij een sleepbaar had. Hierop bonden ze de gewonde man vast, die vreselijk moest lijden terwijl hij gesleept werd, ook al was zo'n rit door de sneeuw niet zo ruw als hij over de kale grond geweest was.

Terwijl Rob J. achter de slee reed, begon er natte sneeuw te vallen. Ze reden langs de rand van het bos langs de rivier. Eindelijk wendde de Indiaan zijn paard naar een opening tussen de bomen en ze reden het Sauk-kamp in.

Kegelvormige wigwams van huid – het bleken er zeventien te zijn toen Rob J. de kans kreeg ze te tellen – waren opgezet tussen de bomen, waar ze beschut stonden tegen de wind. De Sauk waren warm gekleed. Overal waren tekenen dat ze uit het reservaat waren, want ze droegen afgedankte kleding van blanken naast dierehuiden en pelzen en in verschillende tenten waren munitiekisten te zien. Ze hadden genoeg dood brandhout en grijze slierten kringelden uit het rookgat van de wigwams. Maar het ontging Rob J. niet dat ze met begerige handen naar de drie magere hazen grepen en dat alle gezichten die hij zag uitgeteerd waren, want hij had eerder stervende mensen gezien.

De gewonde man werd in een van de wigwams gebracht en Rob ging achter hem aan. 'Spreekt hier iemand Engels?'

'Ik ken je taal.' De leeftijd was moeilijk vast te stellen, want de spreekster droeg dezelfde vormeloze hoop pelskleding als alle anderen, haar hoofd was bedekt met een muts van aan elkaar genaaide vachtjes van de grondeekhoorn, maar het was een vrouwenstem.

'Ik weet hoe ik die kerel op kan knappen. Ik ben dokter. Weet je wat een dokter is?'

'Dat weet ik.' Haar bruine ogen keken hem van onder de pelsplooien rustig aan. Ze sprak een paar woorden in haar eigen taal en de anderen in de tent wachtten af en keken naar hem.

Rob J. pakte een paar stukken hout van de stapel en stookte het vuur op. Toen hij de man zijn kleren uittrok, zag hij dat de heup naar binnen gedraaid was. Hij trok de knieën van de Indiaan op tot ze helemaal gebogen waren en toen zorgde hij er met hulp van de vrouw voor dat sterke handen de man stevig op de grond hielden. Hij kroop in elkaar tot zijn rechterschouder aan de gekwetste kant precies onder de knie zat. Hij drukte uit alle macht omhoog en je hoorde het knappen toen de kogel van het gewricht terugschoot in de kom.

De Indiaan lag erbij als een dode. De hele tijd had hij nauwelijks gekreund en Rob J. meende dat hij een slok whisky met laudanum nodig had. Maar die twee medicamenten zaten in zijn zadeltas; voordat hij ze kon pakken had de vrouw water in een kalebas gedaan, het gemengd met poeder uit een herteleren zakje en het aan de gekwetste man gegeven die het gretig opdronk. Ze zette haar handen op de heupen van de man, keek hem in de ogen en zei op zangtoon iets in hun taal. Van wat Rob J. zag en hoorde ging het haar in zijn nek overeind staan. Het drong tot hem door dat zij hun dokter was. Of misschien een soort priesteres.

Op dat moment kregen de slapeloze nacht en het vechten tegen de sneeuw van de laatste vierentwintig uur hem te pakken. In een nevel van vermoeidheid liep hij de schemerig verlichte wigwam uit, naar de groep besneeuwde Sauk die buiten stond te wachten. Een oude man met een slijmig oog raakte hem bewonderend aan. 'Cawso wabeskiou!' zei hij, en de anderen namen het over: 'Cawso wabeskiou! Cawso wabeskiou!'

De dokter-priesteres kwam uit de tent. Toen de kap van haar gezicht wegzwaaide, zag hij dat ze niet oud was. 'Wat zeggen ze?'

'Ze noemen je een blanke sjamaan.'

De medicijnvrouw zei hem dat – om redenen die hem meteen duidelijk waren – de gekwetste man Waucau-che heette, Arendsneus. De naam van de grote Indiaan was Pyawanegawa, Komt Zingend. Toen Rob J. op weg was naar zijn eigen hut, kwam hij Komt Zingend en twee andere Sauk tegen die toen Arendsneus teruggebracht was, meteen teruggereden moesten zijn naar het paardekadaver om eerder bij het vlees te zijn dan de wolven. Ze hadden het dode paardje in stukken gesneden en brachten het vlees mee op twee lastpaarden. Ze reden achter elkaar toen ze hem passeerden, zonder ook maar een blik op hem te werpen, alsof ze langs een boom reden.

Toen Rob J. thuisgekomen was, schreef hij in zijn dagboek en probeerde hij uit zijn geheugen een tekening van de vrouw te maken, maar hoe hij ook probeerde, hij kreeg niets anders dan een soort algemeen Indiaans gezicht, geslachtloos en star van de honger. Hij had slaap nodig maar zijn strozak trok hem niet aan. Hij wist dat Gus Schroeder nog gedroogde maïskolven te koop had en Alden had gezegd dat Grueber een beetje graan bewaard had om op de markt te verkopen. Hij reed op Meg en leidde Monica, en die middag ging hij terug naar het kamp van de Sauk en zette er twee zakken maïs af en een zak koolraap en een zak tarwe.

De medicijnvrouw bedankte hem niet. Ze keek gewoon naar de zakken voedsel en stiet een aantal bevelen uit en beluste handen trokken ze de wigwams in, uit de kou en het vocht. De wind blies haar kap open. Ze was echt een roodhuid: haar gezicht was intens roodbruin. Ze had een opvallende bobbel op haar neus en bijna negroïde neusgaten. Haar bruine ogen waren verbazend groot en ze keek hem recht in de ogen. Toen hij haar naam vroeg, zei ze dat ze Makwa-ikwa heette. 'Wat betekent dat in het Engels?'

'Beervrouw,' zei ze.

13. De koude tijd door

De stompjes van Gus Schroeders afgezette vingers genazen zonder infectie. Rob J. ging misschien te dikwijls bij de boer langs, want hij was geïntrigeerd door de vrouw in de hut op Schroeders land. Alma Schroeder wilde eerst niet veel loslaten, maar toen ze ervan overtuigd raakte dat Rob J. hulp wilde bieden, kreeg ze een moederlijke mededeelzaamheid over de jonge vrouw. Sarah, tweeëntwintig, was weduwe; ze was vijf jaar tevoren van Virginia naar Illinois gekomen met haar jonge man, Alexander Bledsoe. Twee lentes had Bledsoe de koppige, diep gewortelde zoden ontgonnen, vechtend met een ploeg en een span ossen om zijn akkers zo groot mogelijk te maken voordat de halmen van het zomerse prairiegras tot boven zijn hoofd groeiden. In mei van het tweede jaar kreeg hij Illinois-schurft en daarop volgde een koorts waar hij aan stierf.

'De volgende lente probeert ze te ploegen en te planten, helemaal in haar eentje,' zei Alma. 'Ze haalt een kleine *Ernte* binnen, ontgint nog een stukje, maar ze kan het gewoon niet. Gewoon niet boeren. Die zomer komen wij uit Ohio, Gus en ik. We maken, hoe noem je dat, een spraak? Zij geeft haar akkers aan Gustav, wij zorgen dat ze maïsmeel heeft, groente. Brandhout.'

'Hoe oud is dat kind?'

'Twee jaar,' zei Alma Schroeder kalm. 'Ze heeft het nooit gezegd, maar we denken dat Will Mosby de vader was. Will en Frank Mosby, broers, woonden eerst ginds aan de rivier. Toen we hierheen verhuisden, was Will Mosby vaak bij haar. Wij waren blij. Hier heeft een vrouw een man nodig.' Alma zuchtte minachtend. 'Die broers. Waardeloos, waardeloos. Frank Mosby is op de loop voor de wet. Will werd gedood bij een gevecht in een kroeg, kort voor het kindje komt. Een paar maanden later wordt Sarah ziek.'

'Ze heeft wel pech gehad.'

'Wel pech. Ze is erg ziek, zegt dat ze sterft aan kanker. Krijgt pijn in haar buik, doet zo'n pijn dat ze niet… Weet u… Het water binnen kan houden.'

'Heeft ze ook geen darmbeheersing meer?'

Alma Schroeder kreeg een kleur. Praten over een buitenechtelijk geboren kindje was gewoon een waarneming van de grillen van het bestaan, maar ze was niet gewend om lichaamsfuncties te bespreken met iemand anders dan Gus, zelfs niet met een dokter.

'Nee. Alleen het water... Ze wil dat ik de jongen in huis neem als ze sterft. Wij hebben er al vijf te voeden...' Ze keek hem fel aan. 'Hebt u een middel voor haar tegen de pijn?'

Iemand met kanker had de keus tussen whisky en opium. Er was niets wat ze kon innemen en dan toch voor haar kind zorgen. Maar toen hij bij Schroeder wegging, steeg hij af bij haar afgesloten hut waar geen teken van leven was. 'Mevrouw Bledsoe,' riep hij. Hij klopte op de deur.

Niets.

'Mevrouw Bledsoe. Ik ben Rob J. Cole. Ik ben dokter.' Hij klopte weer.

'Ga weg!'

'Ik zei dat ik dokter ben. Misschien kan ik iets doen.'

'Ga weg. Ga weg. Ga weg.'

Op het eind van de winter begon de hut echt zijn thuis te worden. Van overal waar hij kwam, bracht hij alledaagse dingen mee: een ijzeren pan, twee tinnen kroezen, een gekleurde fles, een aarden kom, houten lepels. Sommige dingen nam hij aan als betaling, zoals een paar oude maar heel geschikte lappendekens; de ene hing hij tegen de noordelijke wand om de tocht tegen te gaan en met de andere warmde hij het bed dat Alden Kimball voor hem getimmerd had. Alden maakte ook een driepotige stoel voor hem en een lage bank voor bij het vuur, en vlak voor de sneeuw kwam, had Kimball een stuk van een esdoorn van negentig centimeter hoog de hut in gerold en op zijn platte kant gezet. Hij spijkerde er een paar planken op en Rob spreidde er een oude wollen deken over. Aan die tafel zat hij als een koning op het beste meubelstuk in huis: een stoel met een zitting van gevlochten bitternootbast, waarop hij zat te eten of voor hij naar bed ging boeken en tijdschriften zat te lezen bij het onzekere licht van een lap die brandde in een schotel gesmolten reuzel. De haard van riviersteen en klei hield het hutje warm. Erboven hingen zijn geweren op pinnen en aan de dakspanten had hij bosjes kruiden gehangen, vlechten uien en knoflook, draden met gedroogde schijfjes appel en een harde worst en een ham, zwart van de rook. In een hoek bewaarde hij zijn gereedschap: een schoffel, een bijl, een schop, een hooivork, allemaal gemaakt met verschillend vakmanschap.

Nu en dan speelde hij op zijn viola da gamba. Meestal was hij te moe om in zijn eentje te musiceren. Op 2 maart kwam er op het postkoetskantoor in Rock Island een brief van Jay Geiger aan met een voorraad zwavel. Geiger schreef dat de beschrijving van Rob J. van het land in

Holden's Crossing meer was dan waarop hij en zijn vrouw hadden durven hopen. Hij had Nick Holden een wissel gestuurd om de aanbetaling op de percelen te dekken en zou de verdere betalingen aan het regeringskadaster op zich nemen. Jammer genoeg waren de Geigers voorlopig nog niet van plan om naar Illinois te komen: Lillian was weer zwanger, 'een onverwachte gebeurtenis, die ons wel vervult van vreugde, maar die ons vertrek zal uitstellen.' Ze zouden wachten tot hun tweede kind was geboren en groot genoeg was om de ruige rit over de prairie te overleven.

Rob J. las de brief met gemengde gevoelens. Hij was blij dat Jay vertrouwde op het land dat hij had aanbevolen en eerdaags zijn buurman zou worden. Toch wanhoopte hij, want er was voorlopig geen uitzicht op. Hij had er heel wat voor over gehad om met Jason en Lillian bij elkaar te kunnen gaan zitten om muziek te maken die hem troostte en zijn ziel in vervoering bracht. De prairie was een enorme, stille gevangenis en de meeste tijd zat hij er alleen in.

Hij zei bij zichzelf dat hij een aardige hond moest zien te vinden.

Midden in de winter waren de Sauk weer mager en hongerig. Gus Schroeder vroeg zich hardop af waarom Rob J. nog twee zakken maïs wilde kopen, maar toen Rob geen verklaring gaf, vroeg hij niet door. De Indianen accepteerden die tweede maïsgift stilzwijgend en zonder zichtbare emotie, net als de vorige keer. Hij bracht Makwa-ikwa een pond koffie en zat geregeld bij haar vuur. Ze versneed de koffie met zoveel gedroogde wilde wortel, dat het anders smaakte dan alle koffie die hij ooit gedronken had. Ze dronken hem zwart; hij was niet lekker, maar wel heet, en smaakte een beetje Indiaans. Allengs kwamen ze een en ander van elkaar te weten. Zij had vier jaar op school gezeten op een missiepost voor Indiaanse kinderen bij Fort Crawford. Ze kon een beetje lezen en had van Schotland gehoord, maar toen hij dacht dat ze wel christin zou zijn, corrigeerde ze hem. Haar volk aanbad Se-wanna – hun hoofdgod – en andere *manitou*'s, en ze vertelde hem hoe je het deed, op de oude manier. Hij zag dat ze net zo goed priesteres was als iets anders, waardoor ze ook een goede heelster was. Ze wist alles van de botanische geneesmiddelen in die streek en er hingen bossen gedroogde kruiden aan haar tentpalen. Verschillende keren zag hij haar Sauk behandelen; eerst hurkte ze neer naast de zieke Indiaan en speelde zacht op een trommel, gemaakt van een aardewerk kruik, voor tweederde gevuld met water, met een dunne gelooide huid over de opening gespannen. Ze wreef over het trommelvel met een gebogen stokje. Het gevolg was een laag dondergeluid dat op den duur een slaapverwekkend effect had. Na een tijdje legde ze beide handen op het lichaamsdeel dat genezen moest wor-

71

den en sprak de zieke toe in hun taal. Hij zag haar de geblesseerde rug van een jonge man op die manier behandelen en de pijn verzachten in de botten van een oude vrouw.

'Hoe laten je handen de pijn verdwijnen?'

Maar ze schudde haar hoofd. 'Ik kan niet uitleggen.'

Rob J. nam de handen van de oude vrouw in de zijne. Ondanks het feit dat haar pijn verdreven was, voelde hij haar krachten wegebben. Hij zei Makwa-ikwa dat de oude vrouw nog maar een paar dagen zou leven. Toen hij vijf dagen later terugkwam in het kamp van de Sauk, was ze dood.

'Hoe wist je dat?' vroeg Makwa-ikwa.

'De naderende dood… Een paar mensen bij ons in de familie kunnen dat voelen. Een soort gave. Ik kan het niet uitleggen.'

Zo namen ze elkaar in vertrouwen. Hij vond haar ontzettend interessant, heel anders dan wie hij ook gekend had. Zelfs toen bestond er al een fysiek besef tussen hen. Meestal zaten ze bij haar vuurtje in de wigwam en dronken koffie of praatten. Op een dag probeerde hij te vertellen hoe het in Schotland was en hij wist echt niet hoeveel ze ervan begreep, maar ze luisterde en stelde nu en dan een vraag over wilde dieren of gewassen. Ze legde hem de stammenorganisatie van de Sauk uit en nu moest zij geduldig zijn, want hij vond het ingewikkeld. Het Sauk-volk was verdeeld in twaalf stamgroepen, te vergelijken met de Schotse *clans*, maar in plaats van McDonald en Bruce en Stewart hadden ze de volgende namen: *Namawuck*, Steur; *Muc-kissou*, Kale Arend; *Pucca-hummowuck*, Geringde Baars; *Macco Pennyack*, Beeraardappel; *Kiche Cumme*, Groot Meer; *Payshake-issewuck*, Hert; *Pesshe-peshewuck*, Panter; *Waymeco-uck*, Donder; *Muck-wuck*, Beer; *Me-seco*, Zwarte Baars; *Aha-wuck*, Zwaan; en *Mubwha-wuck*, Wolf. De clans leefden samen zonder wedijver, maar elke Sauk-man behoorde tot een van de twee sterk rivaliserende Helften, de *Keeso-qui*, de Langharen, of de *Osh-cush*, de Dapperen. Elk eerste mannelijk kind werd bij zijn geboorte verklaard tot lid van zijn vaders Helft, de tweede zoon werd lid van de andere Helft, enzovoort, afwisselend, zodat binnen elke familie en elke clan de twee Helften min of meer gelijk vertegenwoordigd waren. Ze wedijverden in spelen, in jacht, in het maken van kinderen, in prestaties en heldendaden – in alle aspecten van hun bestaan. De woeste wedijver hield de Sauk sterk en moedig, maar tussen de Helften bestonden geen bloedveten. Het trof Rob J. dat het een verstandiger systeem was dan dat waar hij vertrouwd mee was, beschaafder, want in vele eeuwen van bloedige, vernietigende strijd waren duizenden Schotten gedood door mannen van een rivaliserende clan.

Vanwege het gebrek aan voedsel en uit wantrouwen tegen de Indiaanse manier van voedselbereiding, wilde hij eerst niet bij Makwaikwa eten. Toen at hij, bij een paar gelegenheden toen de jagers succes gehad hadden, haar eten en vond het smakelijk. Hij zag dat ze meer stoofpotten aten dan gebraad en als ze de keus hadden, aten ze liever wild of gevogelte dan vis. Ze vertelde hem over hondefeestmalen, religieuze maaltijden, omdat de manitou's hondevlees hoog waardeerden. Ze legde uit dat hoe hoger een hond als huisdier werd aangeslagen, hoe beter hij was als offer bij een hondemaal en hoe sterker als medicijn. Hij kon zijn afkeer niet verbergen. 'Vind je het niet raar om je eigen huisdier te eten?'
'Niet zo raar als het bloed en het lichaam van Christus eten.'
Hij was een gezonde jongeman, en soms, al waren ze tegen de kou ingepakt in vele lagen kleding en pelzen, werd hij pijnlijk belust. Als hun vingers elkaar raakten als ze hem koffie aanreikte, voelde hij een schok in zijn klieren. Op een keer pakte hij haar koude, vierkante handen in de zijne en was geschokt door de vitaliteit die hij erin voelde opwellen. Hij bekeek haar korte vingers, de ruw geworden roodbruine huid, de roze eeltplekken in haar handen. Hij vroeg of ze eens naar zijn hut wilde komen om hem op te zoeken. Zwijgend keek ze hem aan en trok haar handen terug. Ze zei niet dat ze hem níet zou opzoeken, maar ze kwam niet één keer.

Tijdens het modderseizoen reed Rob J. naar het Indiaanse dorp en ontweek de modderpoelen die overal ontstonden, waar de sponzige prairie de overvloed van gesmolten sneeuw niet kon opzuigen. Hij zag dat de Sauk hun winterkamp opbraken en volgde hen tien kilometer naar een open plek, waar de Indianen hun nauwe winterwigwams vervingen door hedonoso-te's, lange hutten van gevlochten takken, waardoor de zachte zomerwindjes konden waaien. Er was een goede reden om het kamp te verplaatsen: de Sauk wisten niets van afvalverwerking en het winterkamp stonk naar hun uitwerpselen. Het overleven van de harde winter en de verhuizing naar het zomerkamp had de Indianen blijkbaar nieuwe moed gegeven en waar Rob J. ook keek, zag hij jongemannen worstelen, rennen of een spel spelen met bal en stok dat hij nog nooit gezien had. Er werden dikke houten stokken voor gebruikt met aan één uiteinde een van leer gevlochten zak en een met hertevel beklede houten bal. Een speler slingerde, terwijl hij hard rende, de bal uit zijn stoknet en een andere speler ving hem behendig in zijn net. Door de bal van de een naar de ander door te spelen, bewogen ze hem over aanzienlijke afstanden. Het spel ging snel en was heel ruw. Als een speler de bal meedroeg, mochten de andere spelers die uit zijn net slaan door uit te halen met hun stok, waarbij lijf en ledematen van hun tegenstander dikwijls zware klappen opliepen, terwijl de spelers vielen of tegen elkaar opbotsten. Toen een van de vier Indiaanse spelers zag hoe geboeid Rob de acties volgde, wenkte hij hem en gaf hem zijn stok.

De anderen grijnsden en betrokken hem vlug in het spel, dat hem eerder een chaotisch gedoe dan een sport leek. Hij was groter dan de meeste andere spelers, gespierder. Bij de eerste gelegenheid gaf de man met de bal een snelle draai met zijn pols en slingerde de harde bal op Rob af. Hij haalde onhandig uit en moest rennen om hem te pakken, waarop hij meteen in een gevecht van wilde katten terechtkwam, een schermutseling met lange stokken die merendeels op hem terecht schenen te komen. Hij stond er versteld van over welke afstand ze overspeelden. Vol spijtige waardering voor vaardigheden die hij niet bezat, gaf hij de stok al vlug terug aan zijn eigenaar.

Terwijl hij in Makwa-ikwa's hut gestoofd konijn at, vertelde de medicijnvrouw hem kalm dat de Sauk wilden dat hij hun een dienst bewees. De hele harde winter lang hadden ze in hun vallen pelsdieren gevangen. Nu hadden ze twee balen eersteklas nerts, vos, bever en muskusrat. Ze wilden de pelzen verhandelen tegen zaad om hun eerste zomeroogst te poten.

Dat verbaasde Rob J., want hij had de Indianen nooit als landbouwers beschouwd.

'Als we zelf de pelzen naar de blanke handelaars brachten, zouden ze ons bedriegen,' zei Makwa-ikwa. Ze zei het zonder wrok, alsof ze hem iets willekeurigs vertelde.

Dus leidden Alden Kimball en hij op een morgen twee lastpaarden beladen met bontpelzen, en een derde paard zonder bepakking, helemaal naar Rock Island. Rob J. onderhandelde hard met de dorpswinkelier daar en in ruil voor de pelzen vertrok hij met vijf zakken zaaimaïs – een zak kleine vroege maïs, twee zakken grotere hardkorrelige maïs voor maïsmeel en twee zakken grootkolvige zachtkorrelige meelmaïs – plus drie zakken met bonen-, pompoen- en meloenzaad. Bovendien kreeg hij drie gouden Amerikaanse twintig-dollarstukken om aan de Sauk te geven als een klein noodfonds voor andere dingen die ze van de blanken zouden willen kopen. Alden had grote bewondering voor de sluwheid van zijn werkgever en dacht dat Rob J. de ingewikkelde transactie voor eigen profijt had afgesloten.

Die nacht bleven ze in Rock Island. In een café trakteerde Rob J. zich op twee glazen bier en luisterde naar de opschepperige herinneringen van oude mannen die tegen de Indianen hadden gevochten. 'Deze streek was helemaal van de Sauk of de Fox,' zei de barman die een slijmoog had. 'De Sauk noemden zich Osaukie en de Fox noemden zich Mesquakie. Samen bezaten ze alles tussen de Mississippi in het westen, het Michigan-meer in het oosten, het Wisconsin-meer in het noorden en de Illinois in het zuiden – meer dan twintig miljoen hectare verdomme, van het beste bouwland! Hun grootste dorp was Sauk-e-nuk, een echte plaats met straten en een plein. Daar woonden elfduizend Sauk die tienduizend hectare tussen de Rocky en de Mississippi bewerkten. Nou, in een mum van tijd hadden we dat rode tuig op de vlucht gejaagd en dat goede land in gebruik genomen!'

De verhalen waren anekdotes van bloedige gevechten tegen Zwarte Havik en zijn krijgers, waarbij de Indianen steeds duivels waren en de blanken steeds dapper en edel. Het waren vertelsels van veteranen van de Grote Kruistochten, voornamelijk doorzichtige leugens, dromen over wat er gebeurd was als de vertellers betere mensen geweest waren. Rob J. besefte dat de meeste blanken niet zagen wat hij zag als hij naar Indianen keek. De anderen spraken alsof de Sauk wilde dieren waren, waarop terecht gejaagd werd tot ze wegvluchtten, zodat het platteland veiliger was voor de mensheid. Rob had heel zijn leven gezocht naar de geestelijke vrijheid die hij bij de Sauk onderkende. Daar had hij naar gezocht toen hij in Schotland zijn vlugschrift schreef, daar had hij aan gedacht toen hij Andrew Gerould zag ophangen. Nu had hij het ontdekt bij een troep roodhuidig vreemd gepeupel. Hij romantiseerde niet: hij onderkende de stank in het Saukkamp, de achterlijkheid van hun beschaving in een wereld die hun boven het hoofd gegroeid was. Maar terwijl hij van zijn kroes drank genoot en belangstelling probeerde te veinzen voor de dronkemansverhalen van buiken openrijten, scalperen, plunderen en verkrachten, prees hij zich gelukkig dat hij Makwa-ikwa en haar Sauk was tegengekomen.

14. Bal-en-stok

Rob J. trof Sarah Bledsoe en haar kind aan op de manier waarop je op wilde dieren stuit op een zeldzaam moment van rust. Hij had vogels zien dommelen in de zon met net zo'n verrukte tevredenheid, nadat ze een stofbad hadden genomen en hun veren gladgestreken. De vrouw en haar zoon zaten op de grond bij hun hut, hun ogen dicht. Zij had haar veren niet gladgestreken. Haar lange blonde haar was dof en in de war en de gekreukte jurk die om haar magere lijf hing was smerig. Haar huid was opgezet en van haar afgetobde bleke gezicht was haar ziekte af te lezen. Het jongetje dat sliep, had net als zijn moeder blond haar, net zo geklit.

Toen Sarah haar blauwe ogen opendeed en in die van Rob keek, was er van alles van haar gezicht af te lezen: verrassing, vrees, ontzetting en woede – en zonder één woord pakte ze haar zoontje op en vloog het huisje binnen. Hij ging naar de ingang van de hut toe. Hij had een hekel gekregen aan zijn periodieke pogingen om door die plaat hout heen met haar te praten.

'Mevrouw Bledsoe, alstublieft. Ik wil u helpen,' riep hij, maar haar enig antwoord was een gegrom van inspanning en het geluid van een zware balk die voor de deur viel.

De Indianen ontgonnen de graszoden niet met een ploeg, zoals blanke boeren het deden. Ze zochten naar dunne plekken in de zoden, prikten door tot in de aarde en lieten zaad in de schacht vallen die ze met hun scherpe pootstokken hadden gemaakt. De ruwste stukken gras overdekten ze met struiktakken, waardoor de wortels binnen een jaar zouden wegrotten en er meer begroeibare grond zou zijn waarin ze het volgend jaar hun zaad konden poten.

Toen Rob J. op bezoek kwam in het zomerkamp van de Sauk waren ze net klaar met het poten van de maïs en er heerste een feestelijke stemming. Makwa-ikwa zei hem dat na het poten de Kraandans kwam, het vrolijkste feest. Het begon met een groot bal-en-stokspel waaraan alle mannen deelnamen. Ze hoefden geen ploegen te kiezen, het was Helft tegen Helft. De Langharen hadden een man of zes minder dan de Dapperen. De grote Indiaan die Komt Zingend heette, riep het noodlot over Rob af, want terwijl hij met Makwa-ikwa stond te praten kwam Komt Zingend en sprak met haar.

'Hij nodigt je uit om in het bal-en-stokspel met de Langharen mee te doen,' zei ze in het Engels tegen Rob.

'Ja… nou…' Hij grijnsde hen dwaas toe. Hij had er allesbehalve zin in als hij dacht aan de behendigheid van de Indianen en zijn eigen onbeholpenheid. Hij wilde al een weigering uitspreken, maar de man en de vrouw keken hem met bijzondere belangstelling aan en hij vermoedde dat de uitnodiging een betekenis had die hij niet begreep. Dus in plaats van de uitnodiging van de hand te wijzen, wat ieder verstandig man gedaan zou hebben, dankte hij hen beleefd en zei dat hij graag met de Langharen zou meedoen.

In haar precieze schoolmeisjes-Engels – zo merkwaardig om aan te horen – legde ze uit dat de wedstrijd in het zomerkamp zou beginnen. De Helft die de bal in een kleine grot op de andere rivieroever wist te deponeren, ongeveer tien kilometer stroomafwaarts, zou de winnaar zijn.

'Tien kilometer!' Het verbaasde hem ook te horen dat er geen zijlijnen waren. Makwa-ikwa wist hem duidelijk te maken dat iedereen die zijwaarts uitweek om zijn tegenstander te ontlopen, weinig bewondering zou oogsten.

Voor Rob was dit een curieuze strijd, een vreemd spel, een uiting van een wilde beschaving. Waarom deed hij het dan? Hij vroeg het zich die nacht tientallen keren af. Hij sliep in Komt Zingends *hedonoso-te* omdat het spel vroeg in de morgen zou beginnen. De hut was ongeveer vijftien meter lang en zes meter breed, gebouwd van gevlochten takken, van buiten bedekt met vellen iepebast. Er waren geen ramen en voor de deuropeningen aan de uiteinden hingen bizonmantels, maar door de open bouw kwam er genoeg lucht binnen. Er waren acht vertrekken, vier aan weerskanten van een middengang. Komt Zingend en zijn vrouw Maan sliepen in het ene, Maans oude ouders in een ander, en een derde vertrek werd ingenomen door hun twee kinderen. De overige vertrekken waren opslagplaatsen en in één daarvan bracht Rob J. een rusteloze nacht door, kijkend naar de sterren door het rookgat in het dak en luisterend naar zuchten, boze dromen en scheten, en verschillende keren de onmiskenbare geluiden van een heftige, geestdriftige paring, al zong zijn gastheer er geen noot bij en neuriede hij niet eens.

's Morgens, na een ontbijt van gekookt wit maïsmeel waarin hij klonten as proefde en gelukkig niets anders ontdekte, onderwierp Rob J. zich aan een onwaarschijnlijke eer. Niet alle Langharen hadden lang haar; de ploegen zouden zich onderscheiden door hun verf. Langharen hadden zwarte verf op, een mengsel van dierlijk vet en houtskool. Dapperen smeerden zich in met witte klei. In het hele kamp doopten de mannen hun vingers in de verfpotten en versierden hun huid. Komt Zingend bracht zwarte strepen aan op zijn gezicht, borst en armen. Toen gaf hij de verf aan Rob.

Waarom niet? dacht hij vrolijk en schepte de zwarte verf met twee vingers op, als iemand die erwtenbrij eet zonder lepel. Het spul voelde korrelig aan toen hij het op zijn voorhoofd en over zijn wangen smeerde. Hij gooide zijn hemd op de grond, een zenuwachtige mannelijke vlinder die zich losmaakt uit zijn pop, en smeerde zijn bovenlijf in. Komt Zingend wierp een blik op zijn zware Schotse schoenen en verdween, waarna hij terugkwam met een paar lichte schoenen van hertevel zoals alle Sauk droegen. Rob paste verschillende paren, maar hij had te grote voeten, grotere zelfs dan Komt Zingend. Ze lachten samen om de maat en de grote Indiaan vergat het maar en liet hem zijn zware laarzen dragen.

Komt Zingend reikte hem een netstok aan waarvan de bitternotehouten stok zo dik was als een knuppel, en gaf een teken hem te volgen. De strijdende groepen verzamelden zich op een open plek waar de hutten omheen gebouwd waren. Makwa-ikwa sprak ze toe in hun taal, ongetwijfeld een zegening, en toen, voor Rob J. wist wat er gebeurde, haalde ze haar hand naar achteren en gooide de bal, die in een trage parabool naar de wachtende krijgers vloog en terechtkwam in een woest gekletter van stokken en wilde kreten en gegrom van pijn.

Tot Robs teleurstelling kregen de Dapperen de bal te pakken, die werd meegevoerd in het net van een jongeman met lange benen en een kniebroek aan, eigenlijk een jongen nog, maar hij had de gespierde benen van een volwassen loper. Hij was snel verdwenen en de troep ging achter hem aan als honden achter een haas. Het was duidelijk een moment voor de hardlopers, want de bal werd verschillende keren in volle vaart overgespeeld en was al vlug ver voor Rob uit.

Komt Zingend was bij hem in de buurt gebleven. Verschillende keren liepen ze in op de snelste man, als er strijd werd geleverd waardoor het oprukken werd verhinderd. Komt Zingend gromde van voldoening toen de bal gevangen was in het net van een Langhaar, maar scheen niet verbaasd toen hij een paar minuten later door de Dapperen werd heroverd. Terwijl de troep langs de bebossing langs de rivier rende, gaf de grote Indiaan Rob een teken hem te volgen en week af van de weg die de anderen genomen hadden; het tweetal liep door de open prairie. Door hun stampende voeten vloog de zware dauw van het jonge gras; het scheen alsof een zwerm zilveren insekten het op hun hakken gemunt had.

Waar werd hij heen gebracht? En kon hij de Indiaan vertrouwen? Het was te laat om zich met dergelijke vragen te vermoeien, want hij had hem al zijn vertrouwen gegeven. Hij richtte zijn energie erop om Komt Zingend bij te houden; voor zo'n grote man bewoog hij zich goed. Al vlug ontdekte hij Komt Zingends doel: ze namen haastig de kortste weg om de anderen op de langere weg langs het rivierpad te onderscheppen. Toen Komt Zingend en hij op konden houden met rennen, waren Rob J.'s voeten van lood, hij snakte naar adem en hij had steken in zijn zij. Maar ze waren vóór de troep bij de bocht van de rivier.

Ja, de troep was achtergelaten door voorlopers. Terwijl Komt Zingend en Rob stonden te wachten in een bosje bitternoten en eiken en zoveel mogelijk adem in hun longen zogen, kwamen er drie witgeverfde lopers in zicht. De Sauk die voorop liep, had de bal niet; hij had zijn lege netstok losjes vast terwijl hij liep alsof het een speer was.

Hij had blote voeten en droeg alleen een versleten broek, die zijn bestaan begonnen was als doordeweekse bruine broek van een blanke. Hij was kleiner dan de twee mannen tussen de bomen, maar gespierd en zag er extra woest uit doordat zijn linkeroor lang geleden afgescheurd was, een verwonding waardoor aan de zijkant van zijn hoofd lelijk littekenweefsel zat. Rob J. verstrakte, maar Komt Zingend pakte hem bij de arm om hem tegen te houden en ze lieten de verkenner doorlopen. Niet ver achter hem werd de bal gedragen in het net van de jonge Dappere die hem te pakken gekregen had toen Makwa-ikwa hem in het spel gebracht had. Naast hem holde een korte, dikke Sauk in een afgeknipte broek van de cavalerie, blauw met een brede vuilgele streep aan beide kanten.

Komt Zingend wees naar Rob en vervolgens naar de jongeman en Rob knikte: hij moest die jongen grijpen. Hij wist dat ze moesten toeslaan voor de verrassing voorbij was, want als deze Dappere wegliep, konden Komt Zingend en hij hem niet meer te pakken krijgen.

Dus sloegen ze toe als donder en bliksem en nu begreep Rob J. waar die repen leer voor dienden die Komt Zingend om zijn armen had, want net zo vlug als een handige herder een ram zou hebben omgelegd en zijn poten gebonden, gooide Komt Zingend de bewaker op de grond en knevelde zijn polsen en enkels. En net op tijd, want de verkenner was teruggekomen. Rob was minder vlug met het vastbinden van de jonge Sauk, dus Komt Zingend ging de ont-oorde man alleen tegemoet. De Dappere gebruikte zijn netstok als knuppel maar Komt Zingend ontweek de klap bijna met minachting. Hij was anderhalve keer zo groot als de ander en hij werkte hem tegen de grond en bond hem vast vóór Rob J. klaar was met zijn andere gevangene.

Komt Zingend raapte de bal op en gooide hem in Robs net. Zonder een woord of een blik voor de drie gebonden Sauk snelde Komt Zingend weg. Rob J. sprong achter hem aan over het pad, met de bal in het net als een bom met een brandende lont.

Niemand viel hen aan, tot Komt Zingend hem tegenhield en wees dat ze op de plek waren waar ze de rivier moesten oversteken. Hij ontdekte nog een ander nut van de repen leer toen Komt Zingend Robs netstok aan zijn riem bond, zodat hij zijn handen vrij had om te zwemmen. Komt Zingend bond zijn eigen stok aan zijn lendendoek en schopte zijn herteleren schoenen uit, hij liet ze daar liggen. Rob J. wist dat zijn voeten te week waren om zonder laarzen te lopen, dus bond hij ze met de veters aan elkaar en hing ze om zijn hals. Nu had hij alleen de bal nog en die stak hij voor in zijn broek.

Komt Zingend grinnikte en stak drie vingers op.

Al was dat niet zo'n hele leuke grap, hij brak bij Rob de spanning en hij begon luidkeels te lachen – een vergissing, want van over het water, dat het geluid meedroeg, klonken kreten van achtervolgers nu ze ontdekt hadden waar ze waren, en ze gingen meteen de koude rivier in.

Ze konden elkaar bijhouden, al gebruikte Rob de Europese borstslag en kwam Komt Zingend vooruit door zijn armen te bewegen zoals dieren zwemmen. Rob vermaakte zich kostelijk; hij voelde zich niet direct als een edele wilde, maar er was niet veel nodig om hem te overtuigen dat hij Lederkous was. Toen ze op de andere oever kwamen, gromde Komt Zingend ongeduldig tegen hem terwijl hij zijn laarzen aantrok. De koppen van hun achtervolgers waren al te zien in de rivier als appels in een badkuip. Toen Rob eindelijk klaar was en de bal weer in het net lag, was de voorste zwemmer bijna over.

Zo gauw ze aan het rennen waren, wees Komt Zingend hem met uitgestoken vinger op de ingang van een kleine grot die hun doel was en de donkere opening trok hem aan. Een uitbundige kreet in het Erse welde in hem op, maar dat was voorbarig. Tussen hen en de ingang van de grot stortte een zestal Sauk zich op het pad; al had het water hun verf grotendeels afgewassen, ze droegen nog sporen van witte klei. Bijna meteen achter de Dapperen kwamen er een paar Langharen uit de bosjes en vielen aan. In de vijftiende eeuw had een van de voorouders van Rob, Brian Cullen, in zijn eentje een heel legertje van de MacLaughlins tegengehouden door zijn grote Schotse zwaard in een fluitende doodskring in het rond te zwaaien. Met twee minder dodelijke kringen, die desondanks heel bedreigend waren, hielden de twee Langharen nu drie tegenstanders op een afstand door hun stok in het rond te zwieren. Er waren dus drie Dapperen over om de bal te veroveren. Komt Zingend weerde netjes een knuppelslag af met zijn eigen netstok en stelde toen zijn tegenstander buiten gevecht door de zool van zijn blote voet op de juiste plek te zetten.

'Goed zo, in zijn reet, trap hem in zijn vervloekte reet,' brulde Rob J. zonder eraan te denken dat niemand zijn woorden verstond. Er kwam een Indiaan op hem af als versuft van de hennep. Rob deed een stap opzij en toen de blote tenen van de man binnen zijn bereik kwamen, zette hij er een zware laars op. Een paar snelle stappen voorbij zijn kreunende slachtoffer en hij was zelfs voor zijn beperkte vaardigheid dicht genoeg bij de grot. Een draaiing van zijn pols en de bal was onderweg. Het gaf niet dat hij er niet mooi recht in vloog, maar al stuiterend de weg vond naar het schemerig binnenste. Het ging erom dat ze hem erin zagen gaan.

Hij gooide de stok in de lucht en schreeuwde: *'Gewonnen! De Zwarte Clan heeft gewonnen!'*

Hij hoorde de klap meer dan dat hij hem voelde, toen de netstok die de man achter hen zwaaide in contact kwam met zijn hoofd. Het was een houterig, vol geluid, dat leek op het geluid dat hij in het houthakkerskamp had leren kennen, de klap waarmee een bijl in contact komt met een blok massief eikehout. Tot zijn verbazing scheen de grond zich te openen. Hij viel in een diep gat waar het donker was en alles ophield en dat hem uitschakelde als een klok die opeens stilstond.

15. Een geschenk van Stenen Hond

Hij wist er niets van, dat hij als een zak graan naar het kamp werd teruggebracht. Toen hij zijn ogen opendeed, heerste er nachtelijk duister. Hij rook geplukt gras. Geroosterd vlees, misschien een vette eekhoorn. De rook van het vuur. De vrouwelijkheid van Makwa-ikwa, die zich over hem heen boog en met haar jonge wijze ogen naar hem keek. Hij wist niet wat ze hem vroeg, hij was zich alleen bewust van een verschrikkelijke hoofdpijn. De geur van het vlees maakte hem misselijk. Dat had ze blijkbaar voorzien, want ze hield zijn hoofd boven een houten emmer en liet hem overgeven.

Toen hij klaar was, zwak en snakkend naar adem, gaf ze hem een drankje, iets koels, groens, bitters. Hij dacht dat hij muntkruid proefde maar er zat een sterkere, minder aangename smaak bij. Hij probeerde zijn hoofd weg te draaien en niet te drinken, maar ze hield hem stevig vast en dwong hem te slikken als was hij een kind. Hij was gepikeerd, boos op haar. Maar kort daarna sliep hij in. Van tijd tot tijd werd hij wakker en dan dwong ze hem, de bittere groene drank te drinken. En op die manier, slapend, half bewust, of zuigend aan de vreemd smakende tepel van Moeder Natuur, maakte hij bijna twee dagen door.

Op de derde dag was de bult op zijn hoofd geslonken en de hoofdpijn was weg. Ze erkende dat hij beter werd maar gaf hem evenveel te drinken en hij sliep weer in.

Om hen heen ging het feest van de Kraandans door. Soms klonk het gebrom van haar watertrom en van stemmen die zongen in de vreemde keelklanken van hun taal, en dichtbij of veraf geluiden van spelen en wedlopen en het geschreeuw van de Indiaanse toeschouwers. Laat op de dag deed hij zijn ogen open in de schemering van de lange hut en zag Makwa-ikwa zich verkleden. Hij staarde naar haar vrouwenborsten, merkwaardig voor hem omdat er genoeg licht was om de schijnbare striemen en littekens te zien, rune-achtige tekens die van haar borstkas tot aan haar tepelrand liepen.

Al bewoog hij niet en maakte hij geen geluid, ze bespeurde op een of andere manier dat hij wakker was. Terwijl ze voor hem stond, keken ze elkaar één ogenblik aan. Toen keek ze van hem weg en keerde hem haar rug toe. Niet zozeer, dacht hij, om het donkere, warrige drie-hoekje te verbergen, dan wel om de geheimzinnige symbolen op de priesteressenboezem tegen hem te beschermen. Heilige borsten? zei hij verbaasd bij zichzelf. Er was niets heiligs aan haar heupen en bil-len. Ze had grove botten, maar hij vroeg zich af waarom ze Beer-vrouw genoemd werd, want haar gezicht en haar lenigheid deden eerder denken aan een sterke kat. Hij had geen idee hoe oud ze was. Hij werd overvallen door een plotseling visioen, dat hij haar van ach-ter pakte terwijl hij in elke hand een dikke vlecht ingevet zwart haar vasthield, alsof hij een wellustig menselijk paard bereed. Hij over-dacht verbijsterd dat hij voornemens had om de minnaar te worden van een roodhuidige vrouwelijke wilde, verrukkelijker dan James Fe-nimore Cooper ooit had kunnen verzinnen, en werd zich bewust van een sterke fysieke reactie. Wellust kon een gevaarlijk symptoom zijn, maar hij wist dat die veroorzaakt werd door die vrouw en niet door een verwonding en dat het zijn herstel aankondigde.

Hij bleef rustig liggen en keek hoe ze een herteleren kleed met franjes aantrok. Aan haar rechterschouder hing ze een riem, gemaakt van vier stroken gekleurd leer, die uitliep op een leren buidel, beschilderd met symbolische figuren, en een hoofdband van grote, felle veren van een vogel die Rob niet kende; de buidel en de hoofdband reikten tot op haar linkerheup.

Meteen was ze naar buiten geglipt. Terwijl hij daar lag, hoorde hij haar stem stijgen en dalen, zeker in gebed.

'*Heugh! Heugh! Heugh!*' antwoordden ze eenstemmig en ze zong weer wat. Hij had geen flauw idee wat ze tegen hun god zei, maar hij kreeg rillingen van haar stem en hij luisterde goed, terwijl hij omhoog keek door het rookgat van haar onderkomen, naar sterren als brokjes ijs die zij op een of andere manier in brand had gestoken.

Die nacht wachtte hij ongeduldig tot de laatste klanken van de Kra-nendans. Hij sluimerde, werd wakker om te luisteren, maakte zich zorgen, wachtte weer, tot de geluiden ophielden, de stemmen afna-men en stilvielen, de feestelijkheden voorbij waren. Eindelijk werd hij opgeschrikt door het geluid van iemand die de lange hut in kwam, het gedruis van kleren die werden uitgetrokken en neergegooid. Een lichaam zakte met een zucht naast hem neer, handen werden uitgestoken en vonden hem, zijn handen voelden huid. Alles speelde zich in stilte af, afgezien van een zucht, een vermaakt gebrom, een gesis. Hij hoefde niet veel te doen. Al wilde hij het genoegen langer laten duren, hij kon het niet want hij had te lang in celibaat geleefd. Ze was ervaren en bedreven, hij dringend en snel, en achteraf teleurgesteld.

... Alsof hij in een heerlijke vrucht beet, om te ontdekken dat hij niet zó lekker was als verwacht.

Terwijl hij in het donker de inventaris opmaakte, leek het hem nu dat de borsten meer hingen dan hij zich herinnerde, en onder zijn vingers voelden de zijkanten glad aan, zonder littekens. Rob J. kroop naar het vuur, haalde er een tak uit en zwaaide met het gloeiend uiteinde tot het ging branden.

Toen hij met die fakkel terugkroop naar het bed, zuchtte hij.

Het brede, platte gezicht dat naar hem glimlachte was helemaal niet onaardig – alleen, hij had de vrouw nog nooit gezien.

's Morgens, toen Makwa-ikwa terugkwam in haar lange hut, droeg ze weer haar gewone vormeloze kostuum van verbleekt handweefsel. Het Kraandans-feest was blijkbaar voorbij. Terwijl ze het maïsmeel bereidde voor het ontbijt was hij knorrig. Hij zei dat ze nooit meer een vrouw naar hem toe moest sturen en ze knikte op een vriendelijke, vrijblijvende manier die ze ongetwijfeld als meisje had aangeleerd, als de christelijke onderwijzers haar streng hadden toegesproken.

De vrouw die ze hem gestuurd had, heette Rookvrouw, zei ze. Terwijl ze het eten klaarmaakte, zei ze onbewogen dat ze zelf niet met een man mocht slapen, anders zou ze haar toverkracht kwijtraken.

Vervloekte bedenksels van inboorlingen, dacht hij wanhopig. Maar ze geloofde er blijkbaar in.

Onder het eten dacht hij erover na, terwijl haar wrange Sauk-koffie hem bitterder smaakte dan ooit. Hij moest eerlijk bekennen dat hij haar vlug zou schuwen, als er een eind kwam aan zijn dokter-zijn wanneer hij zijn penis in haar liet glijden.

Hij moest de manier waarop ze de situatie behandelde – zorgen dat het vuur van zijn hartstocht getemperd was alvorens ze hem eenvoudig en eerlijk vertelde hoe de vlag erbij hing – wel bewonderen. Ze was een heel bijzondere vrouw, zei hij voor de zoveelste keer bij zichzelf.

Die middag verdrongen Sauk zich in haar *hedonoso-te*. Komt Zingend sprak kort, niet tegen Rob maar tegen de andere Indianen, maar Makwa-ikwa vertaalde.

'*T'neni'wa*. Hij is een man,' zei de grote Indiaan. Hij zei dat *Cawso wa-*

beskiou, de Blanke Sjamaan, voortaan een Sauk en een Langhaar zou blijven. Tot het einde van de dagen zouden alle Sauk broeders en zusters zijn van *Cawso wabeskiou*.

De Moedige die Rob op zijn hoofd had geslagen na het eind van het bal-en-stokspel werd naar voren geduwd, grinnikend en schoorvoetend. Het was een man die Stenen Hond heette. Sauk kenden geen verontschuldigingen, maar wel genoegdoening. Stenen Hond gaf hem een leren buidel, zo'n zelfde als Makwa-ikwa soms droeg, maar versierd met stekels van een stekelvarken in plaats van met veren.

Makwa-ikwa zei dat het was om zijn medicijnbundel in te dragen, de verzameling heilige persoonlijke zaken die *Mee-shome* genoemd werd, die niemand ooit mocht zien en waar elke Sauk kracht en sterkte aan ontleent. Om de buidel draagbaar te maken, schonk ze hem vier gekleurde pezen: een bruine, een oranje, een blauwe en een zwarte. Die bevestigde ze als een riem aan de buidel, zodat hij hem aan zijn schouder kon dragen. De koorden werden *Izze*-kledij genoemd, zei ze. 'Waar je ze draagt, kunnen kogels je niet kwetsen en je aanwezigheid zal de oogst doen groeien en de zieken genezen.'

Hij was ontroerd maar was er verlegen mee. 'Ik ben blij een broeder van de Sauk te zijn.'

Hij had het altijd moeilijk gevonden om zijn waardering uit te drukken. Toen zijn oom Ranald vijftig pond had uitgegeven om de positie van verbinder te kopen aan het Academisch Ziekenhuis, zodat hij als medisch student behandelingservaring kon opdoen, had hij nauwelijks zijn dank weten te uiten. Nu ging het hem niet beter af. Gelukkig waren de Sauk ook niet erg geneigd tot uitingen van dankbaarheid of afscheidsrituelen en niemand nam hem kwalijk dat hij naar buiten ging, zijn paard zadelde en wegreed.

Terug in zijn eigen hut zocht hij eerst voor de grap voorwerpen bij elkaar voor zijn heilige medicijnbundel. Een aantal weken tevoren had hij in het bos op de grond een schedel van een klein dier gevonden, wit, schoon en geheimzinnig. Hij dacht dat hij van een stinkdier was, die maat leek het. Goed, maar wat nog meer? De vinger van een bij de geboorte gestikt kind? Het oog van een salamander, een kikkerpoot, de vacht van een vleermuis, de tong van een hond? Opeens wilde hij zijn medicijnbundel heel serieus samenstellen. Wat waren de dingen van zijn wezen, de wijzers naar zijn ziel, de *Mee-shome* waarin Robert Judson Cole zijn kracht vond?

Hij deed het mooiste erfstuk van de familie Cole in de buidel: het blauwstalen chirurgenmes dat de Coles 'de lancet van Rob J.' noemden en dat altijd naar de oudste zoon ging die arts werd.

Wat kon hij verder aan zijn vroegere leven ontlenen? Het was onmogelijk, de koude lucht van de Hooglanden in zijn buidel te stoppen. Of de warme veiligheid van de familie. Hij wilde dat hij een portretje van zijn vader had; hij kon zich niet meer herinneren hoe die eruitzag. Zijn moeder had hem bij hun afscheid een bijbel gegeven, en om die reden koesterde hij die, maar die paste niet in de *Mee-shome*. Hij wist dat hij zijn moeder nooit meer zou zien; misschien was ze al dood. Hij bedacht dat hij haar portret op papier kon zetten nu hij er nog een beeld van had. Toen hij het probeerde, vlotte de schets goed, behalve haar neus; daarna kostte het pijnlijke uren van mislukking tot hij haar eindelijk goed had en hij rolde het papier op en bond het dicht en stopte het in de buidel.

Hij deed de muziek erbij die Jay Geiger had gekopieerd, zodat hij Chopin kon spelen op zijn viola da gamba.

Er ging een stuk sterke bruine zeep in als symbool van wat Oliver Wendell Holmes hem geleerd had over zindelijkheid en opereren. Zo begon hij er anders over te denken en na enige overweging haalde hij alles uit de buidel, behalve de lancet en de zeep. Toen deed hij er doeken en verband bij, een assortiment geneesmiddelen en de medische instrumenten die hij nodig had als hij op huisbezoek ging.

Toen hij klaar was, was de buidel een dokterstas waarin de hulpmiddelen en gereedschappen van zijn kunst en zijn ambacht zaten. Daardoor gaf de medicijnbuidel hem zijn krachten en hij was heel blij met het geschenk, een gevolg van de klap op zijn harde kop door de Witgeverfde die Stenen Hond heette.

16. De hertejacht

Het was een belangrijke gebeurtenis, de aankoop van de schapen, want het geblaat was het enige wat hij nog miste om zich thuis te voelen. Aanvankelijk verzorgde hij de merino's samen met Alden, maar het was duidelijk dat Alden met schapen even goed overweg kon als met andere dieren en al vlug was Alden in zijn eentje staarten aan het couperen en rammetjes aan het castreren en keek hij uit naar schurft, alsof hij al jarenlang schaapherder geweest was. Het was maar goed dat Rob op de boerderij niet nodig was, want het werd bekend dat er een goede dokter was en van verder weg werd hij bij patiënten geroepen. Hij wist dat hij weldra zijn praktijkgebied zou moeten inperken, want Nick Holdens droom werd werkelijkheid en er kwamen steeds meer nieuwe gezinnen naar Holden's Crossing. Nick kwam op een morgen aanrijden om de kudde te bekijken en te verklaren dat hij welriekend was en hij bleef 'om je iets veelbelovends te verklappen. Er komt een graanmolen.'

Een van de nieuwkomers was een Duitser, Pfersick, een molenaar uit New Jersey. Pfersick wist waar hij materiaal voor een molen kon kopen, maar hij had geen kapitaal. 'Negenhonderd dollar zou genoeg moeten zijn. Ik draag zeshonderd bij voor de helft van de aandelen. Jij driehonderd voor vijfentwintig procent – ik zal jouw aandeel voorschieten – en we geven Pfersick vijfentwintig procent om de zaak te laten draaien.'

Rob had nog niet de helft terugbetaald van het bedrag dat hij Nick schuldig was en hij had een hekel aan schulden. 'Jij brengt al het geld in, waarom pak je zelf geen vijfenzeventig procent?'

'Ik wil een nestje voor je spreiden dat zo zacht en vol is dat je geen neiging krijgt om te vertrekken. Jij bent voor dit dorp even veel waard als water.'

Rob J. wist dat dat waar was. Toen Alden en hij naar Rock Island waren gegaan om schapen te kopen, hadden ze een vlugschrift gezien dat Nick had verspreid, waarin werd beschreven hoeveel voordelen er waren, als men zich in Holden's Crossing vestigde; een van de belangrijkste was de medische praktijk van dokter Cole. Hij dacht niet dat die molenkwestie zijn positie als geneesheer zou aantasten en tenslotte knikte hij.

'Partners!' zei Nick.

Ze schudden elkaar de hand op die overeenkomst. Rob weigerde een grote sigaar om het te vieren – sinds hij sigaren had gebruikt om rectaal nicotine toe te dienen, hield hij niet meer van tabak. Toen Nick er een opstak, zei Rob dat hij er uitzag als een echte bankier.

'Dat zal eerder gebeuren dan je denkt en jij zult het als een van de eersten weten.' Nick blies voldaan rook in de lucht. 'Ik ga dit weekeinde in Rock Island op hertejacht. Zin om mee te gaan?'

'Herten jagen? In Rock Island?'

'Geen herten. Mensen van de vrouwelijke overtuiging. Wat zeg je ervan, ouwe bok?'

'Mij zie je niet in een bordeel.'

'Ik heb het over fijne particuliere spullen,' zei Rob.

'Goed, ik ga mee,' zei Rob J. Hij had het achteloos willen zeggen, maar iets in zijn stem maakte overduidelijk dat het hem toch niet koud liet, want Nick Holden grinnikte.

Het Stephenson-Huis weerspiegelde de persoonlijkheid van een Mis-

sissippi-stadje waar jaarlijks negentienhonderd stoomboten aanleg-
den en waar vaak boomvlotten van wel vijfhonderd meter langsvoe-
ren. Als rivierschippers en houthakkers geld hadden, was het lawaaiig in het hotel en werd er soms gevochten. Nick Holden had iets geregeld dat zowel duur als discreet was: een suite van twee slaapkamers
met een zit/eetkamer ertussenin. De vrouwen waren nichten, ze heet-
ten allebei Dawber en ze vonden het prettig dat hun klanten geen arbeiders waren. Die van Nick heette Lettie, die van Rob Virginia. Ze
waren klein en parmantig, als spreeuwen, maar ze hadden allebei een
guitige manier van doen die Rob gruwelijk ergerde. Lettie was weduwe. Virginia vertelde hem dat ze nooit getrouwd was, maar die
avond, toen hij haar lichaam bekeek, zag hij dat ze kinderen gebaard
had.
De volgende morgen, toen het viertal aan het ontbijt zat, fluisterden
en giechelden de vrouwen samen. Virginia moest Lettie verteld hebben over het kapotje dat Rob Ouwe Geilaard noemde en Lettie moest
het aan Nick verteld hebben, want toen ze naar huis reden, begon
Nick erover en lachte. 'Waarom zou je zo'n vervloekt ding gebruiken?'
'Nou, vanwege ziekten,' zei Rob goedmoedig. 'En om geen vader te
worden.'
'Het verziekt de lol.'
Was het dan zo leuk geweest? Hij erkende dat zijn lichaam en geest
ontspannen waren en toen Nick zei dat hij genoten had van het gezelschap zei Rob, hij ook, en was het ermee eens dat ze dat vaker moesten doen.

De keer daarop dat hij langs het huis van Schroeder reed, zag hij Gus
in een wei bezig met een zeis, ondanks zijn afgezette vingers en ze
groetten elkaar. Hij kwam in de verleiding om de hut van Sarah Bledsoe gewoon voorbij te rijden, want de vrouw had duidelijk gemaakt
dat ze hem beschouwde als een indringer en de gedachte aan haar
bracht hem van zijn stuk. Maar op het laatste moment keerde hij zijn
paard naar de open plek en steeg af.
Bij de hut hield hij zijn hand in voordat zijn knokkels de deur konden
raken, want binnen hoorde hij duidelijk gejammer van het kind en
hese volwassen kreten. Weinig geruststellende geluiden. Toen hij tegen de deur duwde, merkte hij dat die niet was afgesloten. Binnen
stonk het zo dat het was of hij een klap in zijn gezicht kreeg en het
was er schemerig, maar hij zag Sarah op de vloer liggen. Naast haar
zat het kindje, zijn natte gezichtje zo vertrokken van angst bij die laatste druppel, de aanblik van die enorme vreemdeling, dat er geen ge-

luid uit zijn open mondje kwam. Rob J. wilde het kind oppakken en troosten, maar toen de vrouw opnieuw begon te schreeuwen, wist hij dat hij eerst naar haar moest kijken.

Hij knielde neer en raakte haar wang aan. Koud zweet. 'Wat hebt u, mevrouw?'

'Die kanker. O...'

'Waar hebt u pijn, mevrouw Bledsoe?'

Haar handen, met haar lange vingers gespreid, gingen als witte spinnen naar haar onderbuik en de beide kanten van haar bekken.

'Een scherpe of een doffe pijn?'

'Steken! Boren! Meneer. Het is... Verschrikkelijk.'

Hij was bang dat de urine bij haar naar buiten liep door een fistel die bij de geboorte ontstaan was. In dat geval kon hij haar onmogelijk helpen.

Ze deed haar ogen dicht. De stank van haar aanhoudende incontinentie kwam bij elke ademhaling in zijn neus en longen.

'Ik moet u onderzoeken.'

Ze had ongetwijfeld bezwaar willen maken, maar toen ze haar mond opendeed, was dat om opnieuw te schreeuwen van pijn. Ze was stijf van de spanning, maar handelbaar toen hij haar half voorover legde op haar linkerzij en borst, met opgetrokken rechterknie. Hij zag dat ze geen fistel had.

In zijn tas had hij een bakje verse witte reuzel die hij als smeermiddel gebruikte. 'U hoeft absoluut niet ongerust te zijn. Ik ben arts,' zei hij tegen haar, maar toen hij met de middelvinger van zijn linkerhand in haar vagina gleed terwijl hij met zijn rechter haar onderbuik betastte, huilde ze meer van vernedering dan van ongemak. Hij probeerde zijn vingertop tot een oog te maken; eerst zag het niets terwijl hij bewoog en onderzocht. Maar toen het dichter bij het schaambeen kwam, vond hij iets.

En toen nog iets.

Langzaam trok hij zijn hand terug, gaf haar een lap om zich af te vegen en ging naar de beek om zijn handen te wassen.

Om met haar te praten, bracht hij haar naar buiten in het felle zonlicht, waar ze met haar ogen knipperde, en zette haar op een stronk met het verwende kind in haar armen.

'U hebt geen kanker.' Hij wilde dat dat alles was. 'U lijdt aan een blaassteen.'

'Ga ik niet dood?'

Hij moest de waarheid spreken. 'Met kanker zou u weinig kans hebben. Met blaassteen hebt u een behoorlijke kans.' Hij legde haar uit hoe mineraalstenen in de blaas groeiden, misschien als gevolg van een eenzijdig dieet en langdurige diarree.

'Ja. Ik heb tot lang na zijn geboorte diarree gehad. Is daar een middel tegen?'

'Nee. Geen middel om die stenen op te lossen. De kleine komen soms met de urine uit uw lichaam en dikwijls hebben die scherpe randjes, die het weefsel beschadigen. Ik denk dat er daarom bloed in uw urine zit. Maar u hebt twee grote stenen. Te groot om erdoor te komen.'

'Dan moet u in me snijden? In godsnaam…' zei ze onvast.

'Nee.' Hij aarzelde en overdacht wat ze beslist moest weten. Een deel van de eed van Hippocrates die hij had afgelegd, luidde: *Ik zal niemand snijden die aan een steen lijdt.* Bepaalde slagers negeerden die eed en sneden toch, waarbij ze de bilnaad diep insneden tussen rectum en vulva of scrotum, om de blaas te openen en bij de stenen te komen. Een paar slachtoffers werden uiteindelijk beter, maar velen stierven aan buikvliesontsteking en anderen waren levenslang verminkt doordat er een darm- of blaasspier doorgesneden was. 'Ik moet met een medisch instrument de blaas ingaan via de urineleider, het buisje waardoor het water naar buiten komt. Dat instrument heet lithotriet, blaassteenvergruizer. Er zit een stalen tangetje aan, een grijpertje, waarmee we de stenen weghalen of vergruizen.'

'Doet dat pijn?'

'Ja, vooral als ik de vergruizer inbreng en terugtrek. Maar niet zo erg als wat u nu voelt. Als de behandeling slaagt, bent u waarschijnlijk helemaal genezen.' Het was moeilijk te bekennen dat het grootste gevaar was, dat hij in kundigheid tekort zou schieten. 'Als ik bij een poging om de steen te grijpen met de tang van de vergruizer in de blaas zou knijpen en hem doorboren, of als ik het buikvlies stuk zou scheuren, dan zou u waarschijnlijk sterven aan wondinfectie.' Terwijl hij naar haar afgetobde gezicht keek, zag hij iets doorschemeren van een jongere, knappere vrouw. 'U moet beslissen of ik het zal proberen.'

In haar opwinding drukte ze het kind te dicht tegen zich aan en het jongetje begon weer te huilen. Daardoor duurde het even voor het tot Rob J. doordrong wat ze tegen hem gefluisterd had.

'Alstublieft.'

Hij wist dat hij hulp nodig zou hebben als hij de lithocenose verrichtte. Toen hij dacht aan de verstrakking van haar lichaam bij zijn onderzoek, voelde hij intuïtief aan dat hij een vrouw als hulp moest hebben, en toen hij bij Sarah Bledsoe wegging, reed hij regelrecht naar de dichtstbijzijnde boerderij en praatte met Alma Schroeder.

'O, dat kan ik niet, nee, nooit!' De arme Alma werd bleek. Haar verwarring werd nog verergerd door haar oprechte gevoelens voor Sarah. '*Gott im Himmel!* O, dokter Cole, alstublieft, ik kan het niet.'

Toen hij zag dat dat zo was, verzekerde hij haar dat ze zich daar niet voor hoefde te schamen. Er waren nu eenmaal mensen die een operatie niet konden aanzien. 'Het is goed, Alma. Ik vind wel iemand anders.'

Terwijl hij wegreed probeerde hij een vrouw in de omgeving te bedenken die hem zou kunnen bijstaan, maar hij verwierp de weinige mogelijkheden een voor een. Hij had genoeg van gejammer: hij had een verstandige vrouw nodig met sterke armen, een vrouw met een karakter waardoor ze standvastig kon blijven als ze iemand zag lijden.

Halverwege zijn hut wendde hij de teugel en reed naar het Indianendorp.

17. Dochter van de *Mide'wiwin*

Als Makwa haar gedachten die kant uit liet gaan, herinnerde ze zich een tijd dat maar weinig mensen van het volk kleren van blanken droegen, dat een versleten hemd of een gescheurde jurk een sterk tovermiddel was, omdat iedereen gedroogd, geschraapt en gekauwd hertevel droeg of pelzen. Toen ze nog een kind was in Sauk-e-nuk – toen heette ze Nishwri Kekawi, Twee Hemels – waren er in het begin zo weinig blanken, *mookamonik*, dat ze geen invloed hadden op hun bestaan. Op het eiland in de Rocky lag een garnizoen, daar gelegerd nadat functionarissen in St. Louis een paar Mesquakie en Sauk dronken had aangetroffen en ze een papier hadden laten tekenen waarvan ze de inhoud ook nuchter niet hadden kunnen lezen. De vader van Twee Hemels was Ashtibugwa-gupichee, Groene Bizon. Hij zei tegen Twee Hemels en haar oudere zus, Meci-ikwawa, Lange Vrouw, dat toen de legerpost werd gebouwd, de Langmessen de beste bessenbosjes van het Volk hadden vernietigd. Groene Bizon was van de stamgroep Beer, een goede afkomst om leider te worden, maar hij wilde geen opperhoofd of medicijnman worden. Ondanks zijn heilige naam (hij was genoemd naar de *manitou*) was hij een eenvoudig man, die aanzien genoot omdat hij een goede oogst van zijn akkers haalde. Toen hij jong was had hij tegen de Iowa gevochten en heldendaden verricht. Hij was niet iemand die zich steeds op de borst klopte, zoals anderen, maar toen haar oom Winnawa, Korte Hoorn, stierf, kreeg

Twee Hemels iets over haar vader te horen. Korte Hoorn was de eerste Sauk van wie men wist dat hij zich doodgedronken had aan het gif dat de *mookamon* Ohio-whisky noemden en het Volk peperwater. Sauk begroeven de doden, in tegenstelling tot andere stammen, die een lijk gewoon in een boom legden. Toen ze Korte Hoorn in de grond lieten zakken, had haar vader op de rand van het graf geslagen met zijn *pucca-maw* en woest met de strijdknots gezwaaid. 'Ik heb in de oorlog drie mannen gedood en ik geef hun geest aan mijn broer die hier ligt, om hem in de andere wereld als slaven te dienen,' zei hij, en zo kwam Twee Hemels te weten dat haar vader eens gevochten had.

Haar vader was zachtmoedig, een werker. Eerst bebouwden hij en haar moeder Matapya, Samenloop-van-Rivieren, twee akkers met maïs en pompoenen, maar toen de Raad zag dat hij een goede boer was, gaven ze hem nog twee akkers. De moeilijkheden begonnen in Twee Hemels' tiende jaar, toen een *mookamon*, Hawkins genaamd, een hut bouwde op de akker naast die waarop haar vaders maïs groeide. De akker waarop Hawkins zich had gevestigd, was verlaten nadat de bebouwer, Wega-wu, Shawnee-Danser, gestorven was en de Raad er nog niet toe was gekomen, de grond aan een ander toe te wijzen. Hawkins ging paarden en koeien houden. De akkers werden alleen gescheiden door struiken of heggen en zijn paarden kwamen op de akker van Groene Bizon en vraten zijn maïs op. Groene Bizon ving de paarden en bracht ze naar Hawkins, maar de volgende dag stonden de paarden weer op zijn akker. Hij beklaagde zich maar de Raad wist niet wat te doen, want er hadden zich nog vijf andere gezinnen op Rock Island gevestigd, op grond die de Sauk meer dan honderd jaar bewerkt hadden.

Groene Bizon nam zijn toevlucht tot het vastbinden van Hawkins' vee op zijn eigen land in plaats van het terug te brengen en meteen kreeg hij bezoek van de koopman van Rock Island, George Davenport. Davenport was een van de eerste blanken geweest die tussen hen woonden en het Volk vertrouwde hem. Hij zei dat Groene Bizon de paarden aan Hawkins terug moest geven of de Langmessen zouden hem gevangen zetten, en Groene Bizon deed wat zijn vriend Davenport aanraadde.

Dat najaar, de herfst van 1831, gingen de Sauk naar hun winterkamp in Missouri, zoals ze elk jaar deden. Toen ze in de lente terugkwamen in Sauk-e-nuk, zagen ze dat er blanke gezinnen bijgekomen waren en zich op de Sauk-akkers hadden gevestigd. Afscheidingen hadden ze opgeruimd en lange hutten afgebrand. Nu moest de Raad wel iets ondernemen en ze beraadslaagden met Davenport en Felix St. Vrain, de

Indianen-agent, en met majoor John Bliss, het hoofd van de soldaten in het fort. Het overleg bleef maar duren en in de tussentijd wees de Raad de stamleden, van wie de grond ingenomen was, andere akkers aan.

Een korte, gedrongen Nederlander uit Pennsylvania, Joshua Vandruff, had de akker in beslag genomen van een Sauk die Makataimeshekiakiak heette, Zwarte Havik. Vandruff begon whisky te verkopen vanuit de *hedonoso-te* die Zwarte Havik en zijn zoons eigenhandig hadden gebouwd. Zwarte Havik was geen opperhoofd, maar de meeste van zijn drieënzestig jaar had hij gevochten tegen Osage, Cherokee, Chippewa en Kaskaskia. Toen in 1812 de oorlog tussen de blanken was uitgebroken, had hij een macht van Sauk-krijgers verzameld en de Amerikanen hun diensten aangeboden, maar die werden geweigerd. Beledigd had hij de Engelsen hetzelfde aanbod gedaan. Ze behandelden hem met ontzag, maakten de hele oorlog gebruik van zijn diensten, gaven hem wapens, munitie, medailles, en de rode jas waaraan je een soldaat herkende.

Nu hij oud werd moest Zwarte Havik meemaken dat er vanuit zijn huis whisky verkocht werd. Erger nog, hij moest getuige zijn van de ondergang van zijn stam aan de alcohol. Vandruff en zijn vriend B.F. Pike voerden de Indianen dronken en wisten ze pelzen, paarden, geweren en vallen te ontfutselen. Zwarte Havik ging naar Vandruff en Pike en vroeg hun, geen whisky meer aan de Sauk te verkopen. Toen ze daar niet op ingingen, kwam hij terug met een zestal krijgers die alle vaten uit de lange hut rolden, ze lek sloegen en de whisky in de grond lieten lopen.

Vandruff pakte meteen zijn zadeltassen met proviand voor een lange reis en reed naar Belville waar John Reynolds, de gouverneur van Illinois, woonde. In een verklaring betoogde hij onder ede, dat de Saukindianen uitzinnig tekeer waren gegaan, wat was uitgelopen op een steekpartij en veel schade aan boerderijen van blanken. Hij overhandigde gouverneur Reynolds een tweede document, getekend door B.F. Pike, waarin stond: *De Indianen weiden hun paarden in onze graanvelden, schieten onze koeien en ander vee, en dreigen dat ze onze huizen boven ons hoofd zullen verbranden als we niet vertrekken.*

Reynolds was pas gekozen en hij had de kiezers verzekerd, dat Illinois veilig was voor degenen die zich wilden vestigen. Een gouverneur die met succes tegen de Indianen vocht, kon dromen van het presidentschap. 'Bij god, meneer,' zei hij bewogen tegen Vandruff, 'u vraagt de juiste man om gerechtigheid.'

Er kwamen zevenhonderd bereden soldaten. Ze sloegen een kamp op ten zuiden van Sauk-e-nuk en hun aanwezigheid veroorzaakte opwinding en vrees. Tegelijkertijd pufte een stoomschip dat rook uitbraakte, de Rocky op. Het schip liep vast op een van de rotsen waar de rivier zijn naam aan ontleende, maar de *mookamonik* trokken het los en al vlug ging het voor anker en het ene kanon dat ze hadden werd recht op het dorp gericht. De commandant van de blanken, generaal Edmund P. Gaines, belegde een samenkomst met de Sauk. Achter de tafel zaten de generaal, Indianen-agent St. Vrain en koopman Davenport, die als tolk fungeerde. Er kwamen misschien twintig belangrijke Sauk.

Generaal Gaines zei dat bij het verdrag van 1803, waarbij het fort op Rock Island was gesticht, de Grote Vader in Washington alle Saukland ten oosten van de Mississippi had gekregen: twintig miljoen hectare. Hij zei de verbijsterde, niet-begrijpende Indianen dat ze een jaargeld gekregen hadden, en dat de grote Vader in Washington nu wilde dat zijn kinderen aan de andere kant van de *Masesibowi*, de grote rivier gingen wonen. Hun Vader in Washington zou hun maïs schenken om de winter door te komen.

Het opperhoofd van de Sauk was Keokuk, die wist dat de Amerikanen in de meerderheid waren. Toen Davenport hem de woorden van de blanke commandant overbracht, klemde zich een grote vuist om Keokuks hart. De anderen keken hem aan, wat hij zou zeggen; hij bleef zwijgen. Maar er stond een man op, die genoeg Engels geleerd had toen hij voor de Britten vocht om voor zichzelf te spreken. 'Wij hebben ons land nooit verkocht. We hebben nooit een jaargeld van onze Amerikaanse Vader gekregen. We willen ons dorp houden.'

Generaal Gaines zag een Indiaan, een bijna oude man, zonder de hoofdtooi van een hoofd. In smerig hertevel. Met holle wangen en een hoog, benig voorhoofd. Meer grijs dan zwart in de kortgeknipte scalplok die zijn geschoren schedel in tweeën verdeelde. Een grote neus die als een beledigende snavel vooruitstak tussen twee ver uit elkaar liggende ogen.

Gaines zuchtte en keek Davenport vragend aan.

'Hij heet Zwarte Havik.'

'Wat is hij?' vroeg de generaal aan Davenport, maar Zwarte Havik antwoordde.

'Ik ben een Sauk. Mijn voorvaders waren Sauk, grote mannen. Ik wil bij hun resten blijven en bij hen begraven worden. Waarom zou ik weggaan van hun grond?'

De generaal en hij keken elkaar strak aan, staal tegen steen.

'Ik ben hier niet gekomen om jullie te smeken of om te kopen, uit jullie dorp te vertrekken. Mijn taak is jullie te verwijderen,' zei Gaines

93

minzaam. 'Zonder geweld als dat kan. Met geweld als het moet. Ik geef jullie nu twee dagen om te vertrekken. Als jullie dan nog niet de Mississippi overgetrokken zijn, dwing ik jullie te gaan.'

Het Volk overlegde samen en keek naar het scheepskanon dat op hen gericht was. De soldaten die in kleine groepjes langsreden, roepend en schreeuwend, waren goed gevoed en bewapend en hadden genoeg munitie. De Sauk hadden oude geweren, weinig kogels, geen voedselvoorraad.

Keokuk stuurde een koerier om Wabokieshik te waarschuwen, Witte Wolk, een medicijnman die in Winnebago woonde. Witte Wolk was de zoon van een vader uit Winnebago en een Sauk-moeder. Hij was groot en dik, had lang grijs haar en – een zeldzaamheid onder Indianen – een schamele zwarte snor. Het was een grote sjamaan die zorg droeg voor de geestelijke en medische behoeften van de Winnebago, de Sauk en de Mesquakie. Alle drie de stammen kenden hem als de Profeet, maar Witte Wolk had Keokuk niets geruststellends te profeteren. Hij zei dat de militaire macht sterker was en dat Gaines niet naar rede zou luisteren. Hun vriend Davenport, de handelaar, kwam samen met het opperhoofd en de sjamaan, en drong erop aan te doen wat bevolen was, dat ze van het land zouden wegtrekken voor het op een bloedige ellende zou uitdraaien.

Dus de tweede nacht van de twee dagen die het Volk gekregen had, vertrokken ze uit Sauk-e-nuk als dieren die weggedreven werden en ze gingen de *Masesibowi* over, het land van hun vijanden, de Iowa in.

Die winter raakte Twee Hemels haar geloof dat de wereld veilig was kwijt. De maïs die door de Indianen-agent in het nieuwe dorp ten westen van de *Masesibowi* werd geleverd, was van slechte kwaliteit en lang niet genoeg om de honger buiten de deur te houden. Het Volk kon niet genoeg wild jagen of vangen, want velen hadden hun geweer of val ingeruild tegen Vandruffs whisky. Ze treurden over het verlies van de oogst op het veld. Het meelmaïs. De volle, voedzame pompoenen, de grote zoete meloenen.

Op een nacht staken vijf vrouwen de rivier weer over, gingen naar hun oude akkers en plukten bevroren kolven van de maïs die ze zelf de afgelopen lente geplant hadden. Ze werden betrapt door blanke boeren en kregen een flink pak slaag.

Een paar nachten later had Zwarte Havik een paar mannen te paard mee teruggenomen naar Rock Island. Ze vulden zakken met maïs van de akkers en braken in een opslagplaats in waar ze pompoenen en meloenen weghaalden. De hele verschrikkelijke winter lang woedde er een discussie. Keokuk, het opperhoofd, betoogde dat de actie van

94

Zwarte Havik de blanke legers zou uitlokken. Het nieuwe dorp was geen Sauk-e-nuk maar er viel goed te wonen, betoogde hij, en de aanwezigheid van de *mookamonik* aan de overkant van de rivier betekende een markt voor de pelzen van de vallenzetters van de Sauk.

Zwarte Havik zei dat de bleekgezichten de Sauk zo ver mogelijk zouden terugdrijven en ze dan zouden vernietigen. De enige kans was vechten. De enige hoop voor alle rode mensen was de vijandschappen tussen stammen te vergeten en zich van Canada tot Mexico te verenigen, met hulp van de Engelse Vader tegen de grootste vijand, de Amerikanen.

De Sauk discussieerden maar door. In de lente had het grootste deel van het Volk besloten om met Keokuk aan de westelijke kant van de rivier te blijven. Maar driehonderdachtenzestig mannen verbonden hun lot en dat van hun gezin aan dat van Zwarte Havik. Onder hen was Groene Bizon.

Er werden kano's geladen. Zwarte Havik, de Profeet en Neosho, een medicijnman van de Sauk, vertrokken in de voorste kano. Toen voeren de anderen uit, hard peddelend tegen de machtige stroom van de *Masesibowi* in. Zwarte Havik wilde niets vernielen, niemand doden zolang zijn strijdmacht niet werd aangevallen. Terwijl ze stroomafwaarts voeren, beval hij zijn mensen, als ze een nederzetting van de *mookamon* naderden, op hun trommels te slaan en te zingen. Vrouwen, kinderen en ouden meegeteld had hij bijna dertienhonderd stemmen en de kolonisten vluchtten voor dat verschrikkelijke geluid. In een paar nederzettingen haalden ze voedsel weg, maar ze hadden te veel monden te voeden en geen tijd om te jagen of te vissen.

Zwarte Havik had koeriers gestuurd naar Canada om de Britten en een twaalftal stammen om hulp te vragen. De koeriers kwamen terug met slecht nieuws. Het was niet zo verwonderlijk dat oude vijanden zoals de Sioux en de Chippewa en de Osage zich niet met de Sauk tegen de bleekgezichten wilden verenigen, maar ook hun broedervolk de Mesquakie en andere bevriende volken wilden het niet. Erger nog, hun Britse Vader stuurde de Sauk alleen bemoedigende woorden en wenste hun geluk in de oorlog.

Zwarte Havik, die dacht aan de kanonnen op oorlogsschepen, haalde zijn volk van de rivier en trok de kano's op de oostelijke oever, vanwaar ze verbannen waren. Omdat elk kruimeltje voedsel kostbaar was, moest iedereen dragen, ook vrouwen die hoogzwanger waren zoals Samenloop-van-Rivieren. Ze trokken om Rock Island heen en gingen verder langs de Rocky om Potawatomi te treffen van wie ze hoopten land te kunnen pachten om er maïs op te laten groeien. Van de Potawatomi hoorde Zwarte Havik dat de Vader in Washington het Sauk-gebied aan blanke beleggers had verkocht. Het dorpsgebied van Sauk-e-nuk en bijna alle akkers waren gekocht door George Davenport, de handelaar die onder het mom dat hij hun vriend was, erop had aangedrongen dat ze hun land verlieten.

Zwarte Havik kondigde een hondemaal af, want hij wist dat het Volk de hulp van de *manitou*'s nodig had. De Profeet zag toe op het wurgen van de honden en de reiniging van het vlees. Terwijl het stond te stoven, zette Zwarte Havik zijn medicijnbuidels voor zijn mannen. 'Moedige strijders,' zei hij, 'Sauk-e-nuk bestaat niet meer. Onze landen zijn gestolen. Blanke soldaten hebben onze *hedonoso-te*'s verbrand. Ze hebben de omheiningen van onze akkers neergehaald. Ze hebben onze Plaats van de Doden omgeploegd en tussen de heilige beenderen maïs geplant. Dit zijn de medicijnbuidels van onze voorvader Muk-ataquet, met wie het Sauk-volk begon. Ze werden doorgegeven aan het grote oorlogsopperhoofd van ons volk, Na-namakee, die in oorlog was met alle volken van de meren en alle volken van de vlakten en nooit te schande gemaakt is. Ik verwacht dat jullie ze beschermen.'

De krijgers aten van het heilige vlees en ze kregen moed en kracht. Dat was nodig, want Zwarte Havik wist dat de Langmessen tegen hem zouden optrekken. Misschien waren het de *manitou*'s die Samenloop-van-Rivieren gedoogden haar kindje in dit kamp te baren en niet onderweg. Het was een mannelijk kind en stimuleerde de krijgers even sterk als het hondemaal, want Groene Bizon noemde zijn zoon Wato-kimita, Hij-Die-Land-Bezit.

Aangezet door de algemene schrik over geruchten dat Zwarte Havik en de Sauk op het oorlogspad waren, riep gouverneur Reynolds van Illinois duizend bereden vrijwilligers op. Er kwam meer dan het dubbele van die Indianen-bevechters in spe opdagen en negentienhonderdvijfendertig ongeoefende manschappen werden in militaire dienst genomen. Ze werden verzameld in Beardstown, samengevoegd met de driehonderdtweeënveertig geregelde troepen en snel ingedeeld in vier regimenten, plus twee bataljons voetvolk. Samuel Whiteside uit de provincie St. Clair werd tot brigadegeneraal gebombardeerd en kreeg het commando.

Uit berichten van kolonisten was bekend waar Zwarte Havik zich bevond, en Whiteside trok er met zijn legermacht op uit. Het was een ongewoon natte lente geweest en zelfs de beken moesten ze overzwemmen, terwijl gewone drassige stukken moerassen werden waar ze doorheen moesten ploeteren. Het kostte vijf dagen zwoegen door een land zonder paden om bij Oquawka te komen, waar voedsel zou zijn. Maar het leger had een foutje gemaakt: er was geen voedsel en de mannen hadden alles wat ze in hun zadeltas meegenomen hadden, allang opgegeten. Ongedisciplineerd en vechtlustig maakten ze hun officieren uit voor burgers, wat ze in feite ook waren, en eisten voedsel. Whiteside stuurde een telegram naar generaal Henry Atkinson in Fort Armstrong en Atkinson stuurde meteen de stoomboot *Chieftain* stroomafwaarts met een lading voedsel. Whiteside stuurde de twee bataljons geregelde troepen vooruit, terwijl bijna een week lang de hoofdmacht van vrijwilligers de buik vulde en uitrustte.

Ze waren er zich doorlopend van bewust dat ze zich in een vreemde, dreigende omgeving bevonden. Op een zachte morgen in mei stak de hoofdmacht, ongeveer zestienhonderd mannen te paard, Prophetstown in brand, het verlaten dorp van Witte Wolk. Toen ze dat gedaan hadden, werden ze zonder reden zenuwachtig en raakten er allengs van overtuigd dat achter elke heuvel wraakzuchtige Indianen lagen. Al vlug sloeg die nervositeit om in vrees en de angst bracht hen tot de aftocht. Met achterlating van uitrusting, wapens, voedsel en munitie vluchtten ze om hun leven te redden voor een niet-bestaande vijand, ze trokken over de prairie, door struikgewas en bossen en bleven vluchten toen ze als eenlingen of in kleine groepjes beschaamd de nederzetting Dixon binnenreden, vijftien kilometer verderop.

Het eerste gevecht kwam niet lang daarna. Zwarte Havik en ongeveer veertig moedige mannen waren onderweg om een paar Potawatomi te treffen van wie ze probeerden een maïsveld te pachten. Ze hadden hun kamp opgeslagen aan de oever van de Rocky, toen een koerier kwam vertellen dat een grote macht Langmessen hun richting uit kwam. Meteen maakte Zwarte Havik een witte vlag aan een paal en stuurde drie ongewapende Sauk om hem naar de blanken te brengen en een onderhoud te vragen van Zwarte Havik met hun commandant. Achter hen aan stuurde hij vijf Sauk om als waarnemers dienst te doen.

De troepen waren onervaren Indianen-bevechters, die bang werden toen ze de Sauk zagen. Vlug namen ze de drie mannen met de wapenstilstandsvlag gevangen en reden toen uit achter de vijf waarnemers aan, van wie er twee werden ingehaald en gedood. De andere drie haalden het kampement, achtervolgd door de militairen. Toen de blanke soldaten arriveerden, werden ze aangevallen door ongeveer vijfendertig moedigen, geleid door een woedende Zwarte Havik die bereid was een mooie dood te sterven om het verraad van de bleekgezichten te wreken. De soldaten in de voorhoede van de cavalerie hadden geen idee dat de Indianen geen enorm leger van krijgers achter zich hadden. Ze sloegen één blik op de aanvallende Sauk, keerden hun paarden en sloegen op de vlucht.

In de strijd is niets zo besmettelijk als paniek en binnen een paar minuten was de hele gevechtsgroep in rep en roer. In de verwarring ontsnapten twee van de drie Sauk die met de vlag gevangengenomen waren. De derde werd doodgeschoten. De tweehonderdvijfenzeventig gewapende, bereden militairen werden door angst bevangen en vluchtten even paniekerig als de hoofdmacht van vrijwilligers. De paar tientallen krijgers van Zwarte Havik joegen achter hen aan, vielen de achterblijvers aan en kwamen terug met elf scalpen. Een deel van de tweehonderdvierenzestig vluchtende blanken bleef zich terugtrekken tot ze thuis waren, maar de meeste soldaten kwamen tenslotte in het stadje Dixon terecht.

De rest van haar leven zou het meisje dat toen Twee Hemels genoemd werd, zich de vreugde na die strijd herinneren. Een kind voelde de hoop. Het nieuws van de overwinning verspreidde zich als een lopend vuurtje door de wereld van de roodhuiden en meteen sloten zich tweeënnegentig Winnebago bij hen aan. Zwarte Havik liep rond in een wit overhemd met ruches, een in leer gebonden wetsboek onder zijn arm – allebei gevonden in de zadeltas, achtergelaten door een vluchtende officier. Hij begon grote woorden te spreken. Ze hadden laten zien dat de *mookamonik* verslagen konden worden, zei hij, en nu zouden andere stammen krijgers sturen om het verbond te vormen waar hij van droomde.

Maar de dagen gingen voorbij en er kwamen geen krijgers. Tenslotte stuurde Zwarte Havik de Winnebago de ene kant uit en leidde hij het Volk een andere kant uit. Tegen zijn bevel in vielen de Winnebago onbeschermde blanke boerderijen aan en scalpeerden blanken, waaronder St. Vrain, de Indianen-agent. Twee dagen achter elkaar werd de lucht groenzwart en de *manitou* Shagwa schudde hemel en aarde. Wabokieshiek waarschuwde Zwarte Havik, nooit te reizen zonder verkenners ver vooruit te sturen en Twee Hemels' vader mompelde somber dat er geen profeet nodig was om te weten dat er slechte dingen te gebeuren stonden.

Gouverneur Reynolds was woedend. Zijn schaamte over wat er met zijn militairen gebeurd was, werd gedeeld door de bevolking van alle randstaten. De plunderingen van de Winnebago werden overdreven en Zwarte Havik in de schoenen geschoven. Er kwamen nieuwe vrijwilligers aanzetten, aangetrokken door een gerucht dat een premie die het congres van Illinois in 1814 had ingesteld, nog steeds van kracht was: vijftig dollar voor elke mannelijke Indiaan die gedood en voor elke squaw of roodhuidenkind dat gevangengenomen werd.

Reynolds kon zonder moeite nog drieduizend man de eed afnemen. Tweeduizend zenuwachtige soldaten waren al gelegerd in forten langs de Mississippi onder bevel van generaal Henry Atkinson, met als ondercommandant kolonel Zachary Taylor. Twee compagnieën infanterie werden vanuit Baton Rouge, Louisiana, naar Illinois gestuurd en een leger van tweeduizend beroepssoldaten werd onder bevel van generaal Winfried Scott van meer oostelijke posten overgebracht. Die troepen werden aangetast door de cholera terwijl ze op stoomboten over de Grote Meren vervoerd werden, maar ook zonder hen was er een enorme legermacht, uit op raciale vergelding en herstel van de eer, in beweging gekomen.

Voor het meisje Twee Hemels werd de wereld klein. Hij had altijd ontzettend groot geleken tijdens de rustige tocht tussen het winterkamp van de Sauk in Missouri en hun zomerdorp aan de Rocky. Maar waar haar volk nu ook ging, er waren blanke soldaten en er werd geschoten en geschreeuwd voor ze weg konden komen. Ze wonnen een paar scalpen en verloren een paar moedige mannen. Ze hadden geluk dat ze de hoofdmacht van de blanke troepen niet tegenkwamen. Zwarte Havik maakte schijn- en kronkelbewegingen, hij legde valse sporen in een poging de soldaten te misleiden, maar de meesten die met hem optrokken waren vrouwen en kinderen en het was moeilijk om de bewegingen van zovelen te verbergen.

Al vlug werden het er minder. Oude mensen stierven, soms kinderen. Het kleine broertje van Twee Hemels werd mager in zijn gezicht en kreeg grote ogen. De melk van hun moeder droogde niet op, maar de stroom nam af en werd dunner, waardoor er nooit genoeg was om het kind tevreden te stellen. Twee Hemels droeg haar broertje meestal.

Al vlug hield Zwarte Havik op over het verdrijven van de bleekgezichten. Nu sprak hij over ontsnappen naar het verre noorden, waar de Sauk honderden jaren tevoren vandaan gekomen waren. Maar naarmate de manen vergleden, verdween bij veel van zijn volgers het geloof om bij hem te willen blijven. Het ene gezin na het andere vertrok uit de Sauk-macht, ze glipten een voor een weg. Kleine groepjes zouden waarschijnlijk niet in leven kunnen blijven, maar de meesten waren ervan overtuigd geraakt dat de *manitou*'s niet op de hand van Zwarte Havik waren.

Groene Bizon bleef trouw, ondanks dat de groep van Zwarte Havik vier manen nadat ze bij de Sauk van Keokuk weggegaan waren, was afgenomen tot een paar honderd man die probeerden zich in leven te houden door wortels en boombast te eten. Ze gingen terug naar de *Masesibowi*, ze zochten als altijd hun troost bij de grote rivier. De stoomboot *Warrior* trof de meeste Sauk aan op de ondiepten aan de monding van de Ouisconsin, waar ze probeerden vis te vangen. Toen de boot op hen af stevende, zag Zwarte Havik het zesponds kanon op de boeg en wist dat ze niet langer konden vechten. Zijn mannen zwaaiden met een witte vlag, maar de boot kwam dichterbij en een Winnebago-huurling op het dek riep in hun taal: '*Maak dat je wegkomt, de blanken gaan schieten!*'

Ze waadden net schreeuwend op de oever af toen het kanon van dichtbij een granaat afschoot, gevolgd door zwaar musketvuur. Drieëntwintig Sauk werden gedood. De anderen haalden de bossen; sommigen sleepten of droegen de gewonden.

Die avond spraken ze onder elkaar. Zwarte Havik en de Profeet besloten naar het land van de Chippewa te gaan om te zien of ze daar konden wonen. Drie groepjes mensen zeiden dat ze mee zouden gaan, maar de anderen, waaronder Groene Bizon, geloofden er niet in dat de Chippewa hun maïsvelden zouden geven als de andere stammen het niet deden en ze besloten terug te gaan naar de Sauk van Keokuk. 's Morgens namen ze afscheid van de weinigen die naar de Chippewa zouden gaan en trokken naar het zuiden, naar huis.

De stoomboot *Warrior* bleef op het spoor van de Indianen door de zwermen kraaien en gieren stroomafwaarts te volgen. Waar de Sauk nu gingen, lieten ze de doden gewoon achter. Soms waren het oude mensen en kinderen, soms gewonden van een eerdere aanval. Als de boot aanlegde om lijken te bekijken, sneden ze de oren en scalp er steeds af. Het deed er niet toe of het strookje donker haar van een kind was of het rode oor van een vrouw; ze zouden ze trots meenemen naar hun dorp als bewijs dat de eigenaar tegen Indianen had gevochten.

De Sauk die in leven bleven, gingen weg van de *Masesibowi* en trokken het land in, maar stuitten op de Winnebago-huurlingen van het leger. Achter de Winnebago zetten rijen soldaten de bajonet op hun geweer, waardoor de Indianen ze Langmessen noemden. Als de blanken aanvielen, klonk er een schorre, dierlijke kreet uit hen op, lager dan een strijdkreet maar even woest. Ze waren met zovelen en ze waren er zo op uit te doden, om iets terug te winnen van wat ze meenden verloren te hebben. De Sauk konden zich alleen maar schietend terugtrekken. Toen ze weer bij de *Masesibowi* kwamen probeerden ze stand te houden, maar werden al vlug de rivier in gedreven. Twee Hemels stond vlak naast haar moeder in water dat tot haar middel kwam, toen een loden kogel de onderkaak van Samenloop-van-Rivieren trof. Ze viel met haar gezicht naar beneden in het water. Twee Hemels moest haar moeder op haar rug draaien terwijl ze de baby

Hij-Die-Land-Bezit vasthield. Dat lukte haar maar met de grootste moeite; toen begreep ze dat Samenloop-van-Rivieren dood was. Haar vader of zus zag ze niet. De wereld bestond uit geweervuur en geschreeuw en toen de Sauk door het water naar een wilgeneilandje waadden, ging ze met hen mee.

Op het eiland probeerden ze een stelling te houden, verscholen achter rotsen en omgevallen bomen. Maar op de rivier had de stoomboot, die uit de mist kwam als een groot spook, het eilandje al vlug onder kruisvuur uit zijn kanon. Een paar vrouwen renden de rivier in en probeerden hem helemaal over te zwemmen. Twee Hemels wist niet dat het leger Sioux had gehuurd om op de andere oever op wacht te staan en iedereen te doden die erover wist te komen, en eindelijk glipte ze het water in, haar tanden geklemd in de losse huid van het babynekje zodat ze haar handen vrij had om te zwemmen. Haar tanden beten in de huid van het kindje en ze proefde het bloed van haar broertje, en de spieren in haar eigen hals en schouders deden pijn van de moeite die het kostte om het hoofdje boven water te houden. Al vlug werd ze moe en ze wist dat ze allebei zouden verdrinken als ze door zou zwemmen. De stroom sleurde hen mee stroomafwaarts, weg van het geweervuur en ze ging weer aan land, zwemmend als een vos of een eekhoorn die een jong verhuist. Toen ze de oever had bereikt ging ze dicht naast de huilende baby liggen en probeerde niet naar zijn kapotte nekje te kijken.

Al vlug pakte ze Hij-Die-Land-Bezit op en droeg hem weg van waar de schoten klonken. Er zat een vrouw op de oever en toen ze dichterbij kwamen zag Twee Hemels dat het haar zus was. Lange Vrouw was overdekt met bloed, maar ze zei Twee Hemels dat het niet háár bloed was: een soldaat was bezig geweest haar te verkrachten toen hij een kogel in zijn zij kreeg. Het was haar gelukt onder zijn bloedende lichaam vandaan te kruipen; hij had zijn hand opgestoken en in zijn taal om hulp gevraagd en ze had een steen gepakt en hem doodgeslagen.

Ze wist haar verhaal uit te brengen, maar begreep het niet toen Twee Hemels haar over hun moeders dood vertelde. Het geluid van geschreeuw en schoten klonk dichterbij. Twee Hemels droeg haar broertje en bracht haar zus diep in de bosjes langs de rivier en het drietal kroop dicht bij elkaar. Lange Vrouw sprak niet, maar Hij-Die-Land-Bezit hield niet op met zijn hoog geschreeuw en Twee Hemels was bang dat soldaten het zouden horen en erop af zouden komen. Ze maakte haar jurk open en bracht zijn mondje aan haar onontwikkelde borst. Het tepeltje werd groter door het zuigen van zijn lipjes en ze hield het kindje dicht tegen zich aan.

Naarmate de uren voorbijgingen werd er minder geschoten en het rumoer zakte weg. De middagschaduwen waren al lang toen ze de stappen hoorde naderen van een patrouille, en de baby begon weer te huilen. Ze dacht erover om Hij-Die-Land-Bezit te wurgen, zodat Lange Vrouw en zij in leven zouden blijven. Toch wachtte ze alleen maar en na een paar minuten stak een magere blanke jongen zijn musket in de bosjes en trok ze eruit.

Onderweg naar de stoomboot zag ze, waar ze ook keek, bekenden zonder scalp en oren. Op het dek hadden de Langmessen negenendertig vrouwen en kinderen verzameld. Alle anderen waren gedood. Het kindje huilde nog steeds en een Winnebago keek naar het uitgeteerde kind met zijn kapotte nekje. 'Ratje,' zei hij minachtend, maar een roodhuid-soldaat met twee gele strepen op zijn blauwe mouw mengde suiker en water in een whiskyfles en stak er een stuk stof in. Hij trok het kindje uit de armen van Twee Hemels, gaf het de suikerspeen om aan te zuigen en liep weg met een tevreden gezicht en haar broertje op zijn arm. Twee Hemels wilde er achteraan gaan, maar de Winnebago sloeg haar met zijn hand tegen haar hoofd tot haar oren ervan gonsden. De boot voer weg van de monding van de Bad Ax, tussen de drijvende Sauk-lijken door. Hij bracht ze zestig kilometer stroomafwaarts naar Prairie du Chien. In Prairie du Chien werd ze met Lange Vrouw en drie andere Sauk-meisjes – Rookvrouw, Maan en Gele Vogel – van de stoomboot gehaald en in een kar gezet. Maan was jonger dan Twee Hemels. De twee anderen waren ouder, maar jonger dan Lange Vrouw. Ze wist niet wat er van de andere gevangenen terechtgekomen was, en Hij-Die-Land-Bezit zag ze nooit weer.

De kar kwam bij een legerpost die ze later Fort Crawford leerden noemen, maar reed niet naar binnen en de jonge Sauk-vrouwen werden vijf kilometer voorbij het fort naar een blanke boerderij gebracht, omringd door bijgebouwen en hekken. Twee Hemels zag geploegde, beplante akkers en verschillende soorten grazende dieren en gevogelte. In het huis kon ze nauwelijks ademhalen want de lucht was vreemd, van wrange zeep en boenwas, een geur van *mookamonik*-vroomheid waar ze de rest van haar leven van gruwde. Op de Evangelische School voor Indiaanse meisjes moest ze die lucht vier jaar verdragen.

De school werd geleid door dominee Edvard Bronsun en juffrouw Eva, een broeder en zuster van middelbare leeftijd. Negen jaar tevoren waren ze er onder auspiciën van het Zendingsgenootschap van New York City op uit getrokken om de wildernis in te gaan en de heidense Indianen tot Jezus te brengen. Ze waren hun schooltje begonnen met twee Winnebago-meisjes, van wie er een debiel was. De Indiaanse vrouwen hadden koppig genoeg hun herhaalde uitnodigingen geweigerd om de akkers van Bronsun te komen bewerken, de dieren te hoeden, de gebouwen te witten en te schilderen en het huishoudelijk werk te doen. Alleen door de medewerking van het wettig gezag en de militairen groeide het aantal leerlingen, tot er met de komst van de Sauk eenentwintig stuurse maar gehoorzame pupillen waren die een van de best onderhouden boerderijen van die streek verzorgden.

Meneer Edvard, lang en tenger, met een kalende schedel met sproeten, gaf de meisjes les in landbouw en godsdienst, terwijl juffrouw Eva, gezet, met koude ogen, leerde hoe bleekgezichten wilden dat vloeren geschrobd en houtwerk geboend werd. De studie van de kinderen bestond uit huishoudelijk werk en onophoudelijke zware boerenarbeid, Engels leren spreken en het afleren van hun eigen taal en cultuur en tot onbekende goden bidden. Juffrouw Eva, die altijd kil glimlachte, deelde lijfstraffen uit voor vergrijpen als luiheid, brutaliteit of het gebruik van een Indiaans woord, waarbij ze soepele twijgen gebruikte, gesneden uit de pruimeboom van de boerderij.

De andere leerlingen waren Winnebago, Chippewa, Illinois, Kickapoo, Iroquoi en Potawatomi. Allemaal bekeken ze de nieuwkomers vijandig maar de Sauk waren niet bang voor hen; ze waren samen gekomen en vormden qua stam een meerderheid, al probeerde het systeem daar dat voordeel teniet te doen. Het eerste wat de meisjes kwijtraakten was hun Indiaanse naam. De Bronsuns beschouwden maar zes bijbelse namen waardig om vroomheid bij een bekeerling op te wekken: Rachel, Ruth, Mary, Martha, Sarah en Anna. Aangezien de beperkte keuze met zich meebracht dat verschillende meisjes dezelfde naam droegen, gaven ze elk meisje een volgnummer dat pas weer vrijkwam als de eigenares de school verliet. Moon werd zo Ruth Drie; Lange Vrouw, Mary Vier; Gele Vogel, Rachel Twee; en Rookvrouw, Martha Drie.

Het was niet moeilijk zich aan te passen. De eerste Engelse termen die ze leerden, waren 'alstublieft' en 'dank u wel'. Bij maaltijden werden alle soorten voedsel en drank één keer genoemd, in het Engels. Vanaf dat moment moest iedereen die er niet in het Engels naar vroeg, maar honger lijden. De Sauk-meisjes leerden snel Engels. De twee maaltijden per dag bestonden uit maïspap en maïsbrood en gehakte wortels. Vlees, dat zelden werd opgediend, was varken of klein wild. Kinderen die honger hadden gekend, aten altijd begerig. Ondanks het harde werk werden ze gespierder. De somberheid verdween uit de ogen van Lange Vrouw, maar van de vijf Sauk vergiste ze zich het vlugst en begon dan de taal van het Volk te spreken, dus kreeg zij het meeste slaag.

In hun tweede maand op school hoorde juffrouw Eva Lange Vrouw in de Sauk-taal fluisteren en gaf haar flink slaag terwijl meneer Edvard toekeek. Die avond kwam meneer Edvard op de donkere slaapzaal op zolder en fluisterde dat hij zalf op de rug van Mary Vier moest doen om de pijn te verzachten. Hij nam Lange Vrouw mee de slaapzaal uit.

De volgende dag gaf meneer Edvard Lange Vrouw een zak maïsbroodjes die ze deelde met de andere Sauk. Nadien kwam hij 's avonds dikwijls op de slaapzaal om Lange Vrouw te halen en de Sauk-meisjes raakten gewend aan het extra eten.

Binnen vier maanden werd Lange Vrouw 's morgens vaak misselijk en Twee Hemels en zij wisten, nog voor er aan haar buik iets te zien was, dat ze zwanger was.

Een paar weken later spande meneer Edvard het paard voor het rijtuigje en juffrouw Eva nam Lange Vrouw mee en reed weg. Toen ze alleen terugkwam, zei ze tegen Twee Hemels dat haar zus bevoorrecht was. Juffrouw Eva zei dat Mary Vier van nu af aan zou werken op een fijne christelijke boerderij aan de andere kant van Fort Crawford. Twee Hemels zag Lange Vrouw nooit weer.

Als Twee Hemels zeker wist dat ze alleen waren, sprak ze tegen de andere Sauk in haar eigen taal. Wanneer ze coloradokevers zochten, vertelde ze hun verhalen die Samenloop-van-Rivieren haar verteld had. Wanneer ze bieten wiedden, zong ze de liederen van de Sauk. Als ze hout hakten, vertelde ze hun over Sauk-e-nuk en van het winterkamp en herinnerde hen aan de dansen en feesten en aan dode en levende verwanten. Als ze geen antwoord gaven in hun eigen taal dan dreigde ze dat ze hen erger zou slaan dan juffrouw Eva. Al waren twee van de meisjes ouder en groter dan zij, niemand ging tegen haar in en ze behielden hun oude taal.

Toen ze er meer dan drieëneenhalf jaar geweest waren, kwam er een Sioux-meisje als nieuwe pupil. Klapperende Vleugel was ouder dan Lange Vrouw. Ze was van de groep van Wabashaw en 's avonds bespotte ze de Sauk met verhalen van hoe haar vader en haar broers hadden staan wachten aan de overkant van de *Masisibowi* en al hun Sauk-vijanden hadden gedood en gescalpeerd, die tijdens de slachting in de monding van de Bad Ax de rivier over gekomen waren. Klapperende Vleugel kreeg de naam van Lange Vrouw, Mary Vier. Vanaf het begin had meneer Edvard een oogje op haar. Twee Hemels dacht erover, haar van kant te maken, maar de aanwezigheid van

Klapperende Vleugel bleek een geluk, want binnen een paar maanden was ook zij zwanger; misschien was Mary een aanlokkelijke naam.

Twee Hemels zag de buik van Klapperende Vleugel dikker worden, maakte haar plannen en trof voorbereidingen. Op een hete, stille zomerdag reed juffrouw Eva Klapperende Vleugel weg in het rijtuigje. Meneer Edvard was maar alleen, dus kon hij niet iedereen in het oog houden. Zo gauw de vrouw weg was, liet Twee Hemels de schoffel waarmee ze in het bietenveld bezig was, vallen en kroop achter de stal, uit het zicht. Ze stapelde dik aanmaakhout van dennen tegen de droge planken en stak die aan met de zwavelstokjes die ze had gestolen en tot dit moment had bewaard. Toen het vuur werd opgemerkt stond de stal in lichterlaaie. Meneer Edvard kwam als een gek uit het aardappelveld aanlopen, schreeuwend met uitpuilende ogen, en gaf de meisjes opdracht een emmerketen te vormen.

In de algemene opwinding hield Twee Hemels het hoofd koel. Ze haalde Maan, Gele Vogel en Rookvrouw bij elkaar. Bij nader inzien pakte ze een van juffrouw Eva's pruimetwijgen en joeg daarmee het grote varken van de boerderij uit de diepzwarte modder van zijn hok. Ze dreef het varken in juffrouw Eva's geschrobde en geboende vroom ruikende huis en deed de deur dicht. Toen nam ze de anderen mee naar de bossen, weg van die *mookamon*-boerderij.

Om wegen te vermijden, bleven ze in de bossen tot ze bij de rivier waren. Op de oever was een eikestam vastgelopen en de vier meisjes duwden hem los. In het warme water zaten de beenderen en de geesten van hun doden en dat omhelsde de meisjes toen ze zich aan de stam vastklemden en zich door de *Masesibowi* naar het zuiden lieten voeren.

Toen het donker begon te worden kwamen ze uit de rivier. Die nacht sliepen ze hongerig in de bossen. 's Morgens, toen ze bessen plukten op een strook langs de rivier, vonden ze een verstopte Sioux-kano en pakten hem meteen, in de hoop dat hij toebehoorde aan een familielid van Klapperende Vleugel. Halverwege de middag voeren ze een bocht om en kwamen bij Prophetstown. Op de oever stond een rode man vis schoon te maken. Toen ze zagen dat het een Mesquakie was, lachten ze van opluchting en voeren met de kano pijlsnel naar hem toe.

Na de oorlog was Witte Wolk, zo vlug als hij maar kon, teruggegaan naar Prophetstown. De blanke soldaten hadden zijn lange hut samen met de andere verbrand, maar hij bouwde een nieuwe *hedonoso-te*. Toen bekend werd dat de sjamaan terug was, kwamen er net als vroeger families van verschillende stammen en bouwden een hut in de buurt, om dicht bij hem te kunnen wonen. Van tijd tot tijd kwamen er andere leerlingen, maar nu keek hij met bijzondere belangstelling naar de vier jonge meisjes die aan de blanken waren ontsnapt en toevallig bij hem terecht waren gekomen. Dagenlang observeerde hij ze terwijl ze in zijn hut uitrustten en aten, en zag hoe drie van hen in alles leiding zochten bij de vierde. Hij ondervroeg hen uitgebreid, ieder apart, en ze vertelden allemaal over Twee Hemels.

Steeds over Twee Hemels. Hij begon haar met groeiende hoop te bezien.

Tenslotte haalde hij twee van zijn paardjes en zei tegen Twee Hemels dat ze mee moest komen. Een groot deel van de dag reed ze achter zijn paard aan, tot de bodem begon te stijgen. Alle bergen zijn heilig, maar in een vlak land is zelfs een heuvel een heilige plaats; op de beboste heuveltop bracht hij haar naar een open plek die naar beren rook, waar dierebotten verspreid lagen en as van vuren.

Toen ze afstegen, pakte Wabokieshiek de deken van zijn schouders en zei dat ze zich uit moest kleden en erop moest gaan liggen. Twee Hemels durfde het niet te weigeren, al was ze er zeker van dat hij de bedoeling had haar seksueel te misbruiken. Maar toen Wabokieshiek haar aanraakte, was het niet als minnaar. Hij onderzocht haar tot hij ervan overtuigd was dat ze maagd was.

Toen de zon daalde, gingen ze naar het omringende bos en hij zette drie strikken. Hij maakte een vuur op de open plek en ging erbij zitten, monotoon zingend terwijl zij op de grond lag te slapen.

Toen ze wakker werd, had hij uit een van de strikken een konijn gehaald en sneed net de buik open. Twee Hemels had honger, maar hij maakte geen aanstalten om het konijn klaar te maken; in plaats daarvan betastte hij de ingewanden en bestudeerde ze langduriger dan dat hij het lichaam van het meisje bekeken had. Toen hij klaar was, gromde hij van voldoening en keek haar verlegen en bewonderend aan.

Toen Zwarte Havik en hij gehoord hadden over de slachting van hun volk in de Bad Ax, was hun de moed in de schoenen gezonken. Ze wilden niet dat er onder hun aanvoering nog meer Sauk stierven, en daarom hadden ze zich aan de Indianen-agent in Prairie du Chien overgegeven. Op Ford Crawford waren ze overgedragen aan een jonge luitenant, Jefferson Davies, die zijn gevangenen over de *Masesibowi* naar St. Louis had gebracht. De hele winter zaten ze vast in het legerkamp van Jefferson en ondergingen de vernedering van ketting en bal. In de lente beval de Grote Vader in Washington dat de twee gevangenen naar Amerikaanse steden gebracht moesten worden, om de bleekgezichten te laten zien hoe hun leger het volk volkomen had overwonnen. Voor het eerst zagen ze spoorlijnen en ze reisden erover naar Washington, New York, Albany en Detroit. Overal kwam er een menigte als een kudde bizons om die merkwaardigheden te aanschouwen, de verslagen 'Indiaanse opperhoofden'.

Witte Wolk had geweldige nederzettingen gezien, schitterende gebouwen, angstwekkende machines. Eindeloos veel Amerikanen. Toen hij toestemming kreeg om terug te gaan naar Prophetstown, overdacht hij de bittere waarheid: de *mookamonik* konden nooit van het Sauk-land verdreven worden. Het rode volk zou steeds weer verdreven worden, weg van de beste landbouw- en jachtgronden. Zijn kinderen, de Sauk en de Mesquakie en de Winnebago, moesten gewend raken aan een wrede wereld, overheerst door de blanke man. Het probleem was niet meer, de blanken verdrijven. Nu overdacht de sjamaan hoe zijn volk kon veranderen om te blijven bestaan en toch hun *manitou*'s en hun toverkracht te behouden. Hij was oud en zou weldra sterven en begon om zich heen te kijken naar iemand aan wie hij kon doorgeven wat hij was, naar een vat waarin hij de ziel van de Algonqui-stammen kon gieten, maar hij had niemand gevonden. Tot deze vrouw.

Dat alles legde hij uit aan Twee Hemels terwijl hij op de heilige plek op de heuvel zat, met zijn vingers aan de gunstige voortekenen in het karkas van het konijn, dat begon te stinken. Toen hij klaar was, vroeg hij haar of ze hem wilde toestaan, haar tot medicijnvrouw op te leiden.

Twee Hemels was nog een kind, maar ze wist genoeg om bang te worden. Er was veel dat ze niet kon begrijpen, maar ze begreep het belangrijkste.

'Ik zal het proberen,' fluisterde ze tegen de Profeet.

Witte Wolk stuurde Maan, Gele Vogel en Rookvrouw weg om bij de Sauk van Keokuk te gaan wonen, maar Twee Hemels bleef in Prophetstown, ze woonde in de hut van Wabokieshiek als een geliefde dochter. Hij liet haar bladeren en wortels en bast zien en zei haar welke daarvan de geest uit het lichaam kon verheffen en die in staat kon stellen met de *manitou*'s te spreken, met welk hertevel geverfd kon worden en met welke oorlogsverf gemaakt, welke gedroogd moesten worden en welke geweekt, welke voor een stoombad gebruikt moesten worden en welke als kompres, welke geschraapt moesten worden met opwaartse bewegingen en welke met neerwaartse, welke de darmen konden openen en welke ze konden sluiten, welke de koorts konden onderdrukken en welke pijn verzachten, welke konden helen en welke konden doden.

Twee Hemels luisterde naar hem. Na vier seizoenen, toen de Profeet haar beproefde, was hij voldaan. Hij zei dat hij haar door de eerste Tent van Wijsheid had gevoerd.

Voordat ze door de tweede Tent van Wijsheid werd gebracht, kreeg ze voor het eerst te maken met haar vrouwelijkheid. Een van de nichten van Witte Wolk liet haar zien hoe ze voor zichzelf moest zorgen, en elke maand als haar vagina bloedde, logeerde ze in de vrouwenhut. De Profeet wees haar erop dat ze na haar maandelijkse vloed geen plechtigheid mocht uitvoeren of een zieke mocht behandelen vóór ze de zweethut had bezocht om zich te zuiveren.

De daaropvolgende vier jaar leerde ze de *manitou*'s oproepen met gezang en getrommel, op verschillende manieren honden slachten en ze toebereiden voor een hondemaal en zangers en zoemers leren deelnemen aan de gewijde dansen. Ze leerde de toekomst zien in de organen van een geslacht dier. Ze leerde de kracht van de illusie – om een ziekte uit het lichaam te zuigen en haar uit te spugen als een steentje, zodat de zieke het kon aanraken en kon zien dat ze verjaagd was. Als de *manitou*'s niet overgehaald konden worden om iemand te laten leven, leerde ze hoe ze de geest van de stervende naar de volgende wereld moest zingen.

Er waren zeven Tenten van Wijsheid. In de vijfde leerde de Profeet haar, haar eigen lichaam te beheersen, zodat ze ging begrijpen hoe ze het lichaam van anderen kon beheersen. Ze leerde dorst te overwinnen en het lange tijd zonder eten te stellen. Vaak bracht hij haar te paard ver weg en ging met de twee paarden alleen naar Prophetstown, zodat zij terug moest lopen. Allengs leerde hij haar, pijn te overwinnen door haar geest naar een verre, kleine plek te sturen, zo diep in haar dat pijn er niet kon komen.

Aan het eind van die zomer bracht hij haar weer naar de heilige open plek op de heuveltop. Ze maakten een vuur, probeerden de *manitou*'s gunstig te stemmen met gezang en opnieuw zetten ze strikken. Ditmaal vingen ze een mager bruin konijn en toen ze hem opensneden en de organen aflazen, zag Twee Hemels wel dat de tekenen gunstig waren.

Toen de avond viel, zei Witte Wolk haar dat ze haar jurk en schoenen uit moest trekken. Toen ze naakt was, maakte hij dubbele sneden op haar beide schouders en sneed daarna voorzichtig verder om huidstrookjes los te maken in de vorm van epauletten zoals blanke officieren die hadden. Door die bloedige sneden deed hij een touw en bond het tot een lus, en hij gooide het touw over een boomtak en trok haar op tot ze vlak boven de grond hing, opgehangen aan haar eigen bloedende huid.

Met dunne eiketakjes, waarvan de uiteinden in het vuur witgloeiend waren gemaakt, brandde hij in de zijkant van haar borsten de tekens van de geesten van het Volk en de symbolen van de *manitou*'s.

De duisternis viel terwijl ze nog steeds probeerde zich te bevrijden. De halve nacht hing Twee Wolken te spartelen totdat tenslotte de huidstrook op haar linkerschouder scheurde. Al vlug ging de huid op de rechterschouder kapot en ze viel op de grond. Misschien sliep ze, met haar geest op het verre plekje om aan de pijn te ontsnappen.

Toen het zwakke morgenlicht kwam, was ze wakker en hoorde gesnuif toen er een beer aan de andere kant de open plek op kwam. Hij rook haar niet want hij bewoog zich in dezelfde richting als het morgenwindje en hij slofte zo langzaam dat ze de sneeuwwitte snuit goed kon zien en opmerkte dat het een berin was. Een tweede beer kwam achter haar aan, helemaal zwart, een jong mannetje dat erop uit was te paren, ondanks het waarschuwende gegrom van de berin. Twee Hemels zag zijn grote stijve *coska*, omringd door hard grijs beschermhaar, terwijl hij klauterde om achter de berin te komen en haar te bestijgen. De berin grauwde en draaide zich snel om, beet een paar keer naar hem en de beer vluchtte. Even liep de berin hem achterna, kwam toen het karkas van het konijn tegen, pakte het tussen haar kaken en verdween.

Eindelijk kwam Twee Hemels met veel pijn overeind. De Profeet had haar kleren meegenomen. Ze zag geen beresporen in het vaste zand van de open plek, maar door de fijne as van het gedoofde vuur liep een enkel spoor van een vos. Het kon zijn dat een vos die nacht het konijn was komen halen; misschien had ze de beren gedroomd of waren het *manitou*'s geweest.

Die hele dag reisde ze. Een keer hoorde ze paarden en ze verstopte zich in de struiken tot de twee jonge Sioux voorbijgereden waren. Het was nog licht toen ze Prophetstown in kwam, begeleid door geesten, haar naakte lichaam overdekt met bloed en vuil. Toen ze dichterbij kwam hielden drie mannen op met spreken en een vrouw met het malen van maïs. Voor de eerste keer zag ze vrees op gezichten die naar haar keken.

De Profeet zelf waste haar. Terwijl hij haar kapotte schouders en de brandwonden verzorgde, vroeg hij haar of ze gedroomd had. Toen ze hem vertelde van de beren, glansden zijn ogen. 'Het sterkste teken!' mompelde hij. Hij zei haar dat het betekende, dat zolang ze niet met een man zou slapen, de *manitou*'s dicht bij haar zouden blijven.

Terwijl ze daarover nadacht, zei hij haar dat ze nooit meer Twee Hemels zou zijn, net zomin als Sarah Twee. Die nacht werd ze in Prophetstown Makwa-ikwa, Beervrouw.

Opnieuw had de grote vader in Washington tegen de Sauk gelogen. Het leger had de Sauk van Keokuk beloofd dat ze voortaan konden blijven wonen in het land van de Iowa, achter de westelijke oever van de *Masesibowi*, maar er waren daar al vlug blanke kolonisten komen opdagen. Ter hoogte van Rock Island was er aan de overkant van de rivier een blank dorp gesticht. Het heette Davenport, als eerbetoon aan de handelaar die de Sauk de raad had gegeven, de beenderen van hun voorouders achter te laten en uit Sauk-e-nuk te vertrekken en vervolgens hun land van de regering had gekocht om zich te verrijken.

Nu zei het leger tegen de Sauk van Keokuk, dat ze een groot bedrag aan Amerikaans geld schuldig waren en hun nieuwe land in het gebied van de Iowa moesten verkopen en verhuizen naar een reservaat dat de Verenigde Staten hadden ingesteld, een lange rit naar het zuidwesten, in het gebied van de Kansas.

De Profeet zei tegen Beervrouw, dat ze zo lang ze leefde geen woord van een blanke voor waar moest nemen.

Dat jaar werd Gele Vogel gebeten door een slang en de helft van haar lichaam zwol op en kwam vol vocht voordat ze stierf. Maan had een man gevonden, een Sauk, Komt Zingend geheten, en ze had al kinderen gebaard. Rookvrouw trouwde niet. Ze sliep met zoveel mannen en zo graag, dat de mensen glimlachten als ze haar naam noemden. Soms had Makwa-ikwa last van seksueel verlangen, maar ze leerde het te beheersen zoals andere pijnen. Het speet haar dat ze geen kinderen had. Ze herinnerde zich hoe ze zich had verborgen met Hij-Die-Land-Bezit tijdens het bloedbad in de Bad Ax en hoe haar broertjes zuigende lipjes aan haar tepel hadden aangevoeld. Maar ze was ermee verzoend: ze had al te dicht bij de *manitou*'s geleefd om hun beslissing, dat ze nooit moeder zou worden, aan te vechten. Ze had er vrede mee dat ze medicijnvrouw werd.

De laatste twee Tenten van de Wijsheid hadden te maken met zwarte magie: hoe een gezond persoon ziek te maken door hem te betoveren, hoe het ongeluk op te roepen en te manipuleren. Makwa-ikwa werd vertrouwd met kwaadaardige duiveltjes, *watawinona*'s, met geesten en heksen, en met Panguk, de Geest van de Dood. Die geesten werden pas benaderd bij de laatste Tenten omdat een medicijnvrouw meester moest zijn over zichzelf vóór ze hen opriep, anders zou ze de kant van de kwaadaardige *watawinona*'s kiezen. Zwarte magie was de zwaarste verantwoordelijkheid. De *watawinona*'s beroofden Makwa-ikwa van haar vermogen om te glimlachen. Ze werd bleek. Haar vlees slonk tot haar botten groot schenen, en soms bleef de maandelijkse bloeding uit. Ze zag dat de *watawinona*'s ook het leven dronken

110

uit het lijf van Wabokieshiek want hij werd brozer en kleiner, maar beloofde haar dat hij niet zou sterven.

Nog twee jaar later bracht de profeet haar de laatste Tent door. Als het nog in de oude tijd was geweest, zouden de uitgezworven groepen Sauk teruggeroepen zijn, er zouden wedstrijden en spelen zijn gehouden, calumetten zouden gerookt zijn en er zou een geheime bijeenkomst hebben plaatsgevonden van de *Mide'wiwin*, het medicijngenootschap van de Algonquin-stammen. Maar de oude tijd was voorbij. Overal werd het rode volk verspreid en opgejaagd. De Profeet kon niets beters doen dan drie andere oude mannen erbij halen om haar te beoordelen: Verloren Mes van de Mesquakie, Onvruchtbaar Paard van de Ojibwa, en Kleine Dikke Slang van de Menomini. De vrouwen van Prophetstown maakten voor Makwa-ikwa een jurk en schoenen van wit hertevel en ze droeg haar *Izze*-kleding, met enkelen armbanden die rammelden als ze liep. Ze gebruikte de wurgstok om twee honden te doden en zag toe op het schoonmaken en toebereiden van het vlees. Na de feestelijke maaltijd bleef zij met de oude mannen de hele nacht bij het vuur zitten.

Toen ze haar ondervroegen, antwoordde ze met respect, maar rechtstreeks, als gelijke. Ze bracht smekende geluiden voort uit de watertrom terwijl ze reciteerde, de *manitou*'s opriep en de geesten kalmeerde. De oude mannen onthulden haar de bijzondere geheimen van de *Mide'wiwin* maar hun eigen geheimen hielden ze voor zich, zoals zij de hare voortaan voor zich zou houden. In de morgen was ze sjamaan geworden.

Eens had dat haar tot iemand met grote macht gemaakt. Maar nu hielp Wabokieshiek haar om de kruiden te verzamelen die waar zij heen ging, nergens te vinden waren. Samen met de trommels en de medicijnbundel werden de kruiden op een gevlekte muilezel gepakt die ze leidde. Ze nam voor de laatste keer afscheid van de Profeet en reed toen op zijn andere geschenk, een grijs paardje, naar het gebied van de Kansas, waar de Sauk nu woonden.

Het reservaat was op nog vlakker land dan de vlakten van Illinois. Droog.

Er was net genoeg drinkwater maar het moest van ver gehaald worden. Ditmaal hadden de blanken de Sauk land gegeven dat vruchtbaar genoeg was om er alles op te verbouwen. De zaden die ze pootten kwamen in de lente goed omhoog, maar voor de zomer meer dan een paar dagen oud was, verwelkte alles en stierf. De wind waaide stof op waardoor de zon brandde als een rood oog.

Dus aten ze het voedsel van de blanke man dat de soldaten hun brachten. Bedorven rundvlees, stinkende reuzel, verlepte groenten. Kruimels van het feestmaal der bleekgezichten.

Er waren geen *hedonoso-te*'s. Het Volk woonde in hutten, gemaakt van vers hout dat trok en kromp en zulke brede reten kreeg dat de wintersneeuw er gemakkelijk doorheen kwam. Twee keer per jaar kwam er een zenuwachtige kleine Indianen-agent met soldaten die op de prairie een rij spullen achterliet: goedkope spiegels, glazen kralen, gebarsten en kapotte paardetuigen met bellen, oude kleren, vlees met maden erin. Eerst doorzochten alle Sauk die hoop, tot iemand de agent vroeg waarom hij die dingen bracht en hij zei dat ze de betaling vormden voor het land van de Sauk dat door de regering in beslag was genomen. Sindsdien pakten alleen de zwaksten en meest verachten er ooit iets van. Elk halfjaar werd de berg groter en hij lag in weer en wind te rotten.

Ze hadden van Makwa-ikwa gehoord. Toen ze aankwam, ontvingen ze haar met achting, maar ze vormden niet meer zozeer een stam dat ze een sjamaan nodig hadden. De energieksten waren met Zwarte Havik meegegaan en waren door de blanken gedood of gestorven van de honger of verdronken in de *Masesibowi* of door de Sioux vermoord, maar in het reservaat waren er ook die de moed bezaten van de oude Sauk. Die moed werd steeds op de proef gesteld in schermutselingen met de stammen die hier thuishoorden, omdat de voorraad wild verminderde en de Comanche, de Kiowa, de Cheyenne en de Osage bezwaar hadden tegen de jachtconcurrentie van de oostelijke stammen die door de Amerikanen hierheen waren gebracht. De blanken maakten het voor de Sauk moeilijk zich te verdedigen, want ze zorgden ervoor dat er genoeg slechte whisky was en in ruil namen ze de meeste pelzen die gestrikt werden. De Sauk brachten hun dagen meer en meer door in een roes van alcohol.

Makwa-ikwa woonde iets meer dan een jaar in het reservaat. Die lente dwaalde er een kleine kudde bizons over de prairie. Komt Zingend, de man van Maan, reed uit met andere jagers en doodde wild. Makwa-ikwa riep een Bizondans uit en gaf zoemers en zangers aanwijzingen. De mensen dansten op de oude manier en in de ogen van sommigen zag ze een licht dat ze lange tijd niet gezien had, een licht dat haar vervulde van vreugde.

Anderen voelden dat ook. Na de Bizondans kwam Komt Zingend naar haar toe en zei dat er waren die uit het reservaat weg wilden om te leven zoals hun voorvaders geleefd hadden. Ze vroegen of de sjamaan met hen mee wilde gaan.

'Naar huis,' zei ze.

Dus vertrokken de jongste en sterkste uit het reservaat, en zij ging mee. In de herfst waren ze in een gebied dat hun gemoed verblijdde en tegelijk hun hart pijn deed. Het was moeilijk om onderweg de blanken te ontwijken: ze gingen met een grote boog om nederzettingen heen. De jacht was schamel. Op de winter waren ze slecht voorbereid. Wabokieshiek was die zomer gestorven en Prophetstown was verlaten. Ze kon geen hulp vragen aan blanken, want ze wist nog dat de Profeet haar geleerd had, nooit haar vertrouwen te stellen in een bleekgezicht.

Maar toen ze gebeden had, hadden de *manitou*'s voor overleving gezorgd in de vorm van de blanke dokter Cole en ondanks de geest van de profeet was ze gaan denken dat hij te vertrouwen was.

Dus toen hij het Sauk-kamp in kwam rijden en haar zei dat hij haar nu nodig had om zijn geneeskracht uit te oefenen, was ze zonder aarzelen bereid met hem mee te gaan.

18. Stenen

Rob J. probeerde Makwa-ikwa uit te leggen wat een blaassteen was, maar hij wist niet of ze geloofde dat de ziekte van Sarah Bledsoe echt werd veroorzaakt door stenen in haar blaas. Makwa-ikwa vroeg of hij de stenen zou wegzuigen en bij het gesprek werd het duidelijk dat ze verwachtte een toverkunstje te zien, een soort goocheltruc om zijn patiënte te overtuigen dat hij de bron van haar ellende had verwijderd. Hij legde keer op keer uit dat de stenen echt waren, dat ze in de blaas van de vrouw pijn veroorzaakten en dat hij in Sarahs lichaam een instrument zou inbrengen om ze te verwijderen.

Haar ongeloof bleef aanhouden toen ze in zijn hut kwamen en hij met water en sterke bruine zeep de tafel schrobde die Alden voor hem gemaakt had en waarop hij de ingreep zou verrichten. Samen gingen ze Sarah Bledsoe halen, met de kar. Alex, het jongetje, was bij Alma Schroeder gebracht en zij zat met grote ogen in haar van pijn vertrokken gezicht op de dokter te wachten. Op de terugweg was Makwa-ikwa zwijgzaam en Sarah Bledsoe bijna versuft van angst. Hij probeerde haar op haar gemak te stellen door wat te praten, maar met weinig succes.

Toen ze bij zijn hut aankwamen, sprong Makwa-ikwa lenig uit het karretje. Ze hielp het blanke meisje zo zachtzinnig omlaag van haar hoge zitplaats, dat het hem verbaasde en voor het eerst zei ze iets.

'Vroeger werd ik Sarah genoemd,' zei ze tegen Sarah Bledsoe, maar Rob verstond: 'Sarah Twee.'

Sarah was geen ervaren drinkster. Ze moest hoesten toen ze probeerde de drie vingers whisky op te drinken die hij haar gaf en ze moest kokhalzen van de flinke scheut die hij er in haar kroes bij gooide, voor de zekerheid. Hij wilde dat ze rustig werd en minder gevoelig voor pijn, maar dat ze ook in staat bleef om mee te werken. Terwijl ze wachtten op de uitwerking van de whisky zette hij kaarsen om de tafel en stak ze aan, ondanks de zomerse hitte, want in de hut was het daglicht schemerig. Toen ze Sarah uitkleedden, zag hij dat haar lijf rood was van het schrobben. Haar geslonken billen waren zo klein als die van een kind en haar blauwige dijen waren zo dun dat ze bijna hol leken. Ze trok een gezicht toen hij een catheter inbracht en haar blaas met water vulde. Hij liet Makwa-ikwa zien hoe hij wilde dat ze haar knieën hield, smeerde toen de lithotriet in met schone reuzel, maar zorgde ervoor dat er niets op de grijpers kwam waarmee hij de stenen moest vastpakken. De vrouw hield haar adem in toen hij het instrument in haar urinekanaal liet glijden.
'Ik weet dat het pijn doet, Sarah. Het doet pijn bij het inbrengen, maar... Zo. Nu is het minder.'
Ze was gewend aan veel ergere pijnen en het gekreun werd zwakker, maar hij was ongerust. Het was jaren geleden dat hij naar stenen had gezocht, en dan nog onder het behoedzaam oog van een man die ongetwijfeld een van de beste chirurgen ter wereld was. De dag tevoren had hij urenlang met de lithotriet geoefend, rozijnen en kiezelsteentjes opgepakt, nootjes opgepakt en gekraakt, geoefend met voorwerpen in een bakje water, met zijn ogen dicht. Maar het was nog iets anders om rond te tasten in de kwetsbare blaas van een levend wezen. Hij besefte dat een achteloze beweging of het dichtknijpen van de tang om een rimpel in het weefsel in plaats van om een steen, een scheur tot gevolg kon hebben die een vreselijke infectie zou veroorzaken en een pijnlijke dood.
Omdat zijn ogen nu geen nut hadden, deed hij ze dicht en bewoog de lithotriet langzaam en omzichtig, zijn hele wezen versmolten tot één zenuw die werkte aan het uiteinde van het instrument. Hij raakte iets. Hij deed zijn ogen open en bekeek de liezen en onderbuik van de vrouw; hij wilde wel dat hij door haar heen kon kijken.
Makwa-ikwa keek naar zijn handen, bekeek zijn gezicht, niets ontging haar. Hij sloeg naar een zoemende vlieg en dacht verder alleen maar aan de patiënte en aan zijn taak en de lithotriet in zijn hand. De steen... God, hij wist meteen dat het een grote was! Misschien zo

groot als zijn duim schatte hij en pakte de steen uiterst langzaam en voorzichtig aan.

Om vast te stellen of de steen los zat, verstrakte hij de greep van de lithotriet, maar toen hij het instrument ook maar een beetje terugtrok, deed de vrouw op de tafel haar mond open en gaf een schreeuw.

'Ik heb de grootste steen, Sarah,' zei hij kalm. 'Hij is te groot om in zijn geheel te verwijderen, dus zal ik proberen hem te breken.' Terwijl hij het zei, draaiden zijn vingers al aan de vleugels van de schroef aan het achtereind van de lithotriet. Het was alsof elke draai van de schroef ook de spanning in hem versterkte, want als de steen niet zou breken, waren de vooruitzichten van de vrouw hopeloos. Maar terwijl hij doorging met draaien aan de vleugels, klonk er gelukkig een dof gekraak, het geluid van iemand die een scherf aardewerk onder zijn hak vermorzelt.

Hij brak hem in drie stukken. Al ging hij heel zorgvuldig te werk, hij deed haar pijn toen hij het eerste stuk verwijderde. Makwa-ikwa maakte een doek nat en depte Sarahs bezwete gezicht af. Rob stak zijn hand uit en maakte haar linkerhand los, hij boog de vingers terug als bloembladen en stopte het stukje steen in haar witte hand. Het was een lelijke steen, bruin en zwart. Het middelste stuk was glad en eivormig, maar de andere twee waren onregelmatig, met fijne puntjes en scherpe randen. Toen ze ze alle drie in haar hand had, bracht hij een catheter in en spoelde de blaas schoon en er kwamen een hoop korreltjes uit die van de steen waren gebroken toen hij hem had kapotgeknepen.

Ze was uitgeput. 'Zo is het genoeg,' besloot hij. 'Er zit nòg een steen in je blaas, maar die is klein en moet gemakkelijk te verwijderen zijn. Die halen we er een andere keer uit.'

Binnen een uur was ze gaan gloeien van de koorts die kort na vrijwel elke ingreep optreedt. Ze lieten haar drinken, onder meer de werkzame wilgebastthee van Makwa-ikwa. De volgende morgen was ze nog een beetje koortsig, maar ze konden haar terugbrengen naar haar eigen hut. Hij wist dat het pijnlijk en gevoelig was bij haar; toch maakte ze die hobbelige tocht zonder klagen. De koorts was nog niet uit haar ogen, maar er lag een ander licht in. Hij herkende het als hoop.

Een paar dagen later, toen Nick Holden hem uitnodigde om nog eens op hertejacht te gaan, stemde Rob J. ermee in, maar niet erg enthousiast. Ditmaal namen ze een boot stroomopwaarts naar het stadje Dexter, waar de twee gezusters LaSalle hen in het café opwachtten. Nick had hen beschreven met kwajongensachtige mannelijke overdrijving, maar Rob J. zag meteen dat het vermoeide hoeren waren.

Nick koos de jongste, de meer aantrekkelijke Polly en liet aan Rob Lydia over, de wat oudere vrouw met bittere ogen en een bovenlip waarop de aangekoekte poeder de donkere snor niet kon verhullen. Lydia was duidelijk geërgerd dat Rob erop stond dat er water en zeep aan te pas kwamen en dat hij Ouwe Geilaard wilde gebruiken, maar ze voerde haar deel van de overeenkomst uit met beroepsmatige efficiëntie. Die nacht lag hij naast haar in de kamer waar de vage geurgeesten huisden van oude, betaalde hartstocht en hij vroeg zich af wat hij daar deed. Uit de andere kamer klonken boze stemmen, een klap, de hese schreeuw van een vrouw, akelige maar onmiskenbare slagen.

'Mijn god.' Rob J. sloeg met zijn vuist tegen de dunne wand. 'Nick. Alles goed daar?'

'Prima. Verdomme, Cole. Ga jij nou maar slapen. Of wat je wilt. Hoor je?' riep Holden terug, zijn stem dik van de whisky en de ergernis.

De volgende morgen aan het ontbijt had Polly een rode bult aan de linkerkant van haar gezicht. Nick moest haar heel goed betaald hebben voor de klappen, want haar stem klonk heel vriendelijk toen ze afscheid namen.

Op de boot naar huis konden ze niet om het gebeuren heen. Nick legde zijn hand op Robs arm. 'Soms wil een vrouw stevig aangepakt worden, weet je dat niet, ouwe bok? Dan smeekt ze er praktisch om… om lekker nat te worden.'

Rob keek hem zwijgend aan en wist dat dit zijn laatste hertejacht was. Meteen haalde Nick zijn hand van Robs arm en begon tegen hem te praten over de komende verkiezingen. Hij had besloten zich kandidaat te stellen voor een staatsfunctie, afgevaardigde voor hun district. Hij wist dat het goed voor hem zou zijn, legde hij ernstig uit, als Dok Cole er op huisbezoek bij de mensen op aandrong dat ze op zijn goede oude vriend zouden stemmen.

19. Een verandering

Twee weken nadat Rob J. Sarah had bevrijd van de grootste steen, was hij klaar om de kleine uit de blaas van Sarah te halen, maar zij had niet zo'n zin meer. De eerste paar dagen na de verwijdering van de steen waren er met haar urine meer korreltjes naar buiten gekomen, waarbij het soms pijn had gedaan. Sinds de laatste restjes van de vergruizelde steen uit haar blaas waren gekomen, had ze nergens meer last van gehad. Voor het eerst sinds het begin van haar ziekte had ze geen verlammende pijn en door het uitblijven van de aanvallen had ze haar lichaam weer in bedwang.

'Je hebt nog steeds een steen in je blaas,' bracht hij haar in herinnering.

'Ik wil hem laten zitten. Hij doet geen pijn.' Ze keek hem uitdagend aan, maar sloeg toen haar ogen neer. 'Ik ben er nu banger voor dan de eerste keer.'

Hij merkte dat ze er al beter uitzag. Haar gezicht was nog getekend door de pijn van die langdurige aandoening, maar ze was zoveel aangekomen dat ze niet meer broodmager was. 'Die grote steen die we hebben weggehaald, was eens een kleine steen. Ze groeien, Sarah,' zei hij zacht.

Dus zei ze ja. Weer zat Makwa-ikwa bij haar terwijl hij het steentje uit haar blaas verwijderde – ongeveer een kwart zo groot als de andere steen. Ze leed niet veel pijn en toen hij klaar was had ze een triomfantelijk gevoel.

Maar toen ditmaal de koorts na de ingreep kwam, begon haar lijf te gloeien. Hij onderkende al vlug de dreigende ramp en vervloekte zichzelf, omdat hij haar het verkeerde advies had gegeven. Voor de avond werd haar voorgevoel al bevestigd: de eenvoudigste ingreep, het verwijderen van de kleine steen, liep ironisch genoeg uit op een vreselijke infectie. Makwa-ikwa en hij zaten vijf dagen en vier nachten lang beurtelings bij haar bed, terwijl er in haar lichaam een strijd woedde. Rob voelde, met haar hand in de zijne, haar levenskracht verzwakken. Makwa-ikwa scheen ergens naar te staren dat er niet was en reciteerde zachtjes in haar eigen taal. Ze zei Rob dat ze Panguk, de god van de dood, vroeg aan deze vrouw voorbij te gaan. Ze konden voor Sarah niet veel meer doen dan natte doeken op haar leggen, haar ondersteunen terwijl ze een kroes drank bij haar mond hielden en haar aanspoorden te drinken en haar gebarsten lippen insmeren met vet. Een tijd bleef het slechter met haar gaan, maar op de vijfde morgen – kwam het door Panguk, of door haar geestkracht, of misschien door alle wilgethee – begon ze te zweten. Als ze haar een schoon nachthemd aantrokken, was het bijna meteen doorweekt. Midden op de morgen was ze in een diepe, ontspannen slaap en toen hij die middag haar voorhoofd voelde was het bijna koel, maar iets warmer dan hij.

Makwa-ikwa's gezicht veranderde nauwelijks, maar Rob J. kende haar ondertussen en dacht dat ze gevleid was door zijn voorstel, ook al nam ze het eerst niet serieus.

'Met jou werken? De hele tijd?'

Hij knikte. Dat was verstandig. Hij had gezien dat ze voor een patiënt kon zorgen en niet aarzelde om te doen wat hij vroeg. Hij zei dat het voor hen beiden een gunstige afspraak was. 'Jij kunt iets leren van mijn geneeskunst. En je hebt mij zoveel te leren over de planten en kruiden. Wat ze genezen. Hoe je ze toepast.'

De eerste keer hadden ze het erover nadat ze Sarah naar huis gebracht hadden. Hij wilde haar het idee niet opdringen. Hij zweeg erover en gaf haar de gelegenheid, erover na te denken.

Een paar dagen later ging hij bij het Sauk-kamp langs en ze praatten er weer over, bij een schotel gestoofd konijn. Wat haar dwars zat van zijn aanbod, was dat hij erop stond dat ze dicht bij zijn hut kwam wonen, zodat hij haar in noodgevallen kon komen halen.

'Ik moet bij mijn volk blijven.'

Hij had nagedacht over de groep Sauk. 'Vroeg of laat zal een blanke bij de regering elk stukje land opeisen dat jullie als dorp of winterkamp willen gebruiken. Dan kunnen jullie nergens meer heen, alleen terug naar het reservaat waar jullie vandaan komen.' Ze moesten, zei hij, leren leven in de wereld zoals die geworden was. 'Ik heb op de boerderij hulp nodig, Alden Kimball kan het niet alleen af. Ik zou best een echtpaar kunnen gebruiken zoals Maan en Komt Zingend. Jullie zouden op mijn grond een hut kunnen bouwen. Ik zou jullie drieën in geld van de Verenigde Staten betalen, afhankelijk van de opbrengst van de boerderij. Als het lukt, hebben ook andere boeren misschien een baan voor de Sauk. En als je geld verdiende en het spaarde, zou je vroeg of laat genoeg hebben om zelf grond te kopen volgens de gewoonten en wetten van de blanken en niemand zou jullie ooit weg kunnen sturen.'

Ze keek hem aan.

'Ik weet dat het kwetsend voor jullie is om je eigen land terug te moeten kopen. Blanken hebben jullie belogen en bedrogen. En een hoop van jullie gedood. Maar roden hebben ook tegen elkaar gelogen. Van elkaar gestolen. En de verschillende groepen hebben onderling altijd gemoord, dat heb je mij verteld. De huidkleur doet er niet toe, onder alle soorten mensen zitten ellendelingen. Maar niet alle mensen zijn ellendelingen.'

Twee dagen later kwam ze met Maan en Komt Zingend en hun twee kinderen zijn land op rijden. Ze bouwden een *hedonoso-te* met twee rookgaten, één lange hut die de sjamaan zou delen met het Sauk-gezin, groot genoeg voor nog een derde kind waarvan Maans buik al dik was. Ze bouwden de hut aan de oever van de rivier, vierhonderd meter stroomafwaarts van de hut van Rob J. Vlakbij bouwden ze een zweethut en een vrouwenhut om te gebruiken tijdens de menstruatie. Alden Kimball liep rond met een gekwetste blik. 'Er zijn ook blanken die werk zoeken,' zei hij botweg tegen Rob J. 'Blànken. Is het nooit bij je opgekomen dat ik misschien niet wil werken met die verrekte Indianen?'

'Nee,' zei Rob, 'totaal niet. Ik zou denken dat jij, als je een goede blanke arbeider was tegengekomen, me allang had gevraagd om hem in dienst te nemen. Ik ken die mensen intussen. Het zijn echt goede mensen. Nou, ik weet dat je bij me weg kunt, Alden, want iedereen die je zou laten lopen terwijl je beschikbaar bent, zou wel gek zijn. Ik zou dat verschrikkelijk vinden, want jij bent de beste die ik ooit zal vinden om deze boerderij te leiden. Ik hoop dus dat je blijft.'

Alden keek hem aan, verwarring in zijn ogen, gevleid door de lof maar gekwetst door de duidelijke boodschap. Toen draaide hij zich om en begon hekpalen op de kar te laden.

Wat de doorslag gaf, was dat de grootte en de kracht van Komt Zingend, plus zijn sympathieke houding, hem tot een geweldige knecht maakten. Maan had als meisje op de christelijke school geleerd om voor blanken te koken. Voor ongetrouwde mensen die alleen woonden was het een luxe om warme koeken en pasteien en lekker eten te krijgen. Binnen een week was het duidelijk, al bleef Alden uit de hoogte doen en wilde hij zeker niet toegeven dat hij het accepteerde, dat de Sauk bij de boerderij waren gaan horen.

Rob J. kreeg van zijn patiënten eenzelfde soort verzet te verwerken. Bij een kroes appelwijn waarschuwde Nick Holden hem: 'Een paar kolonisten zijn je al "Indianen-Cole" gaan noemen. Ze zeggen dat je met de Indianen heult. Ze zeggen dat je zelf Sauk-bloed moet hebben.'

Rob J. glimlachte; het idee stond hem wel aan. 'Ik zal je eens wat zeggen. Als iemand tegen je klaagt over de dokter, geef hem dan een van die pamfletten die je zo graag ronddeelt. Die waarop staat wat een geluk het dorp heeft om te beschikken over een geneesheer met de opleiding en kennis van dokter Cole. De volgende keer dat ze bloeden of ziek zijn, denk ik niet dat er veel bezwaar zullen hebben tegen mijn zogenaamde afkomst. Of de kleur van de handen van mijn assistente.'

Toen hij naar de hut van Sarah reed om te zien hoe ze herstelde, zag hij dat het pad dat van het weggetje naar haar deur leidde, afgestoken was, geëffend en geveegd. Nieuwe bedden met bosbeplanting verzachtten de omtreklijn van het huisje. Binnen waren alle wanden gewit en je rook alleen sterke zeep en de prettige geur van lavendel en bergamot, salie en kervel die van de dakspanten hingen.

'Alma Schroeder heeft me die kruiden gegeven,' zei Sarah. 'Het is te laat om dit jaar nog een tuintje te planten, maar volgend jaar heb ik ze zelf.' Ze liet hem de strook tuin zien, die ze al gedeeltelijk had ontdaan van onkruid en doornstruiken.

De verandering van de vrouw was nog opvallender dan die van de hut. Ze was elke dag gaan koken, zei ze, in plaats van afhankelijk te zijn van een warme hap nu en dan, die de gulle Alma soms bracht. Regelmatig eten en verbeterde voeding hadden haar bleke magerte al vervangen door een bevallige vrouwelijkheid. Ze boog zich om een paar bosuitjes uit te trekken die uit eigen beweging in de wirwar van de tuin waren opgekomen en hij keek naar het roze kuiltje van haar nek. Binnenkort zou het niet meer te zien zijn, want haar haar groeide aan als een gele pels.

Haar jongetje schoot als een blond diertje achter haar aan. Hij was ook schoon, al zag Rob Sarahs ergernis toen ze probeerde om de kleiplekken van de knieën van haar zoontje te vegen.

'Een jongetje kun je niet schoonhouden,' zei hij opgewekt. Het kind keek hem met wilde, bangelijke ogen aan. Rob had altijd een paar snoepjes in zijn zak om patiëntjes voor zich te winnen, en nu haalde hij er een voor de dag en pakte het uit. Het kostte hem bijna een halfuur vriendelijk gepraat voordat hij dicht genoeg bij Alex kon komen om hem het snoepje toe te steken. Toen het handje het snoepgoed eindelijk aannam, hoorde hij Sarah opgelucht zuchten. Hij keek op en zag dat ze naar zijn gezicht keek. Ze had prachtige ogen, vol leven.

'Ik heb een wildpastei gemaakt... Als u mee wilt eten...'

Hij wilde bijna weigeren, maar de twee gezichten waren naar hem gekeerd, het jongetje dat lekker op zijn snoepje zoog en de moeder ernstig en vol verwachting. De gezichten schenen hem vragen te stellen die hij niet begreep.

'Ik ben gek op wildpastei,' zei hij.

20. Sarahs vrijers

Uit medisch oogpunt was het logisch, dat Rob J. een paar keer per week bij Sarah Bledsoe langsging op zijn terugweg van een huisbezoek. Hij kon dat telkens doen door een kleine omweg te maken en als haar geneesheer moest hij zich vergewissen dat het herstel goed verliep. Het was een fantastisch herstel. Er was op haar gezondheid niets aan te merken, maar je zag wel dat haar teint was veranderd van

doods wit in perzikroze dat haar flatteerde, en dat haar ogen fonkel-
den van levendigheid en geïnteresseerde intelligentie. Op een middag
gaf ze hem thee en maïsbrood. De week daarop ging hij drie keer bij
haar hut langs en twee keer ging hij in op haar uitnodiging, te blijven
eten. Ze was een betere kokkin dan Maan en van haar kookprestaties
kon hij maar niet genoeg krijgen – de keuken van Virginia, zei ze. Hij
wist wel dat haar inkomen beperkt was en bracht regelmatig een of
ander mee: een zak aardappels, een stuk ham. Op een morgen gaf een
kolonist die kort bij kas was, hem als deel van zijn betaling vier zware, pas geschoten prairiehoenders en met de vogels aan zijn zadel
reed hij naar de hut van Sarah.
Toen hij daar aankwam, vond hij Sarah en Alex op de grond gezeten
bij de tuin, die twee spaden diep werd omgespit door een zwetende
kolos van een man met de opgezwollen spieren en de gebruinde huid
van iemand die de kost verdient in de openlucht. Sarah stelde hem
voor als Samuel Merriam, een boer uit Hooppole. Merriam was uit
Hooppole gekomen met een kar vol varkensmest, waarvan de helft al
in de grond was gespit. 'Het beste spul ter wereld voor de kweek,' zei
hij opgewekt tegen Rob J.
In vergelijking met het royale geschenk van een wagen vol mest, nog
verwerkt ook, vormden Robs vogeltjes maar een sober cadeautje,
maar hij gaf ze haar toch en ze scheen oprecht dankbaar. Hij weigerde beleefd haar uitnodiging om met Samuel Merriam als gast aan tafel te zitten en ging in plaats daarvan bij Alma Schroeder langs, die
enthousiast werd over wat hij had klaargespeeld met de genezing
van Sarah. 'Ze heeft ginds al een vrijer, niet?' zei ze stralend.
Merriam had afgelopen herfst zijn vrouw verloren door de koorts en
had op korte termijn een andere vrouw nodig om voor de vijf kinderen te zorgen en te helpen met de varkens. 'Een goede kans voor Sarah,' zei ze ernstig. 'Hoewel, in het grensgebied zijn er zo weinig
vrouwen, ze zal kansen genoeg hebben.'
Op weg naar huis kwam hij weer langs de hut van Sarah. Hij reed
naar haar toe en keek vanuit zijn zadel op haar neer. Ditmaal was
haar glimlach verward en hij zag Merriam zijn werk in de tuin staken
en nadenkend kijken. Rob had voor hij zijn mond opendeed geen
idee wat hij haar wilde zeggen. 'Je moet het werk zoveel mogelijk zelf
doen,' zei hij streng, 'want je hebt de oefening nodig om weer helemaal beter te worden.' Toen tikte hij aan zijn hoed en reed met de
pest in naar huis.

Drie dagen later, toen hij weer bij de hut langsging, was er geen spoor
van een vrijer. Sarah was met veel moeite een grote oude rabarber-

wortel aan het scheuren om opnieuw te planten en loste haar probleem tenslotte op door hem met haar bijl in stukken te hakken. Samen groeven ze de gaten in de leem en pootten de wortels en bedekten ze met de warme grond, een karweitje dat hij best leuk vond en dat hem een uitnodiging opleverde voor haar maal, hachee van rode bietjes, weggespoeld met koel bronwater.

Later, toen Alex in de schaduw van een boom lag te slapen, gingen ze aan de oever van de rivier zitten om te letten op haar uitgezette vislijn en hij sprak over Schotland en zij zei dat ze wilde dat er een kerk in de buurt was, zodat iemand haar zoon kon leren geloven. 'Ik denk nu dikwijls aan God,' zei ze. 'Toen ik dacht dat ik doodging en dat Alex alleen achter zou blijven, heb ik gebeden, en hij heeft jou gestuurd.' Niet zonder schroom bekende hij haar dat hij niet in het bestaan van God geloofde. 'Ik denk dat goden een uitvinding zijn van de mens en dat het altijd zo geweest is,' zei hij. Hij zag de ontsteltenis in haar ogen en vreesde dat hij haar veroordeelde tot een vroom bestaan op een varkensfokkerij. Maar ze praatte niet verder over godsdienst; ze begon over haar leven vroeger in Virginia te vertellen, waar haar ouders een boerderij hadden. Haar grote ogen waren zo donkerblauw dat ze bijna paars waren; ze werden niet sentimenteel, maar hij zag er de hang naar die eenvoudiger, warmere tijd in. 'Paarden!' zei ze. 'Ik was als kind al gek op paarden.'

Dat gaf hem de kans haar uit te nodigen om de volgende dag met hem mee te rijden naar een oude man die stierf aan de tering en ze deed geen moeite haar enthousiasme te verbergen. De volgende morgen kwam hij haar afhalen op Margaret Holland, met Monica Grenville aan de leidsels. Ze lieten Alex bij Alma Schroeder, die straalde van verrukking dat Sarah 'uitreed' met de dokter.

Het was een mooie dag voor een rit, niet te warm deze keer, en ze lieten de paarden stapvoets rijden, op hun gemak. Ze had brood en kaas in haar zadeltas gepakt en ze picknickten in de schaduw van een levensgrote eik. In het huis van de zieke hield ze zich op de achtergrond; ze luisterde naar de reutelende adem en keek hoe Rob de hand van de patiënt vasthield. Hij wachtte tot het water boven het vuur warm geworden was en waste toen de magere ledematen en diende een slaapdrankje toe, theelepel voor theelepel, zodat de slaap het wachten zou verzachten. Sarah hoorde hem tegen de onverstoorbare zoon en schoondochter zeggen dat de oude man binnen een paar uur zou sterven. Toen ze vertrokken, was ze aangedaan en zei ze weinig. Om de ontspannen stemming van die morgen weer op te roepen, stelde hij voor dat ze op de terugweg van paard zouden wisselen, want ze was een goede amazone en kon Margaret Holland zonder moeite in de hand houden. Ze genoot van het rijden op een vuriger dier. 'Zijn allebei die merries genoemd naar vrouwen die je gekend hebt?' vroeg ze, en hij bekende dat.

Ze knikte bedachtzaam. Ondanks de moeite die hij deed, waren ze op de terugweg minder spraakzaam.

Toen hij twee dagen later naar haar hut ging, was er weer een andere man, een lange, scharminkeldunne marskramer, Timothy Mead, die de wereld bekeek vanuit trieste bruine ogen en die met ontzag sprak toen hij aan de dokter werd voorgesteld. Mead liet garen in vier kleuren als geschenk achter.

Rob J. trok een doorn uit de blote voet van Alex en bedacht dat het zomer werd en dat de jongen geen behoorlijke schoenen had. Hij mat het voetje op en de volgende keer dat hij in Rock Island was, ging hij naar een schoenmaker en bestelde een paar kinderschoenen; een heel leuke boodschap, vond hij. De week daarop, toen hij de schoentjes afleverde, zag hij dat dat gebaar Sarah in verwarring bracht. Ze was nog steeds een raadsel voor hem; hij wist niet of ze dankbaar of gepikeerd was.

De morgen nadat Nick Holden was gekozen als afgevaardigde, reed hij de open plek bij Robs hut op. Over twee dagen zou hij naar Springfield reizen om wetten te maken die de groei van Holden's Crossing zouden bevorderen. Holden spuugde nadenkend op de grond en bracht het gesprek op het publieke geheim, dat de dokter uit rijden ging met de weduwe Bledsoe. 'Tja. Er is iets dat je weten moet, ouwe bok.'

Rob keek hem aan.

'Nou, dat kind, haar zoon. Weet je dat hij een bastaard is? Hij is bijna twee jaar na de dood van haar man geboren.'

Rob stond op. 'Het beste, Nick. En goede reis naar Springfield.'

Zijn toon liet niets te raden en Holden kwam overeind. 'Ik wil alleen maar zeggen, dat het voor een man niet nodig is –' begon hij, maar Rob keek zo dat hij de woorden inslikte en al vlug sprong hij in het zadel, nam gegeneerd afscheid en reed weg.

Rob J. zag zo'n verwarrende mengeling van gevoelens op haar gezicht: het plezier dat ze hem zag en in zijn gezelschap was, tederheid als ze het toeliet, maar ook soms een soort angst. Op een avond kuste hij haar. Eerst was haar open mond zacht en blij en ze drukte haar lippen tegen de zijne, maar toen was het mis. Ze draaide zich weg. Barst, zei hij bij zichzelf, ze moet me niet, en dat was dat. Maar hij dwong zich vriendelijk te vragen wat er aan de hand was.

'Hoe kun je je tot mij aangetrokken voelen? Heb je me niet ellendig gezien, in een beestachtige toestand? Je hebt... Mijn smeerboel geroken,' zei ze met een vuurrood gezicht.

'Sarah,' zei hij. Hij keek haar in de ogen. 'Toen je ziek was, was ik je dokter. Sindsdien ben ik je gaan zien als een aantrekkelijke, intelligente vrouw, met wie ik heel graag van gedachten wissel en mijn dromen deel. Ik ben in alle opzichten naar je gaan verlangen. Ik denk alleen nog aan jou. Ik hou van jou.'

Haar handen in de zijne waren hun enig lichamelijk contact. Haar greep werd strakker, maar ze zei niets.

'Misschien zou je van mij kunnen gaan houden?'

'Gáán houden? Hoe zou ik níet van je kunnen houden?' vroeg ze onstuimig. 'Van jou, die me mijn leven heeft teruggegeven, alsof je God was!'

'Nee, verdomme, ik ben een gewone man! En dat moet ik zijn –'

Nu kusten ze elkaar. Het duurde eindeloos en nog was het niet genoeg. Sarah voorkwam datgene waar het gemakkelijk op uit had kunnen draaien. Ze duwde hem ruw weg, keerde zich om en trok haar kleren recht.

'Sarah, trouw met me.'

Toen ze geen antwoord gaf, sprak hij opnieuw. 'Jij bent niet bestemd om de hele dag op een mesterij varkens te voeren of door het land rond te strompelen met een marskramerskast op je rug.'

'Waar ben ik dan voor bestemd?' vroeg ze op lage, wrange toon.

'Nou, om de vrouw van een dokter te zijn. Dat is wel duidelijk,' zei hij ernstig.

Zij hoefde niet te doen alsof ze serieus was. 'Er zijn mensen die niet weten hoe vlug ze je over Alex moeten vertellen, over zijn afkomst, dus wil ik het je zelf vertellen.'

'Ik wil Alex' vader zijn. Ik ben bezorgd over hem, vandaag, en morgen. Ik hoef niets te weten van gisteren. Ik heb ook vreselijke gisterens gehad. Trouw met me, Sarah.'

Er sprongen tranen in haar ogen, maar ze moest hem nog een andere kant toekeren. 'Ze zeggen dat de Indiaanse met je leeft. Je moet haar wegsturen.'

'*Ze zeggen... Ze zullen je vertellen...* Nou, ik zal jou eens iets zeggen, Sarah Bledsoe. Als je met me trouwt, moet je leren om hùn te zeggen dat ze de pot op kunnen.' Hij haalde diep adem. 'Makwa-ikwa is een goede, hardwerkende vrouw. Ze woont op mijn grond in haar eigen hut. Haar wegsturen zou onrecht zijn tegenover haar en mij en ik doe dat niet. Dat zou de slechtste manier zijn voor ons beiden om samen een leven te beginnen.

Je moet me op mijn woord geloven, er is geen reden tot jaloezie,' zei hij. Hij hield haar handen stevig vast en wilde ze niet loslaten. 'Nog meer voorwaarden?'

'Ja,' zei ze fel. 'Je moet je merries een andere naam geven. Het zijn namen van vrouwen die je gehad hebt, niet?'

Hij begon te glimlachen, maar er stond echt angst in haar ogen. 'Eén van de twee. De andere was een oudere schoonheid. Die ik als jongen gekend heb, een vriendin van mijn moeder. Ik hunkerde naar haar, maar zij zag me als een kind.'

Ze vroeg niet welk paard naar welke vrouw was genoemd. 'Dat is een wreed, naar mannengrapje. Jij bent geen wrede, nare man en je moet die merries een andere naam geven.'

'Jíj moet ze maar een andere naam geven,' zei hij meteen.

'En jij moet beloven, wat er in de toekomst ook mag gebeuren, dat je nooit een paard naar mij zult noemen.'

'Dat zweer ik.' Maar hij kon niet nalaten op te merken: 'Natuurlijk ben ik van plan bij Samuel Merriam een varken te bestellen, en...'

Gelukkig had hij haar handen nog vast en hij liet ze niet los voor ze zijn kus heel lief beantwoordde. Toen, daarna, zag hij dat ze huilde.

'Wat is er?' zei hij, gedrukt door het wrevelige idee dat het niet gemakkelijk zou zijn om met deze vrouw getrouwd te zijn.

Haar natte ogen gloeiden. 'Brieven met de postkoets kosten verschrikkelijk veel,' zei ze. 'Maar eindelijk kan ik iets goeds schrijven aan mijn broer en zus in Virginia.'

21. Het Grote Ontwaken

Het was gemakkelijker tot een huwelijk te besluiten, dan om een geestelijke te vinden. Daarom maakten vele stellen in het grensgebied zich niet druk over formele beloften, maar Sarah weigerde 'getrouwd te zijn zonder getrouwd te zijn'. Ze had het vermogen op de man af te spreken. 'Ik weet wat het betekent om een kind vaderloos groot te brengen en het zal me nooit weer gebeuren,' zei ze.

Hij begreep dat. Maar het was herfst geworden en hij wist dat als de sneeuw de prairie eenmaal had afgesloten, het vele maanden kon duren voor een reizende predikant of een dominee die zijn ronde maakte, Holden's Crossing aandeed. Het antwoord op hun probleem leek gevonden in een strooibiljet dat hij las in de dorpswinkel, waarin een revival-bijeenkomst van een week werd aangekondigd. 'Die heet Het

Grote Ontwaken en zal gehouden worden in het plaatsje Belding Creek. We moeten erheen, Sarah, want daar krioelt het natuurlijk van de geestelijken.'

Toen hij erop aandrong dat ze Alex mee zouden nemen, stemde Sarah geestdriftig in. Ze namen de kar. Het was een reis van anderhalve dag over een redelijke, maar hobbelige weg. De eerste nacht sliepen ze in de stal van een gastvrije boer; ze spreidden hun deken over het geurige, verse hooi op de zolder. De volgende morgen besteedde Rob J. een half uur aan het castreren van de twee stieren van de boer en het verwijderen van een gezwel van de flank van een koe, om voor hun onderdak te betalen; ondanks het oponthoud kwamen ze voor de middag in Belding Creek aan. Het was ook een nieuw dorp, hooguit vijf jaar ouder dan Holden's Crossing maar al veel groter. Toen ze het plaatsje in reden werden de ogen van Sarah groot; ze ging dicht tegen Rob aan zitten en hield Alex' hand vast, want ze was er niet aan gewend zoveel mensen te zien. Het Grote Ontwaken werd gehouden op de prairie bij een schaduwrijk wilgenbosje. Er waren mensen uit de hele streek op afgekomen; overal waren tenten opgezet ter beschutting tegen de middagzon en de herfstwind en er waren allerlei soorten wagens en vastgebonden paarden en ossen. Ondernemers boden de mensen hun diensten aan en de drie reizigers uit Holden's Crossing reden langs open vuren waarop venters hun spullen klaarmaakten waarvan de geur het water in de mond deed lopen: wildstoofpot, riviervissoep, suikermaïs, geroosterd konijn. Toen Rob J. zijn paard aan een bosje bond – de merrie die Margaret Holland geheten had, nu Vicky genaamd, afkorting voor koningin Victoria ('Heb je de jonge koningin nooit bereden?' vroeg Sarah) – hadden ze grote trek, maar ze hoefden geen geld te besteden aan andermans eten. Alma had het groepje uitgerust met zo'n grote voorraadmand dat het huwelijksmaal wel een week had kunnen duren; ze aten koude kip en appelbollen.

Ze aten snel, meegesleept door de opwinding, kijkend naar de mensen, luisterend naar het geschreeuw en gepraat. Toen liepen ze, terwijl ze ieder een handje van het kind vasthielden, langzaam het terrein rond. Het waren eigenlijk twee revival-bijeenkomsten in één, want er woedde een onophoudelijke godsdienstoorlog, een concurrerend gepreek door methodisten en baptisten. Een tijdje luisterden ze naar een baptistische predikant op een open plek in het bosje. Hij heette Charles Prentiss Willard en hij schreeuwde en krijste zo dat Sarah er de bibbers van kreeg. Hij waarschuwde dat God hun namen in zijn boek schreef: wie het eeuwige leven zou hebben en wie de eeuwige dood. Mensen verwierven de eeuwige dood, zei hij, door immoreel, onchristelijk gedrag zoals echtbreuk, doodschieten van mede-christenen, vechten en vloeken, whisky drinken of onechte kinderen ter wereld brengen.

Rob J. keek nors en Sarah was trillerig en bleek toen ze de prairie op liepen om de methodist aan te horen, een man die Arthur Johnson heette. Hij was lang niet zo'n heftig spreker als dominee Willard, maar hij zei dat redding voor iedereen mogelijk was die goede daden verrichtte en zijn zonden beleed en God om vergiffenis vroeg. Sarah knikte toen Rob J. vroeg of ze niet vond dat dominee Johnson het huwelijk zou sluiten. Dominee Johnson keek gevleid toen Rob na de preek op hem af kwam. Hij wilde hen trouwen voor de ogen van heel de verzamelde schare, maar Rob J. en Sarah hadden er geen behoefte aan om als vermakelijkheid te fungeren. Toen Rob hem drie dollar gaf, was de predikant bereid met hen het stadje uit te gaan, en hij zette ze onder een boom aan de oever van de Mississippi, terwijl het jongetje op de grond toe zat te kijken. Een kalme, dikke vrouw die dominee Johnson alleen voorstelde als zuster Jane diende als getuige.

'Ik heb een ring,' zei Rob J. en diepte hem op uit zijn zak. Sarahs ogen werden groot want hij had nog nooit melding gemaakt van zijn moeders trouwring. Sarahs lange vingers waren slank en de ring zat te los. Haar geelblonde haar was naar achter gebonden met een donkerblauw lint dat Alma Schroeder haar gegeven had en ze maakte het lint los en schudde haar hoofd tot het haar los om haar gezicht viel. Ze zei dat ze de ring om haar hals zou dragen tot ze hem konden laten vermaken. Ze hield Robs hand stevig vast toen dominee Johnson met het gemak van een lange praktijk de beloften liet afleggen. Rob J. herhaalde de woorden met een stem waarvan de schorheid hem verbaasde. Sarahs stem trilde en ze keek een beetje ongelovig, alsof ze niet kon vatten dat dit echt gebeurde. Na de plechtigheid kusten ze elkaar nog steeds toen dominee Johnson begon aan te dringen dat ze terug zouden gaan naar de revival, want op de avondbijeenkomst traden de meeste zielen aan om gered te worden.

Maar ze bedankten hem en namen afscheid en stuurden Vicky richting thuis. Het jongetje kreeg al vlug een slechte bui en begon te jengelen, maar Sarah zong vrolijke liedjes en vertelde verhalen, en de paar keer dat Rob J. het paard stilhield, haalde ze Alex van de wagen en holde en sprong met hem en deed spelletjes.

's Avonds aten ze vroeg van Alma's vlees-en-nierenpastei en gebak met suikerglazuur, waarbij ze water uit een beek dronken en hielden toen een korte discussie over wat voor onderdak ze die nacht zouden zoeken. Een paar uur verderop was een herberg en dat vooruitzicht lokte Sarah, die nog nooit het geld gehad had om in een logement te verblijven. Maar toen Rob J. begon over vlooien en de algemene smerigheid van dergelijke instellingen, was ze het al vlug eens met zijn voorstel dat ze naar dezelfde stal zouden gaan als waar ze de nacht tevoren geslapen hadden.

In de schemering kwamen ze daar aan en nadat ze toestemming gekregen hadden van de boer klommen ze, bijna met het welkome gevoel weer thuis te komen, de warme duisternis in van de hooizolder.

Uitgeput door zijn inspanningen en gebrek aan een middagdutje viel Alex meteen in een diepe slaap, en toen ze hem toegedekt hadden spreidden ze vlakbij een deken uit en tastten ze naar elkaar nog voor ze zich helemaal uitgekleed hadden. Hij vond het fijn dat ze niet deed of ze onschuldig was en dat hun begeerte naar elkaar eerzaam en niet heimelijk was. Ze vrijden wild en lawaaiig en luisterden toen of ze Alex niet wakker gemaakt hadden, maar het jongetje sliep door.

Hij kleedde haar helemaal uit en wilde haar zien. In de stal was het stikdonker, maar samen kropen ze naar het grote luik waardoor de hooi op de zolder werd gehesen. Toen hij het luik opendeed, wierp de driekwart volle maan een rechthoek van licht naar binnen waarin ze elkaar uitvoerig aanschouwden. In het maanlicht bekeek hij haar vergulde schouders en armen, haar glanzende borsten, schaamhaar als het zilveren nestje van een vogeltje en bleke, spookachtige billen. Hij had in het licht willen vrijen, maar de lucht was helder en ze waren bang dat de boer het zou zien, dus deden ze het luik dicht. Ditmaal deden ze het langzaam en heel teder en net op het moment van de heftigste dijkdoorbraak riep hij jubelend tegen haar: 'Nu maken we ons *bairn*. Nú!' en het slapende jongetje werd wakker van zijn moeders luidruchtig gekreun en begon te huilen.

Ze gingen liggen met Alex dicht tussen hen in terwijl Robs hand haar luchtig streelde, stukjes kaf wegveegde en hij zich haar inprentte.

'Je moet niet doodgaan,' fluisterde ze.

'We gaan nog heel lang niet dood.'

'Een *bairn*, is dat een kind?'

'Ja.'

'Denk je dat ik al zwanger ben?'

'... Misschien.'

Meteen hoorde hij haar slikken. 'Zouden we het voor de zekerheid niet nog eens proberen?'

Als haar man en haar geneesheer beschouwde hij dat als een verstandig idee. Op handen en knieën kroop hij in de duisternis door het geurige hooi en volgde de rijke glans van zijn vrouws bleke flanken, weg van hun slapende zoon.

DEEL DRIE

Holden's Crossing

14 november 1841

22. Vervloekingen en zegeningen

Vanaf half november was de lucht bijtend koud. De hevige sneeuw kwam vroeg en Koningin Victoria ploeterde door hoge opgewaaide sneeuw. Als Rob J. in het ergste weer buiten was, noemde hij de merrie soms Margaret en haar korte oren gingen overeind staan bij die oude naam. Paard en berijder kenden allebei hun uiteindelijk doel. Zij ploeterde naar verwarmd water en een zak haver, terwijl de man zich haastte om terug te komen in zijn hut vol warmte en licht, die eerder kwamen van de vrouw en haar kind dan van het vuur of olielampen. Al was Sarah tijdens het huwelijksreisje niet zwanger geworden, kort daarna wel. De onaangename misselijkheid van 's morgens doofde hun hartstocht niet. Ze wachtten ongeduldig tot het jongetje ging slapen en drukten zich dan tegen elkaar aan, hun lijf bijna even vlug als hun mond, met een begerigheid die bleef bestaan, maar naarmate haar zwangerschap vorderde werd hij een voorzichtige, attente minnaar. Eens in de maand pakte hij potlood en cahier en schetste haar naakt naast het behaaglijke vuur, een registratie van de ontwikkeling van de zwangere vrouw die niet minder wetenschappelijk was doordat de emoties in de tekeningen doordrongen. Hij maakte ook bouwtekeningen; ze werden het eens over een huis met drie slaapkamers, een grote keuken en een huiskamer. Hij tekende bouwplannen op schaal, zodat Alden na de zaaitijd twee timmerlui kon huren om met het huis te beginnen.

Het hinderde Sarah dat Makwa-ikwa deel had aan een gedeelte van de wereld van haar echtgenoot dat voor haar was afgesloten. Toen de warmere dagen de prairie eerst veranderden in een moeras en daarna in een zachtgroen tapijt, zei ze tegen Rob dat ze, als de voorjaarskoortsen kwamen, mee zou gaan om de zieken te verzorgen. Maar aan het eind van april was haar lijf zwaar. Gekweld door de jaloezie èn de zwangerschap zat ze zich thuis te verbijten terwijl de Indiaanse vrouw uitreed met de dokter, om pas uren – soms dagen – later terug te komen. Volkomen uitgeput at Rob J. dan, baadde als het kon, sliep een paar uurtjes en haalde Makwa dan op om weer uit te rijden.

In juni, de laatste maand van Sarahs zwangerschap, was de koortsepidemie zoveel afgenomen dat Rob Makwa thuis kon laten. Op een morgen, toen hij door de zware regen reed om te kijken naar een boerenvrouw die in pijnen stierf, begon in zijn eigen hut de bevalling van zijn vrouw. Makwa stak het bijtstokje tussen Sarahs tanden en bond een touw aan de deur en gaf haar het geknoopte uiteinde in de handen om eraan te trekken.

Het duurde uren voordat Rob J. zijn gevecht verloor met koudvurige wondroos – zoals hij zou melden in een brief aan Oliver Wendell Holmes, de dodelijke ziekte was het gevolg van een verwaarloosde snee in de vinger van de boerin, gekregen bij het korten van pootaardappels – maar toen hij thuiskwam was zijn kind nog niet geboren. De ogen van zijn vrouw stonden wild. 'Hij rijt mijn lijf in tweeën, laat hem ophouden, rotzak,' snauwde ze toen hij binnenkwam.

Gedachtig Holmes' opleiding schrobde hij zijn handen tot ze rauw waren, voor hij bij haar kwam. Nadat hij haar onderzocht had, volgde Makwa hem van het bed vandaan. 'Het kindje komt langzaam,' zei ze.

'Het kindje komt eerst met de beentjes.'

Haar ogen werden dof, maar ze knikte en ging terug naar Sarah.

De weeën gingen door. Midden in de nacht dwong hij zich om Sarahs handen te grijpen, bang voor hun boodschap. 'Wat?' vroeg ze met dikke stem.

Hij voelde haar levenskracht, die afnam, maar hem geruststelde. Hij sprak zacht over liefde, maar ze had te veel pijn om woorden of kussen te onderkennen.

Het ging maar door. Gegrom en geschreeuw. Ondanks zichzelf stortte hij een onbevredigend gebed en werd bang van zichzelf doordat hij niet kon marchanderen. Hij voelde zich tegelijk arrogant en hypocriet. *Als ik het mis heb en u bestaat wèl, straf mij dan alstublieft op een andere manier dan door deze vrouw kwaad te doen. Of dit kind dat worstelt om vrij te komen*, voegde hij er haastig aan toe. Tegen de morgen werden er kleine rode ledematen zichtbaar, grote voetjes voor een baby, het juiste aantal teentjes. Rob fluisterde bemoedigend en zei het onwillige kindje dat het hele leven een strijd is. De beentjes verschenen centimeter voor centimeter en het roerde hem dat ze trapten.

Het lieve piemeltje van een jongetje. Handjes met het juiste aantal vingertjes. Een goed uitgegroeide baby, maar de schoudertjes bleven steken en hij moest Sarah inknippen, nog meer pijn. Het gezichtje was tegen de vaginawand gedrukt. Bezorgd dat het jongetje in zijn moeder zou stikken, stak hij twee vingers in haar en hield de wand een stukje weg tot het verontwaardigde gezichtje de op zijn kop staande wereld ingleed en meteen een kreetje slaakte.

Met trillende handen bond hij de navelstreng af en knipte hem door en hechtte zijn snikkende vrouw. Toen hij over haar buik wreef om de baarmoeder te laten samentrekken, had Makwa de baby gewassen

en ingebakerd en aan zijn moeders borst gelegd. Het waren drieëntwintig heel inspannende uren geweest; lange tijd sliep ze als een marmot. Toen ze haar ogen opendeed, hield hij haar hand strak vast.
'Mooi gedaan.'
'Hij is zo groot als een bizon, net als Alex was,' zei ze schor. Toen Rob J. hem woog, gaf de schaal zeven pond en viereneenhalf ons aan. 'Een goed *bairn*?' vroeg ze en keek aandachtig naar Rob. Ze trok een gezicht toen hij zei dat het een verrèkt goed *bairn* was. 'Vervloekt goed.'
Hij bracht zijn lippen naar haar oor. 'Weet je nog hoe je me gisteren noemde?' fluisterde hij.
'Wat dan?'
'Rotzak.'
'Van mijn leven niet!' zei ze gechoqueerd en boos en wilde bijna een uur niet meer met hem praten.

Robert Jefferson Cole noemden ze hem. In de familie Cole was de oudste jongen altijd een Robert met een middennaam die begon met een J. Rob vond dat de derde Amerikaanse president een genie was geweest en Sarah beschouwde 'Jefferson' als een band met Virginia. Ze had zich zorgen gemaakt dat Alex jaloers zou zijn, maar het oudste kind bleek alleen intens geboeid. Hij was nooit meer dan twee stappen bij zijn broertje vandaan en bewaakte hem de hele tijd. Van het begin af aan maakte hij duidelijk dat de andere twee het kindje konden verzorgen, voeden, een schone luier aan konden doen, met hem spelen, hem kussen en eer betonen. Maar híj was degene die over het kindje waakte.
In veel opzichten was 1842 een goed jaar voor het gezinnetje. Alden huurde Otto Pfersick, de molenaar, en een beginnende boer, Mort London uit de staat New York om het huis te bouwen. London was een goede, ervaren timmerman. Pfersick was alleen goed om hout klaar te maken, maar hij kon metselen en de drie mannen zochten dagenlang in de rivier de beste stenen en trokken ze met ossen naar de bouwplaats. De fundering, de schoorsteen en de haarden werden mooi. Ze werkten langzaam in het besef dat ze een blijvend gebouw neerzetten in een land van hutten en toen het herfst werd, toen Pfersick zijn handen vol had met malen en de andere twee boerenwerk moesten doen, waren het skelet en de wanden klaar.
Maar het was nog lang niet afgewerkt, dus Sarah zat voor de hut en haalde een pan sperzieboontjes af, toen een huifkar log hun pad op kwam gereden achter twee paarden die er moe uitzagen. Ze keek naar de gezette man op de bok en zag zijn sobere kop en het stof van de weg op zijn donkere haar en baard.

'Woont hier misschien dokter Cole, mevrouw?'

'Niet misschien, maar zeker. Alleen, hij is op huisbezoek. Is de patiënt gewond of ziek?'

'Er is geen patiënt, goddank. Wij zijn vrienden van de dokter en komen hier in het dorp wonen.'

Achter uit de wagen keek nu een vrouw naar buiten. Sarah zag een slappe muts om een bleek, nieuwsgierig gezicht. 'U bent toch niet... Bent u misschien de Geigers?'

'Niet misschien, maar zeker.' De man had knappe ogen en met zijn goede, sterke glimlach leek hij een heel stuk groter dan hij was.

'O, jullie zijn zó welkom, buren! Kom meteen van die wagen.' In haar opwinding liet ze de boontjes uit de pan vallen toen ze opstond van de bank. Er zaten drie kinderen achter in de wagen. Het Geiger-kindje dat ze Herman noemden, lag te slapen, maar Rachel, die bijna vier was, en David van twee huilden toen ze eruit werden getild en meteen besloot Sarahs baby maar met het koor mee te gaan janken.

Sarah zag dat mevrouw Geiger tien centimeter langer was dan haar man, en zelfs de vermoeidheid na een lange, zware reis kon haar fijne gelaatstrekken niet verdoezelen. Als meisje uit Virginia onderkende ze kwaliteit. Het was een vreemde soort die Sarah nooit tevoren had gezien, maar meteen begon ze bezorgd te denken over het klaarmaken en opdienen van een maaltijd waar ze zich niet voor hoefde te schamen. Toen zag ze dat Lillian was gaan huilen, opeens dacht ze weer aan de eindeloze tijd dat ze zelf in zo'n wagen gezeten had en ze sloeg haar armen om de andere vrouw heen en merkte tot haar verbazing dat ze zelf ook huilde, terwijl Geiger verbijsterd te midden van huilende vrouwen en kinderen stond. Eindelijk maakte Lillian zich van haar los en mompelde in haar verlegenheid dat het hele gezin vlug een veilige kreek moest vinden om zich te boenen.

'Nou, dat kunnen we meteen oplossen,' zei Sarah, die zich sterk voelde.

Toen Rob J. thuiskwam, trof hij ze nog aan met natte hoofden van het bad in de rivier. Na het handen schudden en op de rug slaan, had hij de kans om zijn boerderij met nieuwe blik te zien door de ogen van de nieuwkomers. Jay en Lillian stonden versteld van de Indianen en waren diep onder de indruk van Aldens capaciteiten. Jay stemde gretig in toen Rob voorstelde dat ze Vicky en Bess zouden zadelen om het land van Geiger te gaan bekijken. Toen ze tijdig voor het middagmaal terugkwamen, straalden Geigers ogen van blijdschap terwijl hij zijn vrouw probeerde te beschrijven hoe goed het land was dat Rob J. voor hen had verworven.

'Je zult het zien, wacht maar tot je het ziet!' zei hij. Na het eten ging hij naar zijn wagen en kwam terug met zijn viool. De Babcock-piano van zijn vrouw hadden ze niet mee kunnen nemen, zei hij, maar ze hadden betaald om hem op een veilige, droge plek op te slaan en hoopten hem op een dag te kunnen laten brengen. 'Heb je de Chopin geleerd?' vroeg hij en bij wijze van antwoord klemde Rob J. de viola da gamba tussen zijn knieën en streek de eerste volle tonen van de mazurka. De muziek die Jay en hij in Ohio hadden gemaakt was prachtiger geweest omdat Lillian er piano bij gespeeld had, maar de viool en de viola da gamba harmonieerden verrukkelijk. Toen Sarah het huishoudelijk werk gedaan had, kwam ze ook luisteren. Ze zag dat de vingers van mevrouw Geiger, als de mannen speelden, nu en dan bewogen alsof ze op toetsen speelden. Ze wilde Lillians hand pakken en met woorden en beloften de dingen voor haar verzachten, maar in plaats daarvan ging ze naast haar op de vloer zitten terwijl de muziek steeg en daalde en hun allemaal hoop en troost gaf.

De Geigers kampeerden op hun eigen land vlak bij een bron, terwijl Jason bomen kapte voor een hut. Ze waren even vastbesloten de Coles niet tot last te zijn, als Sarah en Rob waren om hun gastvrijheid te betonen. De gezinnen gingen over en weer bij elkaar op bezoek. Toen ze op een vriesnacht om het kampvuur van de Geigers zaten, begonnen er op de prairie wolven te huilen en Jay haalde uit zijn viool zo'n zelfde lang, trillend gehuil. Het werd beantwoord en een tijdlang spraken de onzichtbare dieren en de mens door de duisternis, tot Jason merkte dat zijn vrouw niet alleen van de kou rilde. Hij gooide nog een blok op het vuur en legde zijn fiedel weg.

Geiger was geen bekwaam timmerman. De afwerking van het huis van Cole werd weer uitgesteld, want zo gauw Alden op de boerderij tijd over had, begon hij de hut van Geiger te bouwen. Een paar dagen later kwamen Otto Pfersick en Mort London meehelpen. Het drietal bouwde vlug een gezellige hut met een keet eraan vast, een apotheek om de kistjes kruiden en medicijnen onder te brengen die in de wagen van Jay de meeste plaats hadden ingenomen. Jay spijkerde een blikken busje aan de deurpost met een stuk perkament erin, beschreven met een fragment uit Deuteronomium, een gewoonte van de joden, zei hij, en de Geigers trokken er op achttien november in, een paar dagen voor de kou kwam uit Canada.

Jason en Rob J. hakten een pad door het bos tussen de hut van Geiger en de bouwplaats van het huis. Het werd al vlug bekend als het Lange Pad om het te onderscheiden van het pad dat Rob J. al had aangelegd tussen het huis en de rivier, en dat het Korte Pad werd.

De bouwers gingen weer werken aan het huis van Cole. Met de hele winter voor de boeg om het van binnen af te werken, brandden ze afvalhout in de haard om warm te blijven en werkten enthousiast, ze maakten lijstwerk en schotten van eikehout en spendeerden uren aan het mengen van verf van afgeroomde melk tot precies de tint die Sarah het liefst zag. Het bizonmoeras dicht bij de bouwplaats was dichtgevroren, en Alden onderbrak zijn timmerwerk soms een tijdje om zijn schaatsen onder te binden en toeren te laten zien die hij nog kende van zijn jeugd in Vermont. Rob J. had in Schotland elke winter geschaatst en zou de schaatsen van Alden wel geleend hebben, maar die waren veel te klein voor zijn grote voeten.

De eerste fijne sneeuw viel drie weken voor Kerstmis. De wind blies een soort rook in het rond en de minieme deeltjes schenen te branden als ze op mensenhuid kwamen. Toen vielen de echte, dikkere vlokken om de wereld met wit toe te dekken en zo bleef het. Met groeiende opwinding maakte Sarah plannen voor hun kerstmenu en besprak met Lillian degelijke recepten uit Virginia. Nu ontdekte ze verschillen tussen hen en de Geigers, want Lillian had niet die opwinding over de komende feestdag. Ja, Sarah stond versteld toen ze hoorde dat haar nieuwe buren de geboorte van Christus niet vierden, maar er voor kozen om vreemd genoeg een of andere oude, bizarre strijd in een Heilig Land te herdenken door dunne kaarsen te branden en aardappelkoeken te bakken! Toch gaven ze de Coles kerstgeschenken, ingemaakte pruimen die ze helemaal uit Ohio hadden meegevoerd en warme kousen die Lillian voor iedereen had gebreid. Het geschenk van de Coles voor de Geigers was een zware zwarte ijzeren spin, een braadpan op drie poten die Rob in Rock Island in het warenhuis had gekocht.

Hij smeekte de Geigers mee te doen aan hun kerstmaal en tenslotte kwamen ze, al at Lillian Geiger geen vlees buiten haar eigen huis. Sarah diende gebonden uiensoep op en riviervis met paddestoelensaus, geroosterde gans met leverjus, aardappelballetjes, Engelse plumpudding gemaakt van Lillians ingemaakte pruimen, biscuits, kaas en koffie. Sarah gaf haar gezinsleden wollen truien. Rob gaf haar een wikkelmantel van vossebont, zo weelderig dat het haar de adem benam en iedereen uitroepen van waardering ontlokte. Hij gaf Alden een nieuwe pijp en een doos tabak en de knecht verraste hem met scherp geslepen schaatsen, gemaakt in de smidse van de boerderij zelf – en groot genoeg voor zijn voeten! 'Er ligt nu sneeuw over het ijs, maar het volgend jaar kun je ervan genieten,' zei Alden met een grijns.

Toen de gasten weg waren, klopte Makwa-ikwa op de deur en bracht wanten van konijnebont, een paar voor Sarah, een paar voor Rob en een paar voor Alex. Ze was vertrokken voor hij haar binnen kon vragen.

'Het is een vreemde,' zei Sarah peinzend. 'We hadden haar ook iets moeten geven.'

'Daar heb ik voor gezorgd,' zei Rob en zei tegen zijn vrouw dat hij Makwa net zo'n spin gegeven had als de Geigers.

'Je wilt me toch niet zeggen dat je die Indiaanse een duur cadeau uit de winkel gegeven hebt?' Toen hij geen antwoord gaf, klonk haar stem gespannen. 'Je hebt die vrouw wel heel hoog!'

Rob keek haar aan. 'Dat is zo,' zei hij zacht.

's Nachts steeg de temperatuur en in plaats van sneeuw viel er regen. Tegen de morgen kwam een doornatte Freddy Grueber op hun deur bonzen, een huilende jongen van vijftien. De os, het belangrijkste bezit van Hans Grueber, had een olielamp omgeschopt en ondanks de regen was hun stal in vlammen opgegaan. 'Nog nooit zoiets gezien, mijn god, we konden het gewoon niet uit krijgen. Maar pa is flink verbrand, zijn armen en zijn hals en allebei zijn benen. U moet komen, dok!' De jongen had tweeëntwintig kilometer gereden en Sarah probeerde hem iets te laten eten en drinken, maar hij schudde zijn hoofd en reed meteen weer naar huis.

Ze pakte een mand in met restjes van het maal, terwijl Rob J. schone lappen en zalf bij elkaar zocht die hij nodig zou hebben en toen naar de lange hut ging om Makwa-ikwa te halen. Een paar minuten later zag Sarah hen verdwijnen in de natte duisternis, Rob op Vicky, met zijn kap diep over zijn hoofd getrokken, zijn grote lijf voorovergebogen in het zadel tegen de natte wind. De Indiaanse vrouw was in een deken gewikkeld en reed op Bess. Op mijn paard rijdt ze weg met mijn man, zei Sarah bij zichzelf en besloot toen om brood te gaan bakken, want ze zou vast niet meer kunnen slapen.

De hele dag wachtte ze op hun terugkomst. Toen de nacht viel bleef ze nog lang bij het vuur zitten, luisterend naar de regen en ze zag het maal dat ze warm had gehouden, verpieteren tot iets wat hij niet zou willen eten. Toen ze naar bed ging, lag ze daar slapeloos en zei bij zichzelf, dat als ze schuilden in een wigwam of een grot, een warm nest, het haar schuld was omdat ze hem met haar jaloezie had weggejaagd.

's Morgens zat ze aan tafel en kwelde zich met haar fantasieën, toen Lillian Geiger langskwam, die het stadsleven miste en door eenzaamheid gedreven werd om door de regen te komen. Sarah had donkere kringen onder haar ogen en zag er op haar slechtst uit, maar ze begroette Lillian en babbelde opgewekt, tot ze midden onder een gesprek over bloemzaden in huilen uitbarstte. Al vlug begon ze, met

Lillians armen om zich heen, tot haar eigen ontsteltenis haar ergste
vrezen eruit te flappen. 'Tot hij kwam had ik zo'n akelig leven. Nu is
het zo goed. Als ik hem zou kwijtraken…'
'Sarah,' zei Lillian zachtjes. 'Niemand weet natuurlijk wat er in andermans huwelijk gebeurt, maar… Je zegt zelf dat je vrees wel onge-
grond kan zijn. Ik weet het wel zeker. Rob J. lijkt me niet het soort
man dat bedrog pleegt.'
Sarah liet zich door de andere vrouw troosten en het haar uit haar
hoofd praten. Toen Lillian weer naar huis ging, was de emotionele
bui overgedreven.
Tegen de middag kwam Rob thuis.
'Hoe is het met Hans Grueber?' vroeg ze.
'O, afschuwelijke brandwonden,' zei hij vermoeid. 'Veel pijn. Ik hoop
dat het goed komt. Ik heb Makwa-ikwa daar gelaten om hem te verzorgen.'
'Dat is goed,' zei ze.

Terwijl hij de hele middag en avond sliep, hield de regen op en de
temperatuur daalde snel. Midden in de nacht werd hij wakker en
kleedde zich aan om naar buiten te gaan en naar de plee te glippen en
te glijden, want de opgevroren beregende sneeuw leek wel van mar-
mer. Toen hij zijn blaas had geleegd en weer in bed lag, kon hij niet
slapen. Hij had gehoopt in de morgen terug te gaan naar Grueber,
maar nu was hij bang dat de hoeven van zijn paard op het ijsopper-
vlak dat de grond bedekte geen houvast zouden vinden. In het donker kleedde hij zich weer aan en ging naar buiten en ontdekte dat zijn
vrees terecht was. Toen hij zo hard mogelijk op de sneeuw stampte,
kon hij met zijn laars niet door het harde witte oppervlak komen.
In de stal zocht hij de schaatsen die Alden voor hem gemaakt had en
hij bond ze onder. Het pad dat naar het huis leidde was ruw bevroren
door het gebruik en hij kwam maar moeilijk vooruit, maar aan het
eind van het pad lag open prairie en de wind had het harde oppervlak van de bevroren sneeuw glad als glas gemaakt. Hij schaatste
over een glanzend maanpad, eerst behoedzaam en toen, naarmate
zijn zelfvertrouwen terugkwam, met langere, vrijere slagen; hij
dwaalde ver de vlakte op die als een uitgestrekte poolzee was en
hoorde alleen het schrapen van zijn schaatsen en zijn ingespannen
adem.
Eindelijk, ademloos, stopte hij en bekeek de vreemde wereld van de
bevroren, nachtelijke prairie. Heel dichtbij en verontrustend hard liet
een wolf zijn trillende onheilsroep horen en het haar ging op Rob J.'s
hoofd overeind staan. Als hij zou vallen, een been breken misschien,

dan wist hij dat de door de winter uitgehongerde roofdieren binnen een paar minuten bij hem zouden zijn. De wolf huilde weer, of misschien was het een andere; in dat gehuil lag alles wat Rob niet wilde, het was een roep, samengesteld uit eenzaamheid, honger en onmenselijkheid. Meteen ging hij terug naar huis en nu schaatste hij voorzichtiger en behoedzamer dan eerst, maar hij vluchtte alsof de duivel hem op de hielen zat.

Toen hij terugkwam in de hut, keek hij of Alex of de baby hun dekens niet afgeschopt hadden. Ze lagen lief te slapen. Toen hij in bed kwam, draaide zijn vrouw zich om en ontdooide zijn ijskoude gezicht met haar borsten. Ze lag zachtjes te snorren en te kreunen, een geluid van liefde en wroeging en ze pakte hem in een zachte omhelzing van armen en benen. De dokter moest door het weer thuisblijven; Grueber zou het zonder hem kunnen stellen zolang Makwa er was, bedacht hij, en hij gaf zich over aan de warmte van mond, huid en ziel, aan een vertrouwd tijdverdrijf dat geheimzinniger was dan het maanlicht en aangenamer dan te scheren over ijs zonder wolven.

23. Ontwikkelingen

Als Robert Jefferson Cole geboren was in het Schotse land, zou hij bij zijn geboorte Rob J. zijn genoemd en Robert Judson Cole zou Grote Rob zijn geworden, of gewoon Rob zonder die letter erbij. Bij de Coles in Schotland hoorde de J de oudste zoon toe, tot hij zelf vader werd van een zoon; dan werd de letter beleefd en zonder vragen doorgegeven. Het kwam niet bij Rob J. op om een eeuwenlange familiegewoonte te verbreken, maar dit was voor Coles een nieuw land en zijn getrouwen wisten niets van honderden jaren familietraditie. Hoe goed hij het hun ook uitlegde, ze gingen het nieuwe zoontje niet Rob J. noemen. Voor Alex was het broertje eerst Baby. Voor Alden was het Jongen. Makwa-ikwa gaf hem de naam die bij hem ging horen. Op een morgen zat het kind, dat toen kroop en net woordjes begon te zeggen, met twee van de drie kinderen van Maan en Komt Zingend op de zandvloer van de *hedonoso-te*. De kinderen waren Anemoha, Kleine Hond, die drie was, en Cisak-ikwa, Vogelvrouw, die een jaar jonger was. Ze speelden met poppen van lege maïskolven, maar het blanke jongetje kroop van hen vandaan. In het schemerlicht dat door de rookgaten viel, zag hij de watertrom van de medicijnvrouw, en toen hij zijn hand erop liet vallen, kwam er een geluid uit waarvan iedereen in de lange hut opkeek.

139

De jongen kroop weg voor het geluid, maar niet terug naar de andere kinderen. In plaats daarvan ging hij, als iemand op inspectie, naar haar voorraad kruiden, hield ernstig stil voor elke stapel en bekeek hem met grote belangstelling.

Makwa-ikwa glimlachte. 'Jij bent *ubenu migegee-ieh*, een kleine sjamaan,' zei ze.

Sindsdien noemde ze hem Shaman en anderen namen die naam vlug over omdat hij eigenlijk passend leek en hij er meteen op reageerde. Er waren uitzonderingen. Alex noemde hem graag Brother en Alex was voor hem Bigger, omdat hun moeder van het begin af aan tegen hen over de ander sprak als Baby Brother en Bigger Brother. Alleen Lillian Geiger probeerde het kind Rob J. te noemen, want zij had gehoord wat hun vriend had gezegd over de familietraditie en Lillian geloofde heilig in familie en in traditie. Maar zelfs Lillian vergat het soms en noemde de jongen Shaman, en Rob J. Cole (de man) gaf de strijd al vlug op en hield zijn letter. Met of zonder letter, hij wist zeker dat zijn patiënten hem, als hij er niet bij was, Indianen-Cole noemden en sommigen noemden hem 'die beenzager die van Sauk houdt'. Maar ruimhartigen of kwezels, iedereen wist dat hij een goede dokter was. Als hij geroepen werd, dan ging hij met plezier, of ze van hem hielden of niet.

Waar Holden's Crossing alleen een beschrijving in Nick Holdens gedrukte strooibiljetten was geweest, daar was nu een Main Street met winkels en huizen, die iedereen het Dorp noemde. Daar waren de gemeentekantoren; de dorpswinkel Haskins Warenhuis: Fournituren, Grutterswaren, Gereedschappen en Manufacturen; N.B. Reimers Voeders en Zaden; de Spaar- en Hypotheekmaatschappij Holden's Crossing; een logement, gedreven door mevrouw Anna Wiley, die ook maaltijden opdiende aan passanten; de apotheek van Jason Geiger; Café Nelson (het had een herberg moeten worden volgens Nicks eerste plannen voor het dorp, maar door de aanwezigheid van mevrouw Wileys logement werd het nooit meer dan een gelagkamer met een laag plafond en een lange toog) en de stallen en smidse van Paul Williams, hoefsmid. In haar vakwerkhuis in het dorp naaide Roberta Williams, de vrouw van de smid, pakken en jurken. Jarenlang kwam Harold Ames, een verzekeringsman uit Rock Island, 's woensdags naar de dorpswinkel van Holden's Crossing om zaken te doen. Maar toen de grondpercelen van de regering allengs allemaal waren uitgegeven en enkele boeren in spe niet slaagden en hun prairiegrond aan nieuwkomers gingen verkopen, werd de behoefte aan een makelaardij duidelijk en Carroll Wilkinson kwam zich inrichten als makelaar

140

en verzekeringsagent. Charlie Andreson – die een paar jaar later ook directeur van de bank werd – werd bij de eerste verkiezing en alle daaropvolgende, jarenlang, gekozen tot burgemeester van het dorp. Andreson was algemeen geliefd, al begreep iedereen wel dat hij de door Nick Holden uitgezochte burgemeester was en dat Nick het in feite voor het zeggen had. Hetzelfde gold voor de sheriff. Het had Mort London maar één jaar gekost om erachter te komen dat hij geen boer was. Er was niet genoeg schrijnwerk te doen om hem steeds een boterham te bezorgen, want de beginnende boeren deden het timmerwerk zoveel mogelijk zelf. Dus toen Nick hem aanbood om hem te steunen bij een kandidaatstelling voor sheriff, nam Mort dat met beide handen aan. Hij was een kalme man die zich nergens mee bemoeide en voornamelijk de dronkaards bij Nelson rustig hield. Voor Rob J. was het van belang wie de sheriff was. Iedere dokter in de provincie was plaatsvervangend lijkschouwer, en als er een dode viel als gevolg van een misdrijf of een ongeluk, besliste de sheriff wie de lijkschouwing zou doen. Vaak was een lijkschouwing de enige manier waarop een plattelandsdokter aan ontleden kon doen om zijn chirurgische vaardigheid op peil te houden. Rob J. hield zich, als hij een lijkschouwing verrichtte, altijd aan wetenschappelijke normen, net zo streng als die in Edinburgh; hij woog alle vitale organen en hield zijn eigen registratie bij. Gelukkig had hij met Mort London altijd goed op kunnen schieten en hij voerde heel wat lijkschouwingen uit.
Nick Holden was drie termijnen achter elkaar gekozen in het huis van afgevaardigden van de staat. Sommige dorpelingen raakten nu en dan geërgerd door zijn air van bezitterschap en wezen elkaar erop dat hij misschien wel het grootste deel van de bank bezat, een deel van de molen en van de dorpswinkel en het café, en joost mocht weten hoeveel hectare, maar bij god, hij bezat hèn niet en ook hun land niet! Maar in het algemeen keken ze trots en verwonderd toe hoe hij als echt politicus te werk ging daar in Springfield, bourbon en whisky dronk met de in Tennessee geboren gouverneur en zitting had in commissies van het Huis van Afgevaardigden, en zo vlug en handig manipuleerde dat ze alleen maar op de grond konden spugen, grijnzen en hun hoofd schudden.
Nick had twee ambities die hij niet onder stoelen of banken stak. 'Ik wil de spoorlijn doortrekken naar Holden's Crossing, dan wordt dit dorp misschien ooit een stad,' zei hij op een morgen tegen Rob J., terwijl hij op de verandabank bij de winkel van Haskins van een kanjer van een sigaar zat te genieten. 'En ik wil verdomd graag gekozen worden voor het Congres van de Verenigde Staten. Ik krijg die spoorlijn niet hier zolang ik in Springfield zit.'

Ze hadden geen vriendschap voorgewend sinds Nick had geprobeerd om hem uit het hoofd te praten met Sarah te trouwen, maar allebei waren ze vriendelijk als ze elkaar tegenkwamen. Nu keek Rob hem ongelovig aan. 'In het Huis van Afgevaardigden van de Verenigde Staten komen... Dat zal moeilijk zijn, Nick. Dan heb je stemmen nodig uit een veel groter kiesdistrict, niet alleen hier uit de buurt. En dan heb je die oude Singleton.' De huidige afgevaardigde Samuel Turner Singleton, in heel de provincie Rock Island bekend als 'onze eigen Sammil', zat stevig op zijn stoel.

'Sammil Singleton is oud, ja. Hij gaat binnenkort wel dood, of met pensioen. Als het zover is, maak ik iedereen in het district duidelijk, dat een stem op mij een stem op de voorspoed is.' Nick grijnsde naar hem. 'Je hebt me geen windeieren gelegd, hè, dokter?'

Dat moest hij erkennen. Hij was aandeelhouder in de graanmolen en in de bank. Nick had ook de hand gehad in de financiering van de dorpswinkel en het café, maar bij die zaken had hij Rob J. niet uitgenodigd mee te doen. Rob begreep dat: hij was intussen diep geworteld in Holden's Crossing, en Nick deelde geen gunsten uit als dat niet nodig was.

De aanwezigheid van de apotheek van Jay Geiger en de aanhoudende toevloed van kolonisten naar die streek trok al vlug een andere geneesheer naar Holden's Crossing. Dokter Thomas Beckermann was een vaalbleke man van middelbare leeftijd met een slechte adem en rode ogen. Afkomstig uit Albany, New York, vestigde hij zich in een klein vakwerkhuis in het dorp, vlak bij de apotheek. Hij had geen diploma van een medische opleiding en was vaag als de bijzonderheden van zijn studie ter sprake kwamen, die hij naar hij zei, gevolgd had bij dokter Cantwell in Concord, New Hampshire. Aanvankelijk bezag Rob J. zijn komst met instemming. Er waren genoeg patiënten voor twee dokters die de zon in het water konden zien schijnen en de aanwezigheid van een andere geneesheer had tot gevolg moeten hebben dat de lange, moeilijke huisbezoeken die hem dikwijls ver in de prairie brachten, verdeeld konden worden. Maar Beckermann was een slechte dokter en een gestage, zware drinker en de gemeenschap had die feiten al vlug door. Rob J. ging dus door met de vele, verre huisbezoeken.

Dat werd alleen in de lente, als de jaarlijkse epidemie toesloeg, ondoenlijk: koortsen langs de rivieren, de Illinois-schurft op de prairieboerderijen en overal besmettelijke ziekten. Sarah had een beeld van zichzelf gekoesterd aan de zijde van haar man waarbij zij de zieken verzorgde, en in de lente na de geboorte van haar jongste zoon begon ze een felle campagne om toestemming te krijgen met Rob J. uit te rijden en hem bij te staan. Het tijdstip was slecht gekozen. Dat jaar waren de ziekten die last gaven melkkoorts en mazelen en toen zij bij hem begon aan te dringen, had hij al heel veel zieke mensen van wie er een paar stervende waren en hij kon niet genoeg aandacht aan haar besteden. Dus Sarah keek toe hoe Makwa-ikwa weer een lente lang met hem uitreed en haar jaloezie kwam terug.

Rond het midden van de zomer waren de besmettelijke ziekten teruggelopen en Rob hervatte zijn normale dagindeling. Op een avond, nadat Jay Geiger en hij wat waren bijgekomen met Mozarts Duet in G voor viool en altviool, bracht Jay de gevoelige vraag te berde van Sarahs ontevredenheid. Inmiddels waren ze dikke vrienden; toch was Rob uit het veld geslagen dat Geiger het waagde een wereld te betreden die hij als de zijne had beschouwd, waar niemand in mocht.

'Hoe weet je hoe Sarah zich voelt?'

'Ze praat met Lillian, en Lillian praat met mij,' zei Jay en kreeg een moment van pijnlijke stilte te verwerken. 'Ik hoop dat je het begrijpt. Ik spreek uit... echte genegenheid... voor jullie allebei.'

'Ik snap het. En heb je behalve genegenheid en bezorgdheid, ook... goede raad?'

'Om wille van je vrouw moet je die Indiaanse kwijt zien te raken.'

'Maar er bestaat alleen maar vriendschap tussen ons,' zei hij en wist zijn ergernis niet te onderdrukken.

'Dat doet er niet toe. Haar aanwezigheid is de oorzaak dat Sarah niet gelukkig is.'

'Ze kan nergens anders heen! Geen van hen kan ergens anders heen. De blanken zeggen dat het wilden zijn en willen hen niet laten leven zoals ze gewend zijn. Komt Zingend en Maan zijn verdomme de beste boerenarbeiders die je je maar kunt wensen, maar niemand hier in de buurt wil een Sauk huren. Makwa en Maan en Komt Zingend houden de rest van die troep in leven met het kleine beetje geld dat ze bij mij verdienen. Ze werkt hard en is trouw en ik kan haar niet wegsturen om te verhongeren of erger.'

Jay zuchtte en knikte en kwam er niet meer op terug.

Zelden werd er een brief bezorgd. Het was bijna een gebeurtenis. Er kwam er een voor Rob J., doorgestuurd door de postmeester van Rock Island, die hem vijf dagen had vastgehouden tot Harold Ames, de verzekeringsagent, voor zaken naar Holden's Crossing moest.

Rob maakte de envelop nieuwsgierig open. Het was een lange brief van dokter Harry Loomis, zijn vriend in Boston. Toen hij hem gelezen had begon hij opnieuw en las hem nog eens, langzamer. En toen weer. Hij was geschreven op twintig november 1846 en het had de hele winter geduurd voor hij op zijn bestemming was. Harry was blijkbaar op weg naar een fraaie loopbaan in Boston. Hij meldde dat hij kort tevoren aan Harvard tot lector in de anatomie was benoemd en zinspeelde op een aanstaand huwelijk met een dame die Julia Salmon heette. Maar de brief bevatte eerder medische inlichtingen dan een persoonlijk verslag. Een ontdekking maakte nu pijnloze chirurgie mogelijk, schreef Harry met onmiskenbare opwinding. Dat was het gas, bekend als ether, dat jarenlang gebruikt was als oplosmiddel bij de produktie van was en parfum. Harry herinnerde Rob J. aan de experimenten die een tijd tevoren in ziekenhuizen in Boston waren uitgevoerd, om de pijnstillende werking vast te stellen van stikstofoxydule, bekend als lachgas. Hij voegde er kwajongensachtig aan toe dat Rob zich misschien vermakelijkheden met stikstofoxydule herinnerde die buiten de ziekenhuizen plaatsvonden. Rob herinnerde zich, met een mengeling van schuldgevoel en plezier, dat hij samen met Meg Holland aan een flesje lachgas gesnoven had dat Harry hem had bezorgd voor een intiem feestje. Misschien maakte de afstand in tijd en ruimte de herinnering beter en leuker dan het in werkelijkheid geweest was.

Op vijf oktober jongstleden, schreef Loomis, *was een ander experiment voorgenomen, ditmaal met ether, in de operatiekoepel van het Algemeen Ziekenhuis van Massachusetts. Eerdere pogingen om de pijn te stillen met stikstofoxydule waren volkomen mislukt, terwijl galerijen vol studenten en dokters joelden en 'Flauwekul! Flauwekul!' riepen. Die pogingen hadden iets grappigs gekregen en de geplande operatie in het Algemeen Ziekenhuis beloofde er weer zo een te worden. De chirurg was dokter John Collins Warren. Je zult je dokter Warren beslist herinneren als een chagrijnige, doorgewinterde snijder, beter bekend om zijn snelheid met de lancet dan om zijn geduld met domoren. Dus ging een aantal van ons die dag naar de operatiekoepel alsof het een vermakelijkheid was.*

Stel je voor, Rob: de man die de ether moet toedienen, een tandarts, Morton genaamd, komt te laat. Warren, verschrikkelijk geërgerd, gebruikt de wachttijd om te verklaren hoe hij een grote tumor uit de door kanker aangetaste tong van een jonge man zal gaan snijden, een zekere Abbott, die al in de rode operatiestoel zit, half dood van angst. Na een kwartier weet Warren niet meer wat hij moet zeggen en haalt nors zijn horloge te voorschijn. Op de galerij wordt al gegiecheld als de nalatige tandarts arriveert. Dokter Morton dient het gas toe en kondigt meteen aan dat de patiënt klaar is. Dokter Warren knikt, nog steeds woedend, rolt zijn mouwen op en zoekt zijn lancet uit. Assistenten trekken Abbotts kaken open en pakken zijn tong. Andere handen drukken hem in de operatiestoel zodat hij niet gaat spartelen. Warren buigt zich over hem heen en brengt de eerste diepe snee toe, een bliksemsnelle beweging, waardoor het bloed uit een mondhoek van de jonge Abbott loopt.

Hij verroert geen vin.
Er hangt de diepste stilte op de galerij. Het minste gezucht of gekreun is te
horen. Hij maakt een tweede insnede en dan een derde. Voorzichtig, snel,
snijdt hij de tumor los, schraapt, brengt hechtingen aan en drukt een spons
in zijn mond om de bloeding te stelpen.
De patiënt slaapt. De patiënt sláápt! Warren komt overeind. Of je het wilt
geloven of niet, Rob, de ogen van die sarcastische autocraat zijn vochtig!
'Heren,' zegt hij, 'dit is géén flauwekul.'
De ontdekking van ether als chirurgische pijnstiller is in de medische
pers in Boston aangekondigd, meldde Harry. *Onze Holmes, zoals altijd*
haantje de voorste, heeft al voorgesteld het anesthesie *te noemen, van het*
Griekse woord voor ongevoeligheid.

In de apotheek van Geiger was geen ether voorradig.
'Maar ik ben een goed scheikundige,' zei Jay peinzend. 'Ik kan het
waarschijnlijk maken. Ik moet graanalcohol distilleren met zwavelzuur. Ik kan mijn metalen distilleertoestel niet gebruiken, want het
zuur zou er zo doorheen branden. Maar ik heb een glazen buis en een
grote fles.'
Toen ze op de schappen keken, vonden ze een hoop alcohol, maar
geen zwavelzuur.
'Kun je zwavelzuur maken?' vroeg Rob.
Geiger krabde aan zijn kin; kennelijk genoot hij. 'Daarvoor moet ik
zwavel met zuurstof verbinden. Ik heb genoeg zwavel, maar de reactie is ietwat moeilijk. Als je zwavel oxydeert krijg je zwaveldioxyde.
Die moet ik opnieuw oxyderen om zwavelzuur te maken. Maar...
Ach ja, waarom niet?'
Binnen een paar dagen had Rob J. een voorraadje ether. Harry Loomis had uitgelegd hoe je een etherkegel maakte van draad en stof.
Eerst probeerde Rob het gas uit op een kat, die tweeëntwintig minuten ongevoelig bleef. Toen ontnam hij een hond het bewustzijn voor
meer dan een uur, zo'n lange tijd dat duidelijk werd dat ether gevaarlijk was en met omzichtigheid gebruikt diende te worden. Hij diende
het gas toe bij een lam voor hij het castreerde en de geslachtsklieren
kwamen los zonder dat het maar blaatte.
Tenslotte onderrichtte hij Geiger en Sarah in het gebruik van ether en
ze dienden het hem toe. Hij was maar een paar minuten buiten bewustzijn, omdat hij zo zenuwachtig was dat hij heel zuinig was geweest met de dosis, maar het was een unieke ervaring.
Een paar dagen later kreeg Gus Schroeder, die nog maar achteneen-
halve vinger had, de wijsvinger van zijn goede hand, zijn rechterhand, onder zijn stenenkar en hij was verpletterd. Rob gaf hem ether

145

en Gus werd wakker met zeveneneenhalve vinger en vroeg wanneer de operatie zou beginnen.

Rob was verbijsterd door de mogelijkheden. Hij had een gevoel alsof hij een glimp had gezien van de eindeloze diepten achter de sterren, en wist direct dat ether waardevoller was dan de Gave. De Gave hadden maar een paar leden van zijn familie, maar iedere dokter ter wereld kon nu een operatie verrichten zonder gruwelijke pijn te veroorzaken. Midden in de nacht kwam Sarah naar beneden, naar de keuken en trof haar man daar in zijn eentje aan.

'Voel je je goed?'

Hij bekeek de kleurloze vloeistof in een glazen fles, alsof hij hem van buiten wilde leren.

'Als ik dit had gehad, Sarah, had ik je geen pijn hoeven doen, die keren dat ik je behandelde.'

'Je hebt het ook zonder prima gedaan. Je hebt me het leven gered, dat weet ik.'

'Dit spul.' Hij hield de fles omhoog. In haar ogen was het net water. 'Dat zal vele levens redden. Het is het wapen tegen Magere Hein.'

Sarah had er een hekel aan als hij over de dood sprak als over iemand die elk moment de deur open kon doen en bij hen binnenwandelen. Ze sloeg haar blanke armen om haar zware borsten en rilde in de nachtelijke kilte. 'Kom mee naar bed, Rob J.,' zei ze.

De volgende dag zocht Rob contact met de dokters in de omgeving en nodigde ze uit voor een bijeenkomst. Die werd een paar weken later gehouden in een vertrek boven de veevoederwinkel in Rock Island. Intussen had Rob J. ether gebruikt bij drie andere gevallen. Zeven dokters en Jason Geiger kwamen bij elkaar en luisterden naar wat Loomis had geschreven en naar Robs verslag over zijn eigen gevallen. De reacties liepen uiteen van enthousiasme tot openlijke twijfel. Twee aanwezigen bestelden ether en etherkegels bij Jay. 'Het is een voorbijgaande rage,' zei Thomas Beckermann, 'net als al die onzin over handen wassen.' Verschillende dokters glimlachten want iedereen wist dat Rob Cole bijzonder vaak water en zeep gebruikte. 'Misschien kunnen de ziekenhuizen in de steden hun tijd verdoen met die dingen. Maar een troepje dokters uit Boston moet òns niet komen vertellen hoe we in het westelijke grensgebied geneeskunst moeten bedrijven.'

De andere dokters waren terughoudender dan Beckermann. Tobias Barr zei dat hem de bijeenkomst met andere geneesheren om ideeën uit te wisselen wel aanstond en stelde voor dat ze het Medisch Genootschap van de provincie Rock Island zouden oprichten, wat vervolgens gebeurde. Dokter Barr werd tot voorzitter gekozen, Rob J. tot secretaris, een eer die hij niet kon weigeren, want alle aanwezigen kregen een functie of het voorzitterschap van een commissie toegewezen die Tobias Barr van groot belang noemde.

Dat was een slecht jaar. Op een hete, plakkerige middag aan het eind van de zomer, toen de gewassen bijna rijp waren, werd de lucht heel vlug zwaar en zwart. De donder rommelde en bliksem schoot door de woelige wolken. Sarah, die haar tuin aan het wieden was, zag dat er ver op de prairie uit de wolkenmassa een smalle trechter op de aarde neerdaalde. Hij kronkelde als een reusachtige slang en bracht een slangachtig gesis voort, dat aangroeide tot een luid geloei toen de mond de prairie raakte en zand en vuil begon op te zuigen.
Hij bewoog van haar vandaan, maar Sarah zocht haastig haar kinderen bij elkaar en bracht ze naar de kelder.
Twaalf kilometer daarvandaan had ook Rob in de verte de wervelstorm gezien. Binnen een paar minuten was hij verdwenen, maar toen hij naar de boerderij van Hans Buckman reed, zag hij dat zestien hectare van de beste maïs met de grond gelijk waren gemaakt. 'Alsof de Duivel met een grote zeis kwam,' merkte Buckman bitter op. Sommige boeren raakten hun maïs èn hun tarwe kwijt. De oude witte merrie van Mueller was in de werveling opgezogen en levenloos weer neergesmeten in een aangrenzend weiland, driehonderd meter verderop. Maar er waren geen mensen het slachtoffer geworden en iedereen wist dat Holden's Crossing geluk had gehad.

De mensen prezen zichzelf nog steeds gelukkig, toen in de herfst de epidemie uitbrak. Dat was het seizoen waarin de koele frisheid van de lucht voor kracht en gezondheid heette te zorgen. In de eerste week van oktober brak bij acht gezinnen een ziekte uit die Rob helemaal niet kende. Het was een koorts, vergezeld van een paar van de galsymptomen van tyfus, maar hij dacht niet dat het tyfus was. Toen er elke dag minstens één nieuw geval bij kwam, wist hij dat ze het moeilijk zouden krijgen.
Hij was op weg naar de lange hut om Makwa-ikwa te zeggen dat ze zich klaar moest maken met hem uit te rijden, maar hij bedacht zich en liep naar de keuken van zijn nieuwe huis.
'De mensen krijgen een akelige koorts en die zal zich zeker verspreiden. Ik blijf misschien weken weg.'
Sarah knikte ernstig, om te laten zien dat ze het begreep. Toen hij vroeg of ze met hem mee wilde, kwam er een uitdrukking op haar gezicht die zijn twijfels verjoeg.

147

'Je kunt dan niet bij de jongens zijn,' waarschuwde hij.

'Makwa zal voor ze zorgen zolang ik weg ben. Makwa kan echt goed met hen overweg,' zei ze.

Die middag vertrokken ze. Zo aan het begin van een epidemie was het Robs gewoonte om naar elk huis te rijden waarvan hij hoorde dat er zieken waren, om het vuur te doven voor er een grote brand ontstond. Hij zag dat elk geval op dezelfde manier begon: opeens een flinke verhoging of eerst een ontstoken keel en dan flinke koorts. Gewoonlijk kwam er al vlug diarree met een hoop geelgroene gal. Alle patiënten kregen overal puistjes op hun mond, ongeacht of de tong droog of vochtig was, zwartig of wittig.

Binnen een week wist Rob J. dat als de patiënt geen andere verschijnselen kreeg, de dood hem opwachtte. Als de vroege symptomen gevolgd werden door koude rillingen en pijn in armen en benen, soms ernstig, dan zou hij waarschijnlijk herstellen. Puisten en andere abcessen die aan het eind van de koorts verschenen, waren gunstige tekenen. Hij had geen idee hoe hij de ziekte moest behandelen. Aangezien de vroege diarree de hoge koorts vaak verdreef, probeerde hij die soms op te wekken door purgeermiddelen toe te dienen. Als de patiënt rilde van de kou gaf hij hem Makwa-ikwa's groene drank met een beetje alcohol erdoor om het zweten op te roepen en veroorzaakte blaren met mosterdpleisters. Kort nadat de epidemie begon, kwamen Sarah en hij Tom Beckermann tegen die uitreed naar slachtoffers van de koorts.

'Beslist tyfus,' zei Beckermann. Rob dacht van niet. Er waren geen rode vlekken op de buik en niemand kreeg rectale bloedingen. Maar hij wilde er niet over twisten. Wat de mensen ook trof, het bleef even beangstigend, of je het nu zus noemde of zo. Beckermann zei dat twee van zijn patiënten de vorige dag gestorven waren na uitgebreide aderlating en koppen zetten. Rob deed zijn best om iets in te brengen tegen het aderlaten van een patiënt met hoge koorts, maar Beckermann was het soort geneesheer dat niet een behandeling toe zou passen, die de enige andere dokter ter plaatse aanbeval. Ze praatten niet meer dan een paar minuten met dokter Beckermann voor ze afscheid namen. Niets vond Rob J. een grotere ramp dan een slechte dokter.

Eerst was het vreemd om Sarah bij zich te hebben in plaats van Makwa-ikwa. Sarah deed haar uiterste best; ze deed ogenblikkelijk wat hij vroeg. Het verschil was dat hij het moest vragen en het haar uit moest leggen, terwijl Makwa langzamerhand wel wist wat er moest gebeuren zonder dat hij het haar hoefde te zeggen. In aanwezigheid van patiënten of tijdens de rit van huis naar huis hadden Makwa en hij lang en rustig gezwegen; in het begin praatte Sarah honderd uit, blij met de kans bij hem te zijn, maar naarmate ze meer patiënten behandelden en ze doorlopend uitgeput waren, werd ze stiller.

De ziekte verspreidde zich snel. Als er in een huis iemand ziek werd, kregen alle anderen het gewoonlijk ook. Toch gingen Rob J. en Sarah van huis tot huis en liepen zelf niets op, alsof ze een onzichtbaar harnas droegen. Om de drie, vier dagen probeerden ze naar huis te gaan om te baden, schone kleren aan te trekken, een paar uur te slapen. Het huis was warm en schoon, vol van de geur van warm eten dat Makwa voor hen had klaargemaakt. Ze hielden hun zoontjes een tijdje vast, pakten dan de groene drank in die Makwa tijdens hun afwezigheid had gebrouwen en naar Robs aanwijzingen had gemengd met een beetje wijn en reden weer uit. Tussen de bezoeken aan huis sliepen ze tegen elkaar aan waar ze maar konden gaan liggen, meestal op een hooizolder of ergens op een vloer voor de haard.

Op een morgen kwam er een boer, Benjamin Haskel, zijn stal ingelopen en zijn ogen puilden uit zijn hoofd toen hij de dokter zag met zijn arm onder de rok van zijn vrouw. Veel meer kwam er van vrijen niet terecht tijdens die hele epidemie, zes weken lang. Toen het begon, waren de blaadjes aan het verkleuren en toen het ophield lag er stuifsneeuw op de grond.

Op de dag dat ze thuiskwamen en beseften dat ze niet weer uit hoefden rijden, stuurde Sarah Makwa met de kinderen op de kar naar de boerderij van Mueller om manden appels te halen om appelmoes te maken. Ze waste zich uitvoerig voor het vuur en kookte toen nog meer water om Robs bad klaar te maken en toen hij in de zinken teil zat kwam ze terug en waste hem heel langzaam en rustig, zoals ze patiënten had gewassen, maar toch heel anders: ze gebruikte haar hand in plaats van een washandje. Vochtig en rillend kwam hij haar haastig achterna door het kille huis, de trap op, onder de warme dekens, waar ze urenlang bleven, tot Makwa met de jongens terugkwam.

Sarah was het jaar daarop korte tijd zwanger, maar ze kreeg al vroeg een miskraam en dat maakte Rob bang omdat ze hevig bloedde; het bloed spoot bijna uit haar voor de bloeding eindelijk ophield. Hij begreep wel dat het gevaarlijk voor haar zou zijn om weer zwanger te worden, en nadien nam hij voorzorgsmaatregelen. Hij hield bezorgd in de gaten of het teken van zwarte schaduwen over haar kwam, zoals zo vaak gebeurde als een vrouw een miskraam kreeg, maar afgezien van een bleke droefgeestigheid die zich uitte in lange tijden van gemijmer met haar diepblauwe ogen dicht, scheen ze net zo vlug te herstellen als ze maar konden hopen.

'Geen dochter,' zei ze op een avond nadat hij het vuur had afgedekt, pakte zijn hand en legde die op haar vlakke maag.

'Nee. Maar als het lente wordt,' opperde hij, 'kun je weer met me uitrijden om de koorts te bestrijden,' en dat moest ze erkennen.

24. Lentemuziek

Dus werden de jongens van Cole dikwijls voor lange tijd aan de zorgen van de Sauk-vrouw toevertrouwd. Shaman raakte even gewend aan de vruchtemoesgeur van Makwa-ikwa als aan de blanke geur van zijn eigenlijke moeder, even gewend aan haar donker uiterlijk als aan Sarahs romige blondheid. En toen, meer gewend. Terwijl Sarah het moederschap langzaam liet varen, greep Makwa met twee handen de gelegenheid aan het man-kind, de zoon van *Cawso wabeskiou*, tegen haar warme boezem te houden en een voldoening te voelen die ze niet had mogen meemaken sinds ze haar eigen broertje, Hij-Die-Land-Bezit, vastgehouden had. Ze wierp een liefdesban op het jongetje. Soms zong ze voor hem:

> *Ni-na ne-gi-se ke-wi-to-se-me-ne ni-na,*
> *Ni-na ne-gi-se ke-wi-to-se-me-ne ni-na,*
> *Wi-a-ya-ni,*
> *Ni-na ne-gi-se ke-wi-to-se-me-ne ni-na.*
> *Ik loop met je mee, mijn zoon,*
> *Ik loop met je mee, mijn zoon,*
> *Waarheen jij ook gaat,*
> *Ik loop met je mee, mijn zoon.*

Soms zong ze om hem te beschermen:

> *Tti-la-ye ke-wi-ta-mo-ne i-no-ki*
> *Tti-la-ye ke-wi-ta-mo-ne i-no-ki-i-i.*
> *Me-ma-ko-te-si-ta*
> *Ki-ma-ma-to-me-ga.*
> *Geest, ik roep u nu op,*
> *Geest, ik spreek nu tot u.*
> *Iemand die in grote nood zit*
> *Zal u vereren.*
> *Stuur mij uw zegeningen.*

Dat werden al vlug de liedjes die Shaman neuriede als hij haar op de voet volgde. Alex liep mistroostig mee en keek toe hoe nòg een groot mens beslag legde op zijn broertje. Hij gehoorzaamde Makwa, maar zij zag wel dat het wantrouwen en de afkeer die ze soms in die jonge ogen zag, de weerspiegeling waren van de gevoelens van Sarah Cole tegenover haar. Het kon haar weinig schelen. Alex was een kind en ze zou haar best doen om zijn vertrouwen te winnen. Wat Sarah betrof – zolang Makwa zich kon herinneren, hadden de Sauk vijanden gehad.

Jay Geiger, die het druk had met zijn apotheek, had Mort London ingehuurd om het eerste perceel van zijn akkers te ploegen, een trage, zware taak. Mort had er van april tot eind juli over gedaan om de dikke, taaie zoden open te breken, een proces dat nog bemoeilijkt werd door het feit dat de gekeerde zoden twee, drie jaar moesten rotten alvorens de akker klaar was om nog eens geploegd en ingezaaid te worden en doordat Mort de Illinois-schurft gekregen had, wat de meeste mannen kregen die de prairie ontgonnen. Sommigen dachten dat de rottende zoden een schadelijke damp loslieten die de boer ziek maakte, terwijl anderen zeiden dat de ziekte kwam door de beet van insektjes die door de ploegschaar waren opgewoeld. De kwaal was onaangenaam; je kreeg zweertjes op je huid die jeukten. Bij een behandeling met zwavel kon het in de hand gehouden worden als iets onaangenaams, maar als het verwaarloosd werd kon het zich ontwikkelen tot een dodelijke koorts, zoals die waar Alexander Bledsoe, Sarahs eerste man, aan gestorven was.

Jay stond erop dat ook de hoeken van zijn akkers zorgvuldig geploegd en ingezaaid werden. Overeenkomstig de oude joodse wet werden bij de oogst de hoeken niet gemaaid, zodat de armen die konden plukken. Toen het eerste perceel van Jay goede maïsoogsten begon op te brengen, was hij klaar om het tweede gedeelte voor tarwe te ontginnen. Maar intussen was Mort London sheriff en geen van de andere beginnende boeren wilde loonwerk doen. Het was in een tijd dat de Chinese koelies niet bij de spoorwegploegen weg durfden te gaan omdat ze waarschijnlijk met stenen werden doodgegooid als ze het dichtstbijzijnde dorp haalden. Nu en dan belandde er een Ier of een enkele Italiaan, die weggelopen was bij het slavenwerk van het graven van het Illinois-Michigan-kanaal, in Holden's Crossing, maar paapsen werden door de meerderheid van de bevolking met schrik bejegend en die indringers werden verjaagd. Jay had terloops kennisgemaakt met een paar Sauk omdat zij de armen waren die werden uitgenodigd om de restanten van zijn maïs te komen plukken. Tenslotte kocht hij vier ossen en een stalen ploeg en huurde twee van de krijgers, Kleine Hoorn en Stenen Hond, om de prairie voor hem te ontginnen.

De Indianen kenden geheimen over het doorsnijden van de vlakte en het omkeren ervan om het vlees en bloed, de zwarte aarde, open te leggen. Terwijl ze werkten, verontschuldigden ze zich bij de aarde dat ze hem sneden en ze zongen liederen om zegen van de juiste geesten af te roepen. Ze wisten dat de blanken te diep ploegden. Als ze de ploegschaar instelden op ondiepe ontginning, rotte de wortelmassa onder de beploegde grond in feite sneller weg en zij ontgonnen meer dan een hectare per dag in plaats van bijna een halve. En Kleine Hoorn noch Stenen Hond kreeg de schurft.

Verbaasd probeerde Jay hun methode door te geven aan al zijn buren, maar hij vond geen gewillig oor.

'Dat is omdat die stomme klootzakken mij als een vreemdeling beschouwen, ook al ben ik in South Carolina geboren en sommigen van hen in Europa,' klaagde hij opgewonden tegen Rob J. 'Ze vertrouwen me niet. Ze hebben een hekel aan de Ieren en de joden en de Chinezen en de Italianen en God weet aan wie nog meer, omdat ze te laat naar Amerika gekomen zijn. Aan de Fransen en de mormonen hebben ze een hekel uit principe. En aan Indianen hebben ze een hekel omdat ze te vroeg in Amerika waren. Wie mogen ze verdomme wèl?'

Rob grijnsde naar hem. 'Nou, Jay... Ze mogen zichzèlf! Ze denken dat zij precies goed zijn, omdat ze zo verstandig geweest zijn, precies op het juiste moment te komen,' zei hij.

Als ze je in Holden's Crossing mochten, betekende dat nog niet dat je geaccepteerd werd. Rob J. Cole en Jay Geiger werden schoorvoetend geaccepteerd omdat ze in hun beroep onmisbaar waren. Terwijl ze belangrijke lappen in de lappendeken van de gemeenschap werden, bleven de twee gezinnen heel saamhorig en gaven elkaar steun en aanmoediging. De kinderen raakten gewend aan het werk van grote componisten, doordat ze 's avonds in bed soms konden luisteren naar muziek die steeg en daalde met de schoonheid van de strijkinstrumenten, door hun vaders bespeeld met liefde en hartstocht.

In het jaar dat Shaman vijf was, was mazelen de voornaamste lenteziekte. Het onzichtbare harnas dat Sarah en Rob beschermde, verdween, samen met het geluk dat ze ongedeerd waren gebleven. Sarah bracht de ziekte mee en werd een beetje ziek en Shaman ook. Rob J. dacht dat een mens geluk had als hij het licht kreeg, want naar zijn ervaring kreeg men maar één keer in zijn leven mazelen; maar Alex kreeg het in al zijn vreselijke kracht. Zijn moeder en broertje hadden koorts gehad; hij gloeide. Zij hadden jeuk gehad; zijn lijf begon te bloeden van het uitzinnige krabben en Rob J. wikkelde verdorde koolbladeren om hem heen en bond zijn handen vast om hem tegen zichzelf te beschermen.

In de daaropvolgende herfst was roodvonk de voornaamste ziekte. De groep Sauk kreeg het en Makwa-ikwa ook, zodat Sarah thuis moest blijven, vol wrok, en de Indiaanse moest verzorgen in plaats van uit te rijden als assistente van haar man. Toen kregen de twee jongens het. Ditmaal kreeg Alex het in mindere mate terwijl Shaman gloeide, overgaf, gilde van de oorpijn en zo'n zware uitslag kreeg, dat zijn huid op sommige plaatsen afbladderde als die van een slang.

Toen de ziekte voorbij was, zette Sarah de deuren en ramen open voor de warme meilucht en riep dat het gezin aan vakantie toe was. Ze roosterde een gans en liet de Geigers weten dat hun aanwezigheid op prijs gesteld zou worden en die avond overheerste de muziek, die er wekenlang niet was gespeeld.

De kinderen van Geiger werden bij Cole naar bed gebracht op stro-zakken naast de bedden in de jongenskamer. Lillian Geiger glipte de kamer in en omhelsde en kuste alle kinderen. Bij de deur bleef ze staan en zei hun welterusten. Alex zei ook welterusten, net als haar eigen kinderen Rachel, Davey, Herm en Cubby, die nog te klein was om met zijn eigenlijke naam, Lionel, te worden opgezadeld. Ze merk-te dat één kind geen antwoord gaf. 'Welterusten, Rob J.,' zei ze. Er kwam geen reactie en Lillian zag dat het kind recht voor zich uit keek, alsof het in gedachten verzonken was.

'Shaman? Liefje?' Toen hij weer niet reageerde, klapte ze hard in haar handen. Vijf gezichtjes keken op, maar één niet.

In de andere kamer deden de muzikanten het duet van Mozart, het stuk dat ze samen het best speelden, het stuk waarin ze glansden. Rob J. was verbaasd toen Lillian voor zijn gamba kwam staan, haar hand uitstak en zijn strijkstok vastpakte in een passage waar hij erg veel van hield.

'Je zoon,' zei ze. 'De kleine. Hij kan niet horen.'

25. Het stille kind

Heel zijn leven was Rob J., die ervoor streed, mensen te redden van de aandoeningen die lichamelijke en geestelijke gebreken teweeg-brachten, verbaasd geweest hoe afschuwelijk hij het vond als de pa-tiënt iemand was van wie hij hield. Hij koesterde iedereen die hij behandelde, ook degenen die van hun ziekten gebrekkig werden, zelfs degenen die al gebrekkig waren geweest vóór ze ziek werden, omdat ze door zijn hulp te vragen op een of andere manier van hèm werden. Als jong geneesheer in Schotland had hij zijn moeder het zien begeven en naar de dood toe zien leven; het was een bijzondere, bittere les geweest dat hij als dokter uiteindelijk machteloos was. En nu voelde hij een rauwe pijn om wat er nu gebeurd was met dat stevige ventje, groot voor zijn leeftijd, dat uit zijn eigen zaad en ziel was voortgekomen.

Shaman scheen versuft toen zijn vader in zijn handen klapte, zware boeken op de vloer liet vallen en voor hem stond te roepen.

'Hoor… je… dan… niets…? Zoon?' schreeuwde Rob en wees naar zijn eigen oren, maar het jongetje keek hem alleen maar in verwarring aan. Shaman was stokdoof.

'Gaat dat nog over?' vroeg Sarah haar man.

'Misschien,' zei Rob, maar hij was banger dan zij, want hij wist meer, hij had tragedies meegemaakt waar zij nauwelijks een vermoeden van had.

'Je moet hem genezen.' Ze had een absoluut vertrouwen in hem. Zoals hij haar eens gered had, zou hij nu ook het kind redden.

Hij wist niet hoe, maar probeerde het. Hij liet warme olie in Shamans oren lopen. Hij weekte hem in warme baden en legde kompressen op. Sarah bad tot Jezus. De Geigers baden tot Jahwe. Makwa-ikwa klopte op haar watertrom en zong naar de *manitou*'s en de geesten. Geen enkele god of geest schonk er aandacht aan.

In het begin was Shaman te verbijsterd om bang te zijn. Maar na een paar uur begon hij te jammeren en te huilen. Hij schudde zijn hoofd en klauwde naar zijn oren. Sarah dacht dat die vreselijke oorpijn terug was gekomen, maar Rob begreep al vlug dat het dat niet was geweest, want hij had dit eerder meegemaakt. 'Hij hoort geluiden die wij niet horen. In zijn hoofd.'

Sarah verbleekte. 'Is er iets in zijn hoofd?'

'Nee nee.' Hij kon haar zeggen hoe het verschijnsel heette – oorruis – maar hij kon haar niet zeggen waar de geluiden vandaan kwamen die alleen Shaman maar kon horen.

Shaman hield niet op met huilen. Zijn vader en moeder en Makwa gingen om de beurt bij hem in bed liggen met hun armen om hem heen. Later kreeg Rob te horen dat zijn zoon allerlei lawaai hoorde: gekraak, gerinkel, donderend geloei, gesis. Het was allemaal heel hard en Shaman was aan één stuk door angstig.

Dat inwendige spervuur verdween na drie dagen. Shaman was

enorm opgelucht en de stilte die weer terug was, was een troost, maar de grote mensen die van hem hielden werden gekweld door de wanhoop op dat witte gezichtje.

Die avond schreef Rob naar Oliver Wendell Holmes in Boston en vroeg hem advies over het behandelen van doofheid. Ook vroeg hij Holmes, voor het geval aan deze toestand niets gedaan kon worden, hem leermateriaal te sturen over de opvoeding van een dove zoon.

Geen van hen wisten hoe ze met Shaman om moesten gaan. Terwijl Rob J. koortsachtig zocht naar een medische oplossing, nam Alex de verantwoordelijkheid op zich. Hij was wel verbijsterd en geschrokken door wat zijn broertje overkomen was, maar paste zich snel aan. Hij pakte Shamans handje vast en liet het niet meer los. Waar de oudste liep, liep de jongste mee. Als ze kramp in hun vingers kregen, ging Alex aan de andere kant lopen en wisselden ze van hand. Shaman raakte al snel gewend aan de veiligheid van Biggers zweterige, dikwijls vieze greep.

Alex hield hem goed in de gaten. 'Hij wil meer,' kon hij onder het eten zeggen en pakte dan Shamans lege kom en stak hem moeder toe, zodat die weer kon opscheppen.

Sarah keek naar haar twee zoons en merkte hoe ze allebei leden. Shaman sprak niet meer en Alex ging vrijwillig mee in die verstomming; hij praatte nauwelijks en hield contact met Shaman door een reeks overdreven gebaren, terwijl twee paar jonge ogen elkaar ernstig aankeken.

Ze kwelde zichzelf met gefantaseerde situaties waarin Shaman steeds een ander vreselijk lot trof, omdat hij haar gekwelde waarschuwingskreten niet hoorde. Ze zorgde dat de jongen dichter bij huis bleef. Ze gingen zich vervelen en op de grond zitten en stomme spelletjes doen met noten en kiezelstenen en ze tekenden met een stokje dingen in het zand. Ongelooflijk genoeg hoorde ze hen soms lachen. Shaman, die zijn eigen stem niet kon horen, had de neiging te zachtjes te praten en dan moesten ze hem vragen, nog eens te zeggen wat hij daar mompelde en dan begreep hij hen niet. Hij ging grommen in plaats van spreken. Toen Alex geïrriteerd raakte, vergat hij de werkelijkheid. 'Wat?' schreeuwde hij. 'Wat, Shaman!' En toen dacht hij weer aan die doofheid en viel terug op gebaren. Hij ontwikkelde de ongelukkige gewoonte om te grommen net als Shaman, om iets te benadrukken dat hij met zijn handen probeerde uit te leggen. Sarah kon dat grommend, snuivend geluid niet uitstaan, want dan vond ze dat haar zoons net dieren waren.

Zelf kreeg ze ook een ongelukkige gewoonte: ze nam te vaak proeven op zijn doofheid door achter hen te gaan staan en in haar handen te klappen of met haar vingers te knippen of hun naam te zeggen. Als ze binnenshuis met haar voet stampte, dan keek Shaman op door de trillingen in de vloer. Steeds was een stuurse blik van Alex de enige reactie op haar bemoeienis.

Ze was een soort wisselmoeder geweest, die liever bij elke gelegenheid met Rob J. uitreed dan dat ze voor de kinderen zorgde. Ze bekende zichzelf dat haar echtgenoot het belangrijkste in haar leven was, net als ze moest erkennen dat de geneeskunst de voornaamste drijfveer in zijn leven was, belangrijker nog dan zijn liefde voor haar; zo was het nu eenmaal. Ze had voor Alexander Bledsoe of voor welke man ook nooit gevoeld wat ze voor Rob J. Cole voelde. Nu een van haar zoons bedreigd werd, richtte ze haar liefde met alle kracht op haar jongens, maar het was te laat. Alex wilde geen stukje van zijn broertje delen en Shaman was gewend om op Makwa-ikwa te vertrouwen.

Makwa deed geen moeite dat tegen te gaan; ze haalde Shaman lange tijden naar de *hedonoso-te* en hield hem nauwlettend in het oog. Sarah zag haar eens haastig naar de boom lopen waartegen de jongen had geplast, om een beetje natte grond in een kommetje te scheppen en mee te nemen, alsof ze de relikwie van een heilige in veiligheid bracht. Sarah vond die vrouw een heks die probeerde dat deel van haar man in te palmen waar hijzelf de meeste waarde aan hechtte, en nu probeerde ze ook haar kind in te palmen. Ze wist dat Makwa toverspreuken zei, zong, wilde rituelen uitvoerde en bij de gedachte alleen al liepen bij Sarah de rillingen over de rug. Maar ze durfde geen bezwaar te maken. Hoe wanhopig ze ook wilde dat iemand – wie of wat ook – haar kindje hielp, toen de dagen verstreken en dat heidens gedoe geen verbetering bracht in de toestand van haar zoon, kon ze een gevoel van gerechtvaardigde genoegdoening, een bevestiging van het ware geloof, niet van zich afzetten.

's Nachts lag Sarah wakker, gekweld door de gedachten aan doofstommen die ze gekend had. Ze herinnerde zich in het bijzonder een zwakzinnige, slonzige vrouw die zij en haar vriendinnen in de straten van hun dorp in Virginia achterna gelopen hadden en bespot omdat ze zo dik en zo doof was. Bessie heette ze, Bessie Turner. Ze hadden met houtjes en steentjes gegooid, want ze wilden dolgraag zien hoe Bessie op die brutaliteit zou reageren, nadat ze de vreselijke dingen die ze haar hadden toegeroepen, had kunnen negeren. Ze vroeg zich af of wrede kinderen Shaman op straat achterna zouden lopen.

Langzaam drong het tot haar door dat Rob – zelfs Rob! – Shaman niet kon helpen. Hij vertrok elke morgen en reed uit voor zijn huisbezoeken, in beslag genomen door de ziekten van anderen. Hij liet zijn eigen gezin niet in de steek. Dat leek haar soms alleen maar zo, want zij bleef dag in, dag uit bij haar zoons en zag hun strijd aan.

De Geigers, die hun wilden steunen, nodigden hen verschillende keren uit voor het soort avonden die de gezinnen zo vaak samen gehad hadden, maar Rob J. wees dat van de hand. Hij speelde niet meer op zijn viola da gamba; Sarah dacht dat hij er niet tegen kon om muziek te maken die Shaman niet kon horen.

Ze wierp zich op het werk op de boerderij. Alden Kimball spitte een nieuw stukje voor haar van twee spaden diep en ze begon aan haar grootste moestuin. Ze zocht kilometers ver langs de oever van de rivier naar gele irissen en plantte ze in een bed voor het huis. Ze hielp Alden en Maan groepjes blatende schapen op een vlot te drijven en ze dan naar het midden van de rivier te brengen en ze eraf te duwen, zodat ze naar de kant moesten zwemmen en hun wol schoon werd voordat ze werden geschoren. Na de castratie van de lentelammetjes keek Alden met een scheve blik toen zij de emmer met prairie-oesters opeiste, waar hij zo dol op was. Sarah trok er het draderig vlies van af en vroeg zich af of de testikels van een man er zo uitzagen onder zijn gerimpelde vel. Toen sneed ze de zachte balletjes in tweeën en bakte ze in spekvet met een wild uitje en een in schijfjes gesneden paddestoel. Alden at gretig zijn portie op, zei dat het verrukkelijk was en hield op met kniezen.

Ze had bijna tevreden kunnen zijn. Behalve.

Op een dag kwam Rob J. thuis en zei dat hij met Tobias Barr over Shaman had gesproken. 'In Jacksonville is laatst een school voor doven opgericht, maar Barr weet er heel weinig van. Ik zou erheen kunnen gaan en het eens bekijken. Maar… Shaman is nog zo klein.'

'Jacksonville is bijna tweehonderdvijftig kilometer hier vandaan. We zouden hem bijna nooit zien.'

Hij zei dat de arts van Rock Island bekend had dat hij niets wist over het behandelen van dove kinderen. Ja, hij had acht jaar tevoren een geval op moeten geven van een achtjarig meisje en haar zesjarig broertje. Tenslotte waren de twee als voogdijkinderen naar het Krankzinnigengesticht van Illinois in Springfield gestuurd.

'Rob J.,' zei ze. Door het open raam kwam het keelgegrom van haar zoons, een krankzinnig geluid, en ze kreeg opeens een beeld voor ogen van Bessie Turners lege ogen. 'Een doof kind opsluiten bij krankzinnigen… dat is verdorven.' De gedachte aan verdorvenheid deed haar zoals gewoonlijk rillen. 'Denk je,' fluisterde ze, 'dat Shaman gestraft wordt voor mijn zonden?'

Hij nam haar in zijn armen en zij steunde op zijn kracht, zoals ze altijd deed.

'Nee,' zei hij. Hij hield haar lange tijd vast. 'O mijn Sarah. Dat moet je nooit denken.' Maar hij wist niet wat ze eraan konden doen.

Op een morgen, toen de jongens voor de *hedonoso-te* met Kleine Hond en Vogelvrouw de bast van wilgetwijgen af zaten te stropen die Makwa zou koken om haar geneesmiddel te maken, kwam er een vreemde Indiaan op een knokig paard uit het bos langs de rivier gereden. Hij zag eruit als een Sioux, niet jong meer, net zo mager als zijn paard, smerig en gehavend. Zijn blote voeten waren vuil. Hij droeg beenstukken en een lendengordel van hertevel en een voddig stuk bizonvel als een doek om zijn bovenlichaam, vastgehouden door een gordel van aan elkaar geknoopte lappen. Zijn lang grijzend haar was slecht verzorgd, met een korte vlecht van achteren en twee langere opzij van zijn hoofd, gebonden met strookjes ottervel.

Een paar jaar eerder zou een Sauk een Sioux begroet hebben met een wapen, maar nu wisten ze allebei dat ze omringd waren door gemeenschappelijke vijanden en toen de ruiter haar groette in de tekentaal die de Indianenstammen van de vlakte gebruikten als ze elkaars taal niet kenden, beantwoordde ze de groet met haar vingers.

Ze dacht dat hij wel door de Ouisconsin gereden had, langs de rand van het bos langs de *Masesibowi*. Hij zei met tekens dat hij geen kwade bedoelingen had en in de richting van de ondergaande zon reed, naar de Zeven Naties. Hij vroeg haar om eten.

De vier kinderen vonden het fascinerend. Ze giechelden en deden met hun handjes het eetteken na.

Het was een Sioux dus ze kon hem gewoon niets geven. Hij ruilde een gevlochten touw voor een bord eekhoornhachee en een groot stuk maïskoek, plus een zakje gedroogde bonen voor onderweg. De hachee was koud, maar hij steeg af en at hem kennelijk hongerig op.

Hij zag de watertrom en vroeg of zij een geestenbezweerster was, en keek ongerust toen ze aangaf dat het zo was. Ze gaven elkaar niet de macht elkaars naam te weten. Toen hij gegeten had, waarschuwde ze hem niet op de schapen te jagen, anders zouden de bleekgezichten hem doden en hij stapte weer op zijn magere paard en reed weg.

De kinderen deden nog steeds het spelletje met hun vingers en maakten gebaren die niets betekenden; alleen Alex maakte het eetteken. Ze brak een stuk maïskoek af en gaf het hem, en toen liet ze de anderen zien hoe ze dat teken moesten maken. Als ze het goed deden, beloonde ze hen met een stukje koek. Die taal tussen de stammen moest de Sauk-kinderen geleerd worden, dus leerde ze hun het teken voor wilg, uit aardigheid ook de blanke broertjes, tot ze merkte dat Shaman de tekens gemakkelijk onthield en ze werd getroffen door een opwindende gedachte waardoor ze zich meer op hem richtte dan op de anderen.

Behalve de tekens voor 'eten' en 'wilg' leerde ze hem die voor 'meisje', 'jongen', voor 'wassen' en 'aankleden'. Dat was genoeg voor de eerste dag, dacht ze, maar ze spoorde hen aan om het nieuwe spel telkens te oefenen tot de kinderen die tekens feilloos kenden.

Die middag, toen Rob thuiskwam, bracht ze de kinderen naar hem toe en liet zien wat ze geleerd hadden.

Rob J. keek peinzend naar zijn dove zoon. Hij zag dat Makwa's ogen glansden van tevredenheid en hij prees hen allemaal en bedankte Makwa, die beloofde hun steeds tekens bij te leren.

'Waar ter wereld is dat goed voor?' vroeg Sarah hem zuur toen ze alleen waren. 'Waarom zouden we onze zoon met zijn vingers leren spreken, waardoor alleen een troep Indianen hem kan verstaan?'

'Er bestaat zo'n tekentaal voor de doven,' zei Rob J. nadenkend. 'Door de Fransen uitgevonden, geloof ik. Toen ik aan de universiteit studeerde, heb ik twee dove mensen gemakkelijk met elkaar zien praten met hun handen in plaats van met hun stem. Als ik een boek met die tekens bestel en we leren het samen met hem, kunnen Shaman en wij met elkaar praten.'

Met tegenzin erkende ze dat het een poging waard was. Intussen besloot Rob J. dat het geen kwaad kon, als de jongen de Indiaanse tekens leerde.

Er kwam een brief van Oliver Wendell Holmes. Met zijn karakteristieke grondigheid had hij de literatuur in de bibliotheek van de medische faculteit van Harvard doorzocht en navraag gedaan bij een aantal gezaghebbende medici, waarbij hij ze de bijzonderheden had voorgelegd die Rob J. hem gestuurd had over Shaman.

Hij meende dat er weinig hoop was dat de toestand van Shaman zou veranderen. *Soms,* schreef hij, *komt het gehoor terug bij een patiënt die volkomen doof is geworden na een ziekte als mazelen, roodvonk of hersenvliesontsteking. Maar dikwijls beschadigt een zware infectie tijdens de ziekte het weefsel en laat littekens achter, waardoor fijne, gevoelige processen geschaad worden die na genezing niet terugkomen.*

Je schrijft dat je de twee gehoorkanalen visueel uitwendig onderzocht hebt met gebruikmaking van een speculum en ik bewonder je vindingrijkheid, dat je het licht van een kaars in de oren hebt gericht door middel van een handspiegel. Bijna zeker zit de beschadiging dieper dan je kon onderzoeken. We hebben allebei ontledingen gedaan en zijn op de hoogte dat het midden- en

binnenoor heel verfijnd en ingewikkeld zijn. Of het probleem van Robert ju-
nior zit in het trommelvlies, de gehoorbeentjes – hamer, aambeeld en stijg-
beugel – of misschien in het slakkehuis, dat zullen we wel nooit weten. Wat
we wel weten, beste vriend, is dat je zoon, als hij nog doof is wanneer je dit
leest, naar alle waarschijnlijkheid zijn leven lang doof zal blijven.
Waar je je dus op moet richten, is hoe je hem het best op kunt voeden.

Holmes had overlegd met dokter Samuel G. Howe in Boston, die met
twee doofstomme en blinde leerlingen had gewerkt en hun geleerd
had met anderen te spreken door de afzonderlijke letters met de vingers te spellen. Drie jaar tevoren had dokter Howe een reis door Europa gemaakt en had dove kinderen gezien, die geleerd werd duidelijk verstaanbaar te spreken.

Maar op geen enkele dovenschool in Amerika leren de kinderen spreken,
schreef Holmes. *Ze leren de kinderen gebarentaal. Als je zoon de gebaren-*
taal leert, zal hij alleen met doven kunnen spreken. Als hij kan leren spreken
en door naar de lippen van anderen te kijken kan aflezen wat ze zeggen, be-
staat er geen reden waarom hij geen leven kan leiden in de gewone samenle-
ving.
Dokter Howe adviseert dus dat je je zoon thuis houdt en zelf opleidt, en daar
sta ik achter.

De geneesheren hadden gemeld dat Shaman, als hij niet leerde spreken, gaandeweg stom zou worden door het in onbruik raken van de
spreekorganen. Maar dokter Holmes waarschuwde dat ze, als ze Robert junior wilden leren praten, hem geen formele tekens moesten leren en nooit op zijn tekens mochten ingaan.

26. Vastgebonden

Aanvankelijk begreep Makwa-ikwa er niets van toen *Cawso wabeskiou*
haar zei, dat ze de kinderen niet meer de tekens van de volken mocht
leren. Maar Rob J. legde haar uit waarom de tekens voor Shaman een
slecht medicijn waren. De jongen had al negentien tekens onder de
knie. Hij kende het gebaar waarmee honger wordt aangeduid, kon om
water vragen, kon kou, warmte, ziekte en gezondheid aangeven, kon
waardering en ongenoegen weergeven, kon begroeten en afscheid nemen, een grootte beschrijven en opmerken dat iets verstandig of dom
was. Voor de kinderen waren de Indiaanse tekens een nieuw spelletje.
Voor Shaman, die op hoogst verwarrende manier buiten gesprekken
was gesloten, was het een hernieuwd contact met de wereld.

Hij bleef spreken met zijn vingers.

Rob J. verbood de anderen eraan mee te doen, maar het waren maar kinderen en als Shaman een teken gaf, was de neiging om te reageren soms onweerstaanbaar.

Toen Rob J. een paar keer had meegemaakt dat ze de tekentaal gebruikten, rolde hij een strook zachte doek uit die Sarah had opgerold voor verband. Hij bond de polsen van Shaman bij elkaar en zijn handen aan zijn riem.

Shaman schreeuwde en huilde.

'Je behandelt onze zoon… als een dier,' fluisterde Sarah.

'Misschien is het voor hem al te laat. Dit kan de enige kans zijn.' Rob nam de handen van zijn vrouw in de zijne en probeerde haar te troosten. Maar hoe ze ook smeekte, hij bleef bij zijn standpunt en de handen van zijn zoon bleven gekneveld, alsof het kind een kleine gevangene was.

Alex wist nog hoe hij zich had gevoeld toen hij zo'n jeuk had van de mazelen en Rob J. zijn handen had gebonden zodat hij zich niet kon krabben. Hij dacht er niet aan hoe zijn lijf had gebloed en dacht alleen aan de jeuk waar niets aan gedaan werd en de verschrikking van het vastgebonden zijn. Zodra hij de kans kreeg, haalde hij een sikkel uit de stal en sneed de boeien van zijn broertje door.

Toen Rob J. hem huisarrest gaf, werd Alex ongehoorzaam. Hij pakte een keukenmes, ging naar buiten en bevrijdde Shaman opnieuw; toen pakte hij zijn broertje bij de hand en nam hem mee.

Het was middag toen ze merkten dat ze weg waren en iedereen op de boerderij hield op met zijn werk en zocht mee; ze verspreidden zich in de bossen en op de prairieweiden en langs de oevers van de rivier en ze riepen de namen die maar een van de twee kon horen. Niemand sprak over de rivier, maar die lente waren er twee Fransen uit Nauvoo in een kano omgeslagen toen het water hoog stond. Ze waren allebei verdronken en nu had iedereen het gevaar van de rivier in gedachten.

Er was geen spoor van de jongens tot Jay Geiger, toen de schemering begon te vallen, naar het huis van Cole kwam rijden met Shaman voor zich in het zadel en Alex achter zich. Hij zei Rob J. dat hij ze gevonden had midden in een maïsveld. Ze zaten tussen de rijen op de grond, nog hand in hand en helemaal moe gehuild.

'Als ik niet was gaan kijken of er onkruid opkwam, dan zaten ze daar nog,' zei Jay.

Rob J. wachtte tot de betraande gezichtjes afgewassen waren en de jongens gegeten hadden. Toen liep hij met Alex over het pad naar de rivier. De stroom kabbelde en gonsde over de stenen langs de oever, het water was donkerder dan de lucht en weerspiegelde de vallende nacht. Zwaluwen stegen en doken en soms raakten ze de waterspiegel. Hoog in de lucht zwoegde een kraanvogel voort, doelgericht als een pakketboot.

'Weet je waarom ik je mee hierheen heb genomen?'

'U gaat me slaag geven.'

'Ik heb je nog nooit slaag gegeven, wel? Daar begin ik niet aan. Nee, ik wil met je overleggen.'

De jongen keek hem bang aan, hij wist niet of overleggen niet erger was dan slaan. 'Wat is dat?'

'Weet je wat ruilen is?

Alex knikte. 'O ja. Ik heb al zo dikwijls iets geruild.'

'Nou, ik wil gedachten met je ruilen. Over je broertje. Shaman heeft geluk dat hij zo'n grote broer heeft als jij, iemand die voor hem zorgt. Je moeder en ik... we zijn trots op je. We zijn je dankbaar.'

'... U behandelt hem gemeen, pa, zijn handen vastbinden en zo.'

'Alex, als je nog tekens met hem doet, zal hij niet hoeven praten. Al vlug weet hij niet meer hoe dat moet en dan hoor je zijn stem nooit meer. Nóóit meer. Geloof je mij?'

De jongen keek met grote ogen, diep bedrukt. Hij knikte.

'Ik wil dat je zijn handen gebonden laat. Ik vraag je, nooit meer tekens met hem te doen. Als je tegen hem praat, wijs dan eerst naar je mond, zodat hij ernaar kijkt. Praat dan langzaam en duidelijk. Herhaal wat je tegen hem zegt, dan begint hij van je lippen te lezen.' Rob J. keek hem aan. 'Begrijp je, jongen? Wil je ons helpen hem te leren spreken?'

Alex knikte. Rob J. trok hem tegen zijn borst en omhelsde hem. Hij stonk naar een tienjarig jongetje dat de hele dag in een gemest maïsveld had gezeten, zwetend en huilend. Toen ze thuiskwamen, hielp Rob J. hem meteen water halen voor hun bad.

'Alex, ik hou van je.'

'... u, pa,' fluisterde Alex.

Iedereen kreeg dezelfde boodschap. Wijs op je lippen. Spreek langzaam en duidelijk tegen hem. Spreek tegen zijn ogen in plaats van tegen zijn oren.

's Morgens meteen na het opstaan bond Rob J. de handen van zijn zoontje vast. Aan tafel mocht Alex hem losmaken zodat hij kon eten. Alex zorgde ervoor dat geen van de kinderen tekens gaf.

Maar Shamans ogen stonden steeds gekwelder in een vertrokken gezichtje, dat voor de anderen was afgesloten. Hij begreep er niets van. En hij sprak geen woord.

162

Als Rob J. van iemand anders gehoord had dat hij de handen van zijn zoontje steeds vastbond, zou hij alles gedaan hebben wat hij kon om het kind te redden. Hij was geen man voor wreedheid en zag het gevolg van Shamans leed af aan de anderen in het gezin. Het was voor hem een bevrijding, zijn tas te pakken en op pad te gaan naar de zieken.

De wereld buiten de boerderij ging door, niet beïnvloed door de problemen van de Coles. Drie andere gezinnen in Holden's Crossing bouwden die zomer een nieuw vakwerkhuis in plaats van hun plaggenhut. Er was veel belangstelling om een school te bouwen en een onderwijzeres aan te stellen en Rob J. en Jason Geiger waren daar allebei een groot voorstander van. Ze gaven hun kinderen thuis les, waarbij ze in noodgevallen soms voor elkaar invielen, maar het leek hun beter dat de kinderen naar een echte school gingen.

Toen Rob J. bij de apotheek langsging, brandde het nieuws op de lippen van Jay. Tenslotte flapte hij eruit dat ze de Babcock-piano van Lillian hadden laten sturen. In Columbus was hij in een krat gepakt en per vlot en rivierboot zo'n vijftienhonderd kilometer vervoerd. 'Via de Scioto naar de Ohio, over de Ohio naar de Mississippi en over die verrekte Mississippi naar de pier van de Grote Zuidelijke Vervoermaatschappij in Rock Island, waar hij nu op mijn ossekar staat te wachten!'

Alden Kimball had Rob gevraagd een van zijn vrienden te behandelen. Hij lag ziek in het verlaten mormonenstadje Nauvoo.

Alden ging mee als gids. Ze kochten een kaartje voor zichzelf en hun paard op een dekschuit en voeren op een gemakkelijke manier stroomafwaarts. Nauvoo was een spookachtig, grotendeels verlaten stadje, een raster van brede straten, gelegen aan een mooie bocht in de rivier, met knappe, degelijke huizen en in het midden de stenen resten van een grote tempel die eruitzag alsof hij door koning Salomo gebouwd was. Er woonde nog maar een handjevol mormonen, zei Alden, oude mensen en opstandige lieden die gebroken hadden met de leiding, toen de Heiligen van de Laatste Dagen naar Utah verhuisd waren. Het was een plek die onafhankelijke denkers aantrok; een hoekje van de stad was verhuurd aan een kleine kolonie Fransen die zich Icariërs noemden en in een commune leefden. Alden leidde Rob J. recht door de Franse wijk heen – de fiere houding waarmee hij in het zadel zat straalde minachting uit – en tenslotte naar een huis van verweerde rode baksteen aan een fraaie laan.

Een ernstig kijkende vrouw van middelbare leeftijd deed open toen hij klopte en ze knikte bij wijze van groet. Ze knikte ook tegen Rob J.

toen Alden haar voorstelde als mevrouw Bidamon. In de huiskamer stonden of zaten een man of twaalf, maar mevrouw Bidamon bracht Rob naar boven, waar een sombere jongen van ongeveer zestien met mazelen in bed lag. Het was geen ernstig geval. Rob gaf zijn moeder gemalen mosterdzaad en aanwijzingen hoe ze die in het badwater van de jongen moest doen en een pakje gedroogde vlierbloesem waar hij thee van moest drinken. 'Ik denk niet dat u me nog nodig hebt,' zei hij. 'Maar u moet me meteen roepen als hij een ontsteking aan zijn oren krijgt.'

Ze ging hem voor naar beneden en moest iets geruststellends tegen de mensen in de huiskamer gezegd hebben. Toen Rob J. naar buiten kwam, stonden ze daar te wachten met geschenken: een pot honing, drie potten ingemaakt fruit, een fles wijn en dankbare woorden. Hij stond voor het huis met volle armen en keek Alden verbaasd aan.

'Ze zijn je dankbaar dat je die jongen behandeld hebt,' zei Alden. 'Mevrouw Bidamon was de weduwe van Joseph Smith, de profeet van de Heiligen van de Laatste Dagen, de stichter van dat geloof. Die jongen is zijn zoon, hij heet ook Joseph Smith. Ze geloven dat die jongen ook een profeet is.'

Toen ze wegreden, keek Alden in het stadje Nauvoo om zich heen en zuchtte. 'Dit was echt een goede plek om te wonen. Helemaal ten onder gegaan omdat Joseph Smith zijn pik niet in zijn broek kon houden. Hij met zijn polygamie. Hij noemde het geestelijke echtgenotes. Er was niks geestelijks aan, hij hield gewoon van van dattem.'

Rob J. wist dat de Heiligen uit Ohio, uit Missouri en uiteindelijk ook uit Illinois verjaagd waren, omdat geruchten over hun veelwijverij de plattelandsbevolking kwaad hadden gemaakt. Hij had Alden nooit lastig gevallen met vragen over zijn vroeger bestaan, maar nu werd het hem te machtig. 'Had je zelf ook meer vrouwen?'

'Drie. Toen ik met de kerk brak, werden ze verdeeld onder de andere Heiligen, samen met hun kinderen.'

Rob durfde niet te vragen hoeveel kinderen. Maar een demon dwong zijn tong, nog iets te vragen. 'Zat je dat dwars?'

Alden dacht erover na en spuugde toen. 'De afwisseling was interessant, dat zal ik niet ontkennen. Maar zonder hen is het heerlijk vredig,' zei hij.

Die week behandelde Rob behalve een jonge profeet ook een oud congreslid. Hij werd naar Rock Island geroepen om Samuel T. Singleton te onderzoeken, lid van het Huis van Afgevaardigden die na terugkeer van Washington naar Illinois last had gekregen van aanvallen.

Toen hij Singletons huis in kwam, ging Thomas Beckermann net weg; Beckermann zei hem dat het congreslid ook door Tobias Barr onderzocht was. 'Hij wil wel een hoop medische opinies horen, niet?' zei Beckermann bitter.

Dat was een aanwijzing dat Sammil Singleton bang was en toen Rob J. het congreslid onderzocht, begreep hij dat die vrees gegrond was. Singleton was negenenzeventig, een korte man, bijna helemaal kaal, met een kwabbige huid en een zware pens. Rob J. luisterde naar het piepen en borrelen en sputteren van zijn hart, dat moeite had om te kloppen.

Hij nam de hand van de oude man in de zijne en keek in de ogen van Magere Hein.

Singletons assistent, een zekere Stephen Hume, en zijn secretaris Billy Rodgers zaten bij de voet van het bed. 'We zijn het hele jaar in Washington geweest. Hij moet redevoeringen houden. Twisten bijleggen. Hij moet van alles en nog wat doen, dok,' zei Hume beschuldigend, alsof Rob J. de oorzaak was dat Singleton niet uit de voeten kon. Hume was weliswaar een Schotse naam, maar daar werd Rob J. koud noch warm van.

'U moet in bed blijven,' zei hij botweg tegen Singleton. 'Vergeet u die toespraken en twisten maar. Eet geen zwaar voedsel. Gebruik niet te veel alcohol.'

Rodgers keek hem venijnig aan. 'Die twee andere dokters zeiden iets anders. Dokter Barr zei dat iedereen uitgeput zou zijn na een reis vanuit Washington. Die andere vent uit uw dorp, dokter Beckermann, was het met dokter Barr eens en zei dat het congreslid niets anders nodig heeft dan goed eten en prairielucht.'

'Het leek ons goed om het een paar van jullie te vragen,' zei Hume, 'voor het geval er verschil van mening is. En dat is er, niet? En de andere dokters zijn het niet met u eens, twee tegen één.'

'Democratisch,' zei Rob J., 'maar dit zijn geen verkiezingen.' Hij keek Singleton aan. 'Ik hoop dat u mijn advies volgt – als u wilt blijven leven.'

De oude, koude ogen keken vermaakt. 'U bent een vriend van staatssenator Holden. Zijn compagnon in verschillende ondernemingen, als ik gelijk heb.'

Hume gnuifde hoorbaar. 'Nick zit ongeduldig te wachten tot het congreslid aftreedt.'

'Ik ben dokter. Politiek kan mij geen donder schelen... U hebt naar míj gevraagd, meneer.'

Singleton knikte en wierp de twee andere mannen een veelzeggende blik toe. Billy Rodgers bracht Rob de kamer uit. Toen hij wilde bena-

drukken hoe ernstig de toestand van Singleton was, kreeg hij een se-
cretarieel knikje en een glad dankwoordje van een politicus. Rodgers
betaalde hem het honorarium alsof hij een staljongen een fooi gaf. Hij
werd vlot de voordeur uitgewerkt.

Een paar uur later, toen hij op Vicky in Holden's Crossing door Main
Street reed, zag hij dat het inlichtingensysteem van Nick Holden zijn
werk deed. Nick zat op de veranda van de winkel van Haskin, met
zijn stoel schuin naar achter tegen de muur en één laars op de veran-
daleuning. Toen hij Rob J. in het oog kreeg, wenkte hij hem naar de
paardebalk.

Nick nam hem vlug mee naar het magazijn achter de winkel en deed
geen moeite zijn opwinding te verbergen.

'Nou?'

'Wat, nou?'

'Ik weet dat je straks bij Singleton geweest bent.'

'Over mijn patiënten praat ik met hen zelf. En soms met familieleden.
Ben jij familie van Singleton?'

Holden glimlachte. 'Ik ben een goede vriend van hem.'

'Dat is niet genoeg, Nick.'

'Speel geen spelletje, Rob J. Ik hoef maar één ding te weten. Moet hij
aftreden?'

'Als je dat wilt weten, vraag het hem dan.'

'Godsamme,' zei Holden scherp.

Rob J. liep, toen hij het magazijn uitliep, voorzichtig om een muizeval
met lokaas heen. Nicks woede kwam achter hem aan, samen met de
geur van leren paardetuigen en rottende pootaardappels. 'Jouw probleem is, Cole, dat je godverdomme te stom bent om te weten wie je
echte vrienden zijn!'

Haskin moest 's avonds zeker zorgen dat hij de kaas wegstopte, het
biscuitvat dichtdeed en zo. Muizen konden 's nachts in de voedselvoorraad een ravage aanrichten, bedacht hij terwijl hij de voordeur
van de winkel uitliep; en muizen kon je onmogelijk buiten de deur
houden als je zo dicht bij de prairie zat.

Vier dagen later zat Samuel T. Singleton aan tafel met twee kiesman-
nen uit Rock Island en drie uit Davenport, Iowa, en gaf een uiteenzet-
ting over het belastingplan van de Spoorweg van Chicago en Rock Island, die voorstelde tussen die twee steden een spoorbrug over de
Mississippi te bouwen. Hij had het over het recht van overpad toen
hij even zuchtte, als van ergernis, en op zijn stoel in elkaar zakte. Tegen de tijd dat dokter Tobias geroepen was en het café in kwam, wist
de hele buurt al dat Sammil Singleton dood was.

De gouverneur had een week nodig om zijn opvolger aan te wijzen. Onmiddellijk na de begrafenis was Nick Holden naar Springfield vertrokken om die functie in te pikken. Rob kon zich voorstellen wat voor pressie hij uitoefende en ongetwijfeld deed de man met wie Nick van tijd tot tijd een glaasje dronk, de in Kentucky geboren vicegouverneur, ook een duit in het zakje. Maar de organisatie van Singleton had zelf blijkbaar ook drankvriendjes en de gouverneur benoemde Stephen Hume, de assistent van Singleton, om de resterende achttien maanden zijn zetel te bezetten.

'Een spaak in het wiel voor Nick,' merkte Jay Geiger op. 'Voordat de ambtstermijn is afgelopen werkt Hume zich erin. Hij gaat de verkiezingen in als de zittende afgevaardigde en Nick zal hem praktisch niet kunnen verslaan.'

Het kon Rob J. niets schelen. Hij was helemaal in beslag genomen door wat er zich tussen de muren van zijn eigen huis afspeelde.

Na twee weken bond hij de handen van zijn zoon niet meer vast. Shaman deed geen pogingen meer om tekens te geven, maar spreken deed hij ook niet. Er was iets doods en grauws in de ogen van het jongetje. Ze knuffelden hem veel maar dat troostte de jongen maar voor even. Als Rob naar zijn kind keek, twijfelde hij aan zichzelf en voelde zich hulpeloos.

Intussen hielden de mensen om hem heen zich aan zijn aanwijzingen, alsof hij onfeilbaar was in de behandeling van doofheid. Wanneer ze tegen Shaman spraken, deden ze dat langzaam en articuleerden ze duidelijk; als hij ze aankeek wezen ze eerst op hun mond en moedigden hem aan, van hun lippen te lezen.

Makwa-ikwa was degene die een nieuwe aanpak van het probleem bedacht. Ze vertelde Rob hoe haar en de andere Sauk-meisjes op de Evangelische School voor Indianenmeisjes zo snel en efficiënt geleerd was Engels te spreken: ze kregen onder het eten niets, als ze het niet in het Engels vroegen.

Sarah barstte van woede toen Rob het met haar besprak. 'Dat je hem vastbond als een slaaf was al afschuwelijk. Nu wil je hem ook nog gaan uithongeren!'

Maar Rob J. had geen andere pijlen meer op zijn boog en hij werd langzamerhand wanhopig. Hij sprak lang en ernstig met Alex, die zei dat hij wilde meewerken en hij vroeg zijn vrouw een bijzonder maal te koken. Shaman was dol op zoetzuur en Sarah maakte hutspot van kip met knoedels klaar en als toetje warme rabarbertaart.

Die avond, toen het gezin om de tafel zat en ze de eerste gang opdiende, ging het in grote lijnen zoals het al wekenlang ging. Rob tilde het deksel van de dampende schaal en liet de verlokkelijke geur van kip, knoedels en groente over de tafel zweven. Eerst schepte hij Sarah op en toen Alex. Hij wuifde met zijn hand tot Shaman naar hem keek en wees toen op zijn eigen mond. 'Kip,' zei hij en hield de dekschaal omhoog. 'Knoedels.'

Shaman keek hem zwijgend aan.

Rob J. schepte zichzelf op en ging zitten.

Shaman keek hoe zijn ouders en broer lustig aten, tilde toen zijn eigen bord op en gromde gegriefd.

Rob wees naar zijn eigen mond en tilde de dekschaal op. 'Kip.'

Shaman stak zijn bord naar voren.

'Kip,' zei Rob J. weer. Toen zijn zoon bleef zwijgen, zette hij de schaal weer neer en ging door met eten.

Shaman begon te snikken. Hij keek naar zijn moeder die, moeizaam etend, net haar bord leeg had. Ze wees op haar mond en stak haar bord uit naar Rob. 'Kip alsjeblieft,' zei ze en hij schepte haar op.

Ook Alex vroeg om een tweede portie en kreeg het. Shaman zat te trillen van verdriet met een vertrokken gezicht vanwege die nieuwe mishandeling, die nieuwe verschrikking, dat hij geen eten kreeg.

Toen ze kip en noedels gegeten hadden, werden de borden weggehaald en Sarah bracht het nagerecht binnen, warm uit de oven, en een kan melk. Sarah was trots op haar rabarbertaart, gemaakt volgens een oud recept uit Virginia, met een hoop ahornsuiker, die met het taartvocht van de rabarber gepruttold had en bovenop een hard korstje gevormd, waaraan je kon zien wat voor heerlijks er onder de korst zat.

'Taart,' zei Rob, en Sarah en Alex zeiden het hem na.

'Taart,' zei hij tegen Shaman.

Het had niet gewerkt. Zijn hart brak. Hij kon zijn zoon tenslotte toch niet laten verhongeren, zei hij bij zichzelf; beter een doofstom kind dan een dood kind.

Somber sneed hij voor zichzelf een stuk af.

'*Taart!*'

Het was een schreeuw van woede, een klap tegen alle onrecht van de wereld. De stem was vertrouwd en geliefd, een stem die hij een tijd niet gehoord had. Toch zat hij even stom voor zich uit te staren, om er zeker van te zijn dat niet Alex geroepen had.

'*Taart! Taart! Taart!*' schreeuwde Shaman. '*Táárt!*'

Het lijfje trilde van woede en teleurstelling. Shamans gezichtje was nat van de tranen. Hij dook weg toen zijn moeder probeerde zijn neus af te vegen.

Het ging op dit moment niet om kleinigheden. Rob J. vond dat 'alstublieft' en 'dank u wel' later aan de orde konden komen. Hij wees op zijn eigen mond.

'Ja,' zei hij tegen zijn zoon, knikte en sneed tegelijk een groot stuk af. 'Ja, Shaman! Taart.'

27. Politiek

Het vlakke stuk land met hoog gras aan de zuidkant van Jay Geigers boerenbedrijf was van de regering gekocht door een Zweedse immigrant, August Lund. Lund besteedde drie jaar aan het ontginnen van de dikke zoden, maar in de lente van het vierde jaar werd zijn jonge vrouw ziek en stierf in korte tijd aan cholera. Dat verlies verpestte die plek voor hem en hij verviel in diepe somberheid. Jay kocht zijn koe en Rob J. kocht zijn paardetuigen en wat werktuigen en ze betaalden allebei te veel omdat ze wisten hoe Lund ernaar hunkerde daar weg te gaan. Hij ging terug naar Zweden en twee zomers lang bleven zijn pas ontgonnen akkers kaal als een verlaten vrouw en deden hun best de oude toestand te herstellen. Toen werd land en goed verkocht door een makelaar in Springfield en een paar maanden later kwam er een karavaan van twee wagens met een man en vijf vrouwen om op dat land te gaan wonen.

Als het een pooier met zijn hoeren geweest was, had hij in Holden's Crossing niet meer onrust kunnen wekken. Het waren een priester en nonnen van de rooms-katholieke orde van Franciscus van Assisi en door heel de provincie Rock Island ging het gerucht dat ze een dorpsschool zouden openen en de kleine kinderen paaps zouden maken. In Holden's Crossing waren een school en een kerk nodig. Die twee projecten zouden waarschijnlijk jarenlang in het praatstadium zijn gebleven, maar de komst van de franciscanessen bracht een vlaag van opwinding teweeg. Na een reeks 'gemeenschapsavondjes' in huiskamers van boerderijen werd er een bouwcommissie benoemd om geld in te zamelen voor een kerkgebouw, maar Sarah ergerde zich.

'Ze kunnen het gewoonweg niet eens worden, net kibbelende kinderen. Sommigen willen alleen maar een blokhut, dat kost weinig. Anderen willen vakwerk of baksteen of steen.' Zij was zelf voorstandster van een natuurstenen gebouw met een klokketoren met een spits en glas-in-loodramen: een echte kerk. De hele zomer, herfst en winter werd er gediscussieerd, maar in maart besloot de bouwcommissie, geconfronteerd met het feit dat de dorpelingen ook een schoolgebouw moesten betalen, tot een eenvoudige houten kerkje, gewoon be-plankt in plaats van overnaads, en witgeschilderd. De onenigheid over de bouwwijze was nog niets vergeleken bij het keiharde debat over de binding met een geloofsrichting, maar in Holden's Crossing waren de baptisten in de meerderheid en zij zegevierden. De commissie nam contact op met de gemeente van de Eerste Baptistische Kerk van Rock Island, die hielp met raadgevingen en een beetje beginkapitaal om een nieuwe zusterkerk te stichten.

Er werd geld ingezameld en Nick Holden verbaasde vriend en vijand met de grootste gift, vijfhonderd dollar. 'Vrijgevigheid zal niet genoeg zijn om in het Congres te komen,' zei Rob J. tegen Jay. 'Hume heeft hard gewerkt en wordt beslist de kandidaat van de Democratische Partij.'

Dat dacht Holden blijkbaar ook, want al vlug werd algemeen bekend dat Nick gebroken had met de democraten. Sommigen dachten dat hij steun zou zoeken bij de liberalen, maar nee, hij maakte bekend dat hij lid was van de Amerikaanse Partij.

'De Amerikaanse Partij? Daar heb ik nog nooit van gehoord,' zei Jay.

Rob lichtte hem in, want hij herinnerde zich de anti-Ierse redevoeringen en artikelen die hij in Boston overal was tegengekomen. 'Dat is een partij die staat voor de in Amerika geboren blanke Amerikanen en voor onderdrukking van de katholieken en de immigranten.'

'Nick speelt in op alle verlangens en angsten die hij maar ziet,' zei Jay. 'Laatst op een middag waarschuwde hij op de veranda van de dorpswinkel de mensen voor Makwa's groepje Sauk, alsof het de bende van Zwarte Havik was. Een paar mannen raakten helemaal over hun toeren. Als we niet uitkijken, zei hij, vloeit er bloed en wordt de boeren de keel doorgesneden.' Hij trok een gezicht. 'Onze Nick. Altijd de politicus.'

Op een dag kreeg Rob J. een brief van zijn broer Herbert in Schotland. Het was een antwoord op de brief die Rob acht maanden tevoren had gestuurd en waarin hij geschreven had over zijn gezin, zijn praktijk, het boerenbedrijf. In zijn brief had hij een realistisch beeld geschetst van zijn bestaan in Holden's Crossing en hij had Herbert gevraagd hem nieuws te sturen over zijn dierbaren in het oude land. De brief van zijn broer bracht gevreesde maar niet onverwachte feiten, want toen Rob uit Schotland was gevlucht, wist hij dat het leven van zijn moeder op een eind liep. Drie maanden na zijn vertrek was ze gestorven, schreef Herbert, en ze was begraven naast hun vader op de met mos begroeide 'nieuwe begraafplaats' van de *kirk* in Kilmarnock. Ranald, de broer van hun vader, was het jaar daarop gestorven.

Herbert schreef dat hij de kudde had uitgebreid en een nieuwe stal had gebouwd, met stenen die hij had aangesleept van de voet van de steile rots. Hij vermeldde die dingen behoedzaam, kennelijk blij dat hij Rob kon vertellen dat het goed ging met het land, maar hij vermeed het woord voorspoed. Rob begreep dat Herbert soms wel bang moest zijn dat hij naar Schotland terug zou komen. Rob J. had als oudste zoon recht op het land; de avond voordat hij uit Schotland vertrok had hij Herbert, die hartstochtelijk van de schapenfokkerij hield, verbluft door het bezit aan zijn jongere broer over te doen.

Herbert schreef dat hij getrouwd was met Alice Broome, de dochter van John Broome, die in de jury zat van de Lammerententoonstelling van Kilmarnock, en van diens vrouw Elsa, een kind van McLarkin. Rob herinnerde zich Alice Broom vaag, een mager meisje met vaalbruin haar die haar onzekere glimlach achter haar hand verborg, omdat ze lange tanden had. Herbert en zij hadden drie kinderen, alle drie dochters, maar Alice was weer zwanger en Herbert hoopte ditmaal op een zoon, want de kudde groeide uit en hij had hulp nodig.

Nu de politieke toestand rustig geworden is, denk je er nu over terug te komen?

Rob bespeurde de spanning van de vraag in Herberts krampachtig schrift, de schaamte over zijn vrees en bezorgdheid. Meteen ging hij een brief zitten schrijven om de vrees van zijn broer weg te nemen. Hij zou niet teruggaan naar Schotland, schreef hij, behalve misschien later, op bezoek, als hij gezond en in welstand kon ophouden met werken. Hij stuurde zijn beste wensen aan zijn schoonzus en zijn nichtjes en feliciteerde Herbert dat hij er een succes van maakte; het was duidelijk, schreef hij, dat de boerderij van Cole in goede handen was.

Toen de brief klaar was, ging hij een wandeling maken langs het rivierpad, helemaal naar de steenhoop die de grens tussen zijn land en dat van Jay markeerde. Hij wist dat hij hier niet weg zou gaan. Illinois had hem in zijn greep, ondanks zijn sneeuwstormen, vernietigende wervelstormen en de sterk uiteenlopende temperaturen, van gloeiend heet tot ijskoud. Of misschien juist vanwege die dingen, en nog een hoop meer.

Deze Cole-boerderij was betere grond dan het land in Kilmarnock; dieper leem, meer water, dichter gras. Hij voelde zich er al verantwoordelijk voor. Hij kende de geuren en geluiden al van buiten en hield van de warme, citroengele zomermorgens als het lange gras fluisterde in de wind, en van de ruwe, koude omhelzing van het dik besneeuwde winterland. Het was zíjn land, dat was zeker.

Een paar dagen later ging hij, in Rock Island om een bijeenkomst van het Medisch Genootschap bij te wonen, bij het gerechtsgebouw langs en vulde een formulier in om naturalisatie aan te vragen.

Roger Murray, de gerechtsbeambte, las de aanvraag met overdreven nauwgezetheid. 'Het duurt drie jaar, weet u dat, dokter, voor u staatsburger kunt worden.'

Rob J. knikte. 'Ik heb de tijd. Ik blijf hier,' zei hij.

Hoe meer Tom Beckermann dronk, hoe slechter de medische praktijk in Holden's Crossing liep en de last kwam op Rob J. terecht, die Beckermanns alcoholisme vervloekte en wel wilde dat er een derde dokter naar het dorp kwam. Steve Hume en Billy Rodgers maakten het nog erger door aan iedereen die het horen wilde te vertellen, dat dok Cole de enige was geweest die Sammil Singleton had gewaarschuwd dat hij eigenlijk heel ziek was. Als Sammil maar naar Cole had geluisterd, zeiden ze, dan leefde hij misschien nog. De faam van Rob J. nam toe en nieuwe patiënten zochten hem op.

Hij werkte hard om tijd over te houden om bij Sarah en de jongens te zijn. Hij stond versteld van Shaman; het was alsof een plantaardig organisme gehinderd en in gevaar gebracht was maar gereageerd had door een heftige groei met allemaal nieuwe ranken. Hij ontwikkelde zich waar ze bij stonden. Sarah, Alex, de Sauk, Alden, iedereen die op de grond van Cole woonde, oefende lang en trouw in het liplezen – ja, bijna fanatiek, zo blij waren ze dat de stilte doorbroken was – en toen de jongen eenmaal begon te spreken, praatte hij honderd uit. Een jaar voordat hij doof werd had hij leren lezen en nu deden ze hun uiterste best, om te zorgen dat hij boeken had.

Sarah leerde haar zoons zoveel mogelijk, maar ze had maar een dorpsschooltje van zes klassen doorlopen en kende haar beperkingen. Rob J. leerde hun Latijn en wiskunde. Alex leerde goed; hij was intelligent en werkte hard. Maar Shaman verbijsterde hem door zijn pienterheid. Rob voelde pijn van binnen als hij zag wat een natuurlijke intelligentie de jongen had.

'Dat zou nog eens een dokter geweest zijn, dat voel ik,' zei hij op een hete middag spijtig tegen Jay. Ze zaten aan de schaduwkant van het huis van Geiger en dronken gemberlimonade. Hij moest Jay bekennen dat het bij de Coles in de familie zat, te hopen dat hun zoons later geneesheer zouden worden.

Jay knikte instemmend. 'Nou, je hebt ook Alex nog. Dat is een aardige jongen.'

Rob J. schudde zijn hoofd. 'Dat is nog het allerergst: Shaman, juist hij die nooit dokter kan worden omdat hij niet kan horen, is erop gebrand om met mij op huisbezoek te gaan. Alex, die later alles kan worden wat hij wil, loopt liever als een schaduw achter Alden Kimball aan over de boerderij. Hij kijkt liever hoe de knecht een hekpaal in de grond zet of een vrolijk lammetje de ballen afsnijdt, dan naar dingen die ik kan.'

Jay grijnsde. 'En wat zou jij doen op hun leeftijd? Nou, misschien gaan de broers samen op de boerderij werken. Het zijn allebei prima jongens.'

In huis oefende Lillian op het drieëntwintigste pianoconcert van Mozart. Ze maakte veel werk van haar aanslag en het was een kwelling om haar telkens dezelfde passage te horen spelen, tot hij precies de juiste kleur en uitdrukking had; maar als ze tevreden was en de noten doorspeelde, dan was het muziek. De Babcock-piano had feilloos gewerkt toe hij aankwam, maar een lange, ondiepe kras van onbekende herkomst ontsierde de gladde volmaaktheid van een van de glanzende notehouten poten. Lillian had gehuild toen ze het zag, maar haar man zei dat ze de kras niet zouden laten wegmaken, 'dan kunnen onze kleinkinderen zien hoe we gereisd hebben om hier te komen.'

De eerste kerk van Holden's Crossing werd zo laat in de maand juni ingezegend, dat de feestelijkheden overgingen in de viering van Onafhankelijkheidsdag. Bij de inzegening spraken zowel afgevaardigde Steven Hume als Nick Holden, kandidaat voor Hume's functie. Rob J. had het idee dat Hume ontspannen was en op zijn gemak, terwijl Nick de indruk wekte van een man die wanhopig is omdat hij weet dat hij ver achter ligt.

De zondag na die feestdag leidde de eerste bezoekende predikant van wat een lange reeks moest worden, de zondagsdienst. Sarah bekende Rob J. dat ze zich zenuwachtig voelde en hij wist dat ze terugdacht aan de baptistische predikant bij Het Grote Ontwaken, die hellevuur had geworpen op vrouwen die buitenechtelijke kinderen baarden. Zij had liever een vriendelijker herder gehad, zoals dominee Arthur Johnson, de methodistische geestelijke die haar en Rob J. had getrouwd, maar de keuze van een geestelijke zou door de hele gemeente gemaakt worden. Dus kwamen er de hele zomer lang allerlei soort predikanten naar Holden's Crossing. Rob ging naar verschillende diensten om zijn vrouw gezelschap te houden, maar meestal bleef hij weg.

In augustus meldde een gedrukt strooibiljet dat bij de dorpswinkel was aangeplakt de komst van ene Ellwood R. Patterson, die op zaterdag 2 september om zeven uur 's avonds in de kerk een lezing zou geven onder de titel *De vloed die het christendom bedreigt* en vervolgens op zondagmorgen de dienst zou leiden en preken.

Die zaterdagmorgen verscheen er een man in Robs praktijk. Geduldig zat hij in het vertrekje dat diende als wachtkamer, terwijl Rob Charley Haskins' rechter middelvinger behandelde die tussen twee balken was klem geraakt. Charley, tweeëntwintig, de zoon van de winkelier, was van beroep houtzager. Hij had pijn en was boos op zichzelf vanwege de zorgeloosheid die tot het ongeluk had geleid, maar hij nam geen blad voor zijn brutale mond en had een ontembaar goed humeur.

'Nou, dok, zou ik nou niet meer kunnen trouwen?'

'Op den duur kun je die vinger weer even goed gebruiken,' zei Rob droog. 'De nagel gaat eraf maar groeit weer aan. Nou, maak dat je wegkomt. En kom over drie dagen terug, dan doe ik er schoon verband om.'

Nog grinnikend haalde hij de man uit de wachtkamer, die zich voorstelde als Ellwood Patterson. De bezoekende predikant, besefte Rob, want hij herinnerde zich de naam van de biljetten. Hij zag een man van veertig misschien, te zwaar maar fier, met een groot, blozend gezicht, een arrogante blik in zijn ogen, lang zwart haar en kleine, maar opvallende blauwe adertjes op zijn neus en wangen.

Dominee Patterson zei dat hij aan steenpuisten leed. Toen hij zijn bovenlijf ontblootte, zag Rob J. op de huid de gekleurde plekken van genezen puisten met daartussen een tiental open wonden, etterende zweren, schurftige, korrelige blaren en zachte kleverige bulten.

Hij keek de man medelijdend aan. 'Weet u dat u een ziekte hebt?'

'Ze hebben me gezegd dat het syfilis is. In het café zei iemand dat u een bijzondere dokter bent. Ik dacht, ik moet eens zien of u er iets aan kunt doen.'

Drie jaar tevoren, vertelde hij Rob, had een hoer in Springfield het op z'n Frans met hem gedaan en daarna had hij een harde sjanker gekregen en een verdikking achter zijn ballen. 'Ik ben naar haar teruggegaan. Die zadelt niemand meer met iets op.'

Een paar maanden later kreeg hij koortsen en koperkleurige zweren op zijn lijf en ook flink pijn in zijn gewrichten en zijn hoofd. Al die verschijnselen verdwenen vanzelf en hij dacht dat alles weer goed was. Maar toen kwamen die zweren en bulten.

Rob schreef zijn naam op een formulier en daarnaast: *syfilis, derde fase.* 'Waar komt u vandaan, dominee?'

'Eh… Uit Chicago.' Maar hij had even geaarzeld en Rob vermoedde dat het een leugen was. Het deed er niet toe.

'Het is niet te genezen, dominee Patterson.'

'Ja… En wat gebeurt er nu met mij?'

Hij had niets aan mooie woorden. 'Als u een hartinfectie krijgt, dan sterft u. Als het in uw hersenen terechtkomt, wordt u krankzinnig. Als u het in uw beenderen of gewrichten krijgt, dan wordt u invalide.

174

Maar die vreselijke dingen gebeuren dikwijls niet. Soms gaan de verschijnselen gewoon weg en komen nooit meer terug. U kunt maar het beste hopen en geloven dat u een van die gelukkigen bent.'

Patterson trok een gezicht. 'Tot nog toe zijn de zweren niet zichtbaar geweest zolang ik mijn kleren aan had. Kunt u me iets geven om ze uit mijn gezicht en hals weg te houden? Ik heb een openbaar leven.'

'Ik kan u wat zalf verkopen. Ik weet niet of het bij dit soort zweren helpt,' zei Rob vriendelijk, en dominee Patterson knikte en pakte zijn hemd.

De volgende morgen kwam er kort na zonsopgang een jongen op blote voeten met een rafelige broek aan op een muilezel en zei dat zijn mama ziek was en of de dokter alsjeblieft kon komen? Het was Malcolm Howard, de oudste zoon in een gezin dat pas een paar maanden tevoren uit Louisiana gekomen was en zich had gevestigd op vlak oeverland, tien kilometer stroomafwaarts langs de rivier. Rob zadelde Vicky en volgde de muilezel over een ruig pad tot ze bij een hut kwamen, die nauwelijks meer beschutting bood dan het kippenhok dat ertegenaan gebouwd was. Binnen vond hij Mollie Howard, met haar man Julian en haar kroost rond haar bed verzameld. De vrouw leed heftige pijnen van malaria, maar hij zag dat ze er niet slecht aan toe was; een paar vrolijke woorden en een flinke dosis kinine verzachtten de zorgen van de patiënte en het gezin.

Julian Howard maakte geen aanstalten om te betalen en Rob J. vroeg er ook niet om nu hij zag hoe weinig het gezin bezat. Howard ging met hem mee naar buiten en begon een gesprek met hem over de laatste activiteit van een man in de Senaat, Stephen A. Douglas, die net met succes de Kansas-Nebraska-wet het Congres door gekregen had, waarbij er in het Westen twee nieuwe gebieden werden gesticht. Het voorstel van Douglas hield in dat het Huis van Afgevaardigden van die staten moest beslissen, of er in die gebieden slavernij toegestaan zou zijn en om die reden was de publieke opinie in het Noorden onverzettelijk tegen die wet.

'Die verrekte noorderlingen, wat weten die nou van negers? Wij boeren zijn met een paar man een kleine organisatie aan het opzetten om te zorgen dat Illinois eens gaat nadenken en toelaat dat de mensen slaven houden. Wilt u misschien met ons meedoen? Die lui met hun zwarte vel zijn bestemd om op het land van de blanken te werken. Ik zie dat er bij jullie op het land een stel rode negers werken.'

'Dat zijn Sauk, geen slaven. Ze werken voor loon. Ik geloof persoonlijk niet in slavernij.'

Ze keken elkaar aan. Howard werd rood. Hij zweeg en zag er kennelijk van af om Rob op zijn nummer te zetten, omdat die arrogante dokter niets voor zijn bezoek had gerekend. Rob van zijn kant was blij dat hij weg kon.

Hij liet kinine achter en kon direct naar huis terugrijden, maar toen hij daar aankwam, zat Gus Schroeder in paniek te wachten omdat Alma bij het schoonmaken van de stal dom genoeg tussen de wand en de grote gevlekte stier was gaan staan waar ze zo trots op waren. De stier had haar een duwtje gegeven en gevloerd, net toen Gus de stal in kwam. 'Toen wilde dat *verdammtes* ding niet bewegen! Hij stond daar boven haar, zijn horens omlaag. Ik moest een hooivork pakken en ermee porren om hem weg te krijgen. Ze zegt dat er niets aan de hand is, maar je kent Alma.'

Dus nog voor hij ontbeten had, ging hij naar Schroeder. Alma was in orde, al was ze bleek en geschrokken. Ze trok een gezicht toen hij tegen de vijfde en zesde rib links duwde en hij wilde haar voor de zekerheid verbinden. Hij wist dat het krenkend voor haar was om zich voor hem uit te kleden, en hij vroeg Gus zijn paard te verzorgen zodat de echtgenoot geen getuige zou zijn van haar vernedering. Hij liet haar zelf haar grote, slappe, blauw geaderde borsten ophouden en raakte haar dikke bleke huid zo weinig mogelijk aan terwijl hij haar verbond en aan een stuk door bleef praten over schapen en tarwe en zijn vrouw en kinderen. Toen het gebeurd was, kon er zelfs een glimlach af en ze ging naar de keuken om een ketel op te zetten. Met z'n drieën dronken ze koffie.

Gus vertelde hem dat de 'lezing' van Ellwood Patterson van zaterdag een nauwelijks verhulde verkiezingstoespraak was voor Nick Holden en de Amerikaanse Partij. 'De mensen denken dat Nick heeft geregeld dat hij kwam.'

De vloed die het christendom bedreigt, volgens Patterson, was de immigratie van katholieken naar de Verenigde Staten. De Schroeders waren die morgen voor het eerst niet naar de kerk gegaan. Alma en Gus waren allebei lutheraans opgevoed, maar bij de lezing hadden ze hun buik vol gekregen van Patterson; hij had gezegd dat mensen die in het buitenland geboren waren – de Schroeders dus – de Amerikaanse werkman het brood uit de mond roofden. Hij had een oproep gedaan om de wachttijd voor naturalisatie te verhogen van drie tot eenentwintig jaar.

Rob J. trok een gezicht. 'Ik zou niet zo lang willen wachten,' zei hij. Maar alle drie hadden ze die zondag werk te doen en hij bedankte Alma voor de koffie en ging op weg. Hij moest acht kilometer stroomopwaarts rijden naar de boerderij van John Ashe Gilbert, wiens oude schoonvader Fletcher White in bed lag met een zware verkoudheid.

White was drieëntachtig, een taaie ouwe rakker; hij had al eerder problemen met zijn bronchiën overleefd en Rob J. dacht dat het wel weer zou lukken. Hij had Fletchers dochter Suzy gezegd dat ze de oude man warme dranken in zijn keel moest gieten en steeds een ketel water moest laten koken, zodat Fletcher de stoom in kon ademen. Rob J. ging vermoedelijk vaker naar hem kijken dan nodig was, maar hij was bijzonder zorgzaam voor zijn oude patiënten, want het waren er maar een paar. Pioniers waren meestal sterke, jonge mensen die de ouderen achterlieten als ze naar het westen trokken; oude mensen die die tocht waagden waren zeldzaam.

Hij zag dat het veel beter ging met Fletcher. Suzy Gilbert zette hem een middagmaal van gebakken kwartel en aardappelpannekoeken voor en vroeg hem, bij hun naaste buren langs te gaan, de Bakers, bij wie een van de zoons een zweer aan zijn teen had die doorgeprikt moest worden. Hij zag dat Danny Baker, negentien, er slecht aan toe was: hij had koorts en hevige pijn van een vreselijke infectie. De helft van de zool van zijn rechtervoet zag zwart. Rob zette twee tenen af, sneed de voet open en deed er een tampon in, maar hij vroeg zich af of de voet gered kon worden. Hij had heel wat van dergelijke gevallen gezien waarbij het afzetten van een voet geen eind maakte aan dit soort infectie.

Het was laat in de middag en hij reed huiswaarts. Hij was halverwege toen iemand hem op het pad aanriep en hij liet Vicky stilstaan zodat Mort London op zijn grote kastanjebruine ruin hem in kon halen. 'Dag sheriff.'

'Dok, ik...' Mort pakte zijn hoed af en mepte geïrriteerd naar een zoemende vlieg. Hij zuchtte. 'Allerellendigst. Ik denk dat we een lijkschouwer nodig hebben.'

Rob J. was ook prikkelbaar. De aardappelpannekoekjes van Suzy Gilbert lagen hem zwaar op de maag. Als Calvin Baker hem een week eerder had laten komen, had hij met weinig moeite de teen van Donny Baker kunnen genezen. Nu kwam er grote ellende van en misschien liep het tragisch af. Hij vroeg zich af hoeveel van zijn patiënten iets hadden zonder het hem te laten weten en hij besloot er minstens drie op te zoeken voor het donker werd. 'Ga maar liever naar Beckermann,' zei hij. 'Ik heb het vandaag heel druk.'

De sheriff draaide de rand van zijn hoed door zijn hand. 'Eh. U zou het zelf misschien willen doen, dokter Cole.'

'Een van mijn patiënten?' Hij ging de lijst van mogelijkheden na.

'Het is die Sauk-vrouw.'

Rob J. keek hem aan.

'Die Indiaanse die voor u werkte,' zei London.

28. De arrestatie

Hij zei bij zichzelf dat het Maan was. Niet dat Maan te missen was, dat hij haar niet mocht of niets waard vond, maar er werkten maar twee Sauk-vrouwen voor hem en de andere – daar moest hij niet aan denken.

Maar Mort London zei: 'Die u helpt bij uw dokterswerk… Gestoken,' zei hij, 'vele malen. Degene die het gedaan heeft, heeft haar eerst een pak slaag gegeven. Kleren afgerukt. Ik denk dat ze verkracht is.'

Een paar minuten reden ze zwijgend verder. 'Ze kunnen het met een paar man gedaan hebben. De open plek waar ze gevonden is, is vergeven van de hoefsporen,' zei de sheriff.

Ton ze bij de boerderij kwamen, was Makwa al in de schuur gebracht. Buiten verzamelde zich een groepje tussen de praktijkkamer en de stal: Sarah, Alex, Shaman, Jay Geiger, Maan en Komt Zingend met hun kinderen. De Indianen klaagden niet luid, maar hun ogen verraadden hun verdriet en hun nietigheid, hun besef dat het leven slecht was. Sarah huilde stil en Rob J. ging naar haar toe en kuste haar.

Jay Geiger nam hem mee, weg van de anderen. 'Ik heb haar gevonden.' Hij schudde met zijn hoofd alsof hij een insekt wilde verjagen. 'Lillian stuurde me naar jullie toe met wat conserven voor Sarah. Even later zag ik Shaman onder een boom liggen slapen.'

Rob J. was geschokt. 'Was Shaman erbij? Heeft hij Makwa gezien?'

'Nee, dat niet. Sarah zegt dat Makwa hem vanmorgen meenam om in het bos langs de rivier kruiden te plukken, dat deed ze wel vaker. Toen hij moe werd heeft ze hem gewoon in de koele schaduw een dutje laten doen. En je weet dat Shaman van geen enkel geluid, geroep of geschreeuw of wat ook, wakker zou worden. Ik dacht dat hij daar wel niet alleen zou zijn, dus liet ik hem slapen en reed een stuk verder die open plek op. Daar vond ik haar…

Ze ziet er vreselijk uit, Rob. Het kostte een paar minuten voor ik mezelf in de hand had. Ik ging terug en maakte de jongen wakker. Maar hij heeft niets gezien. Ik heb hem eerst thuisgebracht en ben toen London gaan halen.'

'Jij schijnt mijn jongens altijd thuis te brengen.'

Jay keek hem onderzoekend aan. 'Lukt het wel?'

Rob knikte.

Maar Jay zag er bleek en ellendig uit. Hij trok een gezicht. 'Ik denk dat je werk te doen hebt. De Sauk zullen haar willen wassen en begraven.'

'Hou iedereen een tijdje weg,' zei Rob, ging toen de schuur in en deed de deur achter zich dicht.

Er lag een laken over haar heen. Niet Jay of een van de Sauk had haar hier binnengebracht. Eerder een stel hulpsheriffs, want ze hadden haar bijna achteloos op de ontleedtafel neer laten vallen, op haar zij, als een onbezield, waardeloos voorwerp, een stuk hout of een dode Indiaanse. Het eerste wat hij zag toen hij het laken wegsloeg was de achterkant van haar hoofd en haar naakte rug, billen en benen.

Uit haar lijkkleur bleek dat ze op haar rug lag toen ze stierf: haar rug en platgedrukte billen waren paars geworden van met bloed volgelopen haarvaten. Maar in de paarse rectale kringspier zag hij een rode korst en een opgedroogde witte veeg, die rood gevlekt was waar hij met het bloed in aanraking was geweest.

Zachtjes keerde hij haar weer op haar rug.

Er zaten schrammen van twijgen op haar wangen, toen ze met haar gezicht tegen de bosgrond was gedrukt.

Rob J. was heel gevoelig voor het vrouwelijk achterste. Zijn vrouw had dat al vlug ontdekt. Sarah bood zich graag zo aan hem aan, met haar gezicht in het kussen, haar borsten tegen het laken gedrukt, haar slanke, elegant gebogen voeten uit elkaar, terwijl boven het goudblonde vachtje elk apart de witroze peervormige bollen zaten. Een ongemakkelijke houding, die ze soms toch aannam omdat zijn seksuele opwinding haar hartstochtelijk maakte. Rob J. geloofde in de paring als een vorm van liefde en niet alleen als middel tot voortplanting, dus was er geen bepaalde opening die hij als het enige seksuele kanaal beschouwde. Maar als geneesheer had hij waargenomen dat de rectale sluitspier zijn elasticiteit kon verliezen als er verkeerd gebruik van werd gemaakt en het was gemakkelijk om als hij met Sarah vrijde, activiteiten te kiezen die haar geen kwaad deden.

Bepaalde mannen hadden voor Makwa minder consideratie gehad.

Ze had het door werk getekende lichaam van een tien jaar jongere vrouw gehad. Jaren tevoren hadden Makwa en hij afgerekend met hun lichamelijke aantrekking voor elkaar, die altijd zorgvuldig onder controle gehouden was. Maar hij had soms aan haar lijf gedacht en gefantaseerd hoe het zou zijn om met haar te vrijen. Nu was de dood zijn vernietigende werk al begonnen. Haar buik was opgezwollen, haar borsten afgevlakt door het verval van het weefsel. Er was een aanzienlijke spierverstijving en hij strekte haar knieën nu dat nog

179

kon. Haar schaamhaar was net zwarte ruwe wol, sterk bebloed; misschien was het wel genadig dat ze niet meer leefde, want haar medicijn zou weg zijn geweest.

'Klóótzakken! Jullie smerige klootzakken!'

Hij veegde zijn ogen af en het drong opeens tot hem door dat ze hem buiten vast hadden horen schreeuwen en dat ze wisten dat hij alleen was met Makwa-ikwa. Haar bovenlijf zat vol plekken en wonden en haar onderlip was kapotgeslagen, waarschijnlijk door een grote vuist. Op de vloer naast de onderzoektafel lag het bewijsmateriaal dat door de sheriff bij elkaar gezocht was: haar gescheurde, bebloede jurk (een oude jurk van gekleurde katoen die Sarah haar gegeven had); het mandje half vol muntkruid, tuinkers en bepaalde boombladeren, van de zwarte kers, dacht hij; en één schoen van hertevel. Eén schoen? Hij zocht de andere maar kon hem niet vinden Haar hoekige bruine voeten waren naakt; het waren taaie, veel gebruikte voeten, de teen naast de grote aan haar linkervoet was mismaakt door een oude breuk. Hij had haar dikwijls op blote voeten gezien en vroeg zich af hoe ze die teen gebroken had, maar hij had het haar nooit gevraagd.

Hij keek naar haar gezicht en zag zijn goede vriendin. Haar ogen stonden open maar de lensdruk was vervallen en ze waren uitgedroogd, ze waren het meest dood aan haar. Hij deed ze vlug dicht en legde muntjes op de oogleden, maar had het gevoel dat ze hem nog steeds aankeken. In de dood stak haar neus meer naar voren, was lelijker. Als oude vrouw zou ze niet knap geweest zijn, maar haar gezicht had al een grote waardigheid. Hij rilde en klemde zijn handen strak in elkaar, als een biddend kind.

'Ik vind het zo erg, Makwa-ikwa.' Hij had niet de illusie dat ze het hoorde, maar putte er troost uit, tegen haar te spreken. Hij pakte pen en inkt en papier en tekende de rune-achtige figuren op haar borsten na, omdat hij het idee had dat die belangrijk waren. Hij wist niet of iemand ze zou begrijpen; ze had niemand opgeleid om haar op te volgen als geestenbezweerder van de Sauk, want ze dacht dat ze nog vele jaren had. Hij vermoedde dat ze gehoopt had dat een van de kinderen van Maan en Komt Zingend een geschikte leerling zou worden. Snel schetste hij haar gezicht zoals het geweest was.

Zowel hem als haar was iets verschrikkelijks overkomen. Net zoals hij vroeger altijd dromen had van de medisch student annex beul, die het afgesneden hoofd van zijn vriend Andrew Gerould uit Lanark omhoog hield, zou hij van haar dood dromen. Hij begreep niet helemaal hoe vriendschap eigenlijk ontstond, net zomin als hij dat van liefde wist, maar deze Indiaanse en hij waren echt bevriend geraakt en haar dood was voor hem een verlies. Eén ogenblik vergat hij zijn gelofte van geweldloosheid; als degenen die dit gedaan hadden in zijn macht waren geweest, had hij ze als insekten kunnen verpletteren.

Dat moment ging voorbij. Hij bond een zakdoek voor om zijn neus en mond af te dekken tegen de stank. Hij nam een lancet op, hij maakte snelle sneden, sneed haar open in een grote U van schouder tot schouder en sneed toen in rechte lijn tussen de borsten, tot aan haar navel, zodat er een bloedeloze Y ontstond. Zijn vingers waren gevoelloos en gehoorzaamden lomp aan zijn geest; het was maar goed dat hij niet in een levende patiënt sneed. Tot hij de drie randen wegtrok, was dat griezelige lijk Makwa. Maar toen hij de ribbentang pakte om het borstbeen los te maken, dwong hij zich in een andere gemoedstoestand waardoor alles uit zijn gedachten verdreven werd, behalve bepaalde taken, en hij kwam in zijn vertrouwde routine en ging doen wat er moest gebeuren.

VERSLAG VAN EEN GEWELDDADIGE DOOD

Persoon: Makwa-ikwa
Adres: Schapenfokkerij van Cole, Holden's Crossing, Illinois
Beroep: Assistente in de praktijk van dr. Robert J. Cole
Lengte: 1,75 m
Gewicht: ongeveer 63 kg
Omstandigheden: Het lichaam van de persoon, een vrouw van de Sauk-stam, werd midden in de middag van 3 september 1851 door een passant gevonden in een bebost gedeelte van de schapenfokkerij van Cole. Er waren elf steekwonden in een onregelmatige rij vanaf de halskuil langs het borstbeen tot een plek ongeveer twee cm onder het zwaardvormig aanhangsel. De wonden waren 9,47 tot 9,52 mm breed. Ze waren veroorzaakt door een puntig voorwerp, waarschijnlijk een metalen lemmet, driehoekig van vorm, met alle drie de randen geslepen tot snijranden.

De persoon, die maagd geweest was, was verkracht. De resten van het hymen toonden aan dat het *imperforatus* was, het vlies was dik en onbuigzaam geworden. De verkrachter(s) konden waarschijnlijk niet binnendringen met de penis; de ontmaagding was voltrokken door middel van een stomp voorwerp met ruwe of kartelige uitsteeksels, waarbij de schaamspleet zwaar beschadigd werd met diepe schrammen in de bilnaad en in de grote schaamlippen, en de kleine schaamlippen en de ingang van de vagina gescheurd en verwond werden. Vóór of na deze bloedige ontmaagding werd de persoon op de buik gekeerd. Plekken op haar dijen wekken de indruk dat ze in die stand werd vastgehouden terwijl ze rectaal gebruikt werd, wat erop wijst dat ze werd aangerand door tenminste twee overvallers en waarschijnlijk meer. De beschadiging door het rectaal gebruik behelsde onder meer het rekken en scheuren van het rectaal kanaal. In het rectum was een hoeveelheid sperma aanwezig en er was een duidelijke bloeding in het onderste deel van de endeldarm. Andere kneuzingen elders op het lichaam en op het gezicht wekken de indruk dat de persoon heftig geslagen is, waarschijnlijk door mannenvuisten.

Er zijn aanwijzingen dat de persoon zich verzette tegen de aanval. Onder de nagels van de middel- en ringvinger en de pink van haar rechterhand zaten stukjes huid en twee zwarte haren, misschien van een baard.

De steken werden met zoveel kracht toegebracht dat de derde rib versplinterd is en het borstbeen verschillende keren doorboord. De linker long werd tweemaal doorstoken en de rechterlong driemaal, waarbij het borstvlies werd opengereten en het longweefsel verscheurd; de beide longen moeten meteen ingeklapt zijn. Drie van de steken drongen door in het hart, twee ervan maakten wonden in de rechterboezem, resp. 8,87 en 7,99 mm breed. Een grote hoeveelheid bloed uit het opengereten hart was samengestroomd in de buikholte[?!].

Aan de organen was niets bijzonders, afgezien van verwondingen. Bij weging bleek het hart 236 g, de hersenen 1,43 kg, de lever 1,62 kg, de milt 199 g.

Conclusie: Doodslag na seksuele aanranding, door een of meer onbekenden.

(getekend) Robert Judson Cole, arts
Toegevoegd lijkschouwer
Provincie Rock Island
Staat Illinois

Rob J. bleef die avond lang op, kopieerde het verslag voor de provinciale beambte en maakte toen nog een kopie om aan Mort London te geven. 's Morgens kwamen de Sauk naar de boerderij en ze begroeven Makwa-ikwa op de steile oever bij de *hedonoso-te*, met uitzicht op de rivier. Rob had die begraafplaats aangeboden zonder met Sarah te overleggen.

Ze werd kwaad toen ze het hoorde. 'Op ons land? Wat heb je je in je hoofd gehaald? Een graf is voorgoed, ze zal hier altijd zijn. We raken haar nooit meer kwijt!' riep ze woedend.

'Hou je mond, vrouw,' zei Rob J. kalm en ze keerde zich om en liep van hem weg.

Maan waste Makwa en kleedde haar in haar sjamaansjurk van herte-vel. Alden bood aan een kist te maken van vurehout, maar Maan zei dat het bij hen de gewoonte was om de doden gewoon in hun beste deken te begraven. Dus hielp Alden in plaats daarvan Komt Zingend met het graven van een graf. Maan liet het ze vroeg in de morgen gra-ven. Zo moest het gebeuren, zei ze: het graf vroeg in de morgen, en de begrafenis vroeg in de middag. Maan zei dat de voeten van Mak-wa naar het westen moesten wijzen en ze liet uit het Sauk-kamp de staart van een bizonkoe komen die in het graf gelegd moest worden. Daarmee zou Makwa-ikwa veilig over de schuimrivier komen die het land van de levenden scheidt van het Land in het Westen, legde ze Rob J. uit.

De begrafenis was een simpel ritueel. De Indianen en de Coles en Jay Geiger verzamelden zich rond het graf en Rob J. wachtte tot er ie-mand zou beginnen, maar er was niemand. Ze hadden geen sjamaan. Tot zijn ontzetting merkte hij dat de Sauk naar hèm keken. Als ze een christin was geweest, was hij zwak genoeg geweest om dingen te zeg-gen waar hij niet in geloofde. Maar nu schoot hij in alle opzichten te kort. Ergens van herinnerde hij zich de woorden:

> De boot waar zij in zat, lag stralend op het water
> Als een glanzende troon: de roef geslagen goud,
> Purper de zeilen, en zo geurig dat de wind
> Er al verliefd op werd; de roeispanen van zilver
> Die op de tonen van de fluit door 't water sloegen,
> En 't water dat ze sloegen sneller deden volgen
> Als minde het die slagen. Wat nu haarzelf betreft,
> Zij tartte elke beschrijving.

Jay Geiger staarde hem aan alsof hij gek was. Cleopatra? Maar hij be-sefte dat ze voor hem een soort duistere majesteit gehad had, een vor-stelijk-heilige uitstraling en een bijzonder soort schoonheid. Ze was beter dan Cleopatra; Cleopatra wist niets van persoonlijke opoffering, trouw of kruiden. Hij zou nooit meer iemand als zij tegenkomen, en John Donne gaf hem nog meer woorden om naar Magere Hein te smijten:

> Wees maar niet trots, gij Dood, al noemen sommigen
> U machtig en vreeswekkend, want dat zijt ge niet:
> Degenen die gij denkt omver te kunnen werpen
> Die sterven niet, o Dood; ook mij kunt ge niet doden.

Toen duidelijk werd dat hij verder niets zou zeggen, schraapte Jay zijn keel en uitte een paar zinnen in het Hebreeuws naar Rob J. veronderstelde. Eén ogenblik was hij bang dat Sarah Jezus erbij zou gaan halen, maar ze was te verlegen. Makwa had de Sauk een paar gebedsgezangen geleerd en nu zongen ze er samen een van, ongelijk.

Tti-la-ye ke-wi-ta-mo-ne i-no-ki,
Tti-la-ye ke-wi-ta-mo-ne i-no-ki-i-i.
Me-ma-ko-te-si-ta
Ke-te-ma-ga-yo-se.

Het was een lied dat Makwa dikwijls voor Shaman gezongen had en Rob J. zag, dat hoewel Shaman niet meezong, zijn lippen met de woorden meebewogen. Toen het lied uit was, was de begrafenis voorbij; dat was alles.

Later ging hij naar de open plek in het bos waar het gebeurd was. Het krioelde er van de voetafdrukken. Hij had Maan gevraagd of er bij de Sauk spoorzoekers waren, maar ze zei dat de goede spoorzoekers allemaal dood waren. Trouwens intussen waren er daar een stel mannen van London geweest en de hele bodem was vertrapt door paarden en mannen. Rob J. wist waar hij naar zocht. Hij vond de stok in het struikgewas waar hij in was geslingerd. Hij zag eruit als een gewoon stuk hout maar één uiteinde had een roestkleur. Haar andere schoen was door iemand met een sterke arm het bos in gegooid aan de overkant van de open plek. Daar kon hij verder niets vinden; hij wikkelde die twee dingen in een doek en reed naar het bureau van de sheriff.

Mort London nam het rapport en het bewijsmateriaal zonder commentaar in ontvangst. Hij was koel en een beetje kortaf, misschien omdat zijn mannen de stok en de schoen niet gevonden hadden toen ze zelf een onderzoek deden. Rob J. maakte zich daar verder niet druk over.

Naast het bureau van de sheriff, op de veranda van de dorpswinkel, werd hij door Julian Howard aangeroepen. 'Ik heb iets voor u,' zei Howard. Hij rommelde in zijn zak en Rob J. hoorde grote munten luid rinkelen. Howard gaf hem een zilveren dollar.

'Dat heeft geen haast, meneer Howard.'

Maar Howard stak hem de munt toe. 'Ik betaal mijn schulden,' zei hij op onheilspellende toon en Rob nam de munt aan maar zei niet dat het vijftig cent te weinig was, als je de geneesmiddelen meerekende. Howard had zich al ruw afgewend. 'Hoe is het met uw vrouw?' vroeg Rob.

'Veel beter. Ze heeft u niet meer nodig.'

Dat was goed nieuws, dat bespaarde Rob een lange, moeilijke rit. In plaats daarvan ging hij naar de boerderij van Schroeder, waar Alma vroeg begonnen was aan de najaarsschoonmaak; het was duidelijk dat geen van haar ribben gebroken was. Toen hij daarna Donny Baker ging opzoeken, zag hij dat de jongen nog koorts had en de lelijke huid van zijn voet zag eruit alsof het twee kanten op kon. Rob kon alleen het verband vernieuwen en hem wat laudanum geven tegen de pijn.

Vanaf dat moment ging het bergafwaarts met die beroerde, ongelukkige morgen. Zijn laatste bezoek gold de boerderij van Gilbert waar hij Fletcher White in grote moeilijkheden aantrof, zijn ogen dof, nietsziend, zijn schrale oude lijf gemarteld door het hoesten, elke ademtocht een pijnlijke krachtsinspanning. 'Hij was beter,' fluisterde Suzy Gilbert.

Rob J. wist dat Suzy een huis vol kinderen had en van alles en nog wat moest doen; ze was te vlug opgehouden met stomen en warme drank en Rob had tegen haar willen vloeken en haar door elkaar willen schudden. Maar toen hij naar Fletchers handen keek, wist hij dat de oude man weinig tijd meer had en hij wilde beslist Suzy niet op het idee brengen dat haar vader gestorven was doordat ze hem verwaarloosd had. Hij liet een beetje van het krachtige drankje van Makwa achter om het voor Fletcher draaglijker te maken. Hij bedacht dat hij er niet veel meer van had. Hij had het haar talloze keren zien brouwen en dacht dat hij zich de paar eenvoudige kruiden die erin gingen wel kon herinneren.

Volgens zijn rooster zou hij 's middags in zijn praktijk zijn, maar toen hij terugkwam op de boerderij was alles in beroering. Sarah zag bleek. Maan, die bij de dood van Makwa niet gehuild had, huilde tranen met tuiten en alle kinderen waren verschrikt. Mort London en Fritz Graham, zijn vaste hulpsheriff, en Otto Pfersick, voor de gelegenheid aangesteld, waren gekomen terwijl Rob J. weg was. Ze hadden hun geweer op Komt Zingend gericht. Mort had hem onder arrest gesteld. Ze hadden zijn handen achter zijn rug gebonden en hem achter hun paarden meegenomen, als een os aan een touw.

29. De laatste Indianen in Illinois

'Mort, je hebt een vergissing begaan,' zei Rob J.

Mort London trok een pijnlijk gezicht, maar schudde zijn hoofd. 'Nee.

185

We denken dat die grote klootzak haar hoogstwaarschijnlijk gedood heeft.'

Toen Rob J. nog maar een paar uur eerder op het bureau van de sheriff geweest was, had London er niet van gerept dat hij van plan was naar zijn boerderij te gaan en een van zijn werknemers te arresteren. Er zat iets fout: het probleem van Komt Zingend was als een ziekte zonder waarneembare oorzaak. Hij nam nota van dat 'we'. Hij wist wie 'we' waren en hij stelde vast dat Nick Holden hoopte, politiek voordeel te trekken uit de dood van Makwa. Maar Rob ging heel voorzichtig om met zijn woede.

'Een pijnlijke vergissing, Mort.'

'Er is een getuige die de grote Indiaan daar op die open plek heeft gezien, kort voor het gebeurd is.'

Dat was heel gewoon, zei Rob J., aangezien Komt Zingend een van de knechten was en het bos langs de rivier deel uitmaakte van zijn bedrijf. 'Ik wil de borgsom betalen.'

'Dat kan niet. We moeten wachten tot de rechter uit Rock Island komt.'

'Hoe lang gaat dat duren?'

London haalde zijn schouders op.

'Een van de goede dingen die we van de Engelsen overgenomen hebben is een behoorlijke rechtsgang. Dat hoort hier ook te gebeuren.'

'Ik kan voor één Indiaan de rechter niet meteen laten opdraven. Vijf, zes dagen. Misschien een week of zo.'

'Ik wil Komt Zingend spreken.'

London stond op en ging hem voor naar een blok van twee cellen dat aan het kantoor grensde. De hulpsheriffs zaten in de schemerige gang tussen de cellen met hun geweer over hun knieën. Fritz Graham keek alsof hij er lol in had. Otto Pfersick keek alsof hij wilde dat hij weer op zijn molen zat te malen. De ene cel was leeg. De andere zat vol met Komt Zingend.

'Maak hem los,' zei Rob J. zachtjes.

London aarzelde. Ze waren bang om dicht bij de gevangene te komen, stelde Rob vast. Komt Zingend had op een of andere manier een gemene schram (van een geweerkolf?) over zijn rechteroog gekregen. Alleen zijn grootte wekte al vrees.

'Laat me erin. Ik maak hem zelf wel los.'

London sloot de cel open en Rob J. ging er alleen in. 'Pyawanagawa,' zei hij en legde zijn hand op de schouder van Komt Zingend terwijl hij hem bij zijn echte naam noemde.

Hij ging achter Komt Zingend staan en begon aan de knoop in het touw te trekken waarmee hij gebonden was, maar de knoop zat verschrikkelijk strak. 'Ik moet hem doorsnijden,' zei hij tegen London. 'Geef me een mes.'

'Om de dooie dood nïet.'

'Een schaar dan, in mijn dokterstas.'

'Dat is eigenlijk net zo goed een wapen,' bromde London, maar hij liet toe dat Graham de schaar haalde. En Rob wist het touw door te krijgen. Hij wreef de polsen van Komt Zingend tussen zijn handen, keek hem in de ogen en sprak alsof hij tegen zijn dove zoon sprak. '*Cawso wabeskiou* wil Pyawanegawa helpen. Wij zijn broeders van dezelfde Helft, de Langharen, de *Keeso-qui*.'

Hij negeerde de vermaakte verrassing en de minachting in de ogen van de blanken die aan de andere kant van de tralies zaten te luisteren. Hij wist niet wat Komt Zingend verstond van wat hij zei. De ogen van de Sauk waren duister en somber, maar toen Rob J. erin keek zag hij een verandering, hij zag er iets in opleven dat hij niet begreep, dat woede geweest kon zijn of misschien alleen een beetje nieuwe hoop.

Die middag bracht hij Maan bij haar man. Zij vertaalde terwijl London hem verhoorde.

Komt Zingend scheen verbijsterd door het verhoor.

Hij erkende meteen dat hij die morgen op de open plek was geweest. Tijd om hout voor de winter op te slaan, zei hij en keek naar de man die hem betaalde om dat te doen. En hij keek uit naar suikerahorns en prentte zich in waar ze stonden, om ze in de lente af te tappen.

Hij woonde in dezelfde lange hut als de dode vrouw, merkte London op.

Ja.

Was hij ooit seksueel met haar bezig geweest?

Maan aarzelde voor ze dat vertaalde. Rob J. keek London strak aan, maar raakte haar arm aan en knikte, en ze stelde de vraag aan haar man. Komt Zingend leek er niet boos om te worden en gaf meteen antwoord.

Nee, nooit.

Toen het verhoor voorbij was, ging Rob J. achter Mort London aan zijn kantoor in. 'Kun je me zeggen waarom je die man hebt gearresteerd?'

'Dat heb ik gezegd. Een getuige zag hem op die open plek, kort voordat de vrouw werd vermoord.'

'Wie ís die getuige?'

'... Julian Howard.'

Rob vroeg zich af wat Julian Howard op zijn land te zoeken had. Hij dacht aan het gerinkel van geld toen Howard hem voor het huisbezoek had betaald. 'Je hebt hem betaald om te getuigen,' zei hij, alsof hij het zeker wist.

'Nee, dat heb ik niet,' zei London en werd rood, maar hij was geen echte schurk: onhandig in het uiten van zogenaamde rechtvaardige woede.

Nick zou de beloning gegeven hebben, tegelijk met een flinke dosis mooie woorden en hij zou Julian verzekerd hebben dat hij een prima kerel was die gewoon zijn plicht deed.

'Komt Zingend was waar hij wezen moest, hij werkte op mijn grond. Je zou evengoed mij kunnen arresteren omdat ik het land bezat waarop Makwa werd gedood, of Jay Geiger omdat hij haar gevonden heeft.'

'Als de Indiaan het niet gedaan heeft, komt dat bij een eerlijk proces aan het licht. Hij woonde bij die vrouw –'

'Ze was zijn sjamaan. Zoiets als zijn dominee. Het feit dat ze in dezelfde lange hut woonden, maakte seksuele omgang voor hen taboe, net als wanneer ze broer en zus waren.'

'Er hebben wel eerder mensen hun eigen dominee vermoord. En hun eigen zus genaaid, trouwens.'

Vol afkeer liep Rob J. weg, maar hij draaide zich om. 'Mort, het is niet te laat om dit in orde te maken. Sheriff zijn is verdomme maar een baantje; als je het kwijtraakt, overleef je dat wel. Volgens mij ben je een heel beste man. Maar als je één keer zoiets doet, dan kom je er gemakkelijk toe om het telkens weer te doen.'

Dat was een vergissing. Mort kon leven met het feit dat het hele stadje wist dat Nick Holden hem in zijn zak had, zolang niemand het hem recht in zijn gezicht zei.

'Ik heb dat vod gelezen dat u het verslag van een lijkschouwing noemt, dokter Cole. Het zal u moeite kosten, een rechter en een jury van zes goede mensen te overtuigen dat dat wijf maagd was. Een knap Indiaans wijf van haar leeftijd, en de hele provincie wist dat die vrouw van u was. U bent wel brutaal, mij de les lezen. Nou, maak dat u hier als de bliksem wegkomt. En kom hier niet meer over de drempel zolang u hier officieel niets te zoeken hebt.'

Maan zei dat Komt Zingend bang was.

'Ik denk niet dat ze hem iets doen,' zei Rob J.

Ze zei dat hij niet bang was dat ze hem iets deden. 'Hij weet dat blanken soms mensen ophangen. Als een Sauk gewurgd wordt, kan hij de schuimrivier niet over en kan hij niet in het Land in het Westen komen.'

'Komt Zingend wordt niet opgehangen,' zei Rob J. geprikkeld. 'Ze hebben geen bewijs dat hij iets gedaan heeft. Het is iets politieks en over een paar dagen moeten ze hem loslaten.'

Maar haar vrees was besmettelijk. De enige advocaat in Holden's Crossing was Nick Holden. In Rock Island waren verschillende advocaten, maar die kende Rob J. niet persoonlijk. De volgende morgen zorgde hij voor de patiënten die directe aandacht vereisten en reed toen naar de provinciale hoofdstad. In de wachtkamer van congreslid Hume zaten nog meer mensen dan gewoonlijk in de zijne en hij moest bijna anderhalf uur wachten voordat hij aan de beurt was.

Hume luisterde aandachtig naar hem. 'Waarom bent u bij mij gekomen?' vroeg hij tenslotte.

'Omdat u kandidaat bent voor herverkiezing en Nick Holden uw rivaal is. Om redenen die ik niet goed begrijp, bezorgt Nick de Sauk in het algemeen en Komt Zingend in het bijzonder zoveel mogelijk ellende.'

Hume zuchtte. 'Nick zit in een ruige bende en ik kan zijn kandidatuur niet licht opvatten. De Amerikaanse Partij praat de hier geboren arbeider haat tegen en angst voor immigranten en katholieken aan. In elk stadje hebben ze een geheime plaats van bijeenkomst met een kijkgaatje in de deur om niet-leden buiten te houden. De Weetniks-Partij noemen ze hen, want als je een lid vraagt wat ze doen, heeft hij geleerd te zeggen dat hij daar niets van weet. Ze propageren en gebruiken geweld tegen immigranten en ik schaam me te zeggen dat ze politiek in het hele land succes boeken. Immigranten komen toevloeien, maar op het moment is zeventig procent van de mensen in Illinois in Amerika geboren en van de overige dertig procent wonen de meesten niet in de stad en stemmen niet. Vorig jaar hebben de Weetniksen in New York negenenveertig leden in het huis van afgevaardigden gekozen en bijna de gouverneur. De verkiezingen in Pennsylvania en Delaware zijn ruimschoots gewonnen door een coalitie van Weetniksen en liberalen en Cincinnati werd na een bittere strijd Weetniks.'

'Maar wat heeft Nick dan tegen de Sauk? Die zijn hier geboren!'

Hume trok een gezicht. 'Zijn politieke intuïtie is waarschijnlijk heel goed. Nog maar negentien jaar geleden richtten Indianen hier bloedbaden aan onder de blanken en de blanken hebben ook heel wat gemoord. Veel mensen stierven in de oorlog van Zwarte Havik. Negentien jaar is een verdomd korte tijd. Jongens die overvallen van Indianen overleefd hebben en een hoop mensen die bang zijn voor Indianen, zijn nu stemgerechtigd, en ze hebben nog steeds haat tegen en angst voor Indianen. Mijn geachte tegenstander wakkert dat vuurtje aan. Een paar dagen geleden liet hij op een avond een hoop whisky schenken en vertelde toen weer eens het verhaal van de Indianenoorlogen, waarbij hij geen scalpering of gruweldaad oversloeg. Hij vertelde over de laatste bloeddorstige Indianen in Illinois, die daar bij jullie vertroeteld worden en hij beloofde plechtig dat hij, als hij tot lid van het Huis van Afgevaardigden gekozen wordt, ervoor zal zorgen dat ze teruggebracht worden naar hun reservaat in Kansas, waar ze thuishoren.'

'Kunt u iets doen om de Sauk te helpen?'

'Iets doen?' Hume zuchtte. 'Dokter Cole, ik ben politicus. Indianen zijn geen kiezers, dus ik neem geen politiek standpunt in ten gunste van hen of van één van hen. Maar politiek gesproken is het gunstig voor mij als we die zaak kunnen bezweren, want mijn tegenstander probeert er gebruik van te maken om mijn zetel te winnen.

De twee rechters die in dit district rondreizen zijn de edelachtbare Daniel P. Allen en de edelachtbare Edwin Jordan. Rechter Jordan heeft een kwaadaardige inborst en is liberaal. Dan Allen is een vrij goede rechter en nog een betere democraat. Ik ken hem en heb met hem samengewerkt, al lang, en als hij die zaak behandelt, laat hij de mensen van Nick er geen circus van maken door uw Sauk-vriend te veroordelen op onbenullige aanwijzingen, om hem de verkiezingen te laten winnen. Maar niemand kan erachter komen of Jordan of hij die zaak krijgt. Als het Allan wordt, dan zal hij gewoon eerlijk zijn, meer niet.

Geen van de advocaten hier in de stad zal een Indiaan willen verdedigen, daar kun je donder op zeggen. De beste advocaat hier is een jonge man, John Kurland. Laat mij maar eens met hem praten, eens kijken of we hem kunnen pressen.'

'Ik ben u dankbaar, congreslid.'

'Nou, dat kunt u laten zien door op mij te stemmen.'

'Ik hoor bij die dertig procent. Ik heb naturalisatie aangevraagd, maar er is een wachttijd van drie jaar…'

'Dan mag u de volgende keer kiezen als ik kandidaat sta,' zei Hume praktisch. Hij grijnsde toen ze elkaar een hand gaven. 'Zeg het intussen tegen uw vrienden.'

De opwinding in het dorp vanwege de dode Indiaanse duurde niet zo heel lang. Het was interessanter om te praten over de opening van de school van Holden's Crossing. Iedereen in het dorp had graag een stukje grond af willen staan om de school op te bouwen, waardoor hun eigen kinderen er gemakkelijk heen konden, maar ze werden het eens dat het gebouw ergens centraal moest staan en tenslotte was de

190

dorpsvergadering het eens geworden over ruim één hectare van Nick Holden, waar Nick blij mee was, want die plek stond op zijn eerste 'droomkaarten' van Holden's Crossing precies aangegeven als de plek voor de school.

In onderlinge samenwerking werd er een blokhut van één vertrek neergezet als schoolgebouw. Toen het werk eenmaal begonnen was, begon het project echt te leven. In plaats van een vloer van schaaldelen, sleepten de mannen van tien kilometer ver stammen aan om te verzagen voor een planken vloer. Langs één wand werd een lange plank bevestigd als gemeenschappelijke schrijftafel en achter die plank werd een lange bank gezet, zodat de leerlingen naar de wand gekeerd konden schrijven en zich om konden draaien als de onderwijzer lesgaf. Midden in het vertrek werd een vierkante ijzeren houtkachel gezet. Er werd besloten dat de school elk jaar na de oogst zou beginnen en drie trimesters van twaalf weken zou duren en dat de onderwijzer negentien dollar per trimester zou krijgen plus kost en inwoning. De staatswetten vereisten dat een onderwijzer bekwaam was in het lezen, schrijven en rekenen en goed op de hoogte was van aardrijkskunde of grammatica of geschiedenis. Er waren weinig kandidaten voor die baan want ze betaalden maar weinig en er waren vele hindernissen, maar tenslotte nam het stadje Marshall Beyers aan, een volle neef van Paul Williams, de smid.

Meester Beyers was een slanke jongeman van eenentwintig met grote, verbaasde ogen, die had lesgegeven in Indiana voor hij naar Illinois was gekomen en dus wist wat hij kon verwachten van dit soort kost-en-inwoning, waarbij je telkens een week bij het gezin van een andere leerling woonde. Hij zei tegen Sarah dat hij graag op een schapenfokkerij zat, omdat hij meer hield van lamsvlees met worteltjes dan van varkensvlees met aardappels. 'Als er vlees op tafel komt, is het overal varkensvlees met aardappels, varkensvlees met aardappels,' zei hij. Rob J. grijnsde hem toe. 'Dan zult u het bij de Geigers naar uw zin hebben,' zei hij.

Rob J. was niet zo te spreken over die onderwijzer. Er zat iets naars aan de manier waarop meneer Beyers verdekte blikken op Maan en Sarah wierp en naar Shaman staarde alsof de jongen een wangedrocht was.

'Ik verheug me erop, Alexander op school te krijgen.'

'Shaman verheugt er zich ook erg op naar school te gaan,' zei Rob J. kalm.

'O, maar dat kan natuurlijk niet. De jongen kan niet gewoon praten. En hoe zal een kind dat geen woord hoort, op school iets leren?'

'Hij kan liplezen. Hij leert gemakkelijk, meneer Beyers.'

Meneer Beyers trok zijn wenkbrauwen op. Hij scheen er nog verder tegenin te willen gaan, maar toen hij het gezicht van Rob J. zag, veranderde hij van gedachte. 'Zeer zeker, meneer Cole,' zei hij stug. 'Natuurlijk.'

De volgende morgen voor het ontbijt klopte Alden Kimball op de achterdeur. Hij was vroeg naar de kruidenier gegaan en moest het meteen kwijt.
'Die verrekte Indianen! Nu hebben ze het bont gemaakt,' zei hij. 'Ze zijn gisteravond dronken geworden en ze hebben de stal bij die paapse nonnen in brand gestoken.'
Maan ontkende dat meteen toen Rob het haar vroeg. 'Ik was gisteravond in het Sauk-kamp bij mijn vriendinnen en we praatten over Komt Zingend. Het is een leugen, wat ze Alden verteld hebben.'
'Misschien zijn ze gaan drinken toen je weg was.'
'Nee. Het is gelogen.' Het klonk rustig, maar met trillende vingers maakte ze haar schort al los. 'Ik ga het Volk opzoeken.'
Rob zuchtte. Hij besloot dat hij beter de katholieken kon gaan opzoeken.

Hij had ze horen beschrijven als 'die vervloekte bruine kevers'. Dat begreep hij toen hij ze zag, want ze hadden een bruinwollen habijt aan dat er voor de herfst te warm uitzag en in de zomerhitte een kwelling geweest moest zijn. Vier van hen waren aan het werk in de resten van die fraaie kleine Zweedse stal die August Lund en zijn vrouw met vurige jonge hoop hadden gebouwd. Ze schenen de verkoolde bouwval, die nog rookte in de ene hoek, te doorzoeken of er nog wat te redden viel.
'Goeiemorgen,' riep hij.
Ze hadden hem niet zien aankomen. Ze hadden de zoom van hun lange habijt onder hun riem gestopt om vrij en gemakkelijk te kunnen werken en nu trokken ze haastig hun rokken los om vier paar stevige, beroete, witgekouste benen te verbergen.
'Ik ben dokter Cole,' zei hij terwijl hij afsteeg. 'Uw verre buur.' Ze keken hem aan zonder iets te zeggen en hij bedacht dat ze de taal misschien niet kenden. 'Mag ik spreken met degene die de leiding heeft?'
'Dat is moeder overste,' zei een van hen met een stem, nauwelijks meer dan een fluistering.
Ze wees even en ging naar het huis, met Rob achter zich aan. Bij een nieuwe tegen de zijkant van het huis gebouwde hut stond een oude in het zwart geklede man in een door de vorst kapotgevroren moes-

tuin te spitten. De oude man toonde geen belangstelling voor Rob. De non klopte twee keer, zachte klopjes die bij haar stem pasten.

'Kom maar binnen.'

Het bruine habijt ging voor hem uit en maakte een revérence. 'Deze heer komt u opzoeken, eerwaarde moeder. Een dokter, een buurman,' zei de non met de fluisterstem en ze maakte weer een revérence voor ze de benen nam.

Moeder overste zat in een houten stoel achter een tafeltje. Het gezicht onder de kap was groot, de neus breed en royaal, de spottende ogen doordringend blauw, lichter dan die van Sarah en uitdagend in plaats van lief.

Hij stelde zich voor en zei dat het hem speet van de brand. 'Kunnen we iets doen om u te helpen?'

'Ik vertrouw erop dat de Heer ons zal helpen.' Haar Engels was beschaafd; hij meende dat ze een Duits accent had, al was het anders dan dat van de Schroeders. Misschien kwamen ze uit verschillende delen van Duitsland.

'Gaat u zitten, alstublieft,' zei ze en wees op de enige gemakkelijke stoel in het vertrek, zo groot als een troon, met leer gecapitonneerd.

'Hebt u die helemaal meegebracht in uw wagen?'

'Ja. Als de bisschop op bezoek komt, heeft hij een behoorlijke zitplaats,' zei ze met een ernstig gezicht. De mannen waren gekomen tijdens de completen, zei ze. De communiteit hield een eredienst en ze hadden de eerste ruwe geluiden en het geknetter niet gehoord, maar al vlug hadden ze de brandlucht geroken.

'Ik heb gehoord dat het Indianen waren.'

'Het soort Indianen dat bij de Boston Tea Party* was,' zei ze droog.

'Weet u dat zeker?'

Ze glimlachte vreugdeloos. 'Het waren dronken blanke mannen, die blanke dronkemanstaal uitbraakten.'

'Er is hier een hut waar de Amerikaanse Partij bij elkaar komt.'

Ze knikte. 'De Weetniksen. Tien jaar geleden was ik in het klooster van de franciscanessen in Philadelphia, pas aangekomen uit Württemberg, waar ik ben geboren. De Weetniksen trakteerden me op een week van opstootjes, waarbij twee kerken werden overvallen, twaalf katholieken doodgeslagen en tientallen huizen van katholieken in brand gestoken. Het duurde even voor ik door had dat niet alle Amerikanen zo waren.'

Hij knikte. Hij zag dat ze van een van de twee vertrekken in August

---

* In 1773 gooiden in Boston als Indianen vermomde blanken de lading van drie Engelse theeschepen overboord. (Vert.)

Lunds schuur een sobere slaapzaal hadden gemaakt. Dat vertrek was eerst Lunds graanschuur geweest. Nu waren de strozakken in een hoek opgestapeld. Behalve haar schrijftafeltje en haar stoel en de bisschopsstoel was het enig meubilair een grote, fraaie reftertafel met banken van nieuw hout; hij maakte een opmerking over het schrijnwerk. 'Zijn die door uw priester gemaakt?'

Ze glimlachte en stond op. 'Pater Russell is onze rector. Zuster Mary Peter Celestine onze timmervrouw. Wilt u onze kapel eens zien?'

Hij ging achter haar aan de kamer in waar de Lunds hadden gegeten, geslapen en gevrijd en waar Greta Lund was gestorven. Hij was gewit. Tegen de wand stond een houten altaar en daarvoor een bidstoel om op te knielen. Voor het kruisbeeld op het altaar stond een grote godslampkaars in rood glas met kleinere kaarsen ernaast. Er waren vier gipsen beelden die naar geslacht schenen te zijn opgesteld. Rechts herkende hij de Madonna. De moeder overste die naast Maria zat was Sint-Clara, die hun zusterorde had gesticht en aan de andere kant van het altaar stonden Sint-Franciscus en Sint-Jozef.

'Ik heb gehoord dat u een school wilt beginnen.'

'Dat is niet juist.'

Hij glimlachte. 'En dat u van plan bent, de kinderen heimelijk paaps te maken.'

'Nou, dat zit er minder naast,' zei ze ernstig. 'We hopen altijd door Christus een ziel te redden, een kind, man of vrouw. We streven er steeds naar, vrienden te maken, katholieken uit de gemeenschap aan te trekken. Maar wij zijn een verzorgende orde.'

'Een verzorgende orde! En waar wilt u verzorgen? Gaat u hier een ziekenhuis bouwen?'

'Ach,' zei ze spijtig, 'daar is geen geld voor. De Heilige Moederkerk heeft deze grond gekocht en ons hierheen gestuurd. En nu moeten wij onze weg vinden. We zijn er zeker van dat de Heer ervoor zal zorgen.'

Hij was niet zo zeker. 'Mag ik een beroep doen op de nonnen als ze nodig zijn bij zieken?'

'Om hun huis in te gaan? Nee, dat zou niet goed zijn,' zei ze streng.

Hij voelde zich in de kapel niet op zijn gemak en deed een stap naar de deur.

'Ik neem aan dat u zelf niet katholiek bent, dokter Cole.'

Hij schudde zijn hoofd. Opeens kwam er een gedachte bij hem op. 'Als het nodig is om de Sauk te helpen, zou u dan willen getuigen dat de mannen die uw stal in brand gestoken hebben, blanken waren?'

'Natuurlijk,' zei ze kortaf. 'Want het is gewoon de waarheid, niet?'

Hij begreep dat haar nonnetjes voortdurend in angst voor haar moesten leven. 'Dank u…' Hij aarzelde, hij kon geen buiging maken voor die trotse vrouw en haar 'eerwaarde moeder' noemen. 'Hoe heet u, moeder overste?'

'Ik ben moeder Miriam Ferocia.'

Hij had op school Latijn geleerd en gezwoegd om Cicero te vertalen en met Caesar mee te trekken door zijn Gallische oorlogen en hij had genoeg onthouden om te weten dat die naam Maria de Moedige betekende. Maar sindsdien noemde hij die vrouw, als hij aan haar dacht – alleen bij zichzelf – Maria de Verschrikkelijke.

Hij ondernam de lange rit naar Rock Island om Stephen Hume op te zoeken en werd meteen beloond, want de afgevaardigde had goed nieuws. Daniel P. Allen zou de rechtszitting voorzitten. Vanwege het ontbreken van bewijs zag hij er geen been in, Komt Zingend op borgtocht vrij te laten. 'Maar ja, een halsmisdaad… Hij kon de borgsom niet lager stellen dan tweehonderd dollar. Voor een borglening zou u naar Rockford of Springfield moeten.'

'Ik zal het geld fourneren. Komt Zingend zal voor mij niet weglopen,' zei Rob J.

'Mooi. De jonge Kurland is bereid hem te vertegenwoordigen. Onder deze omstandigheden is het voor u het beste om bij de gevangenis uit de buurt te blijven. Advocaat Kurland zal u over twee uur op uw bank ontmoeten. Is dat de bank van Holden's Crossing?'

'Ja.'

'Neem een wissel op naam van de Provincie Rock Island, teken hem en geef hem aan Kurland. Hij zal de rest doen.' Hume grijnsde. 'Binnen een paar weken zal de zaak dienen. Dan Allan en John Kurland zullen er samen wel voor zorgen dat Nick, als hij die zaak probeert op te blazen, een modderfiguur zal slaan.' Zijn handdruk was stevig, een gelukwens.

Rob J. ging naar huis en spande de kar in, want hij vond dat Maan deel moest uitmaken van het ontvangstcomité. Ze zat rechtop op de bank van de kar met haar alledaagse huisjurk aan en een hoed op die Makwa had toebehoord en was zelfs voor haar doen ongewoon stil. Hij zag wel dat ze heel zenuwachtig was. Hij maakte het paard vast voor de bank en zij wachtte op de kar terwijl hij de wissel haalde en hem overhandigde aan John Kurland, een ernstige jongeman, die zich aan Maan beleefd maar koel liet voorstellen

Toen de advocaat wegging, ging Rob J. naast Maan op de kar zitten. Hij maakte het paard niet los en tuurde de straat in naar het bureau van Mort London. De zon was heet voor september.

Ze zaten daar onzettend lang, leek het. Toen pakte Maan hem bij de arm, want de deur was opengegaan en Komt Zingend was verschenen; hij moest buigen om erdoor te komen. Kurland kwam vlak achter hem aan.

Meteen zagen ze Maan en Rob J. en ze kwamen op hen af. Komt Zingend reageerde ofwel van vreugde om zijn vrijheid of hij maakte zich intuïtief daar uit de voeten, en begon spontaan te hollen, maar hij had pas een paar lange passen gemaakt toen van boven rechts een schot weerklonk en daarna klonken er van een andere daknok aan de overkant van de straat nog twee knallen.

Pyawanegawa de jager, de leider, de held van bal-en-stok, had statig neer moeten gaan, als een reusachtige boom, maar hij viel lomp, net als ieder ander, met zijn gezicht in het stof.

Rob J. sprong van de kar en was meteen bij hem, maar Maan kon zich niet verroeren. Toen hij bij Komt Zingend kwam en hem omkeerde, zag hij wat Maan al wist. Eén kogel was precies in het kuiltje van zijn nek terechtgekomen. De andere twee waren borstwonden, een centimeter of drie uit elkaar, en waarschijnlijk hadden ze allebei de dood veroorzaakt door het hart te treffen.

Kurland kwam bij hen en stond er hulpeloos, verschrikt bij. Het kostte nog een minuut voor London en Holden uit het bureau van de sheriff kwamen. Mort luisterde naar Kurlands verklaring en begon bevelen te schreeuwen en de daken aan de ene kant te controleren en toen aan de overkant. Niemand leek erg verbaasd toen er nergens iemand op het dak was.

Rob J. was op zijn knieën bij Komt Zingend blijven zitten, maar nu stond hij op en ging op Nick af. Holden was bleek maar rustig, alsof hij overal op voorbereid was. Ontoepasselijk werd Rob opnieuw getroffen door zijn mannelijke schoonheid. Hij droeg een revolver in een holster, zag Rob, en hij wist dat zijn woorden tegen Nick hem in gevaar konden brengen; ze moesten met de grootste zorg gekozen worden, maar wel worden gesproken.

'Ik wil nooit meer iets met je te maken hebben,' zei hij. 'Zo lang als ik leef niet.'

Komt Zingend werd naar de schuur van de schapenfokkerij gebracht en Rob J. liet hem daar met zijn gezin. Toen de avond viel en hij Maan en haar kinderen in huis wilde gaan halen om wat te eten, merkte hij dat ze weg waren, en het lijk van Komt Zingend ook. Later die avond ontdekte Jay Geiger Coles kar en paard aan een paal gebonden voor zijn stal en hij bracht Rob zijn eigendom terug. Hij zei dat Kleine Hoorn en Stenen Hond niet meer op zijn boerderij waren. Maan en haar kinderen kwamen niet terug. Die nacht kon Rob J. niet slapen, hij moest denken aan Komt Zingend die waarschijnlijk in een graf zonder grafteken lag, ergens in het bos langs de rivier. Op het land van een ander, dat eens de Sauk had toebehoord.

Rob J. hoorde het nieuws pas de volgende dag, in de loop van de morgen, toen Jay weer aan kwam rijden om hem te vertellen dat de enorme voorraadschuur van Nick Holden die nacht tot op de grond was afgebrand. 'Er is geen twijfel aan, ditmaal waren het de Sauk. Ze zijn allemaal weggelopen. Nick heeft het grootste deel van de nacht de vlammen van zijn huis weg staan houden en staan roepen dat hij de burgerwacht en het nationale leger erbij haalt. Hij is al achter hen aan met bijna veertig man, de treurigste Indianen-bevechters die je maar kunt bedenken: Mort London, dokter Beckermann, Julian Howard, Fritz Graham, de meeste stamgasten uit de bar van Nelson – de helft van de dronkelappen uit dit stuk van de provincie, en allemaal denken ze dat ze achter Zwarte Havik aan zitten. Ze hebben geluk als ze elkaar niet in hun voet schieten.'

Die middag reed Rob J. naar het Sauk-kamp. Hij zag dat ze voorgoed waren weggetrokken. De bizonmantels waren voor de ingangen van de hedonoso-te's weggehaald, gaten als uitgevallen tanden. De afval van het kampbestaan lag over de grond. Hij raapte een blikje op en aan de ruwheid van het deksel zag hij dat het was opengezaagd met een mes of een bajonet. Uit het etiket bleek dat er halve perziken op sap uit de staat Georgia in hadden gezeten. Het was hem nooit gelukt, de Sauk het nut van een gegraven latrine te laten inzien en nu kon hij hun vertrek niet romantiseren vanwege de vage lucht van menselijke uitwerpselen, die op hem af kwam als de wind die van de rand van het kamp naar binnen waaide, een laatste geurige aanwijzing dat er iets van waarde verdwenen was van die plek dat door toverkracht of politiek niet teruggehaald kon worden.

Nick Holden en zijn groep joegen de Sauk vier dagen na. Ze kwamen niet erg dichtbij. De Indianen bleven in de bossen langs de Mississippi en trokken steeds naar het noorden. In de wildernis waren ze niet zo goed als velen van het Volk die nu dood waren, maar zelfs de slechtste van hen was in de bossen beter dan de blanken; ze keerden en draaiden, ze legden valse sporen en de blanken volgden die braaf. De blanken bleven hen achtervolgen tot ze ver in Wisconsin waren. Het was beter geweest als ze met trofeeën hadden kunnen terugkeren, een paar scalpen en oren, maar ze zeiden elkaar dat ze een grote overwinning hadden behaald. Ze hielden halt in Prairie du Chien en sloegen een hoop whisky achterover en Fritzie Graham kreeg het aan de stok met een huzaar en kwam in de bak terecht, maar Nick haalde hem eruit na de sheriff ervan te hebben overtuigd dat een zekere collegiale hoffelijkheid tegenover een hulpsheriff-op-bezoek op zijn plaats was. Toen ze terugkwamen, gingen de achtendertig discipelen heen en verspreidden hun waarheid, dat Nick Holden de staat gered had van het rode gevaar en bovendien nog een jofele bink was.

Het was dat jaar een zachte herfst, beter dan de zomer, want de vroege vorst doodde al het ongedierte. Een gouden tijd, de bladeren langs de rivier gekleurd door de koude nachten, maar de dagen zacht en aangenaam. In oktober riep de kerk dominee Joseph Hills Perkins tot de kansel. Hij had om een pastorie èn een salaris gevraagd, dus na de herfst werd er een flinke blokhut gebouwd en de geestelijke trok erin met zijn vrouw Elizabeth. Ze hadden geen kinderen. Sarah vervulde haar taak als lid van het ontvangstcomité.

Rob J. vond verlepte lelies langs de rivier en plantte de wortels ervan aan de voet van Makwa's graf. Het was bij de Sauk niet de gewoonte om een steen op een graf te leggen, maar hij vroeg Alden om een brede acaciaplank te vlakken die niet weg zou rotten. Het leek ongepast om haar te gedenken met Engelse woorden, maar hij liet Alden de rune-achtige tekens in het hout snijden die ze op haar lichaam gedragen had, om het als haar plek te markeren. Hij had één onbevredigend gesprek met Mort London om de sheriff ertoe te brengen, haar dood en die van Komt Zingend uit te zoeken, maar London zei dat hij tevreden was dat de moordenaar doodgeschoten was, waarschijnlijk door andere Indianen.

In november gingen in de hele Verenigde Staten de mannelijke inwoners van boven de eenentwintig stemmen. In het hele land reageerden arbeiders op de concurrentie van immigranten voor hun banen. Rhode Island, Connecticut, New Hampshire, Massachusetts en Kentucky kozen een Weetniks-gouverneur en in acht staten werd een Weetnikshuis van afgevaardigden gekozen. In Wisconsin hielpen Weetniksen een republikeinse volksvertegenwoordiging in het zadel, die vervolgens de staatsimmigratiebureaus afschafte. De Weetniksen sleepten Texas, Tennessee, California en Maryland in de wacht en deden het goed in de meeste zuidelijke staten. In Illinois wonnen ze een meerderheid van stemmen in Chicago en in het zuidelijk deel van de staat. In de provincie Rock Island verloor het zittende lid in het Huis van Afgevaardigden Stephen Hume zijn zetel met honderddrieëntachtig stemmen aan de Indianen-bevechter Nicholas Holden, die meteen na de verkiezingen vertrok om zijn district in Washington D.C. te gaan vertegenwoordigen.

DEEL VIER

De dove jongen

12 oktober 1851

30. Lessen

De spoorweg begon in Chicago. Mensen die net uit Duitsland, Ierland en Scandinavië aankwamen vonden werk door glimmende rails over veelal vlak land te leggen, tot ze tenslotte bij Rock Island aan de oostelijke oever van de Mississippi kwamen. Tegelijkertijd bouwde de Mississippi en Missouri Spoorweg-Maatschappij een spoorweg dwars door Iowa van Davenport naar Council Bluffs, en de Mississippi Brug-Maatschappij was gesticht om de twee spoorlijnen door middel van een brug over die grote rivier met elkaar te verbinden.

Op een zachte avond na zonsondergang werden in de diepe geheimenissen van de stromende wateren miljoenen krioelende waterlarven omgevormd tot schietmotten. Elk van die libel-achtige insekten fladderde uit de rivier op vier zilveren vleugels, ze zwermden rond en verdrongen elkaar, ze vielen op Davenport in een storm van glinsterende sneeuwvlokken die de ramen bedekten, in de ogen, oren en mond van mens en dier terechtkwamen, en een vreselijke last waren voor iedereen die zich buiten de deur waagde.

De schietmotten leefden maar één nacht. Hun kortstondige aanval was een verschijnsel dat een of twee keer per jaar voorkwam en de mensen langs de Mississippi namen het voor lief. Als de zon opkwam was de inval over, dan waren de motten dood. Om acht uur 's morgens zaten vier mannen op banken langs de oever in het schrale herfstlicht te roken en te kijken hoe werkploegen de insektelijkjes op hopen veegden die in karren werden geschept, die daarna weer in de rivier werden geleegd. Al vlug kwam er een andere man te paard met vier andere paarden aan hun leidsel, en de mannen stonden op van hun bank en stegen op de dieren.

Het was donderdagmorgen. Betaaldag. In Second Street, in het kantoor van de Chicago en Rock Island-Spoorweg maakten de betaalmeester en twee klerken de betaalstaat op van de ploeg die de nieuwe brug bouwde.

Om kwart over negen reden de mannen naar het kantoor toe. Vier van hen stegen af en gingen naar binnen; één man lieten ze bij de paarden. Ze waren niet gemaskerd en ze zagen eruit als gewone boeren, behalve dan dat ze gewapend waren. Toen ze kalm en duidelijk hun doel bekend maakten, was een van de klerken dom genoeg te proberen van een plank vlakbij een pistool te pakken, en hij werd doodgeschoten, zo dood als een schietmot: één pistoolkogel in zijn hoofd. Er werd verder geen weerstand geboden en de vier overvallers zamelden voor ze vertrokken rustig alle lonen in, elfhonderdzes dollar en zevenendertig cent, in een vuile linnen zak. De betaalmeester zei later tegen het gezag, dat de bandiet die de bevelen gaf Frank Mosby was, die jarenlang had geboerd op land aan de overkant van de rivier, naar het zuiden, voorbij Holden's Crossing.

Sarah had een ongelukkig tijdstip gekozen. Die zondagmorgen wachtte ze in de kerk tot dominee Perkins de gelovigen vroeg te getuigen. Toen verzamelde ze haar moed, stond op en kwam naar voren. Met zachte stem vertelde ze haar dominee en de gemeente dat ze, toen ze als jonge vrouw weduwe geworden was, gemeenschap had gehad buiten de band van het heilige huwelijk, waardoor er een kind ter wereld was gekomen. Nu, zei ze hun, wilde ze zich door een openbare belijdenis bevrijden van haar zonde door de zuiverende genade van Jezus Christus.

Toen ze dat achter de rug had, hief ze haar witte gezicht op en staarde in de vochtige ogen van dominee Perkins. 'Loof de Heer,' fluisterde hij. Met zijn lange, smalle vingers pakte hij haar hoofd en dwong haar op haar knieën. 'God!' beval hij streng. 'Vergeef deze goede vrouw haar zonde, want ze heeft hier in Uw huis vandaag de last van zich afgeworpen, ze heeft het rood van haar ziel gewassen en hem wit gemaakt als een roos, blank als de eerste sneeuw.'

Het gemompel van de gemeente zwol aan tot geschreeuw en uitroepen.

'Loof de Heer!'

'Amen!'

'Halleluja!'

'Amen, amen!'

Sarah voelde haar ziel echt lichter worden. Ze dacht dat ze nu zó naar het Paradijs kon zweven, nu de kracht van de Heer in haar lichaam stroomde via de vijf prikkende vingertoppen van dominee Perkins.

De gemeente ziedde van opwinding. Iedereen was op de hoogte van de overval op het spoorwegkantoor en dat de leider van de schurken was geïdentificeerd als Frank Mosby, van wiens gestorven broer Will, zo werd wijd en zijd gefluisterd, Sarah Coles eerste zoon afkomstig was. De mensen in de kerk waren dus gevangen in het drama van de belijdenis, ze keken naar Sarah Coles gezicht en haar lijf en stelden zich allerlei wellustige taferelen voor die ze, geschokt fluisterend, als waarschijnlijk waar gebeurd door zouden geven aan vrienden en buren.

Toen dominee Perkins Sarah toestond terug te gaan naar haar bank, werden er enthousiaste handen naar haar uitgestoken en vele stemmen mompelden woorden van blijdschap en gelukwensen. Het was de stralende verwezenlijking van een droom die haar jarenlang gekweld had. Het was het bewijs dat God goed was, dat christelijke vergiffenis nieuwe hoop mogelijk maakte, en dat ze aanvaard was in een wereld waar liefde en barmhartigheid heerste. Het was het gelukkigste moment van haar leven.

De volgende morgen werd de school geopend, de eerste schooldag. Shaman genoot van het gezelschap van achttien kinderen van verschillende grootte, van de indringende geur van vers hout van het gebouw en het meubilair, van zijn lei en zijn griffels en zijn exemplaar van *McGuffy's vierde bloemlezing*, verfomfaaid en gebruikt omdat de school in Rock Island voor de scholieren *McGuffy's vijfde bloemlezing* had aangeschaft en de school van Holden's Crossing hun oude boeken had gekocht. Maar bijna meteen zat hij in de problemen.

Meester Beyers had zijn leerlingen alfabetisch gerangschikt, in vier groepen naar leeftijd, dus zat Shaman aan het ene uiteinde van de lange gemeenschappelijke schrijfplank en Alex zat te ver weg om hem ergens mee te helpen. De onderwijzer sprak zenuwachtig snel en Shaman had moeite om zijn lippen te lezen. De leerlingen kregen de opdracht op hun lei een tekening te maken van hun huis en hun naam, leeftijd, en naam en beroep van hun vader erbij te schrijven. Met het enthousiasme van kinderen die voor het eerst naar school gaan keerden ze zich naar de plank en waren al vlug druk aan het werk.

De eerste aanwijzing voor Shaman dat er iets mis was, kwam toen de houten aanwijsstok op zijn schouder tikte.

Meester Beyers had zijn klas opdracht gegeven, op te houden en weer naar hem te kijken. Ze hadden allemaal gehoorzaamd, behalve de dove jongen, die het niet gehoord had. Toen Shaman zich geschrokken omkeerde zag hij dat de andere kinderen hem uitlachten.

'Nu gaat degene die geroepen wordt, hardop de woorden op zijn lei voorlezen en laat zijn tekening aan de klas zien. We beginnen met jou,' en de aanwijsstok tikte hem weer aan.

Shaman las en struikelde over sommige woorden. Toen hij zijn tekening had laten zien en klaar was, noemde meester Beyers Rachel Geiger, aan het andere eind van de klas. Al boog Shaman zich op zijn bank zo ver naar voren als hij maar kon, hij kon haar gezicht niet zien en niet van haar lippen lezen. Hij stak zijn hand op.

'Wat?'

'Ik kan hun gezicht van hier af niet zien. Mag ik alstublieft,' zei hij en sprak de meester aan zoals zijn moeder hem streng had geleerd, 'voor hen gaan staan?'

Bij zijn laatste baan had meester Beyers ordeproblemen gehad, soms zo erg dat hij bang was geweest het klaslokaal binnen te gaan. Deze school was een nieuwe kans en hij was vastbesloten streng orde te houden onder die jonge wilden. Hij had besloten dat een van de manieren om dat te doen, was om hen op hun plaats te houden. Alfabetisch, in vier groepjes volgens hun leeftijd. Iedereen op zijn of haar plaats.

Hij wist dat het mis zou gaan als deze jongen voor de leerlingen stond terwijl ze voorlazen, naar hun mond staarde en misschien achter zijn rug gezichten trok, en ze aanzette tot lachen en wilde grappen. 'Nee, dat kan niet.'

Een groot deel van de morgen zat Shaman daar maar wat, niet in staat te volgen wat er gaande was. Tussen de middag gingen de kinderen naar buiten en speelden tikkertje. Hij vond dat leuk tot de grootste jongen van de school, Lucas Stebbins, Alex een klap gaf zodat hij 'hem was' en Alex tegen de grond vloog. Toen Alex overeind krabbelde met gebalde vuisten, kwam Stebbins dicht naar hem toe. 'Wil jij vechten, lul? We moesten je niet eens mee laten spelen. Jij bent onecht. Dat zegt mijn pa.'

'Wat is onecht?' vroeg Davey Geiger.

'Weet je dat niet?' zei Luke Stebbins. 'Dat betekent dat iemand anders dan zijn pa, een gemene schurk van een oplichter, Will Mosby, zijn dinges in het plasgaatje van mevrouw Cole heeft gestopt.'

Toen Alex zich op de grote jongen wierp, kreeg hij een gemene klap op zijn neus, waardoor die ging bloeden en Alex tegen de grond sloeg. Shaman rende naar de kwelgeest van zijn broer en kreeg zo'n draai om zijn oren dat een paar van de andere kinderen, intens bang voor Luke, wegliepen.

'Hou op! Je doet hem pijn,' riep Rachel Geiger en keek boos.

Gewoonlijk luisterde Luke wel naar haar, onder de indruk dat ze met haar twaalf jaar al borstjes had, maar ditmaal grijnsde hij alleen maar. 'Hij is al doof. Met zijn oren kan niets meer gebeuren... Stommen praten wel gek,' zei hij vrolijk en gaf Shaman nog een flinke mep voor hij wegliep. Als Shaman het had goedgevonden, zou Rachel haar armen om hem heen geslagen hebben om hem te troosten. Alex en hij gingen, achteraf tot hun grote schaamte, op de grond zitten en huilden samen onder de ogen van hun klasgenootjes.

Na de middag was er zangles. Die bestond uit het aanleren van melodieën en teksten van psalmen en gezangen; een geliefde les, want het was een afwisseling van het leren uit een boek. Meester Beyer gaf de dove jongen de opdracht, tijdens de zangles de emmer as van de vorige dag, die naast de houtkachel stond, te legen en de houtkist te vullen door zware houtblokken naar binnen te dragen. Shaman besloot dat hij een hekel had aan school.

Het was Alma Schroeder die tegenover Rob J. een bewonderende opmerking maakte over de belijdenis in de kerk, in de veronderstelling dat hij ervan wist. Toen hij de bijzonderheden eenmaal gehoord had, kregen Sarah en hij ruzie. Hij had haar gekweldheid aangevoeld en nu haar opluchting, maar hij was verbaasd en gekwetst dat ze aan vreemden intieme bijzonderheden over haar leven verteld had, of ze nu pijnlijk waren of niet.

Geen vreemden, wees ze hem terecht. 'Broeders in de genade, zusters in Christus, die mijn biecht hebben aangehoord.' Dominee Perkins had hun gezegd dat iedereen die komende lente gedoopt wilde worden, moest biechten, legde ze uit. Ze stond versteld dat Rob J. moeite had dat te begrijpen; voor haar was dat zo duidelijk.

Toen de jongens herhaaldelijk thuiskwamen uit school met sporen van gevechten, vermoedde Rob J. dat minstens een paar van haar broeders in genade en zusters in Christus niets te goed waren om de biecht die ze in de kerk hadden aangehoord aan anderen door te vertellen. Zijn zoons lieten niets los over hun blauwe plekken. Hij kon onmogelijk met hen over hun moeder spreken, anders dan met bewondering en liefde wanneer dat maar mogelijk was. Maar hij had met hen gesproken over vechten. 'Het is gewoon de moeite niet waard, iemand een klap te geven als je kwaad bent. Het kan vlug uit de hand lopen en zelfs tot doodslag leiden. En doden wordt nergens door gerechtvaardigd.'

De jongens wisten niet wat ze ervan moesten denken. Ze hadden het over een gevecht op de speelplaats, niet over doden. 'Als iemand je slaat dan moet je toch terugslaan, pa?' vroeg Shaman.

Rob J. knikte begrijpend. 'Ik weet dat het een probleem is. Je moet je hoofd gebruiken in plaats van je vuisten.'

Alden Kimball had het toevallig gehoord. Even later keek hij de broers aan en spuugde ontzet op de grond. 'Verdomme! Verdòmme! Jullie pa moet een van de slimste mensen zijn die ooit over Gods aarde heeft rondgelopen, maar hij kan er toch naast zitten. Ik zeg jullie, als iemand je slaat dan moet je die klootzak te pakken nemen, anders blijft hij gewoon doorgaan.'

'Luke is vreselijk groot, Alden,' zei Shaman. En zijn grotere broer vond dat ook.

'Luke? Is dat die lul van een jongen van Stebbins? Luke Stebbins?' vroeg Alden en spuugde opnieuw toen ze ongelukkig knikten.

'Toen ik nog jonger was, was ik kermisbokser. Weet je wat dat is?'

'Een heel goede bokser?' zei Alex.

'Wat je goed noemt! Ik was geweldig. Ik bokste altijd op kermissen. Jaarmarkten en zo. Ik bokste drie minuten tegen iedereen die een halve dollar wilde inleggen. Als ze me vloerden, kregen ze drie dollar. En geloof maar niet dat er niet veel sterke kerels waren, die het eens probeerden voor die drie dollar.'

'Heb je veel geld verdiend, Alden?' vroeg Alex.

Aldens gezicht werd somber. 'Nee. Er was een spullenbaas, die verdiende een hoop geld. Ik heb het twee jaar gedaan, zomer en herfst. Toen versloeg iemand me. De spullenbaas betaalde drie dollar aan die kerel die me gevloerd had en nam hem in dienst in plaats van mij.' Hij keek hen aan. 'Maar waar het om gaat: als jullie willen leren vechten, kan ik het jullie leren.'

De twee jonge gezichtjes keken naar hem op. Toen knikten twee hoofden.

'Hou op. Zeg gewoon maar ja, kunnen jullie dat niet?' zei Alden geërgerd. 'Jullie zien eruit als twee van die stomme schapen.'

'Een beetje bang zijn kan geen kwaad,' zei hij. 'Daar gaat je bloed van stromen. Maar als je tè bang wordt, kun je alleen maar verliezen. En je moet ook niet te kwaad worden. Een vechter die kwaad wordt, begint met zijn armen te zwaaien en geeft de ander de kans hem te raken.'

Shaman en Lex grijnsden verlegen, maar Alden was heel ernstig toen hij hun liet zien hoe ze hun handen moesten houden, de linker op ooghoogte om het hoofd te beschermen, de rechter lager om de romp te dekken. Hij deed moeilijk over de manier waarop ze een vuist maakten en wilde per se dat ze hun gebogen vingers strak vastklemden, zodat hun knokkels hard werden en het leek alsof ze hun tegenstander raakten met een stuk steen in hun hand.

'Boksen kent maar vier slagen,' zei Alden. 'De linkse stoot, de linkse hoek, de rechtse diagonale en de rechtse directe. De stoot bijt als een slang. Hij moet wat prikken, maar doet die ander niet veel pijn, houdt hem alleen uit zijn evenwicht en maakt hem klaar voor iets ergers. De linkse hoek gaat niet ver, maar werkt wel – je keert je naar links, legt je gewicht op je rechterbeen en zwaait hàrd naar zijn hoofd. De rechtse diagonale, nou, dan leg je je gewicht op het andere been en krijg je kracht door een snelle draai van je middel, zo. Het liefst doe ik rechtse directe op het lichaam, dat noem ik de Stok. Je draait laag naar links, legt je gewicht boven je linkerbeen en je slaat je rechtervuist recht in zijn buik, alsof je hele arm een speer was.'

Hij deed de slagen nog eens voor, een voor een om hen niet in de war te maken. De eerste dag liet hij hen twee uur in de lucht slaan, zodat het vreemde van de vuistslag afging en ze vertrouwd raakten met hun spierritme. De volgende middag gingen ze weer naar de kleine open plaats achter de hut van Alden waar ze wel niet gestoord zouden worden, en nadien elke middag. Ze oefenden elke slag keer op keer voor hij ze met elkaar liet boksen. Alex was drieëneenhalf jaar ouder, maar omdat Shaman zo groot was, leek het verschil maar een jaar. Ze waren heel voorzichtig met elkaar. Tenslotte liet Alden de jongens een voor een tegen hem opkomen en moedigde ze aan, zo hard te slaan als ze in een echt gevecht zouden doen. Tot hun verbazing draaide hij en ontweek of blokkeerde elke klap met een onderarm of pareerde hem met zijn vuist. 'Kijk, wat ik jullie leer is geen groot geheim. Anderen leren ook hoe ze een klap uit moeten delen. Je moet je leren verdedigen.' Hij drong erop aan dat ze hun kin lieten zakken tot hij strak tegen het borstbeen lag. Hij liet hun zien hoe je een tegenstander vasthoudt in een clinch, maar hij waarschuwde Alex dat hij tegenover Luke ten koste van alles een clinch moest vermijden. 'Die jongen is zoveel groter dan jij, hou afstand, laat hem je niet tegen de grond werken.'

Het was niet waarschijnlijk dat Alex het van zo'n grote jongen kon winnen, dacht Alden bij zichzelf, maar Alex kon Luke misschien zo afstraffen dat hij hen met rust liet. Hij probeerde geen vechtersbazen van de jongens te maken. Hij wilde alleen dat ze zich konden verdedigen en leerde hun alleen de eerste beginselen, omdat hij maar net genoeg wist om kinderen te leren boksen. Hij probeerde hun niet te leren wat ze met hun voeten moesten doen. Jaren later zei hij tegen Shaman dat hij, als hij zelf een en ander geweten had van het voetenwerk, waarschijnlijk niet was verslagen door die drie-dollarbokser.

Wel zes keer dacht Alex dat hij klaar was om het tegen Luke op te nemen, maar Alden zei dat hij zou zeggen wanneer Alex klaar was; nu nog niet. Dus elke dag gingen Shaman en Alex naar school en wisten dat de speeltijd vervelend zou worden. Luke had van de gebroeders Cole een spelletje gemaakt. Hij stompte en beledigde hen naar hartelust en noemde ze alleen Stomme en Bastaard. Bij het tikkertje gaf hij ze gemene duwen en als ze worstelden drukte hij ze met hun gezicht tegen de grond.

Voor Shaman was Luke niet het enige probleem op school. Hij zag maar een klein deel van wat er op een schooldag gezegd werd en van het begin af aan was hij hopeloos achter. Marshall Beyers vond dat helemaal niet erg; hij wilde de vader van de jongen duidelijk maken dat een dove jongen op een gewone school niet thuishoorde. Maar de onderwijzer speelde het voorzichtig en wist dat hij, als het onderwerp opnieuw ter sprake kwam, maar beter beslagen ten ijs kon komen. Hij hield nauwkeurig een lijst bij van Robert J. Coles onvoldoendes en liet de jongen geregeld nablijven voor extra taken waardoor zijn punten niet hoger schenen te worden.

Soms liet meester Beyers ook Rachel Geiger nablijven, tot Shamans verbazing, want Rachel werd beschouwd als de beste leerling van de school. Als dat gebeurde, liepen ze samen terug naar huis. Op een van die middagen, een grauwe dag toen net de eerste sneeuw van het jaar begon te vallen, joeg ze hem de schrik op het lijf door onder het lopen in tranen uit te barsten.

Hij kon haar alleen maar ontsteld aankijken.

Ze bleef staan en keek naar hem, zodat hij haar lippen kon zien. 'Die meester Beyers! Als hij kan, dan komt hij… Te dichtbij staan. En hij zit altijd aan me.'

'Aan je?'

'Hier,' zei ze en legde haar hand boven op de voorkant van haar blauwe jas.

Shaman wist niet hoe hij moest reageren op zo'n onthulling, want zo ver reikte zijn ervaring lang niet. 'Wat kunnen we eraan doen?' vroeg hij, eerder aan zichzelf dan aan haar.

'Ik weet het niet. Ik weet het niet.' Tot zijn verschrikking begon Rachel weer te snikken.

'Ik moet hem vermoorden,' besloot hij kalm.

Ze werd een en al aandacht en ze hield op met huilen. 'Dat is idioot.'

'Nee. Ik ga het doen.'

De sneeuw viel al wat dichter. Hij verzamelde zich op haar muts en haar haar. Haar bruine ogen met nog tranen die blonken aan haar dikke zwarte wimpers, stonden verbaasd. Een grote witte vlok smolt op een gladde wang die donkerder was dan de zijne, ergens tussen het bleke van zijn moeder en het donkere van Makwa in. 'Zou je dat voor me doen?'

Hij probeerde het eerlijk te overdenken. Hij zou het zelf fijn vinden meester Beyers kwijt te zijn, maar haar problemen met de meester vormden de druppel die de emmer deed overlopen, en hij kon alleen maar overtuigd knikken. Haar glimlach, ontdekte Shaman, gaf hem op een nieuwe manier een fijn gevoel.

Ze legde ernstig haar hand op haar borst, precies op de plek die ze voor meester Beyers tot verboden gebied had verklaard. 'Jij bent mijn vaste vriend en ik jouw vriendin,' zei ze en hij begreep dat dat zo

was. Toen ze verder liepen, kwam de hand met de want van het meisje tot zijn verbazing in de zijne. Net als haar blauwe wanten waren zijn rode gebreid door haar moeder, die altijd wanten breide om de kinderen van Cole op hun verjaardag te geven. Door de wol heen stuurde haar hand een verbazende hoeveelheid warmte naar boven tot halverwege zijn arm. Maar opeens bleef ze staan en keek hem aan. 'Hoe ga je... je weet wel... het doen?'
Hij zweeg tot uit de koude lucht een uitdrukking kwam gevallen die zijn vader bij tal van gelegenheden gebruikte. 'Daar zal ik eens goed over moeten nadenken,' zei hij.

31. Schooldagen

Rob J. genoot van de bijeenkomsten van het Medisch Genootschap. Soms waren ze leerzaam. Meestal bezorgden ze hem een avond in het gezelschap van andere mannen die gelijksoortige ervaringen hadden en die dezelfde taal spraken als hij. In de bijeenkomst van november deed Julius Barton, een jonge dokter uit het noorden van de provincie, verslag over slangebeten en haalde herinneringen op aan een paar heel vreemde dierebeten die hij behandeld had, waaronder het geval van een vrouw die zo hard in haar mollige achterste gebeten was dat het bloedde. 'Haar echtgenoot zei dat de hond het gedaan had, wat het tot een bijzonder zeldzaam geval maakte, want aan de beet was te zien dat hun hond mensentanden had!'
Om zich niet te laten kennen vertelde Tom Beckermann over een katteliefhebber die klauwen in zijn testikels gekregen had, al of niet van zijn kat. Tobias Barr zei dat zoiets niet ongewoon was. Pas een paar maanden tevoren had hij een man behandeld wiens gezicht hevig gehavend was. 'Hij zei ook dat de kat hem gekrabd had, maar als dat zo was, had die kat maar drie klauwen, zo breed als die van een menselijke poes,' zei dokter Barr en lokte nog meer gelach uit.
Hij begon meteen aan de volgende anekdote en was gepikeerd toen Rob Cole hem onderbrak om te vragen, of hij zich precies kon herinneren wanneer hij die patiënt met krabben op zijn gezicht behandeld had.
'Nee,' zei hij kortaf en ging verder met zijn verhaal.
Na de vergadering ving Rob J. dokter Barr op. 'Tobias, die patiënt met die krabben over zijn gezicht. Heb je die misschien op zondag drie september behandeld?'

'Ik weet het niet precies. Ik heb het niet opgeschreven.' Dokter Barr ging een beetje in verweer dat hij het niet bijhield, terwijl hij wel wist dat dokter Cole een wetenschappelijker soort geneeskunst beoefende. 'Je hoeft niet elk onbenullig ding vast te leggen; waarom, verdorie? Zeker niet met zo'n patiënt, een reizende predikant uit een andere provincie, gewoon op doorreis. Ik zie hem waarschijnlijk nooit weer terug en hoef hem vast nooit meer te behandelen.'

'Een predikant? Weet je nog hoe hij heette?'

Dokter Barr trok rimpels in zijn voorhoofd, dacht diep na, schudde zijn hoofd.

'Patterson misschien?' vroeg Rob J. 'Ellwood R. Patterson?'

Dokter Barr staarde hem aan.

De patiënt had geen precies adres achtergelaten, voor zover dokter Barr zich herinnerde. 'Ik geloof dat hij zei dat hij uit Springfield kwam.'

'Tegen mij zei hij Chicago.'

'Kwam hij bij je voor syfilis?'

'Derde stadium.'

'Ja, derde stadium van syfilis,' zei dokter Barr. 'Hij vroeg me ernaar nadat ik zijn gezicht verbonden had. Het soort man dat voor één dollar het onderste uit de kan wil hebben. Als hij een eksteroog had gehad, had hij gevraagd het weg te halen nu hij toch in de spreekkamer was. Ik heb hem wat zalf verkocht voor zijn syfilis.'

'Ik ook,' zei Rob J. en ze glimlachten allebei.

Dokter Barr keek vragend. 'Hij vertrok zonder te betalen, hè? Ben je daarom op hem uit?'

'Nee. Ik heb lijkschouwing gedaan op een vrouw die vermoord was op de dag dat jij hem onderzocht. Ze was door diverse mannen verkracht. Er zat huid onder drie van haar nagels, waarschijnlijk doordat ze een van hen gekrabd had.'

Dokter Barr gromde.

'Ik weet nog dat er twee mannen buiten op hem wachtten. Ze stegen af en gingen bij mij op het trapje zitten. Een van de twee was groot, gebouwd als een beer vóór de winterslaap, met een flinke laag vet. De andere was mager, jonger. Met een wijnvlek op zijn wang, onder zijn oog. Het rechteroog geloof ik. Ik heb hun naam niet gehoord en herinner me verder niet veel van hen.'

De voorzitter van het Medisch Genootschap was geneigd tot *jalousie de métier* en kon nu en dan wat hoogdravend uit de hoek komen, maar Rob J. had hem altijd graag gemogen. Hij bedankte Tobias Barr en vertrok.

Mort London was sinds het laatste treffen wat rustiger geworden, misschien omdat hij zich onzeker voelde nu Nick Holden helemaal in Washington zat, of misschien was het tot hem doorgedrongen dat het niet goed was voor een gekozen functionaris als hij zijn mond niet kon houden. De sheriff luisterde naar Rob J., maakte aantekeningen met betrekking tot de fysieke beschrijving van Ellwood R. Patterson en de twee andere mannen, en beloofde zoetsappig om navraag te doen. Rob had de indruk dat die aantekeningen de prullenmand in zouden gaan op het moment dat hij Londons kantoor uit zou lopen. Als Rob de keus had tussen een boze of een gladde, diplomatieke Mort, dan koos hij voor de boze.

Hij ging dus zelf navraag doen. Carroll Wilkenson, de makelaar en verzekeringsagent, was voorzitter van het kerkbestuur en hij had alle gastpredikanten laten komen alvorens de kerk dominee Perkins had beroepen. Als goed zakenman bewaarde Wilkenson alles in zijn archief. 'Hier is het,' zei hij en haalde een strooibiljet te voorschijn. 'Meegenomen bij een verzekeringsvergadering in Galesburg.' Het pamflet bood christelijke kerken een bezoek aan van een predikant die een gastpredikatie zou geven over Gods plannen voor de Mississippi-vallei. Het aanbod bracht geen kosten met zich mee voor de kerk die hem uitnodigde; alle kosten van de predikant werden gedragen door het Godsdienstig Instituut Sterren en Strepen, Palmer Avenue 282, Chicago.

'Ik schreef een brief en gaf drie vrije zondagen op. Ze schreven terug dat Ellwood Patterson op 3 september zou komen preken. Zij zouden overal voor zorgen.' Hij erkende dat de preek van Patterson niet zo goed gevallen was. 'Het was voornamelijk een waarschuwing tegen de katholieken.' Hij glimlachte. 'Niemand vond dat zo erg, om de waarheid te zeggen. Maar toen begon hij over lieden die uit andere provincies naar de Mississippi-vallei kwamen. Hij zei dat ze de hier geborenen hun werk ontnamen. Mensen die niet hier geboren waren, kon hij missen als kiespijn.' Hij had geen postadres van Patterson gekregen. 'Niemand dacht er ook maar over, hem nog eens te vragen. Een nieuwe kerk als de onze kan beslist geen predikant gebruiken die de gemeenteleden tegen elkaar opzet.'

Ike Nelson, de kastelein, kon zich Ellwood Patterson herinneren. 'Ze waren hier zaterdagavond nog laat. Hij heeft een kwade dronk, die Patterson, en die twee kerels die hij bij zich had ook. Vlot met de centen, maar meer last dan iets anders. Die grote, Hank, schreeuwde telkens dat ik een paar hoeren moest gaan halen, maar hij werd al vlug dronken en dacht niet meer aan vrouwen.'

'Hoe heette hij met zijn achternaam, die Hank?'

211

'Een rare naam. Niet Sneeze... Cough! Hank Cough! Die andere vent, die kleine magere jongere, die noemden ze Len. Lenny soms. Kan me niet herinneren dat ik zijn achternaam gehoord heb. Hij had een paarse plek op zijn gezicht. Hij hobbelde een beetje, alsof zijn ene been misschien iets korter was dan het andere.'

Toby Barr had het niet over mank gehad, maar Rob bedacht dat hij de man misschien niet had zien lopen. 'Aan welk been was hij mank?' vroeg hij, maar die vraag lokte bij de kastelein alleen een verbaasde blik uit.

'Liep hij zo,' vroeg Rob en deed of zijn rechterbeen het goede was, 'of zo?' en maakte zijn linker het goede.

'Hij hinkte niet zó erg, het was nauwelijks te zien. Ik weet niet aan welke kant. Ik weet alleen dat ze alle drie dronken als ketters. Patterson gooide een flinke rol geld op de toog, zei dat ik ze moest blijven schenken en zelf maar moest afrekenen. Aan het eind van de avond moest ik Mort London en Fritzie Graham laten roepen en ze een paar dollar uit de rol geven om ze naar het logement van Anna Wiley te brengen en ze in bed te leggen. Maar ik heb gehoord dat Patterson de volgende dag weer zo fris en zo vroom was als je maar kon wensen.'

Ike glimlachte stralend. 'Een predikant naar mijn hart!'

Acht dagen voor Kerstmis ging Alex Cole naar school met Aldens toestemming om te vechten.

In de speeltijd zag Shaman zijn broer over de speelplaats lopen. Tot zijn schrik zag hij dat Biggers benen trilden.

Alex liep recht naar de plek waar Luke Stebbins stond met een groepje jongens, die oefenden in het maken van grote sprongen in de zachte sneeuw op het gedeelte van de speelplaats waar nog niet was geschept. Hij scheen geluk te hebben, want Luke had al twee logge aanlopen gemaakt die waren uitgelopen op niet zo geweldige sprongen en hij had zijn zware jas van koeievel uitgedaan om het beter te doen. Had hij die jas aangehouden, dan was een stomp wel heel pijnlijk geweest.

Luke dacht dat Alex mee wilde doen aan het springspel en hij bereidde zich voor op een vrolijke pesterij. Maar Alex kwam aanlopen en gaf hem een rechtse tegen zijn grijnzend gezicht.

Dat was een fout, het begin van een onbeholpen strijd. Alden had nauwkeurige instructies gegeven. De eerste verrassingsklap had in zijn maag moeten komen in de hoop dat Luke in ademnood zou raken, maar door zijn angst kon Alex niet meer denken. Met die stomp sloeg hij de onderlip van Luke kapot, die woedend achter Alex aan kwam. De aanval van Luke was een aanblik die Alex twee maanden eerder verlamd zou hebben van schrik, maar hij was eraan gewend geraakt dat Alden op hem af kwam stuiven en nu ging hij opzij. Terwijl Luke voorbijstoof, gaf hij een felle directe op de al gekwetste mond. Toen, terwijl de grote jongen zijn evenwicht herstelde, gaf Alex hem, voordat hij recht stond, nog twee stompen tegen die gevoelige plek.

Bij de eerste klap was Shaman gaan joelen en de leerlingen kwamen uit alle hoeken van de speelplaats op de vechters af gelopen.

De tweede grote fout van Alex was, dat hij opkeek bij het horen van Shamans stem. Lukes grote vuist trof hem net onder zijn linkeroog en hij vloog tegen de grond. Maar Alden had zijn werk goed gedaan: nog terwijl Alex neerging begon hij op te krabbelen en hij stond al vlug overeind tegenover Luke, die weer onvoorzichtig aan kwam stormen.

Alex' gezicht voelde verdoofd aan en zijn rechteroog begon meteen op te zetten en ging dicht zitten, maar verbazend genoeg werden zijn benen stabieler. Hij hield zijn hoofd erbij en begon aan iets dat bij zijn dagelijkse oefening tot een routine was geworden. Zijn linkeroog was goed en bleef, zoals Alden hem had geleerd, op Lukes borst gericht, waardoor hij kon zien in welke richting diens lijf draaide en met welke hand hij zou gaan slaan. Hij probeerde maar één harde stomp af te weren, waardoor zijn hele arm verdoofd werd; Luke was te sterk. Alex raakte vermoeid, maar hij sprong heen en weer en lette niet op de schade die Luke kon aanrichten als hij nog eens raak sloeg. Zijn linkerhand schoot uit en trof Luke weer fel op zijn gezicht. Door de harde eerste klap was een van Lukes tanden los gaan zitten en het trommelvuur van slagen maakte het werk af. Tot Shamans ontzag schudde Luke heftig met zijn hoofd en spuugde de tand in de sneeuw.

Alex vierde het door nog een linkse, gevolgd door een rechtse diagonale die recht op Lukes neus terechtkwam, waardoor hij meer ging bloeden. Luke sloeg ontzet zijn handen voor zijn gezicht.

'De stok, Bigger!' schreeuwde Shaman. 'De stok!' Alex hoorde zijn broer en hij stompte Luke recht in zijn maag, zo hard hij maar kon, waardoor Luke vooroverboog en naar adem snakte. Dat was het eind van het gevecht, want de kinderen die toekeken, verspreidden zich al voor de wraak van de meester. Alex' oor werd gegrepen door stalen vingers en opeens keek meester Beyers boos op hem neer en riep dat de speeltijd voorbij was.

In de school werden Luke en Alex aan de andere leerlingen getoond als verdorven voorbeeld – onder het grote bord waarop stond: VREDE OP AARDE. 'Ik wil niet dat er op school gevochten wordt,' zei meester

Beyers koel. Hij pakte de stok die hij gebruikte als aanwijsstok en strafte de twee vechtersbazen met vijf vinnige slagen op hun open hand. Luke begon te huilen. Alex' onderlip trilde toen hij zijn straf onderging. Zijn opgezwollen oog had al de kleur van een overrijpe aubergine en zijn rechterhand was aan twee kanten gekwetst, de knokkels ontveld van het vechten en de handpalm rood en dik van de klappen van meester Beyers. Maar toen hij even naar Shaman keek, voelden de broers zich heel voldaan.

Toen de school uitging en de kinderen het gebouw uit kwamen en wegliepen, dromde er een groepje rond Alex. Ze lachten en stelden hem bewonderende vragen. Luke Stebbins liep alleen, chagrijnig en nog steeds verbluft. Toen Shaman Cole op hem af kwam hollen, dacht Luke paniekerig dat de jongste broer nu aan de beurt was en stak zijn handen op, de linkse gebald en de rechtse bijna smekend open.

Shaman sprak hem vriendelijk maar kordaat toe. 'Je noemt mijn broer Alexander. En mij noem je Robert,' zei hij.

Rob J. schreef naar het Godsdienstig Instituut Sterren en Strepen en deelde hun mee dat hij in contact wilde komen met dominee Ellwood Patterson in verband met een geestelijk vraagstuk. Hij vroeg hun het adres van dominee Patterson te sturen.

Het zou weken duren voor hij antwoord kreeg, als hij al antwoord kreeg. Intussen zei hij niemand wat hij te weten was gekomen of wat hij vermoedde, tot op een avond toen hij met de Geigers *Eine Kleine Nachtmusik* gespeeld had. Sarah en Lillian stonden in de keuken te babbelen, ze zetten thee en sneden het gebak terwijl Rob J. bij Jay zijn hart luchtte. 'Wat moet ik doen, als ik een predikant met krabben over zijn gezicht vind? Ik weet wel dat Mort London geen vinger uit zal steken om hem te laten berechten.'

'Dan moet je zo'n misbaar maken dat ze je in Springfield horen,' zei Jay. 'En als het staatsgezag je niet helpt, moet je een beroep doen op Washington.'

'Niemand die aan de macht is, heeft nog iets willen doen voor één do-de Indiaanse.'

'In dat geval,' zei Jay, 'moeten we, als de schuld bewezen is, een paar rechtschapen mannen bij elkaar zoeken die met een geweer overweg kunnen.'

'Zou jij dat doen?'

Jay keek hem verwonderd aan. 'Natuurlijk. Jij dan niet?'

Rob vertelde Jay over zijn gelofte van geweldloosheid.

'Ik heb dergelijke scrupules niet, vriend. Als slechte mensen dreigen, ben ik vrij te reageren.'

214

'In jullie bijbel staat: Gij zult niet doden.'

'Ja! Er staat ook: Oog om oog, tand om tand. En: Hij die een man slaat, zodat hij sterft, zal zekerlijk ter dood gebracht worden.'

'Als iemand u op de rechterwang slaat, keer hem dan ook de linker toe.'

'Dat is niet uit míjn bijbel,' zei Geiger.

'Ach Jay, dat is het probleem, te veel bijbels verdomme, en ze beweren allemaal de waarheid in pacht te hebben.'

Geiger glimlachte begrijpend. 'Rob J., ik zou je nooit proberen uit je hoofd te praten vrijdenker te zijn. Maar ik geef je nog één gedachte mee. De vrees des Heren is het begin van de wijsheid.' En het gesprek nam een andere wending, want nu brachten de vrouwen de thee binnen.

Na dat gesprek dacht Rob J. dikwijls aan zijn vriend, soms met wrok. Voor Jay was het gemakkelijk. Een paar keer per dag wikkelde hij zich in zijn gebedsdoek met franjes, die hem hulde in zekerheid en geruststelde over gisteren en morgen. Alles was voorgeschreven: dit is geoorloofd, dat verboden, de richting werd duidelijk aangegeven. Jay geloofde in de wetten van Jahwe en van de mensen en hij hoefde alleen oude uitspraken te volgen en de wetten van het congres van Illinois. De openbaring van Rob J. was de wetenschap, een geloof dat minder gemakkelijk en veel minder geruststellend was. De waarheid was haar godin, het bewijs haar staat van genade, de twijfel haar liturgie. Zij bevatte even veel mysteries als andere religies en zat vol duistere sporen die tot moeilijk te doorgronden gevaren leidden, langs beangstigende bergwanden en de diepste afgronden. Geen hogere macht wierp licht op de donkere weg en hij had alleen zijn eigen broze oordeel om uit de paden het veilige te kiezen.

Op de behoorlijk koude vierde dag van het nieuwe jaar 1852 sloeg het geweld op school opnieuw toe.

Op die intens koude morgen kwam Rachel te laat op school. Toen ze binnenkwam glipte ze stilletjes op haar plek op de bank zonder naar Shaman te glimlachen en hem met haar lippen te groeten, zoals ze gewend was. Hij zag verbaasd dat haar vader meegekomen was. Jason Geiger liep naar de tafel en keek meester Beyers aan.

'Dag, meneer Geiger. Hartelijk welkom, meneer. Wat kan ik voor u doen?'

Meester Beyers aanwijsstok lag op tafel en Jay Geiger pakte hem en gaf de onderwijzer een klap in zijn gezicht.

Meester Beyers sprong overeind en gooide zijn stoel om. Hij was een hoofd groter dan Jay maar van gemiddelde bouw. Zelfs later zouden ze het zich herinneren als komisch, hoe die korte dikke man de lange jonge man achternazat met diens eigen aanwijsstok terwijl zijn arm op en neer ging, en hoe het ongeloof op meester Beyers' gezicht verscheen. De leerlingen zaten rechtop, met ingehouden adem. Ze geloofden evenmin wat er gebeurde als meester Beyers; het was zelfs nog ongelooflijker dan Alex' gevecht met Luke. Shaman keek vooral naar Rachel en zag dat haar gezicht rood was geweest van schaamte, maar nu heel bleek was geworden. Hij had het idee dat ze even doof probeerde te zijn als hij was en ook nog blind voor alles wat er om hen heen gebeurde.

'Wat doet u in godsnaam?' Meester Beyers hield zijn armen omhoog om zijn gezicht te beschermen en piepte van de pijn toen hij de aanwijsstok tegen zijn ribben kreeg. Dreigend deed hij een stap naar Jay toe. 'Jij verdomde idioot! Jij getikt joodje!'

Jay bleef de onderwijzer slaan en hem naar de deur drijven, tot meester Beyers naar buiten stormde en hem dichtsloeg. Jay pakte de jas van meester Beyers en gooide hem de deur door, de sneeuw in, en toen kwam hij terug, zwaar ademend. Hij ging op de stoel van de onderwijzer zitten.

'Er is vandaag verder geen school,' zei hij tenslotte, hij riep Rachel en nam haar mee op zijn paard; zijn zoons David en Herman liet hij met de jongens van Cole naar huis lopen.

Het was buiten echt koud. Shaman had twee sjaals om, de ene om zijn hoofd en onder zijn kin, de andere om zijn mond en neus, maar telkens als hij ademde vroren zijn neusgaten even dicht.

Toen ze thuiskwamen rende Axel naar binnen om moeder te vertellen wat er op school gebeurd was, maar Shaman liep het huis voorbij, naar de rivier waar hij zag dat het ijs van de kou gebarsten was, wat een prachtig geluid moest maken. De kou had ook een grote populier gespleten, niet ver van Makwa's met sneeuw bedekte *hedonoso-te*; hij zag eruit alsof hij door de bliksem getroffen was.

Hij was blij dat Rachel het aan Jay verteld had. Hij was opgelucht dat hij meester Beyers niet hoefde te vermoorden en dat hij nu allerwaarschijnlijkst nooit opgehangen hoefde te worden. Maar iets zat hem dwars als een jeuk die maar niet wilde verdwijnen: als Alden meende dat het goed was om te vechten als je moest en als Jay meende dat het goed was om te vechten om zijn dochter te beschermen, wat was er dan mis met zijn vader?

32. Nachtelijke zorg

Binnen een paar uur nadat Marshall Beyers uit Holden's Crossing was weggevlucht, werd er een commissie samengesteld om een nieuwe onderwijzer te zoeken. Paul Williams werd benoemd om te laten zien dat niemand de smid iets kwalijk nam vanwege zijn neef, meester Beyers, die een rotte appel was gebleken. Jason Geiger werd benoemd om te laten zien dat de mensen erop vertrouwden dat hij meester Beyers terecht had weggejaagd. Carroll Wilkenson werd benoemd en dat was een geluk, want de verzekeringsagent had zojuist een kleine levensverzekering uitbetaald die John Meredith, een winkelier in Rock Island, op zijn vader had gehad. Meredith had tegen Carroll gezegd hoe dankbaar hij zijn nicht Dorothy Burnham was, dat ze haar werk als onderwijzeres had opgegeven om zijn vader in zijn laatste dagen te verzorgen. Toen de commissie een gesprek had met Dorothy Burnham, vond Wilkenson haar geschikt omdat ze geen knap gezicht had en een ongehuwde jongejuffer was van achter in de twintig, en er dus maar weinig kans was dat ze op zou zeggen om te trouwen. Paul Williams was vóór, want hoe vlugger ze iemand hadden, hoe vlugger de mensen die vervloekte neef Marshall van hem zouden vergeten. Jay kreeg sympathie voor haar omdat ze met een kalm zelfvertrouwen sprak over lesgeven, met een warmte die wees op roeping. Ze namen haar in dienst voor zeventieneneenhalve dollar per trimester, één dollar vijftig minder dan meester Beyers omdat het een vrouw was.

Acht dagen nadat meester Beyers van de school was weggerend, was juffrouw Burnham onderwijzeres. De schikking in de klas van meester Beyers hield ze aan omdat de kinderen eraan gewend waren. Ze had eerder lesgegeven op twee scholen, in het dorpje Bloom, op een kleiner schooltje dan dit, en verder op een grotere school in Chicago. De enige keer dat ze met een gehandicapt kind te maken had gehad, betrof het een verlamming en het wekte haar intense belangstelling dat ze een doof-jongetje onder haar hoede kreeg.

Bij haar eerste gesprek met Robert Cole junior vond ze het interessant dat hij van haar lippen kon lezen. Tot haar ergernis kostte het haar bijna een halve dag voordat ze begreep dat hij vanaf zijn plek op de bank niet kon zien wat de meeste andere kinderen zeiden. In het schooltje stond één stoel voor volwassenen die op bezoek kwamen en

217

juffrouw Burnham gaf die nu aan Shaman en zette hem aan de zijkant vóór de bank, zodat hij haar lippen kon zien en die van zijn klasgenoten.

De tweede grote verandering voor Shaman kwam toen het tijd was voor de zangles. Hij begon, zoals het zijn gewoonte geworden was, de as uit de kachel te halen en het brandhout binnen te brengen, maar ditmaal hield juffrouw Burnham hem tegen en zei dat hij weer moest gaan zitten.

Dorothy Burnham gaf de toon aan door in een rond toonbuisje te blazen en leerde hun woorden zingen op de oplopende toonladder: 'Hier op school ko-men wij le-ren!' en op de neergaande: 'Gro-ter en verstan-dig wor-den!' Halverwege het eerste lied was het duidelijk dat het niet handig was van haar dat ze de dove jongen mee liet doen, want de jonge Cole zat alleen maar te kijken en al vlug werden zijn ogen versuft door een geduld dat ze ondraaglijk vond. Hij moest een instrument krijgen, waarvan hij door de trillingen het ritme van de muziek kon 'horen', besloot ze. Een trommel misschien? Maar het lawaai van een trommel zou de muziek verpesten van de kinderen die wèl hoorden.

Ze dacht er een tijdje over na, ging toen naar de dorpswinkel van Haskins en wist daar een sigarenkistje te bemachtigen. Daar deed ze zes rode knikkers in van het soort waar kinderen in de lente mee knikkeren. De knikkers maakten te veel lawaai als ze met het kistje schudde. Maar toen ze er zachte blauwe stof van een afgedankt hemd in geplakt had, was het resultaat bevredigend.

De volgende morgen bij de zangles schudde zij, terwijl Shaman het kistje vasthield, op de maat van de noten terwijl de kinderen 'America' zongen. Hij snapte het en las van de lippen van de onderwijzeres om op tijd met het kistje te schudden. Hij kon niet zingen maar raakte vertrouwd met het ritme en de maat en vormde met zijn lippen de woorden van de liedjes zoals zijn klasgenoten ze zongen. Die raakten al vlug gewend aan het zachte gerommel van 'Roberts kistje'. Shaman was gek op het sigarenkistje. Op het etiket stond een afbeelding van een donkerharige koningin met een opvallende met zijdegaas bedekte boezem en de woorden *Panatellas de la Jardines de la Reina*, en dan de naam van de Tabaks-Import-Maatschappij Gottlieb in New York. Als hij het kistje naar zijn neus bracht, rook hij geurig cederhout en de vage geuren van Cubaans dekblad.

Juffrouw Burnham liet de jongens al vlug beurtelings vroeger naar school komen om de as uit de kachel te halen en brandhout binnen te brengen. Al dacht Shaman er nooit in die termen over, zijn leven was ingrijpend veranderd omdat Marshall Beyers niet van jeugdige borstjes af had kunnen blijven.

In het koude begin van maart, toen de prairie zo hard was bevroren als vuursteen, zat de wachtkamer van Rob J. in het huis elke morgen vol patiënten en als zijn spreekuur voorbij was haastte hij zich om zoveel mogelijk bezoeken af te leggen, want over een paar weken zou de modder die tochten erg bemoeilijken. Als Shaman niet op school was, mocht hij van zijn vader mee op huisbezoek, want de jongen lette op het paard zodat de dokter vlug naar binnen kon, naar zijn patiënt.

Laat op een grauwe middag waren ze op de weg langs de rivier; ze waren net Freddy Wall gaan opzoeken die pleuritis had. Rob J. overlegde of hij naar Anne Frazier zou gaan, die de hele winter al niet goed was geweest, of dat zou uitstellen tot de volgende dag, toen drie ruiters op hun paard onder de bomen uit kwamen. Ze waren ingepakt in kleren en dassen tegen de kou, net als de twee Coles, maar Rob J. zag wel dat ze alle drie een handwapen hadden, twee onder de riem die ze om hun dikke jas droegen en de derde in een holster die voor aan zijn zadel hing.

'Jij bent de dokter, hè?'

Rob J. knikte. 'En wie zijn jullie?'

'We hebben een vriend die verzorgd moet worden. Een ongelukje.'

'Wat voor ongelukje? Botten gebroken, denk je?'

'Nee. Nou, we weten het niet zeker. Misschien. Een schot. Hier,' zei hij en sloeg met zijn linkerhand in de buurt van zijn schouder.

'Heeft hij veel bloedverlies?'

'Nee.'

'Nou, ik kom, maar ik moet eerst de jongen thuis afzetten.'

'Nee,' zei de man weer en Rob J. keek hem aan. 'We weten waar je woont, aan de andere kant van het dorp. Het is een lange rit naar onze vriend, deze kant uit.'

'Hoelang?'

'Bijna een uur.'

Rob J. zuchtte. 'Rij maar voor,' zei hij.

De man die gesproken had reed voorop. Rob J. merkte wel dat de twee anderen wachtten tot hij volgde en toen een stukje achter hem bleven rijden, waardoor ze het paard van de dokter insloten.

Aanvankelijk reden ze naar het noordwesten, daar was Rob J. zeker van. Hij besefte dat ze van tijd tot tijd draaiden en tegen hun eigen route in gingen, als een bejaagde vos. Die truc werkte, want hij was al vlug in de war en verdwaald. Na ongeveer een half uur kwamen ze bij een rij beboste heuveltjes die tussen de rivier en de prairie lag. Tussen de heuvels waren moerassen; nu ze bevroren waren kon je erover rijden maar als de dooi inviel zouden het ondoordringbare moddergrachten worden.

De leider hield halt. 'We moeten jullie blinddoeken.'

Rob J. was zo verstandig, geen bezwaar te maken. 'Wacht even,' zei hij en keerde zich om naar Shaman. 'Ze doen iets voor je ogen, maar je hoeft niet bang te zijn,' zei hij en was blij toen Shaman knikte. De halsdoek waarmee Rob J. werd geblinddoekt was niet al te schoon en hij hoopte dat Shaman meer geluk had, want het idee van zweet en gedroogde snot van een vreemde tegen het gezicht van zijn zoon vond hij afschuwelijk.

Ze bonden het paard van Rob J. aan een touw. Het leek hem dat ze heel lang tussen de heuvels reden, maar waarschijnlijk ging de tijd voor hem langzamer omdat hij geblinddoekt was. Na een tijd voelde hij dat het paard een van de hellingen ging beklimmen en al vlug hielden ze stil. Toen de blinddoek werd weggehaald zagen ze dat ze voor een bouwseltje stonden, meer een hok dan een hut, onder grote bomen. De eerste schemering viel al en hun ogen pasten zich snel aan. Hij zag zijn kind met zijn ogen knipperen. 'Alles goed, Shaman?' 'Heel goed, pa.'

Hij kende dat gezicht. Toen hij goed keek, zag hij dat Shaman verstandig genoeg was om heel bang te zijn. Maar toen ze met hun voeten stampten om het bloed weer te laten stromen en het hok in gingen, amuseerde het Rob J. toch wel dat de ogen van Shaman glansden van nieuwsgierigheid en vrees tegelijk, en hij was woedend op zichzelf dat hij geen manier bedacht had om de jongen achter te laten, ergens waar hem geen kwaad kon overkomen.

Binnen lag er roodgloeiende houtskool op de vuurplaats en de lucht was warm maar heel smerig. Meubilair was er niet. Er lag een dikke man op de vloer tegen een zadel en bij het licht van het vuur zag Shaman dat hij kaal was maar op zijn gezicht even veel ruig zwart haar had als anderen op hun hoofd. Aan een warboel van dekens op de vloer kon je zien waar anderen hadden geslapen.

'Het werd onderhand tijd,' zei de dikke man. Hij had een zwarte kruik vast, nam er een slok uit en hoestte.

'We zijn meteen teruggekomen,' zei de man die voorop had gereden nors. Toen hij de sjaal afdeed waarmee hij zijn gezicht had beschermd, zag Shaman dat hij een wit baardje had en ouder leek dan de anderen. Hij legde zijn hand op Shamans schouder en gaf hem een duwtje. 'Ga zitten,' zei hij alsof hij het tegen een hond had. Shaman hurkte niet ver van het vuur neer. Hij vond het best om daar te zitten, want zo kon hij de mond van de gewonde en die van zijn vader goed zien.

De oudste haalde een pistool uit zijn holster en richtte het op Shaman.

'U kunt onze vriend maar beter echt goed genezen, dok.' Shaman was heel bang. Het gat aan het eind van de loop zag eruit als een rond oog dat niet knipperde en hem recht aanstaarde.

'Ik doe niets zolang jullie een pistool in je hand houden,' zei zijn vader tegen de man op de vloer.

De man scheen erover na te denken. 'Eruit jullie,' zei hij tegen zijn mannen.

'Voor jullie gaan,' zei Shamans vader tegen hen, 'haal dan wat hout en stook het vuur op. Breng water aan de kook. Hebben jullie nog een lamp?'

'Een lantaren,' zei de oude man.

'Pak hem.' Shamans vader legde zijn hand op het voorhoofd van de dikke man. Hij knoopte zijn hemd los en trok het opzij. 'Wanneer is dat gebeurd?'

'Gistermorgen.' De man keek naar Shaman met half dichtgeknepen ogen. 'Dat is jouw zoon?'

'De jongste.'

'De dove.'

'… Je weet blijkbaar heel wat van ons gezin.'

De man knikte. 'De oudste is volgens sommigen van mijn broer Wil. Als hij ook maar íets van hem heeft, is het al een verrekte deugniet. Weet je wie ik ben?'

'Ik heb wel zo'n idee.' Nu zag Shaman dat zijn vader voorover boog, een centimeter of vijf maar, en de ander strak aankeek. 'Het zijn allebei mijn zoons. Als je het over mijn oudste hebt, het is mijn oudste zoon. En je blijft bij hem uit de buurt, net als je altijd gebleven bent.'

De man op de vloer glimlachte. 'Ach, waarom zou ik hem niet opeisen?'

'De belangrijkste reden is, dat hij een goede, flinke jongen is die alle kans heeft op een behoorlijk bestaan. En als hij echt van je broer was, dan zou je hem nooit willen zien waar je nu zelf bent, als een gewond, opgejaagd dier dat in het vuil van een stinkend, verborgen varkensstalletje ligt.'

Ze keken elkaar een tijdlang aan. Toen bewoog de man zich en trok een gezicht en Shamans vader begon hem te verzorgen. Hij haalde de kruik weg en trok hem zijn hemd uit.

'Geen uitgangswond.'

'O, dat lood zit erin, dat had ik je zo wel kunnen zeggen. Het zal wel ellendig pijn doen als je gaat vissen. Geef je me nog een paar slokken?'

'Nee, ik geef je iets waarvan je in slaap valt.'

De man trok een vuil gezicht. 'Ik ga niet slapen, want dan kun je doen wat je wilt en ik ben hulpeloos.'

'Dan moet je het zelf maar weten,' zei Shamans vader. Hij gaf de kruik terug en liet de man drinken terwijl hij wachtte tot het water heet genoeg was. Toen waste hij met bruine zeep en een schone lap uit zijn dokterstas de huid rondom de wond, die Shaman niet duidelijk kon zien. Dokter Cole nam zijn stalen sonde en ging daarmee in het kogelgat. De dikke man verstarde en sperde zijn kaken open en stak zijn grote rode tong zover mogelijk naar buiten.

'... Hij zit daar bijna tegen het bot, maar er is geen breuk. De kogel heeft nog maar weinig snelheid gehad toen hij je raakte.'

'Een gelukstreffer,' zei de man. 'Die kloothommel was een heel eind weg.' Zijn baard was overdekt met zweet en zijn huid zag grauw.

Shamans vader haalde een voorwerptangetje uit zijn tas. 'Dat gebruik ik om hem eruit te halen. Hij is veel dikker dan die sonde. Dat gaat veel meer pijn doen. Je moest me maar vertrouwen,' zei hij eenvoudig.

De patiënt draaide zijn hoofd en Shaman zag niet wat hij zei, maar hij moest om iets sterkers dan whisky gevraagd hebben. Zijn vader haalde een etherkegel uit zijn tas en wenkte Shaman, die al verschillende keren ether had zien toedienen maar nog nooit geholpen had. Nu hield hij de kegel voorzichtig boven de neus en mond van de dikke man terwijl zijn vader er ether op druppelde. Het kogelgat was groter dan Shaman had verwacht en had een paarse rand. Toen de ether werkte, bracht zijn vader de tang naar binnen, heel voorzichtig, stukje bij beetje. Er verscheen een felrode druppel aan de rand van het gat die langs de arm van de man naar beneden liep. Maar toen het tangetje werd teruggetrokken, zat er een loden kogel in.

Zijn vader spoelde hem schoon en liet hem op de deken vallen, dan kon de man hem vinden als hij bijkwam.

Toen zijn vader de mannen uit de kou naar binnen riep, brachten ze een pan witte bonen mee die ze bevroren op het dak hadden bewaard. Nadat ze ze op het vuur hadden ontdooid, gaven ze er Shaman en zijn vader wat van. Er zaten stukjes in die wel van een konijn konden zijn en Shaman dacht dat het met stroop lekkerder was geweest, maar at het hongerig op.

Na het eten maakte zijn vader meer water warm en begon het hele lijf van de patiënt schoon te wassen, waar de andere mannen eerst met argwaan en toen met verveling naar keken. Ze gingen liggen en vielen een voor een in slaap, maar Shaman bleef wakker. Al vlug zag hij hoe de patiënt vreselijk begon te braken.

'Whisky en ether gaan niet goed samen,' zei zijn vader. 'Ga jij maar slapen. Ik let wel op.'

Dat deed Shaman en er kwam grijs licht door de kieren in de wanden toen zijn vader hem wakker schudde en hem zei, zijn jas aan te trekken. De dikke man lag daar naar hen te kijken.

'Je zult er twee, drie weken flink pijn aan krijgen,' zei zijn vader. 'Ik laat wat morfine achter, niet veel, maar meer heb ik niet bij me. Het belangrijkste is om het schoon te houden. Als het begint af te sterven, moet je me roepen, dan kom ik meteen.'

De man snoof. 'We zijn hier allang weg voordat je terug kunt komen.'

'Nou, als je problemen hebt, laat me dan roepen. Ik kom, waar je ook bent.'

De man knikte. 'Betaal hem goed,' zei hij tegen de man met de witte baard, die een stapeltje bankbiljetten uit een zak haalde en ze hem gaf. Shamans vader haalde er twee dollarbiljetten af. En liet de rest op de deken vallen. 'Anderhalve dollar voor huisbezoek bij nacht, vijftig cent voor de ether.' Hij wilde al vertrekken maar draaide zich om. 'Kennen jullie iemand die Ellwood Patterson heet? Hij reist soms met ene Hank Cough en een jongere man, Lenny.'

Ze keken hem uitdrukkingsloos aan. De man op de vloer schudde zijn hoofd. Shamans vader knikte en ze gingen naar buiten, waar de lucht alleen maar naar bomen rook.

Nu ging alleen de man die voorop had gereden mee. Hij wachtte tot ze waren opgestapt voordat hij de halsdoeken voor hun ogen deed. Rob J. hoorde zijn zoon sneller ademen en wilde dat hij tegen zijn zoon gesproken had terwijl hij zijn lippen nog zag.

Zijn eigen oren deden overwerk. Hun paard werd geleid; hij hoorde hoeven voor hen uit. Achter hen klonken geen hoeven. Toch konden ze gemakkelijk iemand langs het pad hebben staan. Hij hoefde hen alleen maar voorbij te laten rijden, zich naar voren te buigen, een pistool een paar centimeter van een geblinddoekt hoofd te houden en de trekker over te halen.

Het was een lange rit. Toen ze eindelijk halt hielden wist hij, dat als er een kogel zou komen, dat nu zou gebeuren. Maar hun blinddoeken werden afgedaan.

'Gewoon in die richting doorrijden, hè? Zometeen zie je wel dingen die je herkent.'

Rob J. knikte terwijl hij met zijn ogen knipperde en zei niet dat hij al zag waar ze waren. Zij reden de ene kant uit, de man met het pistool de andere.

Tenslotte hield Rob J. stil in een bosje, waar ze een plas konden doen en hun benen strekken.

'Shaman,' zei hij. 'Gisteren. Heb je mijn gesprek gezien met de man die een schotwond had?'

De jongen knikte en keek hem aan.

'Heb je begrepen waar we het over hadden, zoon?'

Hij knikte weer.

Rob J. geloofde hem. 'Nou, hoe komt het dat je die praat begrijpt? Heeft iemand je dingen verteld over' – hij kon de woorden 'je moeder' niet over zijn lippen krijgen – 'je broer?'

'Een paar jongens op school…'

Rob J. zuchtte. De ogen van een oude man in zo'n jong gezicht, dacht hij. 'Nou, Shaman, ik zal je eens wat zeggen. Ik vind, wat er gebeurd is – dat we bij die mensen geweest zijn, dat ik die aangeschoten man behandeld heb en waar we over spraken – ik vind dat we die dingen voor ons moeten houden. Ons geheim. Want als je je moeder en je broer ervan vertelt, is dat naar voor hen. Dan zouden ze bang kunnen worden.'

'Ja, pa.'

Ze klommen weer te paard. Er was een warm windje opgestoken. De jongen had gelijk, dacht hij, de lentedooi viel eindelijk in. Binnen twee dagen zouden er stroompjes lopen. Even later schrok hij op van Shamans starre stem.

'Ik wil net als u worden, vader. Ik wil een goede dokter worden.'

Rob J.'s ogen prikten. Het was niet het juiste moment, nu hij voor Shaman in het zadel zat en de jongen het koud had, honger had en moe was, om hem uit te gaan leggen dat bepaalde dromen geen werkelijkheid konden worden als je doof was. Hij kon alleen maar zijn lange armen achter zich strekken en zijn zoon naar voren drukken, dicht tegen zich aan. Hij voelde Shamans voorhoofd tegen zijn rug gedrukt en hij maakte een eind aan zijn zelfkwelling. Hij vocht een tijdje tegen de slaap, als een uitgehongerde man die bang is een bord vol zoete pap te eten, terwijl het paard voortzwoegde en hen naar huis bracht.

33. Antwoorden en vragen

Godsdienstig Instituut Sterren en Strepen
Palmer Avenue 282
Chicago, Illinois

28 mei 1852

Aan Robert J. Cole, arts
Holden's Crossing, Illinois

Geachte dokter Cole,

Wij hebben uw verzoek ontvangen met betrekking tot verblijfplaats en adres
van de eerwaarde heer Ellwood Patterson. Het spijt ons, maar we kunnen u
in deze aangelegenheid niet van dienst zijn.
Zoals u wellicht weet, dient ons Instituut zowel de kerken als de Amerikaan-
se Werklieden van Illinois en brengt Gods Christelijke Boodschap aan de eer-
lijke Amerikaanse handwerkslieden van onze staat. Vorig jaar nam dominee
Patterson contact met ons op en bood zich aan als vrijwilliger om te helpen
bij onze geestelijke arbeid, met als gevolg dat hij uw gemeente en de mooie
kerk daar bezocht. Maar sindsdien is hij uit Chicago vertrokken en wij heb-
ben geen gegevens met betrekking tot zijn verblijfplaats.
Mochten wij die gegevens ontvangen, weest u er dan van verzekerd dat wij u
die doen toekomen. Als er zich inmiddels iets zou voordoen, waarbij u hulp
kunt gebruiken van een van de andere goede dienaren van God die met ons
samenwerken, of een theologische kwestie waarbij ik u persoonlijk van dienst
kan zijn, aarzelt u dan niet contact met mij op te nemen.

De uwe in Christus,
(getekend)
Oliver G. Prescott, doctor in de theologie, directeur
Godsdienstig Instituut Sterren en Strepen

Dat antwoord was min of meer wat Rob J. had verwacht. Meteen
ging hij zitten om in de vorm van een brief een feitelijk relaas te
schrijven over de moord op Makwa-ikwa. In die brief meldde hij de
aanwezigheid van drie vreemden in Holden's Crossing. Hij schreef

over het feit dat hij bij de lijkschouwing stukjes menselijke huid gevonden had onder Makwa-ikwa's nagels en dat dokter Barr dominee Ellwood R. Patterson de middag na de moord behandeld had voor drie ernstige krabben over zijn gezicht.

Hij stuurde gelijkluidende brieven aan de gouverneur van Illinois in Springfield en aan hun twee senatoren in Washington. Toen dwong hij zich een derde exemplaar te sturen aan hun afgevaardigde, waarbij hij Nick Holden formeel aanschreef. Hij vroeg de autoriteiten om gebruik te maken van hun functie om Patterson en zijn twee metgezellen op te sporen en een onderzoek te doen naar enig verband tussen hen en de dood van Beervrouw.

Op de junibijeenkomst van het Medisch Genootschap was een gast, een dokter Naismith, op bezoek uit Hannibal, Missouri. In het feestelijk uurtje voor de formele vergadering vertelde deze over een rechtszaak die in Missouri aangespannen was door een slaaf, die eiste vrij man te worden.

'Voor de oorlog van Zwarte Havik werkte dokter John Emerson als geneesheer hier in Illinois op Fort Armstrong. Hij had een neger die Dred Scott heette en toen de regering de vroegere Indianen-gebieden openstelde voor kolonisatie, maakte hij aanspraak op een perceel in wat toen Stephenson heette, nu Rock Island. De slaaf bouwde een hut op die grond en woonde er jarenlang, zodat zijn meester als kolonist kon gelden.

Toen dokter Emerson werd overgeplaatst naar Wisconsin ging Dred Scott mee en later terug met hem naar Missouri, waar de dokter stierf. De neger probeerde van de weduwe zijn vrijheid en die van zijn vrouw en twee dochters te kopen. Mevrouw Emerson had bepaalde redenen om te weigeren. Daarop diende de brutale zwarte rekel bij het gerecht een verzoekschrift in voor zijn vrijheid, want hij beweerde in Illinois en Wisconsin vrij man geweest te zijn.

Tom Beckermann snoof. 'Een moriaan bij de rechtbank!'

'Nou,' zei Julius Barton, 'het lijkt me dat zijn verzoek gegrond is. Slavernij is in Illinois en in Wisconsin onwettig.'

Dokter Naismith bleef glimlachen. 'Ja, maar hij was wel degelijk in Missouri, een slavenstaat, verkocht en gekocht, en daar weer teruggekomen.'

Tobias Barr keek peinzend. 'Wat is uw mening over de slavenkwestie, dokter Cole?'

'Ik vind,' zei Rob J. bedachtzaam, 'dat het in orde is als iemand een beest bezit, als hij ervoor zorgt en het genoeg eten en water geeft. Maar ik vind het niet in orde als iemand een ander mens bezit.'

Dokter Naismith deed zijn best om vriendelijk te blijven. 'Ik ben blij dat jullie mijn medische collega's zijn, heren, en geen advocaten of rechters.'

Dokter Barr knikte nu hij zag dat de man klaarblijkelijk geen onaangename discussie wilde voeren. 'Is er dit jaar in Missouri veel cholera geweest, dokter Naismith?'

'Niet veel cholera, maar veel koude pest zoals sommigen het noemen,' zei dokter Naismith. Hij beschreef vervolgens hoe naar het scheen de ziekte werd veroorzaakt. De rest van de bijeenkomst werd er gediscussieerd over medische aangelegenheden.

Een paar dagen later reed Rob J. op een middag langs het klooster van de zusters van Franciscus van Assisi. Zonder verder na te denken keerde hij het paard hun weggetje op.

Ditmaal werd zijn komst van tevoren opgemerkt; een jonge non liep haastig uit de tuin naar binnen. Moeder Miriam Ferocia bood hem met een kalme glimlach de bisschopsstoel aan. 'We hebben koffie,' zei ze op een manier waaruit hij opmaakte dat dat niet altijd zo was. 'Wilt u een kopje?'

Hij had er geen behoefte aan hun voorraad op te souperen, maar iets in haar gezicht bracht hem ertoe het dankbaar te aanvaarden. De koffie was zwart en heet. Hij was heel sterk en smaakte oud, vond hij, net als hun godsdienst.

'Geen melk,' zei moeder Miriam Ferocia opgewekt. 'God heeft ons nog geen koe gezonden.'

Toen hij vroeg hoe het ging met het klooster, antwoordde ze een beetje stijfjes dat ze zich heel goed in leven konden houden.

'Er zijn manieren om uw klooster aan geld te helpen,' zei hij rustig.

'Het is altijd verstandig om te luisteren als iemand over geld praat,' zei ze kalm.

'U bent een verzorgende orde, zonder plek om dat te doen. Ik behandel patiënten die verzorging nodig hebben. Sommigen van hen kunnen daarvoor betalen.'

Maar hij kreeg geen betere reactie dan de eerste keer toen hij dat onderwerp had aangesneden. Moeder overste trok een gezicht. 'Wij zijn zusters van liefdadigheid.'

'Sommige patiënten kunnen niets betalen. Anderen wel. Verzorg hen en steun uw klooster.'

'Als de Heer ons voorziet van een ziekenhuis om in te verzorgen, dan zullen we verzorgen.'

Hij was teleurgesteld. 'Kunt u me zeggen waarom u uw nonnen niet toestaat patiënten thuis te verzorgen?'

'Nee. Dat zou u niet begrijpen.'

'Probeert u het eens.'

Maar ze wierp hem alleen een ijzige blik toe, Maria de Verschrikkelijke.

Rob J. zuchtte en slobberde van zijn bittere brouwsel. 'Er is nog iets anders.' Hij vertelde haar de weinige feiten die aan het licht gekomen waren en over zijn pogingen om erachter te komen waar Ellwood Patterson uithing. 'Ik vraag me af of u iets gehoord hebt over die man.'

'Niet over meneer Patterson. Maar wel over het Godsdienstig Instituut Sterren en Strepen. Een anti-katholieke organisatie, gesteund door een geheim genootschap dat de Amerikaanse Partij steunt. Het heet de Hoge Orde van de met Sterren Bezaaide Vlag.'

'Hoe hebt u gehoord van die... Hoge...'

'Orde van de met Sterren Bezaaide Vlag. Ze noemen het de HOSBV.' Ze keek hem strak aan. 'De Moederkerk is een uitgebreide organisatie. Zij heeft haar methoden om inlichtingen in te winnen. Wij keren de andere wang toe, maar het zou dwaasheid zijn om niet te kijken van welke kant de volgende klap te verwachten is.'

'Misschien kan de Kerk mij helpen om Patterson te vinden.'

'Ik heb zo'n idee dat dat voor u belangrijk is.'

'Ik denk dat hij een vriendin van mij heeft vermoord. Hij moet niet de kans krijgen, anderen te doden.'

'Kunt u dat niet aan God overlaten?' vroeg ze zacht.

'Nee.'

Ze zuchtte. 'Het is niet waarschijnlijk dat u hem via mij vindt. Soms komt een vraag in de oneindige keten van de Kerk maar een paar schakels verder. Vaak vraagt men iets en hoort nooit meer iets. Maar ik zal het onderzoeken.'

Toen hij uit het klooster vertrok, reed hij naar de boerderij van Daniel Rayner om zonder veel succes de ontzette rug van Lydia-Belle Rayner te behandelen en ging toen verder naar de geitenboerderij van Lester Shedd. Shedd was bijna gestorven aan borstontsteking en was een duidelijk geval waarbij de verzorging van de nonnen wonderen had kunnen doen. Maar Rob J. was Lester zo vaak als hij kon gaan opzoeken, een deel van de winter en de hele lente lang, en met grote inspanningen van mevrouw Shedd hadden ze hem er weer bovenop gekregen.

Toen Rob J. aankondigde dat verdere bezoeken overbodig waren, was Shedd opgelucht, maar verlegen sneed hij het onderwerp van de rekening aan.

'Hebben jullie op het moment een goede melkgeit?' vroeg Rob J. Hij was bijna stomverbaasd over zijn eigen woorden.

'Geen die nu melk geeft. Maar ik heb een pracht van een geit, net iets te jong nog om te dekken. Over een paar maanden laat ik haar op haar wenken bedienen door een van mijn bokken. Vijf maanden later... melk genoeg!'

Rob J. nam het onwillige dier aan een touw achter zijn paard mee, tot aan het klooster.

Moeder Miriam bedankte hem heel hartelijk, maar merkte toch wrang op dat als hij, als hij over zeven maanden op bezoek kwam, room in zijn koffie zou krijgen, alsof ze er hem van beschuldigde iets cadeau te geven uit eigenbelang.

Hij zag niettemin haar ogen fonkelen. Toen ze glimlachte kreeg haar krachtige, strenge gezicht iets warms en ontspannens, dus kon hij naar huis rijden met het idee dat hij zijn dag goed besteed had.

Dorothy Burnham had Robert Cole junior alleen maar gezien als een leergierige, intelligente leerling. Eerst was ze verbaasd door de lage cijfers die ze achter zijn naam vond in het puntenboek van meester Beyers, en toen werd ze boos omdat de jongen een bijzonder helder verstand had en het duidelijk was dat hij slecht behandeld was.

Ze had totaal geen ervaring met doven, maar ze was een onderwijzeres die zich op deze kans verheugde.

Toen ze de dag daarop naar het huis van Cole kwam om er twee weken te wonen, wachtte ze het geschikte moment af om dokter Cole onder vier ogen te spreken. 'Het gaat over Roberts spraak,' zei ze en zag dat hij knikte: ze had zijn onverdeelde aandacht. 'We hebben geluk, want hij spreekt duidelijk. Maar zoals u weet, zijn er andere problemen.'

Rob J. knikte weer. 'Hij spreekt star en vlak. Ik heb hem voorgesteld zijn toon te variëren, maar...' Hij schudde zijn hoofd.

'Ik geloof dat hij eentonig spreekt omdat hij meer en meer vergeet hoe een mensenstem klinkt, hoe die stijgt en daalt. Misschien kunnen we het hem in herinnering brengen,' zei ze.

Twee dagen later bracht de onderwijzeres Shaman na school naar het huis van Geiger. Ze liet hem naast de piano staan met zijn hand op de houten kast, zijn handpalm naar beneden. Ze sloeg de laagste c zo hard mogelijk aan en hield de toets ingedrukt zodat hij door zou klinken via het klankbord en de kast naar de hand van de jongen. Ze keek hem aan en zei: 'Hier!' Haar eigen rechterhand lag met de handpalm naar boven op de piano.

Ze sloeg de volgende toon aan. 'Op!' Nu ging haar rechterhand iets omhoog.

De volgende toon. 'School!' En haar hand ging iets hoger.

Toon voor toon ging ze de stijgende toonladder op, waarbij ze op elke toon een lettergreep van de litanie uitsprak die hij in de klas geleerd had: 'Hier op school ko-men wij le-ren!' En toen ging ze omlaag met de dalende toonladder: 'Gro-ter en ver-stan-dig wor-den!'

Ze speelde de toonladders keer op keer en gaf hem de kans om hele-maal te wennen aan de verschillen in de trillingen die naar zijn hand kwamen en te zorgen dat hij het trapsgewijs stijgen en dalen van haar hand bij elke toon ook zag.

Toen zei ze dat hij de woorden moest zingen die ze bij de toonladders gemaakt had, niet geluidloos zoals hij op school gewend was, maar hardop. Het resultaat was verre van welluidend, maar juffrouw Burn-ham was niet uit op muziek. Ze wilde dat Shaman een zekere beheer-sing kreeg over zijn stemhoogte en na een aantal pogingen steeg zijn stem inderdaad in reactie op haar hand die verwoed op en neer ging. Maar hij ging meer dan één toon omhoog en Shaman keek totaal ver-bijsterd toen de onderwijzeres met duim en wijsvinger voor zijn ogen een heel kleine afstand aangaf.

Ze drong aan en dwong hem en Shaman vond het afschuwelijk. De linkerhand van juffrouw Burnham liep over de piano, sloeg op toet-sen, klom fanatiek toonladders op en af. Haar rechterhand ging bij el-ke toon een stukje omhoog en daalde daarna op dezelfde manier weer neer. Shaman zong telkens weer de lof van de school. Soms was zijn gezicht chagrijnig en twee keer kreeg hij tranen in zijn ogen, maar juffrouw Burnham scheen het niet te merken.

Eindelijk hield de onderwijzeres op met spelen. Ze sloeg haar armen open en trok Robert Cole junior tegen zich aan. Ze hield hem lange tijd vast en streelde twee keer zijn dikke haar achter op zijn hoofd voor ze hem losliet.

'Ga naar huis,' zei ze, maar toen hij zich omkeerde hield ze hem te-gen. 'We doen het morgen na school weer.'

Hij trok een pruillip. 'Ja, juffrouw Burnham,' zei hij. Een stem zonder stembuiging, maar ze verloor de moed niet. Toen hij weg was ging ze achter de piano zitten en speelde de toonladders nog één keer.

'Ja,' zei ze.

Dat jaar was er een snelle lente geweest: een heel korte periode van prettige warmte en toen een deken van drukkende hitte die over de vlakte viel. Op een bloedhete vrijdagmorgen midden in juni werd Rob J. in Rock Island in Main Street aangehouden door George Cliburne, een quaker-boer die graankoopman was geworden. 'Hebt ge een ogenblikje, dokter?' vroeg Cliburne beleefd en als op afspraak liepen ze uit de zon, de bijna wellustige koelte van de schaduw van een noteboom in.

'Ik heb gehoord dat ge meeleeft met mensen die tot slaaf gemaakt zijn.' Rob J. was van zijn stuk over die opmerking. Hij kende de graankoopman alleen van gezicht. George Cliburne had de naam dat hij een goede zakenman was, sluw maar eerlijk.

'Mijn persoonlijke opvatting is voor niemand van belang. Wie kan u dat verteld hebben?'

'Dokter Barr.'

Hij herinnerde zich het gesprek met dokter Naismith op de bijeenkomst van het Medisch Genootschap. Hij zag Cliburne om zich heen kijken om te zien of niemand hen kon horen.

'Al heeft de staat de slavernij verboden, juristen in Illinois erkennen het recht van mensen in andere staten om slaven te bezitten. Dus slaven die uit Zuidelijke staten weggelopen zijn, worden hier gegrepen en naar hun meester teruggestuurd. Ze worden wreed behandeld. Ik heb met eigen ogen een groot huis in Springfield gezien vol celletjes met overal zware hand- en voetboeien aan de wand.

Enkelen van ons – gelijkgestemde lieden die de slavernij als kwaad zien – doen ons best de mensen die weggelopen zijn te helpen, vrij te worden. Wij nodigen u uit om mee te doen aan Gods werk.'

Rob J. wachtte op wat Cliburne verder nog zou zeggen en eindelijk drong het tot hem door dat hij een soort aanbod gedaan had.

'Hen helpen… Hoe dan?'

'We weten niet waar ze vandaan komen. We weten niet waar ze hiervandaan heen gaan. Ze worden alleen op maanloze nachten bij ons gebracht en gehaald. Ge moet een veilige bergplaats gereedmaken, groot genoeg voor één man. Een ondergrondse kelder, een rotsspleet, een gat in de grond. Genoeg eten voor drie, vier dagen.'

Rob J. dacht daar geen ogenblik over na. Hij schudde zijn hoofd. 'Het spijt me.'

Er lag geen verbazing of verontwaardiging op Cliburnes gezicht – maar het kwam hem op een of andere manier vertrouwd voor. 'Wilt ge dit gesprek onder ons houden?'

'Ja. Ja, natuurlijk.'

Cliburne zuchtte en knikte. 'Moge God met u gaan,' zei hij en ze vermanden zich tegen de hitte en stapten uit de schaduw.

Twee dagen later kwamen de Geigers naar het huis van Cole voor het zondagsmaal. De jongens van Cole vonden het heerlijk als zij kwamen, want dan was er een overdadig maal. Aanvankelijk was Sarah boos geweest toen ze gemerkt had dat de Geigers, als ze bij hen aten, haar vlees hadden geweigerd om hun *kashruth* te bewaren. Maar ze was het gaan begrijpen en maakte het weer goed. Als ze kwamen eten kwam ze altijd met bijzondere dingen: vleesloze soep, extra baksels en groente en verschillende nagerechten.

Jay bracht een exemplaar van de *Rock Island Weekly Guardian* mee waar een artikel in stond over het proces-Dred Scott en hij merkte op dat de slaaf met zijn rechtszaak weinig of geen kans van slagen had.

'Malcolm Howard zegt dat in Louisiana iedereen slaven heeft,' zei Alex en zijn moeder glimlachte.

'Niet iedereen,' zei ze zacht. 'Ik betwijfel of Malcolm Howards paps ooit slaven gehad heeft, of wat dan ook.'

'Had uw papa in Virginia slaven?' vroeg Shaman.

'Mijn papa had maar een kleine houtzagerij,' zei Sarah. 'Hij had drie slaven, maar toen er moeilijke tijden kwamen moest hij de slaven èn de zagerij verkopen en voor zijn eigen papa gaan werken, die een groot boerenbedrijf had waarop meer dan veertig slaven werkten.'

'En de familie van mijn papa in Virginia?' vroeg Alex.

'Bij mijn eerste man thuis hadden ze een winkel,' zei Sarah. 'Die hielden geen slaven.'

'Waarom zou iemand trouwens slaaf willen zijn?' vroeg Shaman.

'Dat willen ze niet,' zei Rob J. tegen zijn zoon. 'Het zijn gewoon arme ongelukkige mensen die in een afschuwelijke toestand terechtgekomen zijn.'

Jay nam een slok bronwater en tuitte zijn lippen. 'Kijk, Shaman, het is nu eenmaal zo; zo is het in het Zuiden al tweehonderd jaar. Er zijn radicalen die schrijven dat de zwarten vrij moeten worden. Maar als een staat als South Carolina ze allemaal losliet, waar zouden ze dan van leven? Kijk, nu werken ze voor de blanken en de blanken zorgen voor hen. Een paar jaar geleden had Lillians neef Judah Benjamin honderdveertig slaven op zijn suikerplantage in Louisiana. En hij zorgde echt goed voor hen. Mijn vader in Charleston had twee huisnegers. Hij heeft ze bijna mijn hele leven gehad. Hij behandelt die twee zo goed, ze zouden nog niet weggaan als ze weggejáágd werden.'

'Precies,' zei Sarah. Rob J. deed zijn mond open, deed hem toen weer dicht en gaf Rachel de erwtjes met worteltjes door. Sarah vertrok naar de keuken en kwam terug met een geweldige aardappelpastei, gemaakt volgens het recept van Lillian Geiger en Jay kreunde dat hij vol zat maar gaf toch zijn bord aan.

Toen de Geigers hun kinderen mee naar huis namen, drong Jay er bij

Rob J. op aan om mee te komen, dan konden ze met Lillian trio's spelen. Maar hij zei dat hij moe was.

In werkelijkheid had hij geen zin in gezelschap, hij voelde zich prikkelbaar. Om zijn zinnen te verzetten ging hij langs de rivier een frisse neus halen. Op Makwa's graf zag hij onkruid en maakte daar korte metten mee: hij rukte het er woest uit tot er geen meer stond.

Hij begreep opeens waarom de uitdrukking op het gezicht van George Cliburne hem zo vertrouwd was geweest. Het was precies de uitdrukking op het gezicht van Andrew Gerould, de eerste keer toen hij Rob had gevraagd een pamflet te schrijven tegen de Engelse regering, en Rob nee had gezegd. Het gezicht van die twee mannen had een mengeling van gevoelens uitgedrukt: fatalisme, koppige kracht en de ongerustheid dat ze waren overgeleverd aan de genade van die figuur en zijn stilzwijgen.

34. De terugkeer

Op een morgen, toen de vroege ochtendmist als een zware rook boven de rivier hing en tegen de strook bos aan gedrukt lag, kwam Shaman het huis uit en liep de plee voorbij om sloom in de grotere stroom te pissen. Een oranje schijf brandde door de bovenste laag mist en maakte de onderste lagen tot een bleke schittering. De wereld was nieuw en koel en rook goed en wat hij van de rivier en het bos kon zien, paste bij de blijvende vredigheid in zijn oren. Als hij die dag wilde vissen, zou hij het vroeg moeten doen, zei hij bij zichzelf.

De jongen keerde zich van de rivier af. Tussen hem en het huis was het graf en toen hij de gestalte door de flarden mist zag werd hij niet bang, er was alleen een korte strijd tussen ongeloof en een alles overspoelende golf van allerheerlijkst geluk en dankbaarheid. *Geest, ik roep u vandaag. Geest, ik spreek nu tegen u.* 'Makwa!' riep hij vrolijk en holde op haar toe.

'Shaman?'

Toen hij bij haar was, kwam het verpletterende besef dat het Makwa niet was.

'Maan?' vroeg hij, vragend omdat ze er zo slecht uitzag.

Toen zag hij achter Maan twee andere gestalten, twee mannen. De ene was een Indiaan die hij niet kende en de andere Stenen Hond, die voor Jay Geiger gewerkt had. Stenen Hond had een blote borst en een broek van hertevel aan. De vreemde man droeg een zelfgeweven broek en een voddig overhemd. De twee mannen hadden mocassins, maar Maan droeg werklaarzen van blanken en een oude vuile blauwe jurk die bij de rechterschouder gescheurd was. De mannen droegen dingen die Shaman kende: een kaasdoek, een gerookte ham, een rauwe schapepoot en hij begreep dat ze in het koelhuis boven de bron ingebroken hadden.

'Whisky halen?' zei Stenen Hond en gebaarde naar het huis, en Maan zei fel iets in het Sauk en zakte toen op de grond.

'Maan, is er iets?' vroeg Shaman.

'Shaman. Zo groot.' Ze keek hem bewonderend aan.

Hij knielde bij haar neer. 'Waar ben je geweest? Zijn de anderen ook hier?'

'Nee… Anderen in Kansas. Reservaat. Kinderen daar gelaten, maar…' Ze deed haar ogen dicht.

'Ik ga vader halen,' zei hij en de ogen gingen open.

'Ze hebben ons zo'n kwaad gedaan, Shaman,' fluisterde ze. Haar handen graaiden naar de zijne en hielden ze stevig vast.

Shaman voelde iets van zijn lichaam naar zijn geest gaan. Alsof hij weer hoorde en de bliksem had geknetterd en hij wist – wìst, op een of andere manier – wat er met haar zou gebeuren. Hij deed zijn mond open maar kon niet schreeuwen, hij kon haar niet waarschuwen. Hij was verstard van een angst die hij nog helemaal niet kende, heviger dan de vrees van een nieuwe doofheid, veel erger dan wat hij in zijn leven ook had meegemaakt.

Eindelijk lukte het hem om zijn handen los te rukken.

Hij vluchtte naar het huis alsof dat zijn enige kans was.

'*Pa!*' schreeuwde hij.

Rob J. was eraan gewend, wakker gemaakt te worden en dan voor een noodgeval te staan, maar niet door de hysterie van zijn zoon. Shaman bleef maar rebbelen dat Maan terug was en stervende. Het duurde een paar minuten voordat hij het verhaal begreep en Shaman ertoe kon brengen naar hun mond te kijken, zodat zijn ouders iets konden vragen. Toen ze begrepen dat Maan echt terug was en heel ziek was, dat ze bij de rivier op de grond lag, liep hij haastig het huis uit.

De mist trok snel op. Er was meer zicht en ze zagen heel duidelijk dat er niemand was. Shaman werd door zijn ouders indringend ondervraagd, herhaaldelijk. Maan en Stenen Hond en een andere Sauk waren daar geweest, hield hij vol. Hij vertelde telkens wat ze aan hadden gehad, wat ze gezegd hadden, hoe ze eruitgezien hadden.

Sarah liep vlug weg toen ze hoorde wat de Indianen bij zich hadden en ze kwam boos terug, omdat er in het koelhuis was ingebroken en het moeizaam verworven voedsel weg was. 'Robert Cole,' zei ze bits, 'heb jij die dingen zelf gepakt, omdat je ondeugend bent en toen dat verhaal bedacht dat de Sauk terug waren?'

Rob J. liep de rivieroever op en toen stroomafwaarts en riep Maans naam, maar er kwam geen antwoord.

Shaman huilde onbeheerst. 'Ze gaat dood, pa.'

'Hoe kun jij dat nu weten?'

'Ze hield mijn handen vast en ze…' De jongen beefde.

Rob J. keek naar zijn zoon en zuchtte. Hij knikte. Hij ging naar Shaman en legde zijn armen om hem heen en klemde hem strak tegen zich aan. 'Wees maar niet bang. Wat Maan overkomen is, dat is niet jouw schuld. Ik zal er nog met je over praten en proberen het je uit te leggen. Maar het lijkt mij dat we haar nu eerst maar moeten gaan zoeken,' zei hij.

Hij zocht te paard. De hele morgen zocht hij in de brede strook bos langs de oever van de rivier, want als hij op de vlucht was en zich wilde verbergen, dan was hij die bossen in gegaan. Eerst reed hij naar het noorden, in de richting van Wisconsin, en toen kwam hij terug en reed naar het zuiden. Telkens opnieuw riep hij haar naam, maar geen enkele keer kreeg hij antwoord.

Het kon zijn dat hij al zoekende dicht bij hen kwam. De drie Sauk konden hebben gewacht in het struikgewas en Rob J. hebben laten voorbijrijden, misschien meer dan eens. Vroeg in de middag bekende hij zichzelf dat hij niet wist hoe vluchtende Sauk dachten, omdat hij geen vluchtende Sauk was. Misschien waren ze meteen van de rivier weggegaan. Aan het eind van de zomer stond de prairie hoog: lang gras waar drie mensen ongezien door konden trekken en maïsvelden waarop de oogst dertig centimeter boven de mensen uitstak, boden een volmaakte dekking. Toen hij het tenslotte opgaf, ging hij naar huis en vond er Shaman, die duidelijk teleurgesteld was toen hij hoorde dat zijn vader tevergeefs gezocht had.

Hij ging alleen met de jongen onder een boom langs de rivier zitten en vertelde hem over de Gave, hoe sommige leden van de familie Cole die al sinds mensenheugenis kregen.

'Niet iedereen. Soms slaat het een generatie over. Mijn vader had het, maar mijn broer en mijn oom niet. Sommige Coles krijgen het al op heel jeugdige leeftijd.'

'Hebt u het, pa?'

'Ja.'

'Hoe oud was u, toen u…'

'Ik kreeg het pas toen ik bijna vijf jaar ouder was dan jij nu.'

'Wat is het?' vroeg de jongen onzeker.

'Nou, Shaman... Ik weet het eigenlijk niet. Ik weet dat er niets magisch in zit. Ik geloof dat het een soort zintuig is, net als horen en ruiken. Sommige mensen kunnen iemands hand vasthouden en zeggen of hij doodgaat. Ik denk dat het gewoon een extra gevoeligheid is, net zoals je de hartslag kunt voelen door verschillende plekken op het lichaam aan te raken. Soms...' Hij haalde zijn schouders op. 'Soms komt dat vermogen goed van pas als je dokter bent.'

Shaman knikte zwakjes. 'Ik denk dat het mij ook van pas zal komen als ik zelf dokter ben.'

Rob J. bedacht dat de jongen, als hij groot genoeg was om van de Gave te weten, ook rijp genoeg was om andere dingen te horen. 'Je kunt geen dokter worden, Shaman,' zei hij zachtjes. 'Een dokter moet kunnen horen. Ik gebruik mijn gehoor elke dag bij de behandeling van patiënten. Ik luister aan hun borst, ik luister naar hun adem, ik luister hoe hun stem klinkt. Een dokter moet kunnen horen dat iemand om hulp roept. Een dokter heeft gewoonweg al zijn vijf zintuigen nodig.'

Hij vond het vreselijk, zoals zijn zoon hem aankeek.

'Wat moet ik dan gaan doen als ik groot ben?'

'Dit is een goede boerderij. Jij kunt hem leiden met Bigger,' zei Rob J., maar de jongen schudde zijn hoofd.

'Nou, dan kun je een soort koopman worden, of in een winkel gaan werken. Juffrouw Burnham zegt dat jij de intelligentste leerling bent die ze ooit les heeft gegeven. Misschien wil je zelf gaan lesgeven.'

'Nee, ik wil niet lesgeven.'

'Shaman, je bent nog maar jong. Je hebt nog heel wat jaren voor de boeg voordat je moet beslissen. Hou je ogen intussen open. Kijk naar verschillende mensen, naar hun beroep. Er zijn heel veel manieren om aan de kost te komen. Je kunt kiezen wat je wilt.'

'Behalve,' zei Shaman.

Rob J. stond zichzelf niet toe, de jongen bloot te stellen aan onnodige teleurstelling door een droom in stand te houden die volgens hem echt geen werkelijkheid kon worden.

'Ja, behalve,' zei hij.

Het was een trieste dag geweest die Rob J. boos had gemaakt omdat het leven zo oneerlijk was. Hij vond het afschuwelijk om de klare, mooie droom van zijn kind om zeep te brengen. Dat was even erg als iemand, die houdt van het leven, zeggen dat hij geen plannen op lange termijn hoeft te maken.

Hij liep rond over de boerderij. Bij de rivier waren veel muggen, ze voerden een strijd met hem om de schaduw van de bomen en wonnen.

Hij wist dat hij Maan nooit zou weerzien. Hij wilde wel dat hij afscheid had kunnen nemen. Hij zou haar gevraagd hebben waar Komt Zingend begraven lag. Hij had ze graag allebei naar behoren willen begraven, maar nu was misschien ook Maan achtergelaten in een graf zonder steen. Zoals je hondepoep begraaft.

Hij werd woest als hij daarover dacht en voelde zich schuldig, omdat hij deel uitmaakte van hun problemen en zijn boerderij ook. Eens hadden de Sauk rijke landerijen gehad en dodendorpen waarin de graven een steen hadden.

Ze hebben ons zo'n kwaad gedaan, had ze tegen Shaman gezegd.

Er was in Amerika een goede grondwet en hij had hem aandachtig gelezen. Die gaf vrijheid, maar hij moest erkennen dat die alleen gold voor mensen die een roze tot gebronsde huid hadden. Mensen met een donkerder huid konden net zo goed een pels of veren hebben.

De hele tijd bleef hij rondlopen over de boerderij; hij was op zoek. Hij wist het eerst nog niet, en toen hij besefte wat hij aan het doen was, voelde hij zich iets beter, maar niet veel. De plek die hij zocht moest niet in de velden of bossen liggen waar Alden of een van de jongens of zelfs een stroper erop kon stuiten. Het huis zelf was niet geschikt omdat hij het voor de andere gezinsleden geheim moest houden, wat hem ernstig dwars zat. Zijn praktijkkamer was soms leeg, maar als hij in gebruik was zat hij vol patiënten. In de stal kwam ook vaak iemand. Maar...

Achter in de stal was de schuur van Rob J., een lange smalle keet, gescheiden van het melkhok door een dichte wand. Dat was de plek waar hij pillen, drankjes en andere medicijnen opborg. Behalve de opgehangen kruiden en de planken vol flessen en potten had hij hier een houten tafel en een extra stel druippannen, omdat hij, als hij een lijkschouwing moest doen, het snijwerk in dit hok deed waar een dikke houten deur in zat met een stevig slot.

De smalle noordkant van die keet was net als de noordkant van de stal zelf tegen een richel gebouwd. In de keet bestond een deel van de wand uit die rotsrichel, maar een deel ervan was aarde.

De volgende dag ging verloren aan een druk spreekuur en te veel huisbezoeken, maar de morgen daarop kon Rob J. zijn werk vroeg afmaken. Het bleek een gunstige dag, want Shaman en Alden waren hekken aan het herstellen en in een ander gedeelte een voederhok aan het bouwen en Sarah was in de kerk met een of ander bezig. Alleen Kate Stryker, die Sarah na het vertrek van Maan in dienst had genomen als huishoudelijke hulp voor halve dagen, was in huis, maar Kate zou hem niet storen.

Zou gauw de anderen vertrokken waren, haalde hij een houweel en een schop en ging meteen aan het werk. Het was een tijd geleden dat hij langdurig lichamelijk werk had gedaan en hij haastte zich. In de grond zaten rotsen en hij was even zwaar als de andere grond op de boerderij, maar Rob was sterk en met zijn houweel sloeg hij hem moeiteloos los. Van tijd tot tijd schepte hij de grond in een kruiwagen en bracht hem een eind van de stal vandaan, naar een smalle geul. Hij had gedacht dat het graafwerk wel een paar dagen zou duren, maar vroeg in de middag stuitte hij op de richel. De rotswand week een beetje af naar het noorden, zodat de uitgraving die aan de ene kant ontstond nog geen meter en aan de andere kant ruim anderhalve meter diep was en nog geen anderhalve meter breed. Die ruimte was nauwelijks groot genoeg om in te liggen, vooral als er ook eten en andere voorraden werden opgeslagen, maar Rob J. wist dat hij bruikbaar was. Hij sloot de opening af met staande plankjes van tweeëneenhalve centimeter breed, die bijna een jaar buiten hadden gelegen en er dus even oud uitzagen als de rest van de stal. Hij gebruikte een priem om een paar van de spijkergaten te vergroten en oliede de spijkers die in die gaten pasten, zodat een aantal plankjes zonder lawaai weggehaald en teruggezet konden worden.

Hij was heel voorzichtig, hij nam de kruiwagen mee het bos in en groef bladeren en bladaarde op die hij in de geul spreidde om de nieuwe grond te camoufleren.

Toen reed hij, de volgende morgen, naar Rock Island en voerde een kort maar indringend gesprek met Cliburne.

35. De geheime kamer

Die herfst begon de wereld voor Shaman te veranderen, geen plotselinge en onthutsende verandering zoals toen hij zijn gehoor verloren had, maar een ingewikkelde wisseling van polen die, al gebeurde het allengs, toch ingrijpend was. Alex en Mal Howard waren dikke vrienden geworden en hun gelach, hun onstuimige kameraadschap sloot Shaman meestal buiten. Rob J. en Sarah vonden die vriendschap bedenkelijk; ze wisten dat Mollie Howard een zeurderige slons was en dat Julian, haar man, geen eerlijk mens was. Ze hadden er een hekel aan als hun zoon naar de drukke, vuile hut van Howard ging, waar een goed deel van de plaatselijke bevolking de zelfgemaakte drank kocht die Julian ijverig stookte uit maïspulp in een verborgen toestel met een roestig deksel.

Hun ongerustheid werd bewaarheid met Halloween, toen Alex en Mal een flinke slok gedronken hadden van whisky die Mal met opzet op een verkeerde plek had neergezet toen het produkt van zijn vader in kruiken werd gegoten. Onder inspiratie daarvan veroorzaakten ze een pad van omgegooide pleeën, dat door het halve dorp liep voordat Alma Schroeder gillend uit haar omvergeworpen plee kroop en Gus Schroeder een eind maakte aan die dronkemanslol door met zijn bizondoder naar buiten te komen.

Dat gebeuren was aanleiding tot een reeks nare gesprekken tussen Alex en zijn ouders die Shaman het liefst wilde vergeten, want na de eerste woorden kon hij er niet meer toe komen om van hun lippen te lezen. Een bijeenkomst van de jongens, hun ouders en sheriff London was nog onaangenamer.

Julian Howard spuugde op de grond en zei dat het 'wel een hoop gedoe' was over 'een stel jongens die op Halloween een beetje lol trapten'.

Rob J. probeerde zijn antipathie tegen Howard te vergeten. Hij had durven wedden dat als er in Holden's Crossing iemand lid was van de Hoge Orde van de met Sterren Bezaaide Vlag, hij het zou zijn, zelf ook in staat een hoop ellende te veroorzaken. Hij was het met Howard eens dat de jongens geen moordenaars of boeven waren, maar omdat hij bij zijn werk de menselijke spijsvertering serieus opvatte, had hij niet, zoals de meesten, het idee dat alles wat met stront te maken had – dus ook het vernielen van pleeën – grappig was. Hij wist dat sheriff London gewapend zou zijn met wel zes aanklachten tegen de jongens en ze niet naast zich neer zou leggen, want hij mocht de beide vaders niet. Rob J. stelde voor dat Alex en Mal alles weer in orde zouden moeten maken. Drie van de pleeën waren kapot of uit elkaar gevallen. Twee mochten er niet meer boven hetzelfde gat komen, dat vol was. Om het goed te maken moesten de jongens gaten graven en de pleeën repareren. Als er nieuw hout nodig was, zou Rob J. daarvoor betalen en Alex en Mal konden dan op de boerderij werken om hun schuld af te lossen. En als ze hier niet aan voldeden, kon sheriff Londen in het geweer komen.

Mort London erkende dat hij het plan wel goed vond. Julian Howard was ertegen tot hij hoorde dat zijn zoon en de jongen van Cole ook hun gewone karweitjes moesten blijven doen en stemde er toen mee in. Alex en Mal kregen niet de kans te weigeren, dus de maand daarop werden ze deskundige pleeherstellers; eerst deden ze het graafwerk voordat het echt winter werd en de grond bevroor, en het timmerwerk deden ze met van de kou gevoelloze handen. Ze bouwden goed: hùn pleeën zouden jaren blijven staan, behalve die achter het huis van Humphrey, die versplinterd zou worden door een wervel-storm die in de zomer van drieënzestig huis en stal met de grond gelijk maakte en Irving en Letty Humphrey in één moeite door doodde.

Alex was niet te temmen. Op een avond laat kwam hij de slaapkamer in die hij met Shaman deelde, met de olielamp in zijn hand, en kondigde met diepe voldoening aan dat hij het gedaan had.

'Wat gedaan?' vroeg Shaman, en knipperde de slaap uit zijn ogen om zijn broer aan te kijken.

'Je weet wel. Ik heb het gedaan. Met Pattie Drucker.'

Shaman was wakker. 'Niet waar. Je bent een verrekte leugenaar, Bigger.'

'Nee, ik heb het echt gedaan, met Pattie Drucker. Gewoon bij haar thuis, toen de anderen naar haar oom waren.'

Shaman staarde hem aan met verrukte pijn, niet in staat het te geloven, maar toch vreselijk in de verleiding om het wèl te geloven. 'Als dat zo is, hoe was het dan?'

Alex glimlachte zelfvoldaan en richtte zich op de vraag. 'Als je je dinges naar binnen duwt langs het haar en alles, is het warm en lekker. Heel warm en lekker. Maar dan raak je op een of andere manier helemaal opgewonden en je gaat heen en weer omdat je zo blij bent. Heen en weer, net zoals een ram bij een ooi doet.'

'Beweegt het meisje ook heen en weer?'

'Nee,' zei Alex. 'Het meisje ligt daar helemaal blij en laat jou bewegen.'

'En dan?'

'Nou, je ogen worden scheel. Je kwakkie schiet uit je pik als een kogel.'

'Tjonge, als een kogel? Doet dat het meisje pijn?'

'Nee, gek, ik bedoel zo snel als een kogel, niet zo hard als een kogel. Het is nog zachter dan pudding, net als wanneer je je aftrekt. Trouwens, dan is het eigenlijk voorbij.'

Shaman was overtuigd door een veelheid aan bijzonderheden, zoals hij nog nooit had gehoord. 'Is Pattie Drucker nu dus voortaan je meisje?'

'Nee!' zei Alex.

'O nee?' vroeg Shaman bezorgd. Pattie Drucker was bijna zo groot als haar fletse moeder en had een hinnikende lach.

'Nog te klein om dat te begrijpen,' mompelde Alex ongerust en knorrig en blies de lamp uit om een eind te maken aan het gesprek.

Shaman lag in het donker en dacht na over wat Alex gezegd had, even opgewonden en ongerust. Dat scheel kijken stond hem niet aan. Luke Stebbins had hem verteld dat je, als je met jezelf speelde, blind kon worden. Doof was al erg genoeg; hij wilde niet nog meer zintuigen kwijtraken. Hij kon al een beetje blind aan het worden zijn, zei hij bij zichzelf, en de volgende morgen liep hij doodsbang rond en beproefde zijn gezichtsvermogen op voorwerpen die dichtbij en veraf waren.

Hoe minder tijd Bigger met hem doorbracht, hoe meer tijd Shaman besteedde aan zijn boeken. Hij las boeken snel en vroeg er ongegeneerd om. Geiger had een aardige bibliotheek en daar mocht hij uit lenen. Hij kreeg boeken op zijn verjaardag en met Kerstmis, brandstof voor het vuurtje dat hij stookte tegen de kou van de eenzaamheid. Juffrouw Burnham zei dat ze nog nooit zo'n lezer had gehad.
Genadeloos werkte ze met hem om zijn spraak te verbeteren. Tijdens schoolvakanties kreeg ze bij Cole vrij wonen en eten en Rob J. zorgde ervoor dat de moeite die zij voor zijn zoon deed, beloond werd, maar ze werkte niet met Shaman om persoonlijk gewin. Ze had zich persoonlijk ten doel gesteld hem duidelijk te leren spreken. De oefeningen met zijn hand op de piano gingen maar door. Het boeide haar om te zien dat hij van het begin af aan gevoelig was voor het verschil tussen de trillingen en al vlug wist hij een toon meteen te benoemen als ze hem had aangeslagen.
De woordenschat van Shaman groeide door het lezen, maar hij had moeite met de uitspraak omdat hij die niet kon leren door naar andermans stem te luisteren. Hij sprak 'kathedraal' bijvoorbeeld uit als 'kàthedraal' en ze begreep dat zijn probleem voor een deel was, dat hij niet wist waar hij de klemtoon moest leggen. Ze gebruikte een rubberbal om de woorden voor hem uit te beelden, ze kaatste hem zachtjes om een gewone toon weer te geven en harder voor een nadruk. Ook dat vergde tijd, want gewoon een gekaatste bal vangen, kostte hem veel moeite. Juffrouw Burnham besefte dat zij voorbereid was de bal te vangen door het geluid dat hij maakte als hij de vloer raakte. Shaman kende die voorbereiding niet en moest dus leren vangen, door te onthouden hoeveel tijd er precies verliep voordat de bal, als hij met bepaalde kracht gegooid werd, de grond raakte en terugkaatste in zijn handen.
Toen hij eenmaal door had dat het kaatsen van de bal een nadruk weergaf, werkte ze een reeks oefeningen uit met lei en griffel, waarbij ze woorden opschreef en dan balletjes tekende boven de lettergrepen die gewoon werden uitgesproken, en grotere boven de geaccentueerde lettergrepen: Kà-thè-dràal. Gòe-dè-mòr-gèn. Schìl-dè-rìj. Fèest-jè. Eèn gè-bèrg-tè.
Rob werkte mee aan die poging door Shaman te leren jongleren en

Alex en Mel Howard deden dikwijls mee aan die lessen. Rob had weleens gejongleerd om ze te vermaken en dat vonden ze leuk, het boeide ze, maar het was moeilijk te leren. Toch moedigde hij ze aan om het vol te houden. 'In Kilmarnock leren alle Cole-kinderen jongleren. Het is een oude familiegewoonte. Als zij het kunnen leren, kunnen jullie het ook,' zei hij en ze merkten dat hij gelijk had. Tot zijn teleurstelling bleek de jongen van Howard de beste jongleur van de drie; hij kon al vlug met vier ballen overweg. Maar Shaman deed weinig voor hem onder en Alex bleef koppig oefenen tot hij met gemak drie ballen in de lucht kon houden. Het doel was niet een voorstelling te geven, maar Shaman een gevoel van afwisselende ritmes te bezorgen, en dat lukte.

Op een middag, toen juffrouw Burnham met de jongen aan Lillian Geigers piano zat, pakte ze de hand van de pianokast en legde die tegen haar eigen keel. 'Wanneer ik spreek,' zei ze, 'trillen de banden in mijn strottehoofd, net als de snaren van de piano. Voel je die trillingen, hoe die veranderen bij verschillende woorden?'

Hij knikte verrukt en ze glimlachten naar elkaar. 'O Shaman,' zei Dorothy Burnham, pakte zijn hand van haar keel en hield hem in de hare. 'Je gaat zo goed vooruit! Maar je moet steeds maar oefenen, vaker dan ik met je kan oefenen als er school is. Zou daar iemand bij kunnen helpen?'

Shaman wist dat zijn vader zijn handen vol had aan zijn praktijk. Zijn moeder had het druk met haar werk voor de kerk en hij bespeurde bij haar een tegenzin om met zijn doofheid geconfronteerd te worden, wat hij niet begreep maar wat hem wel duidelijk was. En Alex was er altijd met Mal vandoor zo gauw hij zijn karweitjes gedaan had.

Dorothy zuchtte. 'Wie zou er regelmatig met je kunnen oefenen?'

'Ik wil best helpen,' zei opeens een stem. Die kwam uit een grote paardeharen oorfauteuil die met zijn rug naar de piano stond, en tot Dorothy's verbazing zag ze Rachel Geiger snel uit de stoel op hen af komen.

Hoe vaak, vroeg ze zich af, had het meisje daar ongemerkt gezeten en naar hun oefeningen geluisterd?

'Ik weet dat ik het kan, juffrouw Burnham,' zei Rachel een beetje kort van adem.

Shaman scheen het fijn te vinden.

Dorothy glimlachte naar Rachel en kneep haar in haar hand. 'Je zult het vast geweldig doen, liefje,' zei ze.

Rob J. had geen woord gehoord op al de brieven die hij had verstuurd over de dood van Makwa. Op een avond ging hij zitten en zette zijn teleurstelling op papier, weer een brief op scherpere toon, in een poging in de vettige modder te roeren.

… De misdaden van verkrachting en moord zijn door vertegenwoordigers van de regering en de wet luchtig ter zijde geschoven, een feit dat de vraag oproept of de staat Illinois – ja, of de Verenigde Staten van Amerika – een gebied is met echte beschaving, of een land waar mensen zich volkomen straffeloos mogen gedragen als de laagste dieren. Hij stuurde de brieven naar dezelfde instanties die hij al eerder benaderd had, in de hoop dat hij met die scherpere toon een beetje succes zou boeken.

Niemand liet hem ergens iets over horen, dacht hij knorrig. Hij had het kamertje achter het hok bijna in razernij gegraven, maar nu het klaar was, hoorde hij niets meer van George Cliburne. Aanvankelijk – dagen werden weken – dacht hij weleens na hoe ze contact met hem zouden opnemen, en begon zich toen af te vragen waarom ze niets lieten horen. Hij zette het geheime kamertje uit zijn gedachten en gaf zich over aan het vertrouwde korten van de dagen, de aanblik van een lange V van ganzen die de blauwe lucht doorsneed naar het zuiden, het ruisen van de rivier die kristalhelder werd naarmate het water kouder werd. Op een morgen reed hij het dorp in en Carroll Wilkenson stond op van zijn stoel op de veranda van de dorpswinkel en slenterde naar de plek waar Rob J. afsteeg van een klein gevlekt paard met een hangend hoofd.

'Nieuw paard, dok?'

'Ik probeer haar alleen. Onze Vicky is nu bijna blind. Leuk voor de kinderen om mee in de wei te rijden, maar… Deze merrie is van Tom Beckermann.' Hij schudde zijn hoofd. Dokter Beckermann had gezegd dat de gevlekte vijf jaar oud was, maar haar onderste snijtanden waren zo ver afgesleten dat hij wist dat ze minstens eens zo oud was en ze schrok van elk insekt, van elke schaduw.

'Zoekt u een merrie?'

'Niet per se. Maar ze zijn betrouwbaarder dan hengsten, als je het mij vraagt.'

'Dat is een waar woord. Een waar woord… Ik kwam gisteren George Cliburne tegen. Hij zei dat hij thuis een paar nieuwe boeken heeft en dat u die misschien weleens wilde inzien.'

Dat was het teken en het verraste hem. 'Bedankt, Carroll. George heeft een prachtige bibliotheek,' zei hij en hoopte dat zijn stem gewoon klonk.

'Ja, dat heeft hij.' Wilkenson groette met zijn hand ten afscheid. 'Nou, ik zal doorvertellen dat u een paard wilt kopen.'

'Hartelijk bedankt,' zei Rob J.

Na het middageten hield hij de lucht in de gaten, tot hij er zeker van was dat er geen maan zou zijn. De hele middag waren er dikke vette wolken aan komen zeilen. De lucht voelde aan als een wasserij waar twee dagen was gedaan was en beloofde regen vóór de morgen.

Hij ging vroeg naar bed en kon een paar uur slapen, maar hij was zoals elke dokter goed in hazeslaapjes en om één uur was hij weer klaarwakker. Hij gaf zich ruimschoots de tijd en maakte zich al vóór twee uur los uit Sarahs warmte. Hij was in zijn ondergoed naar bed gegaan; hij zocht in het donker stil zijn kleren bij elkaar en nam ze mee naar beneden. Sarah was eraan gewend dat hij bij nacht en ontij vertrok om voor patiënten te zorgen en sliep rustig door.

Zijn laarzen stonden in de hal op de vloer onder zijn jas. In de stal zadelde hij Queen Victoria omdat hij niet verder zou rijden dan waar hun eigen pad op de openbare weg uitkwam en Vicky kende die weg zo goed dat ze niet veel hoefde te zien. In zijn zenuwen was hij te vroeg en nadat hij bij de weg was aangekomen moest hij tien minuten wachten, terwijl het zachtjes begon te regenen. Hij spitste zijn oren en ving allerlei denkbeeldige geluiden op, maar tenslotte kwamen er geluiden op hem af die hij zich niet verbeeldde: het gekraak en gerinkel van een tuig, de hoefslag van een zwoegend werkpaard. Na korte tijd zag hij een kar aankomen, hoog beladen met hooi. 'Zijt gij het dan?' vroeg George Cliburne rustig.

Rob J. onderdrukte de neiging te ontkennen dat hij het was en bleef zitten terwijl Cliburne hooi wegtrok en er een tweede menselijke gestalte te voorschijn kwam. Cliburne had de voormalige slaaf blijkbaar tevoren instructies gegeven, want zonder één woord pakte de man de achterkant van Vicky's zadel en hees zich achter Rob J.

'Moge God met u gaan,' zei Cliburne opgewekt, klapte met zijn leidsels en bracht de kar in beweging. Een tijdje terug – misschien meer dan eens – had de neger zijn blaas niet in bedwang kunnen houden. Robs ervaren neus zei hem dat de urine gedroogd was, waarschijnlijk al dagen geleden, maar hij schoof zijn lijf een stukje weg van de ammoniakstank achter zich. Toen ze langs het huis reden was alles donker. Hij was van plan geweest om de man snel naar het schuilhol te brengen, het paard te verzorgen en zijn warme bed weer op te zoeken. Maar eenmaal in het hok werd het wat ingewikkelder.

Toen hij de lamp aanstak, zag hij een zwarte man van ergens tussen de twintig en de dertig, met de verschrikte, oplettende ogen van een in de hoek gedreven dier, een grote vooruitstekende neus en ongekamd haar als de wol van een zwarte ram. Hij droeg stevige schoenen, een behoorlijk overhemd en een broek die zo versleten en kapot was dat er weinig van was overgebleven.

Rob J. wilde zijn naam vragen en waar hij vandaan was gevlucht, maar Cliburne had gewaarschuwd: geen vragen – tegen de regels. Hij tilde de planken los en wees aan wat er was: een pot met deksel voor de natuurlijke behoeften, een krant om zich af te vegen, een kruik drinkwater, een zak biscuits. De neger zei niets; hij boog zich en klom erin en Rob zette de planken terug.

Op de koude kachel stond een pan water. Rob J. maakte vuur. In de stal vond hij aan een spijker zijn oudste werkbroek die te lang en te wijd was, en een paar bretels die ooit rood waren geweest maar nu grauw van het stof. Een opgerolde broek kon gevaarlijk zijn voor een man op de vlucht en hij knipte met zijn doktersschaar van beide pijpen twintig centimeter af. Toen hij zijn paard had verzorgd, was het water op de kachel intussen warm geworden. Hij haalde de planken weer weg en bracht water, lappen, zeep en broek in het hol; toen zette hij de planken weer terug, zorgde voor de kachel en blies de lamp uit. Hij aarzelde voor hij vertrok. 'Slaap wel,' zei hij tegen de planken. Er klonk een geruis, het geluid van een beer in een kooi, terwijl de man zich waste. 'Dank-u-m'neer,' klonk tenslotte het hees gefluister, alsof iemand in de kerk praatte.

De eerste gast in de herberg, dacht Rob J. Hij bleef tweeënzeventig uur. George Cliburne, met zijn ontspannen, opgewekte groet, zo beleefd dat het bijna formeel was, haalde hem midden in de nacht weer op en bracht hem weg. Al was het zo donker dat Rob J. niet veel kon zien, hij wist zeker dat het haar van de quaker net over zijn kale knikker gekamd was en dat zijn roze wangen net zo goed geschoren waren als tegen de middag.

Ongeveer een week later was Rob J. bang dat Cliburne, dokter Barr, Carroll Wilkenson en hij allemaal gearresteerd zouden worden wegens het aanzetten tot diefstal van persoonlijk eigendom, want hij hoorde dat Mort London een weggelopen slaaf had gepakt. Maar die man bleek niet 'zijn' neger te zijn, maar een slaaf die uit Louisiana ontsnapt was en zich op een rivierboot had verstopt zonder dat iemand het wist of hem hielp.

Voor Mort London was het een goede week. Een paar dagen nadat hij een geldelijke beloning kreeg voor het terugbrengen van de slaaf, beloonde Nick Holden zijn langdurige trouw door hem een aanstelling te bezorgen tot plaatsvervangend commandant van de nationale politie in Rock Island. London gaf zijn baan als sheriff meteen op en op zijn voorstel wees burgemeester Andreson zijn enige assistent Fritzie Graham aan om die functie tot de volgende verkiezingen te vervullen. Rob J. was niet op Graham gesteld, maar de eerste keer dat ze el-

245

kaar tegenkwamen liet de nieuwe sheriff meteen merken, dat hij geen boodschap had aan de ruzietjes van Mort London.

'Ik hoop zeker dat u weer als lijkschouwer wilt fungeren, dok. Echt fungeren.'

'Dat zal ik graag,' zei Rob J. En dat was zo, want hij had node die kansen gemist om door het ontleden zijn snijtechniek bij te houden.

Hierdoor aangemoedigd kon hij de verleiding niet weerstaan om Graham te vragen de zaak van de moord op Makwa te heropenen, maar hij kreeg alleen zo'n blik van behoedzaam ongeloof dat hij het antwoord al wist, ook al beloofde Fritzie te 'doen wat ik kan, daar kunt u van overtuigd zijn, meneer.'

Dikke, troebele grauwe staar vulde de ogen van Queen Victoria en de zachtmoedige oude merrie zag helemaal niets meer. Als ze jonger geweest was, had hij haar geopereerd om de staar te verwijderen, maar haar energie was verdwenen en hij zag geen reden haar pijn te doen. Hij wilde haar ook niet afmaken, want ze scheen graag in de wei te staan waar iedereen op de boerderij vroeg of laat langskwam om haar een appel of een wortel te voeren.

Het gezin moest een paard ter beschikking hebben als hij weg was. De andere merrie, Bess, was ouder dan Vicky en zou binnenkort ook vervangen moeten worden en hij hield zijn ogen open voor een goed paard. Hij was een gewoontemens en vond het niet leuk om aan een nieuw dier te wennen, maar tenslotte kocht hij in november van Schroeder een paard voor algemeen gebruik, een kleine roodbruine merrie, niet te jong, niet te oud, voor een redelijke prijs, zodat het geen groot verlies zou zijn als ze niet helemaal voldeed. Schroeder had haar Trude genoemd en Sarah en hij vonden het niet nodig die naam te veranderen. Hij maakte korte ritten op haar, bedacht op een teleurstelling, maar diep in zijn hart wist hij dat Alma en Gus hem geen slecht paard verkocht zouden hebben.

Op een frisse middag maakte hij op haar zijn ronde, huisbezoeken waardoor ze in het hele dorp kwamen en daarbuiten. Ze was kleiner dan Vicky en Bess en scheen magerder onder zijn zadel, maar ze reageerde goed en was niet zenuwachtig. Toen hij tegen het vallen van de avond thuiskwam, wist hij dat ze goed zou voldoen en hij nam de tijd om haar droog te wrijven en haar water en voer te geven. De Schroeders hadden alleen maar Duits tegen haar gepraat. Rob J. had de hele dag Engels tegen haar gesproken, maar nu klopte hij haar op de flank en grijnsde. 'Gute Nacht, meine gnadige Liebchen,' zei hij en verbruikte roekeloos in één keer zijn hele Duitse woordenschat.

Hij pakte de lantaren en wilde de stal uit gaan, maar toen hij in de

246

deur stond hoorde hij een luide knal. Hij aarzelde, probeerde hem thuis te brengen, trachtte zich te overtuigen dat andere geluiden net zo konden klinken als een geweerschot, maar meteen na de ontploffing van het schietkruit klonken er tegelijk een klap en een knal toen door de kogel een splinter notehout van de deurpost geslagen werd, nog geen twintig centimeter boven zijn hoofd.

Toen hij tot zichzelf was gekomen, stapte hij vlug weer naar binnen en blies de lantaren uit.

Hij hoorde de achterdeur van het huis opengaan en dichtslaan en voeten hollen. 'Pa? Alles goed?' riep Alex.

'Ja. Ga terug in huis.'

'Wat...'

'Metééan!'

Stappen keerden terug, de deur ging open en sloeg dicht. Terwijl hij vanuit de schemering keek, merkte hij dat hij beefde. De drie paarden bewogen rusteloos in hun box en Vicky hinnikte. De tijd stond stil.

'Dokter Cole?' De stem van Alden kwam dichterbij. 'Hebt u geschoten?'

'Nee, iemand heeft geschoten en de stal geraakt. En mij verdomme bijna.'

'Blijf maar binnen,' riep Alden kortaf.

Rob J. wist wat de knecht dacht. Het zou te lang duren het ganzeroer in zijn eigen hut te halen, maar hij zou het jachtgeweer in het huis van Cole gaan pakken. Rob hoorde zijn stappen, zijn waarschuwend 'Ik ben het maar,' en de deur die open en dicht ging.

... en weer open. Hij hoorde Alden weglopen en toen niets meer. In misschien zeven minuten ging er een eeuw voorbij en er kwamen voetstappen terug naar de stal.

'Ik zie hier nergens iemand, dokter Cole, en ik heb goed gekeken. Waar is hij ingeslagen?' Toen Rob J. op de gesplinterde deurpost wees, ging Alden op zijn tenen staan om eens goed te kijken. Geen van beiden stak de lantaren aan om het beter te zien. 'Wel alle bliksem,' zei Alden beverig, zijn gezicht bleek in de vallende duisternis. 'Al erg genoeg dat hij op uw land stroopte. Om zo dicht bij het huis te jagen en bij dit slechte licht. Als ik die idioot ooit vind, dan wordt hij een trieste schutter!'

'Er is niets gebeurd. Ik ben blij dat jij er was,' zei Rob J. en pakte hem bij zijn schouder. Ze gingen samen het huis in om het gezin gerust te stellen en het ongelukje te vergeten. Rob J. schonk Alden een glas brandewijn in en deed zelf mee, wat zelden gebeurde.

Sarah had zijn lievelingsmaaltijd gekookt, groene pepers en jonge pompoenen, allebei gevuld met gekruid gehakt en gestoofd met aardappels en worteltjes. Hij at met smaak en maakte zijn vrouw een complimentje, maar na het eten ging hij alleen in een stoel op de veranda zitten.

Het was geen jager geweest, dat wist hij, die vlak bij het huis zo onvoorzichtig was en bij slecht zicht aan het eind van de dag jaagde.

Hij overwoog een mogelijk verband tussen het gebeurde en het schuilhol en kwam tot de slotsom dat die er niet was; iedereen die hem het leven zuur wilde maken omdat hij slaven hielp ontsnappen, zou wachten tot er een neger kwam, dan die stomme dokter Cole laten arresteren en de premie op de slaaf opstrijken.

Toch ontkwam Rob J. niet aan een toenemend besef dat het schot een waarschuwing was geweest waar iemand hem over wilde laten nadenken.

De maan was vol: een heldere duisternis, geen nacht om opgejaagde mensen te vervoeren. Terwijl hij zo voor zich uit zat te staren en naar de plotseling verspringende maanschaduwen van de in de wind zwiepende bomen zat te kijken, stelde hij met zijn stellige intuïtie vast dat hij eindelijk antwoord op zijn brieven had gekregen.

36. De eerste jood

Rachel had een hekel aan de Grote Verzoendag maar hield van Pasen, want de acht dagen *Pesach* maakten meer dan goed dat andere mensen Kerstmis hadden. Op paasdag bleven de Geigers thuis en daar leek het haar dan vol warm licht. Het was een feestdag met muziek en zang en spelletjes, met angstwekkende bijbelse verhalen die goed afliepen en met bijzonder eten aan de *seder* met in Chicago bestelde matses; en moeder bakte een stel beschuiten, zo groot en luchtig, dat ze als kind haar vader geloofde toen hij zei dat ze wegzweefden als ze maar goed keek.

Maar iedere herfst pakte het gezin voor Rosh Hashanah en Jom Kippoer, na wekenlange voorbereidingen, en reisde bijna een hele dag, met de wagen naar Galesburg en dan per trein naar een kade aan de Illinois en per stoomboot over de Illinois naar Peoria, waar een joodse gemeenschap was met een synagoge. Al waren ze alleen de twee Heilige Weken per jaar in Peoria, ze waren leden van de gemeenschap die financieel bijdroegen en hadden op naam gereserveerde plaatsen. Tijdens de Grote Feestdagen logeerden de Geigers altijd in het huis van Morris Goldwasser, een stoffenkoopman, een vooraanstaand lid van de *sjoel*. Alles aan meneer Goldwasser was groot en uitbundig, ook zijn lijf, zijn gezin en zijn huis. Hij wilde van Jason geen betaling aannemen en wees erop dat het *mitzvah* was om een andere jood de kans te geven, God te eren, en hield vol dat de Geigers, als ze hem betaalden voor zijn gastvrijheid, hem van een zegen zouden beroven. Daarom peinsden Lillian en Jason zich elk jaar suf over een passend geschenk om hun waardering te uiten.

Rachel had een hekel aan die hele toestand die elke herfst verpestte: de voorbereiding, de zorgen over de keuze van een geschenk, de uitputtende reis, de ramp elk jaar twee weken te moeten doorbrengen in het huis van vreemden en de ellende en het ijle gevoel om voor Jom Kippoer vierentwintig uur niets te eten.

Voor haar ouders was elk bezoek aan Peoria een gelegenheid om hun joodsheid te hernieuwen. Ze kregen er ook bezoek omdat Lillians neef Judah Benjamin voor Louisiana in de Senaat was gekozen – als eerste joods lid van de Senaat – en iedereen met de Geigers over hem wilde praten. Ze gingen bij elke gelegenheid naar de synagoge. Lillian wisselde recepten uit en hoorde de roddels. Jay sprak met de mannen over politiek, dronk een paar vrolijke glaasjes *schnapps* en ze boden elkaar sigaren aan. Hij vertelde hun in kleurige bewoordingen over Holden's Crossing en bekende dat hij er andere joden heen lokte, zodat er tenslotte een *minyan* van tien man zou zijn, waardoor ze gezamenlijke erediensten konden houden. De andere mannen behandelden hem met warm begrip. Van hen waren alleen Jay en Ralph Seixas, die in Newport, Rhode Island geboren was, Amerikaan van geboorte. De anderen waren immigranten en wisten wat het was om pionier te zijn. Ze waren het erover eens, dat het hard was om ergens de eerste joodse kolonist te zijn.

De Goldwassers hadden twee mollige dochters. Rose, een jaar ouder dan Rachel, en Clara, drie jaar ouder. Toen Rachel nog klein was had ze graag spelletjes gedaan met de meisjes van Goldwasser – vadertje-en-moedertje, schooltje, ziekenhuisje – maar in het jaar dat Rachel twaalf werd, trouwde Clara met Harry Green, een hoedenmaker. Het echtpaar woonde in bij Clara's ouders en toen de Geigers dat jaar voor de Grote Feestdagen kwamen, merkte Rachel dat het anders was. Clara wilde geen vadertje-en-moedertje meer spelen want ze was echt groot-geworden, een Getrouwde Vrouw. Ze sprak zachtjes en neerbuigend tegen haar zus en tegen Rachel, ze zorgde voor haar echtgenoot met lieflijke trouw en ze mocht de zegening uitspreken bij de sabbatkaarsen, een eer die alleen de huisvrouw toekwam. Maar op een avond toen de drie meisjes alleen in het grote huis waren, dronken ze op Roses kamer druivenwijn en de vijftienjarige Clara Goldwasser Green vergat dat ze huisvrouw was. Ze vertelde Rachel en haar zus van alles over hoe het was om getrouwd te zijn. Ze openbaarde hun de heiligste geheimen van de volwassen zusterschap en weidde met verrukkelijke bijzonderheden uit over de lichamelijkheid en de gewoonten van de joodse man.

Rose en Rachel hadden allebei weleens een penis gezien, maar altijd een kleintje, die vastzat aan een klein broertje of neefje, een baby in bad – een zacht roze aanhangsel dat uitliep op een besneden bolletje zacht vlees met één gaatje erin, waardoor het plasje naar buiten kon.

Maar Clara, die met gesloten ogen haar wijn dronk, beschreef ondeugend de verschillen tussen een joods kindje en een joodse man. En terwijl ze met haar tong de laatste druppels van de buitenkant van de beker likte, beschreef ze hoe dat lieve, onschuldige vlees veranderde wanneer een joodse man naast zijn vrouw ging liggen en wat er daarna gebeurde.

Niemand gilde van angst maar Rose had haar kussen gepakt en drukte het met beide handen tegen haar gezicht. 'Gebeurt dat vaak?' vroeg ze met verstikte stem.

Heel vaak, bevestigde Clara, en zeker op sabbat en godsdienstige feestdagen, want God had tegen de joodse man gezegd dat het een zegening was. 'Behalve natuurlijk tijdens de bloeding.'

Rachel wist van de bloeding. Dat was het enige geheim dat haar moeder haar had verteld; het was haar nog niet overkomen; de zussen wel. Maar iets anders zat haar dwars, een kwestie van maten, gezond verstand en ze had in gedachten een verwarrend beeld voor ogen. Onbewust beschermde ze haar schoot met haar hand. 'Maar dat kàn toch zeker niet!' zei ze bleek.

Soms, deelde Clara haar hooghartig mee, had Harold zuivere, kosjere boter gebruikt.

Rose Goldwasser haalde haar kussen voor haar gezicht weg en straalde van die openbaring. 'Zitten we daarom telkens zonder boter?' riep ze.

De daaropvolgende dagen waren voor Rachel bijzonder moeilijk. Rose en zij, die de keuze hadden de onthullingen van Clara als schrikwekkend of komisch te beschouwen, kozen uit zelfverdediging voor komisch. Tijdens ontbijt en middagmaal, meestal koude maaltijden, hoefden ze elkaar maar aan te kijken om geweldig in de lach te schieten, zo erg dat ze verschillende keren schandelijk van tafel werden gestuurd. Aan het avondmaal, als de mannen bij de twee gezinnen waren, was het nog erger voor haar, want ze kon niet aan tafel zitten tegenover Harold Green, twee stoelen verderop, en naar hem kijken en aan het gesprek meedoen, zonder aan hem te denken, ingesmeerd met boter.

Het jaar daarop dat de Geigers naar Peoria gingen, was Rachel teleur-gesteld toen ze hoorde dat Clara en Rose geen van beiden meer bij hun ouders woonden: Clara en Harold hadden een kindje gekregen en waren verhuisd naar een eigen huisje aan de oever van de rivier; maar toen ze bij de Goldwassers kwamen bleef Clara druk bezig met haar zoontje en besteedde weinig aandacht aan Rachel. Rose was in juli getrouwd met een zekere Samuel Bielfield en ze waren in St. Louis gaan wonen.

Die Jom Kippoer werden Rachel en haar ouders, toen ze bij de syna-goge stonden, aangesproken door een oude man, Benjamin Schoen-berg. Meneer Schoenberg droeg een hoge hoed van bevervilt, een wit-katoenen hemd met plooiranden en een zwart strikje. Hij praatte wat met Jay over de toestand in de apothekersbranche en begon toen Ra-chel goedmoedig vragen te stellen over haar school en wat ze alle-maal zo in moeders huishouden deed.

Lillian Geiger glimlachte naar de oude man en schudde geheimzinnig haar hoofd. 'Het is te vroeg,' zei ze en meneer Schoenberg glimlachte terug, knikte en ging na nog een paar aardige woorden weg.

Die avond hoorde Rachel toevallig flarden van een gesprek tussen haar moeder en mevrouw Goldwasser, waaruit bleek dat Benjamin Schoenberg een *shadchen* was, een huwelijksmakelaar. Ja, meneer Schoenberg had het huwelijk van Clara en dat van Rose gearran-geerd. Ze kreeg grote schrik, maar die werd verzacht door wat haar moeder tegen die makelaar had gezegd. Ze was te jong voor het hu-welijk, zoals haar ouders heel goed beseften, zei ze bij zichzelf en ver-gat dat Rose Goldwasser Bielfield maar acht maanden ouder was.

Die hele herfst, de twee weken in Peoria meegerekend, was Rachels lichaam aan het veranderen. Toen haar borsten groeiden waren ze meteen al vrouwelijk en brachten haar magere lichaam uit het even-wicht, dus moest ze leren over steunkleding, spiervermoeidheid en rugpijn. Dat was het jaar waarin meester Beyers haar betastte en haar leven ellendig maakte, tot haar vader orde op zaken stelde. Als Ra-chel zich in haar moeders spiegel bekeek, raakte ze er telkens van overtuigd dat geen enkele man een meisje zou willen met sluik zwart haar, smalle schouders, een te lange hals, te zware borsten, een niet modieus vale huid en alledaagse bruine koeieogen.

Toen bedacht ze dat een man die zo'n meisje zou accepteren, zelf le-lijk moest zijn en dom en heel arm en ze wist dat iedere dag haar dichter bij een toekomst bracht waar ze niet aan wilde denken. Ze was boos op haar broers en behandelde ze hatelijk, omdat ze niet wis-ten wat voor een gave en voorrechten ze hadden dat ze mannen waren, het recht om zolang ze wilden in de warme veiligheid van het ouderlijk huis te blijven wonen, het recht om naar school te gaan en te blijven leren.

Haar menstruatie begon laat. Haar moeder had haar nu en dan terloops vragen gesteld, waaruit bleek dat ze bezorgd was dat het nog niet gebeurd was. Toen op een middag, toen Rachel in de keuken hielp bosaarbeienjam te maken, sloeg ze plotseling dubbel van de kramp. Haar moeder zei haar dat ze moest kijken en er was bloed. Haar hart had gebonsd, maar het kwam niet onverwacht en het was ook niet gebeurd terwijl ze ergens alleen was. Haar moeder was bij haar en zei geruststellende dingen en liet haar zien wat ze moest doen. Alles was goed tot haar moeder haar op de wang kuste en zei dat ze nu een vrouw was.

Rachel begon te huilen. Ze kon er niet mee ophouden. Ze huilde urenlang en was ontroostbaar. Jay Geiger kwam naar de kamer van zijn dochter en ging bij haar op het bed liggen, wat hij sinds ze klein was niet meer gedaan had.

Hij streelde haar over haar hoofd en vroeg wat er aan de hand was. Haar schouders schokten zo dat zijn hart brak en hij moest het haar telkens weer vragen.

Eindelijk fluisterde ze: 'Papa, ik wil niet trouwen. Ik wil niet bij u weg, niet thuis weg.'

Jay kuste haar op de wang en ging met zijn vrouw praten. Lillian maakte zich grote zorgen. Veel meisjes trouwden op hun dertiende, en ze dacht dat het beter voor haar dochter zou zijn als ze haar leven regelden door een goede joodse verbintenis, dan door aan haar dwaze angst toe te geven. Maar haar man wees erop, dat toen hij met Lillian getrouwd was, ze al ruim zestien was, geen jong meisje meer. Wat goed was voor de moeder zou ook goed zijn voor de dochter, die een kans nodig had om op te groeien en gewend te raken aan de gedachte aan een huwelijk.

Dus kreeg Rachel een lange tijd uitstel. Meteen was haar leven fijner. Juffrouw Burnham meldde haar vader dat ze een echte studente was en er geweldig van zou profiteren als ze verder opgeleid werd. Haar ouders besloten dat ze op school zou blijven in plaats van hele dagen in het huishouden en op de boerderij te werken en ze werden beloond met haar blijdschap en doordat er weer leven in haar ogen kwam.

Ze had een aangeboren zachtmoedigheid maar haar eigen vrezen hadden haar bijzonder gevoelig gemaakt voor mensen die door de omstandigheden pech hadden. Ze had altijd zo dicht bij de Coles gestaan alsof ze bloedverwanten waren. Toen Shaman nog een kleuter was, was hij een keer bij haar in bed gelegd en hij had in bed geplast; Rachel had hem getroost en gerustgesteld en gezorgd dat de andere kinderen hem er niet mee plaagden. Ze was erg ontdaan toen hij ziek en doof was geworden, want het was de eerste gebeurtenis in haar bestaan waarvan ze leerde dat het leven onbekende, onverwachte gevaren inhield. Ze had Shamans strijd aangezien met de teleurstelling van iemand die het leven beter wilde maken maar daar niet toe bij machte was, en elke verbetering die hij bereikte, aanschouwde ze met zo'n trots en blijdschap alsof hij haar broer was. Tijdens de periode van haar eigen ontwikkeling zag ze Shaman veranderen van een jongetje tot een grote jongen, die zijn broer Alex in lengte al vlug overtrof. Omdat zijn lichaam vroeg rijpte, was hij in de eerste jaren van zijn groei dikwijls onbeholpen en stuntelig, als een groeiend hondje, en ze beschouwde hem met bijzondere tederheid.

Ze had verschillende keren in de oorfauteuil gezeten zonder dat ze het merkten en had de moed en volharding van Shaman bewonderd, terwijl ze geboeid luisterde hoe vaardig Dorothy Burnham was als lerares. Toen juffrouw Burnham zich had afgevraagd wie hem kon helpen, had Rachel intuïtief gereageerd, begerig naar die kans. Dokter Cole en zijn vrouw waren dankbaar geweest voor haar bereidheid om met Shaman te werken en haar eigen familie was blij geweest met wat ze als een edelmoedig gebaar beschouwden. Maar ze begreep dat ze hem, voor een deel tenminste, wilde helpen omdat hij haar vaste vriend was, omdat eens een jongetje volkomen oprecht had aangeboden, een man te doden die haar kwaad deed.

De basis van het werk voor Shamans herstel was een inspanning van uren en uren, waarbij vermoeidheid geen rol mocht spelen, en hij probeerde de autoriteit van Rachel al vlug aan te tasten op een manier zoals hij het bij juffrouw Burnham niet gewaagd zou hebben. 'Vandaag niet meer. Ik ben nu moe,' zei hij de tweede keer met haar alleen, nadat juffrouw Burnham Rachel een keer of zes bij het oefenen van Shaman had begeleid.

'Nee, Shaman,' zei Rachel kordaat. 'We zijn nog niet klaar.' Maar hij was weggelopen.

De tweede keer dat het gebeurde, was ze boos geworden, iets waarom hij alleen maar glimlachte, en ze was teruggevallen op hun speeljaren en had hem uitgescholden. Maar toen het de volgende dag weer gebeurde, kreeg ze tranen in haar ogen en was hij ontsteld.

'Laten we het dan nog eens proberen,' had hij met tegenzin gezegd.

Rachel was dankbaar maar ze gaf nooit toe aan de verleiding hem zo te manipuleren en voelde dat hij meer profijt zou hebben van een hardere aanpak. Na een tijdje werden de uren voor beiden routine. Terwijl de maanden voorbijgingen en Shaman steeds meer kon, paste ze de oefeningen van juffrouw Burnham aan en ze gingen steeds verder. Lange tijd oefenden ze hoe iets van betekenis kon veranderen door verschillende woorden in een verder onveranderde zin te benadrukken:

Hét kínd ís zíek.

Hét kínd ís zíek.

Hét kínd ís zíek.

Soms hield Rachel zijn hand vast en kneep erin om te laten merken waar de nadruk thuishoorde en dat vond hij fijn. Hij had een hekel gekregen aan de piano-oefening waarbij hij een toon kon waarnemen door de trillingen die hij in zijn hand voelde, omdat zijn moeder het was gaan gebruiken als huiselijk vermaak en hem soms een demonstratie liet geven. Maar Rachel bleef met hem aan de piano werken en ze was gefascineerd als ze de toonladder speelde in een andere toonaard en hij zelfs die geringe verandering wist vast te stellen.

Langzaam ging hij verder, van het voelen van de tonen van de piano tot het onderscheiden van andere trillingen in de wereld om zich heen. Al vlug merkte hij het als er iemand op de deur klopte, ook al hoorde hij het kloppen niet. Hij kon de voetstappen voelen van iemand die de trap op liep, al merkten de mensen om hem heen, die wel hoorden, het niet op.

Op een dag pakte Rachel, net als Dorothy Burnham gedaan had, zijn grote hand en legde die op haar keel. Eerst sprak ze luid tegen hem. Toen toomde ze haar stem in en fluisterde. 'Voel je het verschil?'

Haar huid was warm en heel glad, zacht maar toch sterk. Shaman voelde spieren en pezen. Hij dacht aan een zwaan en toen aan een kleinere vogel, toen het kloppen van haar bloed tegen zijn hand kwam, wat hij niet voelde als hij juffrouw Burnhams dikkere, kortere hals aanraakte.

Hij glimlachte naar haar. 'Ik voel het,' zei hij.

37. De vloed

Niemand schoot meer op Rob J. Als het gebeuren bij de stal een boodschap was geweest dat hij moest ophouden met aandringen op een onderzoek naar Makwa's dood, moest degene die de trekker had overgehaald wel denken dat die waarschuwing niet in de wind was geslagen. Hij deed verder niets omdat hij verder niets bedenken kon. Tenslotte kwamen er beleefde brieven van Nick Holden en van de gouverneur van Illinois. Dat waren de enige functionarissen die hem antwoord gaven; hun antwoord behelsde een vriendelijke afwijzing. Hij piekerde erover maar richtte zich op meer directe problemen.

In het begin werd er maar nu en dan een beroep op hem gedaan om zijn schuilhol ter beschikking te stellen, maar toen hij een paar jaar slaven geholpen had om weg te lopen, groeide het sijpelen aan tot een stroom en er waren tijden dat er vaak en regelmatig nieuwe gasten in dat geheime kamertje kwamen.

Er bestond een algemene, tegenstrijdige belangstelling voor negers. Dred Scott had zijn verzoek om vrijheid bij een rechtbank in Missouri gewonnen, maar het hooggerechtshof van de staat verklaarde dat hij nog steeds slaaf was en zijn advocaten, voorstanders van de afschaffing van de slavernij, hadden de zaak aanhangig gemaakt bij het nationale Hooggerechtshof. Intussen gingen schrijvers en predikanten te keer en fulmineerden journalisten en politici voor en tegen de kwestie van de slavernij. Het eerste wat Fritz Graham deed nadat hij voor een gewone termijn van vijf jaar tot sheriff was gekozen, was een meute 'negerhonden' kopen, want de premies waren een aanzienlijke bijverdienste geworden. De beloning voor het terugbrengen van weggelopen slaven waren omhoog gegaan en de straffen voor het helpen van voortvluchtige slaven waren strenger geworden. Rob J. bleef bang als hij eraan dacht, wat er kon gebeuren als hij betrapt werd, maar meestal wilde hij daar niet over nadenken.

George Cliburne groette hem, als ze elkaar toevallig tegenkwamen, met ongeïnteresseerde beleefdheid, alsof ze elkaar niet regelmatig zagen onder andere omstandigheden, in het diepe duister. Een bijkomstig voordeel van het contact was dat Rob J. toegang had tot de uitgebreide bibliotheek van Cliburne en hij maakte daar gebruik van door regelmatig boeken voor Shaman mee te nemen en ze soms ook zelf te lezen. De verzameling van de graankoopman bevatte veel boeken over filosofie en godsdienst maar weinig over natuurwetenschap, en zo ontdekte Rob J. wat voor een man Cliburne was.

Toen hij ongeveer een jaar negersmokkelaar was, nodigde Cliburne hem uit om een bijeenkomst van quakers bij te wonen en reageerde beschroomd en berustend toen hij dat afwees. 'Ik dacht dat gij er steun aan zoudt hebben. Want gij doet het werk van de Heer.'

Rob stond op het punt hem te corrigeren, hem te zeggen dat hij het werk van de mens deed en niet dat van God, maar de gedachte was al hoogdravend genoeg zonder hem te verwoorden; en hij glimlachte alleen en schudde zijn hoofd.

Hij begreep wel dat zijn schuilplaats maar één schakel was in een on-getwijfeld lange keten, maar van de rest van het stelsel wist hij niets. Dokter Barr en hij zinspeelden nooit op het feit dat de aanbeveling van de andere geneesheer hem ertoe gebracht had om de wet te schenden. Zijn enige illegale contacten waren met Cliburne en met Carroll Wil-kenson, die hem steeds waarschuwde als de quaker een 'interessant nieuw boek' had. Rob J. was er zeker van dat de weglopers, als ze bij hem weggingen, naar het noorden gebracht werden, via Wisconsin naar Canada. Waarschijnlijk met een boot over Lake Superior. Zo zou hij de ontsnappingen regelen als hij ze moest organiseren.

Een enkele keer bracht Cliburne een vrouw, maar de meeste vluchte-lingen waren mannen. Ze kwamen in vele soorten, gekleed in havelo-ze jutekleding. Sommigen hadden zo'n zwarte huid dat het hem het toppunt van zwartheid toescheen, het glanzend paars van rijpe prui-men, het gitzwart van verbrande botten, de diepe donkerte van rave-vleugels. De kleur van anderen toonde een vermenging met de blan-ke huidkleur van hun onderdrukkers, waaruit tinten voortkwamen die liepen van koffie met melk tot geroosterd brood. Meestal waren het grote mannen met harde, gespierde lichamen, maar er was eens een slanke jongeman, bijna blank, die een bril met metalen montuur droeg. Hij zei dat hij de zoon van een huisnikker en een planter was uit Shreve's Landing, Louisiana. Hij kon lezen en was dankbaar dat Rob J. hem kaarsen en lucifers gaf en oude exemplaren van kranten uit Rock Island.

Rob J. voelde zich als geneesheer onthand omdat hij de vluchtelingen te kort kreeg om hun lichamelijke problemen te behandelen. Hij zag dat de lenzen in de bril van de lichthuidige neger veel te sterk waren voor hem. Weken nadat de jongeman vertrokken was, kwam Rob J. een bril tegen die volgens hem beter was. De volgende keer dat hij in Rock Island kwam zocht hij Cliburne op en vroeg hem of hij op een of andere manier die bril kon doorsturen, maar Cliburne keek alleen naar de bril en schudde zijn hoofd. 'Gij moet toch beter weten, dokter Cole,' zei hij en liep weg zonder te groeten.

Een andere keer bleef er een grote man met een heel zwarte huid drie dagen in het geheime kamertje, ruimschoots genoeg tijd voor Rob om te zien dat hij zenuwachtig was en buikklachten had. Soms zag zijn gezicht grauw en ongezond en hij had een onregelmatige eetlust. Rob was er zeker van dat hij een lintworm had. Hij gaf hem er een drankje voor, maar zei dat hij het pas in mocht nemen als hij op zijn bestem-ming was aangekomen. 'Anders ben je te zwak om te reizen en laat je een spoor van dunne ontlasting achter die elke dorpssheriff kan vol-gen!'

Hij zou ze zich zijn leven lang allemaal herinneren. Hij leefde echt mee met hun angsten en vrezen en het was meer dan het feit dat hij zelf eens vluchteling geweest was; hij besefte dat zijn bezorgdheid over hun benarde toestand eigenlijk een gevolg was van het feit dat hij getuige was geweest van de ellende van de Sauk.

Hij had de opdracht van Cliburne, ze niets te vragen, allang in de wind geslagen. Sommigen waren spraakzaam; anderen zeiden niets. Hij probeerde minstens hun naam te weten te komen. De jongeman met de bril had Nero geheten, maar de meeste namen waren joods-christelijk: Moses, Abraham, Isaac, Aaron, Peter, Paul, Joseph. Hij hoorde steeds dezelfde namen, wat hem deed denken aan de verhalen die Makwa hem verteld had over de bijbelse namen op de christelijke school voor Indiaanse meisjes.

Met de spraakzame negers bracht hij zoveel tijd door als veiligheidshalve kon. Eén man uit Kentucky was al eerder ontsnapt, maar gegrepen. Hij liet Rob J. de littekens op zijn rug zien. Een andere, uit Tennessee, zei dat hij door zijn meester niet slecht behandeld was. Rob J. vroeg waarom hij dan weggelopen was en de man perste zijn lippen op elkaar en trok een gezicht alsof hij een antwoord moest bedenken.

'Ik kon niet wachten op Jubilee,' zei hij.

Rob vroeg wat Jubilee was. In het oude Palestina mocht een akker eens in de zeven jaar braak blijven liggen om te herstellen, overeenkomstig de bijbelse wetten. Na zeven van die jaren werd het vijftigste tot jubileumjaar verklaard; dan kregen de slaven een geschenk en werden ze vrijgelaten.

Rob J. opperde dat Jubilee beter was dan mensen altijd in slavernij te houden, maar nauwelijks erg goedhartig, want in de meeste gevallen was vijftig jaar slavernij meer dan een mensenleven.

Jay en hij bespraken dat onderwerp behoedzaam, want ze wisten allang hoe ze verschilden in opvatting.

'Weet jij hoeveel slaven er zijn in de zuidelijke staten? Vier miljoen. Dat is één zwarte op elke twintig blanken. Als je ze vrijmaakt zullen de boerderijen en plantages, die een hoop tegenstanders van slavernij in het Noorden voeden, moeten sluiten. En wat zouden we aan moeten met die vier miljoen zwarten? Waar zouden ze van leven? Wat zou er van hen worden?'

'Op den duur hetzelfde als iedereen. Als ze een opleiding kregen, zouden ze alles kunnen worden. Apotheker bijvoorbeeld,' zei hij, want hij kon de verleiding niet weerstaan.

Jay schudde zijn hoofd. 'Je begrijpt het gewoonweg niet. Het bestaan in het zuiden is afhankelijk van de slavernij. Daarom is het in de staten zonder slaven een misdaad om weglopers te helpen.'

Jay had een gevoelige plek geraakt. 'Praat me niet over misdaad! De Afrikaanse slavenhandel is sinds 1808 onwettig, maar Afrikanen worden nog steeds met wapens bijeengedreven en in schepen gestopt en naar alle zuidelijke staten gebracht en bij opbod verkocht.'

'Ja, nou heb je het over een nationale wet. Elke staat maakt zijn eigen wetten. Díe wetten gelden.'

Rob J. snoof en dat was het einde van het gesprek.

In alle andere opzichten bleven Jay en hij vertrouwelijk met elkaar en behulpzaam, maar de kwestie van de slavernij wierp een barrière op tussen hen, wat hun beiden speet. Rob was iemand die een rustig gesprek tussen vrienden op prijs stelde en hij leidde Trude steeds vaker op het pad naar het klooster van Sint-Franciscus als hij in de buurt was.

Hij kon moeilijk zeggen wanneer hij precies bevriend raakte met moeder Miriam Ferocia. Sarah bood hem constant lichamelijke hartstocht, even belangrijk als eten en drinken, maar ze besteedde meer tijd aan gesprekken met haar herder dan met haar man. Rob had bij zijn verhouding met Makwa ontdekt, dat hij vertrouwelijk kon zijn met een vrouw zonder seksuele omgang. Nu bewees hij dat weer met zijn zuster van de orde van Sint-Franciscus, een vrouw vijftien jaar ouder dan hij, met strenge ogen en een kap om haar gezicht.

Tot die lente had hij haar maar zelden bezocht. De winter was zacht en ongewoon geweest, met zware regenval. Het waterpeil steeg ongemerkt tot de beken en kreken opeens moeilijk te doorwaden waren en in maart moest het dorp ervoor boeten dat het tussen twee rivieren lag, want de toestand was al de Vloed van '57 geworden. Rob zag bij zijn land de rivier buiten zijn oevers treden. Hij kolkte landinwaarts en spoelde Makwa's zweethut en haar vrouwenhut weg. Haar *hedonoso-te* bleef gespaard omdat ze die slim genoeg op een terpje had gebouwd. Ook het huis van Cole stond hoger dan de vloed kwam. Maar kort nadat het water zich had teruggetrokken, werd Rob geroepen om het eerste geval van kwaadaardige koorts te behandelen. En toen kreeg iemand anders die ziekte. En nog iemand.

Sarah werd als verpleegster ingeschakeld, maar Rob en zij en Tom Beckermann konden het al vlug niet meer aan. Toen kwam Rob op een morgen op de boerderij van Haskell en trof er een koortsige Ben Haskell aan, al met de spons gewassen en geholpen door twee zusters van Sint-Franciscus. Alle 'bruine torren' waren aan het verplegen. Hij zag meteen heel dankbaar dat het geweldige verpleegsters waren.

Telkens als hij ze zag waren ze met z'n tweeën. Ook hun moeder overste verpleegde met een zuster. Toen Rob bij haar bezwaar aantekende, omdat hij dacht dat het een eigenaardigheid in hun opleiding was, reageerde Miriam Ferocia met koel geweld en maakte duidelijk dat zijn tegenwerpingen nutteloos waren.

Het kwam bij hem op dat ze in paren werkten om elkaar te behoeden voor misstappen tegen geloof en kuisheid. Een paar avonden later, toen hij zijn dag afsloot met een kop koffie in het klooster, gooide hij haar voor de voeten dat ze bang was om haar zusters alleen in een protestants huis te laten. Hij bekende dat hij het niet begreep. 'Is jullie geloof dan zwak?'

'Ons geloof is sterk! Maar wij houden even veel van warmte en gemak als iedereen. Het leven waar wij voor gekozen hebben, is grauw. En wreed genoeg zonder dat de vloek van de bekoring erbij komt.'

Hij begreep het. Hij accepteerde de zusters graag onder de voorwaarden van Miriam Ferocia en hun verpleging maakte alle verschil.

Het karakteristieke commentaar van de overste droop van de minachting. 'Hebt u geen andere dokterstas, dokter Cole, dan dat sjofele leren ding, versierd met de stekels van een stekelvarken?'

'Dat is mijn *Mee-shome*, mijn medicijnbuidel van de Sauk. De riemen zijn gemaakt van *Izze*-stof. Als ik hem draag, kunnen kogels mij niet treffen.'

Ze keek hem met grote ogen aan. 'U hebt geen vertrouwen in onze Verlosser, maar gelooft wel in de heidense bescherming van de Sauk-Indianen?'

'O, maar het werkt.' Hij vertelde haar over het schot dat van buiten zijn stal op hem was afgevuurd.

'U moet heel voorzichtig zijn,' waarschuwde ze terwijl ze koffie inschonk. De melkgeit die hij gegeven had, had twee keer geworpen en twee bokjes gekregen. Miriam Ferocia had er één verkocht en op een of andere manier nog drie geiten aangeworven, met het oog op kaasproduktie; maar als Rob J. naar het klooster kwam, kreeg hij nog steeds geen melk in zijn koffie, want alle geiten schenen doorlopend te dragen of met jong te zitten. Hij deed het zonder, net als de nonnen, en leerde van zwarte koffie houden.

Hun gesprek werd ingetogen. Hij was teleurgesteld dat haar kerkelijke nasporingen geen licht hadden geworpen op Ellwood Patterson. Hij had een plan overwogen, bekende hij. 'Als we nu eens iemand de Hoge Orde van de met Sterren Bezaaide Vlag in konden smokkelen? Dan zouden we vroeg genoeg van hun boze plannen op de hoogte zijn om ze te verhinderen.'

'Hoe wilde u dat doen?'

Daar had hij heel wat over nagedacht. Er was een geboren Amerikaan nodig die volkomen betrouwbaar was en contact had met Rob J. Jay Geiger was niet geschikt, want de HOSBV zou waarschijnlijk geen jood opnemen. 'Maar mijn knecht, Alden Kimball, geboren in Vermont, een heel geschikt iemand.'

Bezorgd schudde ze haar hoofd. 'Dat hij een goede man is, maakt het des te erger, want u zou hem misschien opofferen, èn uzelf, met zo'n plan. Het zijn uiterst gevaarlijke lieden.'

Hij moest de wijsheid van haar woorden onder ogen zien. En het feit dat Alden een dagje ouder werd. Niet dat hij tekortschoot, maar hij werd een dagje ouder.

En hij dronk veel.

'U moet geduldig zijn,' zei ze zachtmoedig. 'Ik zal opnieuw vragen stellen. Intussen moet u wachten.'

Ze ruimde zijn beker op en hij wist dat het tijd was om uit de bisschopsstoel op te staan en te vertrekken, zodat zij zich kon voorbereiden op de completen. Hij pakte zijn gestekelde kogelschild op en glimlachte om de rivaliserende blik die ze op de *Mee-shome* wierp. 'Dank u, eerwaarde moeder,' zei hij.

38. Muziek horen

Bij de meeste gezinnen in Holden's Crossing bestond de opleiding hieruit, dat de kinderen een jaar of twee naar school gingen, zodat ze een beetje konden lezen en een eenvoudig sommetje maken en moeizaam wat konden neerkrabbelen. Daarna was de scholing voorbij en begonnen de kinderen hun bestaan als volwassen boerenarbeiders. Toen Alex zestien was, zei hij dat hij genoeg had van school. Ondanks Rob J.'s aanbod om een verdere opleiding te bekostigen, ging hij met Alden hele dagen op de schapenfokkerij werken, en Shaman en Rachel waren nu de oudste leerlingen van de school.

Shaman wilde wel doorleren en Rachel dreef dankbaar mee op de kalme stroom van haar dagen; ze hield zich aan haar onveranderd bestaan vast alsof het een reddingsgordel was. Dorothy Burnham was zich bewust van de meevaller, dat ze in haar onderwijzeressenbestaan zelfs maar één zo'n leerling had gekregen. Ze behandelde het stel als schatten, strooide al haar kennis over hen uit en deed haar best om ze te stimuleren. Het meisje was drie jaar ouder dan Shaman en had meer geleerd, maar al vlug gaf juffrouw Burnham hun les als een klasje van twee. Het lag voor de hand dat ze dé meeste tijd samen studeerden.

Als het huiswerk af was ging Rachel Shaman meteen spraakles geven. Twee keer per maand kwam het tweetal bij elkaar met juffrouw Burnham en liet Shaman de onderwijzeres zien wat hij kon. Soms stelde juffrouw Burnham een nieuwe oefening voor. Ze was verrukt over zijn vorderingen en blij dat Rachel Geiger zoveel voor hem had kunnen doen.

Naarmate hun vriendschap zich verdiepte, gunden Rachel en Shaman elkaar soms een blik in zijn of haar innerlijk. Rachel vertelde wat een hekel ze eraan had om elk jaar naar Peoria te gaan voor de joodse Hoge Feestdagen. Hij stemde haar teder door haar, zonder het met zoveel woorden te zeggen, zijn verdriet te laten merken dat zijn moeder hem koel behandelde. ('Makwa was meer moeder voor mij dan zij en dat weet ze. Het kwetst haar maar het is de pure waarheid.') Rachel had gemerkt dat mevrouw Cole haar zoon nooit Shaman noemde, net als ieder ander; Sarah noemde hem Robert – bijna formeel, zoals juffrouw Burnham op school. Rachel vroeg zich af of dat kwam omdat mevrouw Cole niet van Indiaanse woorden hield. Ze had Sarah tegen haar moeder horen zeggen dat ze blij was dat de Sauk voorgoed weg waren.

Shaman en Rachel werkten aan zijn stemoefeningen waar ze maar waren, dobberend op Aldens vletje of als ze aan de rivier zaten te vissen, waterkers plukten, over de prairie zwierven of bij Geiger op de veranda in zuidelijke stijl fruit of groente schoonmaakten voor Lillian. Een paar keer per week kwamen ze bij Lillians piano terecht. Hij kon haar stemtoon waarnemen als hij haar hoofd of haar rug aanraakte, maar hij vond het bijzonder fijn zijn hand op de gladde, warme huid van haar keel te leggen als ze sprak. Hij wist dat ze moest voelen hoe zijn vingers trilden.

'Ik wilde dat ik me de klank van je stem kon herinneren.'

'Herinner je je muziek?'

'Niet echt... Ik heb muziek gehoord... vorig jaar de dag na Kerstmis.'

Ze keek hem niet-begrijpend aan.

'Heb ik gedroomd.'

'En hóórde je in je droom muziek?'

Hij knikte. 'Ik zag alleen de voeten en benen van een man. Ik denk dat het die van mijn vader waren. Weet je nog dat onze ouders ons soms op de vloer te slapen legden als ze speelden? Ik zag je vader en moeder niet, maar ik hoorde hun viool en piano. Ik weet niet meer wat ze speelden. Ik herinner me alleen... de muzíek!'

Ze had moeite om te spreken. 'Ze houden van Mozart. Misschien was het dit,' zei ze en speelde iets op de piano.

Maar na een tijdje schudde hij zijn hoofd. 'Voor mij zijn het maar trillingen. Dat andere was echte muziek. Ik heb sindsdien steeds geprobeerd er weer van te dromen, maar het lukt niet.'

Hij merkte dat haar ogen glinsterden en tot zijn verbazing boog ze zich voorover en kuste hem midden op zijn mond. Hij kuste haar terug, iets nieuws, het leek wel een ander soort muziek, dacht hij. Zijn hand scheen toevallig op haar borst terechtgekomen te zijn en toen ze ophielden met kussen bleef hij daar. Misschien was alles goed geweest als hij zijn hand meteen weggetrokken had. Maar net als de trilling van een toon voelde hij de geringe beweging van het knopje, dat hard werd. Hij drukte en zij haalde uit en sloeg hem tegen zijn mond.

Haar tweede klap belandde onder zijn rechteroog. Hij bleef verstomd zitten en deed geen poging, zich te verdedigen. Ze had hem dood kunnen maken als ze gewild had, maar ze sloeg hem nog maar één keer. Ze was opgegroeid met werk op de boerderij, ze was sterk en ze sloeg met gebalde vuist. Zijn bovenlip was kapot en er druppelde bloed uit zijn neus. Hij zag haar verward huilen terwijl ze wegrende.

Hij holde achter haar aan tot in de hal; gelukkig was er niemand thuis. 'Rachel,' riep hij een keer, maar hij wist niet of ze antwoord gaf en hij durfde haar niet achterna te gaan naar boven.

Hij ging de deur uit en liep naar de schapenfokkerij, snuivend om het bloed uit zijn zakdoek te houden. Terwijl hij op het huis af liep, kwam hij Alden tegen, die uit de stal kwam.

'Allejezus! Wat is jou overkomen?'

'… Gevochten.'

'Nou, dat zie ik. Wat een opluchting. Ik begon al te denken dat Alex de enige Cole-jongen is met lef. Hoe ziet die andere schurk eruit?'

'Verschrikkelijk. Veel erger dan ik.'

'O. Dan is het goed,' zei Alden opgewekt en liep door.

Aan het eten kreeg Shaman een paar lange preken te verteren over vechten.

's Morgens bekeken de jongere kinderen zijn strijdwonden met ontzag, terwijl juffrouw Burnham ze opzettelijk negeerde. Rachel en hij spraken die dag nauwelijks tegen elkaar, maar toen de school uit was, bleef ze hem tot zijn verbazing zoals gewoonlijk opwachten en in sombere stilte liepen ze samen naar huis.

'Heb je je vader verteld dat ik je heb aangeraakt?'

'Nee!' zei ze fel.

'Goed dan. Ik zou het niet leuk vinden als hij me een pak slaag gaf,' zei hij en meende het. Hij moest haar aankijken om met haar te praten, dus zag hij hoe ze steeds meer bloosde, maar tot zijn verwarring zag hij ook dat ze lachte.

'O Shaman! Je arme gezicht. Het spijt me echt,' zei ze en kneep in zijn hand.

'Mij ook,' zei hij, al wist hij niet precies waarvoor hij zich verontschuldigde.

Bij haar thuis gaf haar moeder hun peperkoek. Toen ze die op hadden, gingen ze tegenover elkaar aan tafel zitten om hun huiswerk te maken. Daarna gingen ze weer naar de huiskamer. Hij ging naast haar op de pianokruk zitten, maar zorgde ervoor om niet te dicht tegen haar aan te gaan zitten. Wat er de vorige dag gebeurd was, had een verandering teweeggebracht waar hij al bang voor geweest was, maar tot zijn verbazing gaf het geen naar gevoel. Het bleef gewoon warm tussen hen hangen als iets voor hen alleen, als een kopje waar ze beiden uit dronken.

In een officieel stuk werd Rob J. opgeroepen naar de rechtbank in Rock Island te komen *op de eenentwintigste dag van juni in het jaar Onzes Heren duizend achthonderd zevenenvijftig, ter zake van naturalisatie.*

Het was een heldere, warme dag, maar de ramen in de rechtbank waren dicht omdat rechter Daniel P. Allan zitting hield en niet van vliegen hield. De wettelijke formaliteiten verliepen vlot en Rob J. mocht verwachten dat hij vlug weer buiten zou staan, tot rechter Allan de eed ging afnemen.

'Nu dan. Belooft u dat u hierbij alle buitenlandse titels en getrouwheid aan enig ander land opzegt?'

'Dat beloof ik,' zei Rob J.

'En belooft u de Grondwet te steunen en te beschermen, en wapens te dragen ten behoeve van de Verenigde Staten van Amerika?'

'Nee, meneer, dat beloof ik niet,' zei Rob J. vastberaden.

Rechter Allen staarde hem aan, plotseling wakker geschrokken.

'Ik geloof niet in doden, edelachtbare, dus ik zal nooit aan een oorlog meedoen.'

Rechter Allan scheen geërgerd. Aan de griffierstafel naast de bank schraapte Roger Murray zijn keel. 'De wet zegt, edelachtbare, dat in zo'n geval de kandidaat moet aantonen dat hij een gewetensbezwaarde is, wiens geloof hem verbiedt wapens te dragen. Dat betekent dat hij bij een groep moet horen als de quakers, die openlijk bekendmaken dat ze niet zullen vechten.'

'Ik ken de wet en de betekenis ervan,' zei de rechter zuur, woedend dat Murray zelfs geen minder opvallende manier scheen te kunnen bedenken om hem te instrueren. Hij tuurde over zijn bril heen. 'Bent u een quaker, dokter Cole?'

'Nee, edelachtbare.'

'Nou, wat bent u verdomme dan wèl?'

'Ik hoor tot geen enkele godsdienst,' zei Rob J. en zag dat de rechter keek alsof hij persoonlijk beledigd was.

'Edelachtbare, mag ik naar de tafel komen?' vroeg iemand achter in de rechtszaal. Rob J. zag dat het Stephen Hume was, die advocaat van de spoorlijn was sinds Nick Holden zijn zetel in het Huis van Afgevaardigden had veroverd. Rechter Allan wenkte hem dichterbij. 'Congreslid.'

'Edelachtbare,' zei Hume met een glimlach. 'Ik wil persoonlijk instaan voor dokter Cole. Een van de aanzienlijkste heren in Illinois, dient de mensen dag en nacht als geneesheer. Iedereen weet dat zijn woorden als goud zijn. Als hij zegt dat hij niet in een oorlog kan vechten omwille van zijn overtuiging, heeft een redelijk mens geen verder bewijs nodig.'

Rechter Allen fronste zijn voorhoofd en vroeg zich af of de politiek geëngageerde advocaat die daar stond hem nu al of niet onredelijk had genoemd, en besloot dat het het veiligst was om Roger Murray een vuile blik toe te werpen. 'Wij gaan door met de naturalisatie,' zei hij en zonder verdere omhaal werd Rob J. Amerikaans staatsburger.

Op weg terug naar Holden's Crossing had hij een paar vreemde, spijtige herinneringen aan het Schotse vaderland dat hij zojuist had afgezworen, maar het gaf een goed gevoel, Amerikaan te zijn. Al had dat land dan bijzonder veel problemen. Het nationale hooggerechtshof had net definitief besloten dat Dred Scott een slaaf was omdat het niet wettig was dat het Congres slavernij in de woongebieden uitsloot. Eerst waren de Zuiderlingen blij, maar nu waren ze alweer woedend, want de republikeinse partijleiders zeiden dat ze de beslissing van het hof niet als bindend zouden aanvaarden.

Rob J. ook niet, ook al waren zijn vrouw en oudste zoon fanatieke sympathisanten van het Zuiden geworden. Hij had tientallen weggelopen slaven via het geheime hol naar Canada gestuurd en was gaandeweg een paar keer bijna uitgegleden. Op een dag zei Alex dat hij de nacht tevoren George Cliburne op de weg had gezien, ruim een kilometer van de schapenfokkerij. 'Daar zat hij, boven op een wagen vol hooi, om drie uur in de morgen! Nou, wat zegt u daarvan!'

'Ik denk dat je hard moet werken om vroeger op te staan dan een nijvere quaker. Maar wat had jij gedaan, dat je om drie uur 's morgens naar huis kwam?' vroeg Rob J., en Alex deed zo zijn best om van het onderwerp drinken tot laat in de nacht en kattekwaad uithalen met Mal Howard af te komen, dat de vreemde werkgewoonten van George Cliburne nooit meer ter sprake kwamen.

Midden in een andere nacht deed Rob J. net het hangslot op de deur van de schuur toen Alden voorbijkwam. 'Ik kon niet slapen. Ik had geen insektenverdelger meer en bedacht dat ik in de stal nog had staan.' Hij hield de kruik omhoog en stak hem naar voren. Al had Rob J. zelden behoefte aan een slok en wist hij dat alcohol de Gave verzwakte, hij wilde een vertrouwelijk gebaar maken. Hij trok de kurk van de kruik, nam een slok en begon te hoesten. Alden grijnsde.

Rob wilde de knecht bij het hok weg hebben. In het schuilhol achter de deur zat een neger van middelbare leeftijd, die ademde met een licht astmatisch gepiep. Rob J. vreesde dat dat gepiep nu en dan sterker werd en hij wist niet zeker of dat geluid niet zou doordringen tot waar hij met Alden stond te praten. Maar Alden maakte geen aanstalten om te vertrekken; hij hurkte neer en liet zien hoe een kampioen whisky drinkt, met zijn vinger door het oor, de kruik op zijn elleboog, de elleboog net hoog genoeg om de juiste hoeveelheid sterke drank in zijn mond te gieten.

'Kun je tegenwoordig niet goed slapen?'

Alden haalde zijn schouders op. 'Meestal val ik 's avonds als een blok in slaap, moe van het werk. En anders wil een slokje drank wel helpen.'

Alden was er vermoeider gaan uitzien sinds Komt Zingend gestorven was. 'Ik moet iemand anders zoeken om je met het werk te helpen,' zei Rob J. misschien voor de twintigste keer.

'Moeilijk om iemand te vinden die in dienst wil komen. Met een neger wil ik niet werken,' zei Alden en Rob J. vroeg zich af tot hoe ver het geluid de andere kant op klonk. 'Bovendien werkt Alex nu met mij en hij doet het echt goed.'

'O ja?'

Alden ging staan, een beetje onvast; hij moest een hoop insektenverdelger gehad hebben voordat het op was. 'Vervloekt,' zei hij vastbesloten. 'Dok, je geeft die arme knulletjes nooit de eer die ze toekomt.' Hij hield zijn kruik voorzichtig vast en ging terug naar zijn hut.

Op een dag tegen het einde van die zomer raakte een Chinees van middelbare leeftijd, naam onbekend, in Holden's Crossing verzeild. In het café van Nelson werd hij niet bediend; hij liet een prostituée, Penny Davis, een fles whisky halen en ging mee naar haar hut, waar hij de volgende morgen op haar bed stierf. Sheriff Graham zei dat hij in zijn dorp geen hoer wilde die een spleetoog in haar spleet liet en er dan mee leurde bij blanken en hij regelde persoonlijk dat Penny uit Holden's Crossing vertrok. Toen liet hij het lijk achter op een kar leggen en bij de dichtstbijzijnde lijkschouwer afleveren.

Die middag zat Shaman op zijn vader te wachten toen Rob J. naar zijn hok kwam.

'Ik heb nog nooit een oosterling gezien.'

'Deze is wel dood. Dat weet je toch, hè, Shaman?'

'Ja, pa.'

Rob J. knikte en maakte de deur van de schuur open.

Er lag een laken over het lijk en hij vouwde het op en legde het op de oude houten stoel. Zijn zoon was bleek maar beheerst en bekeek gespannen de gestalte op de tafel. De Chinees was een kleine man, mager maar gespierd. Zijn ogen waren dichtgedaan. Zijn huidkleur lag ergens tussen het bleek van blanken en het rood van Indianen. De nagels van zijn tenen, hoornig, geel, waren lang niet geknipt; toen Rob ze door de ogen van zijn zoon zag, was hij ontroerd.

'Nu moet ik mijn werk doen, Shaman.'

'Mag ik kijken?'

'Weet je zeker dat je dat wilt?'

'Ja, pa.'

Rob pakte zijn lancet en sneed de borst open. Oliver Wendell Holmes had een kleurrijke manier om de dood voor te stellen; Rob moest het op een eenvoudige manier doen. Hij waarschuwde dat het inwendige van een mens erger stonk dan alle jachtprooien die de jongen ontweid had en raadde Shaman aan, door zijn mond te ademen. Toen wees hij erop dat dat koude weefsel geen mens meer was. 'Datgene wat deze man levend maakte – sommigen noemen het de ziel – is uit het lichaam verdwenen.'

Shamans gezicht zag bleek maar zijn ogen waren vol aandacht. 'Is dat het deel dat naar de hemel gaat?'

'Ik weet niet waar het heen gaat,' zei Rob vriendelijk. Terwijl hij de organen woog, liet hij Shaman het gewicht optekenen, voor zijn gemak. 'William Fergusson, mijn prof, zei altijd dat de geest het lichaam achterlaat als een huis dat is leeggehaald; we moeten het dus zorvuldig en waardig behandelen, uit ontzag voor de man die erin gewoond heeft. Dit is het hart en hieraan is hij gestorven.' Hij haalde het orgaan eruit en legde het in Shamans handen, zodat hij de kring donker geworden dood weefsel zag dat uit de wand van de spier puilde.

'Wat is er met hem gebeurd, pa?'

'Ik weet het niet, Shaman.'

Hij deed de organen terug en sloot de sneden, en toen ze zich samen hadden gewassen, was de kleur op Shamans gezicht terug.

Rob J. was onder de indruk hoe goed de jongen zich gehouden had. 'Ik bedenk opeens,' zei hij, 'misschien zou je hier bij mij willen leren, zo nu en dan?'

'O graag pa!' zei Shaman en zijn gezicht straalde.

'Want ik denk dat een wetenschappelijk diploma je misschien goed van pas komt. Dan kun je lesgeven voor de kost, misschien zelfs aan een hogere school. Denk je dat je dat leuk zou vinden, zoon?'

Shaman keek hem ernstig aan, zijn gezicht weer bedrukt terwijl hij over die vraag nadacht. Hij haalde zijn schouders op.

'Misschien,' zei hij.

39. Onderwijzers

Die maand januari bracht Rob J. extra dekens naar het schuilhok omdat de weglopers uit het verre Zuiden ernstig leden onder de kou. Er was minder sneeuw dan gewoonlijk, maar genoeg om de bewerkte akkers te bedekken zodat ze eruitzagen als de prairie in de winter. Soms, als hij midden in de nacht naar huis reed van een huisbezoek, beeldde hij zich in dat hij op kon kijken en een lange rij rode mannen op goede paarden over de witte glinstering van de onbezoedelde vlakte kon zien rijden, achter hun sjamaan en hun hoofd aan; of dat er zware, gebochelde beesten uit de duisternis op hem af kwamen met rijp aan hun ruige bruine vacht, terwijl de maan glansde op gebogen horens met gevaarlijke zilverige punten. Maar hij zag nooit iets want hij geloofde nog minder in geesten dan in God.

Toen het lente werd, stroomde er maar weinig water en de beken en rivieren bleven binnen hun oevers. Misschien had het feit dat hij die lente minder koorts te behandelen kreeg daar iets mee te maken, maar van de mensen die wel koorts kregen, stierven er om een of andere reden meer. Een van de patiënten die hij verloor was Mathilda Cowan, van wie de man, Simeon, een half perceel maïs kweekte in het noordelijk deel van het dorp, heel goed land, alleen een beetje droog. Ze hadden drie dochtertjes. Als een jonge vrouw stierf en kinderen achterliet, verwachtte men dat haar man snel hertrouwde, maar toen Cowan Dorothy Burnham vroeg, de onderwijzeres, verbaasde dat een hoop mensen. Ze zei meteen ja.

Op een morgen aan de ontbijttafel vertelde Rob J. gniffelend aan Sarah dat het schoolbestuur van de kaart was. 'We dachten dat we erop konden rekenen dat Dorothy altijd een oude vrijster zou blijven. Cowan is slim. Ze wordt een goede vrouw.'

'Ze heeft geluk,' zei Sarah droog. 'Ze is aanzienlijk ouder dan hij.'

'O, Simeon Cowan is maar drie of vier jaar jonger dan Dorothy,' zei

Rob J. terwijl hij boter op een biscuit smeerde. 'Dat is niet zo'n verschil.' En hij grijnsde verbaasd toen hij zag dat Shaman bevestigend knikte en meedeed aan het geroddel over zijn onderwijzeres.

Op de laatste dag van juffrouw Burnham als onderwijzeres bleef Shaman dralen tot de anderen weg waren en nam toen afscheid.
'Ik zie u zeker nog wel in het dorp. Ik ben blij dat u niet besloten hebt om ergens anders te gaan trouwen.'
'Ik ben ook blij dat ik in Holden's Crossing blijf wonen, Robert.'
'Ik wil u bedanken,' zei hij onbeholpen. Hij wist wat die warme, onopvallende vrouw in zijn leven had betekend.
'Hartelijk bedankt, schat.' Ze had zijn ouders verteld dat ze niet meer aan zijn spraak zou werken, nu ze de boerderij en een nieuwe man met drie kinderen had om voor te zorgen. 'Ik weet zeker dat Rachel en jij het zonder mij heel goed af kunnen. Bovendien ben je zo ver gekomen dat stemoefeningen niet meer nodig zijn.'
'Vindt u dat mijn stem hetzelfde klinkt als bij andere mensen, als ik praat?'
'Nou…' Ze nam die vraag ernstig op. 'Niet precies. Als je moe bent, praat je nog met een keelstem. Je bent er nu goed van doordrongen hoe woorden horen te klinken, dus je spreekt minder onduidelijk dan sommige anderen.' Ze zag dat hij dat vervelend vond; ze pakte zijn hand en drukte hem. 'Het is een heel aantrekkelijk verschil,' zei ze en was blij dat zijn gezicht opklaarde.
Hij had in Rock Island van zijn eigen geld een cadeautje gekocht, zakdoekjes met een bleekblauw kantje erlangs. 'Ik heb ook iets voor jou,' zei ze en gaf hem een boekje met de sonnetten van Shakespeare. 'Als je ze leest, moet je aan mij denken,' droeg ze hem op. 'Behalve bij de romantische natuurlijk!' voegde ze er gewaagd aan toe en ze lachte toen samen met hem in het vrije besef dat mevrouw Cowan dingen zou mogen doen en zeggen waar die arme juffrouw Burnham, de onderwijzeres, nooit van had durven dromen.

Met al het lenteverkeer op de rivier verdronken er her en der mensen in de Mississippi. Een jonge matroos viel van een schuit en verdween stroomopwaarts, zijn lijk werd diep meegesleurd door de stroming en pas losgelaten in het rechtsgebied van Holden's Crossing. De mensen op de schuit wisten niets van hem behalve dat hij Billy heette, en sheriff Graham leverde hem af bij Rob J.
Shaman was getuige van zijn tweede lijkschouwing en noteerde weer het gewicht van de organen in zijn vaders cahier en zag wat er met iemands longen gebeurde als hij verdronk. Deze keer was het moeilij-

ker voor hem om toe te kijken. De Chinees was door zijn leeftijd en afkomst een heel ander iemand dan hij, maar dit was een jongeman die maar een paar jaar ouder was dan zijn broer Bigger, een dode die Shaman zijn eigen sterfelijkheid onder ogen bracht. Toch wist hij al die dingen goed genoeg uit zijn hoofd te zetten om waar te nemen en te leren.

Na de lijkschouwing begon Rob onder Billy's rechterpols met ontleden. 'De meeste chirurgen hebben afschrik van de hand,' vertrouwde hij Shaman toe. 'Dat komt omdat ze nooit genoeg tijd besteed hebben aan de bestudering ervan. Als je leraar anatomie of fysiologie wordt, moet je de hand kennen.'

Shaman begreep best waarom ze bang waren om in de hand te snijden, omdat het een en al spieren was en pezen en scharniergewrichten, en hij was verbaasd en verschrikt toen ze klaar waren met de ontleding en zijn vader zei dat hij de linkerhand zelf moest ontleden.

Zijn vader glimlachte naar hem en scheen precies te weten wat er in hem ontging. 'Maak je geen zorgen. Wat je ook doet, het doet hem geen pijn.'

Dus bracht Shaman een groot deel van die dag door met snijden, onderzoeken en toekijken, waarbij hij zich de namen van al die botjes inprentte en leerde hoe de gewrichten in de handen van de levenden konden bewegen.

Een paar weken later bracht de sheriff Rob J. het lijk van een oude vrouw die in het provinciale armenhuis was overleden. Shaman wilde dolgraag weer les hebben, maar zijn vader versperde de toegang tot de schuur.

'Shaman, heb je ooit een vrouw zonder kleren aan gezien?'

'... Makwa een keer. Ze nam me mee in de zweethut en zong liederen om me mijn gehoor terug te geven.'

Zijn vader keek hem verbaasd aan en voelde zich toen gedwongen om het uit te leggen. 'Ik vond dat als je voor de eerste keer een vrouwenlijf zag, het niet oud en lelijk en dood moest zijn.'

Hij knikte en voelde zijn gezicht warm worden. 'Het is niet de eerste keer, pa. Makwa was niet oud en lelijk.'

'Nee, dat was ze niet,' zei zijn vader. Hij klopte Shaman op zijn schouder en met z'n tweeën gingen ze de schuur in en deden de deur op slot.

In juli bood het schoolbestuur Rachel Geiger de baan van onderwijzeres op de school aan. Het was niet ongewoon dat een van de oudste leerlingen een kans kreeg om les te geven aan een school als er een vacature ontstond en het meisje was door Dorothy Burnham in haar ontslagbrief geestdriftig aanbevolen. Bovendien konden ze haar, zoals Carroll Wilkenson onder de aandacht bracht, krijgen voor een beginnersloon en ze had al een thuis zodat ze geen behoefte had aan kost en inwoning.

Dat aanbod bracht een pijnlijke weifeling teweeg in het gezin van Geiger en veroorzaakte ernstige gesprekken op zachte toon tussen Lillian en Jay. 'We hebben het al te lang uitgesteld,' zei Jay.

'Maar een jaar als onderwijzeres zou voor haar heel wat waard zijn. Daardoor zou ze een betere partij kunnen krijgen. Onderwijzeres is zoiets Amerikááns om te zijn!'

Jason zuchtte. Hij hield veel van zijn drie zoons, Davey, Herm en Cubby. Goede, liefhebbende kinderen. Alle drie speelden ze net als hun moeder piano, de een beter dan de ander, en Dave en Herm wilden een blaasinstrument leren spelen als ze daar een leraar voor konden vinden. Rachel was de enige dochter, zijn oudste; het kind had viool leren spelen. Hij wist dat de dag zou komen dat ze uit huis zou gaan en voor hem voornamelijk nog in zeldzame brieven zou leven, en dat hij haar bij zeldzame bezoeken aan of uit een verre plaats maar kort zou zien.

Hij besloot zelfzuchtig te zijn en haar nog een tijdje in de boezem van het gezin te houden. 'Goed, laat ¡haar maar onderwijzeres worden,' zei hij tegen Lillian.

Het was alweer een paar jaar geleden dat de zweethut van Makwa door de vloed was weggespoeld. Er waren alleen twee stenen wanden over van nog geen twee meter lang, een meter hoog en driekwart meter uit elkaar. In augustus begon Shaman een halve bol van gebogen jonge boompjes over die wanden te bouwen. Hij werkte langzaam en onhandig en weefde groene wilgetenen tussen de boompjes. Toen zijn vader zag wat hij deed, vroeg hij of hij mee kon helpen. Met z'n tweeën wisten ze binnen twee weken in hun vrije tijd iets te maken dat leek op de zweethut die Makwa met hulp van Maan en Komt Zingend in een paar uur had gebouwd.

Met nog meer boompjes en wilgetenen maakten ze een mansgrote ligmand en zetten die in de hut, boven op de muurtjes.

Rob J. had een haveloze bizonmantel en één hertevel. Toen ze die huiden over het skelet spanden, bleef een groot deel onbedekt.

'Een deken misschien?' stelde Shaman voor.

'Misschien beter twee, een dubbele laag, anders houdt het de stoom niet vast.'

Op de eerste vrieskoude dag van september probeerden ze de hut uit. Makwa's zweetbadstenen waren nog waar ze ze had achtergelaten en

ze stookten een houtvuur en legden de stenen erin tot ze verschrikkelijk heet werden. Shaman ging naar binnen met alleen een deken om
zijn lijf die hij buiten liet vallen; rillend ging hij in de mand liggen.
Rob J. bracht de hete stenen binnen met gevorkte takken om ze op te
pakken en legde die onder de ligmand, gooide er toen emmers koud
water over en sloot de hut goed af. Shaman lag in de opkomende
stoom, voelde de vochtigheid toenemen, herinnerde zich hoe beangstigend het de eerste keer geweest was, hoe hij zich in Makwa's armen had verborgen tegen de hitte en de duisternis. Hij herinnerde
zich de vreemde tekening op haar borsten, hoe hij de littekens had gevoeld tegen zijn wang. Rachel was langer en magerder dan Makwa
en had zwaardere borsten. Toen hij aan Rachel dacht werd hij opgewonden en hij werd bang dat zijn vader binnen zou komen en hem
zo zou zien. Hij dwong zich om weer aan Makwa te denken en de
kalme genegenheid die zij had uitgestraald, net zo troostrijk als de
eerste warmte van de stoom. Het was vreemd om in de hut te zijn
waar zij zo vaak geweest was. De herinnering aan haar werd elk jaar
onduidelijker en hij vroeg zich af waarom iemand haar had willen
doden, waarom er slechte mensen waren. Bijna onbewust begon hij
een van de liedjes te zingen die zij hem geleerd had: 'Wi-a-ya-ni, Ni-na
ne-gi-seke-wi-to-seme-ne ni-na...' Waarheen je ook gaat, ik loop bij je,
mijn zoon.
Even later bracht zijn vader weer hete stenen naar binnen en overgoot
ze met koud water en de hut hing vol dichte damp. Hij verdroeg het
zolang hij kon, tot hij, ònder het zweet, naar adem snakkend de mand
uit sprong en door de kille lucht rende om de koude rivier in te plon-
zen. Eén ogenblik dacht hij dat hij een heel schone dood was gestorven, maar terwijl hij spetterde en zwom, stroomde het bloed door zijn
lijf en hij krijste als een Sauk toen hij uit het water kwam en naar de
stal rende, waar hij zich stevig droogwreef en zijn warme kleren aantrok.
Hij had blijkbaar te veel vreugde geuit, want toen hij uit de stal kwam
stond zijn vader te wachten om de zweethut uit te proberen en was
het Shamans beurt om de stenen te verhitten en binnen te brengen en
er water over te gieten om stoom te maken.
Tenslotte kwamen ze gloeiend en grijnzend thuis aan en ontdekten
dat ze al zwetend vergeten waren dat het etenstijd was. Shamans
moeder, die hevig gepikeerd was, had hun borden op tafel laten staan
en het eten was koud. Zijn vader en hij kregen geen soep en moesten
gestold vet van het schapevlees krabben, maar ze waren het erover
eens dat het de moeite waard was. Makwa had echt geweten hoe je
moest baden.

Toen de school begon, vond Rachel het helemaal niet moeilijk dat zij de onderwijzeres was. Ze was zo aan alles gewend: aan de lessen, het werken in de klas, de liedjes, het huiswerk. Shaman was beter in rekenen dan zij en ze vroeg hem de rekenlessen te geven. Al kreeg hij niets betaald, Rachel prees hem tegenover ouders en tegenover het schoolbestuur en hij werkte graag met haar samen bij het organiseren van de lessen.

Geen van beiden begon over de opmerking van juffrouw Burnham, dat zijn stemlessen misschien niet meer nodig waren. Nu Rachel onderwijzeres was, deden ze zijn oefeningen op school als de kinderen naar huis waren, behalve de oefeningen waarbij ze de piano van haar moeder nodig hadden. Shaman vond het fijn om dicht tegen haar aan op het pianokrukje te zitten, maar vond het nog fijner om alleen met haar in school te zijn, in de beslotenheid.

De leerlingen lachten altijd over het feit dat juffrouw Burnham nooit scheen te hoeven plassen en Rachel beoefende dezelfde tucht, maar zo gauw de anderen weg waren, wist ze niet hoe vlug ze buiten naar de plee moest hollen. Terwijl hij wachtte tot ze terug was, stelde hij zich voor wat ze onder haar rokken droeg. Bigger had Shaman verteld dat hij Pattie Drucker, toen hij het met haar deed, uit een oud stel ondergoed met gaten van haar vader had moeten helpen, maar Shaman wist dat de meeste vrouwen crinolinerokken met baleinen of paardeharen onderrokken droegen die kriebelden, maar warmer waren. Rachel hield niet zo van de kou. Als ze weer binnenkwam, hing ze haar cape aan een haak en ging dan vlug bij de kachel staan om zich eerst aan de voorkant te roosteren en dan aan de achterkant.

Ze was pas een maand onderwijzeres toen ze met het gezin naar Peoria moest voor de joodse feestdagen en de helft van oktober was Shaman plaatsvervangend onderwijzer, waar hij ook voor betaald werd. De kinderen waren er al aan gewend dat hij hun rekenles gaf. Ze wisten dat hij hun lippen moest zien om hen te kunnen verstaan en de eerste morgen zei Randy Williams, de jongste zoon van de smid, iets grappigs terwijl hij met zijn rug naar de onderwijzer toe stond. Shaman knikte maar wat toen de kinderen lachten en vroeg Randy of hij hem eens eventjes ondersteboven moest houden. Hij was groter dan de meeste mannen die ze kenden en er werd niet meer gelachen toen Randy met een bibberstem zei, dat hij dat liever niet had. Die twee weken ging het lesgeven verder gemakkelijk.

De eerste dag dat Rachel terug was op school, was ze stil. Die middag, toen de kinderen weg waren, kwam ze rillend en huilend van de plee terug.

Shaman kwam op haar af en legde zijn armen om haar heen. Ze

maakte geen bezwaar, ze bleef gewoon tussen hem en de kachel staan met haar ogen dicht. 'Ik heb een hekel aan Peoria,' zei ze zachtjes. 'Afschuwelijk om zoveel mensen te zien. Mijn vader en moeder... Die liepen met mij te koop.'

Het leek hem nogal logisch dat ze trots op haar waren. Bovendien hoefde ze weer een heel jaar niet naar Peoria. Hij zei niets. Het kwam zelfs niet bij hem op om haar te kussen, hij vond het heerlijk om gewoon zo tegen haar zachte lijf aan te staan, overtuigd dat niets wat mannen en vrouwen met elkaar deden, fijner was dan dit. Al heel vlug maakte ze zich los en keek hem door haar natte ogen ernstig aan. 'Mijn trouwe vriend.'

'Ja,' zei hij.

Twee gebeurtenissen openden Rob J. de ogen. Op een bijtend koude novembermorgen hield Shaman zijn vader onderweg naar de stal aan.

'Ik ben gisteren bij juffrouw Burnham geweest – ik bedoel mevrouw Cowan. Ze vroeg of ik moeder en u de groeten wilde doen.'

Rob J. glimlachte. 'O ja? Dat is fijn. Ik neem aan dat ze gewend raakt aan het leven op de boerderij van Cowan?'

'Ja. De meisjes schijnen haar wel te mogen. Er is natuurlijk heel wat te doen, voor hen tweeën alleen.' Hij keek zijn vader even aan. 'Pa? Zijn er veel mensen zo getrouwd? Ik bedoel, dat de vrouw ouder is dan de man?'

'Nou, Shaman, meestal is het andersom, maar niet altijd. Ik denk dat er heel wat zijn.' Hij wachtte welke richting het gesprek zou nemen, maar zijn zoon knikte alleen maar en liep weg, naar school, en hij ging de stal in en zadelde zijn paard.

Een paar dagen later was hij met de jongen in huis aan het werk. Sarah had in verschillende huizen in Rock Island vloerbedekking gezien en ze had Rob J. zolang gesmeekt tot ze zelf drie van die matten kreeg. Ze werden gemaakt door grof linnen in te pappen met hars en er dan vijf lagen verf op aan te brengen. Dan namen ze geen modder en water meer op en het stond mooi. Ze had Alex en Alden gevraagd de hars en vier lagen verf te doen, maar haar man gerekruteerd om de deklaag aan te brengen.

Rob J. had de verf gemaakt voor alle vijf de lagen, met karnemelk, olie uit de winkel en fijngemalen bruine eierschalen, die een goede verf vormden met de kleur van verse tarwe. Shaman en hij brachten samen de laatste laag aan, en nu, op zondagmorgen, verfden ze zorgvuldig een smalle zwarte rand langs de buitenrand van de matten. Ze wilden ermee klaar zijn voordat Sarah thuiskwam uit de kerk.

Shaman oefende geduld. Rob J. wist dat Rachel in de keuken op hem zat te wachten, maar hij zag dat de jongen niet probeerde vlug klaar te zijn nu ze de sierrand om de laatste van de drie matten schilderden. 'Pa?' vroeg Shaman. 'Heb je veel geld nodig om te trouwen?'

'Tja… Heel wat.' Hij veegde zijn kleine kwast af aan een lap. 'Nou, dat verschilt natuurlijk. Sommige stellen gaan bij haar of bij hem thuis inwonen tot ze zichzelf kunnen redden.' Hij had van dun hout een mal gemaakt om het werk te vergemakkelijken en nu verplaatste Shaman hem langs het beschilderde oppervlak en hij bracht de zwarte verf aan, waarmee het werk klaar was.

Ze maakten de kwasten schoon en borgen de spullen op in de stal. Voor hij terugging naar het huis knikte Shaman. 'Ik begrijp wel dat dat verschilt.'

'Dat wat verschilt?' vroeg Rob J. afwezig, terwijl hij er al over nadacht hoe hij precies het vocht uit Harold Hayse's sterk opgezwollen knie zou tappen.

'Hoeveel geld je nodig hebt om te trouwen. Dat zal wel afhangen van hoeveel je met je werk verdient, hoe vlug er een kindje komt en van die dingen.'

'Precies,' zei Rob J. Hij kon het niet goed volgen, hij had het idee dat een essentieel element van het gesprek hem ontgaan was.

Maar een paar minuten later liepen Shaman en Rachel Geiger langs de stal naar het huispad. Shaman had zijn ogen op Rachel gericht om te zien wat ze zei, maar toen Rob J. naar het gezicht van zijn zoon keek, werd hem meteen duidelijk wat er gaande was.

Toen het tot hem doordrong, trok hij een gezicht.

Voor hij de knie van Harold Hayse ging behandelen, reed hij naar de boerderij van Geiger. Zijn vriend stond in zijn gereedschapshok een tweetal zeisen te slijpen en glimlachte bij wijze van groet, terwijl hij doorging de steen langs het blad te schuren.

'Rob J.'

'Jason.'

Er was nog een slijpsteen en Rob J. pakte hem en begon de tweede zeis te slijpen.

'Ik moet met je praten over een probleem,' zei hij.

40. Opgroeien

De laatste koppige sneeuw van de winter lag nog over de velden als een laagje rijp toen Rob J. de lenteactiviteiten op de schapenfokkerij in

274

gang zette, en Shaman was verbaasd maar gevleid dat hij voor het eerst bij de werkplannen betrokken werd. Tot dan toe had hij nu en dan eens een karweitje gedaan, maar kon al zijn tijd aan zijn studie en zijn stemlessen besteden. 'Dit jaar hebben we je hulp hard nodig,' zei zijn vader. 'Alden en Axel willen het niet bekennen, maar het werk dat Komt Zingend in zijn eentje deed, kan nog door geen drie man gedaan worden.' Bovendien, zei hij, werd de kudde elk jaar groter en gingen ze een groter weideland omheinen. 'Ik heb met Dorothy Cowan en Rachel gepraat. Ze zijn allebei van mening dat je op school niets meer kunt leren. Ze zeggen me dat je ook geen spraakoefeningen meer nodig hebt en' – hij grijnsde naar Shaman – 'ik moet zeggen dat ik het daarmee eens ben. Je stem klinkt prima!'

Rob J. zorgde er wel voor, dat hij niet zei dat die regeling maar tijdelijk was. 'Ik weet dat je geen boer wilt worden. Maar als je ons nu helpt, kunnen we nadenken over wat je daarna wilt gaan doen.'

Alden en Alex zorgden voor de slacht van lammetjes. Shaman werd aan het werk gezet om heggen in te zaaien zodra je de bovengrond kon bewerken. Hekken met twee dwarshouten waren ongeschikt als je schapen had, want de dieren konden gemakkelijk tussen de liggers door kruipen, die ook roofdieren niet tegenhielden. Om een nieuw grasland af te zetten, ploegde Shaman er één strook omheen en zaaide er toen oranjeappels, dicht bij elkaar zodat ze een gesloten afrastering vormden. Hij deed het zorgvuldig want het zaad kostte vijf dollar per pond. De appelboompjes groeiden snel, als struiken met lange, gemene dorens om de schapen binnen en de prairiewolven buiten te houden. Het duurde drie jaar voordat de oranjeappels een heg zouden vormen die een veld beschermde, maar Rob J. had vanaf het begin op de boerderij doornheggen laten groeien en toen Shaman klaar was met het inzaaien van nieuwe heggen stond hij dagenlang op een ladder om de oude heggen te snoeien. Toen hij daarmee klaar was, moesten er stenen uit de grond gewerkt worden, brandhout verzameld, palen gemaakt en aan de rand van het bos stronken uit de aarde gewroet.

Zijn handen en armen waren geschramd van de dorens, de binnenkant van zijn handen werd eeltig, zijn spieren deden pijn en werden toen taai. Zijn lichaam onderging een ontwikkeling en zijn stem werd lager. 's Nachts had hij lustdromen. Soms kon hij zich de dromen niet herinneren of welke vrouwen erin voorkwamen, maar verschillende keren had hij duidelijke herinneringen aan Rachel. Minstens één keer wist hij dat de vrouw Makwa geweest was, wat hem verwarde en bang maakte. Hij deed tevergeefs zijn best om de sporen uit te wissen voor zijn laken in de was werd uitgekookt.

Jarenlang had hij Rachel elke dag gezien en nu zag hij haar zelden. Op een zondagmiddag liep hij naar haar huis en haar moeder deed open op zijn kloppen. 'Rachel is bezig en heeft nu geen tijd voor je. Ik zal haar de groeten doen, Rob J.,' zei Lillian niet onvriendelijk. Nu en dan, op zaterdagavond, als de gezinnen bij elkaar kwamen voor muziek en gezelligheid, lukte het hem naast Rachel te gaan zitten en over de school te praten. Hij miste het geven van rekenles, vroeg naar de kinderen en hielp haar verdere lessen voorbereiden. Maar ze scheen slecht op haar gemak. Waar hij bij haar zo dol op was, een soort warmte en lichtheid, was gesmoord als vuur onder te veel hout. Toen hij haar voorstelde om een wandeling te maken, was het alsof de volwassenen in de kamer op haar antwoord zaten te wachten en pas gerust waren toen ze nee zei, ze had nu niet zo'n zin, maar bedankt, Shaman.

Rachels moeder en vader hadden haar de situatie uit de doeken gedaan. Ze spraken met begrip over de verliefdheid van een jongen en zeiden haar vierkant dat zij ervoor moest zorgen, hem op geen enkele manier aan te moedigen. Dat was heel moeilijk. Shaman was haar vriend en ze miste zijn gezelschap. Ze maakte zich zorgen over zijn toekomst, maar ze zweefde boven een persoonlijke afgrond en het grootste deel van haar angst en vrees bestond uit de poging om in die duistere diepte te zien.

Ze had moeten beseffen dat de verliefdheid van Shaman wel veranderingen moest uitlokken, maar ze ontkende de toekomst zo sterk dat ze, toen Johann C. Regensberg een weekeinde bij haar ouders thuis kwam doorbrengen, meteen geloofde dat hij een vriend van haar vader was. Het was een aardige, wat dikke man van achter in de dertig, die zijn gastheer vol ontzag meneer Geiger noemde, maar aan Jason vroeg hem Joe te noemen. Hij was niet groot en niet klein en had levendige, wat loense blauwe ogen die peinzend naar de wereld tuurden van achter een bril met metalen montuur. Zijn sympathieke gezicht werd evenwichtig bekleed door een korte baard en een kop dunner wordend bruin haar dat hoog op zijn schedel groeide. Later zou Lillian hem aan haar vriendinnen beschrijven als iemand met 'een hoog voorhoofd'.

Joe Regensberg verscheen op een vrijdag op de boerderij, mooi op tijd voor het sabbatmaal. Hij bracht die avond en de volgende dag nietsdoende door met het gezin van Geiger. Op zaterdagmorgen lazen Jason en hij de Schrift en bestudeerden het boek Leviticus. Na een koude maaltijd ging hij mee naar de stal en naar de apotheek kijken en toen wandelde hij, ingepakt tegen dreigende wolken, met hen langs het pad om de akkers te bekijken waar in de lente gezaaid zou worden.

De Geigers beëindigden de sabbat met een maal van *cholent*, een gerecht met bonen, vlees, parelgerst en pruimen, dat sinds de vorige middag zachtjes in de hete houtskool had staan sudderen, omdat het joden verboden was op de sabbat een vuur aan te steken. Daarna was er muziek; Jason speelde een gedeelte van een vioolsonate van Beethoven en gaf de viool toen aan Rachel, die met plezier het laatste deel speelde terwijl de vreemdeling met zichtbaar genoegen toekeek. Aan het eind van de avond ging Joe Regensberg naar zijn grote reiskoffer en haalde er cadeautjes uit, voor Lillian een stel broodvormen, gemaakt in de nieuwe blikwarenfabriek in Chicago waarvan hij de eigenaar was, een fles fijne oude cognac voor Jay, en voor Rachel een boek, *De Pickwick Papers*.

Ze zag dat er geen cadeaus voor haar broertjes waren. Meteen had ze de bedoeling van zijn bezoek door en werd overweldigd door schrik en verwarring. Met lippen die stijf en gevoelloos aanvoelden bedankte ze hem en zei dat ze het werk van meneer Dickens heel mooi vond, maar tot dusver alleen *Nicholas Nickleby* gelezen had.

'Op *De Pickwick Papers* ben ik bijzonder gesteld,' zei hij. 'Als je het gelezen hebt, moeten we er eens over praten.'

Geen eerlijk mens kon hem knap noemen, maar hij had een intelligent gezicht. Een boek, dacht ze hoopvol, was iets dat onder deze omstandigheden alleen een bijzonder iemand als eerste geschenk aan een vrouw zou geven.

'Mij leek het een geschikt cadeau voor een onderwijzeres,' zei hij, alsof hij haar gedachten kon lezen. Zijn kleren pasten beter dan de kleren van de mensen die zij kende; waarschijnlijk waren de zijne beter gesneden. Toen hij glimlachte, verschenen er lachrimpeltjes bij zijn ooghoeken.

Jason had aan Benjamin Schoenberg, de *shadchen* in Peoria geschreven, en voor de zekerheid ook een brief aan Samuel Rosen, een huwelijksmakelaar in Chicago, waar een groeiende joodse volksgroep was. Schoenberg had geantwoord met een bloemrijke brief, waarin hij zei een aantal jongemannen te hebben dat bijzonder geschikt was als bruidegom en dat de Geigers hen konden ontmoeten als het gezin voor de Hoge Feestdagen naar Peoria kwam. Maar Samuel Rosen was in actie gekomen. Een van zijn beste huwelijkskandidaten was Johann Regensberg. Toen Regensberg vertelde dat hij op reis ging naar het westen van Illinois om wederverkopers van zijn blikwaren te bezoeken, waaronder verschillende winkels in Rock Island en Davenport, regelde Samuel Rosen de kennismaking.

Een paar weken na het bezoek kwam er weer een brief van meneer Rosen. Johann Regensberg had een heel gunstige indruk van Rachel gekregen. Meneer Rosen deelde hun mee dat de familie Regensberg *yiches* had, de ware familie-onderscheiding die verworven wordt door vele generaties dienstverlening aan de gemeenschap. In de brief stond dat onder de voorouders van meneer Regensberg onderwijzers en bijbelgeleerden waren, vanaf de veertiende eeuw.

Maar toen Jay verder las, werd zijn gezicht rood van verontwaardiging. Johanns ouders, Leon en Golda Regensberg, waren dood. Ze werden in dezen vertegenwoordigd door mevrouw Harriet Ferber, een zus van wijlen Leon Regensberg. In een poging de familietradities getrouw te zijn had mevrouw Ferber gevraagd om getuigenissen of andere bewijzen met betrekking tot de maagdelijkheid van de toekomstige bruid.

'We zijn niet in Europa. En ze komen geen koe kopen,' zei Jason op effen toon.

Zijn koele afwijzingsbrief werd meteen beantwoord met een verzoenende brief van meneer Rosen, die de eis introk en vroeg of in plaats daarvan Johanns tante uitgenodigd kon worden voor een bezoek aan de Geigers. Een paar weken later kwam mevrouw Ferber dus naar Holden's Crossing, een kleine, rechtop lopende vrouw met glanzend wit haar dat strak om haar hoofd getrokken was en tot een knot gevlochten. Ze had een pakmand bij zich met gekonfijte vruchten, gemberwafels en twaalf flessen kosjere wijn, en ook zij kwam op tijd voor de sabbat. Ze genoot van Lillians kookkunst en van de muzikale prestaties van het gezin, maar ze keek naar Rachel en sprak met haar over opvoeding en kinderen en was duidelijk meteen al dol op haar.

Ze was helemaal niet zo streng als ze gedacht hadden. Laat op de avond, toen Rachel de afwas deed, bleef mevrouw Ferber bij Jay en Lillian zitten en ze vertelden elkaar over hun familie.

Lillians voorouders waren Spaanse joden die gevlucht waren voor de Inquisitie; eerst naar Nederland en toen naar Engeland. Met Amerika hadden ze al politieke banden. Aan vaderskant was ze verwant aan Francis Salvador, die door zijn christelijke buren gekozen was in het provinciaal congres van South Carolina en die, in dienst van de patriottische militie, maar een paar weken na het afkondigen van de Onafhankelijkheidsverklaring de eerste jood werd die stierf voor de Verenigde Staten, overvallen en gescalpeerd door conservatieven en Indianen. Van moederskant was ze een Mendes, een nicht van Judah Benjamin, lid van de Senaat voor Louisiana. Jasons familie, in Duitsland gevestigde farmaceutische producenten, was in 1819 naar Charleston gekomen, op de vlucht voor de rellen waarbij de menigte door de straten trok op zoek naar joden, terwijl ze 'Hep! Hep! Hep!' schreeuwden, een kreet die terug te voeren was op de kruisvaarders, gevormd door de beginletters van *Hierosolyma est perdita*, Jeruzalem is verloren.

De Regensbergs waren tien jaar voor de Hep-rellen uit Duitsland vertrokken, onthulde mevrouw Ferber. Ze hadden wijngaarden gehad in het Rijnland. Ze hadden geen grote rijkdommen maar genoten financiële welstand en het blikwarenbedrijf van Joe Regensberg bloeide. Hij was lid van de *Kohane*-stam, het bloed van de hogepriesters van Salomo's tempel vloeide door zijn aderen. Als er een huwelijk van kwam, maakte ze Lillian en Jay subtiel duidelijk, zouden hun kleinkinderen afstammen van de twee voornaamste rabbi's van Jeruzalem. Het drietal zat met genoegen over elkaar na te denken, waarbij ze een goede Engelse thee dronken die uit mevrouw Ferbers overvloedige pakmand kwam. 'De zus van mijn moeder heette ook Harriet,' zei Lillian. 'We noemden haar Hattie.' Niemand noemde háár anders dan Harriet, zei mevrouw Ferber, maar zo warm en welgemoed dat ze graag ja zeiden toen ze hen uitnodigde in Chicago.

Een paar weken later, op woensdag, stapten alle zes de leden van het gezin van Geiger in Rock Island op een spoorwagon voor een rit van vijf uur, zonder overstappen. Chicago was groot, uitgestrekt, vuil, druk, armoedig, lawaaiig en voor Rachel heel opwindend. Het gezin had kamers op de derde verdieping van het Palmer Illinois Hotel. Op donderdag en vrijdag, tijdens twee diners bij Harriet thuis op South Wabash Avenue, ontmoetten ze de andere familieleden en op zaterdagmorgen woonden ze de eredienst bij in de familiesynagoge van de Regensbergs, de gemeenschap *Keilath Anshe Maarib*, waar Jason de eer kreeg dat hij bij de Torah geroepen werd om een zegening te zingen. Die avond gingen ze allemaal samen naar een zaal waar een reizend operagezelschap *Der Freischütz* van Carl Maria von Weber opvoerde. Rachel had nog nooit een opera gezien en de hoog stijgende romantische aria's brachten haar in vervoering. In de eerste pauze tussen de bedrijven nam Joe Regensberg haar mee naar buiten en vroeg haar of ze zijn vrouw wilde worden en ze zei ja. Het viel haar niet moeilijk omdat haar ouders het eigenlijke aanzoek al aanvaard hadden. Uit zijn zak haalde hij een ring die van zijn moeder geweest was. De diamant, de eerste die Rachel ooit gezien had, was bescheiden maar prachtig gezet. De ring was ietsje te groot en ze hield haar vuist dichtgeklemd, zodat de ring er niet af zou glijden en ze hem kwijt zou raken. Toen ze weer op hun stoel glipten, ging de opera verder. Rachel, die in het donker naast Lillian zat, pakte de hand van haar moeder, legde die op de ring en glimlachte breed toen die meteen haar adem inhield. Terwijl ze zich door de muziek gelukzalig een Duits woud in liet voeren, besefte ze dat de gebeurtenis waar ze zo lang bang voor geweest was, in feite een poort kon zijn naar vrijheid en een heel aangenaam soort macht.

Op de warme meimorgen dat ze naar de schapenfokkerij kwam, had Shaman zich flink in het zweet gewerkt door urenlang te maaien met een zeis, waarna hij was gaan harken, dus hij zat onder het stof en het kaf. Rachel droeg een vertrouwde oude grijze jurk en onder haar armen was het donkere vocht van de warmte al te zien. Ze had een brede grijze hoed op die hij nog nooit gezien had en witkatoenen handschoenen aan. Toen ze hem vroeg haar naar huis te brengen, liet hij zijn hark graag vallen.

Een tijdje spraken ze over de school maar bijna plotseling begon ze over zichzelf te praten, over wat er in haar leven gebeurde.

Met een glimlach trok Rachel haar linker handschoen uit en liet hem de ring zien en hij begreep dat ze ging trouwen.

'Ga je dan hier vandaan?'

Ze pakte zijn hand. Jaren later, toen Shaman telkens weer nadacht over dat tafereel, schaamde hij zich dat hij niets gezegd had. Haar een goed leven had toegewenst, haar gezegd had wat ze voor hem betekende, haar bedankt had.

Afscheid genomen had.

Maar hij kon haar niet aankijken, daarom wist hij niet wat ze zei. Hij werd als een steen en haar woorden rolden als regen langs hem af.

Toen ze bij haar pad kwamen en hij zich omkeerde en terugliep, deed zijn hand pijn omdat ze hem zo stevig had vastgehouden.

De dag nadat de Geigers naar Chicago gingen, waar ze in een synagoge onder een baldakijn zou trouwen, kwam Rob J. naar huis en Alex kwam hem tegemoet. Hij zei dat hij het paard wel zou verzorgen. 'U moest maar gaan kijken. Er is iets met Shaman.'

In huis ging Rob J. naar de deur van Shamans kamer en luisterde naar het hese gesnik uit zijn keel. Toen hij even oud was geweest als Shaman had hij net zo gehuild omdat zijn hond, een teefje dat wild en bijterig was geworden en door zijn moeder was meegegeven aan een keuterboertje, die in zijn eentje in de heuvels woonde. Maar hij wist dat zijn zoon rouwde om een mens, niet om een dier.

Hij kwam binnen en ging op het bed zitten. 'Er zijn bepaalde dingen die je moet weten. Er zijn maar weinig joden en ze zijn meestal omringd door heel veel anderen. Ze hebben dus het idee dat ze niet blijven bestaan als ze niet binnen hun eigen kring trouwen.

Maar jij kwam niet in aanmerking. Je hebt nooit de minste kans ge-had.' Hij stak zijn hand uit en streelde het vochtige haar van zijn zoon naar achter; toen liet hij zijn hand op Shamans hoofd liggen. 'Omdat zij een vrouw is,' zei hij. 'En jij een jongen bent.'

In de loop van de zomer bood het schoolbestuur, op zoek naar een goede onderwijzer die ze vanwege zijn jeugd maar een klein loon hoefden te betalen, de baan op school aan Shaman aan, maar hij be-dankte.

'Wat wil je dan gaan doen?' vroeg zijn vader.

'Ik weet het niet.'

'In Galesburg is een hogere school, het Knox College,' zei Rob J. 'Het schijnt een goede school te zijn. Wil je verder leren? Verandering van omgeving?'

Zijn zoon knikte. 'Ik denk van wel,' zei hij.

Dus vertrok Shaman twee maanden na zijn vijftiende verjaardag van huis.

41. Winnaars en verliezers

In september 1858 werd dominee Joseph Hill Perkins beroepen in de grootste baptistenkerk in Springfield. Onder zijn welvarende nieuwe kudde bevonden zich de gouverneur en een aantal leden van het staatscongres, en de leden van zijn kerk in Holden's Crossing waren bijna even erg onder de indruk van zijn geluk als hij, want ze zagen in dat succes een duidelijk bewijs hoe slim ze waren geweest om hem te kiezen. Een tijdlang had Sarah haar handen vol aan afscheidsdiners en -feestjes; daarna, toen Perkins weg was, begon het zoeken naar een geestelijke opnieuw, en er kwam een hele reeks gastpredikanten die gevoederd en gelegerd moest worden en er werd weer geruzied en gediscussieerd over de voor- en nadelen van de kandidaten.

Aanvankelijk waren ze voor een man uit het noorden van Illinois die vurig de zonde aan de kaak stelde, maar tot opluchting van enkelen, waaronder Sarah, kwam hij niet in aanmerking omdat hij zes kinde-ren had plus eentje onderweg, en de gemeente was maar klein. Ten-slotte kozen ze voor dominee Lucian Blackmer, een roodwangige, dikbuikige man die pas naar het Westen gekomen was. 'Van de staat Rhode Island naar de staat van Genade,' zo bracht Carroll Wilkenson het onder woorden toen hij de nieuwe dominee aan Rob J. voorstelde. Dominee Blackmer leek een aardige man maar Rob J. werd somber toen hij zijn vrouw ontmoette, want Julia Blackmer was mager en bang en had de bleekheid en de hoest van een gevorderde longziekte. Toen hij haar welkom heette, voelde hij de blik van haar echtgenoot, alsof Blackmer wachtte op de verzekering dat dokter Cole nieuwe hoop en een feilloze kuur kon bieden.

Holden's Crossing, Illinois
12 oktober 1858

Mijn beste Shaman,

Ik was blij in je brief te lezen dat je in Galesburg gewend bent geraakt en je studie doet in goede gezondheid. Hier gaat het iedereen goed. Alden en Alex zijn klaar met de slacht van de varkens en wij zwemmen in vers spek, ribben, schouders, hammen (gekookt, gerookt en gepekeld), pekelvlees, zult en reuzel. Ik krijg te horen dat de nieuwe dominee een interessante figuur is als hij een preekstoel beklimt. Ere wie ere toekomt: het is een moedig man, want zijn eerste preek ging over bepaalde morele vragen in verband met de slavernij, en ofschoon de meerderheid van de toehoorders het met hem eens scheen te zijn, uitte een sterke, spraakzame minderheid (waaronder je moeder!) na de kerk bezwaren.
Wat geweldig dat Abraham Lincoln uit Springfield en senator Douglas op 7 oktober in het Knox College zouden debatteren, en ik hoop dat je erbij hebt kunnen zijn. Hun wedloop voor de Senaat eindigt als ik voor de eerste keer als staatsburger ga stemmen, en ik weet eigenlijk niet welke van de twee kandidaten de slechtste is. Douglas gaat tekeer tegen de onwetende onverdraagzaamheid van de Weetniksen maar wil de slavenhouders te vriend houden. Lincoln fulmineert tegen de slavernij maar accepteert de steun, ja zoekt de gunst van de Weetniksen. Ze ergeren me alle twee ontzettend. Politici!
Je vakken lijken me uiterst interessant. Hou in gedachten dat naast botanie, astronomie en fysiologie, ook poëzie je geheimen kan leren.
Ik sluit iets bij om het je wat gemakkelijker te maken kerstcadeautjes te kopen. Ik verheug me erop je in de vakantie weer te zien!

Je liefhebbende vader

Hij miste Shaman. Zijn verhouding met Alex was eerder zorgzaam dan warm. Sarah was altijd bezig met haar werk voor de kerk. Hij genoot van een muziekavondje bij de Geigers nu en dan, maar als ze uitgespeeld waren, liepen ze tegen hun politieke verschillen op. Steeds vaker stuurde hij in de late namiddag, als de huisbezoeken waren afgelegd, zijn paard naar het klooster van Sint-Franciscus van

Assisi. Elk jaar werd hem duidelijker dat moeder Miriam eerder moedig dan verschrikkelijk was, eerder nuttig dan streng.

'Ik heb iets voor u,' zei ze op een middag en gaf hem een stapeltje bruinig papier overdekt met een klein, krampachtig handschrift in waterige zwarte inkt. Hij las het terwijl hij in de leren stoel zat en zijn koffie dronk, en zag dat het een beschrijving was van de interne organisatie van de Orde van de met Sterren Bezaaide Vlag en dat die alleen maar gegeven kon zijn door iemand die lid was.

Het begon met een schema van de algehele organisatie van het geheim politiek genootschap. De basis was samengesteld uit districtsraden, die elk hun eigen bestuurders kozen, hun eigen plaatselijke regels maakten en hun eigen leden inwijdden. Daarboven stonden provincieraden, samengesteld uit één afgevaardigde van elke districtsraad. De provincieraden hielden toezicht op de politieke activiteiten van de districtsraden en bepaalden welke plaatselijke politieke kandidaten de steun van de orde waardig waren.

Alle eenheden in een staat werden geleid door een grote raad, samengesteld uit drie afgevaardigden van elke districtsraad en bestuurd door een grootvoorzitter en andere gekozen functionarissen. Aan de top van die ingewikkelde organisatie stond één nationale raad die in alle politieke kwesties de beslissing nam en ook koos voor kandidaten voor het presidentschap en het vice-presidentschap van de Verenigde Staten. De nationale raad bepaalde de straf voor leden die hun verplichtingen niet nakwamen en stelde de uitvoerige rituelen van de orde vast.

Er waren twee klassen van lidmaatschap. Om tot de lage klasse te horen moest een kandidaat een volwassen man zijn, geboren in de Verenigde Staten uit protestantse ouders en niet gehuwd zijn met een katholieke vrouw.

Elk toekomstig lid werd botweg gevraagd: 'Bent u bereid, uw invloed te gebruiken en voor alle ere-, vertrouwens- of betaalde functies waarvoor het volk kiest, alleen te stemmen op in Amerika geboren Amerikaanse burgers, met uitsluiting van buitenlanders en met name rooms-katholieken, zonder aanzien van partijvoorkeur?'

Iemand die dat beloofde, werd gevraagd alle andere partijbanden te verbreken, de politieke wil van de orde te steunen en te werken aan verandering van de naturalisatiewetten. Dan werden hem geheimen toevertrouwd die in het verslag nauwkeurig beschreven werden: herkenningsteken, wijze van hand drukken, de wachtwoorden en de waarschuwingen.

Om de hoge klasse van het lidmaatschap te veroveren, moest een kandidaat een vertrouwde veteraan zijn. Alleen leden van de tweede

klasse konden in ordefuncties gekozen worden, deelnemen aan illegale activiteiten en steun krijgen bij hun streven naar een functie in de
plaatselijke of nationale politiek. Wie in een machtsfunctie gekozen of
benoemd werd, moest alle buitenlanders en rooms-katholieken onder
hem verwijderen en deze in geen geval 'benoemen voor enig ambt
binnen uw vergeefrecht'.

Rob J. keek Miriam Ferocia aan. 'Met hoevelen zijn ze?'

Ze haalde haar schouders op. 'We geloven niet dat er veel mannen bij
die orde zijn. Duizend misschien. Maar ze vormen het staal in de ruggegraat van de Amerikaanse Partij.

Ik heb u die bladen gegeven omdat u tegenstander bent van de groep
die mijn Moederkerk wil schaden en omdat u de aard moet kennen
van degenen die ons kwaad doen en voor wier ziel wij tot God bidden.' Ze keek hem ernstig aan. 'Maar u moet beloven, deze gegevens
niet te gebruiken om een verondersteld lid van de orde in Illinois aan
te spreken, want als u dat doet zou u de man die dit heeft geschreven
in groot gevaar brengen.'

Rob J. knikte. Hij vouwde de bladen op en wilde ze teruggeven, maar
zij schudde haar hoofd. 'Die zijn voor u,' zei ze. 'Met mijn gebeden.'

'U moet niet voor mij bidden!' Hij vond het pijnlijk om met haar over
dingen te praten die met het geloof te maken hadden.

'Dat kunt u niet verhinderen. U verdient gebeden, en ik spreek dikwijls met de Heer over u.'

'Net zoals u bidt voor uw vijanden,' bracht hij haar knorrig onder
ogen, maar ze liet zich niet van de wijs brengen.

Later, thuis, las hij het verslag nog eens en bestudeerde het kriebel-
schrift. Degene die het had geschreven (een priester misschien?) leidde een bedrieglijk leven, was anders dan hij voorgaf te zijn en zette
zijn vrijheid, misschien zijn leven op het spel. Rob J. wilde dat hij eens
rustig met die man kon praten.

Nick Holden won twee keer gemakkelijk de herverkiezing op zijn re-
putatie als Indianen-bevechter, maar nu was hij kandidaat voor een
vierde termijn en zijn tegenstander was John Kurland, de advocaat
uit Rock Island. Kurland werd door de democraten en anderen hoog
aangeslagen en de Weetniks-aanhang van Holden werd misschien
zwakker. Sommigen zeiden dat de afgevaardigde zijn baan weleens
kwijt kon raken en Rob J. verwachtte dat Nick iets opzienbarends zou
doen om stemmen te winnen. Hij was dus nauwelijks verbaasd toen
hij op een middag thuiskwam en hoorde dat afgevaardigde Holden
en sheriff Graham weer een troep vrijwilligers bij elkaar zochten.

'De sheriff zegt dat Frank Mosby, die bandiet, in het noorden van de provincie verborgen zit,' zei Alden. 'Nick heeft de mensen zo opgejut; ze zijn meer in de stemming om hem te lynchen dan om hem te arresteren, als je mij vraagt. Graham trekt links en rechts mensen aan. Alex vertrok hier helemaal opgewonden. Hij pakte het jachtgeweer en reed op Vicky naar de stad.' Hij trok verontschuldigend zijn wenkbrauwen op. 'Ik heb geprobeerd het hem uit zijn hoofd te praten, maar…' Hij haalde zijn schouders op.

Trude had niet de kans gehad om af te koelen, maar Rob J. gooide het zadel er weer op en reed zelf naar het dorp.

Mannen stonden in groepjes bij elkaar op straat. Er werd luid gelachen op de veranda van de dorpswinkel, waar Nick en de sheriff de scepter zwaaiden, maar hij keek niet naar hen. Alex stond bij Mal Howard en twee andere jongelui, allemaal met een geweer, en hun ogen straalden van belangrijkheid. Zijn gezicht betrok toen hij Rob J. zag.

'Ik wil even met je praten, Alex,' zei Rob en nam hem mee, weg van de anderen. 'Ik wil dat je naar huis komt,' zei hij toen ze buiten gehoor waren.

'Nee, pa.'

Alex was achttien en wispelturig. Als hij zich onderdrukt voelde, dan kon hij hem weleens gewoon laten barsten en voorgoed weggaan. 'Ik wil niet dat je gaat. Ik heb een goede reden.'

'Ik heb al heel mijn leven over die goede reden gehoord,' zei Alex bitter. 'Ik heb ma eens op de man af gevraagd of Frank Mosby mijn oom was en ze zei van niet.'

'Je bent gek om je moeder dat aan te doen. Het maakt niets uit of je daarheen gaat en Mosby eigenhandig doodschiet, weet je dat wel? Bepaalde mensen zullen tòch roddelen. Het is niet van belang wat die zeggen.

Ik zou je kunnen zeggen dat je naar huis moet komen omdat het mijn geweer is en mijn arme blinde paard. Maar de ware reden waarom je niet mag gaan, is dat je mijn jongen bent en ik wil je niets laten doen waar je de rest van je leven wroeging over zult hebben.'

Alex wierp een wanhopige blik naar Mal en de anderen die nieuwsgierig stonden te kijken.

'Zeg maar dat ik gezegd heb dat er te veel te doen is op de boerderij. En dan ga je Vicky ophalen waar je haar hebt vastgebonden en je komt naar huis.'

Hij ging terug, besteeg Trude en reed Main Street door. Voor de kerk waren mannen aan het knokken en hij zag dat er al flink gedronken was.

Hij keek een kilometer ver niet om, maar toen hij keek, zag hij het paard met de stijve, onzekere gang die veroorzaakt werd door haar slechte ogen, en de over de hals gebogen gestalte, als een man die tegen een sterke wind in rijdt, het jachtgeweertje met de loop omhoog, zoals hij zijn zoons had geleerd.

De daaropvolgende weken ontliep Alex hem, niet omdat hij zo boos was maar om onder zijn gezag uit te zijn. De troep bleef twee dagen weg. Ze vonden hun prooi in een vervallen plaggenhut. Ze troffen uitvoerige voorbereidingen voor ze naar hem toe slopen, maar hij sliep en was niet op zijn hoede. En het was Frank Mosby niet. Het was een zekere Buren Harrison die een winkelier in Genesco had overvallen en veertien dollar van hem had geroofd. Nick Holden en zijn mannen van de wet begeleidden hem triomfantelijk en dronken naar zijn berechting. Daarna hoorden ze dat Frank Mosby twee jaar tevoren in Iowa verdronken was, toen hij probeerde tijdens de Vloed te paard door de Cedar te waden.

In november stemde Rob J. op John Kurland voor het Huis van Afgevaardigden en op Stephen A. Douglas voor de Senaat. De volgende avond voegde hij zich bij de massa mensen die in de winkel van Haskin op verkiezingsnieuws stond te wachten en in een vitrine zag hij een paar prachtige zakmessen. Ze hadden allebei een groot mes, twee kleinere messen en een schaartje, alles van gehard staal, een heft van gepolijst schildpadschild, met aan de uiteinden zilveren kapjes. Het waren geen messen voor kleine jongens en hij kocht ze om met Kerstmis aan zijn zoons te geven.

Kort na het donker kwam Harold Ames uit Rock Island terug met de uitslag van de verkiezingen. Het was een dag geweest voor de zittende heren. Nick Holden, Indianen-bevechter en wetshandhaver, had John Kurland op het nippertje verslagen en ook senator Douglas zou teruggaan naar Washington.

'Dat zal Abraham Lincoln leren, tegen de mensen te zeggen dat ze geen slaven mogen houden!' gnuifde Julian Howard en schudde triomfantelijk zijn vuist. 'Van díe stronthommel zullen we niet veel meer horen.'

42. De student

Aangezien Holden's Crossing niet aan de spoorlijn lag, reed Shamans vader hem de ruim vijftig kilometer naar Galesburg op de platte kar met zijn koffer achterop. De stad en het college waren een kwart eeuw tevoren uitgedacht in de staat New York door presbyterianen en congregationalisten, die erheen gingen om huizen te bouwen aan straten die in een nauwkeurig schaakbordpatroon om een centraal plein werden aangelegd. Op het college zei Charles Hammond, de studentendecaan, dat Shaman, omdat hij jonger was dan de meeste andere studenten, niet in het studentenhuis moest gaan wonen. De decaan en zijn vrouw hielden pension voor een paar gasten in hun witte vakwerkhuis in Cherry Street, en daar, in een kamer aan de achterkant van de eerste verdieping, werd Shaman gehuisvest.

Bij zijn kamer ging een trap naar beneden, naar een deur die naar de pomp en de plee in de achtertuin leidde. In de kamer rechts van hem zaten twee bleke congregationalistische theologiestudenten die het liefst alleen met elkaar spraken. In de twee kamers aan de andere kant van de overloop woonden de korte, deftige collegebibliothecaris en een oudere student, Ralph Brooke, die een vrolijke sproetenkop had en ogen die altijd lichtelijk verbaasd schenen te kijken. Brooke studeerde Latijn. De volgende morgen aan het ontbijt zag Shaman dat hij een boek van Cicero bij zich had. Shamans vader had hem goed Latijn geleerd. '*Iucundi acti labores*,' zei hij – aangenaam is het gedane werk.

Brooke's gezicht lichtte op als een lamp. '*Ita vivam, ut scio*,' – ik weet het omdat ik leef. Brooke werd de enige in het huis met wie Shaman regelmatig praatte, afgezien van de decaan en zijn magere, witharige vrouw, die elke dag plichtmatig een paar woorden mompelden.

'*Ave!*' groette Brooke hem elke dag. '*Quomodo te habes hodie, iuvenis?*' – hoe maak je het vandaag, jongeman?

'*Tam bene quam fieri possit talibus in rebus, Caesar*,' – zo goed als je onder deze omstandigheden kunt verwachten, Caesar, zei Shaman altijd. Elke morgen. Hun grapje.

Aan het ontbijt pikte Brooke biscuits en zat voortdurend te gapen. Alleen Shaman wist waarom. Brooke had een vrouw in de stad en hij bleef heel vaak tot diep in de nacht. Twee dagen nadat Shaman er was komen wonen, haalde de latinist hem over, toen alle anderen naar bed waren, de trap af te sluipen en de achterdeur open te maken, zodat Brooke ongemerkt binnen kon komen. Het was een dienst waar Brooke dikwijls om vroeg.

De lessen begonnen elke dag om acht uur. Shaman koos fysiologie, Engels schrijven en literatuur en sterrenkunde. Tot Brooke's ontzag haalde hij een Latijns proefwerk. Omdat hij er nog een taal bij moest kiezen, koos hij Hebreeuws, geen Grieks, om redenen waar hij niet over wilde nadenken. De eerste zondag in Galesburg namen de decaan en mevrouw Hammond hem mee naar de presbyteriaanse kerk,

287

maar daarna zei hij tegen de Hammonds dat hij congregationalist was en tegen de theologiestudenten dat hij presbyteriaan was, zodat hij elke zondag vrijelijk door de stad kon wandelen.

De spoorlijn was zes jaar voordat Shaman in Galesburg kwam aangelegd en had voorspoed en bevolkingsgroei met zich meegebracht. Bovendien was een coöperatieve nederzetting van Zweden in het nabije Mission Hill mislukt en een groot deel van de leden was in Galesburg komen wonen. Hij keek graag naar de Zweedse vrouwen en meisjes met hun lichtblond haar en hun prachtige huid. Als hij maatregelen nam om te zorgen dat hij 's nachts de lakens van mevrouw Hammond niet bevuilde, waren de vrouwen in zijn fantasie Zweedsen. In South Street was hij eens plotseling blijven staan bij de aanblik van een donkerder kopje vrouwenhaar dat hij beslist meende te kennen en één ogenblik stokte zijn adem. Maar hij bleek die vrouw toch niet te kennen. Ze glimlachte hem vlug toe toen ze zag dat hij haar aanstaarde, maar hij boog zijn hoofd en liep haastig weg. Ze zag eruit als minstens twintig. Hij wilde geen kennis maken met oudere vrouwen.

Hij had heimwee en liefdesverdriet maar die zwakten af tot draaglijke pijnen, iets als een lichte kiespijn. Hij maakte geen vrienden, misschien omdat hij zo jong was en doof, en hij werd een goede leerling, want hij studeerde voornamelijk. Hij hield het meest van sterrenkunde en fysiologie, al was fysiologie een teleurstelling omdat het praktisch een opsomming van lichaamsdelen en onderdelen behelsde. Meneer Rowells, de leraar, kwam nog het dichtst bij een bespreking van de werking toen hij de spijsvertering behandelde en het belang van regelmaat. Maar in het fysiologielokaal stond een skelet dat met ijzerdraad aan elkaar hing, opgehangen aan een schroef boven in de schedel en Shaman bracht daar in zijn eentje uren mee door om naam, vorm en functie van al die oude verbleekte botten van buiten te leren.

Galesburg was een mooi stadje met iepen, esdoorns en notebomen langs de straten die door de eerste kolonisten geplant waren. Harvey Henry May had daar een stalen zelfscherpende ploeg uitgevonden. Een Galesburger, Olmsted Ferris, had goede pofmaïs gekweekt; hij was naar Engeland gegaan en had die voor de ogen van koningin Victoria gepoft. En senator Douglas en zijn tegenstrever Lincoln voerden op 7 oktober 1858 in het college een debat.

Shaman ging die avond naar het debat, maar toen hij bij de grote zaal kwam waren er al een massa mensen en hij bedacht dat hij vanaf de beste stoel die nog vrij was niets van de lippen van de kandidaten kon lezen. Hij ging de zaal uit en de trappen op tot hij bij de deur naar het dak kwam, waar meneer Gardner, zijn sterrenkundeleraar, een klein observatorium had waarin alle studenten van zijn cursus elke maand een aantal uren de hemel moesten bestuderen. Die avond was Shaman er alleen en hij tuurde in het oculair van meneer Gardners trots en liefde, een honderdvijfentwintig millimeter Alvan Clark refractor. Hij stelde de knop bij waarmee hij de afstand tussen het oculair en de bolle voorlens verkleinde en de sterren sprongen op hem toe, tweehonderd keer groter dan een seconde tevoren. Een koude nacht, helder genoeg om twee ringen van Saturnus te zien. Hij bestudeerde de Orion- en de Andromeda-nevel en draaide toen de telescoop op zijn drievoet om de hemel af te zoeken. 'De lucht dweilen' noemde Gardner dat en hij zei dat een vrouw, Maria Mitchell, de lucht gedweild had en blijvende roem had verworven door een komeet te ontdekken.

Shaman ontdekte geen kometen. Hij keek tot de sterren schenen te kolken, enorm, stralend. Wat had ze gevormd, daarboven? En de sterren daarachter? En dáárachter?

Hij had het gevoel dat elke ster deel uitmaakte van een gecompliceerd stelsel, net als een botje in een skelet of een druppel bloed in het lichaam. Zoveel in de natuur scheen georganiseerd, bedacht. Wat had haar zo gemaakt? Meneer Gardner had Shaman gezegd dat je om sterrenkundige te worden alleen maar goede ogen en wiskundige aanleg nodig had. Een paar dagen had hij erover gedacht om er zijn levenswerk van te maken, maar hij kwam daar meteen op terug. De sterren waren geheimzinnig, maar je kon ze alleen maar bekijken. Als er iets misging met een hemellichaam kon je het nooit meer gezond maken.

Toen hij voor Kerstmis naar huis ging, was Holden's Crossing op een of andere manier anders dan het tevoren geweest was, eenzamer dan zijn kamer in het huis van de decaan en aan het eind van de vakantie ging hij bijna graag terug. Hij was dolblij met het mes dat zijn vader hem gegeven had, kocht een slijpsteentje en een flesje olie en sleep de messen tot hij er één haartje mee kon doorsnijden.

In het tweede halfjaar nam hij scheikunde in plaats van sterrenkunde. Schrijven vond hij moeilijk. *Je hebt mij al eerder gezegd*, krabbelde zijn Engelse leraar chagrijnig, *dat Beethoven veel van zijn werk geschreven heeft toen hij doof was.* Meneer Gardner moedigde hem aan de telescoop te gebruiken wanneer hij maar wilde, maar de avond voor zijn scheikundeproefwerk, in februari, zat hij op het dak en dweilde de lucht in plaats van Berzelius' tabel van atoomgewichten te leren en hij kreeg een slecht punt. Daarna lukte het hem om minder naar de sterren te kijken en hij werd beter in scheikunde. Toen hij voor de paasvakantie weer terugging naar Holden's Crossing, nodigden de Geigers de Coles uit om te komen eten, en Jasons belangstelling voor scheikunde maakte die ramp voor Shaman minder erg, want Jason bleef maar vragen stellen over de studie.

Zijn antwoorden moesten bevredigend geweest zijn. 'Wat ben je van plan verder uit te gaan voeren, beste Shaman?' vroeg Jay.

'Ik weet het nog niet. Ik dacht... Misschien kan ik wetenschappelijk werk gaan doen.'

'Als je voor farmacie koos, zou ik het een eer vinden je op te leiden.'

Aan de gezichten van zijn ouders zag hij dat dat aanbod hun plezier deed. Hij bedankte Jay onhandig en zei dat hij daar zeker over zou willen denken, maar zelf wist hij dat hij geen farmaceut wilde worden. Hij hield zijn ogen een paar minuten op zijn bord gericht en miste een gedeelte van het gesprek, maar toen hij opkeek zag hij dat Lillians gezicht grauw was van verdriet. Ze vertelde zijn moeder dat Rachels kindje over vijf maanden geboren zou zijn, en een hele tijd spraken ze nog over miskramen.

Die zomer werkte Shaman bij de schapen en las filosofieboeken die hij van George Cliburne leende. Toen hij terugging naar het college gaf decaan Hammond hem de kans om aan het Hebreeuws te ontsnappen, en hij koos een studie van de stukken van Shakespeare, hogere wiskunde, plantkunde en dierkunde. Er was maar één van de theologiestudenten voor nog een jaar naar Knox teruggekomen, maar Brooke ook, met wie Shaman bleef praten als een Romein om zijn Latijn bij te houden. Zijn favoriete leraar, meneer Gardner, gaf de dierkundecursus, maar hij was een beter sterrenkundige dan dierkundige. Ze ontleedden alleen kikkers en muizen en visjes en maakten een massa schetsen. Shaman had niet de artistieke aanleg van zijn vader, maar omdat hij als kind aan Makwa's rokken had gehangen, had hij een voorsprong bij plantkunde. Zijn eerste scriptie maakte hij over de anatomie van bloemen.

Dat jaar raakte de discussie over de slavernij op het college verhit. Met andere studenten en profs werd hij lid van het Genootschap tot Afschaffing van de Slavernij, maar er waren er op het college en in Galesburg veel die sympathiseerden met de zuidelijke staten en soms werd de discussie gemeen.

Meestal lieten de mensen hem met rust. De stedelingen en studenten waren aan hem gewend geraakt, maar voor de onwetenden en de bijgelovigen was hij een mysterie geworden, een plaatselijke legendarische figuur. Ze begrepen niets van doofheid en dat dove mensen compenserende gevoeligheden konden ontwikkelen. Ze hadden al vlug vastgesteld dat hij stokdoof was, maar sommigen dachten dat hij occulte krachten bezat omdat hij, als hij alleen zat te studeren en iemand achter hem zachtjes binnenkwam, altijd wist dat er iemand was. Ze zeiden dat hij 'ogen in zijn achterhoofd' had. Ze begrepen niet dat hij de trillingen van de naderende voetstappen voelde, dat hij de koelte bij het openen van de deur bespeurde of de kleine luchtbeweging zag aan het papier dat hij in zijn hand hield. Hij was blij dat niemand ooit ontdekte dat hij noten kon benoemen die op de piano werden aangeslagen.

Hij wist dat ze hem soms 'die vréémde dove jongen' noemden.

Op een zachte middag vroeg in mei had hij door de stad gelopen en gekeken hoe de bloemen in de tuinen uitkwamen, toen op de hoek van South Street en Cedar Avenue een vrachtkar van de spoorweg, getrokken door vier paarden, te snel de hoek om kwam. Al bleef hem het gedreun van de hoeven en het geschreeuw bespaard, hij zag een klein, harig ding waar de voorkant rakelings langs ging, maar de hond werd gegrepen door het achterwiel en maakte bijna een hele ronde voordat hij wegvloog. De kar denderde weg en liet de hond spartelen in het stof van de straat en Shaman liep er snel naar toe.

Het schepsel was een rasloos geel teefje met korte pootjes en een staart met witte punt. Shaman dacht dat er iets van een terriër in zat. Ze lag op haar rug te kronkelen en er kwam een dun straaltje bloed uit de hoek van haar bek.

Een paartje dat daar liep, kwam dichterbij om te kijken. 'Een schande,' zei de man. 'Waanzinnige voerlui. Het had evengoed een van ons kunnen zijn.' Hij stak waarschuwend zijn hand op toen hij zag dat Shaman op het punt stond, neer te hurken. 'Dat zou ik niet doen. Hij zal u nog bijten van de pijn.'

'Weet u van wie ze is?' vroeg Shaman.

'Nee,' zei de vrouw.

'Gewoon een straathond,' zei de man, en ze liepen weg.

Shaman hurkte neer en gaf het hondje zachte klopjes, maar het dier likte zijn hand. 'Arme hond,' zei hij. Hij controleerde de vier poten; ze schenen niet gebroken, maar hij wist dat die bloeding een slecht teken was. Toch trok hij even later zijn jasje uit en legde het om de hond. Hij hield haar vast als een baby of een bundel wasgoed en nam haar mee naar huis. Niemand keek uit het zijraam en niemand zag dat hij zijn last naar de achtertuin bracht. Op de achtertrap kwam hij niemand tegen. In zijn kamer legde hij de hond op de grond en haalde toen zijn ondergoed en sokken uit de onderste la van zijn bureau. Uit de gangkast haalde hij een paar lappen die mevrouw Hammond gebruikte als poetsdoek. Hij maakte er in de la een soort nest van en legde het hondje erin. Toen hij zijn jasje bekeek, zag hij dat er maar een beetje bloed op zat. En ook nog aan de binnenkant.

Het hondje lag in de la te hijgen en keek hem aan.

Toen het etenstijd was, ging Shaman zijn kamer uit. Op de overloop zag Brooke met verbazing dat hij de deur naar zijn kamer op slot deed. Dat deed niemand zolang hij het huis niet uit ging. 'Quid vis?' vroeg Brooke.

'Condo parvam catulam in meo cubiculo.'

Brooke's wenkbrauwen gingen omhoog van verbazing. 'Heb jij' – hij vertrouwde zijn eigen Latijn niet – 'een teefje in je kamer verstopt?'

'Sic est.'

'Tjonge,' zei Brooke ongelovig en gaf Shaman een klap op zijn rug. In de eetkamer aten ze, omdat het maandag was, restjes van het braadvlees van zondag. Shaman stopte er een paar van zijn bord in zijn zak. Brooke keek vol belangstelling toe. Toen mevrouw Hammond naar de keuken ging om het nagerecht te halen, schonk hij een halve beker melk in en ging van tafel terwijl de decaan met de bibliothecaris in een gesprek was gewikkeld over het boekenfonds.

Het hondje had totaal geen belangstelling voor het vlees en wilde ook de melk niet oplikken. Shaman stak zijn vingers in de melk en deed die op haar tong, alsof hij een moederloos lammetje voedde, en zo kreeg hij wat voedsel bij haar naar binnen.

Hij studeerde urenlang. Aan het eind van de avond streelde hij het lusteloze hondje. Haar neus was warm en droog. 'Ga slapen, brave hond,' zei hij en blies de lamp uit. Het was vreemd dat er een ander levend wezen in zijn kamer was, maar hij vond het fijn.

's Morgens ging hij meteen naar de hond en hij merkte dat haar neus koel was. Ja, haar hele lijf was koel, en stijf.

'Vervloekt,' zei Shaman bitter.

Nu moest hij bedenken, hoe hij ervan af moest komen. Intussen waste hij zich en kleedde zich aan en ging ontbijten; weer deed hij zijn kamer op slot. Brooke stond op de overloop op hem te wachten.

'Ik dacht dat je een grapje maakte,' zei hij fel, 'maar ik heb haar de halve nacht horen huilen en dreinen.'

'Dat spijt me,' zei Shaman. 'Je zult er geen last meer van hebben.'

Na het ontbijt ging hij naar boven, ging op bed zitten en keek naar de hond. Er zat een vlo op de rand van de la en hij probeerde hem dood te drukken, maar kreeg hem niet te pakken. Hij zou moeten wachten tot iedereen het huis uit was en de hond dan naar buiten brengen, bedacht hij. In de kelder moest wel een schop staan. Dat hield in dat hij de eerste les zou missen.

Maar na een tijdje kwam het in hem op dat dit een gelegenheid was om het dier te ontleden.

Die mogelijkheid intrigeerde hem, maar er waren problemen. Bloed, bijvoorbeeld. Doordat hij zijn vader bij lijkschouwingen geholpen had, wist hij dat bloed na de dood enigszins samenklonterde, maar toch zou er bloed vloeien...

Hij wachtte tot bijna iedereen het huis uit was en ging toen naar het achterhalletje waar een grote zinken teil aan een spijker hing. Hij bracht hem naar zijn kamer en zette hem bij het raam waar het licht goed was. Toen hij het hondje op haar rug in de teil legde, poten in de lucht, zag ze eruit alsof ze wachtte tot iemand over haar buikje wreef. Ze had lange teennagels, als iemand die zich niet verzorgt, en er was er een gebroken. Aan haar achterpoten had ze vier klauwtjes en aan haar voorpoten een kleintje extra, als duimen die een beetje te hoog zaten. Hij wilde zien hoe de gewrichten zaten in vergelijking met die van een mens. Hij knipte het kleine mesje open van het zakmes dat hij van zijn vader gekregen had. De hond had losse lange haren en dikkere korte haren, maar de vacht vormde aan de onderkant geen hindernis en het vlees ging gemakkelijk uit elkaar toen het mes door de huid ging.

Hij ging niet naar school en sloeg het middagmaal over. De hele dag ontleedde hij en maakte aantekeningen en ruwe schetsen. Laat op de middag was hij klaar met de inwendige organen en verschillende gewrichten. Hij wilde de ruggegraat nog bestuderen en tekenen, maar legde de hond terug in de la en deed hem dicht. Toen goot hij water in zijn waskom en boende zich grondig met een hoop bruine zeep en gooide de kom leeg in de teil. Voordat hij naar beneden ging om te eten, verschoonde hij zich van onder tot boven.

Toch waren ze pas aan de soep toen decaan Hammond zijn dikke neus optrok.

'Wat is er?' vroeg zijn vrouw.

'Ik ruik iets,' zei de decaan. 'Kool?'

'Nee,' zei ze.

Shaman was blij dat hij na het eten kon ontsnappen. Hij zat gespannen in zijn kamer, bang dat iemand zou willen baden.

Maar dat wilde niemand. Hij was te zenuwachtig om te slapen en wachtte een hele tijd, tot het zo laat was dat alle anderen wel naar bed zouden zijn. Toen bracht hij de teil van zijn kamer de trap af, naar buiten in de zachte lucht in de achtertuin, en goot het bloedige vocht over het gazon. De pomp scheen bijzonder veel lawaai te maken terwijl hij zwengelde, en dan was er altijd het gevaar dat er iemand naar

293

buiten zou komen om naar de plee te gaan. Maar dat was niet het geval. Hij schrobde de teil verschillende keren en spoelde hem goed uit, nam hem toen mee naar binnen en hing hem aan de haak.

's Morgens drong het tot hem door dat hij de ruggegraat niet zou kunnen ontleden, want het was warmer geworden in de kamer en de geur werd sterk. Hij hield de la dicht en stapelde er kussens en beddegoed omheen, in de hoop de stank weg te sluiten. Maar toen hij beneden ging ontbijten, stonden de gezichten rond de tafel star.

'Een dode muis in de muur, denk ik,' zei de bibliothecaris. 'Of een rat misschien.'

'Nee,' zei mevrouw Hammond. 'We hebben vanmorgen gevonden waar die stank vandaan komt. Hij schijnt rond de pomp uit de grond te komen.'

De decaan zuchtte. 'Ik hoop niet dat we een nieuwe put moeten graven.'

Brooke zag eruit alsof hij niet geslapen had. Hij keek steeds zenuwachtig de andere kant op.

Als verdoofd ging Shaman haastig naar zijn scheikundeles, zodat ze het huis uit zouden zijn. Toen de scheikunde voorbij was, ging hij in plaats van naar Shakespeare vlug naar huis, erop gebrand alles in orde te brengen. Maar toen hij de achtertrap beklom, zag hij dat Brooke en mevrouw Hammond en een van de twee politieagenten van het stadje voor zijn deur stonden. Zij had haar sleutel in de hand.

Ze keken allemaal naar Shaman. 'Ligt daar iets dood?' vroeg de agent.

Shaman merkte dat hij geen woord kon uitbrengen.

'Hij heeft mij verteld dat hij daar een vrouw verbergt,' zei Brooke.

Shaman kreeg zijn stem terug. 'Nee,' zei hij, maar de agent had de sleutel van mevrouw Hammond overgenomen en maakte de deur open.

Binnen keek Brooke eerst onder het bed, maar de politieman zag het kussen en het beddegoed en ging meteen de la openmaken. 'Een hond,' zei hij. 'Helemaal in stukjes gesneden.'

'Geen vrouw?' zei Brooke. Hij keek naar Shaman. 'Een teef, zei je.'

'Jíj zei teef. Ik zei *catula*,' zei Shaman. 'Hond van het vrouwelijk geslacht.'

'Ik neem aan, meneer,' zei de agent, 'dat er verder niets doods verborgen is? En nu op uw woord van eer.'

'Nee,' zei Shaman. Mevrouw Hammond keek naar hem maar zei geen woord. Ze haastte zich de kamer uit, de trap af en plotseling hoorden ze de voordeur opengaan en dichtslaan.

De politieman zuchtte. 'Ze gaat zeker recht naar het kantoor van haar man. Ik denk dat wij daar ook maar heen moeten gaan.'

Shaman knikte en ging achter hem aan naar buiten, langs Brooke heen, wiens ogen spijtig stonden boven de zakdoek die hij tegen zijn mond en neus hield.

'*Vale*,' zei Shaman.

Hij werd de deur uitgezet. Er waren nog minder dan drie weken over van het halfjaar en hij mocht bij meneer Gardner in zijn schuurtje op een veldbed slapen. Uit dankbaarheid spitte Shaman de tuin om en pootte tien meter aardappels. Hij schrok van een slang die onder een paar bloempotten woonde, maar toen hij er zich van had vergewist dat het maar een melkslang was, konden ze goed met elkaar overweg.

Hij kreeg mooie punten, maar hij kreeg ook een gesloten brief mee om aan zijn vader te geven. Toen hij thuiskwam, ging hij in de studeerkamer zitten terwijl zijn vader hem las. Shaman had wel zo'n idee wat erin stond. Decaan Hammond had hem gezegd dat hij voor twee jaar studiepunten verdiend had, maar dat hij een jaar was geschorst om hem de gelegenheid te geven, rijp genoeg te worden om in een schoolgemeenschap te wonen. Als hij terugkwam zou hij naar een ander onderkomen uit moeten zien.

Zijn vader had de brief gelezen en keek hem aan. 'Heb je van dat avontuurtje iets geleerd?'

'Ja, pa,' zei hij. 'Een hond lijkt inwendig verbazend veel op een mens. Het hart is veel kleiner natuurlijk, minder dan half zo groot, maar het leek heel erg op de mensenharten die ik u eruit heb zien halen en wegen. Dezelfde mahoniekleur.'

'Niet precies mahonie…'

'Nou… Rossig dan.'

'Ja, rossig.'

'De longen en het spijsverteringskanaal zijn ook vrijwel hetzelfde. Maar de milt niet. Die was niet rond en compact, maar als een grote tong van dertig centimeter lang, vijf breed en een duimbreedte dik. De aorta was gescheurd. Daar is ze aan gestorven. Ik denk dat ze een groot deel van haar bloed verloor door een inwendige bloeding. In de lichaamsholte was veel bloed.'

Zijn vader keek hem aan.

'Ik heb aantekeningen gemaakt. Als u ze misschien wilt inkijken.'

'Die zou ik heel graag zien,' zei zijn vader peinzend.

295

43. De kandidaat

's Nachts lag Shaman in het touwbed dat bijgespannen moest worden en keek naar wanden die zo vertrouwd waren, dat hij aan de aard van het licht bij zonsopgang kon zien welk jaargetijde het was. Zijn vader had voorgesteld dat hij het schorsingsjaar thuis zou doorbrengen. 'Nu je een en ander van fysiologie weet, kun je me beter behulpzaam zijn als ik een lijkschouwing doe. En je bent een extra paar vaste handen bij een huisbezoek. Intussen,' zei Rob J., 'kun je op de boerderij meehelpen.'

Shaman had al vlug het gevoel of hij nooit weg geweest was. Maar voor het eerst in zijn leven was de stilte die om hem heen hing echt eenzaamheid.

Dat jaar, met de lijken van zelfmoordenaars en menselijke wrakken en armen zonder familie als leerboek, leerde hij de kunst van het ontleden. In de huizen van de zieken en de gewonden legde hij instrumenten en verband klaar en keek hoe zijn vader aan de eisen van elke nieuwe situatie beantwoordde. Hij wist dat zijn vader hem ook in het oog hield en hij werkte hard, bleef aandachtig en leerde de namen van de instrumenten en spalken en verbanden, zodat hij ze klaar kon hebben nog voor Rob J. erom vroeg.

Op een morgen, toen ze met het rijtuigje bij de rivierbossen gestopt waren om hun blaas te legen, zei hij tegen zijn vader dat hij, als zijn schorsingsjaar voorbij was, geneeskunde wilde studeren in plaats van teruggaan naar het Knox College.

'Geen sprake van,' zei Rob J., en Shaman voelde opeens een bittere teleurstelling, want hij zag aan zijn vaders gezicht dat hij niet van gedachten veranderd was.

'Begrijp je het dan niet, jongen? Ik probeer je de pijn te besparen. Het is duidelijk dat je echt aanleg hebt voor de wetenschap. Maak het college af, dan bekostig ik de beste hogere opleiding die je kunt vinden, waar ook ter wereld. Je kunt lesgeven, onderzoek doen. Ik geloof dat je het in je hebt, grote dingen te doen.'

Shaman schudde zijn hoofd. 'Ik vind pijn niet erg. Eens hebt u mijn handen vastgebonden en wilde u mij geen eten geven tot ik mijn stem gebruikte. U probeerde het beste uit me te halen, niet om me pijn te besparen.'

Rob J. zuchtte en knikte toen. 'Goed dan. Als je zinnen zo gezet hebt op geneeskunde, kun je bij mij in de leer.'

Maar Shaman schudde zijn hoofd. 'Dat zou liefdadigheid zijn tegenover uw dove zoon. Iets van waarde proberen te maken uit minderwaardig materiaal, tegen uw beter weten in.'

'Shaman…' zei zijn vader moeilijk.

'Ik ben van plan net zo te studeren als u, aan een medische opleiding.'

'Dat is een bijzonder slecht idee. Ik denk dat een goede opleiding je niet toe zal laten. Waardeloze medische opleidingen rijzen overal als paddestoelen uit de grond en die zullen je wel nemen. Die laten iedereen toe die betaalt. Maar het zou een treurige vergissing zijn om aan een van die instituten geneeskunde te gaan studeren.'

'Dat ben ik ook niet van plan.' Shaman vroeg zijn vader om hem een lijst te geven van de beste medische opleidingen binnen redelijke reisafstand van de Mississippi-vallei.

Meteen toen ze thuiskwamen ging Rob J. naar zijn werkkamer, stelde de lijst op en gaf hem die nog voor het avondeten, alsof hij het onderwerp uit zijn gedachten wilde zetten. Shaman vulde de olielamp bij, ging op zijn kamer aan het tafeltje zitten en schreef brieven, tot diep in de nacht. Het kostte moeite om duidelijk te maken dat de kandidaat een doof iemand was, die onaangename verrassingen wilde vermijden.

Het paard Bess, vroeger Monica Grenville, was mager en kreupel geweest nadat ze Rob J. het halve continent doorgereden had; nu was ze dik en welgemoed op haar werkeloze oude dag. Maar voor die arme blinde Vicky, het paard dat gekocht was ter vervanging van Bess, was de wereld er veel minder mooi uit gaan zien. Laat in de herfst reed Rob J. op een middag naar huis en zag Vicky trillend in de wei staan. Haar hoofd hing omlaag, haar magere benen stonden wat naar buiten en ze had even weinig aandacht voor haar omgeving als mensen die ziek waren van ouderdom, verward en verzwakt.

De volgende morgen ging hij naar Geiger en vroeg Jay of hij morfine in voorraad had.

'Hoeveel heb je nodig?'

'Genoeg om een paard te doden.'

Hij bracht Vicky naar het midden van de wei en voerde haar twee wortels en een appel. Hij spoot het middel in haar rechter halsslagader, praatte zachtjes tegen haar en streelde haar hals, terwijl zij haar laatste lekkere maaltje wegknauwde. Bijna plotseling zakte ze op haar knieën en rolde om. Rob J. bleef bij haar tot ze dood was, zuchtte toen, zei tegen zijn zoons dat ze voor haar moesten zorgen en ging zijn huisbezoeken afleggen.

Shaman en Alex begonnen vlak achter haar rug te graven. Het kostte veel tijd want het gat moest diep en breed zijn. Toen het klaar was stonden ze naar het paard te kijken. 'Vreemd, de manier waarop haar tanden zo naar buiten staan,' zei Shaman.

'Daar zie je bij een paard de leeftijd aan, aan de tanden,' zei Alex.

'Ik weet nog dat haar tanden net zo recht waren als de jouwe of de mijne... Het was een goed paardje.'

'Ze liet veel scheten,' zei Alex en ze glimlachten allebei. Toch spitten ze, toen ze haar in het gat gewenteld hadden, het zand er vlug in en wilden niet naar haar kijken. Alex nam Shaman mee naar de stal en liet zien waar Alden whisky bewaarde onder jutezakken. Hij nam een lange teug uit de kruik en Shaman nam een kleintje.

'Ik moet hier weg,' zei Alex.

'Ik dacht dat je graag op de boerderij werkte.'

'Ik kan niet met pa overweg.'

Shaman aarzelde. 'Hij geeft veel om ons, Alex.'

'O ja, zeker. Hij is goed voor mij geweest. Maar... ik weet niet wie mijn echte vader is. Niemand wil het me zeggen en ik zet de zaak op stelten omdat me dat het gevoel geeft dat ik eigenlijk de zoon van een hoer ben.'

Dat kwetste Shaman. 'Je hebt een vader en een moeder. En een broer,' zei hij scherp. 'Dat moet genoeg zijn voor iedereen die geen idiote stomkop is.'

'Die ouwe Shaman, altijd met zijn gezond verstand.' Hij grijnsde even. 'Hoor eens, we moesten met z'n tweeën... ertussenuit trekken. Naar California. Er moet daar nog wel wat goud liggen. We kunnen daar een ouderwets mooie tijd hebben, rijk worden, terugkomen en dat hele vervloekte dorp van Nick Holden kopen.'

Het was een aantrekkelijk vooruitzicht, met Alex op pad gaan, en het voorstel was niet helemaal flauwekul. 'Ik heb andere plannen, Bigger. En loop nou niet weg, want als jij er niet was, wie zou dan de schapestront wegscheppen?'

Alex gooide zich boven op hem en drukte hem tegen de grond. Schreeuwend en grommend probeerden ze greep op de ander te krijgen. Aldens kruik vloog weg om ongemerkt leeg te klokken terwijl zij om en om rolden op de met hooi bestrooide stalvloer. Alex was gehard door het aanhoudende werk en sterk, maar Shaman was groter en sterker en al vlug had hij zijn broer in de klem. Na een tijdje bedacht hij dat Alex iets probeerde te zeggen en hij hield zijn linkerarm om Alex' hals terwijl hij met zijn rechterhand het hoofd van zijn broer naar achter trok om zijn gezicht te zien.

'Geef op, dan laat ik je los,' wist Alex schor uit te brengen en Shaman viel lachend achterover in het hooi.

Alex kroop naar de omgevallen kruik en keek er spijtig naar. 'Alden zal het zonder moeten stellen.'

'Zeg hem dat ik het heb opgedronken.'

'Nee. Dat zou geen mens geloven,' zei Alex, zette de kruik aan zijn lippen en redde de laatste druppels.

Die herfst regende het veel, tot tegen de winter, wanneer er gewoonlijk sneeuw kwam. De regens vielen in harde, zilveren gordijnen, niet aanhoudend, maar met tussenpozen van een paar dagen tussen de buien, zodat de rivieren stromen werden waar het snelle water doorheen raasde, maar binnen hun oevers bleven. In de wei zakte het heuveltje op Vicky's graf, waar het zand hoog opgeschept was, in elkaar en al vlug was het niet meer terug te vinden.

Rob J. kocht een broodmagere grijze ruin voor Sarah. Ze noemden hem Boss, maar als Sarah in het zadel zat was zíj de baas.

Rob J. zei dat hij rond zou kijken naar een geschikt paard voor Alex. Alex was daar echt dankbaar voor want hij was niet erg zuinig en het geld dat hij opzij kon leggen was bedoeld voor de aankoop van een jachtgeweer, een achterlader.

'Het schijnt dat ik altijd een paard zoek,' zei Rob J., maar sprak met geen woord over een paard voor Shaman.

Elke dinsdag- en vrijdagmorgen kwam de postzak uit Rock Island in Holden's Crossing. Rond Kerstmis begon Shaman op elke post te wachten maar pas in de derde week van februari kwamen de eerste brieven. Die dinsdag kreeg hij twee korte, bijna bitse afwijzingsbrieven, een van het Medisch College van Wisconsin en de andere van de medische faculteit van de Universiteit van Louisiana. Op vrijdag kreeg hij weer een brief, die hem meedeelde dat zijn opleiding en achtergrond uitstekend leken, maar dat 'het Medisch College Rush in Chicago geen voorzieningen heeft voor dove personen'.

Voorzieningen? Dachten ze soms dat hij in een kooi moest?

Zijn vader wist dat de brieven gekomen waren en begreep uit Shamans terughoudend gedrag dat het afwijzingen geweest moesten zijn. Shaman had het afschuwelijk gevonden als Rob J. hem omzichtig of met medeleven had behandeld, maar dat gebeurde niet. Die afwijzingen deden pijn; de zeven daaropvolgende weken kwamen er verder geen brieven en dat vond hij best.

Rob J. had de aantekeningen gelezen die Shaman gemaakt had bij het ontleden van het hondje en vond ze veelbelovend, zij het niet erg vakkundig. Hij opperde dat Shaman uit zijn eigen archieven kon leren over anatomische aantekeningen en Shaman bestudeerde ze als hij ook maar tijd over had. Zo kwam hij toevallig het lijkschouwingsverslag van Makwa-ikwa tegen. Hij had een vreemd gevoel toen hij het las in de wetenschap dat hij, toen de vreselijke dingen gebeurden die in het verslag beschreven waren, een jongetje was geweest en daar vlakbij in het bos had liggen slapen.

'Ze was verkracht! Ik wist dat ze vermoord was, maar…'

'Verkracht en van achter misbruikt. Zulke dingen vertel je een kind niet,' zei zijn vader.

Ja, dat was zo.

Hij las het verslag keer op keer, gebiologeerd.

Elf steekwonden, die op een onregelmatige rij van het halskuiltje langs het borstbeen liepen, tot een plek ongeveer twee centimeter onder het zwaardvormig aanhangsel van het borstbeen.

Driehoekige wonden, 9,47 tot 9,52 millimeter breed. Drie ervan in het hart, 8,87, 7,99 en 8,03 millimeter.

'Waarom hebben die wonden verschillende breedte?'

'Dat betekent dat het een puntig wapen was dat naar de punt toeliep. Hoe harder gestoken, hoe groter de wond.'

'Denkt u dat ze de daders ooit te pakken zullen krijgen?'

'Nee,' zei zijn vader. 'Ze waren waarschijnlijk met z'n drieën. Ik heb de mensen lange tijd overal goed naar een zekere Ellwood Patterson laten zoeken. Maar er is van hem geen spoor. Waarschijnlijk was het een valse naam. Bij hem was een zekere Cough. Ik ben nooit iemand tegengekomen die zo heette, ik heb die naam zelfs nooit meer gehoord. En een jongeman met een wijnvlek op zijn gezicht, die hinkte. Ik raakte vroeger gespannen als ik iemand zag met een gelaatsvlek of een mank been. Maar steeds hadden ze de vlek òf ze hinkten. Nooit allebei.

De overheid heeft nooit moeite gedaan om ze te vinden, en nu…' Hij haalde zijn schouders op. 'Er is te veel tijd verstreken, te veel jaren.'

Shaman onderkende droefheid in de woorden van zijn vader, maar zag dat de meeste woede en hartstocht allang waren opgebrand.

Op een dag in april, toen Shaman en zijn vader langs het katholieke klooster reden, stuurde Rob J. Trude het pad op en Shaman volgde op Boss.

In het klooster zag hij dat verschillende nonnen zijn vader bij zijn naam begroetten en niet verbaasd schenen hem te zien. Zijn vader stelde hem voor aan moeder Miriam Ferocia, die er de baas scheen te zijn. Ze bood hun een stoel aan, zijn vader de grote leren troonzetel en Shaman een rechte houten stoel onder een kruisbeeld aan de muur, waaraan een houten Jezus hing met treurige ogen, en een van de andere nonnen bracht hun goede koffie en warm brood.

'Ik zal de jongen vaker meebrengen,' zei zijn vader tegen moeder overste. 'Gewoonlijk krijg ik geen brood bij mijn koffie.' Shaman besefte dat Rob J. onverwachte kanten had en dat hij zijn vader waarschijnlijk nooit zou begrijpen.

Shaman had gezien hoe nonnen zijn vaders patiënten van tijd tot tijd verzorgden, altijd met z'n tweeën. Rob J. en de non spraken kort over een paar gevallen, maar al vlug begonnen ze over politiek en het was duidelijk dat het een gezelligheidsbezoek was. Rob J. wierp een blik op het kruisbeeld. 'Ralph Waldo Emerson heeft volgens de *Chicago Tribune* gezegd dat John Brown zijn galg zo glorieus als het kruis heeft gemaakt,' zei hij.

Miriam Ferocia merkte op dat Brown, een fanatieke abolitionist die gehangen was omdat hij in westelijk Virginia een wapenmagazijn had ingenomen, snel een martelaar werd in de ogen van degenen die tegen slavernij waren. 'Toch is slavernij niet de echte oorzaak van de problemen tussen de gebieden. Het is de economie. Het Zuiden verkoopt zijn katoen en suiker aan Engeland en het Europese vasteland en koopt afgewerkte produkten daarvandaan in plaats van uit het industriële Noorden. Het Zuiden heeft besloten dat het de rest van de Verenigde Staten van Amerika niet nodig heeft. Wat meneer Lincoln in zijn redevoeringen tegen de slavernij ook mag zeggen, dat is de steen des aanstoots.'

'Ik weet niets van economie,' zei Shaman peinzend. 'Ik zou het dit jaar gehad hebben als ik terug was gegaan naar het college.'

Toen de non vroeg waarom hij niet terug was gegaan, onthulde zijn vader dat hij was geschorst wegens het ontleden van een hond.

'Lieve hemel! En was hij al dood?' vroeg ze.

Toen haar werd verzekerd dat het zo was, knikte ze. 'Ja, dan is het goed… Ik heb ook nooit economie geleerd. Maar het zit me in het bloed. Mijn vader begon als timmerman die hooiwagens repareerde. Nu heeft hij in Frankfurt een reparatiewerkplaats en in München een karrenfabriek.' Ze glimlachte. 'Mijn vaders naam is Brotknecht. Dat betekent broodmaker, want in de middeleeuwen waren mijn voorouders bakkers. Maar in Baden, waar ik in noviciaat was, was er een bakker die Wagenknecht heette!'

'Hoe heette u voor u non werd?' vroeg Shaman. Hij zag haar aarzelen en zijn vader zijn voorhoofd fronsen en begreep dat het een onbeleefde vraag was, maar Miriam Ferocia beantwoordde hem toch. 'Toen ik nog in de wereld was, heette ik Andrea.' Ze stond op en ging naar een plank om een boek te pakken. 'Misschien wil je dit van me lenen,' zei ze. 'Het is van David Ricardo, een Engelse econoom.'

Shaman bleef die avond lang op en las in het boek. Voor een deel was het moeilijk te begrijpen, maar hij zag dat Ricardo voorstander was van vrije handel tussen de landen en daar streefde het Zuiden naar.

Toen hij eindelijk in slaap viel, zag hij Christus aan het kruis. In zijn droom zag hij de lange arendsneus korter en breder worden. De huid werd donkerder en roder en het haar werd zwart. Er ontstonden vrouwenborsten met donkere tepels en runetekens erop. De wonden verschenen. In zijn slaap wist Shaman zonder te tellen dat het er elf waren en terwijl hij keek welde er bloed op dat langs het lichaam liep en van Makwa's voeten droop.

44. Brieven en briefjes

In de lente van 1860 werden er bij de ooien van Cole negenenveertig lammetjes geboren en het hele gezin hielp bij de moeilijke geboorten en het castreren. 'De kudde wordt elke lente groter,' zei Alden met bezorgde trots tegen Rob J. 'Je zult me moeten zeggen wat ik met dat stel aan moet.'

Rob J. had maar weinig keus. Ze konden er maar een paar slachten. Onder hun buren, die zelf dieren fokten, bestond niet veel behoefte aan vlees en als ze het naar de stad brachten om te verkopen, zou het al bedorven zijn. Je kon levende dieren vervoeren en verkopen, maar dat was niet zo simpel en kostte tijd, moeite en geld. 'De vacht is heel kostbaar in verhouding tot het gewicht,' zei Rob J. 'Het beste is, de kudde te laten aangroeien en geld te verdienen met de verkoop van wol, zoals mijn familie in Schotland altijd gedaan heeft.'

'Ja. Nou ja, dat geeft meer werk dan ooit. Dan moet er een knecht bij komen,' zei Alden, niet op zijn gemak en Shaman vroeg zich af of Alex de knecht had gezegd dat hij er vandoor wilde. 'Doug Penfield wil wel een paar uur per week voor je werken. Dat zei hij.'

'Denk je dat hij geschikt is?'

'O zeker, hij komt uit New Hampshire. Dat is wel niet hetzelfde als Vermont, maar het lijkt er wel op.'

Daar stemde Rob J. mee in en Doug Penfield werd in dienst genomen.

Die lente maakte Shaman kennis met Lucille Williams, de dochter van Paul Williams, de hoefsmid. Jarenlang had Lucille op school gezeten, waar Shaman haar rekenen geleerd had. Nu was Lucille een jonge vrouw. Al was haar blonde haar, dat ze in een dikke knot droeg, wat askleuriger dan de geelgemaande Zweedse meisjes uit zijn dromen, ze glimlachte gemakkelijk en had een lief gezicht. Als hij haar in het dorp tegenkwam, bleef hij staan om als een oude vriend gezellig een praatje te maken en te vragen naar haar werk, dat verdeeld was tussen haar vaders stallen en haar moeders winkel in Main Street, Roberta's Vrouwenkleding. Die regeling gaf haar de ruimte en een zekere vrijheid, want haar ouders maakten zich niet druk als ze er niet was, omdat ze veronderstelden dat ze dan voor de ander een of ander moest opknappen. Toen Lucille Shaman dus vroeg of hij niet wat boerenboter mee kon brengen en het de volgende dag om twee uur bij haar thuis af kon leveren, was hij zenuwachtig opgewonden.

Ze legde hem zorgvuldig uit dat hij zijn paard in Main Street bij de winkels moest neerzetten, dan het blok omlopen naar Illinois Avenue en over de grond van Reimer, buiten zicht van het huis, achter de rij hoge seringen langs moest lopen, over het hek de achtertuin van Williams in moest klimmen en op de achterdeur kloppen.

'Anders krijgen de buren... je weet wel, verkeerde ideeën,' zei ze en sloeg haar ogen neer. Hij was niet verbaasd, want Alex had haar ruim een jaar eerder boter gebracht en daar verslag van gedaan, maar Shaman maakte zich ongerust: hij was Alex niet.

De volgende dag stonden de seringen bij Reimers in volle bloei. Hij klom met gemak het hek over en toen hij klopte ging de achterdeur meteen open. Lucille prees uitbundig hoe de boter mooi in doeken was gewikkeld, die ze opvouwde en op de keukentafel liet liggen toen ze de boter naar de koude kelder bracht. Toen ze terugkwam pakte ze hem bij de hand en bracht hem naar een vertrek naast de keuken, blijkbaar Roberta Williams' paskamer. Een halve rol gekleurde katoen stond in de ene hoek en coupons zijde, satijn, linnen en katoen lagen netjes opgevouwen op een lange plank. Naast een grote paardeharen sofa stond een paspop van ijzerdraad en stof en Shaman vond het hoogst boeiend dat die ivoorwitte billen had.

Ze bood haar gezicht voor één lange kus en toen begonnen ze zich vlot en netjes uit te kleden. Ze legden hun kleren op twee luchtige, nette hoopjes, hun kousen in hun schoenen. Hij stelde klinisch vast dat haar lichaam niet in verhouding was: haar schouders smal en afhangend, haar borsten als slecht gerezen pannekoeken, met in het midden een plasje stroop, gesierd met een bruinige bes, terwijl haar onderhelft zwaarder was, met brede heupen en dikke benen. Toen ze zich omdraaide om een grijzige deken over de bank te gooien ('Dat

303

paardehaar krast!') zag hij dat de paspop niet voor háár rokken bestemd was, die moesten groter zijn.

Ze maakte haar haar niet los. 'Het duurt te lang om het weer op te steken,' zei ze verontschuldigend en hij verzekerde haar bijna formeel dat het echt niet gaf.

Het ging allemaal gemakkelijk. Daar zorgde zij voor, en hij had al zo lang naar de opschepperige verhalen van Alex en anderen geluisterd dat hij – al had hij het pad zelf nooit bewandeld – een goed idee had van de wegwijzers. De dag tevoren zou hij er nog niet van gedroomd hebben de ivoorwitte billen van een paspop aan te raken, maar nu had hij warm, levend vlees in handen en hij likte aan de stroop en proefde van de bessen. Al vlug, en met grote opluchting, wierp hij de last van de kuisheid van zich af met een sidderend orgasme. Hij kon niet horen wat ze in zijn oren hijgde en gebruikte al zijn andere zintuigen zo goed mogelijk en zij bleek bereid om allerlei houdingen aan te nemen zodat hij haar goed kon bekijken, tot hij de eerste ervaring kon herhalen, iets minder vlug nu. Hij was bereid door te gaan, steeds door te gaan, maar al vlug keek Lucille naar de klok, sprong van de bank en zei dat ze het eten klaar moest hebben als haar vader en moeder thuiskwamen. Terwijl ze zich aankleedden, maakten ze toekomstplannen. Zij (en haar lege huis!) waren overdag gemakkelijk beschikbaar. Maar dan was Shaman jammer genoeg aan het werk. Ze spraken af dat ze zou proberen, elke dinsdag en vrijdag om twee uur thuis te zijn, voor als hij naar de stad kon komen. Dan kon hij de post gaan ophalen, legde hij praktisch uit.

Zij was al even praktisch, want toen ze hem ten afscheid kuste, liet ze vallen dat ze van kandij hield, de roze, zoete soort, niet die groenige, die naar munt smaakte. Hij verzekerde haar dat hij het verschil begreep. Eenmaal over het hek liep hij ongewoon licht van hart terug langs de lange rij welig bloeiende seringen, door de zware paarse geur die de rest van zijn leven een heel erotische lucht voor hem zou blijven.

Lucille hield van zijn gladde handen en wist niet dat ze zacht waren, omdat ze meestal overdekt waren met een laagje wolvet van de vachten. Op de boerderij werden de schapen de tweede helft van mei geschoren, voornamelijk door Shaman, Alex en Alden, en Doug Penfield wilde het graag leren maar was onhandig met de schaar. Als hij kwam bracht hij nieuws uit de buitenwereld mee, waaronder het feit dat de republikeinen Abraham Lincoln als hun kandidaat gekozen hadden. Toen alle vachten vergaard waren, bij elkaar gebonden en in balen gepakt, hadden ze ook gehoord dat de democraten in Baltimore bij elkaar waren geweest en na scherpe debatten Douglas hadden gekozen. Binnen een paar weken hadden de zuidelijke democraten in diezelfde stad een tweede democratische conventie bijeengeroepen en vice-president John C. Breckinridge tot presidentskandidaat benoemd, zich beroepend op de bescherming van hun recht om slaven te houden.

Plaatselijk waren de democraten eensgezinder en hadden weer gekozen voor John Kurland, de advocaat uit Rock Island, om Nick Holden zijn zetel in het Huis van Afgevaardigden te betwisten. Nick was de kandidaat van de Amerikaanse Partij en van de republikeinen en hij voerde zwaar campagne voor Lincoln, in de hoop zijn graantje mee te pikken. Lincoln had de steun van de Weetniksen dankbaar aanvaard en daarom verklaarde Rob J., dat hij niet op de man kon stemmen.

Shaman vond het moeilijk om over politiek na te denken. In juli kreeg hij bericht van de Medische Opleiding van Cleveland: weer afgewezen, en aan het eind van de zomer was hij ook afgewezen door het Medisch College van Ohio en de Universiteit van Louisville. Hij hield zich voor dat hij maar op één plaats geaccepteerd hoefde te worden. De eerste week van september, op een dinsdag dat Lucille vergeefs wachtte, kwam zijn vader naar huis rijden met de post en gaf hem een lange bruine envelop met als afzender de Medische Opleiding van Kentucky. Hij nam hem mee naar de stal voor hij hem openscheurde. Hij was blij dat hij alleen was, want het was opnieuw een mislukte aanvraag. Hij ging achterover in het hooi liggen en probeerde niet in paniek te raken.

Het was nog niet te laat om terug te gaan naar Galesburg om zich als derdejaars student op het Knox College in te schrijven. Dat zou veilig zijn, een terugkeer naar een gang van zaken waarin hij zich staande kon houden, waarin hij het goed had gehad. Als hij eenmaal zijn diploma had, kon het zelfs spannend worden, want dan kon hij aan de Oostkust natuurwetenschappen gaan studeren. Misschien zelfs naar Europa gaan.

Als hij niet terugging naar Knox en hij kon niet naar een medische opleiding, wat kwam er dan van zijn leven terecht?

Maar hij maakte geen aanstalten om naar zijn vader te gaan en te vragen of hij terug mocht naar het college. Hij bleef lang in het hooi liggen en toen hij opstond, pakte hij een schop en een kruiwagen en begon de stal uit te mesten, een daad die op zich al een soort antwoord was.

Politiek was onmogelijk te vermijden. In november bekende zijn vader eerlijk, dat hij op Douglas zou gaan stemmen, maar het was het jaar van Lincoln, want de noordelijke en de zuidelijke democraten verdeelden de partij met hun verschillende kandidaten en Lincoln won gemakkelijk. Het was een kleine troost dat Nick Holden zijn zetel eindelijk was kwijtgeraakt. 'Aan Kurland hebben we tenminste een goede afgevaardigde,' zei Rob J. Voor de dorpswinkel vroegen de mensen zich af of Nick nu terug zou komen naar Holden's Crossing en weer een rechtspraktijk zou beginnen.

Binnen een paar weken werd die vraag beantwoord toen Abraham Lincoln een paar van de benoemingen bekendmaakte die onder de nieuwe regering zouden plaatsvinden. De edelachtbare afgevaardigde Nicholas Holden, held van de Sauk-oorlogen en vurig voorvechter van de kandidatuur van de heer Lincoln, werd benoemd tot nationaal commissaris voor Indiaanse Zaken. Hij werd belast met de taak de verdragen met de westelijke stammen af te ronden en hun een geschikt reservaat te bezorgen in ruil voor vreedzaam gedrag en overdracht van alle andere Indiaanse grond en gebieden.

Rob J. was wekenlang chagrijnig en somber.

Voor Shaman persoonlijk was het een gespannen, ongelukkige tijd en voor de natie ook, maar veel later zou Shaman op die winter terugzien met weemoed en hem zich herinneren als een fijn plattelandstafereeltje, gesneden door kundige, geduldige handen en vervolgens ingevroren in een kristal: het huis, de stal. IJs op de rivier, besneeuwde landerijen. De schapen en paarden en melkkoeien. Elke persoon afzonderlijk. Allemaal veilig bij elkaar, elk op zijn eigen plaats.

Maar het kristal was van tafel gestoten en viel al.

Binnen een paar dagen na de verkiezing van een president die campagne had gevoerd met als uitgangspunt dat ze geen slaven zouden mogen houden, begonnen de zuidelijke staten op afscheiding aan te sturen. South Carolina was een felle eerste en de strijdkrachten van het nationale leger, die in de haven van Charleston in twee forten zaten, verzamelden zich in het grootste van de twee, Fort Sumter. Meteen werd een beleg geslagen. Snel na elkaar namen burgermilities in Georgia, Alabama, Florida, Louisiana en Mississippi nationale legerkampen over van lichte nationale vredestroepen, soms na een gevecht.

Lieve pa en ma,

Ik vertrek met Mal Howard om bij het Zuiden te gaan. We weten niet precies in welke staat we ons zullen melden. Mal zou het liefst naar Tennessee gaan om met zijn familie te dienen. Mij kan het niet veel schelen zolang ik niet naar Virginia kan om mijn familie op te zoeken.

306

Meneer Howard zegt dat het voor het Zuiden van belang is om een knoert van een leger op de been te brengen om Lincoln te laten zien dat ze niet met zich laten spotten. Hij zegt dat er geen oorlog komt, het is gewoon een familieruzie. Ik ben dus ruim op tijd terug voordat in de lente de lammetjes komen.
Intussen, pa, krijg ik misschien zelf een paard en een geweer!

Uw liefhebbende zoon,
Alexander Bledsoe Cole

Shaman vond op zijn kamer ook een briefje, gekrabbeld op een afgescheurd stuk bruin pakpapier en op zijn hoofdkussen gelegd onder de pendant van het zakmes dat zijn vader hem gegeven had:

Broertje,

Bewaar dit voor mij. Ik zou niet willen dat het kwijtraakte. Zie je vlug weer.

Bigger

Rob J. ging naar Julian Howard, die dwars en uitdagend erkende dat hij de avond tevoren, meteen na het werk, de jongens op zijn platte kar naar Rock Island gebracht had. 'In godsnaam, u hoeft niet boos te worden! Het zijn grote kerels en het is gewoon een avontuurtje.'
Rob J. vroeg op welke kade van de rivier hij ze had afgezet. Howard zag hoe Rob J. Cole in zijn volle omvang vlak bij hem stond en voelde de kilte en de minachting in de stem van de arrogante dokter. Hij stamelde dat hij ze had afgezet bij de pier van Drie Sterren Vrachtvervoer.
Rob J. reed daar rechtstreeks heen, hoe klein de kans ook was dat hij ze mee naar huis kon nemen. Als het er zo koud was geweest als in sommige eerdere winters had hij misschien meer geluk gehad, maar de rivier zat niet dicht en werd druk bevaren. De vrachtreder keek hem stomverbaasd aan toen hij de man vroeg of hij twee jongens gezien had die werk zochten op een van de dekschuiten of vlotten die stroomafwaarts voeren.
'Meneer, we hebben hier gisteren aan de steiger tweeënzeventig boten gehad die kwamen lossen of laden en het is nu de slappe tijd. Wij zijn maar een van de zoveel vrachtvaarders op de Mississippi. En de meeste van die boten nemen jongelui aan die ergens thuis zijn weggelopen, dus let ik er nauwelijks op,' zei hij, niet onvriendelijk.

Shaman dacht dat de zuidelijke staten zich afscheidden zoals maïs ploft in een hete koekepan. Zijn moeder, met behuilde ogen, bad de hele dag en zijn vader ging zonder een glimlach op huisbezoek. Een van de grutters in Rock Island sloeg zoveel mogelijk voorraad op in het magazijn en verhuurde de helft van de winkel aan een wervingsman van het leger. Shaman raakte daar een keer zelf verdwaald met het idee dat hij, als al het andere in zijn leven mislukte, ziekendrager kon worden omdat hij groot en sterk was. Maar de korporaal die mannen rekruteerde, trok zijn wenkbrauwen ironisch op toen hij hoorde dat Shaman doof was en zei dat hij naar huis moest gaan.

Hij bedacht dat hij, nu er zoveel ellende in de wereld was, niet veel recht had zich druk te maken over de verwarring in zijn eigen bestaan. De tweede dinsdag van januari bracht zijn vader een brief mee en toen op vrijdag weer een. Zijn vader verbaasde hem want hij wist dat hij negen scholen had aanbevolen en hij had de negen antwoorden bijgehouden. 'Dat is de laatste, hè?' zei hij die avond aan het eten tegen Shaman.

'Ja. Van het Medisch College van Mississippi. Afgewezen,' zei Shaman en zijn vader knikte, helemaal niet verbaasd.

'Maar dit is de brief die ik dinsdag gekregen heb,' zei Shaman. Hij haalde hem uit zijn zak en vouwde hem open. Hij kwam van decaan Lester Nash Berwyn, arts, van de Poliklinisch-Medische Opleiding van Cincinnati. Hij werd aangenomen als student op voorwaarde dat hij met succes het eerste kwartaal afmaakte, als proefperiode. De opleiding, die gekoppeld was aan het Ziekenhuis van Zuidwestelijk Ohio in Cincinnati, bood een tweejarig studieprogramma dat opleidde tot doctor in de medicijnen, elk jaar vier kwartalen. Het volgend kwartaal begon op vierentwintig januari.

Shaman had de vreugde van de overwinning moeten voelen, maar hij wist dat zijn vader de woorden 'op voorwaarde' en 'proefperiode' wel zag en bereidde zich voor op een discussie. Nu Alex weg was, was hij op de boerderij onmisbaar, maar hij was vastbesloten om weg te lopen, zijn kans te grijpen. Om vele redenen, waarvan sommige zelfzuchtig, was hij boos dat zijn vader Alex had toegestaan, weg te lopen. En nu hij toch bezig was, hij was boos op zijn vader omdat hij er zo verrekt zeker van was dat er geen God bestond en dat hij niet besefte dat de meeste mensen gewoon niet sterk genoeg waren om pacifist te zijn.

Maar toen Rob J. opkeek van de brief zag Shaman zijn ogen en zijn mond. De wetenschap dat dokter Rob J. Cole niet onkwetsbaar was, drong als een pijl in hem door.

'Alex zal niet gewond raken. Het komt wel goed met hem!' riep Sha-

man, maar hij wist dat het niet het eerlijke oordeel was van een verantwoordelijk iemand, van een man. Ondanks het bestaan van de kamer met de paspop met ivoren billen en de aankomst van de brief uit
Cincinnati begreep hij dat het alleen maar de waardeloze belofte was
van een wanhopige jongen.

DEEL VIJF

Een gezinsruzie

24 januari 1861

45. In de polikliniek

Cincinnati was uitgestrekter dan Shaman had verwacht. De straten krioelden van het verkeer, de Ohio was vrij van ijs en er voeren veel boten. Uit lange schoorstenen steeg beangstigende fabrieksrook. Er waren overal mensen; het lawaai was onvoorstelbaar.

Een paardetram bracht hem van het spoorwegstation recht naar het beloofde land in Ninth Street. Het Ziekenhuis van Zuidwestelijk Ohio bestond uit een tweetal gebouwen van rode baksteen, allebei drie verdiepingen hoog, en een lazaret, een vakwerkgebouwtje van twee verdiepingen. Aan de overkant van de straat, in een ander bakstenen gebouw met een koepel erop met glazen wanden, was de Poliklinisch-Medische Opleiding van Cincinnati.

In het schoolgebouw zag Shaman armoedige leslokalen en collegezalen. Hij vroeg een student naar het kantoor van de decaan en werd via een eiken trap naar de eerste verdieping verwezen. Dokter Berwyn was een vriendelijke man van middelbare leeftijd met een witte snor en een kaal hoofd, dat glom in het zachte licht van de hoge, smerige ramen.

'Zo, dus jij bent Cole.'

Hij wees Shaman een stoel. Er volgde een kort praatje over de geschiedenis van de medische opleiding, de verantwoordelijkheden van een goede dokter en de noodzaak van strakke studiegewoonten. Shaman begreep direct dat die begroeting een vast nummer was dat voor elke nieuwe student werd afgedraaid, maar ditmaal zat er speciaal voor hem een staartje aan. 'Je moet je geen zorgen gaan maken dat je hier bent op voorwaarde,' zei dokter Berwyn behoedzaam. 'In zekere zin is elke student hier op proef om te bewijzen een geschikte student te zijn.'

In zekere zin. Shaman had erom willen wedden dat niet iedere student schriftelijk op de hoogte gesteld was van die voorwaarde. Toch bedankte hij de decaan beleefd. Dokter Berwyn bracht hem naar het studentenhuis, dat een vakwerkhuis van drie verdiepingen bleek te zijn, verborgen achter de medische school. Op een huisrooster dat aan de wand van de hal hing, stond dat Cole, Robert J., werd ondergebracht in kamer 2B, samen met Cooke, Paul P.; Torrington, Ruel; en Henried, William.

2B was een kamertje dat propvol stond met twee dubbele bedden, twee ladenkasten en een tafel met vier stoelen, waarvan er een werd ingenomen door een dikke jongen die ophield met schrijven in een dictaatschrift toen Shaman binnenkwam. 'Hallo! Ik ben P. P. Cooke uit Xenia. Billy Henried is weg om zijn boeken te halen. Jij moet dus Torrington uit Kentucky zijn of die dove kerel.'

Shaman lachte, opeens helemaal op zijn gemak. 'Ik ben die dove kerel,' zei hij. 'Vind je het goed dat ik je Paul noem?'

Die avond hielden ze elkaar in het oog en trokken hun conclusies. Cooke was de zoon van een veevoerkoopman, een rijke, te zien aan zijn kleren en bezittingen. Shaman zag wel dat hij gewend was om de hansworst uit te hangen, misschien omdat hij zo dik was, maar in zijn ogen lag een sluwe intelligentie waaraan weinig ontging. Billy Henried was mager en rustig. Hij vertelde hun dat hij was opgegroeid op een boerderij bij Columbus en twee jaar op een seminarie was geweest voor hij besloot dat hij niet voor het priesterschap in de wieg was gelegd. Ruel Torrington, die pas na het avondeten kwam, was een verrassing. Hij was eens zo oud als zijn kamergenoten en had al een medische praktijk gehad. Op jeugdige leeftijd was hij assistent geworden van een geneesheer en hij had besloten de medische opleiding te doen om zich met recht 'doctor' te kunnen noemen.

De andere drie studenten in 2B vonden die achtergrond prachtig; aanvankelijk dachten ze dat het een voordeel zou zijn om te studeren met een ervaren geneesheer, maar Torrington kwam slechtgeluimd aan en dat bleef zo zolang ze hem kenden. Het enige bed dat nog niet bezet was toen hij kwam, was het bovenste bed tegen de wand en dat beviel hem niet. Hij maakte duidelijk dat hij Cooke minachtte omdat hij dik was, Shaman omdat hij doof was en Henried omdat hij katholiek was. Door zijn vijandigheid sloten de andere drie al vlug een verbond en ze verspilden niet veel tijd aan hem.

Cooke was er al een paar dagen en had inlichtingen ingezameld die hij aan de anderen doorgaf. De school had een docentenkorps dat hoog in aanzien stond, maar twee sterren straalden feller dan de andere. De ene was de professor in de chirurgie dr. Berwyn, die ook als decaan fungeerde. De andere was dr. Barnett A. McGowan, een patholoog die het gevreesde vak gaf dat bekend stond als A&F: anatomie en fysiologie. 'Achter zijn rug noemen ze hem Barney,' vertrouwde Cooke hun toe. 'Ze zeggen dat hij meer medische studenten laat zakken dan de andere profs samen.'

De volgende morgen ging Shaman naar een spaarbank en deponeerde daar het grootste deel van het geld dat hij had meegebracht. Zijn vader en hij hadden zijn geldelijke behoeften nauwkeurig bekeken. De opleiding kostte zestig dollar per jaar, bij vooruitbetaling vijftig. Daar hadden ze het geld voor kamer en eten, boeken, vervoer en andere uitgaven bijgeteld. Rob J. had graag alles betaald wat maar nodig was, maar Shaman had koppig vastgehouden aan het idee dat hij zelf voor de medische opleiding moest betalen, omdat het zíjn idee was. Tenslotte werden ze het eens dat hij een briefje aan zijn vader zou tekenen, waarin hij beloofde na zijn slagen het hele bedrag terug te betalen.

Toen hij de bank uit was, was zijn volgende werkje de penningmeester van de school te vinden om zijn collegegeld te betalen. Hij werd er niet vrolijker op toen die formeel verklaarde dat, als Shaman om studie- of gezondheidsredenen van de opleiding zou worden verwijderd, zijn collegegeld maar gedeeltelijk zou worden terugbetaald.

De eerste les die hij als medisch student bijwoonde, was een college van een uur over vrouwenziekten. Shaman had in Galesburg geleerd dat het van het grootste belang was, zo vroeg mogelijk bij elke les te zijn, om vooraan te zitten zodat hij heel nauwkeurig van de lippen kon lezen. Hij kwam vroeg genoeg om een plaats in de eerste rij te bemachtigen en dat was een geluk want professor Harold Meigs sprak snel. Shaman had geleerd aantekeningen te maken terwijl hij naar de mond van de docent keek in plaats van op zijn papier. Hij scheef zorgvuldig, wetend dat Rob J. zijn dictaten zou willen lezen om te zien wat er bij de medische opleiding gebeurde.

Bij de volgende les, scheikunde, bleek dat hij genoeg laboratoriumervaring had voor de medische opleiding; dat vrolijkte hem op en prikkelde zijn eet- èn zijn werklust. Hij ging naar de eetzaal van het ziekenhuis voor een snel maaltje van bouillon met biscuits, niet overheerlijk. Toen ging hij haastig naar boekwinkel Cruikshank die leverde aan de medische opleiding, waar hij een microscoop huurde en de vereiste boeken kocht van de lijst: Dunglison, *Algemene geneeskunde en medische zaken*; McGowan, *Fysiologie van de mens*; Quain, *Anatomische platen*; Berwyn, *Operatieve geneeskunde*; Fowne, *Scheikunde*; en twee boeken van Meigs, *De vrouw, haar ziekten en hun geneeswijzen* en *Ziekten bij kinderen*.

Terwijl de oude winkelbediende de rekening opmaakte, keek Shaman naar dr. Berwyn die in gesprek was met een korte, nors kijkende man door wiens nette baard net als in zijn kuif grijze draden liepen. Hij was net zo behaard als Berwyn kaal was. Ze waren klaarblijkelijk in een heftige discussie verwikkeld, al schenen ze niet luid te praten, want geen van de mensen om hen heen besteedde er aandacht aan. Dr. Berwyn was half van Shaman afgekeerd, maar de andere man keek precies in zijn richting en Shaman las eerder vanzelf van zijn lippen dan dat hij graag wilde zien wat hij zei.

... Weet dat ons land gaat oorlogvoeren. Ik besef heel goed, meneer, dat de nieuwe klas tweeënveertig studenten heeft in plaats van de gebruikelijke zestig, en ik weet ook dat er daar een aantal van weglopen, naar de strijd, als de medicijnenstudie te zwaar wordt. Juist op zo'n moment moeten we ervoor waken onze normen lager te stellen. Harold Meigs zegt dat u een aantal studenten hebt geaccepteerd die u vorig jaar zou hebben afgewezen. Ik heb gehoord dat er zelfs een doofstomme bij is...

Gelukkig stootte de winkelbediende Shaman op dat moment aan en liet hem zien wat hij moest betalen.

'Wie is die heer die met dr. Berwyn staat te praten?' vroeg Shaman, de stomme die zijn stem terugvond.

'Dat is dr. McGowan, meneer,' zei de bediende, en Shaman knikte, pakte zijn boeken bij elkaar en vluchtte weg.

Een paar uur later zat professor Barnett Alan McGowan aan zijn bureau in het anatomisch laboratorium van de medische school en werkte zijn aantekeningen uit tot een definitief verslag. Die verslagen gingen altijd over doden, want dr. McGowan kreeg zelden met levende patiënten te maken. Omdat sommige mensen de doden beschouwden als niet zo leuk gezelschap, was hij eraan gewend geraakt een werkvertrek te krijgen dat buiten het gezicht van de mensen lag. In het ziekenhuis, waar dr. McGowan de eerste patholoog was, was de snijzaal in de kelder van het hoofdgebouw. Al lag hij gunstig ten opzichte van de bakstenen tunnel die onder de straat door liep tussen het ziekenhuis en de medische school, het was een grauwe plek, gekenmerkt door buizen die langs het lage plafond kronkelden.

Het anatomisch lab van de medische school was achter in het gebouw op de eerste verdieping. Het was bereikbaar vanuit de gang èn via een aparte, eigen trap. Een enkel hoog raam zonder gordijn liet loodgrijs winterlicht binnen in het lange smalle lokaal. Aan het ene eind van de splinterige vloer, tegenover het bureau van de professor, waren oplopende banken; de rijen zitplaatsen waren te dicht bij elkaar om gemakkelijk te zitten, maar niet om zich te concentreren. Aan de andere eind stond een drietal rijen snijtafels voor studenten. In het midden van het vertrek stond een grote pekelbak vol menselijke lichaamsdelen en een tafel met twee rijen chirurgische instrumenten. Het lijk van een jonge vrouw, volledig bedekt door een schoon wit laken, lag op een plank die op schragen terzijde stond. De professor zat nu de bijzonderheden van dit lijk in een verslag vast te leggen.

Om tien over half kwam er een eenzame student het laboratorium in.

Professor McGowan keek niet op en groette de grote jongeman niet; hij doopte zijn stalen pen in de inkt en ging door met schrijven, terwijl de student recht naar het midden van de voorste rij ging en er beslag op legde door er zijn dictaatschrift neer te leggen. Hij ging niet zitten maar liep rond om het laboratorium te bekijken.

Toen hij bij de pekelbak stond, pakte hij tot dr. McGowans verbazing de houten stok met de ijzeren haak aan het eind en begon tussen de lichaamsdelen in de zoutoplossing te vissen als een jongetje dat in een vijver speelt. In de negentien jaar dat dr. McGowan inleidende lessen in anatomie had gegeven, had nog niemand zich zo gedragen. Nieuwe studenten die voor de eerste keer naar een anatomieles kwamen, deden meestal heel gewichtig. Hij begon al op te staan maar zakte terug, nieuwsgierig waar het op zou uitdraaien.

De jongeman bewoog de haak zoekend tussen de dingen in de pekel. De meeste waren oud en aan vele was al gesneden door andere studenten. De algemene toestand van verminking en ontleding was de belangrijkste oorzaak van de schrik van zo'n eerste anatomieles. McGowan zag dat de jongeman een hand met pols naar boven haalde en een stuk van een been. Toen viste hij een onderarm en een hand op die blijkbaar in betere toestand waren dan de meeste anatomische stukken. McGowan keek toe hoe hij de haak gebruikte om het gewenste deel naar de rechterbovenhoek van de bak te halen en het toen bedekte met een aantal onaanlokkelijke stukken. Hij verborg het!

Meteen legde de jongeman de haakstok terug waar hij hem gevonden had en ging naar de tafel, waar hij de lancetten vervolgens op scherpte controleerde. Toen hij er een vond die hem beviel, legde hij die iets boven de andere uit op tafel en ging terug naar de banken om zijn plaats op te zoeken.

Dr. McGowan besloot te doen of hij niets zag en de volgende tien minuten ging hij door met het verslag. Eindelijk begonnen er studenten het laboratorium binnen te druppelen. Ze gingen meteen zitten. Velen zagen al bleek want er hingen geuren in het lokaal die schrikbeelden opriepen.

Precies op het uur legde dr. McGowan zijn pen neer en ging voor het bureau staan. 'Heren,' zei hij.

Toen ze stil waren geworden, stelde hij zich voor. 'In deze cursus bestuderen we de doden om te leren over de levenden en ze te helpen. De eerste verslagen van dergelijke studies werden gemaakt door de vroege Egyptenaren, die lijken van arme stakkers ontleedden die ze doodden als mensenoffer. De oude Grieken zijn de eigenlijke vaders van het fysiologisch onderzoek. In Alexandrië was een grote medische school, waar Herofilos van Chalkedoon de menselijke organen

317

en ingewanden bestudeerde. Hij heeft de calamus scriptorium en de duodenum hun naam gegeven.'

Dr. McGowan was er zich van bewust, dat de jongeman midden in de eerste rij steeds naar zijn mond bleef kijken. Hij hing hem letterlijk aan de lippen.

Op een boeiende manier schetste hij de ondergang van de anatomische studie in de bijgelovige leegte van de duistere middeleeuwen en de wedergeboorte ervan na dertienhonderd.

Het einde van zijn college ging erover, dat als de levensgeest verdwenen is, de onderzoeker het lichaam zonder vrees maar met eerbied moet behandelen. 'In mijn studentenjaren in Schotland vergeleek mijn professor het lijk na de dood met een huis waar de bewoner uit vertrokken was. Hij zei dat het lijk met zorgzame waardigheid behandeld moet worden uit respect voor de ziel die erin gewoond had,' zei dr. McGowan en was gepikeerd toen hij de jongeman op de voorste rij zag glimlachen.

Hij zei dat ze allemaal een voorwerp uit de pekelbak moesten nemen en een mes en hun anatomisch object moesten ontleden. Dan moesten ze een tekening maken van wat ze zagen en die inleveren voor ze het lokaal uit gingen. In de eerste les werd er altijd even geaarzeld uit tegenzin om te beginnen. Daarbij was de jongeman die vroeg binnen was gekomen weer de eerste, want hij was meteen opgestaan en naar de bak gegaan om het exemplaar te halen dat hij had weggeborgen en vervolgens de scherpe lancet. Terwijl de anderen om de bak begonnen te draaien, richtte hij zijn werkplek al in aan de snijtafel met het gunstigste licht.

Dr. McGowan was zich scherp bewust van de problemen van de eerste anatomieles. Hij was gewend aan de zoetige stank die uit de pekelbak opsteeg, maar hij wist wat voor effect het had op de nieuwelingen. Hij had sommige studenten een oneerlijke taak gegeven, want vele exemplaren waren in zo'n kwalijke toestand dat het onmogelijk zou zijn ze goed te ontleden en nauwkeurig te tekenen, en daar hield hij rekening mee. De oefening was een lezing, de vuurdoop van de groentjes. Het was een uitdaging voor hun kundigheid om onaangenaamheden en tegenslagen onder ogen te zien en een harde maar noodzakelijke boodschap dat de medische praktijk uit nog andere dingen bestond dan het innen van honoraria en het innemen van een achtenswaardige plaats in de samenleving.

Binnen een paar minuten waren er diverse mensen het lokaal uit, onder hen een jongeman die in grote haast vertrok. Tot dr. McGowans voldoening kwam tenslotte iedereen terug. Bijna een uur wandelde hij rond tussen de snijtafels en keek hoe ze vorderden. Er waren verschillende oudere mannen bij die de geneeskunst hadden beoefend na assistent geweest te zijn. Zij kregen niet de walging te verduren van sommige andere studenten. Dr. McGowan wist uit ervaring dat sommigen uitstekende dokters zouden worden; maar hij hield er een in het oog, een man die Ruel Torrington heette en op een schouder stond in te hakken, en met een zucht dacht hij aan de vreselijke littekens die die man moest hebben achtergelaten.

Bij de laatste tafel bleef hij iets langer staan. Daar lag een dikke jongen met een bezweet gezicht in de clinch met een hoofd dat voornamelijk schedel was.

Tegenover de dikke jongeman stond de dove jongen te werken. Hij was ervaren en had de lancet goed gebruikt om de arm in lagen te openen. Dat hem dat gelukt was, bewees dat hij al een zekere kennis van anatomie had, wat voor McGowan een aangename verrassing was. Hij zag dat gewrichten, spieren, zenuwen en bloedvaten in de tekening netjes waren afgebeeld en benoemd. Terwijl hij toekeek zette de jongeman zijn naam in blokletters op de tekening en reikte hem aan. COLE. ROBERT J.

'Ja. Zo. Cole, voortaan moet je je blokletters wat groter maken.'

'Ja meneer,' zei Cole heel duidelijk. 'Moet ik nog iets doen?'

'Nee. Je kunt je exemplaar terugdoen in de bak en opruimen. Dan kun je gaan.'

Nu brachten er nog zes anderen hun tekening naar dr. McGowan, maar al die studenten werden teruggestuurd met raadgevingen om de tekening te bewerken of aanwijzingen om de ontleding te verbeteren.

Terwijl hij met de studenten sprak, zag hij Cole het exemplaar terugbrengen naar de bak. Hij zag hem de lancet wassen en afvegen voor hij hem weer op tafel legde. Hij zag dat Cole water naar de snijtafel bracht en het stuk dat hij gebruikt had afschrobde, en toen bruine zeep en schoon water pakte en zijn armen en handen aandachtig waste voordat hij zijn mouwen omlaag rolde.

Cole bleef onderweg naar buiten bij de mollige jongen staan en keek naar zijn tekening. Dr. McGowan zag dat hij zich naar hem toe boog en iets fluisterde. Iets van de wanhoop verdween van het gezicht van de ander en hij knikte toen Cole hem op zijn schouder klopte. De dikke jongen ging weer aan het werk en de dove ging het lokaal uit.

46. Harttonen

Het was alsof de medische opleiding een ver vreemd land was, waar Shaman nu en dan vreselijke geruchten hoorde over een dreigende oorlog in de Verenigde Staten. Hij hoorde van de vredesbijeenkomst in Washington, bijgewoond door honderdeenendertig afgevaardigden uit eenentwintig staten. Maar de morgen dat de Vredesbijeenkomst in de hoofdstad begon, kwam het Voorlopige Congres van de Geconfedereerde Staten van Amerika bijeen in Montgomery, Alabama. Een paar dagen later koos de Confederatie ervoor, zich van de Verenigde Staten los te maken, en iedereen raakte er ellendig van doordrongen dat er geen vrede zou komen.

Toch had Shaman maar terloopse aandacht voor de problemen van de natie. Hij vocht zijn eigen overlevingsstrijd. Gelukkig was hij een goede student. 's Avonds zat hij met zijn neus in boeken tot hij niet meer kon zien en de meeste morgens wist hij voor het ontbijt nog een paar uur te studeren. De colleges waren van maandag tot en met zaterdag van tien tot één en van twee tot vijf. Vaak werd er een college gegeven voor of tijdens een van de zes practica waar de Medische Opleiding haar faam aan ontleende: op dinsdagmiddag ziekten in de borst, op dinsdagavond geslachtsziekten, op donderdagmiddag kinderziekten, op donderdagavond aandoeningen bij vrouwen, op zaterdagmorgen chirurgisch practicum en op zaterdagmiddag medisch practicum. Op zondagmiddag konden de studenten de docenten op de ziekenzalen aan het werk zien.

Op de zesde zaterdag van Shaman bij de opleiding gaf dr. Meigs een college over de stethoscoop. Meigs had in Frankrijk gestudeerd bij professoren die instructies hadden gehad van de uitvinder van het instrument. Hij vertelde de studenten dat op een dag in 1816 een arts, René Laënnec, die zijn oor liever niet op de borst legde van een weelderige patiënte die zich erg geneerde, een stuk papier had opgerold en een touwtje had gebonden om de buis die hij zo kreeg. Toen Laënnec het uiteinde van die buis op de borst van de patiënte had gezet en aan het andere eind luisterde, stelde hij met verbazing vast dat die methode geen minder goede manier was om te luisteren, maar de borstgeluiden zelfs versterkte.

Meigs zei dat tot voor kort de stethoscoop gewoon een houten buis was geweest waardoor de dokters met één oor luisterden. Hij had een modernere versie van het instrument, waarbij de buis van geweven zijde was en naar ivoren oordoppen leidde die in de oren pasten. Tijdens het practicum dat op het college volgde gebruikte dr. Meigs een ebbehouten stethoscoop met een tweede uitgang waaraan een buis was bevestigd, zodat de professor en een student gelijktijdig naar de borst van een patiënt konden luisteren. Elke student kreeg de gelegenheid te luisteren, maar toen Shaman aan de beurt was, zei hij tegen de prof dat het geen zin had. 'Ik zou niets kunnen horen.'

Dr. Meigs tuitte zijn lippen. 'U moet het minstens proberen.' Hij liet Shaman heel precies zien hoe hij het instrument aan zijn oor moest houden. Maar Shaman kon alleen maar zijn hoofd schudden.

'Jammer dan,' zei professor Meigs.

Er zou een tentamen komen in klinische praktijk. Elke student moest een patiënt onderzoeken met gebruikmaking van de stethoscoop en een verslag schrijven. Het was Shaman duidelijk dat hij daarvoor zou zakken.

Op een koude morgen had hij zich in jas en handschoenen ingepakt en een das om zijn hals gebonden om van school uit een eind te gaan lopen. Een jongen op een straathoek ventte een krant waarin een verslag van de inauguratie van Lincoln stond. Shaman liep naar de kade van de rivier, langs de steigers, in gedachten verzonken.

Toen hij terugkwam, ging hij het ziekenhuis in, liep door de zalen en keek naar zaalhulpen en verplegers. Het waren voornamelijk mannen en velen waren dronkaards die bereid waren tot ziekenhuiswerk omdat ze met weinig loon genoegen namen. Hij keek naar degenen die er nuchter en intelligent uitzagen en besloot tenslotte dat ene Jim Halleck aan zijn doel zou beantwoorden. Hij wachtte tot de zaalhulp een arm vol hout had binnengebracht en het op de grond liet vallen bij een potkachel. Toen ging hij op hem af.

'Ik wil u iets voorstellen, meneer Halleck.'

Op de middag van het tentamen kwamen zowel dr. McGowan als dr. Berwyn naar de medische kliniek, waardoor Shaman nog zenuwachtiger werd. Dr. Meigs tentamineerde de studenten in alfabetische volgorde. Shaman was de derde, na Allard en Bronson. Israel Allard kreeg het gemakkelijk: zijn patiënt was een jonge vrouw met een rugverrekking, die sterke, regelmatige en ongecompliceerde harttonen had. Clark Bronson werd aangewezen om een man met astma te onderzoeken, niet zo jong meer. Hij beschreef hakkelend reutelgeluiden in de borst. Meigs moest hem verschillende suggestieve vragen stellen om de vereiste informatie te krijgen, maar blijkbaar was hij tenslotte tevreden.

'Meneer Cole?'

Het was duidelijk dat hij verwachtte dat Shaman niet zou willen meedoen. Maar Shaman kwam naar voren en pakte de monaurale houten stethoscoop aan. Toen hij keek naar waar Jim Halleck zat, stond de zaalhulp op en kwam bij hem staan. De patiënt was een jongen van zestien, stevig gebouwd, die in een timmerwerkplaats een snee in zijn hand gekregen had. Halleck hield het ene uiteinde van de stethoscoop op de borst van de jongen en zette zijn oor op de andere kant. Shaman pakte de pols van de patiënt en voelde de druk van het kloppende bloed tegen zijn vingers.

'De hartslag van deze patiënt is normaal en regelmatig. Achtenzeventig hartslagen per minuut,' zei hij tenslotte. Hij keek vragend naar de zaalhulp, die zachtjes zijn hoofd schudde. 'Er is geen gereutel,' zei Shaman.

'Wat is de bedoeling van dit... tafereeltje?' vroeg dr. Meigs. 'Wat doet Jim Halleck hier?'

'Meneer Halleck doet dienst als mijn oren, professor,' zei Shaman en zag erg genoeg een brede grijns op het gezicht van verschillende studenten.

Dr. Meigs lachte niet. 'Aha. Als uw oren. En gaat u met meneer Halleck trouwen, meneer Cole? En neemt u hem mee waar u ook de geneeskunst beoefent? Heel uw verdere leven?'

'Nee, professor.'

'Gaat u dan andere mensen vragen om uw oren te zijn?'

'Dat zal ik soms misschien.'

'En als u arts bent en er komt iemand die behoefte heeft aan uw hulp en u bent daar alleen met die patiënt?'

'De hartslag kan ik voelen aan het bloed.' Shaman legde twee vingers op de halsslagader aan de keel van de patiënt. 'Ik voel of hij gewoon is, of dat het bonst of zwak is.' Hij spreidde zijn vingers en legde zijn handpalm op de borst van de jongen. 'Ik kan de ademhalingssnelheid voelen. En de huid zien en hem aanraken om te kijken of hij koortsig of koel is, vochtig of droog. Ik kan naar de ogen kijken. Als de patiënt wakker is, kan ik met hem praten, en bij bewustzijn of niet, ik kan de dikte van zijn speeksel waarnemen en de kleur en de geur van zijn urine – die zelfs proeven als dat nodig is.' Hij keek naar het gezicht van de professor en ging op de tegenwerping in voor dr. Meigs hem kon maken.

'Maar ik zal nooit gerochel in de borst waar kunnen nemen.'

'Nee, dat zult u niet.'

'Voor mij zal gerochel geen waarschuwing voor problemen zijn. Als ik de vroege stadia van kroepademhaling tegenkom, weet ik dat als ik het kon horen, het gerochel in de borst zeker zou knapperen. Als mijn patiënt duidelijk kroep heeft, dan weet ik dat er sputterend gerochel in de borst klinkt. Heeft hij astma of een ontsteking aan de bronchiën, dan weet ik dat er sissend gereutel is. Maar die feiten zal ik niet kunnen verifiëren.' Hij zweeg en keek dr. Meigs recht aan. 'Ik kan aan mijn doofheid niets doen. De natuur heeft mij beroofd van een waardevol diagnosemiddel, maar ik heb andere. En in geval van nood zou ik voor mijn patiënt zorgen met gebruik van mijn ogen en mijn neus en mijn mond en mijn vingers en mijn hoofd.'

Het was niet het eerbiedige antwoord dat dr. Meigs van een eerstejaars had gewaardeerd en de ergernis stond op zijn gezicht te lezen. Dr. McGowan ging naar hem toe, boog zich over zijn stoel en zei iets in zijn oor.

Al vlug keek dr. Meigs weer naar Shaman. 'Er is hier een voorstel dat we u op uw woord geloven en u een patiënt geven om zonder stethoscoop een diagnose te stellen. Als u het daarmee eens bent, ben ik zo ver.'

Shaman knikte, maar hij kreeg een hol gevoel.

De medische prof bracht hem naar de volgende zaal, waar hij bleef staan bij een patiënt die volgens de kaart aan de voet van zijn bed Arthur Herrenshaw heette. 'Deze patiënt mag u onderzoeken, meneer Cole.'

Shaman zag meteen aan de ogen van Arthur Herrenshaw dat de man het heel moeilijk had.

Hij trok het laken weg en tilde het nachthemd op. Het lijf van de patiënt zag er uitzonderlijk vet uit, maar toen Shaman zijn hand op de huid van Herrenshaw legde, was het alsof hij gerezen deeg voelde. Vanaf zijn hals, waarin de aders opgezet waren en klopten, tot aan de vormeloze enkels zat het opgezwollen weefsel vol vocht. Hij hijgde van de inspanning van het ademen.

'Hoe gaat het vandaag met u, meneer Herrenshaw?'

Hij moest het twee keer vragen voor de patiënt reageerde door even met zijn hoofd te schudden.

'Hoe oud bent u, meneer?'

'Ik… twee…vijft…' Hij snakte duidelijk naar adem tussen de lettergrepen, als iemand die een heel eind gerend heeft.

'Hebt u pijn, meneer Herrenshaw…? Meneer? Hebt u pijn?'

'O…' zei hij met zijn hand op zijn borstbeen. Shaman merkte dat hij probeerde overeind te komen.

'Wilt u zitten?' Hij hielp hem rechtop en steunde zijn rug met kussens. Meneer Herrenshaw zweette hevig, maar hij rilde ook. De enige warmte in de zaal kwam van een dikke zwarte kachelpijp die het plafond in tweeën deelde en van de houtkachel af kwam en Shaman trok de deken omhoog over Herrenshaws schouders. Hij haalde zijn horloge te voorschijn. Toen hij de pols van Herrenshaw voelde, was het alsof de grote wijzer opeens trager liep. De hartslag was licht en ongelooflijk snel, als de wanhopig trippelende pootjes van een dier dat vluchtte voor een roofdier. Shaman kon het nauwelijks bijhouden. Het dier vertraagde, bleef staan, deed een paar trage sprongetjes. En begon weer te trippelen.

Hij besefte dat dr. Meigs nu de stethoscoop zou gebruiken. Hij kon zich de veelzeggende, tragische geluiden voorstellen die hij had kunnen melden, de geluiden van een man die verdronk in zijn eigen lichaamsvocht.

Hij hield beide handen van Herrenshaw in de zijne en werd koud en verdrietig bij wat hij voelde. Zonder te weten wat hij deed, legde hij zijn hand op de gebogen schouder voordat hij zich afwendde.

Ze gingen terug naar de zaal voor Shamans verslag. 'Ik weet niet hoe al dat vocht in zijn weefsel gekomen is. Ik mis de ervaring om dat te begrijpen. Maar de hartslag van de patiënt was licht en zwak. Onregelmatig. Hij heeft een hartafwijking, het slaat honderdtweeëndertig keer per minuut als het hard klopt.' Hij keek naar Meigs. 'De afgelopen jaren heb ik mijn vader geholpen bij de lijkschouwing van twee mannen en een vrouw die een hartverlamming kregen. Bij alle drie was een gedeelte van de hartwand dood. Het weefsel leek wel verbrand, alsof er gloeiende houtskool tegen was gekomen.'

'Wat zou u voor hem doen?'

'Ik zou hem warm houden. Ik zou hem een slaapmiddel geven. Hij gaat binnen een paar uur dood en zo zouden we zijn pijn verzachten.' Meteen wist hij dat hij te veel gezegd had, maar hij kon zijn uitspraak niet ongedaan maken.

Meigs viel uit: 'Hoe weet u dat hij gaat sterven?'

'Ik voelde dat aan,' zei Shaman zachtjes.

'Wat? Hardop, meneer Cole, dat de anderen het kunnen horen.'

'Ik voelde het aan, professor.'

'U hebt niet genoeg ervaring om iets te weten van lichaamsvocht, maar wel om aan te voelen of iemand gaat sterven,' zei de professor snijdend. Hij keek naar de studenten. 'De les is duidelijk, heren. Zolang er leven is in een patiënt, mogen we hem nooit – nóóit – ter dood veroordelen. We vechten om hem een nieuw leven te schenken, tot hij dood is. Begrijpt u dat, meneer Cole?'

'Ja meneer,' zei Shaman ellendig.

'Dan kunt u gaan zitten.'

Hij nam Jim Halleck mee uit eten in een café aan de kade met zaagsel op de vloer. Ze aten gekookt rundvlees en kool en dronken ieder drie grote glazen donker bier. Het was geen overwinningsmaal. Geen van tweeën voelde zich goed over wat er gebeurd was. Behalve dat ze het eens waren dat Meigs een echte zeurkous was, hadden ze elkaar weinig te zeggen, en toen ze gegeten hadden, bedankte hij Halleck en betaalde hem voor zijn hulp, zodat hij een paar dollar minder arm naar zijn vrouw en vier kinderen terug kon gaan dan hij die morgen de deur uit was gegaan.

Shaman bleef en dronk nog meer bier. Hij wilde zich niet druk maken over de invloed van alcohol op zijn Gave. Hij stelde zich niet voor dat hij veel langer in een situatie zou zijn waarin de Gave van belang zou zijn in zijn bestaan.

Behoedzaam liep hij terug naar het studentenhuis en wilde niet te veel nadenken, behalve over de noodzaak zijn voeten goed neer te zetten bij het lopen en klom toen hij thuis was meteen gekleed en wel in zijn bed.

's Morgens kende hij een tweede goede reden om niet veel te drinken, want zijn hoofd en zijn gelaatsspieren deden pijn, een passende straf. Hij nam een hoop tijd om zich te wassen en zich te verschonen en ging langzaam op een laat ontbijt af toen een andere eerstejaars, Rogers, haastig de eetzaal van het ziekenhuis in kwam. 'Dr. McGowan zegt dat je direct naar zijn lab moet komen.'

Toen hij in de snijkamer in de kelder met zijn laag plafond aankwam, was dr. Berwyn daar bij dr. McGowan. Het lijk van Arthur Herrenshaw lag op de tafel.

'We hebben op u gewacht,' zei dr. McGowan geërgerd, alsof Shaman te laat was voor een afspraak.

'Ja professor,' bracht hij uit, want hij wist niet wat hij anders moest zeggen.

'Zou u willen beginnen?' vroeg dr. McGowan.

Dat had Shaman nog nooit gedaan. Maar hij had het zijn vader vaak genoeg zien doen en toen hij knikte reikte dr. McGowan hem een lancet aan. Hij was zich bewust van de twee geneesheren die aandachtig toekeken terwijl hij in de borst sneed. Dr. McGowan gebruikte zelf de ribbentang en toen hij het borstbeen had verwijderd boog de patholoog zich over het hart, stak toen zijn hand naar binnen en tilde het een stukje op, zodat dr. Berwyn en Shaman de praktisch ronde beschadiging als door verbranding konden zien aan de wand van Herrenshaws hartspier.

325

'U moet wel weten,' zei dr. Berwyn tegen Shaman, 'dat de fout soms in het hart zit, zodat het aan de hartwand niet te zien is.'
Shaman knikte om te laten zien dat hij het begreep.
McGowan wendde zich tot dr. Berwyn om iets te zeggen en dr. Berwyn lachte. Dr. McGowan keek Shaman aan. Zijn gezicht was net gegroefd leer en dit was de eerste keer dat Shaman er een lachje op zag. 'Ik zei hem: "Ga uit en haal mij meer van die doven",' zei dr. McGowan.

47. Het leven in Cincinnati

Elke dag verzamelde zich in die leigrijze lente van algemene onzekerheid een nieuwsgierige massa bij het kantoor van de *Cincinnati Commercial* om de nieuwsbulletins over de oorlog te lezen, die met krijt op een bord geschreven waren. President Lincoln had het ministerie van Marine bevel gegeven alle zuidelijke havens te blokkeren en alle mannen in de noordelijke staten gevraagd zich te melden voor dienst. Overal werd gesproken over de oorlog en veel gespeculeerd. Generaal Winfield Scott, hoogste generaal van het nationale leger, was een zuiderling die aan de kant van de Verenigde Staten stond, maar hij was een vermoeid oud man. Een zaalpatiënt vertelde Shaman het gerucht dat Lincoln kolonel Robert E. Lee gevraagd had het bevel over het nationale leger op zich te nemen. Maar een paar dagen later waren er kranteberichten dat Lee ontslag had genomen uit zijn legerfunctie en liever aan de kant van de zuiderlingen wilde vechten.
Voordat dat kwartaal voorbij was aan de Poliklinisch-Medische Opleiding waren er meer dan twaalf studenten vertrokken, de meeste met studieproblemen, om bij een van de twee legermachten te gaan. Daaronder was Ruel Torrington, die twee lege kastladen achterliet met de geur van ongewassen kleren. Andere studenten hadden het erover om zich na afloop van het kwartaal aan te melden. In mei riep dr. Berwyn een vergadering bijeen van alle studenten en verklaarde dat de docenten hadden overwogen de medische school te sluiten zolang de militaire noodtoestand bestond, maar na ampele overwegingen hadden ze besloten door te blijven gaan. Hij drong er bij alle studenten op aan te blijven. 'Al heel vlug zullen er meer dokters nodig zijn dan ooit tevoren, zowel in het leger als om burgers te verzorgen.'
Maar dr. Berwyn had slecht nieuws. Omdat de docenten betaald werden uit de studiekosten en omdat er minder aanmeldingen waren,

moesten de studiekosten scherp verhoogd worden. Voor Shaman betekende dat, dat hij kosten kreeg waarop hij niet had gerekend. Maar
als zijn doofheid geen hinderpaal mocht zijn, was hij vastbesloten dat
zoiets futiels als geld hem niet zou verhinderen dokter te worden.

Paul Cooke en hij werden vrienden. Inzake opleiding en geneeskunde was Shaman de raadgever en leidsman, terwijl in andere zaken
Cooke de voorman was. Paul liet hem kennismaken met het eten in
restaurants en het theaterbezoek. Vol ontzag gingen ze naar Opera-
zaal Pike om Edwin Thomas Booth te zien als Richard III. In de opera
waren drie rijen balkons, drieduizend zitplaatsen plus nog duizend
staanplaatsen. Zelfs vanaf de plaats op de achtste rij die Cooke aan
het loket had weten los te krijgen, had Shaman het stuk niet helemaal
kunnen volgen, maar op het college had hij alles van Shakespeare gelezen en hij las het stuk vóór de voorstelling nog eens. Het was een
heel verschil dat hij nu vertrouwd was met het verhaal en de taal en
hij genoot geweldig van de opvoering.
Een andere zaterdagavond nam Cooke hem mee naar een bordeel,
waar Shaman met een zwijgzame vrouw naar haar kamer ging en
vlot bediend werd. De vrouw had een verstarde glimlach om haar
lippen en zei bijna niets. Shaman had nooit meer de neiging daarheen
te gaan, maar omdat hij normaal en gezond was vormde zijn seksuele
verlangen soms een probleem. Op een dag, toen hij de taak had de
ziekenkar van het ziekenhuis te rijden, ging hij naar de Kaarsen-
Maatschappij P. L. Trent waar vrouwen en kinderen werkten en behandelde een jongen van dertien voor brandwonden aan zijn been
van spotters kokende was. Ze namen de jongen mee naar de ziekenzaal, begeleid door een jonge vrouw met een perzikhuid en zwart
haar, die haar eigen uurloon liet schieten om met de patiënt, een neefje van haar, naar het ziekenhuis te gaan. Shaman zag haar die donderdagavond tijdens het wekelijks bezoekuur op de armenzaal weer.
Andere familieleden stonden te wachten om de jongen met zijn
brandwonden op te zoeken, dus bleef ze maar kort en kreeg hij de
kans met haar te praten. Ze heette Hazel Melville. Al kon hij het zich
niet permitteren, hij vroeg haar of ze de volgende zondag met hem
uit eten wilde. Zij probeerde te doen of ze gechoqueerd was maar in
feite glimlachte ze voldaan en knikte.
Ze woonde binnen loopafstand van het ziekenhuis op de tweede verdieping van een huurkazerne, die wel wat leek op het studentenhuis
van de medische school. Haar moeder was dood. Shaman was zich
sterk bewust van zijn keelklanken toen haar vader, een deurwaarder
bij het Gemeentelijk Gerechtsgebouw van Cincinnati met een rood

gezicht, hem met koel wantrouwen aankeek en zich afvroeg wat er nu was met Hazels bewonderaar.

Als het die dag warmer geweest was, was hij met haar op de rivier gaan varen. Er kwam een wind van het water maar ze hadden een jas aan en het was lekker om te wandelen. Ze hadden etalages bekeken in het zwakker wordende licht. Ze was heel knap, besloot hij, afgezien van haar lippen die dun en streng waren en fijne rimpeltjes van aanhoudende ontevredenheid die haar mondhoeken tekenden. Ze schrok toen ze hoorde dat hij doof was. Terwijl hij uitlegde dat hij liplas, bleef ze onzeker glimlachen.

Toch was het fijn om met een vrouw te praten die niet ziek of gewond was. Ze zei dat ze al een jaar kaarsen indoopte; ze had er een hekel aan maar voor vrouwen waren er niet veel baantjes. Ze zei hem wrokkig dat ze twee oudere neefjes had die goed betaald werk hadden gekregen bij Wells en Co. 'Wells en Co heeft een opdracht gekregen van de staatsmilitie van Indiana voor tienduizend tonnen miniékogels voor musketten. Ik wilde zo graag dat ze vrouwen in dienst namen!'

Ze aten in een restaurantje dat Cooke had helpen kiezen, uitgezocht omdat het niet duur en wel goed verlicht was, zodat hij kon zien wat ze zei. Ze scheen ervan te genieten, al stuurde ze de broodjes terug omdat ze niet warm waren en sprak ze vinnig tegen de kelner. Toen ze teruggingen naar haar appartement was haar vader niet thuis. Ze maakte het voor Shaman gemakkelijk haar te kussen en ze reageerde zo spontaan dat het vanzelfsprekend was dat hij haar op haar kleren aanraakte en tenslotte met haar vrijde op de ongemakkelijke sofa met franjes. Ze hield de lamp aan en wilde haar kleren niet uitdoen, want haar vader kon thuiskomen, maar ze trok haar rok en haar hemd op tot boven haar middel. Haar vrouwengeur was gemengd met de geur van laurierbessen uit de paraffine waarin ze zes dagen per week haar pitten doopte. Shaman pakte haar stevig en snel en zonder veel genoegen in het besef van een mogelijke woedende onderbreking door de deurwaarder, en had niet meer menselijk contact met haar dan hij met de vrouw in het bordeel had beleefd.

Hij dacht zelfs zeven weken niet meer aan haar.

Maar op een middag liep hij, gedreven door een bekend verlangen, naar de kaarsenfabriek van Trent en ging naar haar op zoek. De lucht in de werkplaats was heet van het vet en zwaar van de geconcentreerde lauriergeur. Hazel Melville was niet in haar schik toen ze hem zag. 'Wij mogen geen bezoek krijgen; wil je dat ik ontslagen word?' Maar voor hij ging zei ze haastig dat ze hem niet weer kon ontmoeten, want intussen was ze verloofd met een andere man, iemand die ze al

een hele tijd kende. Het was een man met een opleiding, een bedrijfs-
boekhouder, zei ze tegen Shaman, zonder een poging te doen om
haar voldoening te verbergen.

In feite kreeg Shaman minder fysieke verstrooiing dan hij had verwacht. Hij richtte alles – alle hunkeringen en verlangens, alle hoop
en verwachting van genoegens, zijn energie en zijn verbeelding – op
de studie van de geneeskunde. Cooke zei met oprechte afgunst dat
Robert J. Cole in de wieg was gelegd om een medisch geleerde te
worden, en Shaman was het daarmee eens. Heel zijn leven had hij gewacht op iets dat hij in Cincinnati gevonden had.
Halverwege het kwartaal begon hij ermee, telkens als hij tijd had ging
hij naar het anatomisch lab, soms alleen maar vaker met Cooke of Billy Henried om te helpen, hun technische vaardigheid te verhogen of
een detail door te krijgen wat in hun handboek of op een college ver-
meld was. Al vroeg tijdens de A&P-cursus was dr. McGowan hem
gaan vragen, studenten te helpen die met moeilijkheden zaten. Shaman wist dat hij in andere vakken heel goed was en dat zelfs dr.
Meigs hem een enkele keer vriendelijk toeknikte als hij hem in de
gang tegenkwam. De mensen waren eraan gewend geraakt dat hij anders was. Soms, als hij zich sterk concentreerde tijdens een college of
een practicum, verviel hij in zijn oude slechte gewoonte, zoemgelui-
den te maken zonder het zelf te weten. Een keer was dr. Berwyn tijdens een college opgehouden en had gezegd: 'Hou op met zoemen,
meneer Cole.' In het begin zaten andere studenten te grinniken maar
al vlug leerden ze om hem aan te stoten en een blik toe te werpen dat
hij stil moest zijn. Hij vond dat niet erg. Hij was zelfverzekerd.
Hij vond het fijn om alleen door de zalen te lopen. Op een dag klaagde een patiënte dat hij verschillende keren langs was gelopen zonder
op te kijken, zelfs toen ze een paar keer zijn naam geroepen had. Nadien wende hij zich aan, om zichzelf te bewijzen dat zijn doofheid
geen nadeel voor zijn patiënten hoefde te vormen, bij elk bed even te
blijven staan, de handen van de patiënt in de zijne te nemen en met
iedereen even zachtjes te praten.
Het spook van zijn proeftijd lag ver achter hem toen dr. McGowan
hem op een dag werk in het ziekenhuis aanbood gedurende juli en
augustus, als de medische opleiding vakantie zou hebben. McGowan
erkende eerlijk dat hij èn dr. Berwyn hadden willen wedijveren om
de diensten van Shaman, maar besloten hadden hem te delen. 'Deze
zomer werkt u dan voor ons beiden, elke morgen in de operatiezaal
het vuile werk voor professor Berwyn en 's middags mij helpen bij de
lijkschouwing op zijn slachtoffers.'

Het was een prachtige gelegenheid, begreep Shaman, en de geringe beloning zou hem in staat stellen de verhoogde studiekosten te voldoen. 'Ik zou het graag doen,' zei hij tegen dr. McGowan, 'maar mijn vader verwacht me thuis om deze zomer op de boerderij te helpen. Ik zal moeten schrijven om toestemming te vragen, hier te blijven.'

Barney McGowan glimlachte. 'Tja, de boerderij,' zei hij en wuifde dat weg. 'Ik voorspel dat het boerenwerk achter u ligt, jongeman. Uw vader is dorpsdokter in Illinois, geloof ik? Ik had nog willen informeren. Aan het Academisch Ziekenhuis in Edinburgh was een man, een paar jaar ouder dan ik, die net zo heette als u.'

'Ja. Dat was mijn vader. Hij vertelde dezelfde anekdote als u in de anatomieles, over de beschrijving van sir William Fergusson van een lijk als een huis waarvan de bewoner verhuisd is.'

'Ik weet nog dat u glimlachte toen ik dat verhaal vertelde. En nu begrijp ik waarom.' McGowan staarde peinzend door de spleetjes van zijn ogen. 'Weet u waarom... eh... uw vader uit Schotland vertrokken is?'

Shaman zag dat McGowan probeerde niet ontactisch te zijn. 'Ja, dat heeft hij verteld. Hij kreeg politieke problemen. Hij werd bijna naar Australië gedeporteerd.'

'Dat weet ik nog.' McGowan schudde zijn hoofd. 'Hij werd ons als waarschuwing voorgehouden. Iedereen aan het Academisch Ziekenhuis kende hem. Hij was de beschermeling van sir William Fergusson, met een onbegrensde toekomst. En nu is hij dorpsdokter. Wat zonde!'

'U hoeft geen medelijden te hebben.' Shaman vocht tegen zijn boosheid en wist te glimlachen. 'Mijn vader is een groot man,' zei hij en verbaasd besefte hij dat het zo was. Hij begon tegen Barney McGowan over Rob J. te vertellen, hoe hij in Boston met Oliver Wendell Holmes gewerkt had, hoe hij het land doorgetrokken was via houthakkerskampen en als spoorlijndokter. Hij beschreef dat zijn vader op een dag met zijn paard twee rivieren over had moeten zwemmen om bij een plaggenhut te komen waar hij een vrouw van twee kinderen verloste. Hij beschreef de prairiekeukens waar zijn vader mensen had geopereerd en vertelde over gevallen waarbij Rob J. Cole een operatie had gedaan op een tafel, die uit een smerig huis in het schone zonlicht was gezet. Hij vertelde dat zijn vader ontvoerd was door bandieten die een pistool op hem gericht hielden en hem bevel gaven een kogel te verwijderen uit iemand die getroffen was. Hij vertelde dat zijn vader naar huis kwam rijden op een nacht dat het op de vlakte dertig graden onder nul was en zijn eigen leven gered had door van zijn paard te glijden, zich aan de staart vast te houden en achter

Boss aan te rennen om zijn bloed weer aan het stromen te brengen.

Barney McGowan glimlachte. 'U hebt gelijk,' zei hij. 'Uw vader is een groot man. En hij is een gelukkige vader.'

'Dank u, professor.' Shaman wilde vertrekken maar bleef staan. 'Professor McGowan, bij een van de lijkschouwingen van mijn vader was een vrouw gedood met elf steekwonden in de borst, ongeveer negenenhalve millimeter breed. Gemaakt door een puntig voorwerp, driehoekig van vorm, alle drie de randen scherpgeslepen. Hebt u een idee wat voor iets zo'n wond veroorzaakt?'

De patholoog dacht geïnteresseerd na. 'Het had een medisch instrument kunnen zijn. Je hebt het mes van Beer, een driekantige lancet om grauwe staar mee te opereren en afwijkingen aan het hoornvlies weg te snijden. Maar de wonden die u beschrijft waren te groot voor het mes van Beer. Misschien zijn ze gemaakt met een soort bistouri. Waren de wondranden allemaal even breed?'

'Nee. Het voorwerp, wat het ook was, liep taps toe.'

'Zo'n bistouri ken ik niet. Waarschijnlijk zijn de wonden niet toegebracht met een medisch instrument.'

Shaman aarzelde. 'Zouden ze gemaakt kunnen zijn met een voorwerp dat gewoonlijk door vrouwen wordt gebruikt?'

'Een breinaald of zoiets? Dat zou natuurlijk kunnen, maar ik kan ook geen vrouwending bedenken dat zo'n wond maakt.' McGowan glimlachte. 'Laat ik er eens over nadenken, dan hebben we het er nog eens over. Als u uw vader schrijft,' zei hij, 'moet u hem hartelijk groeten van de man die een paar jaar na hem bij professor Fergusson kwam.'

Dat beloofde Shaman.

Zijn vaders antwoord kwam pas acht dagen voor het eind van het kwartaal in Cincinnati aan, maar op tijd, zodat Shaman de ziekenhuisbaan voor de zomer kon accepteren.

Zijn vader herinnerde zich dr. McGowan niet, maar hij uitte zijn genoegen dat Shaman pathologie studeerde bij een andere Schot die de kunst en de wetenschap van het ontleden geleerd had van William Fergusson. Hij vroeg zijn zoon om zijn groeten aan de professor over te brengen en gaf Shaman ook toestemming om in het ziekenhuis te gaan werken.

De brief was warm maar kort en aan die beknoptheid zag Shaman dat zijn vader in een melancholieke stemming was. Er had niets in gestaan over de verblijfplaats of de veiligheid van Alex en zijn vader vertelde dat Shamans moeder bij elke nieuwe gevechtsronde banger werd.

331

48. De boottocht

Het was Rob J. niet ontgaan dat zowel Jefferson Davis als Abraham Lincoln aan de leiding waren gekomen door in de oorlog van Zwarte Havik mee te doen aan de vernietiging van het Sauk-volk. Davis had als jonge luitenant eigenhandig Zwarte Havik en de medicijnman Witte Wolk over de Mississippi van Fort Crawford naar de legerkampplaats Jefferson meegenomen, waar ze met kettingen en ballen gevangengezet werden. Lincoln had met de militie de Sauk bevochten, eerst als soldaat en later als kapitein. Nu werden beide mannen 'meneer de president' genoemd en ze leidden de ene helft van de Amerikaanse natie tegen de andere.

Rob J. wilde met rust gelaten worden door de snaterende wereld, maar dat was te veel gevraagd. De oorlog was zes weken gaande toen Stephen Hume naar Holden's Crossing kwam gereden om hem te spreken. Het vroegere congreslid kwam er eerlijk voor uit dat hij invloed gebruikt had om in het Amerikaanse nationale leger tot kolonel te worden benoemd. Hij had ontslag genomen als juridisch adviseur van de spoorweg in Rock Island om het 102e regiment Vrijwilligers van Illinois op te zetten en hij kwam dokter Cole een baan aanbieden als regimentsarts.

'Dat is niets voor mij, Stephen.'

'Dok, er is niets tegen om bezwaar te maken tegen oorlog als zodanig. Maar bij deze stand van zaken zijn er goede redenen om deze oorlog te voeren.'

'... Ik denk niet dat een hoop mensen doden iemands opvatting over slavernij en vrijhandel zal veranderen. Bovendien heb je iemand nodig die jonger en fanatieker is. Ik ben een man van vierenveertig met een dikke buik.' Hij was inderdaad zwaarder geworden. Toen er nog ontsnapte slaven naar het geheime hol kwamen, was Rob J. gewend geraakt om eten in zijn zak te steken als hij door de keuken liep – een gebakken jamswortel, een stuk gebraden kip, een paar zoete broodjes – om de vluchtelingen mee te voeden. Nu nam hij nog steeds eten mee, maar at het onderweg zelf op.

'Ik heb je wel degelijk nodig, dik of mager, fanatiek of niet,' zei Hume. 'Bovendien zijn er op het moment verdomme maar negentig medisch officieren in het leger. Dat wordt een mooie kans. Je begint als kapitein en voor je het weet ben je majoor. Een dokter als jij moet het wel ver schoppen.'

Rob J. schudde zijn hoofd. Maar net als Stephen Hume stak hij zijn hand uit. 'Ik wens je een veilige thuiskomst, kolonel.'

Hume glimlachte wrang en schudde zijn hoofd. Een paar dagen later hoorde Rob J. bij de dorpswinkel dat Tom Beckermann tot arts van het 102e was benoemd.

Drie maanden hadden beide kanten wat schermutselingen gevoerd, maar in juli werd het duidelijk dat er een grootschalig treffen te verwachten was. Veel mensen waren er nog steeds van overtuigd dat de ellende vlug voorbij zou zijn, maar die eerste slag was voor de natie een openbaring. Rob J. las de kranten even nieuwsgierig als mensen die voorstander waren van oorlog.

In Manassas, Virginia, veertig kilometer ten zuiden van Washington, stonden meer dan dertigduizend soldaten van het noordelijke leger onder generaal Irving McDowell tegenover twintigduizend zuiderlingen onder generaal Pierre G. T. Beauregard. In de Shenandoah-vallei waren nog elfduizend zuiderlingen onder generaal Joseph E. Johnston, opgesteld tegenover een andere noordelijke strijdmacht van veertienduizend, onder leiding van generaal Robert Patterson. McDowell, die verwachtte dat Patterson Johnston bezig zou houden, stuurde zijn leger op 21 juli bij Sudley Ford aan de Bull Run-beek op de zuiderlingen af.

Het was een allesbehalve onverwachte aanval.

Kort voordat McDowell aanviel, glipte Johnston weg bij Patterson en verenigde zijn troepen met die van Beauregard. Het noordelijke strijdplan was zo algemeen bekend dat afgevaardigden en ambtenaren uit Washington massaal in koetsjes met hun vrouwen en kinderen de stad uit reden naar Manassas, waar ze uitgebreid picknickten en zich voorbereidden op het schouwspel alsof het een befaamde atletiekwedstrijd was. Tientallen burgervoerlui waren door het leger gehuurd om klaar te staan met paarden en karren die als ziekenkar gebruikt konden worden als er mensen gewond raakten. Veel van die voerlui brachten hun eigen whisky mee naar de picknick.

Terwijl het publiek plezierig gespannen toekeek, wierpen de soldaten van McDowell zich op de gecombineerde zuidelijke strijdmacht. De meeste manschappen aan beide kanten waren ongeoefende nieuwe troepen, die eerder enthousiast dan kundig vochten. De zuidelijke militie week een paar kilometer, hield toen stand en gaf de noorderlingen de kans hun krachten te verspillen bij een paar dolle aanvallen. Toen gaf Beauregard bevel tot een tegenaanval. De uitgeputte noordelijke troepen weken en keerden om. Hun terugtocht werd meteen een vlucht.

De strijd was niet wat het publiek had verwacht; het lawaai van geweervuur en kanonnen en geschreeuw was afschuwelijk; de aanblik nog erger. In plaats van hardlopen zagen ze levende mensen veranderen in mensen met opengereten buik, zonder hoofd of zonder armen of benen. En talloze doden. Sommige burgers vielen flauw, anderen begonnen te huilen. Iedereen probeerde te vluchten, maar een granaat blies een wagen op en doodde een paard, waardoor de hoofdweg voor de terugtocht was geblokkeerd. De meeste beangstigde voerlui van ziekenkarren, dronken of nuchter, waren met hun lege kar weggereden. De weinigen die probeerden gewonden te zoeken waren al vlug ingesloten in een zee van burgervoertuigen en steigerende paarden. De zwaargewonden bleven op het slagveld liggen schreeuwen tot ze stierven. Een paar gewonden die nog konden lopen, deden er dagen over om Washington te bereiken.

In Holden's Crossing gaf de overwinning van de zuiderlingen de sympathisanten nieuwe moed. Rob J. maakte zich bozer om de misdadige verwaarlozing van de gewonden dan om de nederlaag. In de vroege herfst werd bekend dat de slag bij de Bull Run bijna vijfduizend doden, gewonden en vermisten had gekost en dat er vele levens door gebrek aan verzorging waren verspeeld.

Op een avond zat hij met Jay Geiger thuis in de keuken; ze vermeden een gesprek over de veldslag. Ze spraken opgewonden over het nieuws dat Judah P. Benjamin, de neef van Lillian Geiger, benoemd was tot minister van Oorlog van het Zuiden. Maar ze waren het van harte eens over de wrede waanzin van legers die hun eigen gewonden niet redden.

'Hoe moeilijk het ook is,' zei Jay, 'we moeten zorgen dat de oorlog geen eind maakt aan onze vriendschap.'

'Nee, natuurlijk niet!' Er kwam dan misschien geen eind aan, maar hij was wel gespannen en verpest geraakt. Hij stond versteld toen Geiger, toen hij vertrok, hem als een minnaar omhelsde. 'Ik beschouw de mensen van wie ik hou als familie,' zei Jay. 'Ik wil alles doen om ze gelukkig te maken.'

De volgende dag begreep Rob J. Jays afscheidsstemming toen Lillian, die met droge ogen bij Cole in de keuken zat, zei dat haar man bij dageraad naar het Zuiden was vertrokken om vrijwillig dienst te nemen bij de zuidelijke strijdkrachten.

Het scheen Rob J. toe dat de hele wereld zo grauw was geworden als het zuidelijk grijs. Kort voordat de winter de lucht dun en koud maakte, hoestte Julia Blackmer, de vrouw van de dominee, zich dood, ondanks al zijn zorgen. Op het kerkhof huilde de geestelijke toen hij de gebeden bij de begrafenis las, en toen de eerste schop zand en stenen op de vuren kist van Julia viel, kneep Sarah Rob J. zo hard in zijn hand dat het pijn deed. In de daaropvolgende dagen verenigden de leden van Blackmers gemeente zich en Sarah organiseerde de vrouwen zo, dat het dominee Blackmer nooit aan meelevend gezelschap of een warme maaltijd ontbrak. Rob J. was van mening dat de geestelijke bij zijn verdriet een beetje met rust gelaten moest worden, maar dominee Blackmer bleek dankbaar voor de goede werken.

Voor Kerstmis vertrouwde moeder Miriam Ferocia Rob J. toe dat ze een brief had ontvangen van een advocatenfirma in Frankfurt, waarin haar de dood van Ernst Brotknecht, haar vader, werd meegedeeld. In zijn testament had hij geregeld dat de reparatiewerkplaats in Frankfurt en de karrenfabriek in München verkocht zouden worden en in de brief stond dat er een grote som geld op zijn dochter lag te wachten, die eerder in haar leven Andrea Brotknecht had geheten.

Rob J. condoleerde haar met haar vader, die ze in jaren niet gezien had. 'Lieve hemel, moeder Miriam, u bent rijk!'

'Nee,' zei ze rustig. Toen ze het habijt aantrok had ze beloofd om alle wereldse goederen over te dragen aan de Heilige Moeder de Kerk. Ze had al papieren getekend om de zeggenschap over de erfenis aan haar bisschop over te dragen.

Dat ergerde Rob J. In de loop van de jaren had hij een aantal kleine schenkingen aan het klooster gedaan omdat hij de nonnen niet graag zag lijden. Hij had gezien hoe hard hun bestaan was, hoe karig hun rantsoen en hoe alles ontbrak dat als luxe beschouwd kon worden. 'Een beetje geld zou voor de zusters van het klooster zó'n verschil maken. Al kunt u het voor uzelf dan niet aannemen, dan zou het toch kunnen voor uw nonnen.'

Maar ze wilde niet dat hij haar in zijn boosheid meesleepte. 'Armoede is een essentieel onderdeel van hun leven,' zei ze en knikte met een onuitstaanbare christelijke verdraagzaamheid toen hij al te plotseling afscheid nam en wegreed.

Nu Jason weg was, verdween er een hoop warmte uit Rob J.'s bestaan. Hij had met Lillian muziek kunnen blijven maken, maar de piano en de viola da gamba klonken vreemd hol zonder de melodieuze binding van Jays viool en ze zochten smoesjes om niet samen te spelen.

In de eerste week van 1862, op een moment dat Rob J. zich bijzonder ontevreden voelde, kreeg hij tot zijn genoegen een brief van Harry Loomis in Boston, met daarbij de vertaling van een artikel dat een paar jaar tevoren in Wenen was gepubliceerd door een Hongaarse dokter, Ignaz Semmelweis. Het werk van Semmelweis, *De oorzaak, overdracht en preventie van kraamvrouwenkoorts*, was voornamelijk gebaseerd op het werk dat in Amerika verricht was door Oliver Wendell Holmes. In het Algemeen Ziekenhuis van Wenen was Semmelweis tot de slotsom gekomen dat kraamvrouwenkoorts, waar twaalf procent van de moeders aan stierf, besmettelijk was. Net als Holmes tientallen jaren tevoren had hij ontdekt dat de dokters de ziekte zelf verspreidden door hun handen niet te wassen.

Harry Loomis schreef dat hij steeds meer geïnteresseerd raakte in manieren om infectie in wonden en operatiesneden te voorkomen. Hij vroeg of Rob J. zich bewust was van het onderzoek van dokter Milton Akerson, die aan die problemen gewerkt had in het Ziekenhuis van de Mississippi-vallei in Cairo, Illinois, naar Harry's idee niet zo ver van Holden's Crossing.

Rob J. had niet gehoord van het werk van dokter Akerson, maar hij wist meteen dat hij naar Cairo wilde om te gaan kijken. Het duurde een aantal maanden voor hij de kans kreeg. Hij reed door de sneeuw en legde zijn bezoeken af, maar eindelijk werd het wat rustiger, net toen de lenteregens kwamen. Moeder Miriam verzekerde hem dat zij en haar zusters een oogje op zijn patiënten zouden houden en Rob J. kondigde aan dat hij voor een korte vakantie naar Cairo ging. Op 9 april, een woensdag, ploeterde hij op Boss over de vette klei op de wegen naar Rock Island, waar hij zijn paard stalde; toen kon hij tegen de avond mee op een bomenvlot, de Mississippi af. De hele nacht dreef hij stroomafwaarts, tamelijk beschut onder het dak van de vlothut en sliep op de houtblokken naast de kookkachel. Toen hij de volgende morgen in Cairo van het vlot ging, was hij stijf en het regende nog steeds.

Cairo was er erg aan toe: overstroomde landerijen en veel straten onder water. Hij knapte zich aandachtig op in een herberg waar hij ook een karig ontbijt kon kopen en ging toen naar het ziekenhuis. Dokter Akerson was een donker mannetje met een bril; zijn zware snor liep door over zijn wangen en ging bij de oren over in zijn haar, op de afschuwelijke manier die populair was geworden door Ambrose Burnside, wiens brigade bij de Bull Run als eerste de zuiderlingen was aangevallen.

Dokter Akerson begroette Rob beleefd en was merkbaar gevleid toen hij hoorde dat zijn werk de aandacht had getrokken van collega's helemaal in Boston. De lucht in zijn ziekenzalen rook sterk naar zoutzuur, naar hij meende een middel om infecties te bestrijden waar de gewonden vaak aan stierven. Rob J. merkte op dat de geur van wat Akerson de 'desinfectans' noemde, een paar onaangename geuren van de ziekenzaal maskeerde, maar hij vond hem onaangenaam aan neus en ogen.

Hij zag al vlug dat de dokter in Cairo geen wonderkuur had.

'Soms schijnen ze echt voordeel te hebben van de behandeling van hun wonden met zoutzuur. Andere keren...' Dokter Akerson haalde zijn schouders op. 'Dan schijnt niets te helpen.'

Hij had geëxperimenteerd met het verstuiven van zoutzuur in de lucht van de operatiekamer en de zalen, zei hij tegen Rob, maar hij was daar niet mee doorgegaan omdat de dampen het ademen en zien bemoeilijkten. Nu stelde hij zich tevreden met het verband van zuur te doordrenken en het direct op de wond te leggen. Hij zei te geloven dat wondkoorts en andere infecties werden veroorzaakt door etterlichaampjes die als stof door de lucht zweefden, en dat het van zuur doordrenkt verband die verontreinigingen uit de wonden hield.

Een zaalhulp kwam langs met een blad vol verband en een ervan viel van het blad op de vloer. Dokter Akerson pakte het op, veegde er met zijn hand wat viezigheid af en liet het aan Rob zien. Het was gewoon verband, gemaakt van een katoenen lap, in het zoutzuur gedompeld. Toen Rob het teruggaf aan dokter Akerson, zuchtte de dokter en legde het terug op het blad om te gebruiken. 'Jammer dat we niet kunnen vaststellen waarom het soms helpt en soms niet,' zei Akerson.

Het bezoek werd gestoord door een jonge arts die dokter Akerson kwam zeggen dat meneer Robert Francis, een vertegenwoordiger van de Gezondheidscommissie van de Verenigde Staten, hem wilde spreken over 'zeer dringende aangelegenheden'.

Toen Akerson Rob J. naar de deur bracht, troffen ze meneer Francis ongeduldig wachtend in de gang aan. Rob J. wist van de Gezondheidscommissie en was er een voorstander van: een burgerorganisatie die in het leven was geroepen om gelden in te zamelen en personeel aan te trekken om voor de gewonden te zorgen. Nu vertelde meneer Francis, die haastig sprak, dat er bij Pittsburg Landing, Tennessee, vijftig kilometer ten noorden van Corint, Mississippi, een afschuwelijke veldslag van twee dagen had gewoed. 'Er zijn vreselijke gewonden, veel erger dan bij de Bull Run. We hebben vrijwilligers geworven om de gewonden te verzorgen, maar we hebben een wanhopig gebrek aan artsen.'

Dokter Akerson keek gekweld. 'De oorlog heeft beslag gelegd op de meeste van onze dokters. We kunnen er hier geen meer missen.'

Meteen zei Rob J.: 'Ik ben arts, meneer Francis. Ik kan gaan.'

Met drie andere geneesheren uit omliggende plaatsen en vijftien uiteenlopende burgers die nog nooit iemand verzorgd hadden, ging Rob

J. op het middaguur aan boord van de pakketboot *City of Louisiana* en stoomde door de natte smeerboel die de Ohio bedekte. Om vijf uur 's middags kwamen ze in Paducah, Kentucky aan en voeren de Tennessee op. Het was nog driehonderdzeventig kilometer naar Tennessee. In het nachtelijk duister passeerden ze ongezien en niets ziende Fort Henry, dat Ulysses S. Grant pas een maand tevoren had ingenomen. De hele volgende dag puften ze langs rivierdorpen, volgeladen kaden, nog meer ondergelopen akkers. Het was bijna weer donker toen ze om vijf uur 's middags in Pittsburg Landing aankwamen.

Rob J. telde daar vierentwintig stoomboten, waaronder twee kanonneerboten. Toen de medische groep zich ontscheepte, vonden ze een oever en hellingen die door een terugtocht van de noorderlingen op zondag waren vertrapt tot een modderpoel; ze zakten er tot halverwege hun knieën in. Rob J. werd aangewezen om op de *War Hawk* te gaan, een schip waar vierhonderdzes gewonde soldaten op lagen. Ze waren bijna klaar met het inladen toen hij aan boord kwam, en zonder uitstel vertrokken ze. Een barse eerste officier vertelde Rob kalm dat de geweldige aantallen gewonden beslag hadden gelegd op de ziekenhuisvoorzieningen in alle steden en dorpen van Tennessee. De *War Hawk* moest zijn passagiers meer dan duizend kilometer vervoeren, de Tennessee op tot aan de Ohio en dan over de Ohio naar Cincinnati.

Overal waren gewonden neergelegd: in de ruimen, in de officiers- en passagiershutten, en overal op de dekken in de onophoudelijke regen. Rob J. en Jim Sprague, een legerarts uit Pennsylvania, waren de enige dokters. Alle voorraden waren in een passagiershut gepropt en ze waren nog geen twee uur onderweg toen Rob J. zag dat de medicinale brandewijn gestolen werd. De militaire commandant van het schip was Crittendon, een jonge eerste luitenant die nog wazig keek van de veldslag. Rob wist hem te overtuigen dat er onmiddellijk een gewapende wacht bij de voorraad moest komen.

Rob J. had zijn eigen dokterstas niet meegenomen uit Holden's Crossing. Bij de voorraad zat een medische kist en hij vroeg de technisch officier om een paar van de instrumenten te slijpen. Hij had weinig lust ze te gebruiken. 'Reizen is een zware schok voor gewonden,' zei hij tegen Sprague. 'Ik denk dat we operaties zoveel mogelijk moeten uitstellen tot we deze mensen in een ziekenhuis kunnen krijgen.'

Daar was Sprague het mee eens. 'Ik ben niet zo goed in het snijden,' zei hij. Hij hield zich op de achtergrond en liet de beslissingen aan Rob J. over. Rob besloot dat Sprague ook niet zo goed was in het behandelen, maar hij liet hem zorgen dat wonden verbonden werden en dat de patiënten soep en brood kregen.

Rob zag bijna ogenblikkelijk dat een paar van de mannen zwaar verminkt waren en dat er meteen geamputeerd moest worden.

De vrijwillige verplegers waren enthousiast maar onervaren – boekhouders, onderwijzers, voerlui – die allemaal geconfronteerd werden met bloed en pijn en tragedies die ze nooit hadden kunnen dromen. Rob haalde er een paar bij elkaar om te helpen bij de amputaties en zette de rest aan het werk onder dokter Sprague om wonden te verbinden, verband te verversen, de dorstigen van water te voorzien en de mensen aan dek zoveel mogelijk te beschutten met alle dekens en jassen die ze konden vinden.

Rob J. was liefst de gewonden een voor een afgegaan, maar daar had hij de kans niet voor. Hij ging naar iemand toe zodra een van de verplegers kwam zeggen dat een patiënt er 'slecht aan toe' was. In theorie moest geen van de mannen op de *War Hawk* er zo 'slecht aan toe' zijn dat hij de reis niet kon overleven, maar al vlug stierven er verschillende.

Rob J. zei dat iedereen uit de hut van de tweede stuurman weg moest en bij het licht van vier lantarens begon hij te amputeren. Die nacht zette hij veertien ledematen af. Velen aan boord hadden een amputatie ondergaan voordat ze op de boot werden gebracht en hij onderzocht een paar van die mannen, verdrietig over de slechte kwaliteit van sommig snijwerk. Peters, een jongen van negentien, was zijn rechterbeen tot de knie kwijtgeraakt en zijn linker tot de heup en zijn hele rechterarm. In de loop van de avond begon hij te bloeden uit de stomp van zijn linkerbeen, of hij bloedde al toen hij aan boord gebracht werd. Hij was de eerste die dood werd aangetroffen.

'Pappa, ik heb het geprobeerd,' huilde een soldaat met lang geel haar en een gat in zijn rug waardoor zijn ruggegraat wit glansde als de graten van een forel. 'Ik heb zo mijn best gedaan.'

'Ja, dat heb je. Je bent een goede zoon,' zei Rob J. en streelde hem over zijn hoofd.

Sommigen schreeuwden, sommigen hulden zich in stilte als in een wapenrusting, sommigen huilden en praatten maar. Langzaam vormde Rob J. zich een beeld van de veldslag uit stukjes persoonlijke ellende. Grant was bij Pittsburg Landing geweest met tweeënveertigduizend man in afwachting van de troepen van generaal Don Carlos Buell, die zich bij hen zouden voegen. Beauregard en Albert Johnston besloten dat ze Grant konden verslaan voordat Buell aankwam en veertigduizend zuiderlingen overvielen het kamp van de noordelijke troepen. Grants linie werd teruggeworpen, zowel links als rechts, maar het centrum, met soldaten uit Iowa en Illinois, hield ook tijdens het meest woeste gevecht stand.

339

Op zondag hadden de opstandelingen veel soldaten krijgsgevangen genomen. De hoofdmacht van de noordelijke troepen werd helemaal tot de rivier teruggeslagen, het water in, met de rug tegen de steile oevers waardoor ze niet verder terug konden. Maar op maandagmorgen, toen de zuiderlingen de zaak wilden schoonvegen, kwamen er boten uit de morgennevel met twintigduizend man versterkingen van Buell en de strijd keerde zich. Aan het eind van die dag van woeste strijd trokken de zuiderlingen terug op Corint. Toen de nacht viel, overdekten lijken de grond, zover men vanuit de kerk van Shiloh het slagveld kon overzien. En enkele gewonden werden opgehaald en aan boord van een boot gebracht.

's Morgens gleed de *War Hawk* langs bossen, licht van het nieuwe loof en dicht van de vogellijm, en akkers die groen werden en nu en dan een perzikboomgaard die straalde van de bloesem, maar Rob J. zag het niet.

De kapitein van de boot was van plan geweest 's morgens en 's avonds bij een rivierdorp aan te leggen om hout in te nemen. Tegelijk moesten de vrijwilligers dan aan wal gaan en voor hun patiënten water en zoveel mogelijk voedsel bij elkaar scharrelen. Maar Rob J. en dokter Sprague hadden er bij hem op aangedrongen om ook elke middag te stoppen en soms midden op de middag nog eens, want ze merkten dat ze vlug zonder water kwamen zitten. De gewonden hadden dorst.

Tot Rob J.'s wanhoop hadden de vrijwilligers geen notie van hygiëne. Veel soldaten hadden dysenterie gehad voordat ze gewond raakten. Mannen ontlastten zich en waterden waar ze lagen en het was niet mogelijk ze schoon te maken. Ze hadden geen verschoning en hun uitwerpselen koekten aan hun lichaam vast terwijl ze in de koude regen lagen. De verplegers spendeerden de meeste tijd aan het uitdelen van warme soep. De tweede middag, toen het ophield met regenen en er een sterke zon doorkwam, begroette Rob J. de warmte met grote opluchting. Maar met de stoom die van de dekken en de mensen opsteeg, werd de hevige stank die op de *War Hawk* heerste vele malen erger. De stank werd bijna tastbaar. Soms als de boot aanlegde, kwamen er vaderlandslievende burgers aan boord met dekens, water en eten. Ze knipperden met hun ogen, hun ogen traanden, en ze maakten dat ze wegkwamen. Rob J. wilde wel dat hij een voorraadje zoutzuur van dokter Akerson had.

Mannen stierven en werden in de smerigste lappen genaaid. Hij amputeerde nog zes keer, de ergste gevallen, en toen ze hun bestemming bereikten waren er onder de achtendertig doden acht van de twintig man met een amputatie. Dinsdagmorgen vroeg kwamen ze in Cincinnati aan. Hij had drieëneenhalf etmaal niet geslapen en vrijwel niet gegeten. Opeens niet meer verantwoordelijk stond hij op de steiger en keek versuft toe hoe anderen de patiënten verdeelden in groepen die naar verschillende ziekenhuizen gestuurd werden. Toen er een sleperskar geladen werd met mannen voor het Ziekenhuis van Zuidwestelijke Ohio klom Rob J. erop en ging tussen twee veldbedden op de bodem zitten.

Toen ze de patiënten uitlaadden, zwierf hij in trage gang door het ziekenhuis, want de lucht in Cincinnati leek zo dik als pap. Het personeel keek achterdochtig naar die ongeschoren reus van middelbare leeftijd, die stonk. Toen een verpleeghulp hem onomwonden vroeg wat hij zocht, noemde hij de naam van zijn zoon.
Tenslotte werd hij naar een balkonnetje gebracht dat uitkeek op de operatiezaal. Ze waren al patiënten van de *War Hawk* aan het opereren. Vier mannen stonden om de tafel en hij zag dat een van hen Shaman was. Een korte tijd keek hij naar hem, maar al vlug steeg de warme vloed van de slaap boven zijn hoofd en hij verdronk er gemakkelijk en graag in.

Hij wist niet meer dat hij van het ziekenhuis naar Shamans kamer was gebracht en uitgekleed. De rest van de dag en de hele nacht sliep hij totaal uitgeteld in het bed van zijn zoon. Toen hij wakker werd was het woensdagmorgen; buiten straalde de zon. Terwijl hij zich schoor en een bad nam, haalde Shamans vriend Cooke, een hulpvaardige jongeman, Rob J.'s kleren uit de ziekenhuiswasserij waar ze gekookt en gestreken waren, en ging Shaman halen.
Shaman was vermagerd maar zag er gezond uit. 'Hebt u iets van Alex gehoord?' vroeg hij direct.
'Nee.'
Shaman knikte. Hij nam Rob J. mee naar een restaurant een eind van het ziekenhuis, om alleen te zijn. Ze aten een stevig maal van eieren en aardappels en ham, met slappe koffie die voornamelijk bestond uit gedroogde cichorei. Shaman wachtte tot hij de eerste hete, zurige slok koffie gedronken had voordat hij vragen begon te stellen en hij hoorde het verhaal van de *War Hawk* met grote belangstelling aan.
Rob J. stelde vragen over de medische opleiding en zei hoe trots hij was op Shaman.
'Weet je nog,' vroeg hij, 'thuis, die blauwstalen lancet van mij?'
'Die antieke, die u het mes van Rob J. noemt? Die al eeuwen in de familie moet zijn?'

'Die bedoel ik. Het ìs al eeuwen in de familie. Hij gaat naar de oudste zoon die dokter wordt. Hij is voor jou.'

Shaman glimlachte. 'Zou u niet liever wachten tot december, als ik mijn diploma krijg?'

'Ik weet niet of ik er hier bij kan zijn als je slaagt. Ik word legerarts.'

Shamans ogen werden groot. 'Maar u bent een pacifist! U hebt een afkeer van oorlog.'

'Dat is zo,' zei hij met een stem die nog bitterder was dan de drank. 'Maar je ziet wat ze elkaar aandoen.'

Ze bleven lang zitten en dronken verse koppen slechte koffie waar ze geen behoefte aan hadden. Twee grote mannen die elkaar indringend aankeken en langzaam en rustig praatten, alsof ze alle tijd van de wereld hadden.

Maar om elf uur 's morgens waren ze terug in de operatiezaal. De toevloed van gewonden van de *War Hawk* had een aanslag gepleegd op de voorzieningen en de medische staf van het ziekenhuis. Sommige chirurgen werkten de hele nacht en morgen door en nu was Robert Jefferson Cole bezig met een jongeman uit Ohio wiens schedel, schouders, rug, billen en benen aan een regen van zuidelijke scherfjes had blootgestaan. De behandeling duurde lang en was moeizaam omdat elk stukje metaal uit het vlees gegraven moest worden met zo weinig mogelijk schade aan het weefsel, en het hechten moest al even precies omdat je mocht hopen dat de spieren weer aan elkaar groeiden. Het zaaltje zat vol medische studenten en verschillende professoren, die toekeken wat voor soorten vreselijke gevallen dokters van de oorlog te verwachten hadden. Dr. Harold Meigs, op de eerste rij gezeten, gaf dr. Barney McGowan een por en met een kinbeweging wees hij op een man die beneden terzijde in de operatiezaal stond, zo ver weg dat hij niet in de weg stond maar het toch kon zien. Het was een grote dikbuikige man met grijzend haar, die zijn armen over elkaar had geslagen, zijn ogen op de operatietafel had gericht en geen oog had voor al het andere om hem heen. Toen hij de kalme vaardigheid en het zelfvertrouwen van de dokter zag, knikte hij van onbewuste instemming, en de twee professoren keken elkaar aan en glimlachten.

Rob J. ging terug met de trein en kwam op het station van Rock Island aan negen dagen nadat hij uit Holden's Crossing vertrokken was. In de straat naar het spoorwegstation kwam hij Paul en Roberta Williams tegen die in Rock Island waren gaan winkelen.

'Hallo, dok! Komt u van de trein?' vroeg Williams. 'Ik heb gehoord dat u weg was, op een korte vakantie?'

'Ja,' zei Rob J.

'En, hebt u het leuk gehad?'

Rob J. deed zijn mond open en toen weer dicht. 'Heel prettig, dank je, Paul,' zei hij rustig. Toen ging hij naar de stal om Bess op te halen en naar huis te rijden.

49. De contractarts

Rob J. had het grootste deel van de zomer nodig om zijn plan te maken. Eerst had hij gedacht dat hij het voor een andere dokter financieel aantrekkelijk moest maken om het in Holden's Crossing over te nemen, maar na een tijdje moest hij erkennen dat dat niet kon omdat de oorlog een ernstig tekort aan geneesheren had veroorzaakt. Hij kon niets beters doen dan afspreken dat Tobias Barr elke woensdag en in noodgevallen naar de praktijk van Cole kwam. Voor minder ernstige gevallen moesten de mensen van Holden's Crossing naar de praktijk van dokter Barr in Rock Island gaan of de verplegende nonnen raadplegen.

Sarah was woedend – niet zozeer omdat Rob J. bij de 'verkeerde kant' ging dan wel omdat hij überhaupt ging. Ze bad en overlegde met Lucian Blackmer. Zonder hem zou ze weerloos zijn, hield ze vol. 'Voordat je gaat, moet je naar het noordelijke leger schrijven,' zei ze, 'en vragen of Alex gevangengenomen is of gesneuveld.' Rob J. had dat al maanden tevoren gedaan, maar hij vond ook dat het tijd werd nog eens te schrijven en deed dat ook.

Sarah en Lillian waren hechter dan ooit. Jay had een succesrijk systeem bedacht om post en nieuws uit het Zuiden door de linies naar Lillian te krijgen, waarschijnlijk met riviersmokkelaars. Voor de kranten in Illinois het verhaal hadden, zei Lillian hun dat Judah P. Benjamin van minister van Oorlog tot minister van Buitenlandse Zaken van het Zuiden was bevorderd. Op een keer toen Lillians neef naar Rock Island was gekomen om met Hume te overleggen over een spoorwegproces hadden Sarah en Rob J. gegeten met de Geigers en Benjamin. Benjamin had een verstandige, bescheiden indruk gemaakt, niet van een man die op een gelegenheid zit te azen om een nieuw land te gaan leiden.

Wat Jay betreft, Lillian zei dat haar man veilig was. Hij had de rang van adjudant en had de leiding gekregen over een militair hospitaal ergens in Virginia.

Toen ze hoorde dat Rob J. naar het noordelijke leger ging, knikte ze behoedzaam. 'Ik bid dat Jay en jij elkaar niet tegenkomen zolang het oorlog is.'

'Dat lijkt me heel onwaarschijnlijk,' zei hij en klopte haar op haar hand.

Hij nam met zo weinig mogelijk omslag afscheid van de mensen. Moeder Miriam Ferocia luisterde bijna met een gevoelloze berusting naar hem. Dat hoorde bij de discipline van een non, bedacht hij, om afscheid te nemen van degenen die deel van hun leven waren gaan uitmaken. Ze gingen naar waar hun Heer het hun beval; in dat opzicht waren het net soldaten.

Op de morgen van 12 augustus 1862, toen Sarah hem uitzwaaide aan de stoombootkade van Rock Island, had hij de *Mee-shome* en één koffertje bij zich. Ze huilde en ze kuste hem telkens weer op zijn lippen, bijna wild, zonder te denken aan de blikken van anderen op de kade.

'Jij bent mijn eigen lieve meid,' zei hij zachtmoedig.

Hij vond het ellendig om haar zo achter te laten, maar het was een opluchting om aan boord te gaan en ten afscheid te zwaaien, tot de boot twee keer kort en een keer lang floot en naar de stroom in het midden voer en vertrok.

Het grootste deel van de stroomafwaartse tocht bleef hij buiten op het dek. Hij hield van de Mississippi en keek graag naar het verkeer in het drukste seizoen. Tot dan toe hadden de zuiderlingen strijders met meer roekeloosheid en flair en veel betere generaals dan de noorderlingen. Maar toen de noorderlingen die lente New Orleans ingenomen hadden, hadden ze de heerschappij van het Noorden over de lagere en hogere gedeelten van de Mississippi met elkaar verbonden. Samen met de Tennessee en andere minder grote rivieren verkregen de noordelijke troepen een bevaarbare route, recht naar de kwetsbare buik van het Zuiden.

Een van de militaire stellingen langs de waterroute was Cairo, waar Rob J. zijn reis op de *War Hawk* begonnen was en daar ontscheepte hij zich nu. Eind augustus waren er in Cairo geen overstromingen, maar dat maakte weinig verschil, want er waren duizenden manschappen gelegerd rond het stadje en het slib van de samengeperste mensenmassa was het stadje in gelopen, met vuilnis, dode honden en ander rottend afval, opgehoopt voor de huizen in de modderige straten. Rob J. volgde het militaire verkeer tot aan het kamp, waar hij door een schildwacht werd aangeroepen. Hij legitimeerde zich en vroeg hem naar de commandant te brengen en al vlug kwam hij bij kolonel Sibley van het 176e Pennsylvania Vrijwilligers. Aan het 176e Pennsylvania waren door de organisatietabel van het leger al twee artsen toegewezen, zei kolonel Sibley. Hij zei dat er nog drie andere regimenten in het kamp waren, het 42e Kansas, het 106e Kansas en het 201e Ohio. Hij gaf te kennen dat er bij het 106e Kansas plaats was voor een tweede officier van gezondheid, en daar ging Rob J. vervolgens heen.

De commandant van het 106e was kolonel Frederick Hilton, die Rob J. aantrof vóór zijn tent terwijl hij al pruimend aan een tafeltje zat te schrijven. Hilton wilde hem dolgraag hebben. Hij had het over een luitenantsrang ('zo vlug mogelijk kapitein') en dienstneming voor een jaar als tweede officier van gezondheid, maar Rob J. had heel wat onderzoek gedaan en nagedacht voordat hij van huis vertrok. Als hij zich had onderworpen aan een onderzoek door de directeur-generaal van de gezondheidsdienst, had hij majoor kunnen worden met een royale kwartiervergoeding en een functie als medisch stafofficier of als officier van gezondheid in een algemeen ziekenhuis. Maar hij wist wat hij wilde. 'Geen dienstneming. Geen aanstelling. Het leger maakt tijdelijk gebruik van burgerdokters en ik wil voor u werken op een contract voor drie maanden.'

Hilton haalde zijn schouders op. 'Ik zal papieren in orde maken voor waarnemend tweede officier van gezondheid. Kom na het eten terug om ze te tekenen. Tachtig dollar per maand, u zorgt zelf voor een paard. Ik kan u het adres van een uniformmaker in de stad geven.'

'Ik draag geen uniform.'

De kolonel nam hem eens op. 'Dat kunt u beter wel doen. Deze mannen zijn soldaten. Van het bevel van een burger trekken ze zich niets aan.'

'Toch liever niet.'

Kolonel Hilton knikte uitdrukkingsloos en spuugde tabakssap uit. Hij riep een sergeant en gaf de man opdracht, dokter Cole de tent van de medisch officieren te wijzen.

Ze waren nog niet ver in de compagniestraat toen de eerste bugelklanken het signaal gaven van de taptoe, de ceremonie van het strijken van de vlag bij zonsondergang. Alle geluid en beweging hielden op toen de mannen naar de vlag toe gingen staan en in de houding sprongen om te groeten.

Dat was zijn eerste taptoe en Rob J. vond het merkwaardig ontroerend, want hij bespeurde dat het te maken had met een religieuze verbondenheid tussen al die mannen die bleven groeten tot de laatste trillende toon van de verre bugel was verstorven. Toen leefde de activiteit in het kamp weer op.

De meeste tenten waren maar klein, maar de sergeant ging hem voor naar een groep kegelvormige tenten die Rob J. deden denken aan

wigwams. Voor een ervan bleef hij staan. 'Hier is het, meneer.'
'Dank je.'

Binnen waren er alleen maar twee slaapplaatsen op de grond met dekens. Een man, ongetwijfeld de officier van gezondheid, lag in een
diepe slaap, gaf een zure lichaamsgeur af en rook sterk naar rum.

Rob J. zette zijn tas op de grond en ging ernaast zitten. Hij had veel
fouten gemaakt en net zo goed gekke dingen gedaan als de meesten,
bedacht hij. Hij kon onmogelijk zeggen of hij nu misschien een van de
stomste dingen van zijn leven ging doen.

De officier van gezondheid was majoor G. H. Woffenden. Rob J.
kwam er al vlug achter dat hij nooit een medische opleiding had gedaan maar een tijdlang geleerd had 'bij die ouwe dok Cowan' en toen
op eigen wieken was gaan drijven. Dat hij in Topeka benoemd was
door kolonel Hilton. Dat hij nog nooit zo'n mooi regelmatig inkomen
gehad had als de majoorswedde. En dat hij er tevreden mee was, zich
serieus aan de drank te wijden en de tweede officier van gezondheid,
zijn waarnemer, het dagelijkse ziekenrapport te laten afhandelen.

Het ziekenrapport kostte elke keer bijna de hele dag, want de rij patiënten scheen eindeloos. Het regiment omvatte twee bataljons. Het
eerste was op sterkte, vijf compagnieën. Het tweede bestond uit maar
drie compagnieën. Het regiment bestond nog geen vier maanden en
was geformeerd toen de beste mannen al bij het leger waren. Het 106e
had gepakt wat er over was en het tweede bataljon bestond uit het
uitvaagsel van Kansas. Veel van de mannen die wachtten om bij Rob
J. te komen waren te oud om soldaat te zijn en veel ook te jong, waaronder een stuk of zes die nauwelijks boven de tien waren. Ze waren
allemaal in buitengewoon slechte conditie. De meest voorkomende
klachten waren diarree en dysenterie, maar Rob J. kwam diverse
soorten koorts tegen, zware kou die op borst en longen geslagen was,
syfilis en gonorroe, delirium tremens en andere tekenen van alcoholisme, hernia en veel schurft.

Er was een praktijktent met een medische kist van het Leger van de
Verenigde Staten, een grote kist van pitriet en linnen, waar allerlei
medische voorraad in zat. Volgens de inventarislijst moesten er ook
zwarte thee, witte suiker, koffie-extract, geconcentreerde bouillon, gecondenseerde melk en alcohol inzitten. Toen Rob J. Woffenden naar
die spullen vroeg, scheen de officier van gezondheid gekwetst. 'Gestolen, zou ik denken,' snauwde hij, al te afwerend.

Na de eerste paar maaltijden begreep Rob J. waarom er zoveel maag-
problemen waren. Hij zocht de intendance-officier op, Zearing, een
veelgeplaagde tweede luitenant, en kreeg te horen dat het regiment

van het leger achttien cent per man kreeg voor het eten. Dat kwam neer op een dagrantsoen van drieëneenhalf ons zoute speklappen, zeventig gram bruine bonen of erwten en vijf ons bloem of drieëneenhalf ons scheepsbeschuit. Het vlees was veelal zwart van buiten en als je erin sneed geel van bederf en de scheepsbeschuit noemden de soldaten 'wormenkastelen' omdat de grote dikke biscuits, vaak beschimmeld, regelmatig bewoond werden door maden of korenwormen.

De soldaten kregen hun rantsoen rauw en maakten het zelf klaar boven de vlam van een kampvuurtje, waarbij ze de bonen meestal kookten en het vlees en de verkruimelde scheepsbeschuit – en zelfs de bloem – in reuzel bakten. Samen met de ziekten moest dat menu wel een ramp worden voor duizenden magen, en latrines waren er niet. De mannen ontlastten zich waar ze maar wilden, meestal achter hun tent, al haalden velen met buikloop maar net de ruimte tussen hun tent en die van de buren. Om het kamp hing een wasem die deed denken aan de *War Hawk* en Rob J. kwam tot de conclusie dat het hele leger naar uitwerpselen stonk.

Hij begreep wel dat hij aan het menu weinig kon doen, tenminste niet meteen, maar hij was vastbesloten om de toestand te verbeteren. De volgende middag na het ziekenrapport ging hij naar een plek waar een sergeant van de C-compagnie van het eerste bataljon zes manschappen oefende in het gebruik van de bajonet. 'Sergeant, weet je waar je een paar schoppen kunt vinden?'

'Schoppen, jawel,' zei de sergeant behoedzaam.

'Nou, dan wil ik dat je er voor elk van die mannen een haalt en ik wil dat ze een greppel graven,' zei Rob J.

'Een greppel, meneer?' De sergeant keek naar de merkwaardige gestalte in zijn flodderig zwart pak, zijn gekreukeld overhemd, het lintdasje en de breedgerande zwarte burgerhoed.

'Ja, een greppel,' zei Rob J. 'Op deze plek. Drie meter lang, een meter breed, twee meter diep.'

Die burgerdokter was een grote man. Hij scheen vastbesloten. En de sergeant wist dat hij nominaal eerste luitenant was.

Even later waren de zes mannen ijverig aan het graven en de sergeant keek toe, toen kolonel Hilton en kapitein Irvine van het eerste bataljon van de C-compagnie door de compagniestraat kwamen.

'Wat is dat, verdomme?' vroeg kolonel Hilton de sergeant, die zijn mond opendeed en Rob J. aankeek.

'Ze graven een zinkput, kolonel,' zei Rob J.

'Een zinkput?'

'Ja, kolonel, een latrine.'

'Ik weet wel wat een zinkput is. Ze kunnen hun tijd beter besteden aan bajonetoefeningen. Deze mannen zullen vlug in de strijd zijn. Wij doen ze voor hoe ze opstandelingen moeten doden. Dit regiment gaat zuiderlingen doodschieten en -steken met bajonetten en messen, en als het nodig is, pissen en schijten we ze dood. Maar we graven geen latrines.'

Een van de mannen met schoppen begon ruw te lachen. De sergeant keek Rob J. grijnzend aan.

'Is dat goed begrepen, waarnemend tweede officier van gezondheid?' Rob J. glimlachte niet. 'Ja kolonel.'

Dat was op de vierde dag bij het 106e. Daarna kwamen nog zesentachtig dagen en ze gingen heel langzaam voorbij en werden zorgvuldig geteld.

50. Brief van een zoon

Cincinnati, Ohio
12 januari 1863

Beste pa,

Nou, ik vraag de lancet van Rob J. op!
Kolonel Peter Brandon, eerste adjudant van generaal-majoor William A. Hammond hield de toespraak. Sommigen vonden het een mooie rede, maar ik was teleurgesteld. Dokter Brandon zei dat dokters de hele geschiedenis door voorzien hebben in de medische behoeften van de legers. Hij gaf een hoop voorbeelden: de Hebreeën uit de bijbel, de Grieken, de Romeinen, enzovoort enzovoort. Hij sprak uitvoerig over de prachtige kansen die het leger van de Verenigde Staten in oorlogstijd aan een dokter biedt: het loon, en de voldoening die je ondervindt als je je land dient. Wij wilden horen over de glorieuze daden uit ons beroep, over Plato en Galenius, Hippocrates en Andreas Vesalius, en hij hield een wervingstoespraak. Het was bovendien overbodig. Zeventien man uit mijn klas van zesendertig nieuwe artsen hadden zich al gemeld om bij de medische afdeling van het leger te gaan.
Ik weet dat u het begrijpt, als ik schrijf dat ik het wel heel erg fijn zou hebben gevonden, ma te zien, maar dat ik toch opgelucht was toen ze besloot niet te proberen naar Cincinnati te komen. De treinen, hotels enzovoort zijn tegenwoordig zo vol en smerig, dat een alleen reizende vrouw veel ongemak zou hebben, of erger. Ik heb u er echt bij gemist, nog een reden om een hekel aan de oorlog te hebben. De vader van Paul Cooke, die in Xenia in voeders en

graan handelt, kwam naar de uitreiking en nam ons tweeën na afloop mee voor een overvloedig maal met wijn en heilwensen en leuke complimenten. Paul is een van de mensen die recht het leger in gaat. Hij is bedrieglijk want hij zit zo vol grappen, maar hij was de intelligentste van onze klas en slaagde summa cum laude. Ik heb hem geholpen bij zijn laboratoriumwerk en hij heeft me geholpen een magna cum laude te verwerven, omdat hij, als we een stuk bestudeerd hadden, vragen stelde die heel wat pittiger waren dan wat onze profs ooit vroegen.

Na het eten ben ik met zijn vader en hem naar het Operahuis Pike geweest om Adelina Patti te horen spelen, en ik ging terug naar de school. Ik wist precies wat ik wilde doen. Er is een bakstenen tunnel die onder Ninth Street door van de medische school naar het hoofdgebouw van het ziekenhuis loopt. Er mogen alleen artsen komen. Om te zorgen dat hij in noodgevallen vrij is, mogen medische studenten er niet komen; die moeten de straat oversteken, hoe smerig het weer ook mag zijn. Ik ging naar de kelder van de medische school, eigenlijk nog steeds als student, en ging de met lampen verlichte tunnel in. Toen ik erdoor liep naar de andere kant, het ziekenhuis in, voelde ik me op een of andere manier voor het eerst dokter!

Pa, ik heb een tweejarige aanstelling als arts bij het Ziekenhuis van Zuidwestelijk Ohio aangenomen. Ik krijg maar driehonderd dollar per jaar, maar dr. Berwyn zei dat het tot een goed doktersinkomen zal leiden. 'Het belang van het inkomen moet je niet onderschatten,' zei hij. 'U moet eraan denken, dat degene die bitter klaagt over wat een dokter verdient, zelf meestal geen dokter is.'

Pijnlijk genoeg, en tot mijn grote geluk, kibbelen Berwyn en McGowan erover, wie van de twee mij onder zijn hoede zal nemen. Een paar dagen geleden zette Barney McGowan zijn toekomstplan voor mij uiteen: Ik zal een paar jaar voor hem werken als jongste medewerker, en dan regelt hij dat ik een aanstelling krijg als lector in de anatomie. Dan zal ik, zei hij, als hij met emeritaat gaat, klaar zijn om zijn toga over te nemen als professor in de pathologie.

Het was te veel, ze brachten me allebei het hoofd op hol, want mijn eigen droom was altijd gewoon dokter worden. Tenslotte werkten ze een programma uit dat gunstig voor me is. Net als tijdens mijn zomerbaantje werk ik 's morgens met Berwyn in de operatiezaal en 's middags op de ziekenzaal met McGowan, maar in plaats van dat ik als student het vuile werk doe, functioneer ik als dokter. Ondanks hun vriendelijkheid weet ik niet of ik me ooit in Cincinnati wil vestigen. Ik mis het leven in een plaatsje waar ik de mensen ken.

Cincinnati is qua gevoel zuidelijker dan Holden's Crossing. Billy Henried vertrouwde een paar goede vrienden toe dat hij na het examen bij het zuidelijke leger zou gaan als officier van gezondheid. Eergisteravond ging ik naar

een afscheidsdineetje met Henried en Cooke. Het was vreemd en triest, elk
van beiden wist waar de ander heen ging.
Het nieuws dat president Lincoln een proclamatie heeft getekend die de sla-
ven de vrijheid geeft, heeft een hoop woede uitgelokt. Ik weet dat u de presi-
dent niet moet vanwege zijn aandeel in de vernietiging van de Sauk, maar ik
bewonder hem dat hij de slaven bevrijd heeft, om welke politieke reden ook.
Noorderlingen hier schijnen elk offer te kunnen brengen als ze zich voorhou-
den dat het is om de Verenigde Staten te redden, maar ze willen niet dat af-
schaffing van de slavernij het doel van de oorlog wordt. De meesten schijnen
niet bereid om die geweldige prijs in bloed te betalen, als de vrijheid van de
negers het doel van de strijd is. De verliezen bij veldslagen als de tweede bij
Bull Run en bij Antietam zijn verschrikkelijk geweest. Nu is er nieuws van
een slachtpartij bij Fredericksburg waarbij bijna dertienduizend noordelijke
soldaten zijn neergemaaid terwijl ze probeerden een hoogte van het Zuiden
in te nemen. Veel mensen met wie ik gesproken heb, zijn er wanhopig van.
Ik maak me steeds zorgen over jullie en Alex. U vindt het misschien ergerlijk
maar ik ben gaan bidden, al weet ik niet tot wie of wat, en ik vraag telkens al-
leen dat jullie allebei weer thuiskomen.
Doe alstublieft uw best om te zorgen voor uw eigen gezondheid, en denkt u
eraan dat er mensen zijn die hun leven hebben verankerd in uw kracht en
goedheid.

Uw liefhebbende zoon,
Shaman
(Dokter! Robert Jefferson Cole)

51. De kornettist

Het was niet zo erg als Rob J. had gevreesd om in een tent te wonen
en weer op de grond te slapen. Moeilijker was het af te rekenen met
vragen die hem achtervolgden: waarom hij hier in godsnaam was en
wat de uitslag van deze verschrikkelijke oorlog zou zijn. Voor het
Noorden bleef het slecht gaan. 'We schijnen niet te kunnen winnen
omdat we verliezen,' merkte majoor G. H. Woffenden op op een van
zijn nuchterste ogenblikken.
De meeste militairen tussen wie Rob J. woonde dronken flink als ze
geen dienst hadden, vooral na betaaldag. Ze dronken om te vergeten,
om herinneringen op te roepen, om iets te vieren, om met elkaar mee
te leven. De vuile en vaak dronken jongemannen waren net vecht-

honden aan een riem, zich schijnbaar niet bewust van hun dreigende lot, die rukten om bij hun natuurlijke vijand te komen: andere Amerikanen die ongetwijfeld even vuil en even vaak dronken waren als zij.

Waarom waren ze er zo belust op om zuiderlingen te doden? Weinig van hen wisten het echt. Rob J. begreep dat de oorlog voor hen een inhoud en betekenis gekregen had die ver boven redenen en oorzaken uitstak. Ze hunkerden naar de strijd omdat het nu eenmaal oorlog was en omdat het officieel bewonderenswaardig en vaderlandslievend genoemd werd, te doden. Dat was voldoende.

Hij wilde hun in de oren schreeuwen dat ze de generaals en politici – misleide, dwaze kinderen – op moesten sluiten in een donkere kamer; dat ze ze bij hun collectieve nekvel moesten pakken en ze door elkaar schudden en vragen: Wat is er met jullie aan de hand? *Wat is er met jullie aan de hand?*

Maar in plaats daarvan ging hij elke dag naar het ziekenrapport en verstrekte ipecacuanha, kinine en pijnstillers, en hij keek goed uit waar hij zijn voeten neerzette, als iemand die in een reusachtige kennel woont.

Op zijn laatste dag bij het 106e Kansas ging Rob J. naar de betaalmeester, inde zijn tachtig dollar, ging toen naar de kegelvormige tent, sloeg zijn *Mee-shome* over zijn schouder en pakte zijn koffer op. Majoor G. H. Woffenden, in elkaar gedoken in zijn rubber poncho, deed zijn ogen niet open en mompelde niet eens ten afscheid.

Vijf dagen tevoren waren de mannen van het 176e Pennsylvania in ordeloze toestand op stoomboten gestapt en werden naar het zuiden vervoerd, naar de strijd in Mississippi, zo ging het gerucht. Nu hadden andere boten het 131e Indiana uitgespuwd. Dat zette zijn tenten op waar tot voor kort de Pennsylvaniërs gelegerd waren geweest. Toen Rob J. de commandant opzocht, vond hij een kolonel van nog geen dertig met een baby-face, Alonzo Symonds. Kolonel Symonds zei dat hij uitkeek naar een dokter. Zijn officier van gezondheid had er een diensttijd van drie maanden opzitten en was teruggegaan naar Indiana, en een tweede officier van gezondheid had hij nooit gehad. Hij ondervroeg dokter Cole streng en scheen onder de indruk van wat hij te horen kreeg, maar toen Rob J. duidelijk maakte dat er aan bepaalde voorwaarden voldaan moest worden voordat hij kon tekenen, kwam er twijfel op het gezicht van kolonel Symonds.

Rob J. had zorgvuldig de ziekenrapporten van het 106e bijgehouden. 'Praktisch elke dag lag zesendertig procent van de manschappen op hun rug of zat in mijn wachtrij. Op sommige dagen meer. Hoe is dat, vergeleken met uw ziekenlijst?'

'We hebben veel ziekte gehad,' erkende Symonds.

'Ik kan voor gezondere mannen zorgen, kolonel, als u mij wilt helpen.'

Symonds was pas vier maanden kolonel. Zijn familie bezat een fabriek in Fort Wayne waar lampeglazen gemaakt werden en hij wist hoe rampzalig zieke arbeiders konden zijn. Maar het 131e Indiana was vier maanden tevoren geformeerd, ongeoefende troepen, en binnen een paar dagen hadden ze in Tennessee patrouilledienst moeten doen. Hij achtte zich gelukkig dat ze maar twee schermutselingen hadden meegemaakt die ernstig genoeg waren om 'contact met de vijand' te mogen heten. Hij was één dode en twee gewonden kwijtgeraakt, maar elke dag lagen er zoveel met koorts dat de zuiderlingen door zijn regiment hadden kunnen dansen als ze het geweten hadden.

'Wat moet ik dan doen?'

'Uw troepen zetten hun tenten op op de stronthopen van het 176e Pennsylvania. En het weer is hier slecht, ze drinken rivierwater dat verpest is door hun eigen afval. Ruim een kilometer aan de andere kant van het kamp ligt ongebruikt land met schone bronnen, die de hele winter goed water zouden moeten geven als u er buizen inslaat.'

'God allemachtig. Een kilometer is een heel eind om met de andere regimenten te gaan overleggen. Of om te verwachten dat hun officieren komen, als ze mij willen spreken.'

Ze keken elkaar aan en kolonel Symonds kwam tot een besluit. Hij ging naar zijn sergeant-majoor. 'Geef bevel de tenten af te breken, Douglass. Het regiment wordt verplaatst.'

Toen kwam hij terug om tot zaken te komen met die lastige dokter.

Opnieuw wees Rob J. een aanbod om benoemd te worden van de hand. Hij vroeg aangenomen te worden als waarnemend tweede officier van gezondheid op een contract voor drie maanden.

'Zo kunt u vertrekken als u niet krijgt wat u wilt,' merkte de jonge kolonel slim op. De dokter van middelbare leeftijd ontkende dat niet en kolonel Symonds keek hem aan. 'Wat wilt u nog meer?'

'Latrines,' zei Rob J.

De grond was hard maar nog niet bevroren. Op één morgen waren de zinkputten gegraven en balkjes werden op paaltjes van dertig centimeter langs de greppels gezet. Toen aan alle compagnieën de order was voorgelezen dat het zich ontlasten of wateren op een andere plaats dan in de daartoe aangewezen zinkputten een snelle, zware straf tot gevolg zou hebben, kregen ze de pest in. De manschappen hadden iets nodig om te haten en belachelijk te maken en Rob J. besefte dat hij in die behoefte voorzag. Als hij langskwam, stootten ze elkaar aan, ze keken hem strak aan en grijnsden wreed om het belachelijk figuur dat hij sloeg in zijn steeds slonziger burgerpak.

Kolonel Symonds gaf hun niet de kans om veel na te denken over hun grieven. Hij liet vier dagen een werkploeg aantreden die een aantal simpele, half ingegraven hutten bouwde van boomstammen en zoden. Ze waren vochtig en slecht geventileerd maar gaven aanzienlijk meer beschutting dan een tent, en een vuurtje maakte het de mannen mogelijk om een winternacht door te slapen.

Symonds was een goede commandant en hij had behoorlijke officieren aangetrokken. De intendance-officier van het regiment was kapitein Mason, en het viel Rob J. niet moeilijk om hem uit te leggen dat het menu tot scheurbuik leidde, want hij kon de effecten van de ziekte bij de manschappen aanwijzen. Met z'n tweeën reden ze met een platte kar naar Cairo en kochten vaten kool en wortelen die deel van het rantsoen gingen uitmaken. Bij andere eenheden in het kamp heerste nog meer scheurbuik, maar toen Rob J. wilde overleggen met de artsen van de andere regimenten had hij niet veel succes. Ze schenen zich meer bewust van hun rol als officier dan als die van dokter. Ze droegen allemaal een uniform, twee droegen er een sabel net als frontofficieren en de officier van gezondheid van het Ohio-regiment droeg epauletten met een franjerand, zoals op een schilderij dat Rob J. eens gezien had van een opgedofte Franse generaal.

Hij daarentegen hield vast aan zijn burger-ik. Toen een sergeant-foerier, dankbaar dat zijn maagkrampen weg waren, hem een blauwwollen overjas verstrekte, was hij daar blij mee maar nam hem mee naar het stadje, liet hem zwart verven en er gewone benen knopen aanzetten. Hij deed graag alsof hij nog een dorpsdokter was die tijdelijk in een ander dorp verzeild was geraakt.

In vele opzichten wàs het kamp een dorp, zij het dat het helemaal uit mannen bestond. Het regiment had zijn eigen postkantoor, met een korporaal Amasa Decker als postmeester en postbode. Op woensdagavond gaf de kapel een concert op het exercitieterrein, en soms, als ze een populair lied speelden als 'Luister naar de spotvogel' of 'Kom waar mijn lief ligt te dromen' of 'Het meisje dat ik achterliet', zongen de mannen mee. Marketentsters brachten allerlei spullen naar het kamp. Van dertien dollar per maand kon de gemiddelde soldaat zich niet veel kaas van vijftig cent per ons veroorloven of gecondenseerde melk van vijfenzeventig cent per blikje, maar ze kochten de drank van haar. Rob J. ging zich een paar keer per week te buiten aan stroopkoekjes, zes voor een kwartje. Een fotograaf had zich ingericht in een grote wandtent[wall tent], waar Rob op een dag een dollar betaalde voor een foto van hem op staalplaat, stijf en streng, die hij meteen naar Sarah stuurde als bewijs dat haar man nog gezond en wel was en haar innig beminde.

Kolonel Symonds, die al een keer met ongeoefende troepen niemandsland ingetrokken was, had zich vast voorgenomen dat ze op gevechten voorbereid zouden zijn. De hele winter trainde hij de soldaten goed. Er waren oefentochten van vijftig kilometer die Rob J. nieuwe patiënten opleverde, omdat sommige mannen leden aan spierverrekking doordat ze volledige veldbepakking en een zwaar musketgeweer bij zich hadden. Anderen kregen rugklachten doordat ze een gordel gedragen hadden met een zware patroonkist eraan. Er oefenden voortdurend secties in het bajonetvechten en Symonds dwong hen steeds weer het moeizame laden van hun musket te oefenen. 'Bijt het uiteinde van de in papier gewikkelde patroon eraf alsof je er kwaad op bent. Laat het kruit in de loop lopen, stop de minié-kogel erin en dan het papiertje als prop en druk met je laadstok die hele vervloekte troep vast. Haal een slaghoedje uit je buidel en zet dat op het nokje in het staartstuk. Richt met dat fraaie ding en schíet!'

Ze deden het keer op keer, herhaalden het eindeloos. Symonds zei Rob J. dat hij wilde dat ze konden laden en schieten als ze uit een diepe slaap ontwaakten, als ze suf waren van schrik, als hun handen trilden van opwinding of angst.

Zo ook, om hun te leren orders op te volgen zonder aarzelen in plaats van hun officieren uit te schelden of tegen te spreken, liet de kolonel ze aanhoudend exerceren. Op sommige morgens dat het landschap met sneeuw overdekt was, leende Symonds de grote houten rollen van de wegendienst van Cairo en spannen legerpaarden trokken die over het exercitieterrein tot het vlak en hard genoeg was om de compagnieën verder te oefenen, terwijl de regimentskapel marsen en foxtrots speelde.

Toen op een heldere winterdag Rob J. langs het exercitieterrein liep vol afdelingen exercerende mannen en een blik wierp op de kapel die er zat, zag hij dat een van de koperblazers een wijnvlek op zijn gezicht had. Het zware koperen instrument lag op de linkerschouder van de man, de lange hals en klankbeker glommen achter hem in de winterzon. Als hij in het mondstuk blies – ze speelden 'Heil Columbia' – dan zwollen zijn wangen geweldig op en zakten dan weer in, keer op keer. Telkens als de wangen van de man met lucht gevuld werden, werd de paarse vlek onder zijn rechteroog donkerder, als een signaal.

Negen lange jaren was Rob J. gespannen geraakt als hij een man tegenkwam met een vlek op zijn gezicht, maar nu ging hij gewoon naar

het ziekenrapport en hij liep vanzelf in de maat van de doordringende muziek, helemaal tot aan de praktijktent.

De volgende morgen, toen hij het orkest over het exercitieterrein zag
marcheren om te spelen voor een inspectie van het eerste bataljon,
keek hij uit naar de koperblazer met de vlek op zijn gezicht, maar de
man was er niet bij.

Rob J. liep naar de rij hutten waar de kapel woonde en kwam de man
meteen tegen, die bevroren kleren van de waslijn haalde. 'Nog stijver
dan de pik van een dode,' zei de man met afschuw tegen hem. 'Het is
idioot om midden in de winter een inspectie te houden.'

Rob J. beaamde dat – onoprecht, want de inspectie was zijn idee geweest, om de mannen te dwingen minstens een paar kledingstukken
te wassen. 'Heb je een dagje vrijaf?'

De man keek hem nors aan. 'Ik hoef niet te marcheren. Ik ben mank.'

Terwijl hij wegliep met zijn arm vol bevroren kleding, zag Rob J. het.
De muzikant zou de evenwichtige opstelling van een militair orkest
doorbreken. Zijn rechterbeen leek wat korter dan het linker en hij liep
duidelijk mank.

Rob J. ging zijn eigen hut in; in de koude schemering ging hij op zijn
poncho zitten met zijn deken om zijn schouders.

Elf jaar. Hij kon zich de dag nog precies herinneren. Hij wist nog alle
huisbezoeken die hij had afgelegd terwijl Makwa-ikwa werd aangerand en gedood.

Hij dacht aan de drie mannen die vlak voor de moord naar Holden's
Crossing waren gekomen en toen weer verdwenen waren. In elf jaar
was hij niets over hen te weten gekomen, behalve dat ze 'dronken als
ketters'.

Een namaak-predikant, dominee Ellwood Patterson, die hij behan-
deld had voor syfilis. Een korte, krachtige, dikke man die Hank
Cough heette. Een magere jongeman die ze Len genoemd hadden,
Lenny soms. Met een wijnvlek onder zijn rechteroog. Die hinkte.

Niet zo mager meer, als hij het was. Maar ook niet zo jong meer.

Dit was waarschijnlijk niet degene naar wie hij uitkeek, zei hij bij
zichzelf. Het was wel waarschijnlijk dat er in Amerika verschillende
mensen waren met een wijnvlek in hun gezicht plus een manke poot.

Hij wilde niet dat dit de man was, besefte hij. Het drong tot hem door
dat hij hem eigenlijk niet meer wilde vinden. Wat zou hij doen als deze muzikant Lenny was? Hem de keel afsnijden?

Hij werd overrompeld door hulpeloosheid.

Makwa's dood was iets dat hij in een afzonderlijk celletje van zijn gedachten had weten te zetten. Nu was dat celletje weer opengemaakt,

de doos van Pandora, en hij voelde een bijna vergeten kilte diep in zich groeien, een kou die niets te maken had met de temperatuur in het hutje.

Hij ging naar buiten en liep naar de tent die diende als regimentskantoor. De sergeant heette Stephen Douglass, gespeld met één s meer dan de senator. Hij was eraan gewend geraakt dat de dokter persoonlijke dossiers inzag. Hij had Rob J. gezegd dat hij nog nooit een officier van gezondheid had meegemaakt die zo energiek medische gegevens bijhield. 'Nog meer administratie, dok?'

'Een beetje.'

'Gaat uw gang. De ordonnans is een kan warme koffie halen. U mag er ook van als hij komt. Maar mors alstublieft niets op die verrekte dossiers.'

Rob J. beloofde dat.

De kapel hoorde bij de hoofdkwartier-compagnie. Sergeant Douglass bewaarde de archieven van de verschillende compagnieën netjes elk in een grijze doos en daarin was het een aantal kaarten, met een touwtje bij elkaar gebonden tot een nette stapel waarop stond: *Indiana orkest 131e regiment*.

Hij keek de dossiers een voor een door. Er zat niemand in het orkest met Leonard als voornaam, maar toen Rob J. de kaart vond, wist hij meteen met zekerheid dat dit de juiste man was, net zoals hij soms wist of iemand in leven zou blijven of doodgaan.

ORDWAY, LANNING A., *soldaat.*
Woonplaats: Vincennes, Indiana.
Diensttijd: 1 jaar, 28 juli 1862.
Opkomst: Fort Wayne.
Geboren: Vincennes, Indiana, 11 november 1836.
Lengte: 1,70 m. Ogen: grijs. Haar: bruin.
In dienst genomen voor beperkte dienst als muzikant (es-baskornet) en voor algemeen werk, vanwege lichamelijk tekort.

52. Troepenbewegingen

Weken nadat het contract van Rob was afgelopen, kwam kolonel Symonds om met hem over verlenging te spreken. Intussen waren in de andere regimenten de lentekoortsen uitgebroken, maar niet in het 131e Indiana. De mannen van het 131e waren verkouden van de vochtige grond en hadden buikloop door het rantsoen, maar de rij bij het ziekenrapport van Rob J. was de kortste die hij gezien had sinds hij bij het leger was gaan werken. Kolonel Symonds wist dat er drie regimenten werden gekweld door koortsen en dat het zijne verhoudingsgewijs gezond was. Een paar van de oudste mannen, die ze niet eens hadden moeten inlijven, waren naar huis gestuurd. De meeste anderen hadden luizen, vuile voeten en nek, jeuk in hun liezen, en ze dronken te veel whisky. Maar ze waren gespierd en gehard door de lange marsen, fit door het voortdurend oefenen en vitaal en enthousiast, want de waarnemend tweede officier van gezondheid Cole had hen gevechtsklaar de winter door geholpen, zoals hij beloofd had. Van de zeshonderd man in het regiment waren er die winter zeven doodgegaan, een sterftecijfer van een komma twee procent. In de andere regimenten was vijf komma acht procent omgekomen en nu de koortsen kwamen zou dat percentage zeker stijgen.

Dus de kolonel ging in welwillende stemming naar zijn dokter en Rob J. tekende zonder aarzelen het contract voor nog eens drie maanden dienstverband. Hij voelde wel dat hij in een goede positie zat.

Nu moesten ze, zei hij Symonds, ziekenvervoer organiseren om het regiment in de strijd bij te staan.

De burgerlijke Gezondheidscommissie had bij de minister van Oorlog gelobbyd tot het Potomac-leger tenslotte ziekenkarren en -dragers kreeg, maar daar was de vernieuwing opgehouden; de eenheden in het Westen kregen die zorg voor gewonden niet. 'Wij zullen voor onszelf moeten zorgen,' zei Rob J.

Symonds en hij zaten gezellig voor de praktijktent en rookten een sigaar. De rook dreef de warmer wordende lentelucht in toen hij de kolonel vertelde over zijn tocht met de *War Hawk* naar Cincinnati. 'Ik heb met mannen gesproken die gewoon twee dagen nadat ze getroffen waren op het slagveld zijn blijven liggen. Het was maar goed dat het regende want ze hadden geen water. Een man zei me dat er 's nachts varkens kwamen, vlak bij waar hij lag, en van de lijken begonnen te vreten. Sommigen waren nog niet eens dood.'

Symonds knikte. Hij had al die verschrikkelijke dingen wel gehoord. 'Wat hebt u nodig?'

'Vier man van elke compagnie.'

'Wilt u een heel peloton om draagbaren te dragen?' vroeg Symonds geschrokken. 'Dit regiment is lang niet op sterkte. Om gevechten te winnen heb ik strijders nodig, geen dragers.' Hij keek naar het puntje van zijn sigaar. 'Er zijn er nog te veel oud en invalide, die hadden niet ingelijfd moeten worden. Neem er daar een stel van.'

'Nee. We hebben sterke mannen nodig om anderen te halen die onder vuur liggen en ze in veiligheid te brengen. Dat is geen werk dat oude sukkelaars kunnen doen.' Rob J. keek naar het bezorgde gezicht van de jongeman die hij was gaan bewonderen en beklagen. Symonds hield van zijn mannen en wilde ze beschermen, maar hij had de on- aanlokkelijke taak mensenlevens te spenderen alsof het kogels waren of rantsoenen of stukken brandhout. 'Als ik eens mannen van het re- gimentskapel gebruikte,' zei Rob J. 'Ze kunnen het grootste deel van de tijd toeteren en na een gevecht kunnen ze draagbaren dragen.'

Kolonel Symonds knikte opgelucht. 'Heel goed. Kijk of de kapelmees- ter een paar man voor u kan missen.'

Kapelmeester Warren Fitts was zestien jaar schoenmaker geweest toen hij werd opgeroepen in Fort Wayne. Hij had er een strenge mu- ziekopleiding gekregen en had als jongeman jarenlang geprobeerd om in South Bend een muziekschool op te richten. Toen hij met schul- den uit die plaats vertrok, zette hij zich pijnlijk opgelucht aan het schoenmaken, het beroep van zijn vader. Die had het hem goed ge- leerd en hij was een goede schoenmaker. Hij had een bescheiden, maar aardig inkomen verdiend en gaf daarnaast ook muzieklessen: piano en koperblaasinstrumenten. De oorlog had bij hem weer dro- men tot leven gebracht waarvan hij dacht dat ze voorbij en vergeten waren. Op veertigjarige leeftijd had hij de kans gekregen om een mili- taire kapel bijeen te brengen en hem naar eigen wens samen te stellen. Hij moest het gebied rond Fort Wayne afschuimen op muzikaal talent om genoeg muzikanten voor de kapel bijeen te brengen en nu luister- de hij met verbijstering hoe de officier van gezondheid voorstelde, een paar van zijn mannen als dragers te gebruiken.

'Nooit!'

'Ze hoeven maar een deel van de tijd bij mij te zijn,' zei Rob J. 'De rest van de tijd zijn ze bij u.'

Fitts deed zijn best zijn minachting te verbergen. 'Elke muzikant moet al zijn krachten wijden aan de kapel. Als hij niet speelt, moet hij oefe- nen of repeteren.'

Uit eigen ervaring met de viola da gamba wist Rob J. dat dat waar was. 'Zijn er instrumenten in de kapel waar u extra spelers voor hebt?' vroeg hij geduldig.

Die vraag maakte bij Fitts een gevoel van verantwoordelijkheid wak- ker. Nooit zou hij meer dirigent worden dan in zijn positie als kapel- meester en hij zorgde er wel voor dat zijn eigen verschijning en die van de kapel de kunstenaarsrol waardig was. Fitts had een volle kop grijzend haar. Zijn gezicht was gladgeschoren, afgezien van een snor die hij steeds bijknipte; hij verstevigde de uiteinden met was en draaide die tot puntjes. Zijn uniform werd aandachtig verzorgd en de muzikanten wisten dat hun koper moest blinken, hun uniform schoon moest zijn en hun schoenen glimmend gepoetst. En ze moesten mooi marcheren, want als de kapelmeester statig uitliep met zijn tamboermajoorstok, dan wilde hij een kapel achter zich hebben die zijn normen weerspiegelde. Maar er waren er een paar die dat beeld ontsierden...

'Wilcox, Abner,' zei hij. 'Bugel.' Wilcox had beslist puilogen. Fitts hield van muzikanten die niet alleen talent hadden maar ook knap waren om te zien. Hij kon het niet hebben als een of ander tekort de frisse volmaaktheid van zijn muziekgroep verpestte en hij had Wilcox aangewezen voor reservedienst als regimentsbugelist.

'Lawrence, Oscar. Trommel.' Een lompe jongen van zestien, wiens gebrek aan coördinatie hem niet alleen tot een slechte trommelaar maakte, maar hem ook vaak uit de pas bracht als de kapel marcheerde, zodat zijn hoofd soms niet in de maat met de andere hoofden op en neer ging.

'Ordway, Lanning,' zei Fitts en de officier van gezondheid gaf een vreemd knikje. 'Baskornet in es.' Een middelmatig muzikant, voerman van een van de wagens van de kapel, die soms algemeen werk deed. Hij was goed om baskornet te spelen als ze op woensdagavond muziek maakten voor de troepen of als ze oefenden op een stoel op het exercitieterrein, maar doordat hij mank liep kon hij onmogelijk meemarcheren zonder de militaire indruk te verzieken.

'Perry, Addison. Piccolo en fluit.' Een slechte muzikant, slonzig op zijn persoon en kleding. Fitts was blij om op die manier van zo'n nietsnut af te komen.

'Robinson, Lewis. Sopraninokornet.' Een kundig muzikant, dat moest Fitts zelf bekennen. Maar een bron van grote ergernis, een wijsneus met ambities. Verschillende keren had Robinson Fitts stukken laten zien waarvan hij zei dat het oorspronkelijke composities waren en gevraagd of de kapel ze misschien kon spelen. Hij beweerde ervaring te hebben in het dirigeren van een amateur-symfonieorkest in Columbus, Ohio. Fitts had niemand nodig om over zijn schouder te kijken en in zijn nek te ademen.

'En verder?' vroeg de officier van gezondheid hem.

'En verder niemand,' zei de kapelmeester voldaan.

De hele winter had Rob J. Ordway van verre in het oog gehouden. Hij was zenuwachtig, want al duurde Ordways dienstverband nog lang, het was niet moeilijk om te deserteren en te verdwijnen. Maar wat het grootste deel van hen bij het leger hield, werkte ook bij Ordway. Hij was een van de vijf soldaten die zich meldde bij Rob J.; geen lelijke man – al verdacht hij hem dan van moord – afgezien van waterige, bange ogen.

Geen van de vijf was blij toen ze van hun nieuwe taak hoorden. Lewis Robinson reageerde panisch. 'Ik moet mijn muziek spelen! Ik ben een muzikant, geen dokter!'

Rob J. verbeterde hem. 'Drager. Voorlopig ben je drager,' zei hij en de anderen wisten dat hij het tegen hen allemaal zei.

Hij maakte het beste van een slechte koop door de kapelmeester te vragen, geen beslag meer op hun tijd te leggen en verkreeg die concessie met verbazend gemak. Om hen te trainen begon hij bij het begin: hij leerde hun verband oprollen en zwachtels maken en vervolgens het vereiste verband aanleggen bij verschillende soorten wonden. Hij leerde hun hoe ze de gewonden moesten verplaatsen en dragen en voorzag ze allemaal van een rugzakje waar zwachtels, verband, een kruik fris water, en opium en morfine in poeder- en pilvorm in zaten.

In de medische kist van het leger zaten verschillende spalken, maar Rob J. vond die niet goed en vorderde hout waarmee de dragers onder zijn bemoeizuchtige leiding hun eigen spalken konden maken. Abner Wilcox bleek een vrij goede timmerman, een vindingrijke. Hij vervaardigde een aantal prima draagbaren, licht van gewicht, door linnen tussen stokken te spannen. De foerier kwam met een tweewielige kar aan die als ziekenkar dienst kon doen, maar Rob J. had jarenlang over slechte wegen op huisbezoek gemoeten en wist dat hij voor het vervoer van gewonden over ruw terrein de veiligheid van vier wielen nodig had. Hij vond een nog goede platte kar en Wilcox bouwde er zijkanten aan en een dak erboven. Ze verfden hem zwart en Ordway maakte heel slim het esculaapteken na, dat op de medische kist stond. Hij schilderde het in zilver op beide kanten van de ziekenkar. Van de paardenofficier troggelde Rob J. een paar lelijke maar sterke werkpaarden af, afdankertjes, net zoals de hele reddingsgroep.

De vijf man begonnen een onwillige groepstrots te voelen, maar Robinson maakte zich openlijk zorgen over de grotere risico's van hun nieuwe taak. 'Natuurlijk is er gevaar,' zei Rob J. 'De infanterie aan het front loopt ook gevaar en de cavaleristen als ze aanvallen, anders was er geen behoefte aan ziekendragers.'

Hij had altijd geweten dat de oorlog een verpestende werking had, maar merkte nu dat hij even erg was aangetast als alle anderen. Hij had de levens van deze vijf jongemannen zo ingericht dat ze nu keer op keer op zoek moesten naar gewonden, alsof ze tussen de musketkogels door konden lopen en de granaten konden afweren, en hij probeerde hun woede om te buigen door hun erop te wijzen dat ze leden waren van de doodsgeneratie. Met mooie woorden en houding probeerde hij de verantwoordelijkheid van zich af te schuiven en hij probeerde wanhopig mèt hen te geloven dat ze er nu niet slechter aan toe waren dan toen hun het leven zuur gemaakt werd door Fitts' dwaze stemmingen, en de kracht van de uitdrukking die ze zouden bereiken bij het spelen van hun walsen en Schotse polka's en marsfoxtrots.

Hij deelde hen in dragersteams in: Perry met Lawrence, Wilcox met Robinson.

'En ik?' vroeg Ordway.

'Jij blijft dicht bij mij,' zei Rob J.

Korporaal Amasa Decker, de postman, had Rob J. leren kennen doordat hij doorlopend post van Sarah bracht die lange, hartstochtelijke brieven schreef. Het feit dat zijn vrouw zo fysiek was, was voor Rob J. altijd een van haar aantrekkelijkheden geweest en soms lag hij in zijn hut de ene brief na de andere te lezen, zo meegesleept door verlangen dat hij haar kon ruiken. Al waren er in Cairo vrouwen in overvloed, vanaf de betaalde tot de vaderlandslievende, hij had geen enkele poging gedaan tot toenadering. Hij was getroffen door de vloek van de trouw.

Hij besteedde veel tijd aan het schrijven van tedere, bemoedigende brieven als tegenhanger van Sarahs smartelijke hartstochtelijkheid. Soms schreef hij aan Shaman en altijd schreef hij in zijn dagboek. Dan weer lag hij op zijn poncho en overdacht hoe hij van Ordway te weten kon komen wat er gebeurd was op de dag dat Makwa-ikwa gedood werd. Hij wist dat hij op een of andere manier Ordways vertrouwen moest winnen.

Hij dacht aan het verslag over de Weetniksen en hun Orde van de met Sterren Bezaaide Vlag, dat Maria de Verschrikkelijke hem gegeven had. Wie dat verslag ook had geschreven – hij had zich altijd voorgesteld dat het een priester-spion was geweest – hij had zich als protestantse papenhater voorgedaan. Kon diezelfde tactiek nog eens werken? Het verslag was met de rest van zijn papieren in Holden's Crossing. Maar hij had het zo vaak en aandachtig gelezen dat hij merkte dat hij zich de tekens en signalen, de code- en wachtwoorden herinnerde – een heel systeem voor geheime contacten dat bedacht had kunnen zijn door een jongen met gevoel voor dramatiek en een oververhitte fantasie.

Rob J. deed oefeningen met de dragers; een van hen speelde het gewonde slachtoffer. Hij ontdekte dat twee mannen iemand op een draagbaar konden leggen en in een ziekenkar tillen, maar dat die twee mannen snel moe werden en zelfs in elkaar konden zakken als ze de draagbaar over een flinke afstand moesten dragen. 'We hebben een drager nodig op elke hoek,' zei Perry en Rob J. begreep dat hij gelijk had. Maar dan had hij maar één bemande draagbaar en dat was beslist niet genoeg als het regiment ook maar in de geringste problemen kwam.

Hij ging ermee naar de kolonel. 'Wat wilt u eraan doen?' vroeg Symonds.

'De hele kapel gebruiken. Mijn vijf geoefende dragers korporaal maken. Elk van hen kan beheer voeren over één draagbaar in situaties dat er veel gewonden zijn en elke korporaal krijgt drie ándere muzikanten toegewezen. Als de soldaten moeten kiezen tussen muzikanten die prachtig spelen tijdens de strijd en muzikanten die hun leven redden als ze neergeschoten worden, dan weet ik wel waarvoor ze kiezen.'

'Ze kiezen niet,' zei Symonds droog. 'Als er hier gekozen wordt, doe ik het.' Maar hij koos goed. De vijf dragers kregen een streep op hun mouwen en als Fitts Rob J. toevallig tegenkwam, zei de kapelmeester niets.

Midden in mei werd het heet weer. Het kamp was gelegen tussen de samenloop van de Mississippi en de Ohio, allebei vervuild door de afval van het kamp. Maar Rob J. liet alle mannen van het regiment een half stuk bruine zeep verstrekken en de compagnieën werden afgemarcheerd, een voor een, naar een schone plek in de Ohio, stroomopwaarts, waar de mannen bevel kregen zich uit te kleden en te baden. Aanvankelijk gingen ze grommend en vloekend te water, maar de meesten waren opgegroeid op het platteland en namen maar al te graag een duik en het baden liep uit op gespetter en gestoei. Toen ze eruit kwamen werden ze geïnspecteerd door hun sergeant die bijzonder lette op hun hoofd en voeten, en onder smalende opmerkingen van hun kameraden werden er een paar teruggestuurd om zich beter te wassen.

Sommige uniformen waren gescheurd en zagen er vreselijk uit; ze waren van slechte stof. Maar kolonel Symonds had een aantal nieuwe uniformen te pakken gekregen en toen die werden uitgedeeld, meenden de mannen terecht dat ze op transport gingen. De twee Kansas-regimenten waren per stoomboot via de Mississippi gekomen, stroomafwaarts. Het lag voor de hand dat ze Grants leger moesten gaan helpen om Vicksburg in te nemen, en dat het 131e Indiana achter hen aan zou kómen.

Maar op de middag van 27 mei werd het regiment, terwijl de kapel van Warren Fitts van de zenuwen een aantal duidelijke fouten maakte maar er lustig op los speelde, niet afgemarcheerd naar de rivier maar naar het spooremplacement. Mensen en dieren werden in goederenwagons geladen en ze moesten twee uur wachten terwijl goederenwagons aan platte wagons werden gekoppeld. Toen de schemering viel nam het 131e afscheid van Cairo, Illinois.

De dokter en de dragers reisden in een hospitaalwagon. Die was toen ze uit Cairo vertrokken verder leeg, maar binnen een uur was er een jonge soldaat in een van de goederenwagons flauwgevallen en toen hij naar de hospitaalwagon werd gebracht, zag Rob J. dat hij gloeide van de koorts en niet helder was. Hij sponsde de jongen met alcohol en besloot hem bij de eerste de beste gelegenheid naar een burgerziekenhuis af te voeren.

Rob J. bewonderde de hospitaalwagon, die van onschatbare waarde zou zijn geweest als ze terugkwamen uit de strijd in plaats van erheen reden. Aan beide kanten van het middenpad stonden over de hele lengte van de wagon drie verdiepingen britsen. De britsen waren slim opgehangen met rubber ringen, waarmee de vier hoeken bevestigd waren aan haken die in de wanden en de steunpalen zaten, zodat het rekken en samentrekken van het rubber het grootste deel van het stoten en zwaaien van de trein opving. Zolang er geen patiënten waren, hadden de vijf nieuwbakken korporaals elk een brits uitgekozen en waren het erover eens dat zelfs generaals niet comfortabeler reden. Addison Perry, die bewezen had overal te kunnen slapen, dag of nacht, was al in slaap en de jonge Lawrence ook. Lewis Robinson had een brits gekozen een eindje van de anderen af, bij een lamp, en zette zwarte potloodstippen op een stuk papier: hij componeerde muziek.

Ze hadden geen idee waar ze heen gingen. Toen Rob J. naar het eind van de wagon liep en de deur opendeed, klonk er luid kabaal, maar hij keek tussen de zwaaiende wagons omhoog naar de lichtpuntjes aan de hemel en vond de Grote Beer. Hij volgde de twee sterren aan het eind van de nek en zag de Poolster.

'We reizen naar het oosten,' zei hij, terug in de wagon.

'Vervloekt,' zei Abner Wilcox. 'Ze sturen ons naar het Potomac-leger.'

Lew Robinson hield op met zijn zwarte stippen. 'Wat geeft dat?'

'Het Potomac-leger heeft nog nooit iets goeds gepresteerd. Het blijft maar wat liggen. Als het eens in de zoveel tijd vecht, dan weten die strontkoppen het altijd van de opstandelingen te verliezen. Ik wilde bij Grant komen. Die man is een generáál.'

'Als je maar wat blijft liggen, sneuvel je niet,' zei Robinson.

'Ik wil niet naar het oosten,' zei Ordway. 'Het oosten zit vol Ieren, rooms-katholiek uitschot. Vuile zakken.'

'In Fredericksburg heeft de Ierse Brigade het beste gevochten,' zei Robinson timide. 'De meesten zijn gesneuveld.'

Rob J. hoefde niet lang na te denken, het was een ogenblikkelijk besluit. Hij zette zijn vingertop onder zijn rechteroog en liet hem langzaam langs de zijkant van zijn neus glijden, het teken van een lid van de orde aan een ander dat hij te veel zei.

Werkte het of was het toeval? Lanning Ordway keek hem een ogenblik aan, hield zijn mond en ging slapen.

Om drie uur 's morgens stonden ze in Louisville lange tijd stil; daar kwam een artillerie-eenheid op de infanterietrein. De nachtlucht was zwaarder dan in Illinois en zachter. De mensen die wakker waren, stapten uit om de benen te strekken en Rob J. zorgde ervoor dat de zieke soldaat naar het plaatselijke ziekenhuis werd gebracht. Toen dat gebeurd was liep hij langs het spoor langs twee mannen die stonden te pissen. 'Geen tijd om hier een zinkput te graven, meneer,' zei een van hen en ze lachten allebei. Die burgerdokter was nog steeds een mikpunt van spot.

Hij ging naar de plek waar grote tienponders, Parrots, en twaalfponders, houwitsers, met zware kettingen op de platte wagons werden vastgemaakt. De kanonnen werden opgeladen in het gele licht van grote calciumlampen die sputterden en flikkerden en die schaduwen wierpen die een eigen leven schenen te leiden.

'Dokter,' zei iemand zachtjes.

De man stapte vlak bij hem uit het donker en pakte hem bij de hand, waarbij hij het herkenningsteken gaf. Rob J., zelfs te zenuwachtig om zich belachelijk te voelen, wist het antwoordteken te geven alsof hij dat al vele malen eerder gedaan had.

Ordway keek hem aan. 'Zo,' zei hij.

53. De lange, grijze linie

Ze kregen een grondige hekel aan de legertrein. Hij reed zo langzaam door Kentucky en kronkelde zo vermoeid tussen de heuvels door, net als een slangvormige, saaie gevangenis. Toen de trein Virginia binnenreed, ging het nieuws van wagon naar wagon. De soldaten tuurden door de raampjes, ze verwachtten meteen het gezicht van de vijand te zien, maar ze zagen alleen maar een land van bergen en bossen. Als ze in kleine plaatsjes stopten voor brandstof en water, waren de mensen even vriendelijk als ze in Kentucky geweest waren, want het westelijk deel van Virginia steunde het Noorden. Ze merkten het toen ze in het andere stuk van Virginia kwamen. Daar stonden geen vrouwen met drank aan het station en de mannen keken star en argwanend, met half dichtgeknepen ogen.

Het 131e Indiana ging in Winchester van de trein en overspoelde het plaatsje: overal blauwe uniformen. Terwijl paarden en uitrusting werden uitgeladen verdween kolonel Symonds in een hoofdkwartier bij het station, en toen hij eruit kwam werden de troepen en karren in marspositie opgesteld en vertrokken ze zuidwaarts.

Toen Rob J. had getekend, was hem gezegd dat hij zelf een paard moest kopen, maar in Cairo had hij niet echt een paard nodig gehad want hij droeg geen uniform en nam niet deel aan parades. Bovendien waren paarden schaars waar troepen gelegerd waren, want de cavalerie eiste alle paarden op, of het nu renpaarden waren of boerentrekpaarden. Zonder paard reed hij dus in de ziekenkar op de bok naast korporaal Ordway, die het span mende. Rob J. was nog steeds gespannen in de aanwezigheid van Lanning Ordway, maar Ordway had alleen maar behoedzaam gevraagd waarom een lid van de OSBV 'met de tong van een vreemdeling' sprak, naar aanleiding van het lichte Schotse gebrouw dat van tijd tot tijd bij Rob J. nog te voorschijn kwam. Rob had gezegd dat hij in Boston geboren was en als jongen mee naar Edinburgh was genomen voor zijn opleiding, en Ordway scheen gerustgesteld. Hij was nu opgewekt en vriendelijk, kennelijk tevreden dat hij nu werkte voor een man die een politieke reden had om goed voor hem te zorgen.

Ze kwamen langs een wegwijzer op de stoffige weg, waarop stond dat het de weg was naar Fredericksburg. 'Godallemachtig,' zei Ordway. 'Ik hoop dat niemand het in zijn hoofd heeft gehaald om een tweede groep noorderlingen op die opstandelingen in de heuvels bij Fredericksburg af te sturen.'

Daar was Rob J. het helemaal mee eens.

Een paar uur voordat het donker werd kwam het 131e bij de oever van de Rappahannock en Symonds liet halt maken en beval een kamp op te slaan. Voor zijn tent riep hij alle officieren bij elkaar en Rob J. stond aan de buitenrand van al die uniformen en luisterde.

'Heren, we vormen al een halve dag een onderdeel van het nationale Potomac-leger onder commando van generaal Joseph Hooker,' zei Symonds.

Hij zei hun dat Hooker een macht van honderdtweeëntwintigduizend man had verzameld, uitgespreid over een grote omtrek. Robert E. Long had ongeveer negentigduizend zuiderlingen en zat in Fredericksburg. Hookers cavalerie had lange tijd het leger van Lee bespied en ze waren ervan overtuigd dat Lee zich opmaakte om een inval te doen in het Noorden, in een poging noordelijke troepen weg te lokken van het beleg van Vicksburg, maar niemand wist waar of wanneer die inval zou plaatsvinden. 'Begrijpelijk dat ze in Washington zenuwachtig zijn, nu het zuidelijke leger maar een paar uur van de deur van het Witte Huis vandaan zit. Het 131e is onderweg om zich bij de andere troepen bij Fredericksburg te voegen.'

De officieren hoorden het nieuws nuchter aan. Ze zetten verschillende rijen wachtposten uit, dichtbij en verderaf, en het kamp maakte zich klaar voor de nacht. Toen Rob J. zijn varkensvlees en bonen opgegeten had, ging hij op zijn rug liggen en keek naar de dikke zomersterren in de avondlucht. Het was te veel voor hem, te bedenken dat de strijdende groepen zo groot waren. Ongeveer negentigduizend man van het Zuiden! Ongeveer honderdtweeëntwintigduizend man van het Noorden! En ze deden allemaal hun best elkaar om te brengen!

Een kristalheldere nacht. De zeshonderdveertig soldaten van het 131e Indiana lagen op de warme kale grond zonder de moeite te nemen, een tent op te zetten. De meesten van hen hadden nog steeds hun verkoudheid uit het noorden en het geluid van hun gehoest was genoeg om een nabije vijand voor hun aanwezigheid te waarschuwen. Rob J. had even een doktersnachtmerrie en vroeg zich af hoe het zou klinken als honderdtweeëntwintigduizend man allemaal tegelijk zouden hoesten. De waarnemend officier van gezondheid klemde zijn handen om zijn lichaam, verkild. Hij wist dat hij, als twee zulke reusachtige legers elkaar zouden treffen en gaan vechten, meer mannen nodig zou hebben dan die van de kapel om de gewonden weg te dragen.

Het kostte tweeëneenhalve dag om naar Fredericksburg te marcheren. Onderweg vielen ze bijna allemaal voor Virginia's geheime wapen, de oogstmijt. Dat rode ongedierte viel op hen als ze onder overhangende bomen door liepen en klampte zich aan hen vast als ze door het gras liepen. Als het op hun kleren terechtkwam, klauterde het tot het bij de naakte huid kwam, waar het zijn hele lijf in de mensenhuid begroef om zich te voeden. Al vlug hadden de mannen oogstmijtuitslag tussen hun vingers en tenen, op hun billen en hun penis. De mijt had een tweedelig lijf; als een soldaat zag dat er een zich onder zijn huid werkte en probeerde hem eruit te trekken, brak de mijt bij zijn smalle middel in tweeën en het gedeelte dat zich had ingegraven bracht even veel schade aan als een hele mijt had gedaan. De derde dag waren de meeste soldaten aan het krabben en vloeken en een paar van de wonden waren al gaan zweren in de vochtige hitte. Rob J. kon alleen maar zwavel op de ingegraven insekten strooien, maar een paar mannen hadden ervaring met oogstmijten en ze leerden de rest dat de enige remedie was, het gloeiende eind van een stokje of sigaar vlak bij de huid houden tot de mijt achteruitkroop, aangelokt door de hitte. Dan kon je hem pakken en eruit trekken, langzaam en voorzichtig zodat hij niet zou breken. In het hele kamp ontdeden mannen elkaar van oogstmijten, wat Rob J. deed denken aan de apen die hij elkaar had zien vlooien in de dierentuin van Edinburgh.

De oogstmijt-ellende bande de angst niet uit. Hoe dichter ze Fredericksburg naderden, hoe groter hun vrees werd, omdat dat in de vorige slag het toneel was geweest van zo'n slachtpartij van noorderlingen. Maar toen ze aankwamen zagen ze alleen het blauw van het Noorden, want Robert E. Lee had zijn troepen heel handig een paar nachten tevoren stilletjes teruggetrokken onder dekking van de duisternis en zijn Noord-Virginia-leger trok op naar het noorden. De noordelijke cavalerie bespioneerde Lee's bewegingen, maar het Potomac-leger zette geen achtervolging in om redenen die alleen generaal Hooker kende.

Ze maakten voor zes dagen kamp bij Fredericksburg, rustten uit, verzorgden de blaren op hun voeten, verwijderden oogstmijten, maakten hun wapens schoon en vetten ze in. Als ze geen dienst hadden, beklommen ze in kleine groepjes de bergkam waar pas zes maanden geleden bijna dertienduizend noorderlingen gedood of gewond waren. Neerkijkend op het gemakkelijke doelwit dat hun kameraden gevormd hadden toen ze moeizaam achter hen aan klommen, waren ze blij dat Lee vertrokken was voor zij hier aankwamen.

Toen Symonds nieuwe bevelen kreeg, moesten ze weer naar het noorden trekken. Ze marcheerden over een stoffige weg, toen ze het nieuws hoorden dat Winchester, waar ze uit de legertrein waren gegaan, zwaar getroffen was door de zuiderlingen onder generaal Richard S. Ewell. Dat was opnieuw een overwinning van de opstandelingen: vijfennegentig noorderlingen waren gesneuveld, driehonderdvierentachtig gewond, en meer dan vierduizend werden vermist of waren gevangengenomen.

Terwijl ze in de ziekenkar ongemakkelijk over de vredige landweg reden, wilde Rob niet geloven dat er gevochten zou worden, net als hij als jongetje niet in de dood had willen geloven. Waarom zouden mensen sterven? Dat was onlogisch want het was fijner om te leven.

En waarom zouden mensen in een oorlog echt vechten? Het was fijner om slaperig over deze bochtige weg te rijden die in de zon lag te bakken, dan je met moorden in te laten.

Maar net als er aan het ongeloof in de dood uit Rob J.'s jeugd een eind was gekomen toen zijn vader stierf, drong de werkelijkheid van het heden tot hem door toen ze bij Fairfax Courthouse kwamen en hij zag wat de bijbel bedoelde waar een geweldig leger werd beschreven als een heirschaar.

Ze maakten kamp op zes akkers tussen cavalerie en andere infanterie in. Overal waar Rob J. keek waren noordelijke soldaten. Het leger was voortdurend in beweging, troepen kwamen en gingen. De dag nadat het 131e was aangekomen, hoorden ze dat het Noord-Virginia-leger van Lee het Noorden al was binnengevallen door de Potomac over te steken, naar Maryland. Nu Lee eenmaal in actie was gekomen, begon Hooker ook en hij stuurde langzaam zijn eerste legereenheden naar het noorden, in een poging om tussen Lee en Washington in te blijven. Het duurde nog veertig uur voordat het 131e zich aansloot en verder naar het noorden opmarcheerde.

De legers waren te groot en te verspreid om snel in hun geheel verplaatst te worden. Een deel van Lee's legermacht bevond zich nog in Virginia, bezig de rivier over te steken om zich bij zijn commandant te voegen. De twee legers waren vormeloze, pulserende monsters, die zich spreidden en samentrokken, aanhoudend in beweging, soms evenwijdig aan elkaar. Hun randen schenen elkaar te raken, er waren schermutselingen als uitbarstingen van vonken: in Upperville, in Haymarket, in Aldie en op nog wel tien andere plaatsen. Het 131e Indiana merkte niets van het vechten behalve een keer midden in de nacht, toen de buitenste wachtposten even vuurden, zonder te treffen, op ruiters die haastig wegreden.

De mannen van het 131e staken in de nacht van 27 juni in bootjes de Potomac over. De volgende morgen marcheerden ze weer verder naar het noorden en de kapel van Fitts speelde 'Maryland, mijn Maryland'. Soms, als ze bij mensen in de buurt kwamen, zwaaide er weleens iemand, maar de burgerij van Maryland die ze tegenkwamen scheen weinig onder de indruk want ze hadden al dagenlang troepen zien langsmarcheren. Het volkslied van de staat Maryland hing Rob J. en de soldaten al vlug zwaar de keel uit, maar de kapel speelde het nog steeds op de morgen dat ze door het goede, golvende akkerland een net dorpje in trokken.

'Welk deel van Maryland is dit?' vroeg Ordway aan Rob J.

'Ik weet het niet.' Ze kwamen langs een bank waarop een oude man naar de soldaten zat te kijken. 'Meneer,' riep Rob J., 'hoe heet die leuke plaats hier?'

Het compliment scheen de oude man van zijn stuk te brengen. 'Dit stadje? Dat heet Gettysburg.'

Al wisten de mannen van het 131e het niet, de dag dat ze Pennsylvania binnentrokken, hadden ze al vierentwintig uur een andere commandant. Generaal George Meade was benoemd om generaal Joe Hooker te vervangen, die moest boeten voor zijn trage achtervolging van de zuiderlingen.

Ze trokken de plaats door en marcheerden door Taneytown Road. Het noordelijke leger werd ten zuiden van Gettysburg bijeengebracht en Symonds liet halt houden bij een uitgestrekt golvend weideland waar ze het kamp op konden slaan. De lucht was heet en drukkend van het vocht en de schrikwekkende snoeverij. De mannen van het 131e hadden het over de krijgsschreeuw van de opstandelingen. Toen ze in Tennessee waren hadden ze die niet gehoord, maar er veel óver gehoord en geluisterd naar vele nabootsingen ervan. Ze vroegen zich af of ze hem de komende dagen in werkelijkheid zouden horen.

Kolonel Symonds wist dat werk het beste was voor de zenuwen, dus stelde hij werkploegen samen en liet ze ondiepe vuurstellingen graven achter stapels rotsblokken die ze konden gebruiken als borstwering. Die nacht gingen ze slapen bij de zang van vogels en het gesjirp van sabelsprinkhanen en de volgende morgen werden ze weer wakker in drukkende, zware lucht, terwijl ze een paar kilometer naar het noordwesten, in de richting van Chambersburg Pike, aanhoudend schoten hoorden.

Om ongeveer elf uur in de morgen kreeg kolonel Symonds nieuwe orders en het 131e marcheerde een kilometer over een beboste bergrand naar een hooggelegen weideland ten oosten van Emmitsburg Road. Een blik dat ze dichter bij de vijand waren, was de onaangename ontdekking van zes noordelijke soldaten die op het gras uitgestrekt schenen te liggen slapen. Alle dode wachtposten hadden blote voeten: de zuiderlingen, die slecht geschoeid waren, hadden hun schoenen gestolen.

Symonds gaf bevel een nieuwe borstwering te bouwen en hij zette nieuwe wachtposten uit. Op Rob J.'s verzoek werd aan de rand van het bos een lang smal geraamte van stammetjes – een soort wijnrankenprieel – neergezet en overdekt met bladrijke takken om schaduw te bieden aan de gewonden, en buiten die overkapping zette Rob J. zijn operatietafel op.

Van koeriers hoorden ze dat het eerste geweervuur een treffen van de cavalerie was geweest. Naarmate de dag vorderde, werden de strijd-geluiden ten noorden van het 131e sterker, een aanhoudend schor geluid van gegroefde musketten als het blaffen van duizenden dodelijke honden en een groot, ruig, onophoudelijk gedonder van kanonnen.

Vroeg in de middag werd het 131e die dag voor de derde keer verplaatst en marcheerde naar het stadje toe, in de richting van de strijd-geluiden, de flitsen van kanonvuur en de wolken witgrijze rook. Rob J. had de soldaten leren kennen en wist best dat de meesten dolgraag een kleine verwonding zouden krijgen, niet meer dan een schram, maar een die een litteken zou achterlaten als hij snel genezen was, zodat de mensen thuis konden zien hoe ze geleden hadden voor de dappere overwinning. Maar nu gingen ze naar een plek waar mannen stierven. Ze marcheerden het stadje door en toen ze een heuvel beklommen waren ze opeens omringd door geluiden die ze al eerder van verre gehoord hadden. Verschillende keren floten er granaten over hun hoofd en ze kwamen langs ingegraven infanterie en vier batterijen kanonnen die werden afgevuurd. Bovenaan, waar ze bevel kregen in stelling te gaan, merkten ze dat ze midden op een kerkhof zaten waar die heuvel zijn naam aan ontleende: Cemetery Hill. Rob J. zetten zijn medische post op achter een indrukwekkend grafgebouw dat tegelijk bescherming en wat schaduw bood, toen een zwaar zwetende kolonel omhoog kwam en naar de officier van gezondheid vroeg. Hij zei dat hij kolonel Martin Nichols van de medische dienst was en dat hij medische hulp organiseerde. 'Bent u een ervaren chirurg?' vroeg hij.

Dit leek niet het moment om bescheiden te zijn. 'Dat ben ik. Heel ervaren,' zei Rob J.

'Dan heb ik u nodig in het lazaret waar de ernstige gevallen voor operatie heen gestuurd worden.'

'Als u het niet erg vindt, kolonel, wil ik bij dit regiment blijven.'

'Dat vind ik wel, dokter. Ik heb een paar goede chirurgen, maar ook een paar jonge, onervaren artsen die ingrijpende operaties doen en er een ellendige rotzooi van maken. Ze zetten ledematen af zonder overslagranden te laten zitten en er zijn er die stompen maken waarbij een paar centimeter bot blijft blootliggen. Ze proberen vreemde experimentele operaties waar ervaren chirurgen niet aan zouden beginnen: het uitsnijden van de kop van het opperarmbeen, het afzetten van het heup- of schoudergewricht. Ze maken onnodig mensen invalide, mensen die voortaan hun hele leven elke morgen schreeuwend van de gruwelijke pijn wakker zullen worden. Als u een van die zogenaamde chirurgen aflost, stuur ik hem hierheen om gewonden te verbinden.'

Rob J. knikte. Hij zei Ordway dat hij de leiding had over de medische post tot er een andere dokter kwam en ging achter kolonel Nichols aan de heuvel af.

Het lazaret was in het plaatsje, in de katholieke kerk, die naar hij zag aan Franciscus gewijd was; hij moest eraan denken dat aan Maria de Verschrikkelijke te vertellen. In het portaal was een operatietafel neergezet; de dubbele deuren stonden wijd open om de chirurg zoveel mogelijk licht te geven. Op de kerkbanken lagen planken met stro en dekens erover als bedden voor de gewonden. In een laag, vochtig ondergronds vertrek, verlicht door lampen die een gelig licht gaven, stonden nog twee operatietafels en Rob J. nam er een van over. Hij trok zijn jasje uit en rolde zijn mouwen zover mogelijk op, terwijl een korporaal van de eerste cavaleriedivisie chloroform toediende aan een soldaat wiens hand door een kanonskogel was afgeschoten. Zo gauw de jongen weggemaakt was, zette Rob J. de arm af boven de pols en liet een flink stuk zitten voor over de stomp.

'Volgende!' riep hij. Er werd een andere patiënt binnengebracht en Rob J. ging helemaal op in zijn werk.

De kelder was zo'n zes bij twaalf meter. Aan een tafel aan de andere kant van het vertrek stond een andere chirurg, maar Rob en hij keken elkaar maar incidenteel aan en hadden weinig te zeggen. In de loop van de middag merkte Rob J. op dat de andere man goed werk deed en hij kreeg een soortgelijk compliment, en ze concentreerden zich weer op hun eigen tafel. Rob J. groef naar kogels en metaal, legde uit de buik gevallen ingewanden weer op hun plaats en naaide de wonden dicht en hij amputeerde. En amputeerde maar. De minié-kogel was een traag bewegend projectiel dat bijzonder veel schade aanrichtte als er een bot geraakt werd. Als het grote stukken bot afbrak of vernielde, kon de chirurg de arm of het been alleen maar afzetten. Op de zandvloer tussen Rob J. en de andere chirurg stapelden zich armen en benen op. Van tijd tot tijd kwamen er mannen binnen om de afgezette ledematen weg te halen.

Na vier, vijf uur opereren kwam een andere kolonel, dit keer in een grijs uniform, het keldervertrek in en zei de twee dokters dat ze krijgsgevangenen waren. 'Wij zijn betere soldaten dan jullie, we hebben de hele stad ingenomen. Jullie troepen zijn naar het noorden gedreven en we hebben vierduizend van jullie mannen gevangengenomen.' Er viel weinig te zeggen. De andere chirurg keek Rob J. aan en haalde zijn schouders op. Rob J. was aan het opereren en zei tegen de kolonel dat hij in zijn licht stond.

Als er een korte pauze was, probeerde hij een paar minuten te dutten, staande. Maar pauzes waren er weinig. De strijdende legers sliepen 's nachts, maar de dokters werkten gestadig door en probeerden de mensen te redden die door de legers in stukken gescheurd waren. In het ondergrondse vertrek waren geen ramen en de lampen brandden de hele tijd hoog. Rob J. raakte vlug alle begrip voor de tijd van de dag kwijt.

'Volgende!' riep hij.

Volgende! Volgende! Volgende!

Het was net zoiets als het uitmesten van de Augiasstal, want zo gauw hij met de ene patiënt klaar was, brachten ze een andere naar binnen. Sommigen droegen een bebloed gescheurd grijs uniform en anderen een bebloed gescheurd blauw uniform, maar hij begreep al vlug dat er een onuitputtelijke voorraad was.

Andere dingen waren niet onuitputtelijk. Het kerk-lazaret had al vlug geen verband meer; ze hadden geen eten. De kolonel die gezegd had dat het Zuiden betere soldaten had, kwam nu zeggen dat het Zuiden geen chloroform of ether had.

'Jullie kunnen ze geen schoenen aan hun voeten geven of verdovings-middelen voor hun pijn,' zei Rob J. zonder voldoening. 'Daarom zul-len jullie uiteindelijk verliezen.' Hij vroeg de officier een voorraadje drank te verzamelen. De kolonel vertrok maar stuurde iemand met whisky voor de patiënten en warme duivensoep voor de dokters, die Rob J. opdronk zonder hem te proeven.

Nu hij geen verdovingsmiddel meer had, kreeg hij een paar sterke mannen om de patiënten vast te houden en hij opereerde zoals toen hij jonger was: hij sneed, zaagde, naaide snel en bekwaam, zoals Wil-liam Fergusson het hem geleerd had. Zijn slachtoffers schreeuwden en spartelden. Hij gaapte niet en al knipperde hij veel met zijn ogen, ze bleven open. Hij merkte dat zijn voeten en enkels pijnlijk opzwol-len, en soms, als ze een patiënt wegreden en een andere binnendroe-gen, bleef hij staan en wreef zijn rechterhand met zijn linker. Elk ge-val was anders, maar er is maar een beperkt aantal manieren om een mens te vernietigen en al vlug waren ze allemaal hetzelfde, allemaal duplicaten, zelfs degenen van wie de mond vernietigd was, de geni-taliën afgeschoten of de ogen uitgeschoten.

De uren gingen voorbij, een voor een.

Hij kreeg allengs het gevoel dat hij het grootste deel van zijn bestaan in dat lage, vochtige vertrek in mensenlichamen had staan snijden en dat hij gedoemd was hier eeuwig te blijven. Maar tenslotte kwam er verandering in de geluiden die tot hen doordrongen. De mensen in de kerk waren gewend geraakt aan het gekerm en de kreten, aan gelui-den van musketten en kanonnen, aan het dreunen van mortieren en zelfs het trillen en schudden van een nabije inslag. Maar het schieten en knallen bereikte een nieuw hoogtepunt, een aanhoudende vlaag van explosies die uren duurde, en toen was het even betrekkelijk stil en de mensen in de kerk konden horen wat ze tegen elkaar zeiden.

Toen klonk er een nieuw geluid, een gebrul dat aanzwol en door- en doorging, als de zee, en toen Rob J. een zuidelijke verpleeghulp naar boven stuurde om te kijken wat er aan de hand was, kwam de man terug en mompelde onsamenhangend dat het die verrekte ellendige noorderlingen waren die juichten, dat was het.

Een paar uur later kwam Lanning Ordway en vond hem nog steeds in die kelder.

'Dok! Mijn god. Dok, kom mee.'

Ordway zei hem dat hij daar al bijna achtenveertig uur was en vertelde hem waar het 131e bivakkeerde. En Rob J. liet zich door zijn beste kameraad en ergste vijand wegleiden naar een veilige, ongebruikte opslagkamer waar een zacht bed van schoon hooi gemaakt kon worden. Hij ging liggen en sliep in.

De volgende middag laat werd hij wakker van het gekreun en geschreeuw van de gewonden die ze overal om hem heen op de vloer van de opslagruimte hadden neergelegd. Aan de operatietafels waren andere chirurgen aan het werk, die het zonder hem konden stellen. Het had geen zin om de latrine van de kerk te gebruiken, want die liep aan alle kanten over. Hij ging naar buiten in een zware, striemende regen en in het heilzame vocht leegde hij zijn blaas achter een paar seringestruiken die weer van het Noorden waren.

Het Noorden had heel Gettysburg weer in bezit. Rob J. liep door de regen en keek er eens rond. Hij wist niet meer waar Ordway had gezegd dat het 131e bivakkeerde en hij vroeg het iedereen die hij zag. Tenslotte vond hij het, verspreid over verschillende akkers ten zuiden van het stadje, in de tenten gedoken.

Wilcox en Ordway begroetten hem met ontroerende warmte. Ze hadden eieren! Terwijl Lanning Ordway scheepsbeschuit vergruizelde en de kruimels en de eieren bakte in reuzel als ontbijt voor de dokter, brachten ze hem op de hoogte van wat er gebeurd was; eerst het slechte nieuws. De beste hoornist van de kapel, Thad Bushman, was gesneuveld. 'Eén klein gaatje in zijn borst, dok,' zei Wilcox. 'Moet midden in zijn hart gekomen zijn.'

Van de dragers was Lew Robinson de eerste die getroffen was. 'Hij werd geraakt in zijn voet, kort nadat u wegging,' zei Ordway. 'Oscar Lawrence werd gisteren door een granaat bijna in tweeën gerukt.'

Ordway was klaar met de roereieren en zette de pan voor Rob J. neer, die echt verdrietig aan de onhandige jonge trommelaar dacht. Maar tot zijn schaamte kon hij het eten niet weerstaan en verzwolg het.

'Oscar was te jong. Hij had thuis moeten blijven, bij mama,' zei Wilcox bitter.

Rob J. brandde zijn mond aan de zwarte koffie, die afschuwelijk was maar lekker smaakte. 'We hadden allemaal thuis moeten blijven, bij mama,' zei hij en liet een boer. Langzaam at hij de rest van de eieren op en nam nog een kop koffie, terwijl ze hem vertelden wat er gebeurd was toen hij in de kelder van de kerk was.

'Op de eerste dag dreven ze ons terug tot de hoogte ten noorden van het stadje,' zei Ordway. 'Daar hebben we groot geluk mee gehad.

De volgende dag hadden we op Cemetery Ridge schermutselingen in een lange gevechtslinie die tussen twee paar heuvels liep, Cemetery Hill en Culp's Hill aan de noordkant en Round Top en Little Round Top een paar kilometer zuidelijker. Het was een afschuwelijk gevecht, afschuwelijk. Er sneuvelden er veel. We bleven maar gewonden weghalen.'

'We hebben het er niet slecht afgebracht,' zei Wilcox. 'Net zoals u het hebt voorgedaan.'

'Dat geloof ik graag.'

'De volgende dag werd het 131e naar Cemetery Ridge gebracht om Howards legergroep te versterken. Rond het middaguur kregen we het zwaar te verduren van kanonnen van het Zuiden,' zei Ordway. 'Terwijl ze ons bestookten, zagen onze voorposten dat er een hoop zuidelijke troepen tot dicht onder ons kwamen, in de bossen aan de overkant van Emmitsburg Road. We zagen hier en daar tussen de bomen metaal blikkeren. Ze bleven ons een uur of langer bestoken met granaten en ze hadden ook heel wat treffers, maar de hele tijd waren wij ons aan het voorbereiden, want we wisten dat ze gingen aanvallen.

Midden op de middag hielden hun kanonnen op en de onze ook. En toen riep iemand: "Daar komen ze!" en vijftienduizend van die beroerde opstandelingen in grijs uniform kwamen uit de bossen gelopen. Die jongens van Lee kwamen op ons af, schouder aan schouder, rij na rij. Hun bajonetten staken als lange golvende afrasteringen van stalen pinnen boven hun hoofd uit, hel en fel scheen de zon erop. Ze gilden niet, zeiden geen woord, kwamen gewoon op ons af in een snelle, vaste pas. Ik zeg u, dok,' zei Ordway, 'Robert E. Lee heeft ons heel wat keren een pak slaag gegeven en ik weet dat hij een doortrapte, sluwe schurk is, maar hier in Gettysburg was hij niet zo slim. We konden onze ogen niet geloven toen we die opstandelingen zomaar door het open veld op ons af zagen komen, terwijl wij op hoge, beschermde grond zaten. Wij wisten dat ze ten dode waren opgeschreven en dat moeten zij ook geweten hebben. We lieten ze ruim een kilometer dichterbij komen. Kolonel Symonds en de andere officieren langs de linie riepen: "Niet schieten! Laat ze dichtbij komen. Niet schieten!" Zij moeten dat ook hebben kunnen horen.

Toen ze zo dichtbij waren dat we hun gezicht konden zien, begon onze artillerie vanaf Little Round Top en Cemetery Ridge te vuren en een hoop van hen verdween gewoon. Degenen die over waren kwamen door de rook naar ons toe, en eindelijk riep Symonds: "Vuur!" en iedereen schoot een opstandeling dood. Iemand riep: "Fredericksburg!" en toen gilde iedereen dat. "Fredericksburg! Fredericksburg! Fredericksburg!" en schieten en weer laden, en schieten en weer laden, en schieten…

Maar op één plek bereikten ze het stenen muurtje onder onze kam. Ze vochten als verdoemden maar ze sneuvelden allemaal, of werden gevangengenomen,' zei Ordway en Rob J. knikte. Dat was, wist hij, toen hij hoorde juichen.

Wilcox en Ordway hadden de hele nacht met gewonden gesleept en nu gingen ze terug. Rob J. ging mee door de stromende regen. Toen ze het slagveld naderden, zag hij dat de regen heel goed was, want ze onderdrukte de doodsstank die trouwens toch gruwelijk was. Overal lagen opgezwollen lijken. Tussen puin en bloed zochten de redders naar overlevenden.

De rest van de morgen werkte Rob J. in de regen; hij verbond wonden en droeg een hoek van een draagbaar. Toen hij de gewonden naar de lazaretten bracht, zag hij waar de jongens de eieren vandaan hadden. Overal werden karren gelost. Er was een overvloed aan geneesmiddelen, verdovingsmiddelen, verband, voedsel. Aan elke operatietafel stond een rijtje chirurgen. De dankbare Verenigde Staten hadden gehoord dat ze eindelijk een overwinning behaald hadden die massa's doden had gekost en ze hadden besloten dat de overlevenden rijkelijk beloond moesten worden.

Bij het station werd hij aangesproken door een man van zijn leeftijd, die hem beleefd vroeg of het mogelijk was om een soldaat te balsemen alsof dat de gewoonste zaak van de wereld was. De man zei dat hij Winfield S. Walker jr. was, een boer uit Havre de Grace, Maryland. Toen hij gehoord had van de veldslag, had iets hem ertoe gebracht zijn zoon Peter te gaan zoeken en hij had hem gevonden tussen de doden. 'Nu wil ik zijn lichaam laten balsemen, dan kan ik hem mee naar huis nemen, begrijpt u.'

Dat begreep Rob J. 'Ik heb gehoord dat er in hotel Washington House gebalsemd wordt, meneer.'

'Jazeker. Maar ze hebben me gezegd dat ze een verschrikkelijk lange lijst hebben, en er zijn er nog veel vóór mij. Ik vond dat ik maar eens elders moest kijken.' Het lijk van zijn zoon lag op de boerderij van Harold, een boerderij-lazaret een eind van Emmitsburg Road.

'Ik ben arts. Ik kan het voor u doen,' zei Rob J.

Hij had de nodige spullen in de medische kist bij het 131e. Hij ging ze halen en trof meneer Walker op de boerderij. Rob J. moest hem zo tactvol mogelijk zeggen dat hij een legerkist moest halen met zinken bekleding, want er zou lijkvocht komen. Terwijl de vader de kist haalde, zorgde hij voor de zoon, in de slaapkamer waar nog zes doden waren opgeslagen. Peter Walker was een knappe jongeman, twintig jaar misschien, met de scherpe gelaatstrekken en het dikke zwarte haar van zijn vader. Hij was ongeschonden, alleen had een granaat zijn linkerbeen bij de dij afgerukt. Hij was doodgebloed en zijn lijk was zo wit als een marmeren standbeeld.

Rob mengde dertig gram zinkzoutchloride met twee liter alcohol en water. Hij bond de slagader in het afgerukte been af zodat de vloeistof niet zou weglopen, sneed toen de slagader van het andere been open en bracht met een spuit de balsemvloeistof in.

Meneer Walker kon zonder veel moeite een legerkist krijgen. Hij wilde betalen voor het balsemen, maar Rob J. schudde zijn hoofd. 'De ene vader helpt de andere,' zei hij.

Het bleef regenen. Het was een afschuwelijke regen. Bij de eerste zware regenval waren er een paar beekjes buiten hun oevers getreden en hadden een paar zwaargewonden verdronken. Nu viel ze minder hevig en hij ging terug naar het slagveld en zocht naar gewonden tot het donker werd. Toen hield hij op omdat er jongere, sterkere mannen met lampen en toortsen gekomen waren om het slagveld af te zoeken en omdat hij doodop was.

De Gezondheidscommissie had in een winkel ergens midden in Gettysburg een keuken opgezet en Rob J. ging erheen en kreeg soep waar het eerste rundvlees in zat dat hij in maanden gegeten had. Hij at drie kommen en zes sneden witbrood.

Toen hij gegeten had, ging hij naar de presbyteriaanse kerk en liep langs de banken. Bij elk geïmproviseerd bed bleef hij staan en probeerde gewoon maar iets te doen dat zou kunnen helpen: water geven, een bezweet gezicht afwissen. Als de patiënt een zuiderling was, stelde hij telkens dezelfde vraag. 'Jongen, ben je in jullie leger ooit een man van drieëntwintig tegengekomen, Alexander Cole, lichtblond haar, uit Holden's Crossing, Illinois?'

Maar niemand had hem ooit gezien.

54. Schermutselingen

Terwijl de regen in bakken neerviel, haalde generaal Robert E. Lee zijn bebloede leger bij elkaar en hinkte langzaam terug naar Maryland. Meade had hem niet hoeven laten ontkomen. Het Potomac-leger was ook zwaar getroffen, meer dan drieëntwintigduizend slachtoffers waaronder achtduizend doden en vermisten, maar de noorderlingen waren in een overwinningsroes en veel sterker dan Lee's mannen, die vertraagd en gehinderd werden door een rij karren met gewonden die zich tot wel dertig kilometer achter hen uitstrekte. Maar net zoals Hooker in Virginia verzuimd had op te treden, verzuimde Meade het nu in Pennsylvania en ze werden niet achtervolgd. 'Waar haalt meneer Lincoln zijn generaals vandaan?' mopperde Symonds vol afschuw tegen Rob J. Maar al was het uitstel voor de kolonels een teleurstelling, de manschappen waren blij dat ze uit konden rusten en bijkomen, en misschien het grote nieuws naar huis schrijven dat ze nog leefden.

Ordway vond Lewis Robinson in een van de boerderij-lazaretten. Zijn rechtervoet was tien centimeter boven de enkel afgezet. Hij was mager en bleek maar scheen verder gezond. Rob J. onderzocht de stomp en zei Robinson dat hij goed genas en dat de man die zijn voet had afgezet, zijn vak kende. Robinson was kennelijk blij om uit de oorlog te zijn: zijn ogen straalden een opluchting uit die bijna voelbaar was. Rob J. had het idee dat Robinson wel getroffen móest worden omdat hij er zo bang voor geweest was. Hij bracht Robinson zijn sopraninokornet en wat potloden en papier en wist dat het wel goed zou komen met hem, want je hebt geen twee voeten nodig om muziek te componeren of kornet te spelen.

Ordway en Wilcox werden allebei bevorderd tot sergeant. Een aantal mannen was bevorderd. Symonds vulde de organisatietabel van het regiment op met de overlevenden en gaf hun de functie en rang van de gevallenen. Het 131e Indiana telde achttien procent slachtoffers, wat weinig was in vergelijking met andere regimenten. Een regiment uit Minnesota was zesentachtig procent van zijn mannen kwijtgeraakt. Dat regiment en verschillende andere waren praktisch weggevaagd. Symonds en zijn stafofficieren waren dagenlang bezig met het aanwerven van overlevenden van de gedecimeerde regimenten, met succes, en ze brachten de sterkte van het 131e op zevenhonderdeenenzeventig man. Met een zekere verlegenheid zei de kolonel tegen Rob dat hij een officier van gezondheid voor het regiment gevonden had. Dokter Gardner Coppersmith was kapitein geweest bij een van de ontbonden eenheden uit Pennsylvania en Symonds had hem met bevordering zo ver gekregen. Hij was afgestudeerd aan de Medische Opleiding van Pennsylvania en had twee jaar gevechtservaring. 'Als u geen burger was, dok Cole, zou ik u zonder meer officier van gezondheid van het regiment maken,' zei Symonds. 'Maar op die plek hoort een officier. U begrijpt dat majoor Coppersmith uw meerdere zal zijn, dat hij de zaken regelt?' Rob J. verzekerde hem dat hij het begreep.

Voor Rob J. was het een ingewikkelde oorlog, uitgevochten door een ingewikkelde natie. In de krant las hij dat er in New York een rassenrel was geweest uit wrok over de eerste keuze voor oproep in militaire dienst. Een menigte van vijftigduizend man, meest Ierse katholieke arbeiders, hadden het oproepkantoor in brand gestoken, de kantoren van de *New York Tribune* en een negerweeshuis, waar gelukkig op dat moment geen kinderen waren. Ze zwermden door de straten en gaven de negers blijkbaar de schuld van de oorlog; ze sloegen en beroofden alle zwarten die ze konden vinden en vermoordden en lynchten dagenlang negers voor het oproer onderdrukt kon worden door nationale troepen die net terug waren van de strijd tegen de zuiderlingen in Gettysburg.

Door dat verhaal werd Rob J. diep geraakt. In Amerika geboren protestanten verachtten en onderdrukten katholieken en immigranten, en katholieken en immigranten minachtten en vermoordden negers, alsof beide groepen zich laafden met haat en het beendermerg van de zwakkeren nodig hadden als voedsel.

Toen Rob J. zich had voorbereid op zijn burgerschap had hij de Grondwet van de Verenigde Staten bestudeerd en zich verbaasd over de bepalingen. Nu zag hij in dat het genie van degenen die de Grondwet geschreven hadden hierin bestond, dat ze de menselijke karakterzwakheid en het feit dat het kwaad in de wereld blijft, hadden voorzien en ernaar hadden gestreefd individuele vrijheid tot de wettelijke werkelijkheid te maken waartoe het land keer op keer moest terugkeren.

Hij was gefascineerd door de reden waarom mensen elkaar haten en bestudeerde Lanning Ordway alsof de manke sergeant een insekt was onder zijn microscoop. Als Ordway niet nu en dan zijn haat spuide als een overkokende pan, en als Rob J. niet had geweten dat er tien jaar tevoren een afschuwelijk onbestrafte misdaad was bedreven in zijn eigen bos in Illinois, had hij Ordway een van de aardigste jongens uit het regiment gevonden. Nu zag hij hoe de drager groeide en bloeide, waarschijnlijk omdat de ervaringen die Ordway in het leger had opgedaan meer succes vertegenwoordigden dan hij tevoren ooit had bereikt.

Het hele regiment ademde een sfeer van succes. De regimentskapel van het 131e Indiana vertoonde vuur en elan als het van het ene hospitaal naar het andere ging om concerten te geven voor de gewonden. De nieuwe tubaspeler was niet zo goed als Thad Bushman geweest was, maar de muzikanten speelden met trots omdat ze hun waarde in de strijd hadden bewezen.

'We hebben met ons allen het ergste doorgemaakt,' verkondigde Wilcox plechtig op een avond dat ze allemaal te veel gedronken hadden en keek Rob J. aan met zijn woeste puilogen. 'We zijn de kaken van de dood in- en uitgetrokken, we zijn door het Dal van de Schaduw getrokken. We hebben recht in die vervloekte ogen van het verschrikkelijk creatuur gekeken. We hebben de kreet van de opstandelingen gehoord en teruggeschreeuwd.'

De mannen behandelden elkaar heel zachtzinnig. Sergeant Ordway en sergeant Wilcox en zelfs de slordige sergeant Perry werden geëerd omdat ze hun medemuzikanten in de steek hadden gelaten om onder vuur gewonde soldaten op te pikken en ze terug te brengen. Het verhaal van Rob J.'s tweedaagse marathon met de lancet werd in alle tenten herhaald en de mannen wisten dat hij de ziekenophaaldienst in hun regiment had bedacht. Ze glimlachten hem nu vriendelijk toe en niemand schold meer op de latrines.

Zijn nieuwe populariteit deed hem bijzonder genoegen. Een van de soldaten van de B-compagnie, tweede brigade, een zekere Lyon, bracht hem zelfs een paard. 'Ik heb hem langs de weg gevonden, zonder ruiter. Ik dacht meteen aan u, dok,' zei Lyon en overhandigde hem de teugels.

Dat verraste Rob J. maar hij was verrukt door dit blijk van genegenheid. Het modderkleurige paard was wel niet veel zaaks, een magere ruin met een holle rug. Hij had waarschijnlijk toebehoord aan een gesneuvelde of gewonde opstandeling, want op het dier en op het zadel zat het CSA-brandmerk. Het hoofd en de staart van het paard hingen, zijn ogen stonden dof en zijn staart en manen zaten vol klitten. Hij zag eruit als een paard dat wormen had. Maar Rob J. zei: 'Nou, soldaat, een prachtig paard. Ik weet niet hoe ik je moet bedanken.'

'Mij lijkt tweeënveertig dollar genoeg,' zei Lyon.

Rob J. lachte, meer geprikkeld door zijn eigen dwaas verlangen naar liefde dan door de situatie. Toen het gemarchandeer voorbij was, was het paard zijn eigendom voor vier dollar vijfentachtig plus de belofte dat hij Lyon niet zou aangeven als plunderaar van het slagveld.

Hij gaf het dier goed te vreten, haalde geduldig de klitten uit zijn manen en staart, waste het bloed van het zadel, wreef het dier in met olie waar het leer schaafwonden gemaakt had en roskamde de ruin. Toen dat allemaal gebeurd was, was het nog een uiterst erbarmelijk dier, dus noemde Rob J. hem Knappe Jongen, omdat zo'n naam het lelijke dier heel, héél misschien een tikkeltje plezier en zelfrespect zou schenken.

Toen op 17 augustus het 131e Indiana Pennsylvania uitmarcheerde bereed hij het paard. Het hoofd en de staart van Knappe Jongen hingen nog steeds, maar hij bewoog met de losse, constante gang van een dier dat gewend was aan lange ritten. Al wist niemand in het regiment eigenlijk in welke richting ze trokken, alle twijfel verdween toen kapelmeester Warren Fitts op zijn fluit blies, zijn kin en zijn staf hief en de kapel 'Maryland, mijn Maryland' begon te spelen.

Het 131e trok zes weken na Lee's troepen en een volle maand na de eerste eenheden van hun eigen leger de Potomac over. Ze volgden de late zomer naar het zuiden en de zachte, verleidelijke herfst haalde hen pas in toen ze een heel eind in Virginia waren. Het waren veteranen, ervaren met oogstmijten, beproefd in de strijd, maar het grootste deel van de oorlogshandelingen speelde zich op dat moment westelijker af en voor het 131e Indiana was het rustig. Lee's leger trok door de Shenandoah-vallei waar de noordelijke verkenners het bespiedden en zeiden dat het in goede conditie was, afgezien van een duidelijk tekort aan voorraden en met name behoorlijke schoenen.

De luchten in Virginia waren donker van de herfstregens. Ze bereikten de Rappahannock en vonden bewijzen dat de zuiderlingen daar niet al te lang geleden gebivakkeerd hadden. Ondanks de bezwaren van Rob J. zetten ze hun tenten op op de plek waar het kamp van de opstandelingen geweest was. Majoor Coppersmith was een goed opgeleide en kundige dokter, maar hij maakte zich niet druk om een beetje stront en viel niemand lastig met het graven van latrines. In ondubbelzinnige termen maakte hij Rob J. duidelijk dat de tijd voorbij was dat een waarnemend officier van gezondheid de medische politiek van het regiment kon uitmaken. De majoor wilde zijn eigen ziekenrapport houden, zonder assistentie, behalve op dagen dat hij zich niet zo lekker voelde en dat kwam zelden voor. En hij zei dat hij vond, dat zolang ze geen Gettysburg-achtige toestanden kregen, hij en één van de manschappen genoeg waren om op een medische post wonden te verbinden.

Rob glimlachte tegen hem. 'En wat moet ik dan?'

Majoor Coppersmith fronste zijn voorhoofd en streek zijn snor glad met zijn wijsvinger. 'Nou, ik zou willen dat u de dragers onder uw hoede houdt, dokter Cole,' zei hij.

Aldus zag Rob J. zich gevangen door het monster dat hij zelf gemaakt had, gevangen in het web dat hij zelf gesponnen had. Hij had weinig lust om zelf drager te worden, maar als ze eenmaal zijn belangrijkste taak werden, kon hij zich niet goed voorstellen dat hij de ploegjes gewoon zou uitsturen en dan gaan zitten wachten wat hun overkwam. Hij rekruteerde zijn eigen ploeg: twee muzikanten – Alan Johnson, de nieuwe altklarinettist en Lucius Wagner, een fluitist – en als vierde man wierf hij korporaal Amasa Decker aan, de postmeester van het regiment. De ploegjes dragers gingen om de beurt uit. Hij zei de nieuwe mannen, net zoals hij de eerste vijf dragers gezegd had (van wie er nu één dood was en één invalide), dat zoeken naar gewonden niet gevaarlijker was dan andere dingen die met oorlog te maken hadden. Hij verzekerde zichzelf dat alles in orde zou komen en zette zijn eigen draagploeg op het werkrooster.

Het 131e en een hoop andere eenheden van het Potomac-leger volgde het spoor van de zuiderlingen langs de Rappahannock tot de belangrijkste zijrivier, de Rapidan. Ze trokken dag na dag langs het water dat het grijs van de wolken weerspiegelde. Lee was in de minderheid en had geen voorraden meer, maar hij bleef de noorderlingen voor. In Virginia bleef alles rustig tot de oorlog zich meer naar het westen verplaatste en voor het Noorden een slechte wending nam. De zuiderlingen van generaal Braxton Bragg gaven de noordelijke strijdkrachten van generaal William S. Rosecrans bij Chattanooga aan de Chicamauga een flink pak slaag, waarbij meer dan zestienduizend zuiderlingen het slachtoffer werden. Lincoln en zijn kabinet hielden een spoedvergadering en besloten twee korpsen van Hooker aan het Potomac-leger te onttrekken en ze per spoor naar Alabama te sturen om Rosecrans te versterken.

Nu het leger van Meade met twee korpsen verzwakt was, vluchtte Lee niet meer. Hij deelde zijn leger in tweeën en probeerde Meade in de flank aan te vallen door naar het westen en noorden te trekken, naar Manassas en Washington. Zo begonnen de schermutselingen.

Meade zorgde er goed voor dat hij tussen Lee en Washington bleef en het noordelijke leger trok telkens een kilometer of drie terug, tot ze voor de zuidelijke aanval vijfenzestig kilometer hadden prijsgegeven, waarbij nu en dan gevochten was.

Rob J. merkte dat de dragers hun taak verschillend uitvoerden. Wilcox ging met koppige vastberadenheid op zijn slachtoffer af, terwijl Ordway een zorgeloze moed ten toon spreidde en met zijn ongelijke gang uitliep als een grote snelle krab, en zijn kant van de draagbaar hoog en stil hield, waarbij zijn gespierde armen zijn kreupele gang opvingen. Rob J. had een aantal weken om na te denken over de eerste keer dat hij gewonden op zou moeten halen. Zijn probleem was dat hij net zoveel fantasie had als Robinson, meer nog misschien. Hij kon zich wel honderd manieren voorstellen waarop hij geraakt kon worden, onder allerlei omstandigheden. In zijn tent maakte hij bij lamplicht een aantal tekeningen voor zijn dagboek: de ploeg van Wilcox die uitliep, drie mannen gebogen tegen een mogelijke tegenwind van lood, de vierde die onder het lopen de draagbaar voor zich uit hield, een vliesdun schild. Hij tekende Ordway die terugkwam en de draagbaar rechts achter droeg; de andere drie dragers met strak, bang gezicht en Ordways dunne lippen gebogen in een soort grijns, half glimlachend, half grauwend, een in grote lijnen waardeloze kerel die eindelijk iets had gevonden waar hij heel goed in was. Wat zou Ordway doen, vroeg Rob J. zich af, als de oorlog afgelopen was en hij niet meer achter gewonden onder vuur aan kon?

Rob J. maakte geen tekeningen van zijn eigen ploeg. Ze waren er nog niet op uit geweest.

De eerste keer kwam op zeven november. Het 131e Indiana werd de Rappahannock over gestuurd vlakbij een plaatsje dat Kelly's Ford heette. Het regiment stak midden op de morgen de rivier over maar ze kwamen al vlug onder zwaar vijandelijk vuur, zodat ze niet verder konden. Binnen een paar minuten hoorde de dragersgroep dat er iemand geraakt was. Rob J. en zijn drie dragers gingen naar voren, naar een hooiveld aan de rivier waar een zestal mannen in dekking zat achter een met klimop begroeid stenen muurtje, vanwaar ze het bos in schoten. De hele weg naar dat muurtje verwachtte Rob J. de inslag van een projectiel in zijn lijf. De lucht leek wel te dik om door zijn neusgaten te zuigen. Het was of hij met brute kracht voort moest gaan en zijn ledematen schenen traag te werken.

De soldaat was in zijn schouder geraakt. De kogel zat in het vlees en er moest naar gepeild worden, maar niet onder vuur. Rob J. pakte een verband uit zijn *Mee-shome* en verbond de wond om te zorgen dat de bloeding beperkt bleef. Toen legden ze de soldaat op de draagbaar en gingen in snel tempo terug. Rob J. besefte wat een breed doel zijn ongedekte rug aan de achterkant van de draagbaar bood. Hij hoorde elk schot dat werd afgevuurd en de geluiden van langsvliegende kogels die door het hoge gras vlogen en hard in de aarde vlak bij hem insloegen.

Aan de andere kant van de draagbaar kreunde Amasa Decker.

'Geraakt?' hijgde Rob J.

'Nee.'

Met dreunende voeten holden ze bijna met hun last en gleden na een eeuwigheid de smalle verzakking in waarin majoor Coppersmith zijn medische post had ingericht.

Toen de vier dragers de patiënt aan de officier van gezondheid hadden overgedragen, lagen ze al vlug als pas gevangen forellen op het zachte gras.

'Ze klonken als bijen, die miniés,' zei Lucius Wagner.

'Ik dacht dat we er geweest waren,' zei Amasa Decker. 'U niet, dok?'

'Ik was wel bang, maar ik dacht dat we een beetje bescherming hadden.' Rob J. liet hun zijn *Mee-shome* zien en zei dat de koordenriem, de *Izze*-kledij, naar de Sauk hem verzekerd hadden, zou beschermen tegen kogels. Decker en Wagner luisterden ernstig, Wagner met een glimlachje.

Die middag hield het schieten bijna op. Beide kanten zaten in een patstelling tot rond de schemering, toen twee hele noordelijke brigades de rivier overstaken en langs de positie van het 131e stroomden bij de enige bajonetaanval die Rob J. in de oorlog te zien zou krijgen. De mannen van het 131e zetten zelf ook de bajonet op en vielen mee aan. De onverwachte, woeste aanval gaf de noorderlingen kans om de vijand onder de voet te lopen en een paar duizend zuiderlingen werden gedood of gevangengenomen. Zelf hadden ze maar weinig verliezen, maar toen de nacht viel gingen Rob J. en zijn dragers er nog een keer of zes op uit om gewonden op te halen. De drie soldaten waren overtuigd geraakt dat dok Cole en zijn Indiaanse medicijnbuidel hen tot een gelukkige ploeg maakten, en toen ze voor de zevende keer veilig terug waren, geloofde Rob J. even sterk in de kracht van zijn *Mee-shome* als de anderen.

Die avond, toen de gewonden verzorgd waren, keek Gardner Coppersmith hem in de tent met stralende ogen aan. 'Prachtige bajonetaanval, hè Cole?'

Hij ging serieus op die vraag in. 'Meer een slachtpartij,' zei hij heel vermoeid.

De eerste officier van gezondheid van het regiment keek hem met afkeer aan. 'Als je dat vindt, waarvoor ben je hier dan verdomme?'

'Omdat de patiënten hier zijn,' zei Rob J.

Maar tegen het eind van het jaar had hij toch besloten dat hij bij het 131e Indiana weg zou gaan. Hier wáren de patiënten; hij was bij het leger gegaan om de soldaten goede medische verzorging te geven en majoor Coppersmith gaf hem niet de ruimte. Hij zag in dat het zonde was dat hij als ervaren geneesheer eigenlijk alleen een draagbaar droeg, en het was voor een atheïst onzin om te leven alsof hij op martelaarschap of heiligheid uit was. Hij was van plan om terug naar huis te gaan als in de eerste week van 1864 zijn contract afliep.

Kerstavond was een vreemde aangelegenheid, triest en ontroerend tegelijk. Voor de tenten werden erediensten gehouden. Aan één kant van de Rappahannock speelden de muzikanten van het 131e Indiana 'Adeste fidelis'. Toen ze klaar waren speelde een zuidelijke kapel aan de andere oever 'Heren, houde God u trouw' waarvan de muziek griezelig over het donkere water zweefde. Meteen gingen ze over op 'Stille nacht'. Kapelmeester Fitts hief zijn staf en de noordelijke kapel en de zuidelijke muzikanten speelden samen en de soldaten van beide kanten zongen mee. Ze konden elkaars kampvuren zien.

Het bleek ook een stille nacht te worden, zonder geweervuur. Bij het eten hadden ze geen feestelijk gevogelte, maar het leger had een heel acceptabele soep bezorgd met iets erin dat rundvlees had kunnen zijn, en alle soldaten van het regiment kregen een oorlam van feestwhisky. Dat was misschien een vergissing want het smaakte naar meer. Na het concert kwam Rob J. Wilcox en Ordway tegen, die aan kwamen wankelen van een plek aan de rivieroever waar ze een kruik marketentstersbocht hadden soldaat gemaakt. Wilcox steunde Ordway, maar stond zelf ook onvast op zijn benen.

'Ga jij maar slapen, Abner,' zei Rob J. 'Ik zal hem wel naar zijn tent brengen.' Wilcox knikte en liep weg, maar Rob J. deed niet wat hij had beloofd. In plaats daarvan bracht hij Wilcox weg van de tenten en zette hem tegen een rots.

'Lanny,' zei hij. 'Lan, jongen, laten we eens praten, jij en ik.'

Ordway keek hem met half gesloten dronkemansogen aan. '... Gelukkig kerstfeest, dok.'

'Gelukkig kerstfeest, Lanny. Laten we eens praten over de Orde van de met Sterren Bezaaide Vlag,' zei Rob J.

Hij kwam dus tot de conclusie dat whisky een sleutel was die alles zou ontsluiten wat Lanning Ordway wist.

Op drie januari, toen kolonel Symonds met een nieuw contract bij hem kwam, stond hij te kijken hoe Ordway zijn rugzakje vulde met vers verband en morfinepillen. Rob J. aarzelde maar een ogenblik, zonder zijn blik van Ordway af te wenden. Toen zette hij zijn krabbel en tekende voor nog drie maanden.

55. 'Wanneer ontmoette je Ellwood R. Patterson?'

Rob J. dacht dat hij heel schrander geweest was, heel behoedzaam, zoals hij op kerstavond de dronken Ordway ondervraagd had. Dat verhoor had zijn beeld van de man en van de HOSBV bevestigd.

Terwijl hij tegen de tentstok zat met zijn dagboek op zijn opgetrokken knieën, schreef hij het volgende:

Lanning Ordway ging voor het eerst naar bijeenkomsten van de Amerikaan-se Partij in Vincennes, Indiana, 'vijf jaar voor ik zo oud was dat ik mocht stemmen'.

(Hij vroeg me waar ik erbij was gekomen en ik zei 'Boston'.)

Hij werd door zijn vader meegenomen naar bijeenkomsten 'omdat hij wilde dat ik een goede Amerikaan werd'. Zijn vader was Nathanael Ordway, een bezemmaker in loondienst. De bijeenkomsten waren op de eerste verdieping boven een café. Ze liepen dan door de gelagzaal, de achterdeur uit en een trap op. Zijn vader klopte het teken op de deur. Hij herinnert zich dat zijn vader altijd trots was als 'de Wachter van de Poort'(!) door een kijkgaatje naar hen keek en ze liet binnenkomen 'omdat we goed volk waren'.

Binnen een jaar of zo ging Lanning soms, als zijn vader dronken was of ziek, alleen naar die bijeenkomsten. Toen Nathanael Ordway stierf ('aan drank en pleuritis') ging Lanning naar Chicago om te gaan werken in een kroeg in Galena Street bij het spoorwegemplacement, waar een neef van zijn vader de whisky leverde. Hij maakte schoon als dronkaards hadden overgegeven, strooide elke morgen schoon zaagsel, lapte de lange spiegels, poetste de kope-ren barstang – wat er maar te doen was.

Het lag voor de hand dat hij in Chicago een Weetniks-groep zou opzoeken, alsof hij contact opnam met familie, omdat hij meer gemeen had met de klan-ten van de Amerikaanse Partij dan met de neef van zijn vader. De partij zette zich in om alleen openbare functionarissen te laten kiezen die liever in Ameri-ka geboren arbeiders in dienst namen dan immigranten. Ondanks zijn manke been (uit gesprekken en waarnemingen heb ik de indruk dat hij geboren is met een te ondiepe gewrichtsholte in de heup) deden de vaste bezoekers al vlug een beroep op hem als ze iemand nodig hadden die jong genoeg was om een be-langrijke boodschap te doen en oud genoeg om zijn mond dicht te houden.

Het was voor hem een bron van trots dat hij al na een paar jaar, op zijn ze-ventiende, lid werd van de Hoge Orde van de met Sterren Bezaaide Vlag. Hij liet wel doorschemeren dat het ook een bron van hoop was, omdat hij het idee

had dat een arme, invalide in Amerika geboren jongen relaties nodig had in
een machtige organisatie, wilde hij iets bereiken 'nu buitenlandse rooms-ka-
tholieken elk Amerikaans baantje willen doen voor praktisch niets'.
De orde 'deed dingen die de partij niet kon'. Toen ik Ordway vroeg wat hij
voor de orde gedaan had, zei hij: 'Een en ander. Rondgereisd, hier en daar.'
Ik vroeg hem of hij ooit iemand was tegengekomen die Hank Cough heette en
hij knipperde met zijn ogen. 'Natuurlijk ken ik die. En u kent die man ook?
Stel je voor. Ja. Hank!'
Ik vroeg waar Cough was en hij keek me vreemd aan. 'In het leger natuurlijk.'
Maar toen ik vroeg wat voor werk ze samen gedaan hadden, legde hij zijn
wijsvinger onder zijn oog en ging ermee langs zijn neus. Hij kwam wanke-
lend overeind en het gesprek was voorbij.

De volgende morgen gaf Ordway geen teken dat hij zich de onder-
vraging herinnerde. Rob J. zorgde ervoor dat hij de paar volgende dagen bij hem uit de buurt bleef. Er gingen wel weken voorbij voordat
er zich weer zo'n gelegenheid voordeed, omdat de voorraad whisky
van de marketentsters rond de feestdagen bij de troepen uitverkocht
was geraakt en omdat de noordelijke kooplui die met de strijdkrachten meetrokken, hun voorraad drank niet in Virginia wilden aanvul-
len uit vrees dat de koopwaar vergiftigd zou zijn.
Maar een waarnemend tweede officier van gezondheid had een voorraadje door de regering verstrekte whisky voor medische doeleinden.
Rob J. gaf Wilcox de kruik, wetend dat hij hem met Ordway zou delen. Die avond wachtte hij ze op en keek naar hen uit. Toen ze tenslot-
te kwamen, Wilcox vrolijk, Ordway somber, zei hij welterusten tegen
Wilcox en zorgde hij voor Ordway zoals de keer daarvoor. Ze gingen
naar dezelfde rots, weg van de tenten.
'Nou, Lanny,' zei Rob J. 'Laten we nog eens praten.'
'Waarover, dok?'
'Wanneer ben je Ellwood R. Patterson tegengekomen?'
De ogen van de man waren net ijspegels. 'Wie bent u?' vroeg Ordway
en zijn stem klonk volkomen nuchter.
Rob J. stond klaar voor de harde waarheid. Hij zweeg een hele tijd.
'Wie denk je dat ik ben?'
'Ik denk dat u een vervloekte katholieke spion bent, als u al die vra-
gen stelt.'
'Ik heb nog meer vragen. Ik heb vragen over de Indiaanse die jullie
gedood hebben.'
'Welke Indiaanse?' vroeg Ordway oprecht verschrikt.
'Hoeveel Indiaanse vrouwen hebben jullie gedood? Weet je waar ik
vandaan kom, Lanny?'

'Boston, zei u,' zei Ordway stuurs.

'Dat was daarvóór. Ik heb jaren in Illinois gewoond. In het plaatsje Holden's Crossing.'

Ordway keek hem aan en zei niets.

'Die Indiaanse die vermoord is, Lenny. Dat was mijn vriendin, zij werkte voor mij. Ze heette Makwa-ikwa, voor het geval je dat niet wist. Ze werd verkracht en vermoord in mijn bos, op mijn boerderij.'

'Die Indiaanse? Mijn god. Donder op, gek, ellendeling, ik weet niet waar je het over hebt. Ik waarschuw je. Als je slim genoeg bent – als je weet wat goed is voor je gezondheid, vuile gore klootzak van een spion – dan vergeet je alles wat volgens jou te maken heeft met Ellwood R. Patterson,' zei Ordway. Hij wankelde langs Rob J. heen en liep slingerend de duisternis in, alsof er op hem geschoten werd.

Rob J. hield hem de hele volgende dag onopvallend in de gaten. Hij zag hem zijn dragersploeg trainen, hun rugzakje inspecteren, luisterde hoe hij hen waarschuwde dat ze heel zuinig moesten omgaan met morfinepillen, omdat het regiment bijna zonder zat tot het leger nieuwe verstrekte. Hij moest bekennen dat Lanny Ordway een goede, doeltreffende sergeant van het ziekenvervoer was geworden.

's Middags zag hij Ordway in zijn tent aan het werk op een blad papier, zijn potlood in zijn hand. Hij was urenlang bezig.

Na de taptoe bracht Ordway een envelop naar de posttent.

Rob J. nam pauze en ging zelf ook naar het postkantoortje. 'Vanmorgen vond ik een marketentster met echte kaas,' zei hij tegen Amasa Decker. 'Ik heb een stuk ervan bij je in de tent gelegd.'

'Nou, dok, dat is aardig,' zei Decker, in zijn nopjes.

'Ik moet goed voor mijn dragers zorgen, niet? Ga het maar vlug opeten voor iemand anders het vindt. Ik zal wel postmeester spelen zolang je weg bent.'

Zo gemakkelijk ging het. Meteen toen Decker weg was, ging Rob J. naar de doos met uitgaande post. Het kostte maar een paar minuten voor hij de envelop vond en hem in zijn *Mee-shome* stopte.

Pas toen hij alleen was in zijn eigen tent haalde hij de brief te voorschijn en las hem. Hij was geadresseerd aan dominee David Goodnow, Bridgeton Street 237, Chicago, Illinois.

Beste heer Goodnow, Lanning Ordway. Ik zit in het 131 Indiana weet u wel. Er is hier een man die vrage stelt. Een dokter hij heet Robit Col. Hij wilt wete over Henry. Hij zegt rare dinge, ik hou hem in de gate. Hij wilt wete over L. Wood Padson. Zegt dat wij dat Indiaanemeisje verkragt en vermoort heb-

be, toen in Illenoi. Ik kan met hem afrekene zoals ik maar wilt. Maar ik ge-
briukt mijn herses en en schrijft uw dan kunt uw uitzoeke hoe hij er acher
gekome is. Ik ben sgt. Als de oorlog voorbij is gaat ik weer voor de andere
werke. Lanning Ordway.

56. Aan de overkant van de Rappahannock

Rob J. was zich er pijnlijk van bewust dat er te midden van een oorlog, nu iedereen overal wapens bij de hand had en het niet zou opval-
len bij die grote moordpartijen, vele manieren en gelegenheden waren voor een ervaren moordenaar die vastbesloten was om met hem
'af te rekene'.
Vier dagen lang probeerde hij in de gaten te houden wat er achter zijn
rug gebeurde en vijf nachten sliep hij licht of helemaal niet.
Hij lag wakker en vroeg zich af hoe Ordway het zou doen. Hij besloot
dat Ordway, naar zijn positie en karakter te oordelen, zou wachten
tot ze allebei in een rumoerige schermutseling verzeild waren waarbij
veel geschoten werd. Van de andere kant wist hij niet of Ordway misschien een messenvechter was. Als ze Rob J. ergens doodgestoken of
met doorgesneden keel aantroffen na een lange donkere nacht waarin
elke zenuwachtige wachtpost dacht dat elke schaduw van de maan
een zuidelijke indringer was, zouden ze niet verbaasd zijn en geen
onderzoek naar zijn dood instellen.
Dat veranderde op negentien januari, toen de B-compagnie van de
tweede brigade de Rappahannock over gestuurd werd met het doel,
korte verkenningspatrouilles te houden en zich dan snel terug te trekken. Het liep anders. De lichte infanteriecompagnie trof sterke stellingen van de zuiderlingen aan waar ze die niet verwacht hadden en ze
werden door het vijandelijke vuur op een open plek in het nauw gedreven.
Het was een herhaling van de toestand waarin het hele regiment zich
een paar weken tevoren bevonden had, maar in plaats van zevenhonderd man met de bajonet op het geweer, die de rivier over kwamen
gestormd om de toestand te redden, was hier geen steun van het Potomac-leger. De honderdzeven mannen bleven waar ze waren en lagen de hele dag onder vuur; ze schoten zo goed mogelijk terug. Toen
de duisternis viel, vluchtten ze terug over de rivier en ze brachten
vier lijken mee en zeven gewonden.
De eerste die ze de lazarettent indroegen was Lanning Ordway.

Ordways ploegje zei dat hij net voor donker getroffen was. Hij had in zijn jaszak getast naar de harde biscuit en het uitgebakken speklapje, in een stuk papier gewikkeld, die hij daar die morgen in gestopt had, toen hij kort na elkaar door twee minié-kogels geraakt werd. Een van de kogels had een stuk van zijn buikwand weggereten en een stuk grauwe darm puilde nu uit. Rob J. begon het terug naar binnen te duwen om daarna de wond dicht te naaien, maar al vlug zag hij een paar andere dingen en hij besefte dat Ordway niet te redden was.

De tweede wond was veel erger en hij had inwendig te veel schade opgelopen aan zijn darmen of zijn maag, of aan allebei. Hij wist, dat als hij de buik zou openen, de buikholte vol zou zitten met vrijgekomen bloed. Het bloedeloze gezicht van Ordway was zo wit als melk.

'Kan ik iets voor je doen, Lanny?' vroeg hij vriendelijk.

Ordways lippen bewogen. Hij keek Rob J. recht in zijn ogen en uit een zekere kalmte, die Rob J. eerder bij stervenden gezien had, bleek dat hij het wist. 'Water.'

Dat was het slechtste dat je iemand die in de buik geschoten was, kon geven, maar Rob J. wist dat het niets meer uitmaakte. Hij haalde twee opiumpillen uit zijn *Mee-shome* en gaf die aan Ordway met een flinke slok. Bijna meteen begon Ordway bloed over te geven.

'Wil je een geestelijke?' vroeg Rob J. terwijl hij bezig was met schoonvegen. Maar Ordway gaf geen antwoord en bleef hem enkel aankijken.

'Misschien wil je me vertellen wat er op die dag in het bos precies gebeurd is met Makwa-ikwa. Of iets anders, wat je maar wilt.'

'Jij... hel,' wist Ordway uit te brengen.

Rob J. dacht niet dat hij ooit naar de hel zou gaan. Hij dacht niet dat Ordway of wie ook erheen zou gaan, maar dit was niet het moment voor een discussie. 'Ik dacht dat het je zou opluchten om nu wat te zeggen. Als je je hart wilt luchten.'

Ordway deed zijn ogen dicht en Rob J. wist dat hij hem met rust moest laten.

Hij vond het altijd afschuwelijk als iemand stierf, maar deze man in het bijzonder, die bereid was geweest hem te doden, omdat in Ordways hoofd feiten zaten opgesloten waar hij jaren op uit was geweest, en als de hersenen van de man stierven als een lamp die werd uitgedraaid, zouden die feiten verloren zijn.

Ook wist hij dat er ondanks alles iets in hem geraakt was door de vreemde, gecompliceerde jongeman die tussen de stenen van de molen terecht was gekomen. Hoe zou het geweest zijn, als hij een Ordway gekend had die door zijn moeder was gebaard zonder mankement, die enige scholing had gehad in plaats van ongeletterd te zijn, die verzorging had gekregen in plaats van honger en een andere achtergrond dan een vader aan de drank?

Hij wist hoe nutteloos dergelijke speculaties waren en toen hij naar de stille gestalte keek wist hij dat er in Ordway niets meer omging.

Een tijdje zorgde hij voor de etherkegel terwijl Gardner Coppersmith niet onhandig een minié-kogel uit het vlezige gedeelte van de linkerbil van een jongen haalde. Toen ging hij terug naar Ordway, bond zijn kaak op en legde muntjes op zijn oogleden. Ze legden hem op de grond naast de vier anderen die de B-compagnie mee teruggebracht had.

57. De cirkel gesloten

Op 12 februari 1864 schreef Rob J. in zijn dagboek:

> *Twee rivieren thuis, de grootse Mississippi en de bescheiden Rocky, hebben hun merkteken op mijn leven gedrukt, en nu heb ik in Virginia ook een paar rivieren leren kennen die niet bij elkaar passen, nu ik verschillende slachtingen langs de Rappahannock en de Rapidan gezien heb. Zowel het Potomac-leger als het Noord-Virginia-leger hebben aan het eind van de winter, tot in de vroege lente, groepjes infanterie en cavalerie de Rapidan over gestuurd om elkaar te pakken te nemen. Net zoals ik vroeger de Rock nu en dan overstak om een noodlijdende buur te verzorgen of een kind ter wereld te helpen, ga ik nu met troepen op tientallen plaatsen de Rapidan over, gezeten op Knappe Jongen of te voet plassend door een ondiepe doorwaadbare plaats, of over diep water varend in een boot of op een vlot. Deze winter was er geen grote veldslag waarbij duizenden gedood zijn, maar ik ben eraan gewend geraakt tien doden te zien, of één. Er is iets oneindig meer tragisch aan een enkele dode man dan aan een veld vol lijken. Ik heb op een of andere manier niet zoveel oog meer voor de gezonden en de doden maar ben gericht op de gewonden, ik ga uit en haal die verrekte stomme jonge kerels op, meestal onder vuur van andere verrekte stomme jonge kerels…*

De soldaten van beide kanten hadden nu de gewoonte aangenomen om een stukje papier aan hun kleren te spelden waarop hun naam en adres stond, in de hoop dat hun geliefden zouden worden gewaarschuwd als hun iets overkwam. Noch Rob J. noch de drie dragers van zijn ploegje namen daar de moeite voor, want Amasa Decker, Alan

Johnson en Lucius Wagner waren ervan overtuigd geraakt dat het medicijn van Makwa-ikwa hen echt beschermde en Rob J. liet zich door hun overtuiging meeslepen. Het was alsof de *Mee-shome* een kracht uitstraalde die alle kogels afboog en hun lichaam onkwetsbaar maakte.

Soms leek het of het altijd oorlog geweest was en dat die eeuwig door zou gaan. Toch zag Rob J. veranderingen. Op een dag las hij in een half verscheurd exemplaar van de *Baltimore American* dat in het Zuiden alle blanke mannen tussen de zeventien en de vijftig waren opgeroepen voor dienst in het zuidelijke leger. Dat betekende dat vanaf dat moment iedere zuiderling die getroffen werd, niet vervangen kon worden en dat hun leger kleiner zou worden. Rob J. zag met eigen ogen dat de zuidelijke soldaten die gevangengenomen werden of gedood, allemaal vodden van uniformen droegen en waardeloze schoenen. Hij vroeg zich wanhopig af of Alex nog leefde, eten had, kleren aan zijn lijf, schoenen. Kolonel Symonds kondigde aan dat het 131e Indiana binnenkort een aantal Sharps-karabijnen zou krijgen die waren uitgerust met kruitpatronen waardoor er snel gevuurd kon worden. En dat liet vermoeden hoe de oorlog af zou lopen nu het Noorden betere geweren, munitie en schepen maakte en het Zuiden kampte met verminderende mankracht en een tekort aan alles wat in fabrieken gemaakt werd.

Het probleem was dat de zuiderlingen niet schenen te beseffen dat ze industrieel enorm in het nadeel waren en ze vochten met een vuur dat aangaf dat de oorlog voorlopig niet zou eindigen.

Op een dag aan het eind van februari werden de vier dragers naar de plek geroepen waar een kapitein Taney, de commandant van de A-compagnie van de eerste brigade, stoïcijns een sigaar lag te roken nadat hij een kogel door zijn scheenbeen gekregen had. Rob J. zag dat het geen zin had om een spalk aan te brengen omdat er centimeters van het scheenbeen en het kuitbeen weggerukt waren en het been halverwege tussen de enkel en de knie moest worden afgezet. Toen hij een verband uit de *Mee-shome* wilde pakken, was de dokterstas er niet.

Zijn maag draaide zich om want hij wist precies waar hij hem gelaten had, op het gras bij de lazarettent.

De anderen wisten het ook.

Hij trok de leren riem van Alan Johnsons middel en gebruikte die als knevel; toen laadden ze de kapitein op de draagbaar en droegen hem bijna dronken weg.

'Lieve god,' zei Lucius Wagner. Dat zei hij altijd als hij heel bang was, op een beschuldigende toon. Nu fluisterde hij het telkens weer tot het ergerlijk werd, maar niemand klaagde of zei dat hij zijn bek moest houden want ze dachten alleen maar aan de pijnlijke inslag van een kogel in hun lijf, opeens zo wreed beroofd van magische bescherming.

De tocht was trager en ellendiger dan de allereerste. Er klonken salvo's maar de dragers werden niet geraakt. Eindelijk waren ze terug bij de lazarettent en toen ze de patiënt overdroegen aan Coppersmith pakte Amasa Decker de *Mee-shome* op uit het gras en duwde hem Rob J. in zijn handen. 'Doe hem om. Vlug,' zei hij en dat deed Rob J.

De drie dragers overlegden somber, slap van opluchting, en spraken af dat ze er allemaal op zouden letten dat de waarnemend tweede officier van gezondheid Cole 's morgens zijn medicijnbuidel om zou doen.

Rob J. was blij dat hij de *Mee-shome* twee dagen later om had toen het 131e Indiana, driekwart kilometer van de plek waar de Rapidan in de grote rivier stroomde, een bocht van de weg om kwam en letterlijk recht in de ogen keek van de verbijsterde gezichten van een brigade in grijze uniformen.

De mannen begonnen van beide kanten meteen te schieten, sommigen van heel dichtbij. De lucht was vol gevloek en geschreeuw, het geknal van musketten, het gegil van de getroffenen, en toen waren de voorste gelederen bij elkaar. Officieren hakten met hun sabel of schoten met hun revolver, soldaten zwaaiden met hun geweer als knuppel of vochten met vuisten, nagels en tanden, want er was geen tijd om opnieuw te laden.

Aan de ene kant van de weg was een eikenbos, aan de andere een bemeste akker die eruitzag als zacht fluweel, geploegd en klaar voor het zaaien. Een paar man van beide kanten zochten beschutting achter de bomen langs de weg, maar de hoofdmacht van beide partijen verspreidde zich en vertrapte de gave, kale akker. Ze schoten op elkaar vanuit een ruwe, ongelijke gevechtslinie.

Bij een schermutseling was Rob J. gewoonlijk in de achterhoede en wachtte hij tot hij geroepen werd, maar in de verwarring van het strijdgewoel merkte hij dat hij te midden van het geweld met zijn angstige paard vocht. De ruin week achteruit en steigerde half en scheen toen onder hem in elkaar te zakken. Rob J. wist eraf te springen toen het paard op de grond stortte en krampachtig lag te spartelen. Er was een bloedloos gaatje zo groot als een stuiver in de modderkleurige keel van Knappe Jongen, maar een dubbel rood stroompje vloeide al uit de neusgaten van het paard terwijl het snakte naar adem en in zijn doodsstrijd krampachtig trapte.

In de medicijnbuidel zat een injectiespuit met een koperen naald en morfine, maar er was nog steeds een tekort aan opiaten en die mocht je niet gebruiken voor een paard. Op tien meter afstand lag het lijk van een zuidelijke luitenant en Rob J. liep naar hem toe en trok een zware zwarte revolver uit zijn holster. Toen ging hij terug naar het lelijke paard, zette de loop van de revolver onder het oor van Knappe Jongen en haalde de trekker over.

Hij was nog maar zes stappen weg toen hij een brandende pijn voelde boven in zijn linkerarm, alsof hij gestoken was door een bij van dertig centimeter. Hij deed nog drie stappen; toen scheen de zoetig naar mest ruikende donkerbruine aarde hem tegemoet te stijgen. Hij dacht helder. Hij wist dat hij flauwgevallen was en vlug zijn krachten weer terug zou krijgen; hij lag daar en keek met het oog van de schilder omhoog naar de zon van rauwe oker in een lucht van kobalt, terwijl de geluiden om hem heen afnamen alsof er iemand een deken over de rest van de wereld gegooid had. Hoe lang hij zo lag, wist hij niet. Het drong tot hem door dat hij bloed verloor door de wond in zijn arm en hij tastte in de medicijnbuidel om er een prop verband uit te pakken en stevig in de wond te duwen om de bloeding te stelpen. Toen hij neerkeek, zag hij bloed op de *Mee-shome* en vond de ironie onweerstaanbaar, zodat hij al vlug lachte bij het idee van een atheïst die geprobeerd had een god te scheppen uit een oude stekeltas en een paar reepjes gekauwd leer.

Eindelijk kwam de ploeg van Wilcox hem ophalen. De sergeant – net zo lelijk als Knappe Jongen, zijn puilogen vol genegenheid en bezorgdheid – zei de leugenachtige onbenulligheden die Rob J. duizenden keren tegen patiënten gezegd had in een ijdele poging ze te troosten. De zuiderlingen, die merkten dat ze ver in de minderheid waren, hadden zich al teruggetrokken. Her en der lagen dode mannen, paarden, kapotte karren en verspreide uitrusting, en Wilcox merkte treurig op dat het de boer heel wat tijd zou kosten zijn mooie akker opnieuw te ploegen.

Hij wist dat hij geluk had dat de wond niet erger was, maar het was meer dan een schram. De kogel had het bot niet geraakt maar wel huid en spieren meegerukt. Coppersmith had de wond gedeeltelijk dichtgenaaid en met zorg verbonden en scheen uit dat werk heel wat voldoening te putten.

Rob J. werd met zesendertig andere gewonden meegenomen naar een streekhospitaal in Fredericksburg, waar hij tien dagen bleef. Het was een pakhuis geweest en het was niet zo schoon als had gekund, maar majoor Sparrow, de officier van gezondheid die er de leiding had en die voor de oorlog een praktijk had gehad in Hartford, Connecticut, was van een nette soort. Rob J. dacht terug aan dokter Milton Aker-sons experiment met zoutzuur in Illinois en dokter Sparrow stond toe dat hij zijn eigen wond van tijd tot tijd waste met een lichte zoutzuur-oplossing. Het stak, maar de wond begon prachtig te dichten, zonder infectie, en ze waren het eens dat het waarschijnlijk lonend zou zijn om het bij andere patiënten te proberen. Rob J. kon zijn vingers bui-gen en zijn linkerhand bewegen, al deed dat pijn. Hij was het met dokter Sparrow eens dat het te vroeg was om te zeggen in hoeverre de gewonde arm weer sterk en bruikbaar zou worden.

Toen hij er een week was, kwam kolonel Symonds hem opzoeken. 'Ga naar huis, dokter Cole. Als u genezen bent en bij ons terug wilt komen, bent u welkom,' zei hij, maar ze wisten allebei dat hij niet te-rug zou komen. Symonds bedankte hem onbeholpen. 'Als ik het overleef en u komt toevallig in Fort Wayne, Indiana, dan moet u naar de Symonds Lampeglas-Fabriek komen, dan eten we onze buik vol en drinken te veel en praten urenlang over vroeger,' zei hij, en ze drukten elkaar stevig de hand voordat de jonge kolonel wegliep.

Het kostte hem drieëneenhalve dag om thuis te komen via vijf ver-schillende spoorwegen, te beginnen met de Baltimore & Ohio-Spoor-weg. Alle treinen waren te laat, smerig, en volgepropt met allerlei reizigers. Hij had zijn arm in een draagdoek maar hij was gewoon een doorsnee-burger van middelbare leeftijd en verschillende keren moest hij tachtig kilometer of meer in een hotsende wagon staan. In Canton, Ohio, moest hij een halve dag wachten op een aansluiting en deelde toen een tweezitsbank met een handelsreiziger, Harrison ge-naamd, die voor een grote marketentstersfirma werkte die inktpoeder aan het leger verkocht. De man was verschillende keren binnen ge-hoorsafstand van het schieten geweest, vertelde hij vertrouwelijk. Hij zat vol onwaarschijnlijke oorlogsverhalen, gekruid met de namen van hoge militairen en politici, maar het kon Rob J. niet schelen want door die verhalen ging de reis wèl zo vlug.

In de warme, overvolle wagons raakte het water op. Net als de ande-ren dronk Rob J. op wat hij in zijn veldfles had en leed verder dorst. Eindelijk stopte de trein bij een halteplaats bij een legerkamp bij Ma-rion, Ohio, om te bunkeren en water in te nemen uit een beek en de passagiers stroomden de wagons uit om hun fles te vullen.

Onder hen was Rob J., maar toen hij neerknielde met zijn veldfles zag hij opeens iets aan de andere kant van de beek, en met afschuw zag hij meteen wat het was. Hij ging dichterbij om zeker te weten dat iemand vuile zwachtels, bebloed verband en ander ziekenhuisafval in de beek had gegooid en toen hij een stukje verder liep en nog meer vuilhopen vond, deed hij de kurk op zijn veldfles en adviseerde de andere reizigers, dat ook te doen.

De conducteur zei dat er in Lima, een stukje verder, goed water zou zijn en hij ging terug naar zijn plaats; intussen was de trein weer gaan rijden en Rob J. was in slaap gevallen, ondanks het gehots van de wagon.

Toen hij wakker werd, hoorde hij dat de trein Lima net gepasseerd was. 'Ik wilde water gaan halen,' zei hij geërgerd.

'Maak je geen zorgen,' zei Harrison. 'Ik heb nu meer dan genoeg.' Hij gaf Rob J. zijn fles en die nam er dankbaar een paar flinke slokken uit.

'Zijn er in Lima veel mensen water gaan halen?' vroeg hij en gaf de fles terug.

'O, ik heb het niet uit Lima. Ik heb mijn fles in Marion gevuld, toen we stopten om te bunkeren,' zei de handelsreiziger.

De man verbleekte toen Rob J. hem zei wat hij in de beek bij Marion gezien had. 'Worden we dan ziek?'

'Weet ik niet.' Na Gettysburg had Rob J. een hele compagnie uit een put zien drinken waar twee dode zuiderlingen in bleken te liggen, zonder dat ze daar later last van gekregen hadden. Hij haalde zijn schouders op. 'Het zou me niet verbazen als we allebei over een paar dagen een stevige buikloop kregen.'

'Kunnen we niets innemen?'

'Whisky zou wel helpen, als we die hadden.'

'Wacht maar eens even,' zei Harrison en ging haastig op zoek naar de conducteur. Toen hij terugkwam, ongetwijfeld met een lichtere portemonnee, had hij een grote fles bij zich, voor tweederde vol. De whisky was sterk genoeg om zijn werk te doen, zei Rob J. toen hij hem geproefd had. Toen ze in South Bend, Indiana, wat licht in het hoofd uit elkaar gingen, waren ze allebei overtuigd dat de ander een prima kerel was en ze schudden elkaar heel hartelijk de hand. Rob was in Michigan City voor het tot hem doordrong dat hij Harrisons voornaam niet eens wist.

Hij kwam in Rock Island aan in de koelte van de vroege morgen; de wind kwam van over de rivier. Dankbaar stapte hij uit en liep het stadje door met zijn koffer in zijn goede hand. Hij was van plan om een paard met een koetsje te huren, maar hij kwam meteen George Cliburne op straat tegen en de graankoopman schudde hem de hand en sloeg hem op zijn rug en wilde hem per se zelf in zijn eigen rijtuig naar Holden's Crossing rijden.

Toen Rob J. de deur van de boerderij in kwam, ging Sarah net achter haar ontbijt van ei en biscuit van de vorige dag zitten; ze keek hem aan zonder iets te zeggen en begon te huilen. Ze hielden elkaar gewoon maar vast.
'Ben je erg gewond?'
Hij verzekerde haar van niet.
'Je bent mager geworden.' Ze zei dat ze ontbijt voor hem zou maken, maar hij zei dat hij later wel zou eten. Hij begon haar te kussen en was opdringerig als een jongen, hij wilde haar op tafel of op de vloer, maar ze zei dat het eens tijd werd dat hij weer in zijn eigen bed lag en hij liep vlak achter haar de trap op. In de slaapkamer liet ze hem wachten tot ze alles uit hadden. 'Ik moet in bad,' zei hij zenuwachtig, maar ze fluisterde dat hij ook straks wel kon baden. Al die jaren en zijn zware vermoeidheid en de pijn van zijn wond vielen weg met hun kleren. Ze kusten en bekeken elkaar hartstochtelijker dan in de boerenstal toen ze bij Het Grote Ontwaken getrouwd waren, want nu wisten ze wat ze gemist hadden. Zijn goede hand vond haar en zijn vingers spraken. Na een tijdje kon ze niet meer op haar benen blijven staan en zijn gezicht vertrok van pijn toen ze naast hem neerzakte. Ze bekeek de wond zonder dat ze bleek werd, maar hielp hem zijn arm weer in de draagdoek leggen en liet hem op zijn rug op bed liggen terwijl ze overal voor zorgde. Onder het vrijen schreeuwde Rob J. het verschillende keren uit, één keer omdat zijn arm zo pijn deed.

Het was een plezier, niet alleen om terug te komen bij zijn vrouw, maar ook om de stal in te gaan en gedroogde appels aan de paarden te voeren en te merken dat ze hem nog kenden, om Alden op te zoeken die hekken aan het repareren was en het gezicht van de oude man verschrikkelijk blij te zien, om over het Korte Pad door het bos naar de rivier te wandelen en te blijven staan om onkruid van Makwa's graf te trekken, om gewoon maar te zitten met zijn rug tegen een boom vlak bij de plek waar de *hedonoso-te* gestaan had, en te kijken naar het vredige water dat voorbijgleed, waar niemand van de andere oever kwam om als een beest te schreeuwen en op hem te schieten.
Later die middag wandelde hij met Sarah over het Lange Pad tussen hun huis en dat van Geiger. Ook Lillian begon te huilen toen ze hem zag en ze kuste hem op zijn mond. Jason was gezond en wel toen ze het laatst van hem gehoord had, zei ze, en hij had de leiding over een groot ziekenhuis aan de James.

'Ik ben heel dicht bij hem geweest,' zei Rob J. 'Op een paar uurtjes afstand.'

Lillian knikte. 'Als God het wil, is hij vlug weer thuis,' zei ze onbewogen en bleef maar naar Robs arm kijken.

Sarah wilde niet blijven eten, ze wilde hem helemaal voor zichzelf.

Ze kon hem maar twee dagen bij zich houden, want de derde morgen was het bekend dat hij terug was en de mensen kwamen weer, een paar alleen om hem te verwelkomen, maar ook anderen die het gesprek terloops op een steenpuist op hun been of een zware hoest brachten, of een maagpijn die maar niet verdween. Op de derde dag capituleerde Sarah. Alden zadelde Boss voor hem en Rob J. reed een stuk of zes huizen af om bij oude patiënten te gaan kijken.

Tobias Barr had in Holden's Crossing bijna elke woensdag spreekuur gehouden, maar de mensen hadden de neiging om alleen naar hem toe te gaan in nijpende situaties en Rob J. trof hetzelfde soort problemen aan als toen hij in Holden's Crossing was gekomen: verwaarloosde rugklachten, rottende tanden, chronische hoest. Toen hij bij Schroeder kwam zei hij dat hij blij was dat Gustav niet nog meer vingers was kwijtgeraakt bij ongelukken op de boerderij; dat was zo, ook al maakte hij er een grapje over. Alma gaf hem cichoreikoffie en *mandelbrot* en bracht hem op de hoogte van het plaatselijk nieuws, dat voor een deel droevig was. Hans Grueber was afgelopen augustus dood neergevallen in een tarweveld. 'Zijn hart, denk ik,' zei Gus. En Suzy Gilbert, van wie Rob J. altijd moest blijven voor stevige aardappelpannekoeken, was een maand geleden in het kraambed gestorven. Er waren nieuwe mensen in het dorp, gezinnen uit New England en uit de staat New York. En drie katholieke gezinnen, nieuwe immigranten uit Ierland. 'Ze sjprechen der taal niet eens,' zei Gus en Rob J. kon een glimlachje niet onderdrukken.

's Middags reed hij het pad naar het klooster van Sint-Franciscus van Assisi op langs een inmiddels respectabele kudde geiten.

Maria de Verschrikkelijke begroette hem stralend. Hij ging in de bisschopsstoel zitten en vertelde wat hem overkomen was. Ze was hooglijk geïnteresseerd in wat ze hoorde over Lanning Ordway en over Ordways brief aan dominee David Goodnow in Chicago.

Ze vroeg toestemming om Goodnows naam en adres te noteren. 'Er zijn mensen die die inlichtingen graag zouden krijgen,' zei ze.

Op haar beurt vertelde ze hem van haar wereld. Het klooster bloeide. Ze had vier nieuwe nonnen en een tweetal novicen. Leken kwamen nu naar het klooster voor de zondagsmis. Als er nog meer kolonisten kwamen zou er spoedig een katholieke kerk komen.

Hij vermoedde dat ze zijn bezoek verwacht had, want hij was er nog

maar pas of zuster Mary Peter Celestine bood hem een bord versgebakken biscuits aan met heel goede geitekaas. En echte koffie, de eerste die hij in meer dan een jaar gedronken had, met een romige geite-
melk om hem lichter te maken.
'Het gemeste kalf, eerwaarde moeder?'
'Het is goed dat u terug bent,' zei ze.

Elke dag voelde hij zich sterker. Hij werkte niet te hard, bleef uitsla-
pen, at lekker eten en genoot ervan, en hij liep rond over de boerderij.
Elke middag ging hij een paar patiënten opzoeken.
Maar hij moest toch weer wennen aan het goede leven. Op de zevende dag dat hij thuis was, deden zijn armen en benen pijn en zijn rug
ook. Hij lachte en zei tegen Sarah dat hij niet gewend was om in een
bed te slapen.
Hij lag in de vroege morgenuren in bed toen hij krampen in zijn darmen voelde en hij wilde het negeren, want hij had geen zin om op te
staan. Eindelijk begreep hij dat hij wel móest en hij was halverwege
de trap toen hij strompelend begon te hollen en Sarah werd wakker.
Hij haalde de plee niet maar stapte het pad af en hurkte in het gras als
een dronken soldaat, kreunend en snikkend terwijl het uit hem spoot.
Ze was hem naar buiten achterna gegaan en hij vond het vreselijk dat
ze hem zo aantrof.
'Water... op de trein,' hijgde Rob J.

Die nacht kreeg hij het nog drie keer. 's Morgens nam hij wonderolie
in om de ziekte uit zijn lijf te spoelen en toen hij 's avonds nog steeds
ziek was nam hij bitterzout. De volgende dag gloeide hij van de
koorts en hij kreeg vreselijke hoofdpijn. Hij wist wat hij mankeerde
nog voor Sarah hem die avond uitkleedde om hem te baden en ze de
rode vlekken op zijn buik zag.
Toen hij het haar zei was ze vastbesloten. 'Nou, we hebben eerder
mensen met tyfus verzorgd en ze erbovenop gekregen. Zeg me wat je
moet eten.'
Hij werd misselijk als hij aan eten dacht, maar hij zei het haar. 'Vlees-
bouillon, getrokken met groente als je eraan kunt komen. Vruchtesap-
pen. Maar in deze tijd van het jaar...'
Er zaten nog appels in de ton in de kelder en Alden zou ze persen, zei
ze.
Ze hield zich aan het werk, ze was liever bezig, dan maakte ze zich
niet zo'n zorgen, maar na nog een etmaal wist ze dat ze hulp nodig
had, want ze had maar een beetje kunnen slapen met die beddepan
en steeds maar het verschonen en wassen om de koorts te bestrijden

en het koken van de was. Ze stuurde Alden naar het katholieke klooster en vroeg hulp aan de verpleegnonnen. Er kwam een tweetal – ze
had gehoord dat ze altijd in paren werkten – een jonge non met een
kinderlijk gezicht, zuster Mary Benedicta en een lange oudere vrouw
met een lange neus, die zei dat ze moeder Miriam Ferocia heette. Rob
J. deed zijn ogen open en zag hen en glimlachte. Sarah ging naar de
jongenskamer en sliep zes uur lang.

De ziekenkamer werd netjes en geurig gehouden. De nonnen waren
goede verpleegsters. Toen ze er drie dagen waren, zakte Rob J.'s tem-
peratuur. Eerst waren de drie vrouwen blij, maar de oudste liet het
Sarah zien toen de ontlasting bloederig werd en ze liet Alden naar
Rock Island rijden, naar dokter Barr.
Toen dokter Barr kwam, bestond de ontlasting bijna helemaal uit
bloed en Rob J. was heel bleek. Het was de achtste dag sinds de eerste
krampen.
'Het is vlug gegaan,' zei dokter Barr tegen hem, alsof ze op een bijeenkomst van het Medisch Genootschap waren.
'Dat gebeurt soms,' zei Rob J.
'Kinine misschien, of kalomel?' zei dokter Bar. 'Sommigen denken
dat het een vorm van malaria is.'
Rob J. maakte duidelijk dat kinine en kalomel nutteloos waren. 'Tyfuskoorts is geen malaria,' zei hij moeilijk.
Tobias Barr had niet zoveel anatomisch werk gedaan als Rob J., maar
ze wisten allebei dat een ernstige bloeding betekende dat de darmen
vol gaatjes zaten die de tyfus had veroorzaakt en dat die toestand erger zou worden, niet beter. Veel bloedingen waren niet nodig.
'Ik zou hier wat Dover-poeder kunnen laten,' zei dokter Barr. Dover-
poeder was een mengsel van ipecac en opium. Rob J. schudde zijn
hoofd en dokter Barr begreep dat hij zo lang mogelijk bij bewustzijn
wilde blijven, in zijn eigen kamer, in zijn eigen huis.
Het was gemakkelijker voor Tobias Barr als de patiënt niets wist en
hij hoop in een flesje kon achterlaten met aanwijzingen wanneer hij
het in moest nemen. Hij klopte Rob J. op zijn schouder en liet zijn
hand daar even liggen. 'Morgen kom ik langs,' zei hij met een strak
gezicht; hij had dit al zo vaak meegemaakt. Maar zijn ogen stonden
dof van spijt.

'Kunnen we u niet op een andere manier helpen?' vroeg Miriam Ferocia aan Sarah. Sarah zei dat ze baptiste was, maar de drie vrouwen
zaten een tijdje geknield op de overloop bij de slaapkamer en baden
samen. Die avond bedankte Sarah de nonnen en stuurde ze weg.

Rob J. lag stil te rusten tot een tijdje voor middernacht; toen kreeg hij een kleine bloeding. Hij had haar verboden de dominee op bezoek te laten komen, maar nu vroeg ze hem wéér of hij met dominee Blackmer wilde praten.

'Nee, ik kan het net zo goed als Ordway,' zei hij duidelijk verstaanbaar.

'Wie is Ordway?' vroeg ze, maar Rob J. scheen te moe om antwoord te geven.

Ze bleef bij zijn bed zitten. Al vlug stak hij zijn hand uit, ze pakte hem en allebei vielen ze in een lichte slaap. Even voor twee uur in de nacht werd ze wakker en meteen was ze zich ervan bewust hoe koel zijn hand was.

Een tijdje bleef ze bij hem zitten en toen dwong ze zich om op te staan. Ze draaide de lampen hoog en waste hem toen voor het laatst; ze spoelde de laatste zware bloeding weg die hem het leven had gekost. Ze schoor zijn gezicht en deed de dingen die hij haar in de loop van de jaren had geleerd bij anderen te doen. Toen trok ze hem zijn beste pak aan. Dat was nu te groot maar ze wist dat dat niet gaf.

Als goede doktersvrouw verzamelde ze de spullen die te bebloed waren om uit te koken en knoopte ze in een laken om te verbranden. Toen maakte ze water warm en goot het in de teil waarin ze zich, huilend, met bruine zeep afschrobde. Toen de dag aanbrak was ze in mooie kleren gekleed en zat ze in haar stoel bij de keukendeur. Toen ze Alden de staldeur hoorde openduwen, liep ze meteen naar hem toe en zei hem dat haar man gestorven was. Ze gaf hem een boodschap om naar het telegraafkantoor te brengen, waarin ze haar zoon vroeg naar huis te komen.

DEEL ZES

De dorpsdokter

2 mei 1864

58. Raadgevers

Het was opmerkelijk dat Shaman bij zijn ontwaken overvallen werd door twee zo tegenstrijdige gevoelens: het snelle, pijnlijke besef van het feit dat pa dood was en de huiselijke veiligheid van thuis, alsof elk deel van zijn lichaam en geest naar dit huis gevormd was en gemakkelijk zijn lege plek innam en die heel gerieflijk opvulde. Het trillen van het huis door een plotselinge wind van de vlakte was een gewaarwording die hij kende, het gevoel van het kussen en ruwe lakens tegen zijn huid, de ontbijtgeuren die de trap op dreven en hem naar beneden lokten, zelfs de vertrouwde glinstering van de warme, gele zon in de dauw op het gras achter het huis. Toen hij de plee uitkwam werd hij gelokt door het pad naar de rivier, maar het zou nog weken duren voordat het warm genoeg was om te zwemmen.

Toen hij terugging naar het huis, kwam Alden de stal uit en wenkte hem. 'Hoe lang blijf je, Shaman?'

'Ik weet het niet, Alden.'

'Nou, kijk. Er moeten een hoop weideheggen geplant worden. Doug Penfield heeft de randen al geploegd, maar nu er van alles gebeurd is, zijn we al te laat met de lentelammetjes en nog zo het een en ander. Ik zou je hulp wel kunnen gebruiken bij het zetten van de oranjeappels. Het kost je misschien vier dagen.'

Shaman schudde zijn hoofd. 'Nee, Alden, dat kan niet.'

Toen hij de geërgerde blik op het gezicht van de oude man zag, voelde hij een schuldige behoefte om uitleg te geven, maar die onderdrukte hij. Alden beschouwde hem nog steeds als het jongste zoontje van de baas die je kon zeggen wat hij doen moest, de dove, die lang niet zo'n goede boerenarbeider was als Alex. Deze weigering hield een verandering van hun verhouding in en hij probeerde dat te verzachten. 'Misschien kan ik over een paar dagen wat werk doen op de boerderij. Maar anders moeten Doug en jij het samen zien te rooien,' zei hij en Alden draaide zich met een zuur gezicht om.

Shaman en zijn moeder wisselden een behoedzame glimlach uit toen hij op zijn stoel ging zitten.

Ze hadden geleerd om veilig over onbelangrijke dingen te praten. Hij gaf haar een complimentje over de boerenworst en de eieren die prima klaargemaakt waren, een ontbijt dat hij niet meer gehad had sinds hij thuis weg was.

Ze merkte op dat ze gisteren op weg naar het dorp drie blauwe rei-gers gezien had. 'Ik geloof dat er dit jaar meer zijn dan ooit. Ik denk dat ze in andere streken misschien verjaagd zijn door de oorlog,' zei Sarah.

Hij had tot diep in de nacht met zijn vaders dagboek gezeten. Hij had vragen willen stellen en hij wist dat dat jammer genoeg niet kon.

Na het ontbijt verdiepte hij zich in het patiëntenarchief van zijn va-der. Niemand had betere medische aantekeningen bijgehouden dan Robert Judson Cole. Hoe moe zijn vader ook was, hij had altijd de kaarten bijgewerkt voordat hij naar bed ging, en nu kon Shaman een nauwkeurige lijst maken van alle mensen die zijn vader in de paar dagen na zijn thuiskomst had behandeld.

Hij vroeg zijn moeder of hij Boss en het koetsje die dag mocht gebrui-ken. 'Ik wil bij de mensen gaan kijken bij wie pa op huisbezoek is ge-weest. Tyfus is zo'n besmettelijke ziekte.' Ze knikte. 'Het is een goed idee om het paard en het rijtuigje te nemen. Wat eet je vanmiddag?' vroeg ze.

'Ik pak een paar biscuits van u in en neem die mee in mijn zak.'

'Dat deed hij ook vaak,' zei ze met zachte stem.

'Dat weet ik.'

'Ik zal ze voor je inpakken.'

'Als u wilt ma, dan vind ik dat fijn.'

Hij ging naar haar toe en kuste haar op het voorhoofd. Sarah bleef on-bewogen zitten maar pakte de hand van haar zoon en hield die stevig vast. Toen ze hem eindelijk losliet, werd Shaman opnieuw getroffen door haar schoonheid.

Het eerste huis waar hij langsging was de boerderij van William Be-mis, die zijn rug had verrekt bij het halen van een kalfje. Bemis hinkte rond met een scheve nek maar zei dat zijn rug beter was. 'Maar die stinkende zalf die je pa me heeft gegeven, is bijna op,' zei hij.

'Hebt u ook koorts gehad, meneer Bemis?'

'Nee, verdomme! Alleen mijn rug verrekt, waarom zou ik koorts heb-ben?' Hij keek Shaman vragend aan. 'Reken je voor dit bezoek? Ik heb geen dokter geroepen.'

'Nee meneer, ik reken niets. Ik ben blij dat u zich beter voelt,' zei Sha-man en gaf hem een portie van de stinkende zalf op de koop toe, zo-dat hij de patiënt blij achter kon laten.

Als hij kon ging hij langs bij mensen waar zijn vader alleen maar goeiendag ging zeggen. Even na de middag kwam hij bij Schroeder. 'Net op tijd voor het eten,' zei Alma opgewekt en ze tuitte haar lippen minachtend toen hij zei dat hij eten bij zich had.

'Nou, leg maar op tafel en eet maar tegelijk met ons,' zei ze en dat deed hij, blij met het gezelschap. Sarah had hem koud gesneden lamsvlees meegegeven, een gebakken bataat en drie doorgesneden met honing besmeerde biscuits.

Alma haalde een schaal gebraden kwartels en perzikflappen te voorschijn. 'Maar je móet van die flappen eten die ik gemaakt heb van mijn laatste ingemaakte fruit,' zei ze en hij nam er twee, plus een kwarteltje.

'Je pa wist wel dat hij niets te eten mee moest brengen als hij rond etenstijd hier in huis kwam,' zei Anna geringschattend. Ze keek hem recht in zijn ogen. 'Blijf je nu in Holden's Crossing, ga jij dokter spelen?'

Hij knipperde met zijn ogen. Het was een heel gewone vraag, die hij zichzelf al had moeten stellen maar waar hij omheen had gedraaid. 'Nou, Alma... Ik heb daar nog niet echt over nagedacht,' zei hij onzeker.

Gus Schroeder boog zich naar voren en fluisterde hem toe, alsof hij een geheim vertelde: 'Denk daar dan maar eens over na.'

Midden op de middag was Rob J. bij Snow. Edwin Snow kweekte tarwe op een boerderij aan de noordgrens van het dorpsgebied, zo'n beetje de verste plek vanaf de boerderij van Cole die nog in Holden's Crossing lag. Hij was een van de mensen die dokter Cole had laten roepen toen hij hoorde dat hij terug was, want Ed had een ernstige ontsteking aan zijn teen. Shaman zag hem rondlopen zonder een spoor van ongemak. 'O, die voet is prima,' zei hij opgewekt. 'Tilda moest hem vasthouden van je vader terwijl hij hem opensneed met zijn mesje, met zijn goede hand, vast als een rots. Ik heb hem in zout water geweekt zoals hij heeft gezegd, om het spul eruit te trekken. Maar gek dat je vandaag langskomt. Tilda voelt zich niet zo goed.'

Mevrouw Snow was de kippen aan het voeren en zag eruit alsof ze niet de kracht had, de maïs rond te strooien. Ze was een grote, zware vrouw met een blozend gezicht en ze bekende dat ze het 'een pietsje warm' had. Shaman zag meteen dat ze hoge koorts had en hij merkte hoe opgelucht ze was toen hij haar naar bed stuurde, al beweerde ze de hele weg terug naar het huis dat het niet nodig was.

Ze zei hem dat ze al een paar dagen een doffe pijn in haar rug had en geen eetlust.

Shaman was ongerust maar dwong zich om ontspannen te praten. Hij zei dat ze wat rust moest nemen, dat meneer Snow voor de kippen en de andere dieren kon zorgen. Hij liet een fles versterkende drank achter en zei dat hij de volgende dag terug zou komen. Snow maakte bezwaar toen hij geen geld wilde hebben, maar Shaman hield voet bij stuk. 'Ik reken niets. Ik ben toch niet jullie vaste dokter. Ik ben hier toevallig,' zei hij, want hij kon geen geld aannemen om een ziekte te behandelen die ze misschien van zijn vader gekregen had.

Het klooster van Sint-Franciscus van Assisi werd die dag zijn laatste halte.

Moeder Miriam scheen oprecht blij hem te zien. Toen ze hem vroeg te gaan zitten, nam hij de houten stoel met rechte rugleuning waar hij de paar keer op gezeten had dat hij met zijn vader mee naar het klooster was gekomen.

'Zo,' zei ze. 'Zorg jij voor je oude huis?'

'Ik doe vandaag nog meer. Ik probeer te kijken of mijn vader de tyfus aan iemand in Holden's Crossing heeft overgebracht. Hebt u of zuster Mary Benedicta symptomen vertoond?'

Moeder Miriam schudde haar hoofd. 'Nee. En dat verwachten we ook niet. We zijn eraan gewend om mensen met allerlei ziekten te verzorgen, net als je vader. Jij nu waarschijnlijk ook, *nicht*?'

'Ja, ik denk van wel.'

'Ik geloof dat de Heer mensen als ons behoedt.'

Shaman glimlachte. 'Ik hoop dat u gelijk hebt.'

'Heb je in je ziekenhuis veel tyfus behandeld?'

'Het komt geregeld voor. We stoppen mensen met besmettelijke ziekten in een apart gebouw, niet bij de anderen.'

'*Ach so*, dat is verstandig,' zei ze. 'Vertel me over je ziekenhuis.'

Hij vertelde dus over het Ziekenhuis van Zuidwestelijk Ohio, te beginnen bij het verplegend personeel omdat dat haar wel zou interesseren, en verder over het medisch en chirurgisch personeel en de anatomen. Ze stelde de juiste vragen waardoor hij loskwam. Hij vertelde over zijn werk op de operatiezaal bij dr. Berwyck en op de snijzaal bij Barney McGowan.

'Je hebt dus een goede opleiding, een goede ervaring. En wat nu? Blijf je in Cincinnati?'

Shaman vertelde opeens wat Alma Schroeder hem gevraagd had en dat hij er helemaal niet op voorbereid geweest was om die vraag te beantwoorden.

Moeder Miriam keek hem belangstellend aan. 'En waarom vind je die zo moeilijk te beantwoorden?'

'Toen ik hier woonde, voelde ik me altijd onvolledig, een dove jongen die opgroeide tussen mensen die konden horen. Ik hield van mijn vader en bewonderde hem en wilde net zo zijn als hij. Ik wilde dolgraag dokter worden, ik werkte en vocht ervoor, al zei iedereen – zelfs mijn vader – dat het niet kon.

Ik droomde er altijd van om dokter te worden. Ik ben al verder dan de droom ging. Ik ben niet meer onvolledig en ik ben terug in de plaats waar ik van hou. Voor mij zal deze plaats altijd toebehoren aan de echte dokter, mijn vader.'

Moeder Miriam knikte. 'Maar hij is dood, Shaman.'

Shaman zei niets. Hij voelde zijn hart bonzen alsof hij het nieuws voor het eerst hoorde.

'Ik wil dat je iets voor me doet,' zei ze. Ze wees op de leren stoel. 'Ga daar zitten, waar hij altijd zat.'

Met tegenzin, bijna stijf, stond hij op uit de houten stoel en ging in de gecapitonneerde zitten. Ze wachtte even. 'Hij zit iets gemakkelijker, denk ik?'

'Hij zit heel gemakkelijk,' zei hij rustig.

'En je past er heel goed in.' Ze glimlachte even en gaf hem bijna letterlijk dezelfde raad als Gus Schroeder hem gegeven had: 'Je moet erover nadenken,' zei ze.

Onderweg naar huis hield hij halt bij het huis van Howard en kocht een kruik whisky. 'Het spijt me van je pa,' mompelde Julian Howard wat verlegen en Shaman knikte, in het besef dat de twee mannen niets bij elkaar te zoeken hadden gehad. Mollie Howard zei dat ze dacht dan Mal en Alex bij het zuidelijke leger waren gekomen, want de Howards hadden geen woord van Mal vernomen sinds de jongens hem gesmeerd waren. 'Ik neem aan dat een van de twee wel iets had laten horen als ze ergens aan deze kant van de frontlijn waren,' zei ze en Shaman zei haar dat hij dacht dat ze gelijk had.

Na het eten bracht hij de kruik naar Aldens hut, een vredesoffer. Hij schonk zelfs een beetje voor zichzelf in een van de jampotjes, want hij wist dat Alden niet graag alleen dronk als er iemand bij hem was. Hij wachtte tot Alden een flinke slok op had voor hij het gesprek met opzet op de boerderij bracht. 'Hoe komt het dat jij en Doug Penfield dit jaar zo'n moeite hebben om het werk bij te houden?'

Het riep een stroom van woorden op. 'Dat hebben we al een hele tijd zien aankomen! We verkopen nauwelijks iets, behalve met Pasen een paar lammetjes om te slachten aan mensen in de buurt. Elk jaar wordt de kudde dus groter en zijn er meer dieren om te ontsmetten en te scheren en om omheiningen voor te maken. Ik heb geprobeerd om je pa zover te krijgen dat hij daar eens over nadacht voordat hij naar het leger ging, maar dat lukte niet.'

'Nou, laten wij er dan nu samen over praten. Hoeveel krijgen we per pond ruwe wol?' vroeg hij en pakte zijn notitieboekje en potlood uit zijn zak.

Ze bleven bijna een uur zitten praten over wolsoorten en -prijzen, hoe de markt er na de oorlog zou uitzien, de geschatte ruimte die nodig was per schaap, het aantal werkdagen, de kosten per dag. Toen ze klaar waren stond Shamans boekje vol krabbels.

Alden was gesust. 'Nou, als je me zou kunnen zeggen dat Alex vlug weer terug is, zou dat het beeld veranderen, want die jongen kan hard werken. Maar de waarheid is, dat hij ginds in dat warme land misschien wel dood ligt, en dat weet je wel, Shaman.'

'Ja, dat is zo. Maar zolang ik niet beter weet, denk ik dat hij in leven is.'

'Nou, god, ja. Maar je kunt met je plannen maar beter geen rekening met hem houden, dat wil ik maar zeggen.'

Shaman zuchtte en stond op om te gaan. 'Ik zal eens wat zeggen, Alden. Ik moet morgenmiddag weer uitrijden, maar voor de middag zal ik aan de oranjeappels werken,' zei hij.

De volgende morgen stond hij al vroeg in zijn werkkleren op het veld. Het was een mooie dag om buiten te werken, droog met een windje en een grote lucht vol mooi-weer-wolken. Hij had al lang geen lichamelijk werk meer gedaan en hij voelde zijn spieren al verkrampen voor hij het eerste gat gegraven had.

Hij had nog maar drie scheuten geplant toen zijn moeder op Boss de prairie opgereden kwam met de Zweedse bietenboer Par Swanson achter zich aan, die Shaman oppervlakkig kende.

'Mijn dochter,' schreeuwde de boer al voor ze bij Shaman waren. 'Ik denk dat ze haar nek gebroken heeft.'

Shaman pakte het paard en de dokterstas van zijn moeder over en reed achter de boer aan. Het was een rit van zo'n twaalf minuten naar het huis van Swanson. Uit de korte beschrijving was hij al bang voor wat hij zou vinden, maar toen ze aankwamen stelde hij al vlug vast dat het meisje leefde en veel pijn had.

Selma Swanson was een vlaskopje, nog geen drie jaar oud. Ze reed graag met haar vader op de mestspreider. Die morgen had het span van haar vader een grote havik opgeschrikt die zich op het veld te goed deed aan een muis. De havik vloog plotseling op en verschrikte de paarden. Toen ze vooruit hotsten had Selma haar evenwicht verloren en was eraf gevallen. Par, die met moeite de paarden in toom hield, zag dat zijn dochter bij haar val tegen de hoek van de spreider was geklapt. 'Ik dacht dat ze hem in haar nek kreeg,' zei hij.

Het meisje hield haar linkerarm met haar rechterhand tegen haar borst. Haar linkerschouder was naar voren gedrukt. 'Nee,' zei Shaman toen hij haar had onderzocht. 'Het is haar sleutelbeen.'

'Gebroken?' vroeg haar moeder.

'Nou, een beetje verwrongen, een barstje misschien. Maakt u zich geen zorgen. Als u het was, of haar vader, dan was het ernstig. Maar op haar leeftijd buigen botten als groene twijgen en ze genezen heel vlug.' Het sleutelbeen was gekwetst vlak bij de verbindingen met het schouderblad en het borstbeen. Met lappen die mevrouw Swanson voor de dag haalde, maakte hij een draagdoek voor Selma's linker-arm en toen bond hij de arm in de draagdoek met een ander stuk doek tegen haar lijfje, om te zorgen dat het sleutelbeen niet bewoog.

Tegen de tijd dat hij de koffie op had die mevrouw Swanson warm op de kachel had staan, was het kind gekalmeerd. Hij was niet ver weg van een paar mensen die hij die dag moest opzoeken en het had weinig zin om eerst helemaal naar huis te rijden en dan weer te gaan, dus ging hij zijn huisbezoeken afleggen.

Een vrouw, Royce, de vrouw van een van de nieuwe kolonisten, gaf hem vleespastei als middagmaal. Het was laat in de middag voor hij weer op de schapenfokkerij was. Toen hij langs het veld reed waar hij die morgen was gaan werken, zag hij dat Alden Doug Penfield aan het heg-planten had gezet en een lange, berispende rij groene oranje-appelscheuten strekte zich al uit naar de prairie.

59. De geheime vader

'God verhoede,' fluisterde Lillian.

Geen van de Geigers vertoonde enig teken dat hij tyfuskoorts had, zei ze. Shaman meende dat aan Lillians gezicht te zien was hoe vermoeid ze was dat ze zonder haar echtgenoot voor de boerderij, het huishou-den en de kinderen moest zorgen. Nu de apotheek minder opbracht, ging ze zelfs door met bepaalde kanten van Jasons apothekersvak: ze bestelde geneesmiddelen voor Tobias Barr en Julius Barton.

'Het probleem is, Jay kreeg altijd zoveel spullen van het farmaceu-tisch bedrijf van zijn familie in Charleston. En South Carolina is door de oorlog natuurlijk van ons afgesneden,' zei ze tegen Shaman terwijl ze thee voor hem inschonk.

'Hebt u de laatste tijd nog van Jason gehoord?'

'Al een hele tijd niet meer.'

Ze scheen niet goed op haar gemak als hij vragen over Jason stelde, maar hij begreep dat ze liever niet te veel over haar man sprak, om niets te onthullen dat Jason zou kunnen schaden, militaire gegevens of iets dat haar gezin in gevaar kon brengen. Het was voor een vrouw moeilijk, in een noordelijke staat te wonen terwijl haar man in Virginia samenwerkte met de zuiderlingen.

Lillian was meer op haar gemak toen ze het over Shamans medische loopbaan kregen. Ze wist van zijn vorderingen in het ziekenhuis en wat hem daar was beloofd. Blijkbaar vertelde Shamans moeder het nieuws door dat hij naar huis schreef.

'Cincinnati is zo'n wereldstad,' zei Lillian. 'Het zou prachtig zijn als je daar carrière kon maken, les kon geven aan de Medische Opleiding en een fijne praktijk kon hebben. Jay en ik zijn heel trots op je.' Ze sneed dunne, hele plakjes koffiekoek af en zorgde dat zijn bordje niet leeg kwam. 'Heb je enig idee wanneer je teruggaat?'

'Ik weet het niet.'

'Shaman.' Ze legde haar hand op de zijne en boog zich naar voren. 'Je bent teruggekomen toen je vader stierf en hebt heel goed overal voor gezorgd. Nu moet je over jezelf gaan denken en over je loopbaan. Weet je wat je vader had gewild dat je deed?'

'Wat dan, tante Lillian?'

'Je vader had gewild dat je terugging naar Cincinnati en je loopbaan voortzette. Je moet zo vlug mogelijk teruggaan!' zei ze plechtig.

Hij wist dat ze gelijk had. Als hij zou gaan dan moest het maar meteen. Elke dag werd hij weer naar een ander huis geroepen nu er mensen kwamen, omdat er nu eenmaal weer een dokter in Holden's Crossing was. Telkens als hij iemand had behandeld, was het alsof hij gebonden was door weer een haarfijne draad. Die draden konden losgetrokken worden, dat was zo; als hij vertrok kon dokter Barr alle mensen die medische hulp nodig hadden, behandelen. Maar zijn belangstelling voor zijn patiënten versterkte zijn gevoel dat hij hier geen onafgewerkte zaken wilde achterlaten.

Zijn vader had een lijst van namen en adressen bijgehouden en Shaman liep die aandachtig door. Hij schreef Oliver Wendell Holmes in Boston over de dood van zijn vader, en ook oom Herbert die hij nooit had gezien en die zich geen zorgen meer hoefde te maken, dat zijn oudste broer naar Schotland terug zou komen om zijn grond op te eisen.

Elk vrij ogenblik gebruikte Shaman om in de dagboeken te lezen, geboeid door aspecten van zijn vader die verrassend waren en onbekend. Rob J. Cole had over de doofheid van zijn zoon geschreven met pijn en tederheid, en Shaman voelde bij het lezen de warmte van zijn liefde. Het verdriet van zijn vader toen hij de dood van Makwa-ikwa en daarna die van Komt Zingend en Maan beschreef, riep diep verborgen gevoelens op. Shaman las zijn vaders verslag van de lijk-schouwing van Makwa-ikwa en vroeg zich af of hij bij eerdere lezing iets over het hoofd had gezien. Toen probeerde hij te bedenken of zijn vader bij het onderzoek iets vergeten was en of hij iets anders gedaan zou hebben als hij zelf de lijkschouwing had gedaan.

Toen hij bij het deel kwam waar 1853 in stond, was hij stomverbaasd. In de bureaula van zijn vader vond hij de sleutel naar het afgesloten hok achter de stal en hij nam de sleutel mee naar de schuur en maakte het grote slot open en ging naar binnen. Het was gewoon een hok, een plek waar hij al honderden keren geweest was. Wandplanken bo-den plaats aan geneesmiddelen, drankjes en medische spullen en van de dakspanten hingen bosjes gedroogde kruiden, de erfenis van Mak-wa. Er stond een oude houtkachel, niet ver van de houten snijtafel waaraan hij zijn vader zo vaak had geassisteerd. Aan spijkers in de wand hingen druippannen en emmers. Aan een andere spijker in een staand stammetje hing slap zijn vaders oude bruine trui.

In de schuur was jarenlang niet gestoft of geveegd. Overal zaten spin-newebben, maar daar lette Shaman niet op. Hij ging naar de plek in de wand waar het ongeveer moest zijn, maar toen hij aan de plank trok, bleef die stevig zitten. Voor in de stal lag een koevoet maar die hoefde hij niet te halen, want toen hij de volgende plank probeerde kwam die gemakkelijk los en daarna nog een paar.

Het was alsof hij in een grotopening keek. Het was te donker in de schuur: er kwam maar door één stoffig raam grijs daglicht. Eerst zette hij de deur wijd open maar het bleef er schemerig, en hij haalde de lantaren omlaag waar nog steeds wat olie inzat en stak die aan.

Toen hij hem bij de opening hield, wierp die flakkerende schaduwen in het geheim vertrekje.

Shaman kroop erin. Zijn vader had het schoon achtergelaten. Er ston-den nog steeds een kom, een kroes, en er lag een oude netjes opge-vouwen deken die Shaman herkende: ze hadden hem lange tijd ge-bruikt. Het was een kleine ruimte en Shaman was een grote man, net zo groot als zijn vader geweest was.

De weggelopen slaven waren soms vast ook grote mannen geweest.

Hij blies de lantaren uit en het was donker op de geheime plek. Hij probeerde zich voor te stellen dat er planken voor de ingang zaten en dat de buitenwereld bestond uit een blaffende hond die naar hem op jacht was. Dat het een keuze was tussen werkdier en prooidier zijn.

Toen hij er na een tijdje uit kroop, pakte hij de oude bruine trui van de spijker en trok hem aan, al was het al warm geworden. Hij rook naar zijn vader.

Al die tijd, dacht hij. Al die jaren dat Alex en hij thuis gewoond hadden en geruzied hadden en onstuimig waren geweest, bezig met hun eigen behoeften en verlangens, had zijn vader dat verschrikkelijke geheim met zich meegedragen, had hij die ervaring in eenzaamheid beleefd. Nu voelde Shaman een overweldigende behoefte om met Rob J. te praten, om van die ervaring te horen, om hem vragen te stellen en blijk te geven van zijn liefde en bewondering. In zijn kamer in het ziekenhuis had hij even gehuild toen hij het telegrafisch bericht over zijn vader had gekregen. Maar in de trein was hij onaangedaan geweest en flink tijdens en na de begrafenis, omwille van zijn moeder. Nu leunde hij tegen de stalwand naast het geheime vertrekje en gleed omlaag tot hij als een kind op de zandvloer zat en als een kind dat om zijn vader roept gaf hij zich over aan het verdriet, in de wetenschap dat zijn stilte voortaan eenzamer zou zijn dan ze voorheen geweest was.

60. Een kind met de kroep

Ze hadden veel geluk. Er was in Holden's Crossing verder geen tyfus. Er waren twee weken voorbij en er was geen uitslag op het lijf van Tilda Snow verschenen. Haar koorts was vlug onderdrukt, zonder bloeding of zelfs een spoor van een bloedige vloeiing, en op een middag kwam Shaman naar de boerderij van Snow en ze was buiten de varkens spoeling aan het voeren. 'Het was een nare griep maar ze is eroverheen,' zei hij tegen haar man. Als Snow hem toen voor zijn diensten had willen betalen, had hij het geld aangenomen, maar de boer gaf hem in plaats daarvan een koppel mooie ganzen dat hij geslacht had, adellijk, ontweid en geplukt, speciaal voor Shaman.

'Ik heb een oude hernia waar ik last van heb,' zei Snow.

'Nou, laat ik er eens naar kijken.'

'Ik wil nergens aan beginnen voor ik de eerste coupe hooi binnen heb.'

'Wanneer is die gedaan? Over zes weken?'

'Ongeveer.'

'Kom me dan opzoeken in de praktijk.'

'Wat, ben je dan nog hier?'

'Ja,' zei hij en grijnsde naar Snow, en zo besloot hij om voorgoed te blijven, kalm en zonder verdriet, zonder zelfs te weten dat hij een besluit genomen had.

Hij gaf de ganzen aan zijn moeder en opperde dat ze Lillian Geiger en haar zoons te eten zouden vragen. Maar Sarah zei dat het Lillian nu niet gelegen zou komen om te komen eten; ze dacht dat het goed zou zijn als ze de vogels zelf opaten, met z'n tweetjes en de twee knechten.

Die avond schreef Shaman brieven aan Barney McGowan en Lester Berwyn. Hij bedankte hen voor wat ze aan de Medische Opleiding en in het ziekenhuis voor hem gedaan hadden en legde uit dat hij zijn plaats aan het ziekenhuis opgaf om zijn vaders praktijk in Holden's Crossing over te nemen. Ook schreef hij aan Tobias Barr in Rock Island en bedankte hem dat hij zijn woensdagen aan Holden's Crossing had gewijd. Shaman schreef dat hij van nu af aan steeds in Holden's Crossing zou zijn en hij vroeg dokter Barr om zijn aanmelding bij het Medisch Genootschap van de provincie Rock Island te steunen.

Hij vertelde het zijn moeder, meteen toen hij de brieven geschreven had, en hij merkte haar genoegen en opluchting dat ze niet alleen zou zijn. Ze kwam vlug naar hem toe en kuste hem op zijn wang. 'Ik zal het in de kerk aan de vrouwen vertellen,' zei ze, en Shaman glimlachte, want hij wist dat verdere aankondiging overbodig zou zijn.

Ze gingen zitten en praatten en maakten plannen. Hij zou de praktijk gebruiken en de schuur, net als zijn vader; de ochtenduren in de praktijk zijn en 's middags huisbezoeken afleggen. Hij zou dezelfde tarieven aanhouden die zijn vader gebruikt had, want al waren die niet hoog, ze hadden er altijd goed van kunnen leven.

Hij had over de problemen van de boerderij nagedacht en Sarah luisterde toen hij haar zijn voorstellen uitlegde; toen knikte ze dat ze het ermee eens was.

De volgende morgen zat hij in Aldens hut en dronk afschuwelijke koffie, terwijl hij uitlegde dat ze besloten hadden de kudde van de boerderij in te perken.

Alden luisterde gespannen, zijn ogen op Shaman gericht, terwijl hij aan zijn pijp lurkte en hem opnieuw aanstak. 'Je begrijpt toch wat je zegt, hè? Je weet dat de prijs van de wol hoog blijft zolang de oorlog duurt? En dat een kleinere kudde minder opbrengt dan je nu krijgt?'

Shaman knikte. 'Mijn moeder en ik begrijpen dat de enige andere keus is, dat het bedrijf groeit en we meer hulp en leiding nodig hebben en dat willen we geen van beiden. Mijn werk is dokter zijn, geen schapen fokken. Maar we willen ook niet dat er op de boerderij van Cole geen schapen meer zijn. We willen dus dat je de kudde nakijkt en de beste wolschapen apart zet, dan houden we die en fokken ermee. We schiften de kudde elk jaar om steeds betere wol te krijgen. Zo zijn we zeker dat we een mooie prijs krijgen. We houden zoveel schapen dat jij en Doug Penfield ervoor kunnen zorgen.'

Aldens ogen glommen. 'Nou, dat vind ik nog eens een prachtige beslissing,' zei hij en schonk Shaman nog een kroes smerige koffie in.

Soms was het voor Shaman heel moeilijk om het dagboek te lezen, te pijnlijk om in zijn vaders gedachten en gevoelens te kruipen. Er waren tijden dat hij het meer dan een week liet liggen, maar hij begon er telkens opnieuw aan uit behoefte om de volgende bladzijden te lezen, want hij wist dat die het laatste contact met zijn vader vormden. Als hij het dagboek helemaal uit zou hebben, viel er van Rob J. Cole niets meer te vernemen en zouden er alleen herinneringen over zijn.

Het was een regenachtige junimaand en een vreemde zomer, alles kwam vroeg, zowel gewassen als fruit en bosplanten. Er waren een massa konijnen en hazen en die alomtegenwoordige dieren knabbelden dicht bij het huis aan het gras en vraten de sla en de bloemen uit Sarah Coles tuin. Het vocht maakte het moeilijk om te hooien en hele velden lagen vol veevoer dat op de grond wegrotte omdat het niet kon drogen, en dat garandeerde een overdaad aan insekten die Shaman zouden bijten en zijn bloed opzuigen als hij op huisbezoek ging. Desondanks vond hij het prachtig om de geneesheer van Holden's Crossing te zijn. Hij had het fijn gevonden, dokter te zijn in Cincinnati; als hij hulp of bevestiging nodig had gehad van een oudere arts, stond daar de hele medische staf tot zijn beschikking. Hier was hij alleen en had er geen idee van wat de dag van morgen zou brengen. Dat was de kern van de medische praktijk en hij vond dat heerlijk.

Tobias Barr liet hem weten dat het provinciaal medisch genootschap niet meer fungeerde omdat de meeste leden naar het leger waren. Hij stelde voor dat Shaman en Julius Barton en hij elkaar in plaats daarvan één avond in de maand zouden treffen voor een diner en een beroepsgesprek. Ze hielden de eerste avond naar aller genoegen, waarbij het hoofdonderwerp de mazelen was die in Rock Island begon uit te breken maar in Holden's Crossing nog niet. Ze waren het eens dat ze jonge en oudere patiënten nadrukkelijk moesten zeggen dat ze de bultjes niet kapot mochten krabben, hoe ze ook jeukten, en dat de behandeling moest bestaan uit verzachtende zalf, verkoelende drank en laxeerpoeder. De twee anderen waren vol belangstelling toen Shaman vertelde dat ze in het ziekenhuis van Cincinnati ook aluin-gorgeldrank toedienden als er iets met de luchtwegen was.

Bij het nagerecht kwam het gesprek op politiek. Dokter Barr was een van de vele republikeinen die meende dat Lincolns aanpak van het Zuiden te zwak was. Hij juichte de Inlijvingswet van Wade en Davis toe, waarin strenge strafmaatregelen tegen het Zuiden gevraagd werden als de oorlog was afgelopen en die ondanks Lincolns bezwaren

door het Huis van Afgevaardigden was aangenomen. Onder aanmoediging van Horace Greeley waren republikeinen die er anders over
dachten, bijeengekomen in Cleveland en waren het eens geworden
over een eigen presidentskandidaat, generaal John Charles Frémont.
'Denkt u dat de generaal meneer Lincoln zou kunnen verslaan?'
vroeg Shaman.
Dokter Barr schudde somber zijn hoofd. 'Niet zolang het oorlog is.
Om een president herkozen te krijgen gaat er niets boven een oorlog.'

In juli hielden de regens eindelijk op, maar de zon gloeide fel en de
prairie stoomde en schroeide en werd bruin. Tenslotte heersten de
mazelen ook in Holden's Crossing en Shaman werd steeds vaker uit
bed geroepen om naar slachtoffers te komen kijken, al was het niet
zo'n hevige epidemie als in Rock Island. Zijn moeder zei dat de mazelen het jaar daarvoor Holden's Crossing geteisterd hadden; er waren
er zes gestorven, waaronder een paar kinderen. Shaman dacht dat de
mensen, als de ziekte ernstig woedde, er de daaropvolgende jaren op
een of andere manier enigszins tegen bestand waren. Hij dacht erover, dr. Harold Meigs te schrijven, zijn vroegere medische professor
in Cincinnati, en te vragen of die theorie enige grond had.
Op een stille, zwoele avond die uitliep op onweer, ging Shaman naar
bed en voelde nu en dan een enorme donderslag trillen, en als hij dan
zijn ogen opendeed was de kamer vol wit licht van de bliksem. Tenslotte won zijn vermoeidheid het van die storingen van de natuur en
sliep hij in, zo diep dat het seconden duurde toen zijn moeder aan
zijn schouder schudde, voor hij begreep wat er aan de hand was.
Sarah hield de lamp bij haar gezicht zodat ze zijn lippen kon zien. 'Je
moet opstaan.'
'Iemand met de mazelen?' vroeg hij en trok zijn bovenkleren al aan.
'Nee. Lionel Geiger komt je halen.'
Inmiddels had hij zijn schoenen aan en stond buiten. 'Wat is er, jon-
kie?'
'Het kindje van mijn zus. Snakt naar adem. Probeert lucht in te zuigen, maakt akelige geluiden, net als een pomp die geen water wil geven.'
Het zou te veel tijd gekost hebben om over het Lange Pad door het
bos te hollen, te lang om het rijtuigje in te spannen of een van zijn eigen dieren te zadelen. 'Ik neem jouw paard,' zei hij tegen Lionel en
dat deed hij, hij liet het dier in galop over hun laantje rijden, vierhonderd meter over de weg en toen Geigers laantje door; de dokterstas
klemde hij vast om hem niet kwijt te raken.
Lillian Geiger stond bij de voordeur te wachten. 'Hierheen.'

Rachel. Ze zat op het bed in haar oude kamer met een kind op schoot. Het jongetje was heel blauw. Hij probeerde zwakjes lucht binnen te krijgen.

'Doe iets. Hij gaat dood.'

Shaman dacht eigenlijk dat het jongetje al bijna dood was. Hij maakte het mondje van het kind open en stak zijn wijs- en middelvinger in het keeltje. De achterkant van de mond van het kind en de opening van het strottehoofd waren bedekt met een akelig slijmerig vlies, een dodelijk vlies, dik en grijs. Shaman trok het met zijn vingers weg.

Meteen haalde het kind grote schokkende teugen adem in zijn lijfje.

Zijn moeder hield hem vast en huilde. 'O God, Joshua, is het weer goed?' Haar nachtadem was sterk, haar haar zat in de war.

Maar ongelooflijk genoeg was het Rachel. Een oudere Rachel, vrouwelijker. En ze had alleen oog voor het kind.

Het jongetje zag er al beter uit, minder blauw, zijn gewone kleur kwam terug toen de zuurstof in zijn longen kwam. Shaman legde zijn hand op de borst van het kind en hield hem daar om de kracht van de hartslag te voelen; toen nam hij de polsslag op en eventjes hield hij een klein handje in zijn twee grote handen. Het jongetje was gaan hoesten.

Lillian kwam de kamer in en Shaman sprak tegen haar.

'Hoe klinkt het hoesten?'

'Hol, een beetje als... blaffen.'

'Hoort u gepiep?'

'Ja, aan het eind van elke hoest, bijna gefluit.'

Shaman knikte. 'Hij heeft slijmvlieskroep. U moet water koken en hem de rest van de nacht warme baden geven om de ademspieren in zijn borst te ontspannen. En hij moet stoom ademen.' Hij pakte een van Makwa's medicijnen uit zijn tas, een mengsel van zwarte slangewortel en goudsbloem. 'Zet daar thee van en laat het hem drinken met suiker, zo warm mogelijk. Dat houdt zijn keeltje open en is goed tegen het hoesten.'

'Dank je, Shaman,' zei Lillian en drukte zijn hand. Rachel scheen hem niet eens te zien. Haar bloeddoorlopen ogen keken verdwaasd. Haar nachtjapon zat onder het slijm van het kind.

Terwijl hij de deur uitging kwam zijn moeder met Lionel over het Lange Pad gewandeld, Lionel met een lantaren die een enorme zwerm muggen en motten had aangetrokken. Lionels lippen bewogen en Shaman kon wel denken wat hij vroeg.

'Ik denk dat het wel goed komt,' zei hij. 'Blaas de lantaren uit en zorg dat die insekten weg zijn voor je het huis in gaat.'

Hij ging zelf het Lange Pad op, een weg die hij zo dikwijls was gegaan dat de duisternis geen probleem was. Nu en dan flikkerde een laatste bliksem en de zwarte bossen aan weerskanten van het pad sprongen in het licht op hem af.

Toen hij weer op zijn kamer was, kleedde hij zich uit als een slaapwandelaar. Maar toen hij op bed lag kon hij niet slapen. Verdoofd en verward lag hij naar het donker plafond te staren en waar hij ook keek, hij zag hetzelfde gezicht.

61. Een openhartig gesprek

Toen hij de volgende morgen naar het huis van Geiger ging, deed ze de deur open met een blauwe huisjurk aan die er nieuw uitzag. Haar haar was netjes gekamd. Toen ze zijn handen vastpakte rook hij haar lichte, kruidige geur.

'Dag Rachel.'

'... Dank je, Shaman.'

Haar ogen waren niet veranderd, prachtig en diep, maar hij zag dat ze nog rood van vermoeidheid waren. 'Hoe is het met mijn patiëntje?'

'Hij schijnt iets beter. Hij hoest niet meer zo verschrikkelijk als eerst.'

Ze nam hem mee de trap op. Lillian zat naast het bed van haar kleinkind met een potlood en een paar vellen bruinig papier en hield hem bezig door stokjesmannetjes te tekenen en verhaaltjes te vertellen. Het patiëntje dat Shaman de afgelopen nacht alleen had gezien als een doodziek mensje, was die morgen een jongetje met donkere ogen, bruin haar en sproeten die op zijn bleke gezichtje erg opvielen. Hij leek een jaar of twee. Een meisje van een paar jaar ouder, dat opmerkelijk op haar broertje leek, zat op de voet van zijn bed.

'Dit zijn mijn kinderen,' zei Rachel. 'Joshua en Hattie Regensberg. En dit is dokter Cole.'

'Dag kinderen,' zei Shaman.

'Da-da.' Het jongetje keek hem behoedzaam aan.

'Dag meneer,' zei Hattie Regensberg. 'Mama zegt dat u ons niet kunt horen en dat we naar u moeten kijken als we praten, en duidelijk spreken.'

'Ja, dat is zo.'

'Waarom kunt u ons niet horen?'

'Ik ben doof omdat ik als jongetje ziek ben geweest,' zei Shaman rustig.

'Wordt Joshua ook doof?'

'Nee, Joshua wordt beslist niet doof.'

Binnen een paar minuten kon hij vaststellen dat Joshua veel beter was. De baden en de stoom hadden zijn koorts verdreven, zijn polsslag was sterk en toen Shaman de beker van de stethoscoop op zijn borst zette en tegen Rachel zei waar ze naar moest luisteren, hoorde ze geen gereutel. Shaman deed de oordoppen in Joshua's oren en liet hem zijn eigen hartslag horen, en toen kwam Hattie aan de beurt met de stethoscoop en zette de beker op haar broers maag. Ze hoorde alleen maar 'gebrobbel', zei ze.

'Dat komt omdat hij honger heeft,' zei Shaman en gaf Rachel de raad om het jongetje een dag of twee lichte, maar voedzame kost te geven.

Hij zei tegen Joshua en Hattie dat hun moeder een paar heel goede visplaatsen langs de rivier wist, en hij nodigde ze uit om naar de boerderij van Cole te komen en met de lammetjes te spelen. Toen nam hij afscheid van hen en hun grootmoeder. Rachel bracht hem naar de deur.

'Je hebt mooie kinderen.'

'O ja, vind je ook niet?'

'Rachel, gecondoleerd met je man.'

'Dank je, Shaman.'

'En ik wens je veel geluk bij je aanstaande huwelijk.'

Rachel leek te schrikken. 'Wat voor aanstaand huwelijk?' vroeg ze, net toen haar moeder de trap af kwam.

Lillian liep zwijgend de hal door maar de hoge kleur op haar gezicht leek wel een advertentie.

'Je bent verkeerd ingelicht, ik heb geen trouwplannen,' zei Rachel kortaf, zo hard dat haar moeder het kon horen, en haar gezicht was bleek toen ze afscheid nam van Shaman.

Die middag, toen hij op Boss naar huis reed, haalde hij een eenzame vrouw in die voortstapte, en toen hij dichterbij kwam herkende hij haar blauwe huisjurk. Rachel droeg stevige wandelschoenen en een oude hoed om haar gezicht tegen de zon te beschermen. Hij riep haar aan en ze draaide zich om en groette hem zwijgend.

'Mag ik met je oplopen?'

'O, graag.'

Hij sprong uit het zadel en hield het paard bij de teugels.

'Ik weet niet wat mijn moeder bezielde, te zeggen dat ik zou gaan trouwen. De neef van Joe heeft wel iets laten merken, maar we gaan niet trouwen. Ik denk dat mijn moeder mij naar hem toe drijft omdat ze zo bang is dat de kinderen geen goede vader meer krijgen.'

'Er schijnt een moederskomplot te zijn. De mijne heeft me, met opzet, dat weet ik zeker, niet verteld dat je terug was.'

418

'Het is beledigend van hen,' zei ze en hij zag tranen in haar ogen. 'Ze denken dat wij gek zijn. Ik weet heel goed dat ik een zoon en een dochter heb die een joodse vader nodig hebben. En jij zou allesbehalve belangstelling hebben voor een joodse vrouw die twee kinderen heeft en in de rouw is.'

Hij glimlachte tegen haar. 'Het zijn heel leuke kinderen. Met een heel lieve moeder. Maar het is waar, ik ben niet meer een verliefde jongen van vijftien.'

'Ik heb vaak aan je gedacht toen ik getrouwd was. Ik vond het zo erg dat je gekwetst was.'

'Ik ben er vlug overheen gekomen.'

'We waren kinderen, in moeilijke tijden bij elkaar gebracht. Ik was zo bang om te trouwen en jij was zo'n goede vriend.' Ze glimlachte tegen hem. 'Toen je een jongetje was, zei je dat je iemand zou vermoorden om mij te beschermen. En nu zijn we volwassen en heb je mijn zoon gered.' Ze legde haar hand op zijn arm. 'Ik hoop dat we altijd dikke vrienden blijven. Zolang we leven, Shaman.'

Hij schraapte zijn keel. 'O, dat zullen we zeker,' zei hij moeilijk. Een tijdje liepen ze zwijgend verder. En toen vroeg Shaman of ze op het paard wilde zitten.

'Nee, ik blijf liever lopen.'

'Nou, dan ga ik zelf rijden, want ik heb nog veel te doen voor het avondeten. Goeiemiddag, Rachel.'

'Goeiemiddag, Shaman,' zei ze en hij steeg weer op en reed weg, en liet haar opzettelijk achter zich over de weg lopen.

Hij zei bij zichzelf dat ze een sterke, praktische vrouw was die de moed had de dingen onder ogen te zien en besloot van haar te leren. Hij had gezelschap van een vrouw nodig. Hij bracht een huisbezoek bij Roberta Williams, die aan 'vrouwenklachten' leed en te veel begon te drinken. Hij wendde zijn ogen af van de paspop met de ivoorwitte billen en vroeg naar haar dochter. Ze zei dat Lucilla drie jaar tevoren met een postman getrouwd was en in Davenport woonde. 'Ze krijgt elk jaar een jong. Ze komt me nooit opzoeken, behalve als ze geld nodig heeft,' zei Roberta. Shaman liet een fles versterkende drank bij haar achter.

Juist op het moment dat hij heel ontevreden was, werd hij in Main Street aangehouden door Tobias Barr die met twee vrouwen in een rijtuigje zat. Een van de twee was zijn blonde vrouwtje Frances en de andere was Frances' nicht uit St. Louis die op bezoek was. Evelyn Flagg was achttien, groter dan Frances Barr met net als zij blond haar, en ze had het volmaaktste vrouwelijk profiel dat Shaman ooit gezien had.

'We laten Evie de stad zien, al zou ze ook Holden's Crossing graag zien,' zei dokter Barr. 'Shaman, heb jij *Romeo en Julia* gelezen?'
'O ja, zeker.'
'Nou, je hebt me eens verteld dat je een stuk graag ziet opgevoerd als je het eenmaal kent. Deze week komt er een reizend gezelschap in Rock Island en we gaan met een stel naar het theater. Ga je mee?'
'Dat zou ik graag doen,' zei Shaman. Hij glimlachte naar Evelyn en kreeg een verblindende glimlach terug.
'Eerst thuis een lichte maaltijd dan, om vijf uur,' zei Frances Barr.

Hij kocht een nieuw wit overhemd en een zwart lintdasje en hij las het stuk nog eens. Barr had ook Julius Barton en zijn vrouw Rose uitgenodigd. Evelyn droeg een blauwe japon die paste bij haar blonde haar. Even moest Shaman denken waar hij die tint blauw onlangs nog meer gezien had, en herinnerde zich toen dat het Rachel Geigers huisjurk was geweest.
Frances Barrs idee van een lichte maaltijd was zes gangen. Shaman vond het moeilijk om het gesprek met Evelyn op gang te houden. Als hij haar iets vroeg, had ze de neiging te antwoorden met een snel, zenuwachtig glimlachje of knikje of hoofdschudden. Twee keer zei ze iets uit zichzelf, een keer om haar tante te zeggen dat het braadstuk geweldig was en de tweede keer bij het nagerecht, om Shaman toe te vertrouwen dat ze dol was op perziken en op peren en dat ze heel blij was dat die op verschillende tijden rijp waren, zodat ze niet tussen die twee hoefde te kiezen.
Het was druk in het theater en het was die avond zo heet als het alleen aan het eind van de zomer kan zijn. Ze kwamen vlak voordat het doek opging aan, want de zes gangen hadden tijd gekost. Tobias Barr had bij het kopen van de kaartjes aan Shaman gedacht. Ze zaten halverwege de derde rij en ze zaten net toen de spelers hun tekst begonnen te spreken. Shaman keek naar het stuk door een toneelkijker waardoor hij heel goed van hun lippen kon lezen en hij genoot. In de eerste pauze ging hij met dokter Barr en dokter Barton naar buiten en terwijl ze in de rij stonden om de plee achter het theater te gebruiken, werden ze het eens dat het een interessante opvoering was. Dokter Barton dacht dat de actrice die Julia speelde weleens zwanger kon zijn. Dokter Barr zei dat Romeo een breukband droeg onder zijn strakke broek.
Shaman had voornamelijk naar hun mond gekeken, maar tijdens het tweede bedrijf keek hij naar Julia en zag geen grond voor dokter Bartons veronderstelling. Maar het was wel duidelijk dat Romeo een breukband droeg.

Aan het eind van het tweede bedrijf werden de deuren opengezet om een welkom windje binnen te laten en werden de lampen aangestoken. Evelyn en hij bleven zitten en probeerden te praten. Ze zei dat ze in St. Louis dikwijls naar een theater ging. 'Ik vind het inspirerend om een stuk te zien, jij niet?'

'Ja. Maar ik ga niet vaak,' zei hij afwezig. Vreemd genoeg had Shaman het idee dat hij in de gaten gehouden werd. Met zijn toneelkijker begluurde hij de mensen op de balkons links van het toneel en toen rechts. Op het tweede balkon rechts zag hij Lillian Geiger en Rachel. Lillian had een bruinlinnen jurk aan met grote kanten klokmouwen. Rachel zat precies onder een lamp, waardoor ze naar de motten moest slaan die om het licht fladderden, maar dat gaf Shaman de kans haar goed te bekijken. Haar haar was zorgvuldig opgemaakt, naar achter geborsteld tot een glanzende knot. Ze had een zwarte jurk aan die van zijde scheen; hij vroeg zich af wanneer ze geen rouwkleding meer zou dragen in het openbaar. De jurk had geen kraag, tegen de warmte, en korte pofmouwen. Hij bekeek haar ronde armen en haar volle boezem en kwam steeds terug bij haar gezicht. Terwijl hij nog keek, draaide ze zich af van haar moeder en keek neer naar waar hij zat. Een tijdje keek ze naar hem terwijl hij door zijn kijker naar haar opkeek en toen keek ze weer weg, net toen de zaalwachters de lampen omlaag draaiden.

Aan het derde bedrijf scheen geen eind te komen. Net toen Romeo tegen Mercutio zei: 'Moed, man. Zo erg kan het niet zijn,' bemerkte hij dat Evelyn Flagg iets tegen hem probeerde te zeggen. Hij voelde haar lichtelijk warme adem tegen zijn oor terwijl ze fluisterde op het moment dat Mercutio antwoordde: 'Nee, hij is niet zo diep als een put of zo breed als een kerkdeur; maar het moet genoeg genoeg.'

Hij haalde de kijker van zijn ogen en keerde zich naar het meisje dat naast hem in het donker zat, verbijsterd omdat kleine kinderen als Joshua en Hattie Regensberg steeds konden denken aan de grondregel van het liplezen en zij hem vergat.

'Ik kan je niet verstaan.'

Hij was niet gewend aan fluisteren. Zijn stem was ongetwijfeld te luid, want de man vóór hem in de tweede rij keerde zich om en keek. 'Sorry,' fluisterde Shaman. Hij hoopte oprecht dat zijn stem nu zachter klonk en hij zette de kijker weer aan zijn ogen.

62. Vissen

Shaman was nieuwsgierig hoe mensen als zijn vader en George Cliburne zich konden afkeren van geweld, terwijl anderen het niet konden. Maar een paar dagen na het theaterbezoek ging hij weer naar Rock Island, ditmaal om met Cliburne over pacifisme te spreken. Hij kon nauwelijks de opmerking in het dagboek geloven dat Cliburne een koelbloedig, moedig man was die weggelopen slaven bij zijn vader bracht en ze dan ophaalde om ze naar hun volgende onderduikadres te brengen. De dikke, kalende graankoopman zag er weinig heldhaftig uit en scheen niet het soort man dat, ongeacht de wet, alles op het spel zou zetten voor een principe. Shaman was vervuld van bewondering voor de keiharde, verborgen man die in het weke koopmanslijf van Cliburne woonde.

Cliburne knikte toen hij bij het magazijn aankwam met zijn verzoek. 'Nou, ge kunt uw vragen over pacifisme stellen en we zullen praten, maar ik verwacht dat het goed zou zijn als ge zoudt beginnen, iets over het onderwerp te lezen,' zei hij en zei tegen zijn bediende dat hij direct weer terug zou zijn. Shaman reed achter hem aan naar zijn huis en al vlug had Cliburne uit de bibliotheek een paar boeken en een traktaat gepakt. 'Gij zoudt misschien eens een bijeenkomst van de Vrienden bij willen wonen.'

Voor zichzelf dacht Shaman van niet, maar hij bedankte Cliburne en reed met de boeken naar huis. Ze bleken een teleurstelling want ze gingen voornamelijk over de quaker-leer. Het Vriendengenootschap was in 1600 in Engeland gesticht door een zekere George Fox, die geloofde dat 'het Inwendig Licht van de Heer' in de harten van heel gewone mensen woonde. Volgens de boeken van Cliburne, steunden quakers elkaar in een eenvoudig leven van liefde en vriendschap. Ze hielden niet van geloofsbelijdenis en dogma, ze beschouwden het hele bestaan als gewijd en hielden er geen bepaalde eredienst op na. Ze hadden geen priesters maar geloofden dat leken in staat waren de Heilige Geest te ontvangen; elementair in hun religie was dat ze de oorlog afwezen en naar vrede streefden.

In Engeland werden de Vrienden vervolgd en hun naam was oorspronkelijk een scheldnaam. Toen Fox voor de rechtbank werd gesleept, zei hij dat de rechter 'moest beven voor het Woord van de Heer' en de rechter noemde hem een *quaker* (bever). William Penn stichtte zijn kolonie in Pennsylvania als toevluchtsoord voor de vervolgde Engelse Vrienden, en vijfenzeventig jaar lang had Pennsylvania geen militie en maar een paar man politie.

Shaman vroeg zich af hoe ze met dronkaards waren omgesprongen. Toen hij de boeken van Cliburne wegzette, was hij niet veel over pacifisme te weten gekomen en ook niet geraakt door het Innerlijk Licht.

September begon warm maar was helder en licht, en als hij kon nam hij liefst een route langs de rivier om op huisbezoek te gaan. Hij genoot van de glinstering van de zon op het rimpelende water en de fraaie steltpoten van de waadvogels, nu niet meer zo talrijk omdat er al veel naar het zuiden trokken.

Op een middag reed hij langzaam terug naar huis toen hij onder een boom op de oever drie bekende gestalten zag. Rachel haalde de haak uit een vis terwijl haar zoon de hengel vasthield, en toen ze de klapperende vis weer in het water liet vallen, zag Shaman aan Hatties houding en uitdrukking dat ze ergens kwaad over was. Hij stuurde Boss van de weg af naar hen toe.

'Hé, hallo!'

'Hallo!' zei Joshua.

'We mogen de vis nooit houden,' zei Hattie.

'Het waren zeker allemaal rondbekken,' zei Shaman en grijnsde. Rachel had nooit rondbekken mee naar huis mogen nemen omdat ze niet koosjer waren aangezien ze geen schubben hadden. Hij wist dat voor een kind het leukste van het vissen was, dat je het gezin de vis zag eten die je gevangen had. 'Ik ben elke dag bij Jack Damon geweest want hij is er slecht aan toe. Weet je die plek waar de rivier bij zijn huis een scherpe bocht maakt?'

Rachel glimlachte tegen hem. 'Die bocht waar zoveel rotsen liggen?'

'Ja, die plek. Ik zag een paar jongens kort geleden achter die rotsen hele mooie baarsjes vangen.'

'Welbedankt. Daar ga ik morgen met ze heen.'

Hij zag dat de glimlach van het meisje heel veel leek op die van haar.

'Nou, leuk jullie gezien te hebben.'

'Leuk u gezien te hebben,' zei Hattie.

Hij tikte aan zijn hoed en keerde het paard.

'Shaman.' Rachel deed een stap naar het paard toe en keek op naar hem. 'Als je morgen rond het middaguur naar Jack Dammon gaat, kom dan met ons picknicken.'

'Ja, ik zal het proberen als het me lukt,' zei hij.

Toen hij de volgende dag wegvluchtte van Jack Dammons moeizame ademhaling en naar de bocht in de rivier reed, zag hij meteen haar moeders bruine rijtuigje en in de schaduw vastgemaakt de grijze merrie, die zich te goed deed aan het zachte gras.

Rachel en de kinderen zaten op de rotsen te vissen en Joshua pakte Shaman bij de hand en trok hem naar een plek waar zes zwarte baarzen, net de goede maat om op te eten, zijdelings in een overschaduwde ondiepte dreven, met een vislijn door hun kieuwen aan een boomtak gebonden.

Toen Rachel hem zag had ze meteen een stuk zeep gepakt en waste haar handen. 'Het eten zal wel naar vis smaken,' zei ze opgewekt.

'Dat kan mij niet schelen,' zei hij en dat was ook zo. Ze hadden gekruide eieren en komkommers in het zuur en limonade met stroopkoekjes. Na het eten kondigde Hattie plechtig aan dat het slaapjestijd was. Ze ging met haar broertje vlakbij op een deken liggen en ze deed een middagdutje.

Rachel waste af na het eten en stopte de spullen in een tas. 'Je kunt een van de hengels pakken en een beetje vissen als je daar zin in hebt.'

'Nee,' zei hij; hij keek liever naar wat ze zei dan dat hij naar een vislijn zat te turen.

Ze knikte en keek uit over de rivier. Stroomopwaarts zwierde en draaide een grote zwerm zwaluwen die waarschijnlijk van het noorden overkwam, alsof ze één vogel waren en ze raakten even het water voordat ze wegschoten. 'Is het niet geweldig, Shaman? Is het niet heerlijk om thuis te zijn?'

'Ja, dat is het, Rachel.'

Ze praatten een tijdje over het stadsleven. Hij vertelde haar over Cincinnati en beantwoordde haar vragen over de medische opleiding en het ziekenhuis. 'En jij, vond jij Chicago fijn?'

'Ik vond het leuk om theaters en concerten zo dichtbij te hebben. Donderdags speelde ik viool in een kwartet. Joe was niet muzikaal maar hij liet me. Hij was een heel goedhartige man,' zei ze. 'Hij was heel voorzichtig met me toen ik een miskraam kreeg, het eerste jaar dat we getrouwd waren.'

Shaman knikte.

'Nou, maar toen kwam Hattie, en de oorlog. De oorlog slokte alle tijd op dat mijn gezin me niet opeiste. Er waren in Chicago nog geen honderd joden. Vierentachtig jongemannen gingen bij een joodse compagnie en we zamelden geld in en rustten ze helemaal uit. Ze werden de C-compagnie van het 82e Illinois infanterie. Ze hebben zich onderscheiden in Gettysburg en op andere plaatsen en ik had daar deel aan.'

'Maar je bent de nicht van Judah P. Benjamin en je vader is een vurig zuiderling!'

'Dat weet ik, maar Joe niet en ik ook niet. Op de dag dat de brief van mijn moeder kwam waarin stond dat hij naar het Zuiden was gegaan, had ik mijn keuken vol met het Joodse Damesgenootschap voor Hulp aan de Soldaten, die verband rolden voor de noorderlingen.' Ze haalde haar schouders op.

'En toen kwam Joshua. En toen stierf Joe. En dat is mijn verhaal.'

'Tot op heden,' zei Shaman en ze keek hem aan. Hij was de kwetsbare boog van haar zachte wang onder de hoge gezichtsbeenderen vergeten, de volle zachtheid van haar onderlip en hoe het donkere van haar bruine ogen licht en schaduw bevatte. De volgende vraag wilde hij niet stellen maar die werd als het ware uit hem gerukt. 'Dus je was gelukkig getrouwd?'

Ze keek naar de rivier. Een ogenblik dacht hij, dat hij haar antwoord niet gehoord had maar ze keek weer naar hem. 'Ik zou liever zeggen: voldaan. De waarheid is dat ik erin berustte.'

'Ik ben nooit voldaan of berustend geweest,' zei hij peinzend.

'Jij geeft niet op, jij blijft vechten, daarom ben je Shaman. Je moet beloven dat je nooit toegeeft aan berusting.'

Hattie werd wakker en liet haar broertje op de deken slapen. Ze kwam naar haar moeder en kroop op haar schoot.

'Beloof het,' zei Rachel.

Shaman glimlachte. 'Ik beloof het.'

'Waarom praat u zo gek?' vroeg Hattie.

'Praat ik gek?' vroeg hij, meer aan Rachel dan aan het kind.

'Ja!' zei Hattie.

'Je praat meer vanuit je keel dan toen ik wegging,' zei Rachel behoedzaam. 'En je schijnt je stem minder goed te beheersen.'

Hij knikte en vertelde over zijn probleem toen hij bij de voorstelling in het theater probeerde te fluisteren.

'Ben je je oefeningen blijven doen?' vroeg Rachel.

Ze keek verslagen toen hij bekende dat hij niet veel meer over zijn spraak had gedacht, sinds hij uit Holden's Crossing vertrokken was naar de Medische Opleiding.

'Ik had geen tijd voor spraakoefeningen. Ik had het te druk met dokter worden.'

'Maar nu mag je niet op je lauweren rusten! Je moet weer gaan oefenen. Als je dat niet nu en dan doet, vergeet je hoe je hoort te praten. Ik ga met je aan je spraak werken als je wilt, net zoals we vroeger deden.' Haar ogen stonden ernstig en ze zat hem aan te kijken, terwijl het rivierwindje haar losse haren in de war maakte en de kleine meid met haar ogen en haar glimlach tegen haar borsten leunde. Haar hoofd was opgericht en haar strakke, mooie hals deed Shaman denken aan foto's van een leeuwin die hij gezien had.

Ik weet dat ik het kan, juffrouw Burnham.

Hij dacht weer aan het jonge meisje, dat had aangeboden een doof jongetje te helpen praten en hij herinnerde zich hoeveel hij van haar gehouden had.

'Ik zou je dankbaar zijn, Rachel,' zei Shaman rustig en zorgde dat hij de eerste lettergreep van 'dankbaar' benadrukte en aan het eind van de zin zijn stem liet dalen.

Ze hadden afgesproken elkaar te treffen op het Lange Pad, halverwege de twee huizen. Hij wist zeker dat ze Lillian niet verteld had dat ze weer met hem werkte en hij zag geen reden om het tegen zijn moeder te zeggen. De eerste dag verscheen Rachel op het afgesproken tijdstip, drie uur, vergezeld van haar kinderen die ze langs het pad naar hazelnoten liet zoeken.

Rachel ging op een dekentje zitten dat ze had meegebracht, met haar rug tegen een eik, en hij zat haar braaf aan te kijken. Ze koos de oefening dat ze een zin tegen Shaman zei, die hem van haar lippen moest lezen en hem herhalen met de juiste intonatie en nadrukken. Om hem te helpen hield ze zijn vingers vast en drukte die om te laten weten welk woord benadrukt, welke lettergreep geaccentueerd moest worden. Haar hand was warm en droog en zo zakelijk, alsof ze een strijkijzer in haar hand had of was die gedaan moest worden. Zijn eigen hand voelde warm en zweterig aan, maar hij raakte zijn verlegenheid kwijt toen hij zijn aandacht richtte op de taak die ze hem stelde. Hij had nog meer problemen met zijn spraak dan hij al gevreesd had en het was geen lolletje om daartegen te vechten. Hij was opgelucht toen de kinderen eindelijk terugkwamen, slepend met een emmer bijna half vol met hazelnoten. Rachel zei dat ze ze met een hamer zouden kraken als ze thuiskwamen en de noten eruit halen. Dan zouden ze een notenbrood bakken en dat met Shaman delen.

Hij moest haar de volgende dag weer treffen voor verdere spraakoefeningen, maar toen hij de volgende morgen klaar was in de praktijk en uitreed voor de huisbezoeken, merkte hij dat Jack Damon tenslotte aan het bezwijken was onder zijn tering. Hij bleef bij de stervende man en probeerde hem rust te geven. Toen het einde daar was, was het te laat om op tijd terug te zijn voor Rachel en somber reed hij naar huis.

De dag daarna was het zaterdag. Bij Geiger thuis hielden ze zich streng aan de sabbat en die dag zou hij Rachel niet treffen, maar toen

Shaman klaar was in de praktijk deed hij de stemoefeningen zelf.

Hij voelde zich ontworteld en op een of andere manier, die niets te maken had met zijn werk, was hij ontevreden over zijn bestaan.

Die middag verdiepte hij zich weer in de boeken van Cliburne en las meer over het pacifisme als quaker-beweging, en op zondagmorgen stond hij vroeg op en reed naar Rock Island. Toen hij bij het huis van Cliburne kwam, was de graankoopman net klaar met zijn ontbijt. George pakte de boeken weer aan, schonk hem een kop koffie en knikte verbaasd toen Shaman vroeg of hij mee kon naar de quaker-bijeenkomst.

George Cliburne was weduwnaar. Hij had een huishoudster, maar die had op zondag vrij en hij was een nette man. Shaman wachtte terwijl hij de ontbijtboel afwaste en Shaman mocht afdrogen. Ze lieten Boss in de stal en hij reed met Cliburne in zijn rijtuigje; onderweg vertelde George hem een en ander over de bijeenkomst.

'We gaan zwijgend het zaaltje in en gaan zitten, mannen aan de ene kant, vrouwen aan de andere. Dat is om minder afgeleid te worden, denk ik. De mensen zitten stil tot de Heer op iemand de last van het lijden van de wereld legt en dan staat die persoon gewoon op en spreekt.'

Cliburne raadde Shaman tactvol een plaats aan, midden achter in het zaaltje. Ze zouden niet bij elkaar gaan zitten. 'Het is de gewoonte dat de ouderlingen, die het maatschappelijk werk al vele, vele jaren gedaan hebben, vooraan gaan zitten.' Hij boog zich vertrouwelijk naar hem toe. 'Er zijn quakers die ons Dikke Vrienden noemen,' zei hij en grijnsde.

Het zaaltje waar ze bijeenkwamen was klein en eenvoudig, een wit vakwerkgebouwtje zonder torentje. Binnen waren de wanden wit en de vloer grijs. Donker gebeitste banken stonden tegen drie wanden, ze vormden een hoekige, lage U, zodat iedereen elkaar kon zien. Er zaten al vier mannen. Shaman zocht een plaats op de achterbank, dicht bij de deur, als iemand die diep water beproeft door zijn teen in het ondiepste gedeelte te steken. Aan de andere kant zat een zestal vrouwen en er waren acht kinderen. Alle ouderlingen waren oud; George en vijf van de Dikke Vrienden zaten op een bank op een kleine verhoging, dertig centimeter hoog, voor in het zaaltje.

Er heerste een rust die paste bij de stilte in Shamans wereld.

Nu en dan kwamen er mensen binnen en namen plaats op de bank zonder iets te zeggen. Eindelijk kwam er niemand meer en Shaman telde nu elf mannen, veertien vrouwen en twaalf kinderen.

In stilte.

Het was rustgevend.

Hij dacht aan zijn vader en hoopte dat hij in vrede was.

Hij dacht aan Alex.

Alstublieft, dacht hij in de volkomen stilte die hij nu met anderen deelde. Bij die honderdduizenden doden, spaar mijn broer alstublieft. Breng alstublieft mijn gekke, lieve, weggelopen broer naar huis.

Hij dacht aan Rachel maar durfde niet om haar te bidden.

Hij dacht aan Hattie die de glimlach en de ogen van haar moeder had, en die veel praatte.

Hij dacht aan Joshua die weinig zei maar altijd naar hem scheen te kijken.

Een man van middelbare leeftijd stond op van een bank, maar een meter of wat van hem vandaan. Hij was mager en broos en hij begon te spreken. 'Aan deze verschrikkelijke oorlog begint langzamerhand een einde te komen. Het gaat heel, heel traag, maar nu zien we dat hij niet eeuwig kan voortduren. In veel kranten roept men om de verkiezing van generaal Frémont tot president. Ze zeggen dat president Lincoln niet hard genoeg tegen het Zuiden zal zijn als er vrede komt. Ze zeggen dat het geen tijd is om te vergeven, maar een tijd voor wraak tegen de mensen uit de zuidelijke staten.

Jezus zei: "Vader, vergeef het hun, want ze weten niet wat ze doen." En hij zei: "Als uw vijand honger lijdt, geef hem te eten, en als hij dorst heeft, geef hem te drinken."

We moeten de zonden vergeven die in deze vreselijke oorlog aan beide kanten begaan zijn en bidden dat weldra de woorden van de psalm zullen uitkomen, en genade en waarheid elkaar ontmoet hebben en rechtvaardigheid en vrede elkaar gekust hebben.

"Zalig zijn zij die rouwen, want ze zullen getroost worden.

Zalig zijn de zachtmoedigen, want zij zullen de wereld beërven.

Zalig zijn zij die hongeren en dorsten naar gerechtigheid, want zij zullen vervuld worden.

Zalig zijn de genadigen, want zij zullen genade ontvangen.

Zalig zijn de vredestichters, want zij zullen Kinderen van God genoemd worden."'

Hij ging zitten en er was nog meer kalme stilte.

Bijna recht tegenover Shaman stond een vrouw op. Ze zei dat ze probeerde iemand te vergeven die haar gezin zwaar onrecht had aangedaan. Ze verlangde dat haar hart vrij zou zijn van haat en wilde verdraagzaamheid tonen en barmhartige liefde, maar ze was in strijd met zichzelf gewikkeld want ze wilde niet vergeven. Ze vroeg haar vrienden te bidden dat ze kracht zou krijgen.

Ze ging zitten en een andere vrouw stond op, ditmaal in de andere hoek waardoor Shaman haar mond niet goed genoeg kon zien om een idee te krijgen waar ze het over had. Na een tijdje ging ze zitten en de mensen zwegen tot er op een plek bij het raam een man opstond. Het was een man van in de twintig met een ernstig gezicht. Hij zei dat hij een belangrijke beslissing moest nemen die van invloed zou zijn op de rest van zijn leven. 'Ik heb de hulp van de Heer nodig en uw gebeden,' zei hij en ging zitten.

Daarna sprak niemand meer. De tijd verstreek en toen zag Shaman dat George Cliburne zich naar de man naast hem wendde en hem de hand drukte. Dat was het teken dat de bijeenkomst was afgelopen. Verschillende mensen rond Shaman drukten hem de hand en iedereen liep in de richting van de deuren.

Het was de vreemdste kerkdienst die Shaman ooit had meegemaakt. Op de terugweg naar het huis van Cliburne was hij in gedachten. 'Wordt er dan van een quaker verwacht dat hij vergiffenis toont voor iedere misdaad? En de voldoening dan, als het recht het wint van het kwaad?'

'O, wij geloven in gerechtigheid,' zei Cliburne. 'We geloven alleen niet in wraak of in geweld.'

Shaman wist dat zijn vader ernaar verlangd had de dood van Makwa te wreken en daar verlangde hij zelf beslist ook naar. 'Zou u geweld gebruiken als u zag dat iemand uw moeder wilde doodschieten?' vroeg hij en raakte van zijn stuk toen George Cliburne begon te gniffelen.

'Vroeg of laat stelt iedereen die over pacifisme nadenkt, die vraag. Mijn moeder is al lang dood, maar als ik ooit in een dergelijke situatie kom, dan vertrouw ik erop dat de Heer mij de juiste weg wijst.

Kijk, Shaman, ge moet het geweld niet verwerpen om iets wat ik u zeg. Het komt niet van hier,' zei hij en wees op zijn lippen. 'En het komt ook niet van hier.' Hij wees op Shamans voorhoofd.

'Als het gebeurt, moet het van hier komen.' Hij tikte op Shamans borst. 'Dus tot dan toe moet ge uw zwaard omgorden,' zei hij alsof Shaman een Romein of een Westgoot was in plaats van een dove man die was afgekeurd voor militaire dienst. 'Als ge uw zwaard afgespt en het van u af werpt, moet dat zijn omdat ge geen andere keus hebt,' zei Cliburne en zijn tong maakte een klakbeweging terwijl hij met de leidsels klapte om het paard aan te sporen.

63. Het einde van het dagboek

'We zijn voor vanmiddag uitgenodigd bij Geiger op de thee,' zei Shamans moeder tegen hem. 'Rachel zegt dat we móeten komen. Iets met de kinderen – en hazelnoten.'

Die middag liepen ze dus over het Lange Pad en zaten ze bij Geiger in de eetkamer. Rachel pakte haar nieuwe herfstcape van bladgroene wol om aan Sarah te laten zien. 'Gesponnen van ruwe Cole-wol!' Haar moeder had hem voor haar gemaakt omdat haar rouwjaar voorbij was, zei ze, en iedereen gaf Lillian een complimentje omdat ze zo'n pracht van een kledingstuk gemaakt had.

Rachel liet vallen dat ze hem komende maandag op een reisje naar Chicago aan zou trekken.

'Blijf je lang weg?' vroeg Sarah en Rachel zei dat ze maar voor een paar dagen ging.

'Zaken,' zei Lillian op een toon waar de afkeuring afdroop.

Toen Sarah snel iets opmerkte over de volle smaak van de Engelse thee, zuchtte Lillian en zei dat ze zich gelukkig mocht prijzen dat ze die had. 'In het hele Zuiden is vrijwel geen koffie en geen behoorlijke thee. Jay zegt dat koffie en thee in Virginia voor vijftig dollar per pond verkocht worden.'

'Heb je dan weer van hem gehoord?' vroeg Sarah.

Lillian knikte. 'Hij stuurt bericht dat het goed gaat, God zij dank.'

Hatties gezicht straalde toen haar moeder het brood binnenbracht, nog warm van de oven. 'Dat hebben wíj gemaakt,' verkondigde ze. 'Mama heeft de spullen bij elkaar gedaan en geroerd en ik en Joshua hebben de noten erbij gegooid!'

'Joshua en ík,' zei haar grootmoeder.

'Opoe, u was niet eens in de keuken!'

'De nootjes zijn gewoon verrukkelijk,' zei Sarah tegen het meisje.

'Ik en Hattie hebben ze geraapt,' zei Joshua trots.

'Hattie en ík,' zei Lillian.

'Nee, opoe, u was er niet bij, het was op het Lange Pad en ik en Hattie raapten de nootjes terwijl mama en Shaman op de deken zaten en elkaars hand vasthielden.'

Er viel even een stilte.

'Shaman heeft de laatste tijd moeilijkheden met zijn spraak,' zei Rachel. 'Hij moet gewoon wat oefenen. Ik help hem weer net als vroeger. We zagen elkaar op het bospad, dus de kinderen konden in de buurt spelen, maar hij komt weer naar hier, dan kunnen we de piano gebruiken bij de oefeningen.'

Sarah knikte. 'Het zal goed zijn voor Robert om weer iets aan zijn spraak te doen.'

Lillian knikte ook, maar stijfjes. 'Ja, wat leuk dat je thuis bent, Rachel,' zei ze en pakte Shamans beker en schonk er weer Engelse thee in.

De volgende dag had hij wel geen afspraak met Rachel, maar toen hij van zijn huisbezoeken terug was, liep hij over het Lange Pad en zij kwam hem tegemoet lopen.

'Waar zijn mijn vriendjes?'

'Ze helpen met de najaarsschoonmaak en hebben te weinig geslapen; nu doen ze een extra dutje.'

Hij draaide zich om en liep met haar op. Het bos zat vol vogels en hij zag in een boom vlakbij een kardinaalvink die een aanmatigende stille roep uitte.

'Ik heb ruzie gehad met mijn moeder. Ze wilde dat we met de Hoge Feestdagen naar Peoria gingen en ik wilde niet mee om daar op te draven voor huwbare vrijgezellen en weduwnaars. Dus blijven we de feestdagen thuis.'

'Mooi,' zei hij rustig en ze glimlachte. De andere ruzie, vertelde ze, kwam doordat de neef van Joe Regensberg met iemand anders ging trouwen en hij een bod had gedaan op de Blikwaren-Fabriek Regensberg, nu hij die niet door zijn huwelijk had kunnen verwerven. Daarvoor ging ze naar Chicago, vertrouwde ze hem toe: om het bedrijf te verkopen.

'Je moeder trekt wel bij. Ze houdt van je.'

'Dat weet ik wel. Wil je een beetje oefenen?'

'O best.' Hij stak zijn hand uit.

Ditmaal bespeurde hij een lichte trilling van haar hand toen ze de zijne vasthield. Misschien had de inspanning van de schoonmaak haar uitgeput, of de ruzie. Maar hij waagde het te hopen dat het meer was dan dat, en hij onderkende een bewustzijnsstroom die door hun vingers ging, waardoor zijn hand onwillekeurig in de hare bewoog.

Ze werkten aan de adembeheersing die nodig is om het plofje van de P goed te doen en ze herhaalde ernstig een onzinnig zinnetje over een prachtig pakpaard dat een paarse papegaai paait, toen ze haar hoofd schudde.

'Nee, voel eens hoe ik het doe,' zei ze en legde zijn hand op haar keel. Maar onder zijn vingers voelde hij alleen Rachels warme huid.

431

Hij was het niet van plan geweest; als hij erbij had nagedacht, had hij het niet gedaan. Hij liet zijn hand naar boven glijden om haar gezicht zacht te omsluiten en boog zich naar haar toe. De kus was oneindig heerlijk, de kus waar een jongen van vijftien over gedroomd en naar gehunkerd had, aan het meisje waar hij wanhopig verliefd op was. Maar bij het kussen werden ze al vlug man en vrouw en de wederzijdse honger was voor hem zo schokkend, zo in strijd met de vastberaden zelfbeheersing van de blijvende vriendschap die ze hem had aangeboden, dat hij bang was erin te geloven.

'Rachel...' zei hij toen ze zich losmaakten.

'Nee. O God.'

Maar toen ze weer bij elkaar kwamen, drukte ze op zijn hele gezicht kusjes als een warme regen. Hij kuste haar ogen, miste net het midden van haar mond en kuste haar mondhoek en haar neus. Hij voelde hoe haar lichaam gespannen was tegen het zijne.

Rachel had zelf ook een schok te verwerken. Ze legde een trillende hand op zijn wang en hij bewoog zijn hoofd tot zijn lippen zich tegen haar handpalm drukten.

Hij zag haar woorden zeggen die hij kende van lang geleden, die Dorothy Burnham gebruikt had om aan te geven dat de schooldag voorbij was. 'Dat is dan alles voor vandaag,' zei ze ademloos. Ze keerde zich van hem af en Shaman bleef staan en keek hoe ze snel wegliep, tot ze om een bocht in het Lange Pad verdwenen was.

Die avond begon hij het laatste stuk van zijn vaders dagboek te lezen; met vrees en groot verdriet zag hij het bestaan van Robert Judson Cole vervluchtigen en kwam terecht in de vreselijke strijd langs de Rappahannock zoals zijn vader het in zijn groot, duidelijk handschrift had geboekstaafd.

Toen Shaman bij Rob J.'s ontdekking van Lanning Ordway kwam, bleef hij een tijd zitten zonder verder te lezen. Het was moeilijk voor hem om te accepteren dat zijn vader, na zijn jarenlange pogingen, in contact gekomen was met een van de mannen die medeschuldig was aan Makwa's dood.

Hij bleef de hele nacht op, hij zat voorovergebogen om gebruik te maken van het lamplicht om verder en verder te lezen.

Verschillende keren las hij de brief van Ordway aan Goodnow.

Kort voordat het licht werd, kwam hij aan het eind van het dagboek – en het einde van zijn vader. Een eenzaam uur lag hij met al zijn kleren aan op bed. Toen hij merkte dat zijn moeder in de keuken was, ging hij naar de stal en vroeg Alden mee te komen. Hij liet hun alle twee de brief van Ordway zien en vertelde hoe hij hem gevonden had.

'In zijn dagboek? Heb je zijn dagboek gelezen?' vroeg zijn moeder.
'Ja. Zou u het willen lezen?'
Ze schudde haar hoofd. 'Ik heb daar geen behoefte aan. Ik ben zijn vrouw geweest, ik kende hem.'
Ze zagen allebei dat Alden een kater had en er slecht aan toe was en ze schonk voor hen drieën koffie in.
'Ik weet niet wat ik met die brief aan moet.'
Shaman liet hem hun allebei langzaam lezen.
'Nou, wat kùn je doen?' zei Alden geprikkeld. Alden werd snel oud, besefte Shaman. Hij dronk meer whisky of hij kon er minder goed tegen. Met zijn trillende handen morste hij suiker terwijl hij die in zijn kopje lepelde. 'Je pa heeft op alle mogelijke manieren geprobeerd om de wet iets te laten doen aan wat er met die Sauk-vrouw gebeurd is. Denk je dat ze nu meer belangstelling hebben omdat iemands naam in de brief van een dode staat?'
'Robert, wanneer komt hier een eind aan?' vroeg zijn moeder bitter. 'De beenderen van die vrouw hebben al die jaren in onze grond gelegen en jullie twee, eerst je vader en nu jij, hebben haar geen vrede gegund en ons ook niet. Kun je die brief niet gewoon in stukken scheuren en al die oude pijn vergeten en de doden met rust laten?'
Maar Alden schudde zijn hoofd. 'Ik wil niet onbeleefd zijn, mevrouw Cole. Maar die man zal wat die Indianen betreft geen greintje beter naar gezond gevoel of verstand luisteren dan zijn vader.' Hij blies over zijn koffie, hield hem met twee handen bij zijn gezicht en nam een slok waaraan hij zijn mond wel moest branden. 'Nee, hij blijft er gewoon tot zijn dood over piekeren, net als een hond die aan een bot knaagt, net als zijn pa altijd deed.' Hij keek Shaman aan. 'Als je mijn raad wilt horen, en dat wil je waarschijnlijk niet, dan moet je naar Chicago gaan als je eens een keer tijd hebt, en die Goodnow gaan opzoeken om te zien of hij je iets kan vertellen. Anders werk je je in de puree en ons er nog bij.'

Moeder Miriam Ferocia was het er niet mee eens. Toen Shaman die middag naar het klooster reed en de brief liet zien, knikte ze. 'Je vader heeft me verteld over David Goodnow,' zei ze rustig.
'Als die Goodnow echt dominee Patterson was, dan moet hij verantwoordelijk gesteld worden voor de dood van Makwa.'
Moeder Miriam zuchtte. 'Shaman, je bent dokter, geen politieman. Kun je het oordeel over die man niet aan God overlaten? We hebben je als dokter keihard nodig.' Ze boog zich voorover en keek hem strak in de ogen. 'Ik heb belangrijk nieuws. Onze bisschop heeft ons laten weten dat hij geld zal sturen om hier een ziekenhuis te stichten.'

'Eerwaarde moeder, dat is geweldig nieuws!'
'Ja, geweldig.'
Haar glimlach verlichtte haar gezicht, zo dacht Shaman. Hij herinnerde zich uit het dagboek van zijn vader dat ze na haar vaders dood een
legaat had gekregen en dat had overgedragen aan de Kerk; hij vroeg
zich af of de bisschop haar nu haar eigen erfenis stuurde, of een deel
ervan. Maar ze was zo blij dat ze geen cynische geluiden zou willen
horen.
'De mensen hier in de streek krijgen een ziekenhuis,' zei ze stralend.
'De verzorgende nonnen van dit klooster zullen verplegen in het Ziekenhuis van Sint-Franciscus van Assisi.'
'En ik heb een ziekenhuis om er patiënten naar toe te sturen.'
'We hopen eigenlijk dat je meer krijgt dan dat. De zusters zijn het erover eens: we willen dat je geneeskundig directeur van het ziekenhuis
wordt.'
Hij wist even niets te zeggen. 'Dat is een grote eer, eerwaarde moeder,' zei hij tenslotte. 'Maar ik zou als geneeskundig directeur een
dokter nemen met meer ervaring, een ouder iemand. En u weet toch
dat ik niet katholiek ben.'
'Eens, toen ik hiervan durfde dromen, hoopte ik dat je vader onze geneeskundig directeur zou worden. God heeft je vader naar ons gezonden om onze vriend en geneesheer te zijn, maar je vader is weg. Nu
heeft God jou naar ons gestuurd. Je hebt opleiding en vaardigheid en
je hebt ook best al wel ervaring. Jij bent de geneesheer van Holden's
Crossing en jij zou de scepter moeten zwaaien in het ziekenhuis.'
Ze glimlachte. 'Je bent wel geen oude man, maar wij vinden dat je de
oudste jongeman bent die we ooit zijn tegengekomen. Het wordt een
klein ziekenhuis met maar vijfentwintig bedden, en we zullen allemaal meegroeien.
Ik zou je wat goede raad willen geven. Je hoeft niet bang te zijn om jezelf hoog aan te slaan, want anderen doen dat ook. Ook moet je niet
aarzelen jezelf een doel voor ogen te stellen, want God heeft je rijkelijk met gaven bedeeld.'
Shaman was in verlegenheid gebracht, maar hij glimlachte met het
zelfvertrouwen van een dokter aan wie net een ziekenhuis was beloofd. 'Ik geloof u altijd met genoegen, eerwaarde moeder,' zei hij.

64. Chicago

Shaman vertrouwde zijn gesprek met de overste alleen aan zijn moeder toe en Sarah was verbaasd en het deed hem goed dat ze zo trots op hem was. 'Wat is het fijn dat we hier een ziekenhuis krijgen en dat jij het gaat leiden. Wat zou je vader daar blij om geweest zijn!'

Hij waarschuwde haar dat de middelen voor de bouw pas van het katholieke diocees zouden komen als de plannen voor het ziekenhuis waren uitgewerkt en goedgekeurd. 'Intussen heeft Miriam Ferocia mij gevraagd, een aantal ziekenhuizen te bezoeken en de afdelingen daar te bekijken,' zei hij.

Hij wist meteen waar hij heen zou gaan en welke trein hij zou nemen. Op maandag reed hij naar Moline en stalde Boss daar voor een paar dagen. De trein naar Chicago stopte om tien voor half vier 's middags in Moline, net lang genoeg om de vracht van de ploegenfabriek van John Deere te laten laden, en om kwart voor drie stond Shaman op het houten perron te wachten.

Toen de trein kwam, stapte hij in de laatste wagon en begon naar voren te lopen. Hij wist dat Rachel pas een paar minuten eerder in Rock Island de trein genomen had en hij vond haar drie wagons verder. Ze zat alleen. Hij had zich erop voorbereid haar luchtig te groeten, een grapje te maken over die 'toevallige' ontmoeting, maar toen ze hem zag trok het bloed weg uit haar gezicht.

'Shaman... Is er iets met de kinderen?'

'Nee, niets hoor. Ik moet zelf naar Chicago voor zaken,' zei hij, geërgerd dat hij niet had bedacht dat zijn verrassing zo zou uitpakken. 'Mag ik bij je zitten?'

'Natuurlijk.'

Maar toen hij zijn koffer naast de hare op de plank had gezet en op de plaats aan het middenpad was gaan zitten, waren ze verlegen.

'Laatst op het bospad, Shaman...'

'Ik vond het verrukkelijk,' zei hij kordaat.

'Ik wil niet dat je verkeerde ideeën krijgt.'

Alwéér, dacht hij wanhopig. 'Ik dacht dat jij het ook heerlijk vond,' zei hij en ze begon te blozen.

'Daar gaat het niet om. We moeten ons niet overgeven aan het soort... pleziertjes dat er alleen maar toe leidt dat de werkelijkheid wreder wordt.'

'Wat is de werkelijkheid?'

'Ik ben een joodse weduwe met twee kinderen.'

'En?'

'Ik heb gezworen dat ik mijn ouders nooit meer een echtgenoot voor me laat kiezen, maar dat betekent niet dat ik zelf geen verstandige keuze zal doen.'

Dat stak hem. Maar ditmaal zou hij zich niet laten afschrikken door onuitgesproken woorden. 'Ik heb bijna mijn hele leven al van je gehouden. Ik heb nooit een vrouw ontmoet die ik uiterlijk en innerlijk mooier heb gevonden. Je hebt een goedheid in je waar ik behoefte aan heb.'

'Shaman. Alsjeblieft.' Ze wendde zich van hem af en keek uit het raam, maar hij ging door.

'Je hebt me laten beloven om nooit meer met berusting of passief in het leven te staan. Ik berust er niet in je weer kwijt te raken. Ik wil met je trouwen en een vader zijn voor Hattie en Joshua.'

Ze bleef afgewend zitten kijken naar de akkers die voorbijdraaiden en de boerderijen.

Hij had gezegd wat hij wilde zeggen. Hij pakte een medisch tijdschrift uit zijn zak en begon te lezen over de oorzaak en de behandeling van kinkhoest. Nu haalde Rachel haar handwerktas onder haar zitplaats vandaan en haalde haar breiwerk te voorschijn. Hij zag dat ze een truitje breide van donkerblauwe wol.

'Voor Hattie?'

'Voor Joshua.' Ze keken elkaar een hele tijd aan; toen glimlachte ze eventjes.

Toen ze tachtig kilometer gereisd hadden, begon het donker te worden en de conducteur kwam de lampen aansteken. Het was maar net vijf uur, maar ze kregen zo'n trek dat ze het eten niet langer wilden uitstellen. Shaman had een pakket meegenomen waar gebraden kip en appelgebak in zat, en Rachel had brood, kaas, hardgekookte eieren en vier suikerpeertjes bij zich. Ze deelden zijn gebak en haar eieren en fruit. Hij had bronwater in een veldfles.

Toen de trein in Joliet was gestopt, draaide de conducteur de lampen omlaag en Rachel viel voor een tijdje in slaap. Toen ze wakker werd, lag haar hoofd op Shamans schouder en hield hij haar hand vast. Ze trok haar hand terug maar liet haar hoofd een paar seconden op zijn schouder liggen. Toen de trein uit de duisternis van de prairie een zee van lichten ingleed, ging ze rechtop zitten en deed haar haar goed, waarbij ze een haarspeld tussen haar sterke witte tanden hield. Toen ze klaar was, zei ze dat ze in Chicago waren.

Ze namen een rijtuig van het station naar het Palmers Illinois Hotel waar de advocaat van Rachel een kamer voor haar had gereserveerd. Shaman nam daar ook een kamer en kreeg er een op de vijfde verdieping, 508. Hij bracht haar naar kamer 306 en gaf de piccolo een fooi.

'Wil je nog iets anders? Koffie misschien?'

'Beter van niet, Shaman. Het wordt al laat en ik heb morgen van alles te doen.' Ook wilde ze niet met hem ontbijten. 'Zullen we elkaar hier dan om drie uur weer treffen? Dan laat ik je voor het avondeten Chicago zien.'

Hij zei haar dus dat hij dat best vond en ging weg. Hij klom naar kamer 508, pakte zijn spullen uit, legde ze in de ladenkast en hing ze in de kleerkast, en ging toen de vijf trappen weer af naar de plee achter het hotel, die plezierig schoon en goed verzorgd was.

Op de terugweg bleef hij op de derde overloop een tijdje staan en keek de gang door naar haar kamer; toen ging hij de andere twee trappen op.

's Morgens meteen na het ontbijt zocht hij Bridgeton Street op, die in een arbeidersbuurt bleek te liggen van aan elkaar gebouwde houten huizen. Op nummer 237 hield de vrouw die de deur opendeed en er moe uitzag een kindje op haar arm en een jongetje hing aan haar rokken.

Ze schudde haar hoofd toen hij naar David Goodnow vroeg. 'Meneer Goodnow woont hier al meer dan een jaar niet meer. Ik heb gehoord dat hij erg ziek is.'

'Weet u waar hij heen is?'

'Ja, naar een soort... ziekenhuis. We hebben hem nooit ontmoet. We sturen onze huur elke maand naar het ziekenhuis. Dat is zo met zijn advocaat geregeld.'

'Kunt u me de naam van dat ziekenhuis geven? Ik moet hem nodig spreken.'

Ze knikte. 'Ik heb het in de keuken ergens opgeschreven.' Ze ging weg maar was meteen weer terug, met haar zoontje in haar kielzog en een stukje papier in haar hand.

'Het is het Dearborn-gesticht,' zei ze, 'in Sable Street.'

Het was een bescheiden, chic bord, een bronzen plaat in de middelste zuil die oprees uit een laag muurtje van rode baksteen:

DEARBORN-GESTICHT

VOOR DRANKVERSLAAFDEN

EN KRANKZINNIGEN

Het gebouw was een groot huis van drie verdiepingen van rode baksteen. Het zware gietijzeren traliewerk voor de ramen paste bij de
gietijzeren staken die op de bakstenen muur stonden.

Achter de mahoniedeur was een donkere hal, waar een paar paardeharen stoelen stonden. In een kantoortje aan de hal zat een man van
middelbare leeftijd achter een bureau in een omvangrijk grootboek te
schrijven. Hij knikte toen Shaman zijn verzoek deed.

'Meneer Goodnow heeft sinds god weet wanneer geen bezoek meer
gehad. Ik kan het me niet herinneren. Tekent u het gastenboek maar
even, dan ga ik het aan dokter Burgess vragen.'

Een paar minuten later verscheen dokter Burgess, een korte man met
zwart haar en een dunne, warrige snor. 'Bent u familie of een vriend
van meneer Goodnow, dokter Cole? Of komt u beroepshalve?'

'Ik ken mensen die meneer Goodnow kennen,' zei Shaman behoedzaam. 'Ik blijf maar kort in Chicago en wilde hem eens opzoeken.'

Dokter Burgess knikte. 'Het bezoekuur is 's middags, maar voor een
drukbezet arts kunnen we een uitzondering maken. Gaat u maar
mee, alstublieft.'

Ze beklommen een trap en dokter Burgess klopte op een gesloten
deur die door een grote bewaker werd geopend. De potige baas
bracht hen door een lange gang waarin aan beide kanten bleke vrouwen zaten, die in zichzelf praatten of de leegte instaarden. Ze liepen
om een plas urine heen en Shaman zag vegen van uitwerpselen. In
sommige kamers aan de gang waren vrouwen aan de wand geke-
tend. Shaman had toen hij zijn medische opleiding kreeg, vier trieste
weken doorgebracht in het Staatskrankzinnigengesticht van Ohio en
hij was niet verbaasd over wat hij zag of rook. Hij was blij dat hij de
geluiden niet hoorde.

De bewaker maakte een andere deur open en bracht ze een gang door
naar de mannenafdeling, waar het net zo erg was als bij de vrouwen.
Eindelijk werd Shaman in een kamertje gebracht waar een tafel in
stond met een paar houten stoelen en daar moest hij wachten.

Al vlug kwamen de dokter en de bewaker terug met een oude man,
gekleed in een werkbroek zonder knopen aan de gulp en een vuil jasje dat hij over zijn ondergoed droeg. Zijn haar was te lang en zijn grijze snor en baard waren niet gekamd of geknipt. Hij had een glimlachje om zijn lippen, maar zijn ogen waren elders. 'Hier is meneer Goodnow,' zei dokter Burgess.

'Meneer Goodnow, ik ben Robert Cole.'

De glimlach veranderde niet. De ogen zagen hem niet.

'Hij kan niet spreken,' zei dokter Burgess.

Toch stond Shaman op en ging dicht naar de man toe.

438

'Meneer Goodnow, was u Ellwood Patterson?'

'Hij heeft al meer dan een jaar niet gesproken,' zei dokter Burgess geduldig.

'Meneer Goodnow, hebt u de Indiaanse vrouw vermoord die u in Holden's Crossing verkracht hebt? Toen u daarheen ging voor de Orde van de met Sterren Bezaaide Vlag?'

Dokter Burgess en de bewaker keken Shaman met grote ogen aan.

'Weet u waar ik Hank Cough kan vinden?'

Maar er kwam geen antwoord.

En opnieuw, fel: 'Waar kan ik Hank Cough vinden?'

'Hij heeft syfilis. Een gedeelte van zijn hersenen is vernietigd door parese,' zei dokter Burgess.

'Hoe weet u dat hij niet doet alsof?'

'Wij zien hem steeds en we weten het. Waarom zou iemand doen alsof om zó te leven?'

'Jaren geleden heeft deze man deelgenomen aan een onmenselijke, afschuwelijke misdaad. Ik vind het vreselijk dat hij zijn straf ontloopt,' zei Shaman bitter.

David Goodnow begon te kwijlen. Dokter Burgess keek naar hem en schudde zijn hoofd. 'Ik denk niet dat hij zijn straf heeft ontlopen,' zei hij.

Shaman werd via de afdelingen naar de voordeur gebracht, waar dokter Burgess beleefd afscheid van hem nam en meedeelde dat het gesticht verwijzingen van artsen in westelijk Illinois zou accepteren. Toen hij wegliep van het gesticht knipperde hij in het zonlicht. De stadsstanken roken verhoudingsgewijs nog goed. Zijn hoofd tolde en hij liep tal van straten door, diep in gedachten verzonken.

Het scheen hem het einde van het spoor toe. Een van de mannen die Makwa-ikwa hadden vermoord, was dood. Een andere was, zoals hij juist gezien had, gevangen in een levende hel, en waar de derde man was, was onbekend.

Miriam Ferocia had gelijk, besloot hij. Het was tijd om de moordenaars van Makwa aan Gods gerechtigheid over te laten en zich te concentreren op de geneeskunst en zijn eigen leven.

Hij nam de paardetram naar het centrum van Chicago en weer een paardetram naar het Ziekenhuis van Chicago, dat hem meteen deed denken aan zijn eigen ziekenhuis in Cincinnati. Het was een goed ziekenhuis, groot ook, met bijna vijfhonderd bedden. Toen hij vroeg om een gesprek met de geneeskundig directeur en zei waar hij voor kwam, werd hij met aangename hoffelijkheid bejegend.

De hoofdarts bracht hem naar een oudere chirurg en het tweetal gaf zijn mening over de uitrusting en de voorraad die een klein ziekenhuis nodig zou hebben. De inkoper van het ziekenhuis beval bedrijven aan die doorlopend diensten verleenden en redelijk op tijd leverden. En Shaman sprak met het hoofd van de huishouding over de hoeveelheid beddegoed, nodig om alle bedden schoon te houden. Hij schreef naarstig in zijn aantekeningenboek.

Kort voor drie uur, toen hij terugkwam in het Palmers Illinois Hotel, zat Rachel in de hal op hem te wachten. Op het moment dat hij haar gezicht zag, wist hij dat haar dag goed verlopen was.

'Het is voorbij, ik heb de zaak niet meer in handen,' zei ze. Ze vertelde hem dat de advocaat goed werk gedaan had bij het voorbereiden van de nodige documenten, en het grootste deel van de opbrengst was al in een fonds gestort voor Hattie en Joshua.

'Nou, we moeten het vieren,' zei hij en de grauwe stemming die zijn belevenissen van die morgen had opgeroepen, werd verjaagd.

Ze pakten het eerste aapje in de rij bij het trottoir voor het hotel. Shaman wilde de concertzaal en de nieuwe veemarkt niet zien. Er was maar één ding in Chicago dat hem interesseerde. 'Laat me zien waar je kwam toen je hier woonde.'

'Maar dat is zo saai!'

'Alsjeblieft.'

Dus Rachel boog zich voorover, gaf de koetsier aanwijzingen en de paarden reden weg.

Eerst was ze nog gegeneerd toen ze de muziekwinkel wees waar ze snaren en een nieuwe strijkstok voor haar viool gekocht had en de schroeven had laten repareren. Maar ze begon zich te vermaken toen ze de winkels aanwees waar ze haar schoenen en hoeden had gekocht en de hemdenmaker waar ze een paar overhemden had laten maken als verjaardagscadeau voor haar vader. Ze reden twintig straten door tot ze hem een indrukwekkend gebouw wees en zei dat dat de Sinai-broederschap was. 'Daar speelde ik donderdags met mijn kwartet en gingen we vrijdagsavonds naar de dienst. Joe en ik zijn hier niet getrouwd. Dat is in de Kebilath Anshe Maarib-synagoge gebeurd waar Harriet Ferber, de tante van Joe, een vooraanstaand lid van was.

Vier jaar geleden hebben Joe en een stel anderen zich losgemaakt en de Sinaï gesticht, een broederschap van gereformeerd jodendom. Ze hebben een hoop rituelen en traditis afgeschaft en dat heeft hier een groot schandaal gewekt. Tante Harriet was woedend maar het heeft ons niet uit elkaar gedreven: we bleven goede vrienden. Toen ze een jaar later stierf, hebben we Harriet naar haar genoemd.'

Ze stuurde de koetsier naar een wijk met kleine maar gerieflijke huizen en in Tyler Street wees ze naar een huis met bruine dakpannen. 'Daar hebben we gewoond.'

Shaman wist nog hoe ze er toen uitgezien had en hij boog zich naar voren en probeerde het meisje uit zijn geheugen in het huis te plaatsen.

Vijf straten verder waren een paar winkels bij elkaar. 'O, we moeten stoppen!' zei Rachel. Ze gingen het rijtuigje uit, een grutterswinkel in die rook naar kruiden en zout, waar een witgebaarde oude man met een rood gezicht, zeker zo groot als Shaman, op hen toe kwam en straalde toen hij zijn handen afveegde aan zijn kruideniersschort.

'Mevrouw Regensberg, ik ben blij u weer eens te zien!'

'Dank u, meneer Freudenthal. Fijn u te zien. Ik wil een paar dingen om mee naar huis te nemen voor mijn moeder.'

Ze kocht verschillende soorten gerookte vis, zwarte olijven en een grote klomp amandelspijs. De kruidenier bekeek Shaman even van onder tot boven.

'*Ehr is nit ah Yiddisheh*,' merkte hij tegen haar op.

'*Nein*,' zei ze. Toen, alsof ze dat moest verantwoorden: '*Ehr is ein guteh freind.*'

Shaman hoefde de taal niet te verstaan om te begrijpen wat hij zei. Hij voelde een steek van wrok, maar besefte bijna meteen dat de vraag van de oude man behoorde tot de werkelijkheid die deel van haar uitmaakte, net als Hattie en Joshua. Toen Rachel en hij kinderen waren geweest in een onschuldiger wereld, hadden er weinig verschillen in de weg gestaan, maar nu waren ze volwassen en de verschillen moesten onder ogen gezien worden.

Dus toen hij de pakjes van de kruidenier in ontvangst nam, glimlachte hij tegen de oude man. 'Goeiendag, meneer Freudenthal,' zei hij en liep achter Rachel aan de winkel uit.

Ze brachten de pakjes terug naar het hotel. Het was tijd voor het diner en Shaman had wel genoegen genomen met de eetzaal van het hotel, maar Rachel zei dat ze een betere plek wist. Ze nam hem mee naar Restaurant Parkman, een eetgelegenheid binnen loopafstand van het hotel. Het was onopvallend en de prijzen waren redelijk, maar het eten en de bediening waren goed. Na het diner, toen hij vroeg wat ze nu graag zou doen, zei ze dat ze langs het meer wilde wandelen.

Het windje kwam van het water, de zomerwarmte hing nog in de lucht. Heldere sterren stonden aan de hemel en de septembermaan in haar laatste kwartier; het was voor hem te donker om haar mond te zien en ze praatten niet. Met een andere vrouw zou hij zich daar druk

441

om gemaakt hebben, maar hij wist dat Rachel zijn zwijgen vanzelf-sprekend vond als je niets kon zien.

Ze liepen langs de verhoogde weg langs het meer tot ze onder een straatlantaarn bleef staan en voor zich uit wees naar een plas geel licht. 'Ik hoor wonderbaarlijk slechte muziek, een hoop bekkens!'

Toen ze de verlichte plek bereikten, kregen ze en merkwaardig tafe-reel te zien: een rond podium, zo groot als een melkhok in een stal, waarop beschilderde houten dieren waren vastgemaakt. Een magere man met een gegroefd, verweerd gezicht draaide aan een grote zwen-gel.

'Is dat een muziekkast?' vroeg Rachel.

'*Non*, het is *un carrousel*. Je kiest een dier en gaat erop zitten, *très drôle, très plaisant*,' zei de man. 'Twintig cent per rit, mineer.'

Rob ging op een bruine beer zitten, Rachel op een paard dat in een onwaarschijnlijk rood was geschilderd. De Fransman kreunde terwijl hij aan de zwengel draaide en meteen begonnen ze rond te wervelen.

Midden in de *carrousel* hing een koperen ring aan een stok onder een bord waarop stond, dat degene die de ring kon pakken terwijl hij op een rijdier zat, een gratis ritje kreeg. Hij was beslist buiten bereik van de meeste berijders maar Shaman strekte zijn lange lijf. Toen de Fransman zag dat Shaman naar de ring greep, draaide hij vlugger aan de zwengel en de *carrousel* ging sneller rond, maar bij zijn tweede po-ging had Shaman de ring te pakken.

Hij verdiende een stel gratis ritten voor Rachel, maar al vlug hield de eigenaar ermee op om zijn arm rust te geven en Shaman stapte van zijn bruine beer en ging aan de zwengel draaien. Hij draaide sneller en sneller en het rode paard ging van een draf over in galop. Rachel gooide haar hoofd in haar nek en gilde als een kind van de lach als ze langs hem kwam, met blikkerende tanden. Aan haar aantrekkelijk-heid was niets kinderlijks. Niet alleen Shaman was in de ban, ook de Fransman keek telkens gefascineerd naar haar tijdens zijn bezighe-den, de voorbereidingen om te sluiten. 'U bent de laatste klant van 1864,' zei hij tegen Shaman. 'Het is *fini* voor dit seizoen. Er komt al vlug ijs.' Rachel bleef elf ritjes zitten. Het was duidelijk dat ze de ei-genaar ophield; toen Shaman betaalde, gaf hij een fooi en de man schonk Rachel een witglazen beker waarop een ruikertje rozen was geschilderd.

Doorwaaid en glimlachend kwamen ze terug in het hotel.

'Ik heb het zo fijn gehad,' zei ze bij de deur van kamer 306.

'Ik ook.' Voordat hij iets anders kon doen of zeggen, had ze hem licht op zijn wang gekust en de deur was open- en dichtgegaan.

In zijn kamer lag hij een uur op bed met al zijn kleren aan. Tenslotte

442

stond hij op en liep twee trappen af. Het duurde even voor ze op zijn kloppen opendeed. Bijna verloor hij de moed en keerde hij om, maar eindelijk deed ze open en daar was ze, in haar kamerjapon.

Daar stonden ze elkaar aan te kijken. 'Kom jij binnen of kom ik buiten?' vroeg ze. Hij zag dat ze zenuwachtig was.

Hij ging haar kamer in en deed de deur dicht.

'Rachel…' zei hij, maar ze legde haar hand op zijn mond. 'Toen ik een jong meisje was, liep ik altijd over het Lange Pad en stond stil op een bepaalde plek waar de bossen neerdaalden naar de rivier, precies aan mijn vaders kant van de grens tussen ons land en dat van jullie. Ik bedacht dan dat je vlug ouder zou worden en daar een huis zou bouwen en zou zorgen dat ik niet met een oude man met een slecht gebit zou moeten trouwen. Ik stelde me onze kinderen voor, een zoon die op jou leek en drie dochters van wie je zou houden, met wie je geduld zou hebben en die je liet doorleren en die thuis mochten blijven wonen tot ze klaar waren om te vertrekken.'

'Ik heb mijn hele leven van je gehouden.'

'Ik weet het,' zei ze, en toen hij haar kuste, friemelden haar vingers aan de knopen van zijn overhemd.

Ze lieten de lamp aan zodat ze tegen hem kon praten en ze elkaar konden zien.

Na het vrijen viel ze zo gemakkelijk in slaap als een kat die een dutje doet en hij lag daar en keek hoe ze ademde. Uiteindelijk werd ze wakker en ze sperde haar ogen open om hem te bekijken.

'Zelfs toen ik Joe's vrouw was… Zelfs toen ik moeder was, droomde ik van je.'

'Ik wist het eigenlijk wel. Dat maakte het zo erg.'

'Ik ben bang, Shaman!'

'Waarvoor, Rachel?'

'Jarenlang heb ik alle hoop hierop begraven… Weet je wat een gelovig gezin doet als er iemand buiten het geloof trouwt? Ze bedekken de spiegels met doeken en gaan in de rouw. Ze zeggen de gebeden voor de doden.'

'Wees niet bang. We zullen met ze praten tot ze het begrijpen.'

'En als ze het echt niet begrijpen?'

Hij voelde een steek van vrees, maar ze moesten die vraag onder ogen zien.

'Dan moet jij beslissen,' zei hij.

Ze keken elkaar aan.

'Geen berusting meer voor het leven, voor geen van beiden,' zei Rachel. 'Ja?'

'Ja.'

Ze begrepen dat ze een belofte gedaan hadden, ernstiger dan een eed, en ze drukten zich tegen elkaar en klemden zich vast alsof ze elkaars reddingsvlot waren.

De volgende dag op de trein naar het westen zaten ze te praten.

'Ik zal tijd nodig hebben,' zei Rachel.

Toen hij vroeg hoeveel, zei ze dat ze het haar vader zelf wilde vertellen, niet in een gesmokkelde brief. 'Dat zal niet lang duren. Iedereen denkt dat de oorlog bijna voorbij is.'

'Ik heb al zolang gewacht. Ik kan nog langer wachten, denk ik,' zei hij. 'Maar ik ga je niet in het geheim ontmoeten. Ik wil je thuis afhalen en mee uit nemen. En ik wil ook bij Hattie en Joshua zijn, om elkaar echt te leren kennen.'

Rachel glimlachte en knikte. 'Ja,' zei ze en pakte zijn hand.

In Rock Island zou Lillian haar afhalen. Shaman stapte in Moline uit de trein, ging naar de stal en haalde zijn paard op. Hij reed vijftig kilometer stroomopwaarts en pakte de pont over de Mississippi naar Clinton, Iowa. Die nacht verbleef hij in Hotel Randall, in een mooie kamer met een marmeren schoorsteenmantel en warm en koud stromend water. In het hotel was een prachtig bakstenen toilet van vijf verdiepingen, dat vanaf alle verdiepingen toegankelijk was. Maar het doel van zijn reis, de volgende dag, werd een teleurstelling. Hij ging het Inman-Ziekenhuis bekijken. Het was klein, net als het ziekenhuis dat op stapel stond voor Holden's Crossing, maar het was smerig en werd slecht geleid, een les in hoe het níet moest. Shaman ging er zo vlug mogelijk vandoor en betaalde wat aan de stuurman van een dekschuit om hem met Boss stroomafwaarts naar Rock Island te brengen.

Tijdens zijn rit naar Holden's Crossing begon er een kille regen te vallen, maar hij bleef warm door te denken aan Rachel en aan de toekomst.

Toen hij eindelijk thuis was en zijn paard had verzorgd, ging hij de keuken in waar zijn moeder kaarsrecht op de rand van haar stoel zat. Ze had blijkbaar gespannen zitten wachten tot hij terug was, want op het moment dat hij binnenkwam stroomden de woorden van haar lippen.

'Je broer leeft nog. Hij is krijgsgevangene,' zei Sarah.

65. Een telegram

Lillian Geiger had de dag tevoren een brief van haar man gekregen. Jason schreef dat hij de naam van korporaal Alexander Bledsoe had gezien op een lijst van zuidelijke krijgsgevangenen. Alex was door noordelijke troepen op 11 november 1862 in Perryville, Kentucky gevangengenomen.

'Daarom hebben ze in Washington niet gereageerd op onze brieven, of ze een gevangene hadden die Alexander Cole heette,' zei Sarah. 'Hij heeft de naam van mijn eerste man gebruikt.'

Shaman was dolblij. 'In elk geval kan hij nog in leven zijn! Ik schrijf meteen en probeer erachter te komen waar hij vastzit.'

'Dat zou maanden kosten. Als hij nog leeft, zit hij al bijna drie jaar gevangen. Jason schrijft dat de omstandigheden in de gevangenkampen van beide partijen verschrikkelijk zijn. Hij zegt dat we meteen moeten proberen om Alex vrij te krijgen.'

'Dan ga ik zelf naar Washington.'

Maar zijn moeder schudde haar hoofd. 'Ik heb gehoord dat Nick Holden naar Rock Island en Holden's Crossing komt om te spreken voor de herverkiezing van Lincoln. Ga naar hem toe en vraag zijn hulp bij het vinden van je broer.'

Shaman begreep dat niet. 'Moeten we naar Nick Holden gaan in plaats van naar onze eigen afgevaardigde of senator? Pa had verachting voor Holden, omdat hij heeft meegedaan aan de vernietiging van de Sauk.'

'Nick Holden is waarschijnlijk Alex' vader,' zei ze kalm.

Een ogenblik was Shaman met stomheid geslagen.

'… Ik heb altijd gedacht… ik bedoel, Alex denkt dat zijn natuurlijke vader ene Will Mosby is.'

Zijn moeder keek hem aan. Ze was heel bleek maar haar ogen waren droog. 'Ik was zeventien toen mijn eerste man stierf. Ik zat helemaal in mijn eentje in een hut midden op de prairie, waar nu de boerderij van Schroeder is. Ik probeerde zelf te blijven boeren maar ik miste de kracht. Het land maakte me vlug kapot. Ik had geen geld. Er was geen werk en er waren hier toen maar heel weinig mensen. Eerst vond Will Mosby me. Hij was een boef, hij was vaak lang weg, maar als hij terugkwam had hij altijd geld te over. Toen begon Nick langs te komen.

Het waren allebei knappe, aardige mannen. Eerst dacht ik dat ze het van elkaar niet wisten, maar toen ik zwanger werd, bleek dat ze het allebei wisten en ze beweerden ieder dat de ander de vader was.'

Shaman vond het moeilijk iets te zeggen. 'Boden ze helemaal geen hulp?'

Ze glimlachte bitter. 'Niet noemenswaard. Ik denk dat Bill Mosby van me hield en uiteindelijk met me getrouwd zou zijn, maar hij leidde een gevaarlijk, roekeloos leven en koos dat moment uit om zich dood te laten schieten. Nick bleef weg al heb ik altijd gedacht dat híj de vader van Alex was. Alma en Gus waren gekomen en hadden het land overgenomen. Ik denk dat hij wist dat Schroeder voor eten voor me zorgde. Toen ik beviel, was Alma erbij, maar die arme meid raakt in een noodsituatie helemaal in paniek en ik moest haar telkens zeggen wat ze doen moest. Toen Alex er was, hadden we een paar jaar een afschuwelijk leven. Eerst kreeg ik last van mijn zenuwen, toen van mijn maag, en daar kreeg ik blaasstenen van.' Ze schudde haar hoofd. 'Je vader heeft mij het leven gered. Tot hij langskwam dacht ik niet dat er nog vriendelijke, aardige mannen bestonden.

Het punt is, ik had gezondigd. Toen jij je gehoor kwijtraakte, wist ik dat het mijn straf was en mijn schuld; ik kon nauwelijks bij je in de buurt komen. Ik hield zoveel van je en mijn geweten knaagde zo vreselijk.' Ze stak haar hand uit en streelde zijn gezicht. 'Het spijt me dat je zo'n zwakke, zondige moeder gehad hebt.'

Shaman pakte haar hand. 'Nee, u bent niet zwak en zondig. U bent een sterke vrouw die echte moed nodig had, gewoon om in leven te blijven. Het vereist trouwens moed om dit aan mij te vertellen. Dat ik doof ben is uw schuld niet, ma. God wil u niet straffen. Ik ben nog nooit zo trots op u geweest en nog nooit heb ik meer van u gehouden.'

'Dank je, Shaman,' zei ze, en toen ze hem nu kuste, was haar wang nat.

Vijf dagen voor Nick Holden in Rock Island zou spreken, liet Shaman een briefje voor hem achter bij de voorzitter van het provinciaal republikeins comité. Daar stond in dat dokter Robert Jefferson Cole ten zeerste een gelegenheid zou waarderen om met commissaris Holden te spreken over een dringende kwestie van groot belang.

Op de dag van de eerste politieke bijeenkomst ging Shaman naar Nicks grote vakwerkhuis in Holden's Crossing, waar een secretaris knikte toen hij zijn naam noemde.

'De commissaris verwacht u,' zei de man en liet Shaman het kantoor in.

Holden was veranderd sinds Shaman hem voor het laatst gezien had. Hij was corpulent, zijn grijze haar was dun aan het worden en aan zijn neushoeken waren webben van adertjes verschenen, maar hij was nog steeds een aantrekkelijke man en zijn zelfvertrouwen zat hem als gegoten.

Nou, kijk eens aan, jij bent die kleine, de jongste zoon hè? En je bent nu dokter? Ik ben echt blij je te zien. Wacht eens, ik heb een goede boerenpot nodig, jij gaat met me mee naar het eethuis van Anna Wiley en ik trakteer je op een Holden's Crossing-maaltje.'

Shaman had het dagboek van zijn vader nog maar zo kort geleden gelezen en hij zag Nick nog via de ogen en de pen van Rob J., en hij had er niet de minste lust in om het brood met hem te breken. Maar hij wist waarvoor hij daar was, dus liet hij zich lijdzaam in Nicks rijtuig naar het logement-eethuis in Main Street rijden. Natuurlijk moesten ze eerst uitstappen bij de dorpswinkel waar hij wachtte terwijl Nick als goed politicus iedereen op de veranda de hand schudde en zorgde dat iedereen daar had kennisgemaakt met 'mijn goede vriend, onze dokter'.

In de eetzaal sloofde Anna Wiley zich nogal uit voor hen en Shaman kreeg haar gestoofd rundvlees, dat lekker was, en haar appelgebak, dat ermee door kon. Eindelijk kwam hij ertoe, Nick Holden te vertellen over Alex.

Holden luisterde zonder hem te onderbreken en knikte toen. 'Hij zit al drie jaar gevangen, hè?'

'Ja meneer. Als hij nog leeft.'

Nick haalde een sigaar uit zijn binnenzak en bood hem aan. Toen Shaman weigerde, beet hij het eindje eraf en stak hem zelf op, terwijl hij peinzend wolkjes rook in de richting van Shaman blies. 'En waarom kom je bij mij?'

'Mijn moeder dacht dat u het zou willen weten,' zei Shaman.

Holden keek hem even aan en knikte. Hij glimlachte. 'Je vader en ik… Weet je, toen we jong waren, waren we dikke vrienden. We hebben samen een hoop lol gehad.'

'Dat weet ik,' zei Shaman kortaf.

Iets in zijn stem bracht Nick ertoe, niet op dat onderwerp door te gaan. Hij knikte weer. 'Nou, doe je moeder mijn hartelijkste groeten. En zeg haar dat ik me persoonlijk voor deze kwestie interesseer.'

Rob bedankte hem. Maar toen hij thuiskwam, schreef hij toch aan zijn afgevaardigde en zijn senator en vroeg hulp bij het zoeken naar Alex.

Een paar dagen nadat ze uit Chicago terug waren, vertelde Shaman aan zijn en Rachel aan haar moeder dat ze besloten hadden bij elkaar te blijven.

Sarahs lippen werden dun toen ze het hoorde, maar ze knikte zonder verbazing. 'Je kunt natuurlijk heel goed met haar kinderen opschieten, net zoals pa goed met Alex overweg kon. Als jullie zelf kinderen krijgen, worden ze dan gedoopt?'

'Ik weet het niet, ma. Daar hebben we het nog niet over gehad.'

'Ik zou daar maar eens over praten als ik jullie was.' Meer had ze er niet over te zeggen.

Rachel had minder geluk. Ze had vaak ruzie met haar moeder. Lillian was beleefd tegen Shaman als hij daar kwam, maar toonde geen warmte. Hij nam Rachel en de twee kinderen zo dikwijls mogelijk mee uit in het rijtuigje, maar de natuur zat tegen want het werd akelig weer. Net als de zomer vroeg en heet gekomen was, bijna zonder lente, overviel de winter dat jaar voortijdig de vlakten. In oktober was het onaangenaam koud. Shaman vond zijn vaders schaatsen in de stal; voor de kinderen kocht hij in de winkel van Haskins dubbelschaatsen en nam ze mee om op het dichtgevroren bizonmoeras te schaatsen, maar het was te koud om lang plezier te hebben. Op de dag van de verkiezingen sneeuwde het – Lincoln werd gemakkelijk herkozen – en op de achttiende van de maand trof een sneeuwstorm Holden's Crossing en de grond werd bedekt met een witte laag die tot de lente zou blijven liggen.

'Heb je gemerkt hoe Alden beeft?' vroeg zijn moeder op een morgen aan Shaman.

Maar hij had Alden al een tijdje in de gaten gehouden. 'Hij heeft de ziekte van Parkinson, ma.'

'Wat mag dat wel wezen?'

'Ik weet niet waar het trillen vandaan komt, maar die ziekte tast de spierbeheersing aan.'

'Sterft hij eraan?'

'Soms leidt het tot de dood, maar niet dikwijls. Allerwaarschijnlijkst wordt hij langzaam slechter. Misschien raakt hij verlamd.'

Sarah knikte. 'Nou, die arme ziel wordt te oud en te ziek om de boerderij te doen. We moeten er eens over denken om Doug Penfield de leiding te geven en een knecht te nemen om hem te helpen. Kunnen we dat betalen?'

Ze betaalden Alden tweeëntwintig dollar per maand en Doug Penfield tien. Shaman maakte een paar snelle berekeningen en knikte toen.

'En wat doen we dan met Alden?'

'Nou, hij kan in zijn hut blijven en we zullen goed voor hem zorgen natuurlijk. Maar het zal moeilijk zijn hem over te halen om op te houden met het zware werk.'

'Het beste zou zijn, hem te vragen allerlei werkjes te doen die niet veel inspanning kosten,' zei ze sluw en Shaman knikte.

'Ik denk dat ik meteen zoiets voor hem heb,' zei hij.

Die avond bracht hij 'Rob J.'s lancet' naar Aldens hut.

'Moet geslepen worden, hè?' vroeg Alden en pakte hem aan.

Shaman glimlachte. 'Nee, Alden. Ik houd hem zelf scherp. Het is een chirurgisch mes dat al honderden jaren in mijn familie is. Mijn vader zei dat het in zijn moeders huis.in een glazen kastje bewaard werd dat aan de wand hing. Ik vroeg me af of je zoiets voor mij kon maken.'

'Ik zou niet weten waarom niet.' Alden draaide het lancet in zijn vingers om en om. 'Een mooi stuk staal.'

'Dat is het. Het krijgt een prachtige snede.'

'Ik zou zo'n mes wel kunnen maken, als je er nog een nodig hebt.'

Dat intrigeerde Shaman. 'Zou je dat willen proberen? Zou je er een kunnen maken met een lemmet dat langer is dan dit, en smaller?'

'Dat kan geen probleem zijn,' zei Alden, en Shaman probeerde niet naar zijn bevende handen te kijken toen hij het lancet teruggaf.

Het was heel moeilijk, zo dicht bij Rachel te zijn en toch zo ver weg. Er was geen plekje waar ze konden vrijen. In de diepe sneeuw sjokten ze naar het bos waar ze elkaar omhelsden als beren en ijzige kussen en zwaar gecapitonneerde strelingen uitwisselden. Shaman werd nors en chagrijnig en merkte dat Rachel donkere kringen onder haar ogen kreeg.

Als Shaman bij haar wegging, ondernam hij stevige wandelingen; op een dag sjokte hij over het Korte Pad en merkte dat een gedeelte van Makwa-ikwa's houten grafteken, dat boven de sneeuw uitstak, afgebroken was. De rune-achtige tekening die zijn vader Alden in het hout had laten snijden was bijna verweerd.

Hij voelde Makwa's woeste wil door de aarde stijgen, door de sneeuw. Hoeveel daarvan was zijn verbeelding, hoeveel zijn geweten? *Ik heb gedaan wat ik kan. Wat kan ik verder nog? Mijn leven bestaat nog uit andere dingen dan dat je geen rust vindt*, zei hij knorrig tegen haar en hij draaide zich om en kloste door de sneeuw, terug naar huis.

Die middag ging hij naar het huis van Betty Cummings, die zware reumatiek had in allebei haar schouders. Hij bond zijn paard vast en liep naar de achterdeur toen hij vlak achter de stal een dubbel spoor zag en een reeks merkwaardige afdrukken.

Hij waadde door opgehoopte sneeuw en hurkte neer om ze te bekijken.

De indrukken in de sneeuw waren driehoekig van vorm. Ze zaten een centimeter of vijftien diep en waren lichtelijk verschillend van grootte, in verhouding tot hun diepte.

Die driehoekige wonden in het wit waren bloedeloos en er waren er veel meer dan elf.

Hij bleef er gehurkt naar staren.

'Dokter Cole?'

Mevrouw Cummings was naar buiten gekomen en stond over hem heen gebogen met een bezorgd gezicht.

Ze zei dat die sporen gemaakt waren door de skistokken van haar zoon. Hij had de ski's en de stokken gemaakt van notehout en de uiteinden aangepunt.

Ze waren te groot.

'Is alles in orde, dokter Cole?' Ze rilde en trok haar sjaal dichter om zich heen en opeens schaamde hij zich dat hij een reumatische oude dame buiten in de kou liet staan.

'Alles is prima in orde, mevrouw Cummings,' zei hij en kwam overeind en ging met haar mee naar de warme keuken.

Alden had een prachtig kastje gemaakt voor Rob J.'s lancet. Hij had het gemaakt van gespleten eikehout en had van Sarah een restje lichtblauw fluweel gekregen om het lancet tegenaan te maken. 'Maar ik kon geen oud glas meer vinden. Ik heb nieuw glas moeten kopen bij Haskins. Ik hoop dat dat goed is.'

'Het is zelfs geweldig.' Shaman was erg in zijn nopjes. 'Ik zal het in de voorkamer hangen,' zei hij.

Hij was nog meer in zijn sas toen hij het lancet zag dat Alden volgens zijn aanwijzingen had gemaakt.

'Ik heb het gesmeed van oud brandijzer. Er is genoeg goed staal over voor nog twee of drie van die messen, als je die nodig hebt.'

Shaman ging zitten met potlood en papier en tekende een sonderingsmes en een amputatievork. 'Denk je dat je die kunt maken?'

'Dat kan ik zeker wel.'

Shaman keek hem peinzend aan. 'We krijgen hier binnenkort een ziekenhuis, Alden. Dat betekent dat we instrumenten nodig hebben, bedden, stoelen... Van alles en nog wat. Wat zou je ervan vinden, als je iemand kreeg om een paar van die dingen voor ons te maken?'

'Nou, dat zou wel leuk zijn, maar... Ik denk niet dat ik daar allemaal tijd voor heb.'

'Ja, dat begrijp ik. Maar als we nu eens iemand namen om met Doug Penfield de boerderij te doen, en ze gewoon een paar keer per week bij je kwamen, dan kon jij ze zeggen wat ze doen moesten.'

Daar dacht Alden over na en knikte toen. 'Dat zou mooi zijn.'

Shaman aarzelde. 'Alden… Hoe is het met je geheugen?'
'Net zo goed als dat van ieder ander, dacht ik.'
'Zeg me eens, zo goed als je je kunt herinneren, waar iedereen was op de dag dat Makwa-ikwa vermoord werd.'
Alden zuchtte zwaar en draaide zijn ogen omhoog. 'Je bent er nog steeds mee bezig, zie ik.' Maar hij liet zich vlug overhalen om mee te werken. 'Nou, te beginnen bij jou. Jij lag in het bos te slapen, is me gezegd. Je vader was bij patiënten op huisbezoek. Ik was bij Hans Grueber en hielp hem slachten. In ruil daarvoor mocht je vader zijn ossen lenen om de mestspreider door onze weiden te trekken… Laten we eens kijken, wie is er verder nog?'
'Alex. Mijn moeder. Maan en Komt Zingend.'
'Nou, Alex was weg, ergens heen, om te spelen of te vissen, ik weet het niet. Je moeder en Maan… Ik weet dat ze het koelhuis aan het schoonmaken waren, ze maakten het klaar om er vlees in te hangen als we onze eigen slacht gedaan hadden. De grote Indiaan was met de kudde bezig en later in het bos.' Hij keek Shaman stralend aan. 'Nou, is mijn geheugen goed?'
'Jason vond Makwa. Hoe had Jay de dag doorgebracht?'
Alden was verontwaardigd. 'Nou, hoe moet ik dat weten, verdomme? Als je wat van Geiger wilt weten, vraag het zijn vrouw dan.'
Shaman knikte. 'Dat zal ik eens doen,' zei hij.
Maar toen hij thuiskwam werden alle andere gedachten uit zijn hoofd verdreven, want zijn moeder zei dat Carroll Wilkenson aan was komen rijden met een bericht voor hem. Het was bij het telegraafkantoor in Rock Island aangekomen.
Zijn vingers trilden even erg als die van Alden toen hij de envelop opentrok.
De boodschap was beknopt en zakelijk:

Korporaal Alexander Bledsoe, 38e Louisiana Bereden Jagers, thans gevangen gehouden als krijgsgevangene Elmira Gevangenkamp, Elmira, New York. Gelieve mij te waarschuwen als ik u anderszins van dienst kan zijn. Succes. Nicholas Holden, V.S. Commissaris Indiaanse Zaken.

66. Het kamp in Elmira

In het directeurskantoor van de bank keek Charlie Andreson naar het bedrag op het opnameformulier en tuitte zijn lippen.

Al haalde Shaman zijn eigen geld van de bank, hij vertelde Andreson zonder aarzeling de reden waarom hij het opnam, want hij wist dat de bankier betrouwbaar was in vertrouwelijke aangelegenheden. 'Ik heb geen idee waar Alex behoefte aan heeft. Hoe dan ook, ik wil over geld beschikken om hem te helpen.'

Andreson knikte en ging het kantoor uit. Toen hij terugkwam had hij een stapel bankbiljetten bij zich in een mandje. Ook had hij een geldgordel die hij Shaman overhandigde. 'Een cadeautje van de bank voor een gewaardeerde cliënt. Mèt onze oprechte beste wensen en goede raad, als u het niet erg vindt. Houdt u het geld in de gordel en draag hem op uw huid, onder uw kleren. Hebt u een pistool?'

'Nee.'

'Nou, u zou er een moeten kopen. U gaat ver weg en er zijn gevaarlijke lieden op pad die u zonder bedenkingen zouden doden om zoveel geld te bemachtigen.'

Shaman bedankte de bankier en stopte het geld en de gordel in een stevig tasje dat hij had meegebracht. Hij reed door Main Street toen hij opeens bedacht dat hij wèl een wapen had, een Colt .44 die zijn vader een dode zuiderling had afgenomen om een paard af te maken en uit de oorlog had meegebracht. Het zou anders niet bij Shaman zijn opgekomen om gewapend op reis te gaan, maar hij kon zich niet veroorloven dat iets hem zou verhinderen om Alex te vinden en te helpen, en hij keerde zijn paard en reed terug naar de winkel van Haskins, waar hij een doos patronen voor de .44 kocht. De kogels en de revolver waren zwaar en zaten in de ene reistas die hij samen met zijn dokterstas bij zich had toen hij de volgende morgen uit Holden's Crossing vertrok.

Hij nam een stoomboot stroomafwaarts naar Cairo en reed toen met de trein naar het oosten. Drie keer was er een langdurig oponthoud toen zijn trein stil bleef staan om troepentreinen doorgang te verlenen. Het waren vier dagen en nachten moeizaam reizen. De sneeuw verdween toen hij buiten Illinois kwam, maar de winter niet, en de zware kou die heerste in de hotsende treinwagons kroop in Shamans botten. Toen hij eindelijk in Elmira aankwam was hij het reizen beu, maar hij wilde niet baden of zich verkleden voordat hij een poging gedaan had, Alex te zien, want hij had een onweerstaanbare drang om te weten te komen of zijn broer nog in leven was.

Voor het station liep hij langs een aapje en koos voor een rijtuigje, zodat hij naast de koetsier kon zitten en kon zien wat hij zei. De koetsier zei trots dat het stadje vijftienduizend inwoners had. Ze reden door een aardig stadje met kleine huizen naar een wijk aan de buitenkant

452

van Elmira, Water Street door, langs een rivier die de Chemung heet-te, zoals de man vertelde.

De koetsier was trots op de plaatselijke schoonheid en oefende in het oplepelen van details. Hij vertelde Shaman dat de drieëneenhalve meter hoge omheining was gebouwd van 'Amerikaans hout' en elf hectare omsloot waarin meer dan tienduizend gevangengenomen zuiderlingen zaten. 'Er hebben hier soms twaalfduizend opstandelin-gen gezeten,' zei hij.

Hij legde uit dat er op één meter twintig van de bovenkant van de omheining aan de buitenkant een looppad gemaakt was waarover de gewapende bewakers patrouilleerden.

Ze reden door West Water Street, waar ondernemers van het kamp een mensendierentuin hadden gemaakt. Vanaf een houten toren van drie verdiepingen, compleet met een trap die naar een omsloten plat-form leidde, mocht iedereen die vijftien cent had neerkijken op de door elkaar krioelende mensen binnen de omheining.

'Eerst waren er hier twee torens. En een massa kraampjes. Ze ver-kochten biscuits, koek, pinda's, limonade en bier aan de mensen die naar de krijgsgevangenen kwamen kijken. Maar dat verrekte leger heeft daar een eind aan gemaakt.'

'Jammer.'

'Ja. Wilt u stoppen en zelf een kijkje nemen?'

Shaman schudde zijn hoofd. 'Zet me maar gewoon af bij de hoofd-poort van het kamp.'

Bij de poort stond een heel militaire zwarte schildwacht. De meeste schildwachten bleken negers te zijn. Shaman ging met een soldaat mee naar het compagnieskantoor in het hoofdkwartier, waar hij tegen een sergeant zei wie hij was en toestemming vroeg om de gevangene Alexander Bledsoe te spreken.

De sergeant overlegde met een luitenant die in een kantoortje achter een bureau zat, kwam terug en mompelde dat er bericht was geko-men uit Washington ten behoeve van meneer Cole. Shaman dacht vanaf dat moment iets sympathieker over Nicholas Holden.

'Bezoek duurt ten hoogste anderhalf uur.' Ze zeiden hem dat een sol-daat hem bij zijn broer zou brengen in tent Acht-C en hij ging achter de neger aan over bevroren paadjes tot diep in het kamp. Waar hij ook keek, waren gevangenen, lusteloos, ellendig, slecht gekleed. Hij begreep meteen dat ze half uitgehongerd waren. Hij zag twee man-nen bij een op zijn kant gekeerde ton een rat staan villen.

Ze liepen langs een aantal lage houten keten. Daarachter stonden rij-en tenten en achter die tenten lag een lange smalle vijver die blijkbaar gebruikt werd als open riool, want hoe dichter Shaman erbij kwam, hoe sterker de stank werd.

Tenslotte bleef de neger voor een van de tenten staan. 'Dit is Acht-C, meneer,' zei hij en Shaman bedankte hem.

Binnen zag hij vier mannen met van kou vertrokken gezichten. Hij kende ze niet en zijn eerste gedachte was dat een van hen een man was die hetzelfde heette als Alex, en dat hij die hele reis had gemaakt vanwege een geval van verwisselde identiteit.

'Ik zoek korporaal Alexander Bledsoe.'

Een van de gevangenen, een jongeman met een donkere snor die veel te groot was voor zijn magere gezicht, wees op een stapel vodden, zo leek het wel. Shaman kwam behoedzaam dichterbij, alsof er onder die vuile kleren een wild beest op de loer lag: twee voederzakken, een stuk vloermat, de flarden van een oude jas. 'We houden zijn gezicht bedekt tegen de kou,' zei de donkere snor en hij stak zijn hand uit en trok een jutezak weg.

Het was zijn broer maar toch niet zijn broer. Shaman had hem op straat tegen kunnen komen zonder hem te herkennen want Alex was geweldig veranderd. Hij was broodmager en hij was getekend door ervaringen waar Shaman liever niet aan wilde denken. Shaman pakte zijn hand. Tenslotte deed Alex zijn ogen open en keek hem aan zonder hem te herkennen.

'Bigger,' zei Shaman, maar kon niet verder.

Alex knipperde stomverbaasd met zijn ogen. Het drong tot hem door zoals een vloed langzaam een ruige kust overspoelt en hij begon te huilen.

'Ma en pa?'

Dat waren de eerste woorden die Alex tegen hem zei, en Shaman loog meteen, intuïtief. 'Het gaat goed met ze.'

De broers zaten daar en hielden elkaars hand vast. Er was zo veel te zeggen, zo veel te vragen en te vertellen dat ze aanvankelijk met stomheid geslagen waren. Shaman vond al vlug zijn stem weer terug maar Alex was er niet tegen opgewassen. Ondanks zijn opwinding begon hij weer in slaap te sukkelen en daar zag Alex aan hoe ziek hij was.

Hij stelde zich voor aan de vier andere mannen en kreeg hun naam te horen. Berry Womack uit Spartanburg, South Carolina, kort en heftig, met lang vuil blond haar. Fox J. Byrd uit Charlottesville, Virginia, die een slaperig gezicht had en een slap vel, alsof hij vroeger dik was geweest. James Joseph Waldron uit Van Buren, Arkansas, kort en donker; en de jongste, schatte Shaman. En Barton O. Westmoreland uit Richmond, Virginia, de jongen met de grote snor, die hem heftig de hand schudde en tegen Shaman zei dat hij hem Buttons moest noemen.

Terwijl Alex sliep, onderzocht Shaman hem.

Zijn linkervoet was eraf.

'... Is hij getroffen?'

'Nee meneer,' zei Buttons. 'Ik was bij hem. Een hele troep van ons werd per trein hierheen vervoerd vanuit het gevangenkamp in Point Lookout, Maryland, op zestien juli... Nou, in Pennsylvania was er een afschuwelijk ongeluk... In Sholola, Pennsylvania. Achtenveertig krijgsgevangenen en zeventien noordelijke bewakers gedood. Ze hebben ze gewoon naast de spoorlijn in de grond gestopt, net als na een veldslag.

Vijfentachtig van ons waren gewond. Alex' voet was zo verbrijzeld dat ze hem moesten afzetten. Ik had echt geluk, alleen een ontzette schouder.'

'Het ging een tijd heel goed met uw broer,' zei Berry Womack. 'Jimmie-Joe maakte een kruk voor hem en hij was er heel handig mee. Hij was de ziekenverzorger hier in de tent en hij heeft voor ons allemaal gezorgd. Hij zei dat hij een en ander van jullie pa had afgekeken.'

'We noemden hem Dok,' zei Jimmie-Joe Waldron.

Toen Shaman Alex' been optilde, zag hij de bron van zijn broers ellende. De amputatie was slecht uitgevoerd. Er was nog geen wondkoorts in het been maar de helft van de ongelijke stomp was niet gedicht en onder het littekenweefsel van het dichte gedeelte zat etter.

'Bent u een echte dokter?' vroeg Waldron toen hij de stethoscoop zag. Shaman bevestigde dat. Hij plaatste de beker voor Jimmie-Joe op Alex' borst en was dolblij, uit Waldrons verslag te kunnen concluderen dat de longen goed schoon waren. Maar Alex was koortsig en zijn hartslag was licht en zwak.

'Er zijn hier besmettelijke ziekten, meneer, in het hele kamp,' zei Buttons. 'Pokken. Allerlei koortsen. Malaria, verschillende soorten koude koorts. Wat denkt u dat hij heeft?'

'Zijn been is aan het afsterven,' zei Shaman somber. Het was duidelijk dat Alex ook leed aan ondervoeding en blootstelling aan kou, net als de andere mannen in de tent. Ze vertelden Shaman dat er in sommige tenten blikken kacheltjes stonden en dat sommigen een deken hadden, maar de meesten niets.

'Wat eten jullie?'

''s Morgens krijgt iedereen een stuk brood en een stukje slecht vlees. 's Avonds krijgt iedereen een stuk brood en een kop zogenaamde soep, het water waar dat slechte vlees in was gekookt,' zei Buttons Westmoreland.

'Geen groente?'

Ze schudden hun hoofd maar hij had het zo al geweten. Meteen toen hij het kamp inkwam had hij tekenen van scheurbuik waargenomen.

'Toen we hier kwamen, waren we met tienduizend,' zei Buttons. 'Ze stoppen er steeds nieuwe gevangenen bij, maar van die eerste tienduizend zijn er nog maar vijfduizend over. Het dodenhuisje staat altijd vol en vlak achter het kamp is een grote begraafplaats. Er sterven hier elke dag een man of vijfentwintig.'

Shaman ging op de koude grond zitten, hield Alex' handen vast en keek naar zijn gezicht. Alex bleef sluimeren, te diep.

Al vlug stak de bewaker zijn hoofd door de tentklep en zei hem dat het tijd was.

In het bureau in het hoofdkwartier luisterde de sergeant onbewogen toe toen Shaman zei dat hij arts was en de symptomen van zijn broer beschreef. 'Ik zou graag toestemming krijgen om hem mee naar huis te nemen. Ik weet dat hij sterft als hij gevangen blijft.'

De sergeant rommelde wat in een archief en haalde een kaart te voorschijn die hij bekeek. 'Uw broer komt niet in aanmerking voor voorwaardelijke vrijlating. Hij is een mol. Zo noemen we hier gevangenen die proberen een tunnel te graven.'

'Een tunnel!' zei Shaman verbaasd. 'Hoe zou hij kunnen graven? Hij heeft maar één voet.'

'Hij heeft twee handen. En voor hij hier kwam is hij uit een ander kamp ontsnapt en is weer gegrepen.'

Shaman probeerde het met rede. 'Zou u dat niet gedaan hebben? Zou niet elk rechtschapen mens dat gedaan hebben?'

Maar de sergeant schudde zijn hoofd. 'We hebben onze regels.'

'Mag ik hem wat brengen?'

'Niets wat scherp is of van metaal.'

'Is er hier in de buurt een logement?'

'Er is een huis tweehonderd meter ten westen van de hoofdpoort. Ze verhuren er kamers,' zei de sergeant en Shaman bedankte hem en pakte zijn tassen op.

Meteen toen Shaman in de kamer was die hij gehuurd had en de hospes weg was, haalde hij honderdvijftig dollar uit zijn geldgordel en stak de briefjes in zijn jaszak. Er was een manusje-van-alles die de nieuwe huurder tegen betaling met plezier naar de stad reed. In het telegraafkantoor stuurde Shaman een telegram aan Nick Holden in Washington:

Alex ernstig ziek. Moet hem vrij krijgen of hij sterft. Help alstublieft.

Er was een grote stalhouderij waar hij een paard huurde en een platte kar.

'Voor een dag of voor een week?' vroeg de stalknecht. Shaman huurde ze voor een week en betaalde vooruit.

Het warenhuis was groter dan Haskins en hij laadde zijn gehuurde kar vol met dingen voor de mannen in Alex' tent: brandhout, dekens, een geplukte kip, een zij goed mager spek, zes broden, driekwart mud aardappels, een zak uien en een kistje kool.

De ogen van de sergeant werden groot toen hij de 'paar dingen' zag die Shaman voor zijn broer had meegebracht. 'De anderhalf uur van vandaag zijn al om. Laad die troep maar af en vertrek dan meteen weer.'

In de tent sliep Alex nog steeds. Maar voor de anderen was het net Kerstmis in betere tijden. Ze riepen de buren binnen. Mannen uit wel tien tenten kwamen binnen en kregen hout en groente. Het was Shamans bedoeling geweest dat de mannen van Acht-C van die dingen zouden profiteren, maar ze kozen ervoor om het meeste wat hij had meegebracht uit te delen.

'Hebben jullie een pan?' vroeg hij Buttons.

'O ja!' Buttons haalde een heel grote gedeukte blikken pan voor de dag.

'Kook soep van kippevlees, uien, kool, aardappels en wat brood. Ik reken erop dat jullie hem zoveel mogelijk warme soep voeren.'

'Ja, dat doen we!' zei Buttons.

Shaman aarzelde. Er was al een verontrustende hoop eten verdwenen. 'Morgen breng ik meer. Jullie moeten proberen daar een deel van te houden voor de mannen in deze tent.'

Westmoreland knikte somber. Ze kenden allebei de onuitgesproken voorwaarde die gesteld was en aanvaard: op de eerste plaats moest Alex gevoed worden.

Toen hij de volgende morgen naar het kamp ging, lag Alex te slapen en Jimmie-Joe bewaakte hem. Jimmie-Joe zei dat hij een flinke hoeveelheid soep binnen had gekregen.

Toen Shaman de dekens rechttrok, schrok Alex wakker en Shaman klopte hem op zijn schouder. 'Het is goed, Bigger. Het is je broer maar.' Alex deed zijn ogen weer dicht, maar even later begon hij te praten. 'Leeft die oude Alden nog?'

'Ja hoor.'

'Mooi...!' Alex deed zijn ogen open en zag de stethoscoop die uit de

457

dokterstas stak. 'Wat doe jij met pa's tas?'
'… Die heb ik geleend,' zei Shaman hees. 'Ik ben nu zelf dokter.'
'Ga nou gauw!' zei Alex, alsof ze kinderen waren die sterke verhalen vertelden.
'Ja, echt,' zei hij en ze glimlachten tegen elkaar voordat Alex weer in een diepe slaap viel. Hij voelde Alex' pols en vond die wel erg zwak maar op dat moment kon hij er niets aan doen. Alex' ongewassen lijf stonk van onder tot boven, maar toen Shaman de stomp ontblootte en zich boog om eraan te ruiken, werd hij moedeloos. Uit de vele lessen van zijn vader en later van Lester Berwyn en Barney McGowan had hij geleerd dat er niets goeds was aan wat minder verlichte geneesheren verwelkomden als 'gezonde etter'. Shaman wist dat etter in een snijwond of verwonding meestal het voorspel was tot bloedvergiftiging, abces of koudvuur. Hij wist wat er moest gebeuren, en dat het in het gevangenkamp niet zou kunnen.
Hij legde twee nieuwe dekens over zijn broer heen, hield zijn handen vast en bekeek zijn gezicht.
Toen de soldaat hem na anderhalf uur het gevangenkamp uitschopte, reed Shaman met zijn gehuurde paard-en-wagen over de weg langs de Chemung. Het land was heuvelachtiger dan Illinois en dichter bebost. Ongeveer acht kilometer buiten de stadsrand kwam hij bij een dorpswinkel met een bord waarop stond dat de eigenaar Barnard heette. Binnen kocht hij wat biscuits en een stuk kaas voor 's middags en toen nam hij twee plakken goed appelgebak en twee koppen koffie. Toen hij de winkelier vroeg of er in de buurt onderkomens waren, verwees de man hem naar mevrouw Pauline Clay, anderhalve kilometer verderop bij het dorpje Wellsburg.
Het huis bleek, klein en ongeverfd, tussen de bomen te liggen. Vier rozestruiken waren tegen de kou in jute gepakt en met baalkoord vastgebonden. Op een bordje op het hek stond: KAMERS.
Mevrouw Clay had een open, vriendelijk gezicht. Ze leefde meteen met hem mee toen hij over zijn broer vertelde en liet hem het huis zien. Op haar bordje had het enkelvoud moeten staan, zag hij meteen, want er waren maar twee slaapkamers. 'Uw broer zou de gastenkamer kunnen hebben en u de mijne. Ik slaap dikwijls op de bank,' zei ze.
Ze was kennelijk uit het veld geslagen toen hij zei, dat hij het hele huis wilde huren.
'Ach, ik ben bang dat…' Maar haar ogen werden groot toen hij liet horen wat hij wilde betalen. Ze zei eerlijk dat een weduwe, die jaren had moeten beknibbelen, zoiets royaals niet kon afslaan en dat ze bij haar zus in het dorp in kon trekken zolang de broers Cole in haar huis zaten.

458

Shaman ging terug naar de winkel van Barnard en laadde voedsel en voorraden op en terwijl hij ze 's middags in het huis bracht, trok mevrouw Clay eruit.

De volgende morgen was de sergeant knorrig en onmiskenbaar koel, maar het leger had blijkbaar bericht gehad van Nick Holden en misschien van een paar vrienden van hem.

De sergeant gaf Shaman een bedrukt stuk papier dat een formele voorwaardelijke invrijheidstelling voorstelde, waarin in ruil voor Alex' vrijheid de belofte stond dat 'ondergetekende niet meer de wapens zal opnemen tegen de Verenigde Staten van Amerika'.

'U moet dat door uw broer laten tekenen, dan kunt u hem meenemen.'

Shaman maakte zich zorgen. 'Misschien is hij zo ziek dat hij niet kan tekenen.'

'Nou, de regel is, hij moet zijn woord geven, anders wordt hij niet vrijgelaten. Het kan me niet schelen hoe ziek hij is, maar als hij niet tekent, mag hij niet weg.'

Shaman nam dus pen en inkt mee naar Acht-C en hield bij de tent een rustig gesprek met Buttons. 'Zou Alex dat willen tekenen als hij kon?'

Westmoreland krabde aan zijn kin. 'Nou, sommigen zijn bereid zoiets te tekenen om hier weg te komen en anderen beschouwen het als een schande. Ik weet niet hoe uw broer erover denkt.'

Het kistje waarin hij de kool had meegebracht stond bij de tent op de grond en Shaman keerde het om, legde het papier neer en zette de inkt erbij. Hij doopte de pen erin en schreef vlug onder aan het papier: *Alexander Bledsoe*.

Buttons knikte goedkeurend. 'Heel goed, dokter Cole. Haal hem maar als de bliksem weg uit die ellende hier.'

Shaman vroeg alle tentgenoten van Alex om naam en adres van een familie of vriend op een papiertje te schrijven en hij beloofde te schrijven dat de mannen in leven waren.

'Denkt u dat u die brieven door de linies kunt krijgen?' vroeg Buttons Westmoreland.

'Ik denk van wel, als ik weer thuis ben.'

Shaman ging snel te werk. Hij liet het formulier achter bij de sergeant en ging haastig in het logement zijn reistas ophalen. Hij gaf de huisknecht wat geld om los stro op de kar te leggen en reed terug naar het kamp. Een neger-sergeant en een soldaat hielden toezicht op de gevangenen terwijl ze Alex op de kar legden met dekens over hem heen.

De mannen uit tent Acht-C pakten Shamans hand en namen afscheid.

'Tot ziens, Dok!'

'Vaarwel, ouwe Bledsoe!'

'Laat ze een poepie ruiken!'

'Beter worden, hè!'

Alex, die zijn ogen dichthield, reageerde niet.

De sergeant gaf een teken dat ze moesten vertrekken en de soldaat klom op de kar en pakte de leidsels. Hij reed het paard tot aan de hoofdpoort van het kamp. Shaman bekeek zijn donkere, ernstige gezicht en dacht aan iets uit zijn vaders dagboek.

'Jubilee Day,' zei hij. De soldaat keek verbaasd maar glimlachte toen en je zag zijn mooie witte tanden.

'Zo is dat, m'neer,' zei hij en gaf hem de leidsels over.

De vering van de kar was slecht; Alex hotste in het stro heen en weer. Hij schreeuwde van de pijn en kreunde toen Shaman de poort uitreed en de weg opdraaide.

Het paard trok de kar langs de uitkijktoren, langs het eind van de schutting om de gevangenis. Vanaf het looppad keek een soldaat met een geweer ze aandachtig na terwijl ze wegreden.

Shaman hield het paard kort aan de teugel. Hij kon niet snel rijden zonder Alex pijn te doen, maar hij reed ook langzaam omdat hij geen aandacht wilde trekken. Hoe onlogisch ook, hij had het gevoel dat het leger van de Verenigde Staten zijn lange arm uit zou steken en zijn broer terug zou pakken. Hij begon pas rustig te ademen toen de schuttingen van het gevangenkamp ver achter hem lagen en ze buiten de grens van het stadje waren, buiten Elmira.

67. Het huis in Wellsburg

Het huis van mevrouw Clay wekte een vriendelijke indruk. Het was zo klein dat er weinig te ontdekken viel, alsof Shaman er al jaren gewoond had.

Hij stookte in de kachel een loeiend vuur waardoor het ijzer van de buik gloeiend rood werd; toen maakte hij water heet in mevrouw Clays grootste kookpotten en vulde de wasteil ermee, die hij dicht bij de warmte gezet had.

Toen Alex als een baby in het water werd gelegd, werden zijn ogen groot van plezier.

460

'Wanneer ben je voor het laatst in bad geweest?'
Alex schudde traag zijn hoofd. Zo lang geleden, begreep Shaman, dat hij het niet meer wist. Hij durfde Alex niet te laten zitten weken, anders zou hij misschien kou vatten als het water afkoelde, dus waste hij hem met een lap en zeep en probeerde er niet aan te denken dat de ribben van Alex onder de lap aanvoelden als een wasbord; met het afstervende been deed hij zo voorzichtig als hij kon.

Toen hij zijn broer uit de kuip haalde, zette hij hem op een deken voor de kachel en droogde hem af; toen deed hij hem een flanellen nachthemd aan. Een paar jaar tevoren zou het een zware opgave geweest zijn hem naar boven te dragen, maar Alex was zoveel lichter geworden dat het niet moeilijk was.

Toen Alex eenmaal op de logeerkamer in bed lag ging Shaman aan het werk. Hij wist precies wat er gedaan moest worden. Het had geen zin om te wachten; uitstel zou groot gevaar betekenen.

Hij haalde alles weg uit de keuken op de tafel en de stoel na. De andere stoelen en de afwasteil sloeg hij op in de huiskamer. Toen schrobde hij de wanden, de vloer, het plafond, de tafel en de stoel met heet water en veel zeep. Hij waste de chirurgische instrumenten en legde die op de stoel, goed binnen bereik vanaf de tafel. Tenslotte knipte hij zijn nagels kort en waste zijn handen.

Toen hij Alex weer naar beneden bracht, zag zijn broer er zo kwetsbaar uit dat Shaman een ogenblik schrok. Hij wist heel goed wat hij moest doen, behalve nu even. Hij had chloroform meegebracht maar wist niet goed hoeveel hij moest gebruiken, omdat Alex door de verwonding en de ondervoeding zo verzwakt was.

'Wat is er?' klaagde Alex versuft, in de war door al dat gedraag.

'Diep inademen, Bigger.'

Hij druppelde chloroform en hield de kegel boven Alex' gezicht zolang hij durfde. *God, alstublieft,* dacht hij.

'Alex! Hoor je me?' Shaman kneep in Alex' arm en sloeg hem zachtjes tegen zijn wang, maar hij was in diepe slaap.

Shaman hoefde niet na te denken of een plan te maken. Hij had al lang nagedacht en een zorgvuldig plan gemaakt. Hij verdreef alle gevoelens uit zijn geest en begon aan het vereiste werk.

Hij wilde zoveel mogelijk van het lichaamsdeel behouden, en er toch genoeg afhalen om zeker te zijn dat het afgezette deel alle aangetaste bot en weefsel bevatte.

De eerste ronde snede maakte hij vijftien centimeter boven de spieraanhechting van de achillespees en zorgde voor een goede rand voor de toekomstige stomp; hij hield alleen op met snijden om de grote en kleine beenader, de scheenbeenaders en de kuitbeenader af te binden.

461

Hij zaagde door het scheenbeen met dezelfde bewegingen als iemand die aanmaakhout maakt. Hij zaagde vervolgens het kuitbeen door en het ontstoken deel van het been was vrij: een schoon, net werk.

Shaman verbond het strak met schoon verband om een goedgevormde stomp te maken. Toen dat gebeurd was, kuste hij Alex, die nog steeds niet bij bewustzijn was, en droeg hem weer naar bed.

Een tijdje bleef hij bij het bed naar zijn broer zitten kijken, maar er was geen teken van moeilijkheden, geen misselijkheid of braken, geen kreten van pijn. Alex sliep als een arbeider die zijn rust verdiende.

Tenslotte nam Shaman het afgezette stuk been in een handdoek mee het huis uit, met een schop die hij in de kelder gevonden had. Hij ging het bos achter het huis in en probeerde het afgezette stuk bot met weefsel te begraven, maar de grond was hard bevroren en de schop gleed af op het ijzig oppervlak. Tenslotte verzamelde hij hout en maakte een brandstapel om het stuk been een Viking-begrafenis te geven. Hij zette het stuk been op hout, stapelde er nog meer hout op en sprenkelde er wat petroleum over. Toen hij een lucifer aanstak, vlamde het vuur op. Shaman bleef er vlak bij staan met zijn rug tegen een boom, met droge ogen maar vervuld van een vreselijk gevoel, ervan overtuigd dat in een betere wereld iemand niet het been van zijn broer zou hoeven af te zetten en te verbranden.

De sergeant op het compagnieskantoor in het gevangenkamp kende de onderofficieren uit de buurt en wist dat de tonronde sergeant-majoor niet in Elmira was gelegerd. Normaliter zou hij een militair die ergens anders vandaan kwam, vragen te zeggen bij welke eenheid hij hoorde, maar de houding van de man en vooral zijn ogen zeiden duidelijk dat hij informatie wilde hebben, niet verstrekken.

De sergeant wist wel dat sergeant-majoors geen godheden waren, maar was er zich sterk van bewust dat zij het leger in hun hand hadden. Die paar mannen, de hoogste onderofficieren, konden zorgen dat iemand een goede functie kreeg of op een akelig eenzaam fort werd gedetacheerd. Ze konden iemand al of niet moeilijkheden met het leger bezorgen en een loopbaan maken en breken. In het wereldje van de sergeant was een sergeant-majoor bedreigender dan welke officier ook, en hij was hem meteen ter wille.

'Jawel, majoor,' zei hij keurig na in het archief gekeken te hebben. 'U bent ruim een dag te laat. Die vent is er slecht aan toe. Hij heeft nog maar één voet, ziet u. Zijn broer is dokter, Cole heet hij. Hij heeft hem net gistermorgen op een kar meegenomen.'

'Welke kant zijn ze uit gegaan?'

De sergeant keek hem aan en schudde zijn hoofd.

De dikke man gromde en spuugde op de schone vloer. Hij liep weg uit het compagnieskantoor, besteeg zijn fraaie cavaleriemerrie en reed de hoofdpoort van het gevangenkamp door. Eén dag voorsprong was niets als de broer een invalide mee moest zeulen. Er was maar één weg, ze konden maar twee kanten uit gegaan zijn. Hij koos de noordwestelijke richting. Van tijd tot tijd, als hij bij een winkel of een boerderij kwam of iemand tegenkwam, hield hij halt en vroeg naar hen. Zo kwam hij het dorp Horseheads door en toen het dorp Big Flats. Niemand met wie hij sprak had de mannen gezien die hij zocht.

De sergeant-majoor was een ervaren spoorzoeker. Hij wist dat als een spoor zo onzichtbaar was, het waarschijnlijk het verkeerde spoor was. Hij keerde zijn paard dus en reed de andere kant uit. Hij reed langs het gevangenkamp en door het plaatsje Elmira. Drie kilometer verderop herinnerde een boer zich dat hij hun kar gezien had. Een paar kilometer voorbij de grens van Wellsburg kwam hij bij een dorpswinkel.

Binnen glimlachte de eigenaar toen hij de dikke militair zo dicht bij zijn kachel zag. 'Koude dag, hè?' Toen de sergeant-majoor om zwarte koffie vroeg, knikte hij en bediende hem.

Hij knikte opnieuw toen de man zijn vraag stelde.

'O ja. Ze logeren bij mevrouw Pauline Clay. Ik zal u zeggen hoe u daar komt. Verrekt aardige vent, die meneer Cole. Hij is hier een en ander komen kopen. Vrienden van u?'

De sergeant-majoor glimlachte. 'Ik zal blij zijn ze te zien,' zei hij.

De nacht na de operatie bleef Shaman naast het bed van zijn broer zitten en liet de lamp de hele nacht branden. Alex sliep, maar in een pijnlijke, rusteloze sluimering.

Tegen de dageraad zakte Shaman eventjes in slaap. Toen hij zijn ogen opendeed in het grijze licht, zag hij dat Alex naar hem zat te kijken.

'Hallo, Bigger.'

Alex likte zijn droge lippen. Shaman bracht hem water en steunde zijn hoofd bij het drinken, en hij liet hem maar kleine slokjes drinken.

'Ik vroeg me af,' zei Alex tenslotte.

'Wat?'

'Hoe zou ik je nog ooit… onder je kont kunnen schoppen… zonder om te vallen?'

Hoe heerlijk vond Shaman het, zijn gemene glimlach te zien!

'Je hebt meer van mijn been gehaald, niet?' Alex keek beschuldigend en dat kwetste de uitgeputte Shaman.

'Ja, maar ik denk dat ik iets anders gered heb.'

'Wat dan?'

'Je leven.'
Alex dacht na en knikte toen. Al vlug viel hij weer in slaap.

De eerste dag na de operatie ververste Shaman het verband twee keer. Telkens snoof hij aan de stomp en bekeek hem, doodsbang dat hij stank of rotting zou ontdekken, want hij had heel wat mensen binnen een paar dagen na een amputatie zien sterven aan infectie. Maar hij rook niets en het roze weefsel over de stomp zag er gezond uit.

Alex had niet veel koorts maar bijna geen energie, en Shaman was niet gerust op het herstellingsvermogen van zijn broer. Hij ging verschillende keren naar de keuken van mevrouw Clay. 's Morgens voerde hij Alex een hoeveelheid watergruwel en 's middags een zacht gekookt ei.

Kort na het middaguur begonnen er buiten grote witte vlokken te vallen. Al vlug was de grond met sneeuw bedekt en Shaman bekeek ongerust de voorraad die hij ingeslagen had. Hij besloot nog eens met de kar naar de dorpswinkel te gaan, voor het geval dat ze zouden insneeuwen. Toen Alex even wakker was, legde hij uit wat hij van plan was en Alex knikte dat hij het begreep.

Het was plezierig door de stille, besneeuwde wereld te rijden. In werkelijkheid was hij gegaan om een soepkip te halen. Tot zijn teleurstelling had Barnard geen kip te koop maar wel goed rundvlees waar je voedzame soep van kon trekken, en Shaman zei dat hij het daar dan mee moest stellen.

'Alles goed met uw vriend?' vroeg de winkelier terwijl hij het vet wegsneed.

'Mijn vriend?'

'Die soldaat. Ik heb hem uitgelegd hoe hij van hier bij het huis van mevrouw Clay kwam.'

'O ja? Wanneer dan?'

'Gisteren, een uur of twee voor sluitingstijd. Zware man, dik. Zwarte baard. Een hoop strepen,' zei hij en wees op zijn arm. 'Is hij niet gekomen?' Hij keek Shaman strak aan. 'Het was toch wel goed dit ik zei waar u was?'

'Natuurlijk, meneer Barnard. Maar wie het ook was, waarschijnlijk heeft hij besloten dat hij toch geen tijd had om ons op te zoeken en is hij doorgereden.'

Wat wil het leger nu? dacht Shaman toen hij de winkel uit ging.

Halverwege het huis kreeg hij opeens het gevoel dat hij begluurd werd. Hij onderdrukte de drang om zich op de bok om te keren en te kijken, maar een paar minuten later liet hij het paard halthouden en kwam van de bok om aan het hoofdstel te sjorren alsof het niet goed zat. Tegelijk keek hij goed naar achter.

Het was moeilijk door de vallende sneeuw heen iets te zien, maar toen de wind hem deed opwaaien zag Shaman dat een ruiter hem op afstand volgde.

Toen hij thuiskwam zag hij dat het goed was met Alex. Hij spande het paard uit en zette het in de stal; toen ging hij weer naar binnen en zette het vlees op de kachel, pruttelend in water, samen met aardappels, wortels, uien en rapen.

Hij maakte zich zorgen. Hij vroeg zich af of hij tegen Alex zou vertellen wat hij gehoord had, en tenslotte ging hij bij het bed zitten en zei het hem. 'We krijgen dus misschien bezoek van het leger,' besloot hij. Maar Alex schudde zijn hoofd. 'Als het het leger was, hadden ze meteen op de deur staan bonzen... Iemand als jij, die gekomen is om een familielid uit gevangenschap te krijgen, moet wel geld bij zich hebben. Daar is hij waarschijnlijk op uit... En je hebt zeker geen wapen?'

'Jawel.' Hij ging de Colt uit zijn reistas halen. Toen Alex aandrong, maakte hij hem schoon en onder het toeziend oog van zijn broer laadde hij hem en zorgde hij ervoor dat er een nieuwe patroon in de kamer zat. Toen hij hem op het nachtkastje legde, maakte hij zich nog meer zorgen dan eerst. 'Waarom zou die man ons dan gewoon in de gaten zitten houden?'

'Hij verkent de omgeving... om zeker te zijn dat we hier alleen zijn. Om te kijken waar 's nachts licht brandt en te weten waar we slapen... en dat soort dingen.'

'We maken van een mug een olifant, denk ik,' zei Shaman langzaam. 'Ik denk dat de man die naar ons vroeg, een of andere legerspion is die kijkt of we geen plannen maken om andere gevangenen uit het kamp te krijgen. We horen waarschijnlijk nooit meer iets van hem.'

Alex haalde zijn schouders op en knikte. Maar Shaman geloofde niet zo erg in zijn eigen woorden. Als er moeilijkheden kwamen, dan had hij die liefst niet gehad in dit huis, opgesloten met zijn zwakke en pas geopereerde broer.

Die middag gaf hij Alex warme melk gezoet met honing. Hij wilde hem vette worst voeren om hem weer vlees op zijn ribben te geven, maar hij wist dat dat tijd zou kosten. Vroeg in de middag sliep Alex weer en toen hij een paar uur later wakker werd, wilde hij praten.

Bij stukjes en beetjes kreeg Shaman te horen wat hem was overkomen sinds hij van huis vertrokken was.

'Mal Howard en ik wisten met een dekschuit naar New Orleans te komen. We kregen ruzie over een meisje en hij ging in zijn eentje naar

465

Tennessee om zich te melden.' Alex zweeg en keek zijn broer aan. 'Weet jij wat er met Mal gebeurd is?'

'Zijn ouders hebben niets van hem gehoord.'

Alex knikte zonder verbazing. 'Bijna ben ik toen naar huis gegaan. Had ik het maar gedaan. Maar overal waren zuidelijke wervingsmensen en ik meldde me. Ik dacht dat ik kon rijden en schieten, dus ging ik bij de cavalerie.'

'Heb je veel gevechten meegemaakt?'

Alex knikte somber. 'Twee jaar lang. Ik was zo vervloekt kwaad op mezelf toen ik in Kentucky gevangen werd genomen! Ze zetten ons in een kampement waar een kind uit had kunnen weglopen. Ik wachtte mijn kans af en smeerde hem. Ik ben drie dagen vrij geweest, eten gestolen uit tuinen en zo. Toen ging ik naar een boerderij en vroeg iets te eten. Een vrouw gaf me een ontbijt en ik bedankte haar als een heer, ik deed geen oneerbare voorstellen, en dat was waarschijnlijk mijn fout! Een half uur later hoorde ik de meute honden die ze achter me aan gestuurd hadden. Ik liep een enorm maïsveld in. Hoge groene stengels, dicht bij elkaar gezet, ik kon dus niet tussen de rijen door. Ik moest ze al rennende breken. Het zag er dus uit of er een beer geweest was. Ik zat het grootste deel van de morgen tussen die maïs, op de loop voor de honden. Ik dacht dat ik er nooit uit zou komen. Toen ik er aan de andere kant van de plantage uitkwam, waren er twee noordelijke soldaten die hun geweer op me richtten en naar me grijnsden.

Ditmaal stuurden de noorderlingen me naar Point Lookout. Dat was het ergste gevangenkamp! Slecht of geen eten, smerig water, en ze schoten je dood als je binnen vier stappen van het hek kwam. Ik was wel blij toen ze me daar weghaalden. Maar toen kreeg je natuurlijk dat treinongeluk.' Hij schudde zijn hoofd. 'Ik herinner me alleen een zwaar geknars en pijn aan mijn voet. Ik was een tijdje bewusteloos en toen ik wakker werd hadden ze mijn voet er al afgehaald en zat ik in een andere trein die naar Elmira reed.'

'Hoe kon je met die afgezette voet een tunnel graven?'

Alex grijnsde. 'Dat was gemakkelijk. Ik hoorde dat een groepje een tunnel aan het graven was. Ik voelde me in die tijd heel goed en groef mee. Mijn stomp was nog niet beter en in die tunnel werd hij steeds vies. Misschien heb ik er daarom problemen mee gekregen. Ik kon natuurlijk niet met hen mee, maar tien man zijn weggelopen en ik heb niet gehoord dat één van hen gepakt is. Ik ging telkens blij slapen als ik aan die tien vrije mannen dacht.'

Shaman haalde diep adem. 'Bigger,' zei hij, 'pa is dood.'

Alex zweeg een tijdje en knikte toen. 'Ik geloof dat ik het wist toen ik

466

zag dat je zijn tas had. Als hij goed gezond was, was hij zelf gekomen in plaats van jou te sturen.'

Shaman glimlachte. 'Dat is zo.' Hij vertelde Alex wat Rob J. was overkomen voor hij gestorven was. Onder dat relaas begon Alex zachtjes te huilen en hij pakte Shamans hand. Toen het verhaal uit was, bleven ze zwijgend zitten met hun handen in elkaar. Een tijdje nadat Alex in slaap gevallen was, zat Shaman daar zonder hem los te laten.

Het bleef sneeuwen tot laat in de middag. Toen de nacht gevallen was ging Shaman aan alle kanten van het huis naar een raam en spiedde naar buiten. Het maanlicht scheen op maagdelijke sneeuw; geen sporen. Nu had hij een verklaring bedacht. Hij dacht dat de dikke militair was uitgestuurd om hem te zoeken omdat iemand een dokter nodig had. Misschien was de patiënt gestorven of hersteld of had de man een andere arts gevonden en was dokter Cole niet meer nodig.

Het was heel goed mogelijk. Het stelde hem gerust.

Hij gaf Alex als avondmaal een kom van de sterke bouillon met een slap geworden biscuit erin. Zijn broer sliep rusteloos. Shaman had die nacht in het bed in de andere kamer willen slapen, maar hij dommelde in in de stoel naast Alex' bed.

Vroeg in de morgen – op zijn horloge naast de revolver op tafel zag hij dat het zeventien voor drie was – werd hij door Alex wakker gemaakt. De ogen van zijn broer stonden wild. Alex had zich half het bed uit getrokken.

Iemand slaat beneden een raam kapot, zeiden Alex' lippen.

Shaman knikte. Hij stond op en pakte de revolver, hij hield hem in zijn linkerhand, een vreemd wapen.

Hij wachtte met zijn blik op Alex' gezicht.

Had Alex zich iets verbeeld? Het misschien gedroomd? De slaapkamerdeur was dicht. Misschien had hij het geluid van afbrekende ijspegels gehoord?

Maar Shaman bleef stil staan. Zijn hele lijf werd als zijn hand op het hout van de piano en hij voelde de heimelijke stappen.

'Hij is binnen,' fluisterde hij.

Nu bespeurde hij dat er iets naar boven kwam, zoals de tonen van een stijgende toonladder.

'Hij komt de trap op. Ik blaas de lamp uit.' Hij zag dat Alex het begreep. Hij wist hoe de slaapkamer was ingedeeld en de indringer niet, in het donker een voordeel. Maar Shaman was doodsbenauwd want hij kon niet van Alex' lippen lezen.

Hij pakte de hand van zijn broer en legde hem op zijn eigen been. 'Als je hoort dat hij in de kamer is, knijp dan,' zei hij en Alex knikte.

Alex' ene laars stond op de vloer. Shaman pakte de revolver over in zijn andere hand en boog zich en pakte de laars op; toen blies hij de vlam uit.

Het leek wel een eeuw te duren. Hij kon alleen maar wachten, verstard in het donker.

Eindelijk veranderden de kiertjes om de slaapkamerdeur van geel in zwart. De indringer was bij de lamp op de overloop gekomen en had hem uitgedaan om niet als een silhouet in het deurkozijn te staan.

Gevangen in zijn vertrouwde wereld van volkomen stilte voelde Shaman aan de stroom koude lucht dat de man de deur opendeed.

En de hand van Alex kneep in zijn been.

Hij gooide de laars door de kamer naar de andere muur.

Hij zag twee gele bloemen bloeien, kort na elkaar, en probeerde de zware Colt rechts van de steekvlammen te richten. Toen hij de trekker overhaalde, steigerde de revolver woest in zijn hand. Hij gebruikte beide handen om hem vast te houden terwijl hij keer op keer de trekker overhaalde. Hij voelde de druk, knipperde bij elke vuurstoot met zijn ogen en rook de adem van de duivel. Toen de revolver leeg was, voelde Shaman zich naakter en kwetsbaarder dan ooit en wachtte op het vernietigende salvo.

'Alles goed, Bigger?' riep hij na een tijdje, als een dwaas, want hij kon het antwoord niet horen. Hij tastte op tafel naar de lucifers en stak tenslotte met onvaste hand de lamp aan.

'Alles goed?' vroeg hij weer aan Alex, maar Alex wees naar de man op de vloer. Shaman was een schutter van niets. Als de man bij zinnen was geweest, had hij hen allebei dood kunnen schieten, maar hij was niet bij zinnen. Shaman ging nu naar hem toe alsof het een aangeschoten beer was die misschien nog leefde. Het was duidelijk dat Shaman erop los had geschoten want er zaten gaten in de muur en er lagen splinters op de vloer. De schoten van de indringer hadden de schoen gemist, maar de bovenste la van mevrouw Clays esdoornhouten kast was kapot. De man lag op zijn zij alsof hij sliep, een dikke militair met een zwarte baard, een blik van verbazing op zijn dode gezicht. Een van de schoten had hem geraakt in zijn linkerbeen, precies op de plek waar Shaman Alex' been had afgezet. Een andere had hem in de borst getroffen, recht boven zijn hart. Toen Shaman aan zijn halsslagader voelde, was de huid van zijn keel warm maar hij klopte niet.

Alex had geen kracht meer over en verloor zijn zelfbeheersing. Shaman ging op bed zitten en nam zijn broer in zijn armen, hij wiegde hem als een kind terwijl hij rilde en huilde.

Alex was er zeker van dat hij weer gevangengezet zou worden als de dode werd gevonden. Hij wilde dat Shaman de dikke man naar het bos bracht en hem net zo verbrandde als hij Alex' been had verbrand. Shaman troostte hem en klopte hem op zijn rug, maar hij dacht helder en koel na.

'Ik heb hem gedood, jij niet. Als er iemand in moeilijkheden zit, ben jij het niet. Maar die man wordt vermist. De winkelier wist dat hij hierheen zou gaan en misschien anderen ook. De kamer is beschadigd, er is een timmerman nodig en die zou erover praten. Als ik het lijk verberg of vernietig, dan hang ik. We raken dat lijk met geen vinger meer aan.'

Alex werd rustig. Shaman bleef bij hem zitten en ze praatten tot het grijze daglicht de kamer in kwam en hij de lamp kon uitdoen. Hij droeg zijn broer naar beneden, naar de huiskamer en legde hem op de sofa onder warme dekens. Hij deed de kachel vol hout en laadde de Colt opnieuw en legde die op een stoel vlak bij Alex. 'Ik kom terug met het leger. In godsnaam, schiet niemand dood voor je zeker weet dat wij het niet zijn.'

Hij keek zijn broer in zijn ogen. 'Ze zullen ons ondervragen, keer op keer, afzonderlijk en samen. Het is van belang dat je steeds precies de waarheid zegt. Dan kunnen ze onze woorden niet verdraaien. Begrijp je?'

Alex knikte en Shaman klopte hem op zijn wang en ging de deur uit.

De sneeuw lag kniehoog en hij ging niet met de kar. Er hing een hoofdstel in de stal; die deed hij het paard om en hij bereed het zonder zadel. Tot een eind voorbij de winkel van Barnard ging het langzaam over de besneeuwde grond, maar voorbij de grens van Elmira was de sneeuw met rollen samengeperst en ging het vlugger.

Hij voelde zich suf en dat was niet van de kou. Hij had patiënten verloren die hij had moeten kunnen redden en dat zat hem altijd dwars. Maar nog nooit had hij iemand gedood.

Hij was te vroeg bij het telegraafkantoor en hij wachtte tot het om zeven uur openging. Toen stuurde hij een telegram aan Nicholas Holden:

Heb in zelfverdediging soldaat gedood. Stuur svp burgerlijke en militaire autoriteiten in Elmira omgaand uw verklaring aangaande mijn persoon en die van Alex Bledsoe Cole. Met dank, Robert J. Cole.

Hij ging rechtstreeks naar het bureau van de sheriff van de provincie Steuben en meldde een doodslag.

68. Spartelen in het web

Binnen de kortste keren was het huisje van mevrouw Clay vol mensen. De sheriff, Jesse Moore, een gezette grijsharige man, leed aan slechte spijsvertering; hij fronste zo nu en dan zijn wenkbrauwen en liet veel boeren. Hij had twee hulpsheriffs bij zich en op zijn bericht aan het leger waren er al vlug vijf militairen gekomen: een eerste luitenant, twee sergeants en een tweetal soldaten. Binnen een half uur kwam majoor Oliver P. Poole, een donkere officier met een bril en een smalle zwarte snor. Iedereen keek hem naar de ogen: hij had blijkbaar de leiding.

Eerst spendeerden de militairen en burgers hun tijd aan het bekijken van het lijk, het huis in- en uitgaan, de trap op- en afstommelen en praten met elkaar, hun hoofd dicht bij elkaar. Ze lieten alle warmte in huis naar buiten en brachten sneeuw en ijs mee naar binnen die een ramp waren voor mevrouw Clays geboende houten vloeren.

De sheriff en zijn mannen waren opmerkzaam, de militairen ernstig, de majoor koel beleefd.

Boven in de slaapkamer bekeek majoor Poole de kogelgaten in de vloer, de deur, de kastla en het lijk van de militair.

'Kunt u hem niet identificeren, dokter Cole?'

'Ik heb hem nog nooit gezien.'

'Denkt u dat hij u wilde beroven?'

'Ik heb niet het minste idee. Ik weet alleen dat ik een laars naar de muur gooide, dat hij naar dat geluid schoot, en ik op hem.'

'Hebt u in zijn zakken gekeken?'

'Nee meneer.'

Dat deed de majoor nu en hij legde de inhoud van de zakken van de dikke militair op de deken aan de voet van het bed. Het was niet veel: een blikje Clock-Time-snuif, een opgefrommelde zakdoek met gedroogde snot, zeventien dollar en achtendertig cent en een verlofpas die Poole las en toen aan Shaman liet zien. 'Komt die naam u bekend voor?'

De verlofpas was uitgeschreven op naam van sergeant-majoor Henry Bowman Korff, hoofdkwartier, commando Intendance Oost, leger van de Verenigde Staten, Elizabeth, New Jersey.

Shaman las het en schudde zijn hoofd. 'Ik heb die naam nog nooit gezien of gehoord,' kon hij eerlijk antwoorden.

Maar een paar minuten later, toen hij de trap afliep, drong het tot hem door dat die naam in zijn gedachten een onrustige weerklank had gewekt. Halverwege de trap wist hij waarom.

Nooit weer zou hij hoeven speculeren, zoals zijn vader tot aan zijn dood had gedaan, waar de derde man was die uit Holden's Crossing was ontvlucht op de morgen dat Makwa-ikwa was verkracht en vermoord. Hij hoefde nooit meer te zoeken naar een dikke man die 'Hank Cough' zou heten. Hank Cough had hèm gevonden.

Na korte tijd kwam de lijkschouwer om de dode volgens de wet overleden te verklaren. Alle mannen in het huis toonden openlijke of onderdrukte vijandigheid en Shaman begreep waar dat vandaan kwam. Alex was hun vijand; hij had tegen hen gevochten, waarschijnlijk noorderlingen gedood, en tot voor kort was hij krijgsgevangene geweest. En nu had de broer van Alex een noordelijke militair in uniform gedood.

Shaman was opgelucht toen ze de zware dode man op een draagbaar laadden en moeizaam de trap af en het huis uit droegen.

Toen begon het verhoor pas goed. De majoor zat in de slaapkamer waar de schietpartij had plaatsgevonden. Dicht bij hem zat op een andere keukenstoel een van de sergeants en maakte aantekeningen van het verhoor. Shaman zat op de rand van het bed.

Majoor Poole vroeg over zijn banden en Shaman zei dat hij maar bij twee organisaties was geweest: het Genootschap tot Afschaffing van de Slavernij en het Medisch Genootschap van de provincie Rock Island.

'Bent u een koperkop, dokter Cole?'

'Nee.'

'Hebt u niet de geringste sympathie voor het Zuiden?'

'Ik geloof niet in slavernij. Ik wil dat er een eind komt aan de oorlog zonder dat er nog meer geleden wordt, maar ik steun het standpunt van het Zuiden niet.'

'Waarom kwam sergeant-majoor Korff naar dit huis?'

'Ik heb geen idee.' Hij had bijna meteen besloten om niet te spreken over de moord op de Indiaanse in Illinois zo lang geleden en over het feit dat er drie mannen en een geheim politiek genootschap te maken hadden met haar aanranding en dood. Het was allemaal te vaag, te geheimzinnig. Hij begreep dat hij, als hij erover begon, het ongeloof van deze onaangename legerofficier zou oproepen en duizenden gevaren.

'U vraagt van ons dat wij geloven dat een sergeant-majoor van het leger van de Verenigde Staten gedood is bij een poging tot gewapende beroving.'

'Nee, ik vraag u niet iets te geloven. Majoor Poole, denkt u dat ik deze man uitgenodigd heb, om twee uur 's nachts een raam in het door mij gehuurde huis in te slaan, er onwettig binnen te dringen en naar boven te komen in de ziekenkamer van mijn broer om er een pistool af te schieten?'

'Waarom deed hij het dan?'

'Ik weet het niet,' zei Shaman en de majoor keek hem met opgetrokken wenkbrauwen aan.

Toen Poole Shaman ondervroeg, stelde de luitenant in de huiskamer vragen aan Alex. Tegelijk doorzochten de twee soldaten en de twee hulpsheriffs de stal en het huis, ze doorzochten de bagage van Shaman en haalden de kastladen en kasten leeg.

Van tijd tot tijd werden de verhoren onderbroken, als de twee officieren overleg pleegden.

'Waarom hebt u me niet verteld dat uw moeder uit het Zuiden komt?' vroeg majoor Poole Shaman na zo'n pauze.

'Mijn moeder is in Virginia geboren, maar heeft meer dan de helft van haar leven in Illinois gewoond. Ik heb u dat niet gezegd omdat u het me niet hebt gevraagd.'

'Dit hebben we in uw doktersstas gevonden. Wat zijn het, dokter Cole?' Poole legde vier stukken papier op het bed. 'Op alle vier staat een naam en een adres. Van een zuiderling.'

'Het zijn adressen van verwanten van de tentgenoten van mijn broer in het gevangenkamp Elmira. Die vier mannen hebben voor mijn broer gezorgd en hem in leven gehouden. Als de oorlog voorbij is, schrijf ik ze om te zien of ze het gehaald hebben. En ze dan te bedanken.'

Het verhoor duurde al maar voort. Vaak stelde Poole vragen die hij al eens gesteld had en Shaman herhaalde dan zijn eerste antwoord.

Op het middaguur vertrokken de mannen om in de winkel van Barnard eten te gaan halen. De twee soldaten en een van de sergeants lieten ze in het huis. Shaman ging naar de keuken en kookte watergruwel en bracht Alex, die gevaarlijk uitgeput scheen, een kom.

Alex zei dat hij niets kon eten.

'Je móet eten, dat is jouw manier van doorgaan met vechten!' zei Shaman heftig, en Alex knikte en begon de papperige brij op te lepelen.

Na het middageten verwisselden de ondervragers van plaats. De majoor verhoorde Alex en de luitenant vuurde zijn vragen op Shaman af. Midden op de middag onderbrak Shaman tot ergernis van de officieren de gang van zaken en nam de tijd om Alex' stomp te verzorgen, onder de ogen van het publiek.

Tot Shamans verwondering vroeg majoor Poole hem om met drie militairen mee te gaan naar de plek in het bos waar hij het afgezette stuk van Alex' been had verbrand. Toen hij die plek had aangewezen, groeven ze de sneeuw weg en wroetten tussen de verkoolde resten van het vuur tot ze een paar stukjes wit geworden scheenbeen en kuitbeen gevonden hadden, die ze in een zakdoek deden en meenamen. Laat op de middag vertrokken de mannen. Het huis voelde aangenaam rustig, maar onveilig en geschonden aan. Voor het kapotte raam was een deken gespannen. De vloeren waren bemodderd en in de lucht hing hun lichaamsgeur nog en de geur van hun pijpen.

Shaman warmde de bouillon op. Tot zijn genoegen had Alex opeens echt honger en hij gaf zijn broer behalve bouillon flinke borden rundvlees en groenten. Hij kreeg er zelf trek van en na de soep aten ze boterhammen met jam en met appelmoes en hij zette verse koffie.

Shaman droeg Alex naar boven en legde hem op het bed van mevrouw Clay. Hij bleef tot laat bij zijn broer zitten en verzorgde hem, maar tenslotte ging hij terug naar de logeerkamer en viel uitgeput in bed. Hij probeerde er niet aan te denken dat er bloedvlekken zaten op de vloer. Die nacht sliepen ze niet veel.

De volgende morgen bleven de sheriff en zijn mannen weg, maar de militairen waren er al voordat Shaman de ontbijtboel had opgeruimd. Eerst leek die dag een herhaling te worden van de vorige, maar nog vrij vroeg in de morgen klopte er een man aan en zei dat hij George Hamilton Crockett was, assistent-commissaris voor Indiaanse Zaken, standplaats Albany. Hij ging ergens met majoor Poole zitten en ze overlegden uitvoerig, waarbij hij de officier een stapeltje papier gaf waar ze tijdens hun gesprek verschillende keren iets in opzochten.

Al vlug zochten de militairen hun spullen bij elkaar en trokken hun jas aan. Onder leiding van de norse majoor Poole vertrokken ze.

Meneer Crockett bleef nog een tijdje met de gebroeders Cole praten. Hij zei dat er vanuit Washington heel wat telegrammen over hen naar zijn kantoor gestuurd waren.

'Het is een ongelukkige gebeurtenis. Het leger vindt het moeilijk te verteren dat het een van zijn mensen kwijtgeraakt is in het huis van een zuidelijke militair. Ze zijn gewend, de zuiderlingen te doden die hen doden.'

'Dat hebben ze met hun vragen en hun koppig aanhouden wel duidelijk gemaakt,' zei Shaman.

'U hebt niets te vrezen. Het bewijsmateriaal is overduidelijk. Het paard van sergeant-majoor Korff stond vastgebonden in het bos waar hij het had verborgen. De voetsporen van de sergeant-majoor leidden van het paard naar het raam aan de achterkant van het huis. De ruit was kapot en het raam was opengelaten. Toen ze zijn lichaam onder-zochten, had hij zijn revolver nog in zijn hand, twee keer afgevuurd.

In het vuur van de oorlogsdriften zou in een dergelijke zaak het ster-ke bewijsmateriaal bij een onzorgvuldig onderzoek over het hoofd worden gezien, maar niet als krachtige partijen die er belang bij heb-ben, een goed onderzoek doen.'

Crockett glimlachte en bracht de hartelijke groeten van de edelachtbare heer Nicholas Holden over. 'De commissaris heeft me gevraagd u te zeggen, dat hij persoonlijk naar Elmira komt als dat nodig is. Ik zal hem met genoegen kunnen verzekeren dat die reis niet nodig is.'

De volgende morgen stuurde majoor Poole een van de sergeants naar de gebroeders Cole met het verzoek niet uit Elmira te vertrekken voordat het onderzoek formeel was afgesloten. Toen Shaman de ser-geant vroeg wanneer dan kon zijn, zei hij heel beleefd dat hij dat niet wist.

Ze bleven dus in het huisje. Mevrouw Clay had meteen gehoord wat er gebeurd was en ze kwam bleek op bezoek, tuurde zonder iets te zeggen naar het kapotte raam en ontzet naar de kogelgaten en de bloedvlekken op de vloer. Ze kreeg tranen in haar ogen toen ze de ka-potte kastla zag. 'Die was van mijn moeder.'

'Ik zal hem laten repareren en het huis in orde laten maken,' zei Sha-man. 'Kunt u een timmerman aanbevelen?'

Die middag stuurde ze iemand, een slungelige, al wat oudere man, Bert Clay, een neef van wijlen haar man. Hij zei: 'Tjonge-jonge,' maar ging meteen aan de slag. Hij haalde glas van de juiste maten en her-stelde het raam meteen. De rommel in de slaapkamer was minder eenvoudig. De versplinterde vloerplanken moesten vervangen wor-den en het stuk met bloedvlekken geschuurd en weer gebeitst. Bert zei dat hij de gaatjes in de muur zou opvullen met gips en de kamer zou schilderen. Maar toen hij naar de kastla keek schudde hij zijn hoofd. 'Ik weet het niet. Dat is suikerahorn. Ik kan er misschien hier of daar een stuk van vinden, maar dat wordt dúúr.'

'Haal maar,' zei Shaman bars.

Het duurde een week voordat het gebeurd was. Toen Bert klaar was, kwam mevrouw Clay en bekeek alles aandachtig. Ze knikte en be-dankte Bert en zei dat het goed was, zelfs die kastla. Maar tegen Sha-man deed ze koel en hij begreep dat haar huis voor haar nooit meer hetzelfde zou zijn.

Iedereen deed koel tegen hem. Meneer Barnard glimlachte niet meer tegen Shaman als hij in de winkel kwam en maakte geen praatje, en op straat zag hij de mensen naar hem kijken en elkaar dingen zeggen.

De algemene vijandigheid werkte op zijn zenuwen. Toen majoor Poole in huis was gekomen, had hij de Colt in beslag genomen en Shaman en Alex voelden zich onbeschut. Shaman ging 's avonds naar bed met de pook en een keukenmes vlak bij het bed op de vloer; hij lag wakker terwijl het huis trilde in de wind en hij probeerde de trillingen van indringers te ontwaren.

Na drie weken was Alex aangekomen en zag er beter uit, maar hij snakte ernaar om te vertrekken en ze waren opgelucht en blij toen Poole liet weten dat ze konden gaan. Shaman had burgerkleding voor Alex gekocht en hielp zijn broer erin; de linker pijp zette hij vast met een speld, zodat hij er geen last van zou hebben. Alex probeerde met zijn kruk te lopen, maar dat viel niet mee. 'Ik voel me uit mijn evenwicht nu er zo'n groot stuk van mijn been af is,' zei hij en Shaman zei dat hij er wel aan zou wennen.

Shaman kocht bij Barnard een grote platte kaas en liet die op tafel achter voor mevrouw Clay, om iets goed te maken. Hij had afgesproken om paard-en-wagen naar de stalhouder bij het station terug te brengen en met Alex op het stro, net zoals hij uit het gevangenkamp vertrokken was, reed hij erheen. Toen de trein kwam, droeg Shaman hem in zijn armen erin en zette hem bij een raam terwijl de andere mensen nietsziend keken of hun hoofd afwendden. Ze praatten niet veel, maar toen de trein Elmira uithotste, legde Alex zijn handen op de arm van zijn broer en dat gebaar sprak boekdelen.

Ze reisden naar huis via een meer noordelijke route dan Shaman had gebruikt om in Elmira te komen. Shaman wilde over Chicago in plaats van over Cairo, want hij was er niet zeker van of de Mississippi wel ontdooid zou zijn als ze in Illinois aankwamen. Het was een zware reis. Door het gehots van de trein had Alex onophoudelijk erge pijn. Ze moesten vele malen overstappen en telkens moest Alex in de armen van zijn broer van trein naar trein gedragen worden. De treinen kwamen en vertrokken bijna nooit op tijd. Talloze malen werd de trein waarin ze zaten op een zijspoor gerangeerd om een troepentrein door te laten. Eén keer wist Shaman voor ongeveer tachtig kilometer gecapitonneerde zitplaatsen te krijgen in een saloncoupé, maar de meeste tijd reisden ze op harde houten wagonbanken. Toen ze in Erie, Pennsylvania kwamen had Alex witte vlekken bij zijn mondhoeken en Shaman wist dat zijn broer niet verder kon reizen.

Hij nam een kamer in een hotel zodat Alex een tijd in een zacht bed kon rusten. Die avond, toen hij het verband verschoonde, begon hij Alex een en ander te vertellen over wat hij te weten was gekomen door het lezen in zijn vaders dagboek.

Hij vertelde over het lot van de drie mannen die Makwa-ikwa hadden verkracht en vermoord. 'Ik denk dat het mijn schuld is dat Henry Korff achter ons aan kwam. Toen ik in het gekkenhuis in Chicago kwam waar David Goodnow zit, heb ik te veel over die moordenaars gepraat. Ik stelde vragen over de Orde van de met Sterren Bezaaide Vlag en over Hank Cough; ik wekte beslist de indruk dat ik het hun zo lastig mogelijk zou maken. Iemand van het hoger personeel was waarschijnlijk lid van die orde – misschien wel de hele leiding! Zonder twijfel hebben ze Korff op de hoogte gesteld en besloot hij ons achterna te komen.'

Alex bleef even stil maar toen keek hij zijn broer bezorgd aan. 'Maar Shaman... Korff wist waar hij ons moest zoeken, dus iemand in Holden's Crossing heeft hem laten weten dat je naar Elmira zou gaan.'

Shaman knikte. 'Daar heb ik al heel wat over nagedacht,' zei hij zachtjes.

Drie weken na hun vertrek uit Elmira kwamen ze in Chicago aan. Shaman stuurde zijn moeder een telegram waarin stond dat hij Alex meebracht. Hij liet niet weten dat Alex zijn been kwijt was en vroeg haar hen af te halen.

Toen de trein een uur later in Rock Island aankwam, stond ze met Doug Penfield op het perron. Shaman droeg Alex de treden van de wagon af en Sarah sloeg haar armen om haar zoon heen en huilde zonder iets te zeggen.

'Laat ik hem neerzetten, hij is zwaar,' klaagde Shaman tenslotte en hij zette Alex in het rijtuigje. Ook Alex had gehuild. 'U ziet er goed uit, ma,' zei hij eindelijk. Zijn moeder ging naast hem zitten en hield zijn hand vast. Shaman hield de leidsels terwijl Doug op zijn paard reed, dat achter aan het rijtuigje gebonden was.

'Waar is Alden?' vroeg Shaman.

'Hij ligt op bed. Hij begeeft het, Shaman, het trillen is veel erger. En een paar weken geleden is hij uitgegleden en ongelukkig gevallen toen ze op de rivier ijs aan het kappen waren,' zei Sarah.

Onderweg keek Alex hunkerend naar het platteland. Shaman ook; hij had een vreemd gevoel. Net zoals het huis van mevrouw Clay voor haar veranderd was, zo ook was zijn leven getroffen. Sinds zijn vertrek had hij een mens gedood. Het leek mis te gaan met de wereld.

Toen ze bij de schemering thuiskwamen, legden ze Alex in zijn eigen bed. Hij lag daar met gesloten ogen en puur genoegen op zijn gezicht. Sarah kookte voor de terugkeer van haar verloren zoon. Ze gaf hem gebraden kip en aardappelpuree met worteltjes. Ze waren nog maar net klaar met eten of Lillian kwam haastig het Lange Pad af met een terrine hutspot. 'Je zult geen honger meer hebben!' zei ze tegen Alex nadat ze hem gekust had en thuis verwelkomd.

Ze zei dat Rachel bij de kinderen moest blijven maar hem de volgende morgen zou opzoeken.

Shaman liet hen praten terwijl zijn moeder en Lillian zo dicht bij Alex zaten als hun stoel het veroorloofde. Hij wandelde naar Aldens hut. Toen hij er binnenging lag Alden te slapen en de hut rook naar slechte whisky. Shaman vertrok weer snel en liep over het Lange Pad. De sneeuw op het pad was vertrapt en toen bevroren en hier en daar glad. Toen hij bij het huis van Geiger kwam, zag hij Rachel door het voorraam bij het vuur zitten lezen. Hij klopte op het raam en ze liet haar boek meteen vallen.

Ze kusten elkaar alsof een van beiden stervende was. Ze pakte hem bij zijn hand en nam hem mee de trap op naar haar kamer. De kinderen lagen verderop aan de overloop te slapen, haar broer Lionel was in de stal paardetuigen aan het repareren en moeder kon elk moment thuiskomen, maar ze vrijden op Rachels bed met hun kleren aan, verrukt en vastbesloten, en wanhopig dankbaar.

Toen hij over het pad liep, was de wereld weer in orde.

69. De achternaam van Alex

Shaman smolt van medelijden toen hij Alden over de boerderij zag sjokken. Hij had een stijfte in zijn hals en schouders die hij nog niet had toen Shaman vertrok en zijn gezicht scheen een star, geduldig masker, zelfs als hij hevige aanvallen van beving had. Hij deed alles langzaam en vastberaden, zoals iemand die onder water bezig is.

Maar zijn hoofd was helder. Hij zocht Shaman op in de schuur achter de stal en leverde het kastje af dat hij voor Rob J.'s lancet gemaakt had en de nieuwe lancet die Shaman hem gevraagd had te maken. Hij vroeg Shaman te gaan zitten en gaf hem een overzicht van hoe de boerderij de winter door was gekomen: het aantal dieren, de hoeveelheid verbruikt voer, de vooruitzichten op lentelammeren. 'Ik laat Doug droog hout naar het suikerhuisje brengen, dan kunnen we stroop koken zo gauw het weer zo wordt dat het sap gaat stromen.'

'Goed,' zei Shaman. Hij hardde zich voor de onaangename taak en zei Alden terloops dat hij Doug had opgedragen, een goede werkman te zoeken om te helpen bij de lenteklussen.

Alden knikte langzaam. Hij schraapte een tijdje om zijn keel open te krijgen en spuugde toen aandachtig. 'Ik kan niet zoveel meer aan,' zei hij, alsof hij het nieuws voorzichtig wilde brengen.

'Nou, laat iemand anders deze lente dan ploegen. De man die de leiding heeft hoeft het zware werk niet te doen zolang we jonge, gespierde kerels kunnen krijgen,' zei Shaman en Alden knikte weer voor hij uit de schuur vertrok. Shaman zag dat het hem tijd kostte om in beweging te komen, zoals iemand die vast van plan is om te pissen maar het niet kan. Maar toen, toen hij begon, was het alsof zijn voeten zich regelmatig bewogen in hun eigen gangetje en de rest van Alden gewoon op sleeptouw namen.

Het gaf Shaman een prettig gevoel om weer aan het werk te gaan. Hoe zorgzaam de verplegende nonnen zijn patiënten ook verzorgden, ze konden een dokter niet vervangen. Wekenlang werkte hij hard, haalde achterstallige ingrepen in en legde per dag meer huisbezoeken af dan hij gewend was.

Toen hij bij het klooster aanklopte, begroette moeder Miriam Ferocia hem hartelijk en luisterde met stille blijdschap naar zijn verslag van de terugkeer van Alex. Ze had zelf ook nieuws. 'Het bisdom heeft laten weten dat onze aanvankelijke begroting is goedgekeurd en ze vragen ons met de bouw van het ziekenhuis te beginnen.'

De bisschop had de plannen eigenhandig bekeken en goedgekeurd, maar had opdracht gegeven het ziekenhuis niet op de kloostergrond te bouwen. 'Hij zegt dat het klooster te slecht bereikbaar is, te ver van de rivier en de hoofdwegen. We moeten dus een plek zoeken.'

Ze zocht achter haar stoel en gaf Shaman twee zware gelige bakstenen. 'Wat denk je van deze?'

Ze waren hard en galmden bijna toen hij ze tegen elkaar sloeg. 'Ik weet niet veel van baksteen, maar ze zien er prachtig uit.'

'Je krijgt er muren mee als een vesting,' zei de overste. 'In het ziekenhuis zal het in de zomer koel en in de winter warm zijn. Het is verglaasde baksteen, zo hard dat hij geen water opneemt. En hij is vlakbij te krijgen bij een zekere Rosswell die bij zijn kleigrond een oven gebouwd heeft. Hij heeft genoeg voorraad om te gaan bouwen en wil dolgraag meer maken. Hij zegt dat hij de steen kan roken als we een donkerder tint willen.'

Shaman tilde de stenen, die stevig en echt aanvoelden, alsof hij de echte ziekenhuismuren in zijn handen had. 'Volgens mij is deze kleur prima.'

'Dat vind ik ook,' zei moeder Miriam Ferocia, en ze grijnsden elkaar genoeglijk toe als kinderen die samen zitten te snoepen.

's Avonds laat zat Shaman in de keuken met zijn moeder koffie te drinken. 'Ik heb Alex verteld over zijn... verwantschap met Nick Holden,' zei ze.

'... En hoe vatte hij het op?'

Sarah haalde haar schouders op. 'Hij heeft het gewoon... geaccepteerd.' Ze glimlachte bleek. 'Hij zei dat hij net zo goed Nick als vader kon hebben als een dode bandiet.' Ze zweeg even maar toen keek ze Shaman weer aan en hij zag dat ze zenuwachtig was.

'Dominee Blackmer gaat weg uit Holden's Crossing. De dominee van de baptistenkerk in Davenport is in Chicago beroepen en de gemeente heeft Lucian de kansel aangeboden.'

'Dat spijt me. Ik weet hoe hoog u hem aanslaat. En nu moet de kerk een nieuwe predikant zoeken.'

'Shaman,' zei ze, 'Lucian heeft gevraagd of ik meega. Om met hem te trouwen.'

Hij pakte haar bij de hand die koud was. '... En wat wilt u zelf, moeder?'

'We zijn heel... hecht geworden sinds zijn vrouw gestorven is. Toen ik weduwe werd, was hij een rots van kracht.' Ze pakte Shamans hand stevig vast. 'Ik heb van je vader gehouden met huid en haar. Ik zal altijd van hem blijven houden.'

'Dat weet ik.'

'Over een paar weken is hij een jaar dood. Zou je boos zijn als ik opnieuw trouwde?'

Hij stond op en ging naar haar toe.

'Ik ben een vrouw die echtgenote moet zijn.'

'Ik wil alleen dat u gelukkig bent,' zei hij en legde zijn armen om haar heen.

Ze maakte zich met moeite los uit zijn omhelzing. 'Ik heb tegen Lucian gezegd dat we niet kunnen trouwen zolang Alex me nodig heeft.'

'Ma, het gaat beter met hem als u hem niet op al zijn wenken bedient.'

'Echt?'

'Echt.'

Haar gezicht begon te stralen. Hij kreeg een verblindend beeld van hoe ze eruit had gezien toen ze jong was.

'Dank je, lieve Shaman. Ik zal het Lucian zeggen,' zei ze.

De stomp van Alex genas prachtig. Zijn moeder en de dames van de kerk waren eindeloos voor hem aan het zorgen. Al kwam hij aan en kregen zijn magere botten weer wat spieren, hij lachte zelden en zijn ogen bleven dof.

Een zekere Wallace in Rock Island had faam verworven en een bedrijfje opgebouwd als maker van kunstledematen en na veel aandringen mocht Shaman Alex mee naar hem toe nemen. Langs de wand van Wallaces werkplaats hing een fascinerende rij uit hout gesneden handen, voeten, benen en armen. De maker van ledematen had de bolronde lichaamsvorm waardoor men als jolig te boek staat, maar hij nam zichzelf heel serieus. Meer dan een uur was hij aan het meten terwijl Alex stond, zat, zijn been strekte, liep, een knie boog, beide knieën boog, knielde en ging liggen alsof hij ging slapen. Toen zei Wallace dat ze over zes weken het been konden ophalen.

Alex was een van de velen die als invalide waren teruggekomen. Shaman zag ze telkens als hij naar het dorp ging, oudgedienden die een lichaamsdeel misten, en een hoop van hen ook geestelijk mismaakt. Zijn vaders oude vriend Stephen Hume kwam terug als brigadegeneraal; na de slag bij Vicksburg was hij om zijn verdiensten bevorderd, drie dagen voordat hij een kogel vlak onder zijn rechterelleboog had gekregen. Hij was zijn onderarm niet kwijtgeraakt, maar de verwonding had zijn zenuwen vernield zodat het lichaamsdeel onbruikbaar was. Hume droeg het in een zwarte draagdoek alsof hij steeds met een gebroken arm rondliep. Twee maanden voordat Hume thuiskwam was Daniel P. Allen overleden, rechter bij de reizende rechtbank van Illinois. De gouverneur had de generaal in zijn plaats benoemd. Rechter Hume behandelde al zaken. Shaman merkte dat sommige oud-militairen het vermogen hadden zonder meer terug te keren tot het burgerbestaan, terwijl anderen met problemen zaten die hen niet loslieten en ongeschikt maakten.

Hij probeerde met Alex te overleggen als er over de boerderij iets beslist moest worden. Het was nog steeds moeilijk om aan een knecht te komen, maar Doug Penfield vond een zekere Billy Edwards die in Iowa met schapen had gewerkt. Shaman sprak met hem en zag dat hij sterk en gewillig was en George Cliburne had hem aanbevolen. Shaman vroeg of Alex met Edwards wilde praten.

'Nee, dat hoeft niet.'

'Zou het niet goed zijn als je dat deed? De man gaat tenslotte voor je werken als je de boerderij weer gaat doen.'

'Ik denk niet dat ik op de boerderij ga werken.'

'O nee?'

'Misschien kan ik met jou werken. Ik kan als je oren dienen, net als die kerel over wie je me vertelde in het ziekenhuis van Cincinnati.'

Shaman glimlachte. 'Ik heb niet steeds oren nodig. Als ik ze nodig heb dan leen ik ze van iemand. Maar in ernst, heb je geen idee wat je wilt gaan doen?'

'... Op het moment niet.'

'Nou, je hebt tijd om te beslissen,' zei Shaman en hield er graag over op.

Billy Edwards was een goed werkman, maar als hij ophield, begon hij te praten. Hij praatte over de kwaliteit van de grond en het fokken van schapen, over de prijs van gewassen en het verschil dat het maakte als er een spoorlijn was. Maar toen begon hij over de terugkeer van de Indianen naar Iowa en Shaman was een en al aandacht.
'Hoe bedoel je, teruggekomen?'
'Een gemengde groep Sauk en Mesquakie. Ze zijn het reservaat in Kansas uit getrokken en teruggegaan naar Iowa.'
Net als de groep van Makwa-ikwa, dacht Shaman. '... Hebben ze problemen? Met de mensen in die streek?'
Edwards krabde op zijn hoofd. 'Nee. Niemand kan ze iets maken. Het zijn slimme Indianen die zelf land gekocht hebben volgens de wet. Betaald met echt Amerikaans geld.' Hij grijnsde. 'Die grond is allerwaarschijnlijkst bijzonder slecht, een hoop geel zand. Maar ze hebben er hutten gebouwd en er groeit wat op akkertjes. Ze hebben zelfs een echt dorpje. Het heet Tama, naar een van hun opperhoofden, heb ik gehoord.'
'Waar is dat Indianendorpje?'
'Dik honderdvijftig kilometer ten westen van Davenport. Een beetje noordelijker.'
Shaman wist dat hij erheen wilde.

Een paar dagen later sprak hij tegen de nationale commissaris voor Indiaanse Zaken met geen woord over de Sauk en de Mesquakie in Iowa. Nick Holden was 's morgens in een schitterend nieuw rijtuig met koetsier naar de boerderij van Cole komen rijden. Toen Sarah en Shaman hem allebei bedankten voor zijn hulp was Holden beleefd en vriendelijk, maar het was duidelijk dat hij gekomen was om Alex te spreken.
De hele morgen bleef hij op Alex' kamer naast zijn bed zitten. Toen Shaman tegen de middag klaar was met zijn werk in de praktijk, zag hij tot zijn verbazing dat Nick en zijn koetsier Alex het rijtuig in hielpen.
De hele middag en een deel van de avond bleven ze weg. Toen ze terugkwamen, brachten Nick en de koetsier Alex het huis in, wensten iedereen beleefd goeienavond en vertrokken.
Alex sprak niet veel over wat er die dag gebeurd was. 'We hebben wat rondgereden. Wat gepraat.' Hij glimlachte. 'Hij tenminste, ik heb geluisterd. We hebben lekker gegeten in het eethuis van Anna Wiley.'

Hij haalde zijn schouders op. Maar hij scheen nadenkend en ging vroeg naar bed, vermoeid van de activiteiten van die dag.

De volgende morgen was Nick er weer met zijn rijtuig. Ditmaal nam hij Alex mee naar Rock Island en die avond beschreef Alex het fantastische middag- en avondmaal dat ze in het hotel genoten hadden.

De derde dag gingen ze naar Davenport. Alex kwam vroeger thuis dan bij de twee andere ritjes en Shaman hoorde hem Nick een prettige terugreis naar Washington wensen.

'Ik hou contact, als je het goedvindt,' zei Nick.

'O zeker, meneer.'

Toen Shaman die avond naar bed ging, riep Alex hem in zijn kamer.

'Nick wil mij aannemen,' zei hij.

'Je aannemen?'

Alex knikte. 'De eerste dag dat hij hier was, zei hij dat president Lincoln hem gevraagd heeft ontslag te nemen, zodat hij iemand anders kan benoemen. Nick zegt dat het tijd wordt dat hij terugkomt en rust neemt. Hij wil niet gaan trouwen maar zou wel een zoon willen hebben. Hij zegt dat hij altijd geweten heeft dat hij mijn vader is. We hebben drie dagen rondgereden en al zijn bezittingen bekeken. Hij heeft ook een winstgevende potloodfabriek in het westen van Pennsylvania, en wie weet wat allemaal nog meer. Hij wil dat ik zijn erfgenaam word en mijn naam verander in Holden.'

Shaman voelde zich verdrietig en boos. 'En je zei dat je niet wilde boeren.'

'Ik heb Nick gezegd dat ik er niet aan twijfelde wie mijn vader was. Mijn vader was de man die zonder meer mijn gesodemieter en mijn rotstreken pikte en mij discipline en liefde heeft bijgebracht. Ik heb hem gezegd dat ik Cole heette.'

Shaman legde zijn hand op zijn broers schouder. Hij kon geen woord uitbrengen maar knikte. Toen kuste hij Alex op zijn wang en ging naar bed.

Op de dag dat het kunstbeen klaar zou zijn, gingen ze terug naar de werkplaats. Wallace had de voet handig gesneden zodat er een sok en een schoen omheen pasten. Alex' stomp paste in de holte en het been werd met leren banden onder en boven de knie bevestigd.

Vanaf het moment dat Alex het ding aandeed, had hij er een gloeiende hekel aan. Hij had vreselijk pijn als hij het aan had.

'Dat komt omdat die stomp gevoelig is,' zei Wallace. 'Hoe meer je dat been draagt, hoe vlugger er eelt op de stomp zal komen. Binnenkort heb je er helemaal geen last meer van.'

Ze betaalden het been en namen het mee naar huis. Maar Alex zette het in de halkast en wilde het niet dragen; als hij ging lopen sleepte hij zich voort met de kruk die Jimmie-Joe in het gevangenkamp voor hem gemaakt had.

Op een morgen halverwege maart was Billy Edwards bij de stal bezig met een kar vol hout; hij probeerde het span ossen, dat ze van de jonge Mueller gehuurd hadden, te keren. Alden stond achter de kar, leunde op zijn stok en schreeuwde instructies naar Edwards die totaal in de war was.
'Achteruit, jongen! Achteruit!'
Bill gehoorzaamde. Hij kon gevoeglijk aannemen dat de oude man, die hem zei dat de kar achteruit moest, opzij zou stappen. Een jaar tevoren had Alden dat gemakkelijk kunnen doen zonder dat er iets gebeurde, maar al wist hij nu dat hij uit de weg moest gaan, door zijn ziekte kwam die boodschap niet snel genoeg door naar zijn benen. Een dikke tak die achter over de kar stak, sloeg met de kracht van een stormram tegen de zijkant van zijn borst en hij werd een meter opzij gegooid en bleef slap liggen in de modderige sneeuw.
Billy kwam de praktijk in gestormd waar Shaman net een nieuwe patiënte aan het onderzoeken was, Molly Thornwell, die ondanks een lange tocht vanuit Maine nog zwanger was. 'Het is Alden! Ik denk dat hij dood is.'
Ze droegen Alden naar binnen en legden hem op de keukentafel. Shaman knipte zijn kleren weg en onderzocht hem zorgvuldig.
Alex was met een bleek gezicht zijn kamer uitgekomen en hobbelde op zijn manier de trap af. Hij keek Shaman onderzoekend aan.
'Hij heeft een paar ribben gebroken. We kunnen hem in zijn hut niet verzorgen. Ik leg hem in de logeerkamer, dan ga ik wel weer op jouw kamer slapen.'
Alex knikte. Hij ging opzij en keek toe hoe Shaman en Billy Alden naar boven brachten, naar bed.

Een tijdje later kreeg Alex toch de kans om als Shamans oren te dienen. Hij luisterde aandachtig aan Aldens borst en zei wat hij hoorde. 'Komt het goed met hem?'
'Ik weet het niet,' zei Shaman. 'Zijn longen schijnen niet beschadigd. Een sterk, gezond iemand kan een paar gebroken ribben wel hebben, maar op zijn leeftijd, met zijn ziekte...'
Alex knikte. 'Ik zal bij hem gaan zitten en hem verzorgen.'
'Weet je dat zeker? Ik kan moeder Miriam om verpleegsters vragen.'
'Ik zou het graag doen,' zei Alex. 'Ik heb tijd genoeg.'

Afgezien van de patiënten die hun vertrouwen in Shaman stelden, had hij twee leden van zijn eigen huishouden die hem nodig hadden. Hij was een toegewijd geneesheer, maar hij ontdekte dat zorgen voor eigen mensen iets anders was dan zorgen voor patiënten. Er zat iets heel beklemmends aan die verantwoordelijkheid en dagelijkse zorg. Als hij aan het einde van de dag haastig naar huis ging, schenen de schaduwen langer en donkerder.

Toch waren er lichte momenten. Op een middag kwamen tot zijn vreugde Joshua en Hattie alleen op bezoek. Het was hun eerste tocht over het Lange Pad zonder begeleiding en heel netjes en ernstig vroegen ze Shaman of hij tijd had om met hen te spelen. Het was voor hem een genoegen en een eer om een uurtje met hen door de bossen te dwalen, de eerste korenbloemen te zien en de duidelijke sporen van een hert.

Alden had pijn. Shaman gaf hem morfine maar voor Alden was de beste pijnstiller gestookt uit graan. 'Goed, geef hem whisky,' zei Shaman tegen Alex, 'maar niet te veel. Goed begrepen?'

Alex knikte en hield zich eraan. In de ziekenkamer kwam de typische whiskygeur van Alden te hangen, maar hij kreeg maar een halve deciliter om twaalf uur en een halve om zes uur.

Soms loste Sarah of Lillian Alex af als verzorger van Alden. Op een avond nam Shaman het over, ging naast het bed zitten en las een medisch tijdschrift dat uit Cincinnati was gekomen. Alden was rusteloos en dommelde nu en dan onrustig in. Toen hij half in slaap was, mompelde hij en sprak met een onzichtbaar iemand, hij beleefde opnieuw boerderijgesprekken met Doug Penfield en vloekte tegen dieren die op de lammeren jaagden. Shaman bekeek het oude doorgroefde gezicht, de vermoeide ogen, de grote rode neus met zijn harige neusgaten en dacht aan Alden zoals hij hem vroeger gekend had, sterk en kundig, de oude kermisvechter die de jongens van Cole geleerd had om hun vuisten te gebruiken.

Alden werd rustig en sliep een tijdje en Shaman had het artikel over botbreuken uit en begon te lezen over grauwe staar toen hij opkeek en zag dat Alden hem rustig aankeek met heldere, harde ogen op een moment dat hij goed bij zinnen was.

'Het was niet mijn bedoeling dat hij je probeerde te doden,' zei Alden. 'Ik dacht dat hij je alleen maar af zou schrikken.'

70. Een tocht naar Nauvoo

Nu ze weer bij elkaar sliepen, hadden Shaman en Alex soms het gevoel dat ze weer jongens waren. Op een morgen bij zonsopgang, toen
Alex slapeloos in bed lag, stak hij de lamp aan en beschreef zijn broer
de geluiden van het uitbreken van de lente: de weelderige uitbarstingen van vogelgezang, het klaterende ongeduld van beekjes die aan
hun jaarlijkse loop naar de zee begonnen, het razende gebulder van
de rivier, de schurende klap nu en dan als dikke ijsplaten op elkaar
botsten. Maar Shamans gedachten waren niet bij de aard van de natuur. In plaats daarvan dacht hij na over de aard van de mens en hij
zette de gebeurtenissen die opeens op zinvolle manieren met elkaar
in verband gebracht konden worden op een rijtje. Meer dan eens
stond hij midden in de nacht op en sloop door het stille huis over de
koude vloeren om iets op te zoeken in zijn vaders dagboeken.
En hij waakte over Alden met bijzondere zorg en een vreemd soort
geboeide tederheid, een nieuwe, koele waakzaamheid. Soms keek hij
naar de oude knecht alsof hij hem voor het eerst zag.
Alden bleef in een rusteloze halve sluimertoestand. Maar op een
avond toen Alex door de stethoscoop luisterde, werden zijn ogen
groot. 'Er is een nieuw geluid... Alsof je twee haarlokken met je vingers tegen elkaar wrijft.'
Shaman knikte. 'Dat heet gereutel.'
'Waar wijst het op?'
'Er is iets mis met zijn longen.'

Op negen april trouwden Sarah Cole en Lucian Blackmer in het kerkje van de Eerste Baptisten in Holden's Crossing. De plechtigheid
werd verricht door dominee Gregory Bushman, wiens kansel in Davenport Lucian zou overnemen. Sarah had haar beste grijze jurk aan,
door Lillian opgesmukt met een witkanten kraag en manchetten die
Rachel er pas de dag tevoren aan had gezet.
Dominee Bushman sprak goed; kennelijk had hij er plezier in om een
collega in Christus te huwen. Alex vertelde Shaman dat Lucian zijn
jawoord gaf op de toon van een geestelijke met zelfvertrouwen en dat
Sarah het hare zacht, met trillende stem uitsprak. Toen de plechtigheid afgelopen was en ze zich omkeerden, zag Shaman dat zijn moeder glimlachte onder haar korte sluier.

Na de huwelijksplechtigheid verplaatste de gemeente zich naar de boerderij van Cole. De meeste gemeenteleden kwamen naar de ontvangst met een gesloten schaal, maar de hele week hadden Sarah en Alma Schroeder gekookt en Lillian had gebakken ter voorbereiding. De mensen aten hun buik rond en Sarah liet zien hoe blij ze was. 'We hebben alle hammen en worsten uit het koelhuis gehaald. Jullie zullen van de lente moeten slachten,' zei ze tegen Doug Penfield.

'Heel graag, mevrouw Blackmer,' zei Doug hoffelijk en hij was de eerste die haar zo noemde.

Toen de laatste gast vertrokken was, greep Sarah haar gepakte reistas en kuste haar zoons. Lucian reed haar in zijn rijtuigje naar de pastorie waar ze over een paar dagen uit zou trekken om met hem naar Davenport te verhuizen.

Even later ging Alex naar de gangkast en haalde het kunstbeen te voorschijn. Hij bond het aan zonder om hulp te vragen. Shaman ging in de studeerkamer zitten om medische tijdschriften te lezen. Om de minuut of zo kloste Alex langs de open deur als hij met aarzelende stappen over de overloop liep. Shaman voelde de bonk van het kunstbeen dat te hoog werd opgetild en dan neerplofte en hij wist hoeveel pijn zijn broer had bij elke stap.

Toen hij de slaapkamer in ging, was Alex al in slaap gevallen. De sok en de schoen zaten nog aan het been. Het stond op de vloer naast Alex' rechterschoen en zag eruit alsof het daar thuishoorde.

De volgende morgen ging Alex met het been aan naar de kerk, een huwelijkscadeau voor Sarah. De broers waren geen kerkgangers maar hun moeder had hun gevraagd volgens de huwelijksgebruiken die zondag te komen, en ze bleef maar kijken naar haar oudste toen hij door het middenpad naar de voorste bank liep die voor de familie van de dominee was gereserveerd. Alex steunde op een essehouten wandelstok die Rob J. had gehad om aan patiënten uit te lenen. Soms sleepte hij met zijn kunstvoet en soms tilde hij hem nog te hoog op. Maar hij slingerde of viel niet en liep kalm door tot hij bij Sarah was.

Ze zat tussen haar zoons en keek hoe haar nieuwe echtgenoot zijn kudde in de gebeden voorging. Toen het tijd was voor de preek, begon hij dank uit te spreken tegenover degenen die zijn huwelijk mee hadden gevierd. Hij zei dat God hem naar Holden's Crossing had gevoerd en dat God hem nu wegvoerde, en bedankte de mensen die zijn taak voor hem zoveel betekenis hadden gegeven.

Hij nam juist een aanloop om een paar personen, die hem bij het werk van de Heer hadden bijgestaan, bij name te noemen, toen door de halfopen voorramen van de kerk allerlei geluiden binnendrongen.

Eerst hoorden ze een vaag gejuich dat snel luider werd. Een vrouw gilde en er klonken hese kreten. In Main Street schoot iemand een schot af en er volgde een heel salvo.

Opeens ging de kerkdeur open en Paul Williams kwam binnen. Hij holde door het middenpad naar de dominee tegen wie hij iets dringends fluisterde.

'Broeders en zusters,' zei Lucian. Hij scheen moeite te hebben met zijn woorden. 'In Rock Island is een telegram aangekomen... Robert E. Lee heeft zich met zijn leger gisteren overgegeven aan generaal Grant.'

Er ging geroezemoes door de gemeente. Een paar mensen stonden op. Shaman zag dat zijn broer in de bank naar achter leunde met zijn ogen dicht.

'Wat betekent dat, Shaman?' vroeg zijn moeder.

'Dat betekent dat het eindelijk voorbij is,' zei Shaman.

Het scheen Shaman toe dat de mensen de daaropvolgende vier dagen, waar hij ook kwam, dronken waren van vrede en hoop. Zelfs de ernstig zieken glimlachten en spraken over betere dagen die gekomen waren en er was blijdschap en gelach; ook verdriet omdat iedereen iemand kende die er niet meer was.

Toen hij die donderdag thuiskwam van zijn ronde trof hij Alex vol hoop en vrees aan, want Alden vertoonde tekenen die hij niet begreep. Aldens ogen waren open en hij was bij bewustzijn. Maar Alex zei dat het gereutel in zijn borst heviger was. 'En hij voelt warm aan.'

'Alden, heb je trek?' vroeg Alex. Alden keek hem aan maar gaf geen antwoord. Shaman liet hem door Alex rechtop zetten en ze gaven hem wat bouillon, maar dat was moeilijk omdat hij erger beefde. Ze hadden hem dagenlang alleen soep of pap gegeven omdat Shaman bang was dat hij voedsel in zijn longen zou krijgen.

Shaman kon hem in feite weinig geven waar hij iets aan had. Hij goot terpentijn in een emmer kokend water en maakte van een deken een tent waar de emmer en Aldens gezicht onder zaten. Alden ademde lange tijd de dampen in en begon tenslotte zo langdurig te hoesten dat Shaman de emmer weghaalde en die behandelwijze niet meer toepaste.

De bitterzoete vreugde van die week sloeg op vrijdagmiddag om in verschrikking, toen Shaman door Main Street reed. Meteen wist hij al dat er nieuws was gekomen van een vreselijke ramp. De mensen stonden in groepjes te praten. Hij zag Anna Wiley tegen een paal van

487

de veranda van haar logement staan huilen. Simeon Cowan, de man van Dorothy Burnham Cowan, zat op de bok van zijn platte kar met zijn ogen half dicht en zijn mond geklemd tussen zijn wijsvinger en zijn grote gekloofde duim.

'Wat is er aan de hand?' vroeg Shaman aan Simeon. Hij dacht dat de oorlog doorging.

'Abraham Lincoln is dood. Hij is gisteravond in een theater in Washington neergeschoten door zo'n vervloekte toneelspeler.'

Shaman wilde dat nieuws niet geloven, maar hij steeg af en het werd van alle kanten bevestigd. Niemand wist de bijzonderheden, maar het verhaal was blijkbaar waar. Hij reed naar huis en vertelde Alex het afschuwelijke nieuws.

'De vice-president neemt zijn plaats in,' zei Alex.

'Andrew Johnson zal de eed al hebben afgelegd.'

Lange tijd zaten ze zwijgend in de huiskamer.

'Ons arme land,' zei Shaman tenslotte. Het was of Amerika een patiënt was die lang en hard gevochten had om de ergste epidemie te overleven, en nu van een rots was gestort.

Een grauwe tijd. Toen hij zijn huisbezoeken aflegde stonden alle gezichten somber. Shaman hielp Alex op Trude en Alex reed uit; het was de eerste keer sinds zijn gevangenneming dat hij te paard zat. Toen hij terugkwam, zei hij dat het luiden van de klok ver over de prairie klonk: een triest, eenzaam geluid.

Toen Shaman na middernacht aan Aldens bed zat en opkeek van zijn lectuur, zag hij de ogen van de oude man op zich gevestigd.

'Alden, heb je iets nodig?'

Hij schudde zijn hoofd, bijna onmerkbaar.

Shaman boog zich over hem heen. 'Alden. Weet je nog die keer dat mijn vader de stal uitkwam en er iemand op zijn hoofd schoot? En dat jij de bossen hebt afgezocht en niemand vond?'

Alden knipperde niet eens met zijn ogen.

'Jij hebt met een geweer op mijn vader geschoten.'

Alden likte zijn lippen. '… Geschoten om te missen… bang te maken… kalm te houden.'

'Wil je water?'

Alden gaf geen antwoord. Toen: 'Hoe weet je dat?'

'Toen je ziek was, zei je iets waardoor ik een hoop dingen begreep. Zoals waarom je er bij mij op aandrong om naar Chicago te gaan en David Goodnow te zoeken. Jij wist dat hij totaal krankzinnig was en stom. Dat ik niets te weten zou komen.'

'… Wat weet je nog meer?'

'Ik weet dat jij erbij betrokken was. Je zat er verdomme in tot aan je nek.'

Weer dat knikje. 'Ik heb haar niet gedood. Ik…' Alden kreeg een langdurige, zware hoestbui en Shaman hield hem een bakje voor zodat hij een hoeveelheid grijze slijm uit kon spugen, met een rozige tint. Toen hij ophield met hoesten was hij wit en uitgeput en hij deed zijn ogen dicht.

'Alden. Waarom heb je Korff verteld waar ik heen was?'

'Je wilde de zaak niet laten rusten. Je hebt hun in Chicago de stuipen op het lijf gejaagd. De dag nadat je vertrokken was, stuurde Korff iemand naar me toe. Ik zei waar je heen was. Ik dacht dat hij gewoon met je zou praten. Je afschrikken. Zoals hij mij had afgeschrokken.'

Hij hijgde. Shaman had een massa vragen maar hij wist hoe ziek Alden was. Zijn woede leverde strijd met de gelofte die hij had gedaan. Tenslotte keek hij toe en slikte zijn woorden in, terwijl Alden daar lag met gesloten ogen en nu en dan wat bloed ophoestte of een beving kreeg.

Bijna anderhalf uur later begon Alden uit zichzelf te praten.

'Ik was hier leider van de Amerikaanse Partij…

Die morgen. Ik hielp Grueber… slachten. Ben vroeg vertrokken om hen drieën te treffen. In ons bos. Toen ik er kwam hadden ze… die vrouw al. Ze lag daar gewoon, ze hoorde hen met mij praten. Ik begon te schreeuwen. Ik zei: hoe kan ik hier nou blijven? Dat zij weggingen, maar dat die Indiaanse me in grote moeilijkheden zou brengen.

Korff zei geen woord. Hij pakte gewoon het mes en stak haar dood.'

Op dat moment kon Shaman hem niets vragen. Hij trilde van woede. Hij wilde gillen als een kind.

'Ze waarschuwden me alleen niets te vertellen en reden weg. Ik ging naar huis en pakte een en ander in een doos. Ik dacht dat ik op de loop moest… ik wist niet waarheen. Maar niemand lette op mij of vroeg me iets toen ze haar gevonden hadden.'

'Je hebt zelfs geholpen haar te begraven, ellendeling,' zei Shaman. Hij kon zich niet inhouden. Misschien maakte zijn boze stem meer indruk op Alden dan zijn woorden. Alden deed zijn ogen dicht en begon te hoesten. Ditmaal hield het niet op.

Shaman ging kinine en zwart wortelaftreksel halen, maar toen hij het probeerde toe te dienen, verslikte Alden zich en sproeide het in het rond, waarbij zijn nachthemd nat werd en verschoond moest worden.

Een paar uur later zat Shaman aan de knecht te denken zoals hij hem altijd had gekend. De handwerksman die vishengels en schaatsen maakte, de vakman die hem leerde jagen en vissen. De onverbeterlijke dronkaard.

De leugenaar. De man die medeplichtig was aan verkrachting en moord.

Hij stond op, pakte de lamp en hield die boven Aldens gezicht. 'Alden. Luister naar me. Met wat voor soort mes stak Korff haar? Wat voor wapen gebruikte hij, Alden?'

Maar de oogleden bleven dicht. Alden Kimball gaf geen teken dat hij de stem van Shaman gehoord had.

Tegen de morgen had Alden hoge koorts. Alden was buiten bewustzijn. Als hij hoestte, was er een stinkende afscheiding en de spuug zag nu roder. Shaman legde zijn vingers om Aldens pols en de hartslag was snel, honderdacht slagen per minuut.

Hij kleedde Alden uit en sponsde hem met alcohol. Toen hij opkeek zag hij dat het dag was geworden. Alex keek door de deuropening. 'God, hij ziet er vreselijk uit. Heeft hij pijn?'

'Ik denk niet dat hij nog iets kan voelen.'

Het was moeilijk voor hem om het Alex te vertellen en nog moeilijker voor Alex om aan te horen wat er gezegd werd, maar Shaman sloeg niets over.

Alex had lange tijd nauw met Alden samengewerkt. Samen hadden ze het zware en vuile dagelijkse boerenwerk gedaan, hij had honderd alledaagse werkjes geleerd en was van de oudere man afhankelijk geweest voor zijn evenwicht in de tijd dat hij zich als een vaderloos, onecht kind gevoeld had en was opgestaan tegen Rob J.'s vaderlijk gezag. Shaman wist dat Alex echt op Alden gesteld was.

'Ga je het melden?' Alex leek kalm. Alleen zijn broer wist hoe ontdaan hij was.

'Dat heeft geen zin. Hij heeft longontsteking en het gaat hard.'

'Gaat hij dood?'

Shaman knikte.

'Ik ben blij voor hem,' zei Alex.

Ze zaten te overleggen of ze iemand moesten waarschuwen. Geen van hen wist waar de mormoonse vrouw en kinderen woonden die de knecht in de steek had gelaten voordat hij bij Rob J. kwam werken. Shaman vroeg Alex om Aldens hut te doorzoeken en dat ging hij doen. Toen hij terugkwam, schudde hij zijn hoofd. 'Drie kruiken whisky, twee hengels en een geweer. Gereedschap. Een hoofdstel dat hij aan het repareren was. Vuile was. En dit.' Hij had een stuk papier in zijn hand. 'Een lijst van mensen van hier. Ik denk dat het de leden zijn van de Amerikaanse Partij hier in het dorp.'

Shaman pakte hem niet aan. 'Verbrand hem maar.'

'Weet je dat zeker?'

Hij knikte. 'Ik blijf mijn leven lang hier wonen en voor hen zorgen. Als ik als dokter hun huis binnenga, wil ik niet weten wie er Weetniks is,' zei hij en Alex knikte en nam de lijst mee.

Shaman stuurde Billy Edwards naar het klooster met de namen van verschillende patiënten die thuis bezocht moesten worden en vroeg moeder Miriam Ferocia om de huisbezoeken voor hem te doen. Toen Alden midden op de morgen stierf, lag Shaman te slapen. Tegen de tijd dat hij wakker werd, had Alex Aldens ogen al gesloten, hem gewassen en schone kleren aangetrokken.

Toen ze het Doug en Billy vertelden, kwamen ze en bleven even bij het bed staan en gingen toen naar de stal om een kist te timmeren.

'Ik wil hem niet hier op de boerderij begraven,' zei Shaman.

Alex zweeg even, maar knikte toen. 'We kunnen hem naar Nauvoo brengen. Ik denk dat hij onder de mormonen daar nog vrienden had,' zei hij.

De kist werd op de platte kar naar Rock Island gebracht en op het dek van een dekschuit gezet. De gebroeders Cole zaten erbij op een kist ploegscharen. Op die dag, terwijl een trein het lijk van Abraham Lincoln op een lange trage reis naar het Westen bracht, voer het lijk van de knecht de Mississippi af.

In Nauvoo werd de kist gelost op de stoombootkade en Alex bleef erbij op wacht staan, terwijl Shaman een loods in liep en hun boodschap uitlegde aan een bediende, Perley Robinson. 'Alden Kimball? Die ken ik niet. U zult toestemming moeten vragen aan mevrouw Bidamon om hem hier te begraven. Wacht, ik zal het haar vragen.'

Hij kwam al vlug terug. De weduwe van Joseph Smith, de profeet, had gezegd dat ze Alden Kimball kende als mormoon en vroegere kolonist in Nauvoo en dat hij op de begraafplaats bijgezet kon worden.

De kleine begraafplaats was landinwaarts. De rivier was niet te zien, maar er stonden bomen en iemand die met een zeis overweg kon hield het gras kort. Twee stevige jongemannen groeven het graf en Perley Robinson, die ouderling was, las eindeloos voor uit het Boek van Mormon terwijl de middagschaduwen lengden.

Na afloop rekende Shaman af. De begrafeniskosten kwamen op zeven dollar, waarvan viereneenhalve voor de grond. 'Voor nog twintig dollar zorg ik dat hij een mooie steen krijgt,' zei Robinson.

'Goed,' zei Alex meteen.

'In welk jaar is hij geboren?'

Alex schudde zijn hoofd. 'Dat weten we niet. Laat ze er alleen maar op zetten: "Alden Kimball, gestorven 1865".'

'Wacht even. Ik kan er "Heilige" onder laten zetten.'

Maar Shaman keek hem aan en schudde zijn hoofd. 'Alleen de naam en de datum,' zei hij.

Perley Robinson zei dat er een boot op komst was. Hij hing de rode vlag uit, dan zou hij aanleggen, en al snel zaten ze in stoelen op het bakboorddek terwijl de zon Iowa in zonk in een bloederige lucht.

'Hoe is hij toch bij de Weetniksen terechtgekomen?' vroeg Shaman na een tijd.

Alex zei dat het hem niet verbaasde. 'Hij had altijd haatgevoelens. Hij was over veel dingen bitter. Hij heeft me meer dan eens verteld dat zijn vader in Amerika geboren was en als knecht in Vermont gestorven was en dat hij ook als knecht zou sterven. Het zat hem dwars dat mensen uit het buitenland een boerderij hadden.'

'Waarom hij dan niet? Pa zou hem geholpen hebben om zelf iets te beginnen.'

'Het was iets van binnen. Wij hadden al die jaren meer achting voor hem dan hij voor zichzelf,' zei Alex. 'Geen wonder dat hij dronk. Bedenk eens waar die arme ouwe vent mee moest leven.'

Shaman schudde zijn hoofd. 'Als ik aan hem denk, zal ik aan hem denken als aan een man die pa heimelijk voor de gek heeft gehouden. En tegen iemand, van wie hij wist dat het een moordenaar was, gezegd heeft waar ik was.'

'Maar je hebt toch goed voor hem gezorgd toen je dat al wist,' merkte Alex op.

'Ja, nou...' zei Shaman bitter. 'De waarheid is dat ik voor de tweede keer in mijn leven iemand heb willen doden.'

'Maar dat heb je niet gedaan. Je probeerde hem juist te redden,' zei Alex. Hij keek Shaman aan. '... In het kamp in Elmira heb ik in mijn tent mannen verzorgd. Als ze ziek waren, probeerde ik te bedenken wat pa gedaan zou hebben en dat deed ik dan. Dat maakte me gelukkig.'

Shaman knikte.

'Denk je dat ik dokter kan worden?'

Shaman schrok van die vraag. Hij bleef met opzet een tijd zwijgen voordat hij antwoord gaf. Toen knikte hij. 'Ik denk van wel, Alex.'

'Ik ben lang niet zo'n studiehoofd als jij.'

'Je bent intelligenter dan je wel wilt toegeven. Op school deed je niet erg je best. Maar als je nu hard werkt, denk ik dat je het zou kunnen. Je zou bij mij in de leer kunnen komen.'

'Ik zou met je willen samenwerken, zo lang als nodig is voor voorbereiding in scheikunde en anatomie en wat je verder denkt dat ik nodig heb. Maar ik zou liever naar een medische opleiding gaan, net als pa en jij gedaan hebben. Ik wil graag naar het Oosten. Misschien studeren bij die vriend van pa, dr. Holmes.'

'Jij hebt alles al in je hoofd. Je hebt hier zeker al lang over gedacht.'

'Ja. En ik ben nog nooit zo bang geweest,' zei Alex en allebei glimlachten ze voor het eerst in dagen.

71. Familieschenking

Op de terugweg uit Nauvoo gingen ze naar Davenport en vonden hun moeder verloren tussen onuitgepakte dozen en kisten in de kleine bakstenen pastorie naast de baptistenkerk. Lucian was al uit, op huisbezoek. Shaman zag dat Sarahs ogen rood waren.

'Is er iets mis, ma?'

'Nee. Lucian is een allerliefste man en we zijn dol op elkaar. Hier wil ik zijn, maar… Het is echt een verandering. Het is nieuw en beangstigend en ik ga gek doen.'

Maar ze was blij haar zoons te zien.

Ze begon weer te huilen toen ze haar over Alden vertelden. Ze leek maar niet op te kunnen houden. 'Ik huil even erg uit schuldgevoel als om Alden,' zei ze toen ze haar probeerden te troosten. 'Ik heb nooit van Makwa-ikwa gehouden en ben nooit aardig tegen haar geweest. Maar…'

'Ik denk dat ik weet hoe ik u op moet vrolijken,' zei Alex. Hij begon haar dozen uit te pakken en Shaman ook. Binnen een paar minuten droogde ze haar tranen en ging meedoen. 'Jullie weten niet waar alles moet komen te staan!'

Terwijl ze uitpakten, vertelde Alex van zijn besluit om voor dokter te gaan leren en Sarah reageerde met ontzag en blijdschap. 'Rob J. zou zo blij geweest zijn.'

Ze liet hun het huisje zien. Het meubilair was niet geweldig en er was te weinig. 'Ik zal Lucian vragen om een paar dingen in de stal te zetten en we halen een paar dingen van mij uit Holden's Crossing.'

Ze zette koffie en sneed een appelvlaai die een van 'haar' kerkvrouwen had gebracht. Terwijl ze ervan aten, krabbelde Shaman een paar figuurtjes op de achterkant van een oude rekening.

'Wat doe je?' vroeg Sarah.

'Ik heb een idee.' Hij keek hen aan, wist niet hoe hij moest beginnen en stelde toen eenvoudig de vraag. 'Wat zou u ervan zeggen om een kwart perceel van ons land aan het nieuwe ziekenhuis te schenken?'

Alex bracht net een vork met vlaai naar zijn mond, maar hield de vork midden in de lucht stil en zei iets. Shaman duwde met zijn hand de vork omlaag om de mond van zijn broer te zien.

'Eén zestiende van de hele boerderij?' vroeg Alex weer.

'Als we dat land gaven, zou het ziekenhuis volgens mijn berekening dertig bedden kunnen hebben in plaats van vijfentwintig.'

'Maar Shaman... acht hectare?'

'We verkleinen de kudde. En er zou land genoeg over zijn om te boeren, zelfs als we de kudde weer eens groter willen maken.'

Zijn moeder trok haar wenkbrauwen op. 'Je zou moeten zorgen dat het ziekenhuis niet te dicht bij het huis komt.'

Shaman zuchtte. 'Het huis is het kwart perceel dat ik aan het ziekenhuis wilde schenken. Het zou aan de rivier een eigen haventje kunnen hebben en recht op overpad naar de weg.'

Ze keken hem alleen maar aan.

'U woont nu hier,' zei hij tegen zijn moeder. 'Ik ga voor Rachel en de kinderen een nieuw huis bouwen. En,' zei hij tegen Alex, 'jij bent jaren weg om te studeren en praktijk te doen. Ik verander het huis in een kliniek, een plek waar patiënten naar de dokter komen die niet zo ziek zijn dat ze opgenomen moeten worden. We krijgen er ook onderzoekkamers bij, wachtkamers. Misschien het ziekenhuiskantoor en een apotheek. We zouden het de Robert Judson Cole-Kliniek kunnen noemen.'

'O, dat vind ik fijn,' zei zijn moeder, en toen hij haar in de ogen keek wist hij dat ze overstag ging.

Alex knikte.

'Weet je het zeker?'

'Ja,' zei Alex.

Het was laat toen ze uit de pastorie vertrokken en de pont over de Mississippi namen. De nacht was gevallen toen ze paard-en-kar ophaalden uit de stal in Rock Island, maar ze kenden de weg blindelings en reden in het donker naar huis. Toen ze in Holden's Crossing kwamen, was het te laat om nog bij het klooster van Sint-Franciscus van Assisi aan te gaan. Hij wist dat hij die nacht niet zou slapen en dat hij er heel vroeg in de morgen heen zou gaan. Hij kon niet wachten om het moeder Miriam Ferocia te vertellen.

Vijf dagen later waren de landmeters op het kwart perceel bezig met hun transiet en hun stalen maatlatten. In het gebied tussen de rivieren was geen architect, maar de aannemer met de beste naam was een zekere Oscar Ericsson uit Rock Island. Shaman en moeder Miriam Ferocia spraken af met Ericsson en hielden een uitvoerig gesprek. De aannemer had een stadhuis gebouwd en verschillende kerken, maar voornamelijk huizen en winkels. Dit was voor hem de eerste kans om een ziekenhuis te bouwen en hij luisterde aandachtig naar wat ze hem zeiden. Toen ze zijn ruwe schetsen bekeken, wisten ze dat ze hun bouwmeester gevonden hadden.

Ericsson bracht allereerst de plek in kaart en stelde voor waar de rijwegen en paden moesten komen. Een pad van de kliniek naar de stoombootsteiger zou vlak langs Aldens hut lopen. 'Billy en jij kunnen hem maar het best afbreken en de balken klein kappen voor brandhout,' zei Shaman tegen Doug Penfield en ze begonnen er meteen aan. Toen de werkploeg van Ericsson aankwam om de bouwplaats voor het ziekenhuis schoon te kappen, was het alsof er nooit een hut gestaan had.

Die middag zat Shaman in het rijtuigje en reed met Boss op huisbezoek, toen het huurrijtuig van de stalhouderij in Rock Island hem tegemoetreed. Er zat een man naast de koetsier op de bok en Shaman zwaaide naar hen toen ze passeerden. Het duurde seconden voor het tot hem doordrong wie die passagier was en hij keerde Boss met een korte bocht en reed hard om ze in te halen.

Hij gaf de koetsier een teken om te stoppen en sprong meteen uit zijn rijtuigje. 'Jay!' riep hij.

Jason Geiger klom ook naar beneden. Hij was vermagerd; geen wonder dat hij hem niet meteen had herkend. 'Shaman?' vroeg hij. 'Mijn god, ja.'

Hij had geen koffer, alleen een plunjezak met een trekkoord die Shaman in zijn eigen rijtuigje legde.

Jay ging onderuit op het bankje zitten en ademde het landschap in. 'Dit heb ik gemist.' Hij wierp een blik op de dokterstas en knikte. 'Lillian heeft me geschreven dat je dokter bent. Ik kan je niet zeggen hoe trots ik was toen ik het hoorde. Je vader moet zich...' Hij ging niet verder.

Toen zei hij: 'Met je vader was ik vertrouwelijker dan met mijn broers.'

'Hij prees zich altijd gelukkig dat je zijn vriend was.'

Geiger knikte.

'Weten ze dat je komt?'

'Nee. Ik wist het zelf pas een paar dagen. Noordelijke troepen kwamen naar het ziekenhuis met hun eigen personeel en zeiden dat we konden vertrekken. Ik trok burgerkleding aan en sprong op de trein. Toen ik in Washington aankwam, zei iemand dat het lijk van Lincoln in de koepelzaal van het Kapitool stond en ik ging kijken. Je hebt nog nooit zoveel mensen bij elkaar gezien. Ik heb de hele dag in de rij gestaan.'

'Heb je zijn lijk gezien?'

'Even maar. Hij had grote waardigheid. Je wilde blijven staan en iets tegen hem zeggen, maar ze duwden je verder. Het kwam bij me op dat de mensen mij, als ze het grijze uniform in mijn zak hadden gezien, totaal uit elkaar hadden gerukt.' Hij zuchtte. 'Lincoln zou het land verenigd hebben. Nu ben ik bang dat de machthebbers de moord op hem aan zullen grijpen om het Zuiden te vertrappen.'

Hij zweeg opeens, want Shaman had het paard met het rijtuigje het laantje in gestuurd dat van de weg naar het huis van Geiger liep. Shaman reed Boss naar de zijdeur die het gezin gebruikte.

'Kom je mee naar binnen?' vroeg Jay. Shaman glimlachte en schudde zijn hoofd. Hij wachtte terwijl Jay zijn plunjezak uit het rijtuigje haalde en stijf de treden opliep. Het was zijn huis en hij ging zonder kloppen naar binnen, en Shaman klakte zachtjes naar Boss en reed weg.

De volgende dag wachtte Shaman tot hij klaar was met zijn patiënten in de praktijk. Toen liep hij over het Lange Pad naar het huis van Geiger. Toen hij klopte, werd de voordeur opengedaan door Jason, en Shaman keek even naar zijn gezicht en begreep dat Rachel het haar vader verteld had.

'Kom binnen.'

'Dank je, Jay.'

Het maakte het er geen haar beter op dat de twee kinderen aan die paar woorden de stem van Shaman herkenden en de keuken uit kwamen stormen en Joshua hem om een van zijn benen pakte en Hattie het andere vastgreep. Lillian schoot achter hen aan en trok ze van hem los en ze knikte tegelijk gedag. Ze nam de klagende kinderen mee terug naar de keuken.

Jay ging voor naar de huiskamer en wees op een van de paardeharen stoelen, waar Shaman gehoorzaam in ging zitten.

'Mijn kleinkinderen zijn bang voor mij.'

'Ze kennen je nog niet. Lillian en Rachel hebben de hele tijd over je verteld. Grootvader zus en *zaydeh* zo. Als ze je met die aardige grootvader gaan vereenzelvigen, komt dat wel goed.' Het kwam bij hem op dat Jay Geiger het misschien niet op prijs stelde, onder deze omstandigheden zo te worden toegesproken over zijn eigen kleinkinde-

ren en wilde van onderwerp veranderen. 'Waar is Rachel?'
'Ze is gaan wandelen. Ze is van de kook.'
Shaman knikte. 'Ze heeft je over mij verteld.'
Jason knikte.
'Ik heb heel mijn leven van haar gehouden. Goddank dat ik geen jongen meer ben... Jay, ik weet waar je bang voor bent.'
'Nee, Shaman. Met alle respect, dat zul je nooit weten. Die twee kinderen hebben het bloed van hogepriesters. Ze moeten joods worden opgevoed.'
'Dat zal gebeuren. We hebben het er uitvoerig over gehad. Rachel wil haar geloof niet opgeven. Joshua en Hattie kunnen van jou, van degene die het hun moeder geleerd heeft, les krijgen. Ik wil samen met hen Hebreeuws leren. Op het college heb ik het een tijdje gehad.'
'Ga je je bekeren?'
'Nee... Ik denk er eigenlijk over om quaker te worden.'
Geiger zweeg.
'Als ons gezin zat opgesloten in een stad van jullie eigen mensen, zou je zo'n partij voor je kinderen mogen verwachten. Maar je hebt ze de wereld ingebracht.'
'Ja, ik neem de verantwoordelijkheid. Nu moet ik ze terugleiden.'
Shaman schudde zijn hoofd. 'Ze zullen niet gaan. Ze kunnen dat niet.'
Jays gezichtsuitdrukking veranderde niet.
'Rachel en ik gaan trouwen. En als jullie haar dodelijk kwetsen door de spiegels te behangen en de gebeden voor de dode te bidden, vraag ik haar de kinderen mee te nemen en met me mee te gaan, ver weg van hier.'
Een ogenblik vreesde hij voor de legendarische Geiger-woede, maar Jay knikte. 'Ze zei me vanmorgen dat ze zou vertrekken.'
'Gisteren zei je dat mijn vader dichter in je hart was dan je broers. Ik weet dat je van zijn gezin houdt. Ik weet dat je van mij houdt. Kunnen we niet van elkaar houden om wat we zijn?'
Jason zag bleek. 'Het schijnt dat we dat moeten proberen,' zei hij moeizaam. Hij stond op en stak zijn hand uit.
Shaman negeerde die hand en omhelsde hem met een breed gebaar. Meteen voelde hij de hand van Jason op zijn rug, die hem geruststellende klopjes gaf.

In de derde week van april keerde de winter terug in Illinois. De temperatuur daalde en het begon te sneeuwen. Shaman maakte zich zorgen over de knopjes aan de perzikbomen. Het werk op de bouwplaats lag stil, maar Ericsson en hij liepen door het huis van Cole en besloten waar de aannemer planken moest maken en instrumenten-kasten. Ze waren het snel eens dat er weinig verbouwd hoefde te worden om het huis om te toveren tot kliniek.

Toen het ophield met sneeuwen, maakte Doug Penfield gebruik van de kou om wat te slachten zoals hij Sarah beloofd had. Shaman kwam langs het slachthok achter de stal en zag drie varkens, gebonden en aan hun achterpoten opgehangen aan een hoge balk. Hij bedacht dat drie te veel was; Rachel zou bij hen thuis geen ham of gerookte schouder gebruiken en hij glimlachte om dit bewijs van de interessante wendingen die hun leven zou gaan nemen. De varkens waren al leeggebloed, uitgehaald, in vaten kokend water gedompeld en afgeschraapt. Ze waren rozewit en hij bleef staan toen hij drie kleine, gelijkvormige openingen zag in de grote halsslagaders, waardoor ze leeggebloed waren.

Driehoekige wonden, net als gaten die in de sneeuw komen door de punten van skistokken.

Zonder ze te hoeven meten, wist Shaman dat die wonden de juiste maat hadden.

Hij stond als aan de grond genageld toen Doug kwam met zijn vleeszaag.

'Die gaten. Waarmee heb je die gestoken?'

'Met Aldens varkensdolk.' Doug glimlachte tegen hem. 'Dat is het rare. Ik heb Alden keer op keer gevraagd er een voor mij te maken, vanaf de eerste keer dat ik hier slachtte. Ik vroeg maar. Hij zei altijd dat hij het zou doen. Hij zei dat hij wist dat het beter was om een varken te steken dan de keel door te snijden. Hij zei dat hij zelf een steker gehad had en hem was kwijtgeraakt.

Toen hebben we zijn hut afgebroken en daar lag de zijne, op een dwarsbalk onder de plankenvloer. Hij moet dat ding even neergelegd hebben terwijl hij een van de planken repareerde en het vergeten zijn en er een vloerplank over getimmerd hebben. Het hoefde nauwelijks geslepen te worden.'

Meteen had Shaman het in zijn hand. Het was het instrument waarvan het gebruik Barney McGowan had verbijsterd toen hij er in het pathologisch laboratorium van het ziekenhuis in Cincinnati een beeld van had gegeven, alleen afgaande op een beschrijving van Makwa's wonden. Het was ongeveer vijfenveertig centimeter lang. Het heft was rond en glad, gemakkelijk vast te houden. Zoals de vader van Shaman bij de lijkschouwing al vermoedde, liepen de laatste vijftien centimeter van het driehoekige lemmet toe, dus hoe verder het lemmet in het weefsel werd gestoken, hoe groter de wond zou zijn. De drie randen glommen vervaarlijk en het was duidelijk dat het staal

498

scherp geslepen kon worden. Alden had altijd graag goed staal gebruikt.

Hij zag de arm heffen en neerkomen. Heffen en neerkomen.

Elf keer.

Ze zou niet gegild of geschreeuwd hebben. Hij hield zich voor dat ze op een plek diep in zichzelf geweest zou zijn, een plek waar geen pijn was. Hij hoopte vurig dat het zo was geweest.

Shaman liet Doug doorwerken. Hij nam het instrument mee naar het Korte Pad en hield het voorzichtig voor zich uit, alsof het kon veranderen in een slang die achteruit naar hem zou bijten. Hij liep door de bomen, langs het graf van Makwa en de vervallen *hedonoso-te*. Op de oever van de rivier haalde hij zijn arm naar achter en gooide.

Het ding draaide en draaide, het zweefde door de lentelucht, het glinsterde de hele tijd in de heldere zon als een zwaard dat geworpen werd. Maar het was niet Excalibur. Geen van God gezonden hand en arm steeg uit de diepte om het op te vangen en te zwaaien. In plaats daarvan schoot het bijna zonder rimpeling in de stroom, in het diepste water. Shaman wist dat de rivier het niet terug zou geven en een gewicht dat hij jaren getorst had – zo lang dat hij er zich niet meer van bewust was – steeg van zijn schouders en vloog weg, als een vogel.

72. De eerste spade

Eind april was er geen sneeuw meer, zelfs niet in de stille uithoeken waar de rivierbossen diepe schaduwen wierpen. De toppen van de perzikbomen waren kapotgevroren, maar nieuw leven worstelde onder de zwart geworden bast en bracht groene knoppen tot bloei. Op dertien mei, toen op de boerderij van Cole officieel de eerste spade in de grond gestoken zou worden, was het zacht weer. Kort na het middaguur stapte monseigneur James Duggan, bisschop van het diocees Chicago, vergezeld door drie priesters in Rock Island uit de trein.

Ze werden begroet door moeder Miriam Ferocia met twee huurrijtuigen waarin het gezelschap naar de boerderij reed; daar waren de mensen al bij elkaar gekomen. Bij die groep waren de meeste dokters uit de streek, de verpleegster-nonnen uit het klooster en de priester die hun biechtvader was, de stichters van het dorp, diverse politici onder wie Nick Holden en afgevaardigde John Kurland, en een aantal burgers. De stem van moeder Miriam klonk duidelijk toen ze hen verwelkomde, maar haar accent was erger dan anders, wat vaker gebeurde als ze zenuwachtig was. Ze stelde de prelaten voor en vroeg bisschop Duggan het gebed te doen.

Toen stelde ze Shaman voor, die hen rondleidde over het terrein. De bisschop, een gezette man met een rood gezicht omkranst door veel grijs haar, was kennelijk in zijn nopjes met wat hij zag. Toen ze op de plek van het ziekenhuisgebouw kwamen, hield afgevaardigde Kurland een korte rede en beschreef wat de aanwezigheid van een ziekenhuis voor zijn kiezers zou betekenen. Bisschop Duggan kreeg van moeder Miriam een schop aangereikt en groef in de aarde alsof het zijn dagelijks werk was. Toen hanteerde moeder overste de schop, vervolgens was Shaman aan de beurt en daarna de politici. Tot slot verschillende mensen die hun kinderen graag zouden kunnen vertellen dat ze de eerste spade in de grond gestoken hadden voor het ziekenhuis van Sint-Franciscus.

Na de plechtigheid ging iedereen naar een ontvangst in het klooster. Daar waren weer rondleidingen: door de moestuin, naar de schaaps- en de geitenkudde op het veld, naar de stal en tenslotte door het klooster zelf.

Miriam Ferocia moest de juiste indruk wekken. Ze wilde haar bisschop eren met passende gastvrijheid, maar wist dat ze in zijn ogen geen geld over de balk mocht gooien. Dat was haar aardig gelukt door produkten van het klooster te gebruiken om kaaskoekjes te bakken die warm op dienbladen werden rondgedeeld bij de thee en de koffie. Alles scheen goed te verlopen maar Shaman kreeg de indruk dat Miriam Ferocia steeds bezorgder werd. Hij zag dat ze onzeker naar Nick Holden keek, die in de gecapitonneerde stoel naast de tafel van de overste zat.

Toen Holden opstond en ergens anders heen ging, scheen ze vol verwachting en keek telkens naar bisschop Duggan.

Shaman had op de boerderij al kennisgemaakt met de bisschop en met hem gesproken. Nu kwam hij dichterbij en toen hij de kans kreeg sprak hij hem aan.

'Excellentie, ziet u die grote gecapitonneerde stoel met de gebeeldhouwde houten armleuningen achter mij?'

De bisschop keek vragend. 'Jawel.'

'Excellentie, die stoel is door de nonnen op een kar over de prairie gereden toen ze hierheen kwamen. Hij heet de bisschopsstoel. Ze droomden dat hun bisschop op een dag op bezoek zou komen en dat hij dan een fijne stoel zou hebben om uit te rusten.'

Bisschop Duggan knikte ernstig maar zijn ogen twinkelden. 'Dokter Cole, u zult het volgens mij ver brengen,' zei hij. Hij was een behoedzaam man. Eerst ging hij naar de afgevaardigde en besprak de toekomst van de aalmoezeniers in het leger nu de oorlog voorbij was. Na een paar minuten ging hij naar Miriam Ferocia toe. 'Kom, moeder,' zei hij. 'Laten we even praten.' Hij trok een rechte stoel bij de gecapitonneerde, waar hij zich met een genoeglijke zucht in liet zakken.

Al vlug waren ze verwikkeld in een gesprek over kloosteraangelegenheden. Moeder Miriam Ferocia zat recht op de rechte stoel en zag heel goed dat de bisschop goed in zijn stoel zat, bijna als een koning: zijn rug gesteund, zijn handen gemakkelijk op de uiteinden van de gebeeldhouwde armleuningen. Zuster Mary Peter Celestine, die koekjes ronddeelde, merkte het blozende gezicht van haar overste op. Ze wierp zuster Mary Benedictina, die koffie aan het schenken was, een blik toe en ze glimlachten allebei.

De morgen na de ontvangst in het klooster reden de sheriff en een hulpsheriff een platte kar naar de boerderij van Cole met daarop het lijk van een dikke vrouw van middelbare leeftijd met lang vuil bruin haar. De sheriff wist niet wie het was. Ze was dood aangetroffen achter in een gesloten vrachtwagen die bestelde zakken suiker en bloem bij de winkel van Haskins had afgeleverd.

'Wij denken dat ze in Rock Island achter in de wagen is gekropen, maar niemand weet waar ze vandaan is of iets anders van haar,' zei de sheriff. Ze droegen haar de schuur in en legden haar op tafel; toen groetten ze en reden weg.

'Een anatomieles,' zei Shaman tegen Alex.

Ze kleedden haar uit. Ze was niet schoon en Alex keek toe hoe Shaman neten en roos uit haar haar kamde. Shaman gebruikte het lancet die Alden voor hem had gemaakt om de Y-snede te maken om haar borst open te leggen. Hij gebruikte de ribbentang om het borstbeen te verwijderen, legde uit wat wat was en wat hij deed en waarom. Toen hij opkeek zag hij dat Alex het moeilijk had met zichzelf.

'Hoe vuil een menselijk lijk ook is, het is een wonder dat bewonderd moet worden en goed behandeld. Als iemand sterft, gaat de ziel of de geest – die de Grieken *anemos* noemden – eruit. De mensen hebben er altijd over gediscussieerd of die ook sterft, of ergens anders heen gaat.' Hij glimlachte en dacht eraan dat zijn vader en Barney dezelfde boodschap hadden gegeven, heel vergenoegd dat hij die erfenis zelf doorgaf. 'Toen pa medicijnen studeerde, had hij een professor die hem zei dat de geest het lichaam achterlaat zoals iemand een huis verlaat waar hij in woont. Pa zei dat we een lijk waardig moeten behandelen, uit respect voor de persoon die het huis bewoond heeft.'

Alex knikte. Shaman zag dat hij echt geïnteresseerd over tafel gebogen stond en dat de kleur in Biggers gezicht terugkwam terwijl hij naar de handen van zijn broer keek.

Jay had zich opgeworpen als leraar van Alex in scheikunde en farmacologie. Die middag zaten ze op de veranda van het huis van Cole en repeteerden de elementen, terwijl Shaman vlakbij een krant las en nu en dan indommelde. Ze moesten hun boeken wegleggen en Shaman moest alle hoop op een dutje laten varen omdat Nick Holden eraan kwam. Shaman zag dat Alex Nick beleefd, maar niet enthousiast begroette.

Nick kwam afscheid nemen. Hij was nog steeds commissaris van Indiaanse Zaken en ging terug naar Washington.

'Heeft president Johnson u dan gevraagd om aan te blijven?' vroeg Shaman.

'Een tijdje maar. Hij zal er zijn eigen mensen neerzetten, wees maar niet bang,' zei Nick en trok een gezicht. Hij zei dat heel Washington in beroering was over het gerucht dat er een connectie was tussen de voormalige vice-president en de moordenaar van president Lincoln. 'Ze zeggen dat er een briefje aan Johnson ontdekt is met de handtekening van John Wilkes Booth eronder. En dat op de middag voor de aanslag Booth in Johnsons hotel geweest is en bij de receptie naar hem gevraagd heeft, maar te horen kreeg dat Johnson er niet was.'

Shaman vroeg zich af of er in Washington behalve presidenten ook goede namen om zeep werden geholpen. 'Hebben ze Johnson naar die verhalen gevraagd?'

'Hij negeert ze. Hij houdt zich alleen bezig met presidentiële zaken en praat over het vinden van fondsen om de oorlogstekorten te dekken.'

'Het grootste tekort van de oorlog kan niet gedekt worden,' zei Jay. 'Een miljoen mensen zijn gedood of gewond. En er zullen er nog meer sterven, want hier en daar zitten groepjes zuiderlingen die zich nog niet hebben overgegeven.'

Ze dachten na over dat afschuwelijke idee. 'Wat zou er met dit land gebeurd zijn als er geen oorlog geweest was?' vroeg Alex opeens. 'Als Lincoln had goedgevonden dat het Zuiden zich afscheidde?'

'De Confederatie van het Zuiden zou niet lang bestaan hebben,' zei Jay. 'Zuiderlingen geloven in hun eigen staat en wantrouwen een centrale regering. Er zouden bijna meteen onenigheden ontstaan zijn. De Confederatie zou uiteengevallen zijn in kleinere groepen en die zouden op den duur uiteengevallen zijn in afzonderlijke staten. Ik denk dat alle staten, een voor een, op eigen vernederend en pijnlijk verzoek, teruggekomen waren bij de Verenigde Staten.'

'Er zijn hier veranderingen gaande,' zei Shaman. 'De Amerikaanse

Partij had bij de laatste verkiezingen heel weinig invloed. In Amerika geboren soldaten hebben Ierse en Duitse en Scandinavische kameraden in de strijd zien sterven en ze willen niet meer naar onverdraagzame politici luisteren. De *Chicago Daily Tribune* zegt dat het afgelopen is met de Weetniksen.'

'Blij dat we eraf zijn,' zei Alex.

'Het was gewoon een politieke partij,' zei Nick gemoedelijk.

'Een politieke partij die andere, gevaarlijker groeperingen in het leven riep,' zei Jay. 'Maar wees maar niet bang. Drieëneenhalf miljoen vroegere slaven trekken uit om werk te zoeken. Er zullen nieuwe terreurgenootschappen tegen hen worden opgericht, waarschijnlijk met dezelfde namen op de ledenlijsten.'

Nick Holden stond op om weg te gaan. 'Overigens, Geiger, heeft je goede vrouw nog iets gehoord van haar geëerde neef?'

'Als we wisten waar Judah Benjamin zat, commissaris, denk je dan dat ik het je zou zeggen?' zei Jay rustig.

Holden glimlachte zijn glimlach.

Het was waar dat hij Alex het leven gered had en Shaman was hem dankbaar. Maar zijn dankbaarheid zou hem er nooit toe brengen, Nick aardig te vinden. Diep in zijn hart hoopte hij vurig dat zijn broer verwekt was door de jonge bandiet Will Mosby.

Het kwam niet bij hem op om Holden voor de bruiloft uit te nodigen.

Shaman en Rachel trouwden op 22 mei 1865 in de huiskamer van Geiger met alleen familie erbij. Het was niet de bruiloft die hun ouders gewenst hadden. Sarah had haar zoon voorgesteld dat aangezien zijn stiefvader geestelijke was, het goed zou zijn voor de eenheid van de familie als Lucian werd gevraagd de plechtigheid te verrichten. Jay hield zijn dochter voor dat een joodse vrouw alleen door een rabbi getrouwd kon worden. Rachel en Shaman maakten er geen ruzie over maar lieten zich trouwen door rechter Stephen Hume. Hume kon niet met bladzijden of aantekeningen overweg als hij geen lezenaar had en Shaman moest er een lenen in de kerk, wat niet moeilijk bleek omdat er nog geen nieuwe geestelijke beroepen was. Ze stonden met de kinderen voor de rechter. Joshua's zweterige handje greep Shamans wijsvinger vast. Rachel, in een trouwjurk van blauw brokaat met een brede kraag van roomwit kant, hield Hattie bij de hand. Hume was een goed mens die hun goede dingen toewenste, en die kwamen uit. Toen hij verklaard had dat ze man en vrouw waren en hun zei: 'Ga in vreugde en vrede,' nam Shaman dat letterlijk op. De wereld vertraagde en hij voelde zijn ziel licht worden zoals hij maar één keer eerder had meegemaakt: toen hij voor de eerste keer als arts door de tunnel tussen de Poliklinisch-Medische Opleiding en het Ziekenhuis van zuidwestelijk Ohio gelopen had.

Shaman had gedacht dat Rachel de huwelijksreis naar Chicago of een andere stad had willen maken, maar ze had hem horen zeggen dat de Sauk en de Mesquakie teruggekomen waren naar Iowa en tot zijn genoegen had ze gevraagd of ze de Indianen konden gaan opzoeken.

Ze hadden een lastdier nodig om hun voorraad en beddegoed op te pakken. Paul Williams had een grote goedmoedige grijze ruin in zijn stal en Shaman huurde die voor elf dagen. Het Indianendorp Tama was ruim honderdvijftig kilometer ver. Hij schatte dat ze heen en terug telkens een dag of vier nodig hadden, plus een paar dagen voor het bezoek.

Een paar uur nadat ze getrouwd waren, reden ze weg, Rachel op Trude en Shaman op Boss met het pakpaard achter zich aan, dat volgens Williams Ulysses heette, 'zonder daarmee generaal Grant te willen kwetsen'.

Toen ze in Rock Island aankwamen, had Shaman voor die dag wel willen ophouden, maar ze waren gekleed op een ruige reis, niet op een hotel, en Rachel wilde op de prairie slapen. Ze brachten de paarden dus met de pont over de rivier en reden tot vijftien kilometer voorbij Davenport.

Ze gingen over een smalle, stoffige weg tussen grote omgeploegde landerijen van zwarte grond, maar tussen de akkers waren nog steeds stukken prairie. Toen ze een onontgonnen grasterrein zagen met een beekje, reed Rachel erheen en zwaaide om zijn aandacht te trekken. 'Kunnen we hier blijven?'

'Laten we de boerderij opzoeken.'

Ze moesten nog anderhalve kilometer rijden. Dichter bij het huis ging het gras over in ontgonnen land waar beslist maïs gezaaid zou worden. Op het erf viel een gele hond blaffend uit naar de paarden. De boer was een nieuwe grendel op zijn ploegschaar aan het zetten en keek argwanend toen Shaman vroeg of ze bij de beek mochten kamperen. Maar toen Shaman aanbood om ervoor te betalen, wuifde hij met zijn hand. 'Ga je een vuur maken?'

'Ik was het wel van plan. Alles is groen.'

'O ja, het zal zich niet verspreiden. Uit de beek kun je drinken. Als je hem een stukje volgt, staan er dode bomen waar je hout kunt pakken.'

Ze bedankten hem dus en reden naar een goede plek. Samen haalden ze de zadels van de paarden en laadden Ulysses af. Toen maakte Shaman vier tochtjes om hout te halen terwijl Rachel het kamp inrichtte. Ze spreidde een oude bizonmantel uit die haar vader jaren tevoren van Stenen Hond had gekocht. Waar er plukken pels ontbraken zag je bruin leer, maar het was precies iets om tussen hen en de grond te liggen. Over de bizonmantel spreidde ze twee van Cole-wol geweven dekens, want het duurde nog een maand voor het zomer werd.

Shaman stapelde brandhout tussen een paar grote stenen en stak het vuur aan. Hij deed beekwater en koffie in een pot en zette die te koken. Zittend op de zadels aten ze de restjes van het huwelijksmaal op: roze gesneden lentelamsvlees, bruine aardappels, gezoete wortels. Als toetje aten ze witte huwelijkskoek met whiskyglazuur en toen gingen ze bij het vuur zitten en dronken hun koffie zwart. Toen de nacht viel, kwamen de sterren op en een maansikkel rees boven het vlakke land.

Na een tijdje zette ze haar kroes neer, pakte zeep, een waslap en een handdoek en glipte de vallende duisternis in.

Het zou niet de eerste keer zijn dat ze vrijden en Shaman vroeg zich af waarom hij zich zo verlegen voelde. Hij kleedde zich uit en ging ergens anders naar de beek om zich snel te wassen, en hij lag al op haar te wachten tussen de dekens en het bizonvel toen ze bij hem kwam. Hun huid was nog koel van het water maar werd warm. Hij wist dat ze de plek van het vuur zo gekozen had dat het bed niet in het licht ervan lag, maar het kon hem niet schelen. Nu was zij er alleen, en hun handen en hun mond en hun lijf. Voor de eerste keer vrijden ze als man en vrouw en gingen toen op hun rug liggen, hand in hand.

'Ik hou van je, Rachel Cole,' zei hij. Ze zagen de hele lucht als een kom over de vlakke aarde. De lage sterren waren heel groot en wit.

Al vlug lagen ze opnieuw te vrijen. Toen ze ditmaal klaar waren, stond Rachel op en holde naar het vuur. Ze pakte een tak die aan het eind gloeide en draaide hem rond als een molen tot hij ontvlamde. Toen kwam ze terug en knielde zo dicht bij hem neer, dat hij het kippevel kon zien in het dal tussen haar bruine borsten en het licht van de fakkel maakte haar ogen en mond tot edelstenen. 'Ik hou ook van jou, Shaman,' zei ze.

Hoe dieper ze de volgende dag Iowa in reden, hoe meer afstand er was tussen de boerderijen. De weg liep driekwart kilometer door een varkensfokkerij waar de stank zo erg was dat de lucht er bijna bruin van zag, maar daarna kwamen er weer grasland en schone lucht.

Een keer verstrakte Rachel in het zadel en stak haar hand op.

'Gehuil. Kan het een wolf zijn?'

Hij dacht dat het een hond geweest was. 'De boeren moeten de wolven verjaagd hebben, net als bij ons. De wolven zijn verdwenen, net als de bizons en de Indianen.'

'Voordat we thuiskomen zien we misschien één prairiewonder,' zei ze. 'Misschien een bizon of een lynx, of de laatste wolf van Iowa.'

Ze kwamen door dorpen. Op het middaguur kwamen ze bij een dorpswinkel en aten er sodabiscuits met harde kaas en perziken uit blik.

'Gisteren hoorden we dat militairen Jefferson Davis gearresteerd hebben. Hij zit gevangen in Fort Monroe, Virginia,' zei de winkelier. Hij spuugde op zijn eigen zaagselvloer. 'Ik hoop dat ze die lulhannes ophangen. Neem me niet kwalijk, mevrouw.'

Rachel knikte. Het was moeilijk dame te blijven terwijl ze het perzikblik uitlikte. 'Hebben ze ook de minister van Buitenlandse Zaken gepakt? Judah P. Benjamin?'

'Die jood? Nee, die hebben ze niet voor zover ik weet.'

'Mooi,' zei Rachel duidelijk.

Shaman en zij pakten de lege blikken om onderweg te gebruiken en liepen naar de paarden. De winkelier stond op zijn veranda en keek hen na terwijl ze over de stoffige weg wegreden.

Die middag trokken ze voorzichtig de Cedar door zonder nat te worden, waarna ze doorweekt werden door een plotselinge lenteregen. Het was bijna donker toen ze bij een boerderij kwamen en ze scholen in een stal. Shaman vond het merkwaardig leuk want hij dacht aan de beschrijving van de huwelijksnacht van zijn ouders in het dagboek van zijn vader. Hij trotseerde de nattigheid om toestemming te vragen om te blijven en de boer gaf die meteen. Hij heette Williams maar was geen familie van de stalhouder in Holden's Crossing. Toen Shaman terugkwam had hij mevrouw Williams in zijn kielzog met een halve pan hartige melksoep vol wortels en aardappels en gerst, en vers brood. Ze ging weer zo vlug weg dat ze zeker wisten dat zij wist dat ze pas getrouwd waren.

De volgende morgen was het heel helder en warmer dan tevoren. Vroeg in de middag kwamen ze bij de Iowa. Billy Edwards had tegen Shaman gezegd dat ze die naar het noordwesten moesten volgen om de Indianen te vinden. Het stuk rivier was verlaten en na een tijd kwamen ze bij een kreek met helder, ondiep water en een zandbodem. Ze hielden in en legden de paarden vast en Shaman was vlug uit de kleren en liep spetterend het water in. 'Kom erin!' moedigde hij haar aan.

Ze durfde niet. Maar de zon was heet en de rivier zag eruit alsof geen mens hem nog gezien had. Na een paar minuten ging Rachel tussen de bosjes en trok alles uit behalve haar katoenen ondergoed. In het koude water gilde ze en ze speelden als kinderen. Het witte hemd plakte en al vlug greep hij naar haar, maar ze werd bang. 'Er komt vast iemand langs!' zei ze en rende het water uit.

Ze trok haar jurk aan en hing haar ondergoed aan een tak te drogen. Shaman had vishaakjes en visdraad bij zich en toen hij was aangekleed, zocht hij onder een boomstam een paar wormen en brak een tak af die als hengel diende. Hij liep stroomopwaarts naar een geschikt kreekje en had binnen de kortste keren twee gevlekte baarzen van een half pond gevangen.

's Middags hadden ze hardgekookte eieren gegeten uit Rachels rijke voorraad, maar die avond zouden ze vis eten. Hij maakte ze meteen schoon. 'We kunnen ze het best direct maar bakken, in een doek pakken en meenemen,' zei hij, 'anders bederven ze,' en hij maakte een vuurtje.

Terwijl de baars aan het bakken was, kwam hij weer naar haar toe. Ditmaal verloor ze alle voorzichtigheid uit het oog. Het kon haar niet schelen dat ondanks schrobben met zand en rivierwater zijn handen naar vis roken of dat het klaarlichte dag was. Hij tilde haar jurk zonder ondergoed op en ze vrijden in hun kleren op het warme, zonbeschenen gras van de oever terwijl het ruisen van het water in haar oren klonk.

Een paar minuten later, toen ze de vis omdraaide om hem niet te laten verbranden, kwam er een dekschuit om de bocht van de rivier. Er zaten drie baardige mannen op met blote voeten en alleen een versleten broek aan. Een van hen stak zijn hand op, een lome groet, en Shaman zwaaide terug.

Zo gauw de boot weg was, rende ze naar haar ondergoed dat daar hing als een grote witte signaalvlag van wat ze gedaan hadden. Toen hij haar achternaliep, voer ze tegen hem uit. 'Wat is er met ons aan de hand?' zei ze. 'Wat is er met míj aan de hand? Wie ben ik?'

'Jij bent Rachel,' zei hij en sloeg zijn armen om haar heen. Dat zei hij zo voldaan dat ze glimlachte toen hij haar kuste.

73. Tama

Vroeg in de morgen van de vijfde dag haalden ze op de weg een andere ruiter in. Toen ze hem aanspraken om de weg te vragen, zag Shaman dat hij gewoon gekleed was maar op een goed paard reed met een duur zadel. Zijn haar was lang en zwart en zijn huid had de kleur van gebakken klei.

'Kun je ons de weg naar Tama zeggen?' vroeg Shaman.

'Beter nog. Ik ga er zelf heen. Rij gewoon maar met mij mee als je wilt.'

'Heel graag.'

De Indiaan boog zich naar voren en zei weer iets, maar Shaman schudde zijn hoofd. 'Ik kan moeilijk praten als we rijden. Ik moet je mond zien. Ik ben doof.'

'O.'

'Maar mijn vrouw hoort goed,' zei Shaman. Hij grijnsde en de man grijnsde terug en keek naar Rachel en tikte aan zijn hoed. Ze wisselden een paar woorden, maar de meeste tijd reed het drietal gewoon gezellig door de warme morgen.

Maar toen ze bij een goede plas kwamen, hielden ze halt om de paarden een beetje water te laten drinken en wat te laten grazen, terwijl zij de benen strekten en zich behoorlijk aan elkaar voorstelden. De man gaf hun een hand en zei dat hij Charles P. Keyser was.

'Woon je in Tama?'

'Nee, ik heb hier dertien kilometer vandaan een boerderij. Ik ben in Potawatomi geboren maar bij blanken opgegroeid toen mijn hele familie aan de koorts gestorven is. Ik spreek niet eens dat Indiaanse koeterwaals, afgezien van een paar woorden Kickapoo. Ik ben getrouwd met een vrouw die half Kickapoo en half Franse is.'

Hij zei dat hij om de paar jaar naar Tama ging en daar dan een paar dagen bleef. 'Ik weet eigenlijk niet waarom.' Hij haalde zijn schouders op en glimlachte. 'De rode huid trekt de rode huid aan, denk ik.'

Shaman knikte. 'Denk je dat onze dieren genoeg gegraasd hebben?'

'O ja. Ze moeten niet moddervet worden, wel?' zei Keyser en ze stegen weer op en reden verder.

Midden op de morgen leidde Keyser hen Tama binnen. Lang voor ze bij de groep hutten waren die in een grote kring bij elkaar lagen, liepen er bruinogige kinderen en blaffende honden achter hen aan.

Al vlug gaf Keyser een teken om halt te houden en ze stegen af. 'Ik zal de hoofdman gaan zeggen dat we hier zijn,' zei hij en ging naar een hut vlakbij. Toen hij weer verscheen met een breedgebouwde roodhuid van middelbare leeftijd, had zich een kleine menigte verzameld.

De gezette man zei iets dat Shaman niet van zijn lippen kon lezen. Het was niet in het Engels, maar de man drukte Shamans hand toen hij die uitstak.

'Ik ben dokter Robert Cole uit Holden's Crossing, Illinois. Dit is mijn vrouw, Rachel Cole.'

'Dokter Cole?' Een jonge man stapte uit de menigte en keek Shaman aandachtig aan. 'Nee. Je bent te jong.'

'… Je hebt misschien mijn vader gekend.'

De ogen van de man keken onderzoekend. 'Ben jij de dove jongen…? Ben jij dat? Shaman?'

'Ja.'

'Ik ben Kleine Hond. Zoon van Maan en Komt Zingend.'

Shaman vond het fijn toen ze elkaar de hand drukten en herinnerde zich hoe ze als kind samen hadden gespeeld.

De gezette man zei iets.

'Dit is Medi-ke, Happende Schildpad, hoofdman van het dorp Tama,' zei Kleine Hond. 'Hij wil dat jullie drie in de hut komen.'

Happende Schildpad gaf Kleine Hond een teken dat hij ook binnen moest komen en de anderen dat ze weg moesten gaan. Zijn hut was klein en rook naar het laatste maal van aangebrand vlees. Aan opgevouwen dekens kon je zien waar de mensen sliepen en in een hoek hing een linnen hangmat. De harde zandvloer was geveegd en daar gingen ze zitten terwijl Wapansee, Klein Licht, de vrouw van Happende Schildpad, hun zwarte koffie bracht, heel zoet van de ahornsuiker en met een ongewone smaak van andere bestanddelen. Hij smaakte naar de koffie die Makwa-ikwa had gezet. Nadat Klein Licht hen bediend had, zei Happende Schildpad iets tegen haar en ze ging het huis uit.

'Je had een zus die Vogelvrouw heette,' zei Shaman tegen Kleine Hond. 'Is ze hier?'

'Dood, al een hele tijd. Ik heb een andere zus, Groene Wilg, de jongste. Ze is met haar man in het reservaat in Kansas.' Niemand anders in Tama was bij de groep in Holden's Crossing geweest, zei Kleine Hond.

Happende Schildpad zei via Kleine Hond dat hij een Mesquakie was. En dat er in Tama ongeveer honderd Mesquakie en Sauk waren. Toen volgde er een stroom woorden en hij keek weer naar Kleine Hond.

'Hij zegt dat de reservaten heel slecht zijn, net vogelkooien. We werden ziek van herinneringen aan vroeger tijden, aan de oude gewoonten. We vingen wilde paarden, temden ze, verkochten ze voor wat we krijgen konden. We spaarden elke cent op.

Toen kwamen ongeveer honderd van ons hierheen. We moesten vergeten dat Rock Island vroeger Sauk-e-nuk was, de grote stad van de Sauk, en dat Davenport Mesq-e-nuk was, de grote stad van de Mesquakie. De wereld is veranderd. We hebben geld van de blanken betaald voor tweeëndertig hectare hier en we hebben de blanke gouverneur van Iowa als getuige laten tekenen.'

Shaman knikte. 'Dat was goed,' zei hij en Happende Schildpad glimlachte. Hij verstond blijkbaar een beetje Engels, maar bleef in zijn eigen taal spreken terwijl zijn gezicht streng werd.

'Hij zegt dat de regering altijd doet alsof ze onze uitgestrekte landen heeft gekocht. De Blanke Vader grijpt ons land en biedt de stammen kleine munten in plaats van groot papiergeld. Hij bedriegt ons zelfs met die munten, geeft goedkope goederen en sieraden en zegt dat de Mesquakie en de Sauk een jaargeld krijgen. Velen van ons volk laten die waardeloze spullen op de grond liggen rotten. Wij zeggen hun dat ze hardop moeten zeggen dat ze alleen geld willen hebben, om hierheen te komen en meer land te kopen.'

'Zijn er moeilijkheden met de buren?' vroeg Shaman.

'Geen moeilijkheden,' zei Kleine Hond en luisterde naar Happende Schildpad. 'Hij zegt dat we geen bedreiging vormen. Als onze mensen gaan handelen, duwen blanken munten in de bast van een boom en zeggen onze mannen dat ze zo'n munt mogen houden als ze hem raken met een pijl. Sommigen van ons zeggen dat het een belediging is maar Happende Schildpad laat het toe.'

Happende Schildpad sprak en Kleine Hond glimlachte. 'Hij zegt dat sommigen daardoor goede boogschutters blijven.'

Klein Licht kwam terug en bracht een man mee in een gerafeld katoenen overhemd en een gevlekte bruinwollen broek, met een rode zakdoek om zijn voorhoofd gebonden. Hij zei dat dit Nepepaqua was, Slaapwandelaar, Sauk en medicijnman. Slaapwandelaar was geen man om tijd te verspillen. 'Ze zegt dat je dokter bent.'

'Ja.'

'Goed! Ga je met me mee?'

Shaman knikte. Rachel en hij lieten Charles Keyser koffie drinken met Happende Schildpad. Ze hielden alleen stil om Shamans tas te pakken. Toen gingen ze achter de medicijnman aan.

Toen Shaman door het dorp liep, zocht hij naar vertrouwde aanblikken die pasten bij zijn herinnering. Hij zag geen wigwams maar er waren een paar *hedonoso-te*'s achter de hutten. De meeste mensen droegen de afgedragen kleren van blanken; de mocassins waren zoals hij zich herinnerde, al droegen veel Indianen werk- of legerlaarzen.

Slaapwandelaar bracht ze naar een hut aan de andere kant van het dorp. Binnen lag een magere jonge vrouw te krimpen van de pijn met haar handen over haar geweldige buik.

Ze keek glazig en leek wel waanzinnig. Ze reageerde niet toen Shaman haar vragen stelde. Haar hartslag bonsde snel. Hij was bang, maar toen hij haar handen in de zijne nam, voelde hij meer vitaliteit dan hij had gedacht.

Het was Watwaweiska, Klimmende Eekhoorn, zei Slaapwandelaar, de vrouw van zijn broer. Gistermorgen was de tijd voor haar eerste bevalling aangebroken. Tevoren had ze een zachte, droge plek in de bossen uitgezocht en daar was ze heen gegaan. De felle pijnen bleven komen en ze was neergehurkt zoals haar moeder haar had geleerd. Toen het water was gebroken, werden haar benen en jurk nat maar verder gebeurde er niets. De pijn ging niet weg, het kind kwam niet. Toen de nacht viel hadden andere vrouwen haar gezocht en gevonden en haar hierheen gedragen.

Slaapwandelaar had haar niet kunnen helpen.

Shaman trok de van zweet doordrenkte jurk weg en bekeek haar lichaam. Ze was heel jong. Haar borsten waren klein maar zwaar van de melk en haar bekken was smal. De schaamlippen stonden open maar er was geen hoofdje te zien. Hij drukte zachtjes op haar buik, haalde toen zijn stethoscoop te voorschijn en deed Rachel de oordoppen in. Toen hij de beker op verschillende plaatsen tegen de buik van Klimmende Eekhoorn hield, werden de conclusies die hij met ogen en handen getrokken had, bevestigd door de geluiden die Rachel beschreef.

'Het kind ligt verkeerd.'

Hij ging naar buiten en vroeg om schoon water en Slaapwandelaar bracht hem naar de bomen, naar een beekje. De medicijnman keek nieuwsgierig toe hoe Shaman zijn handen en armen inzeepte met bruine zeep en ze boende. 'Dat hoort bij mijn medicijn,' zei Shaman en Slaapwandelaar pakte de zeep aan en deed hetzelfde.

Toen ze terugkwamen in de hut haalde Shaman zijn kruikje schone reuzel te voorschijn en smeerde zijn handen in. Hij stak één vinger in het geboortekanaal, toen nog een, alsof hij een vuist openwurmde. Langzaam ging hij naar boven. Eerst voelde hij niets maar toen kreeg het meisje een wee en die strakke vuist werd een beetje opengedrukt. Een voetje kwam tegen zijn vingers en daaromheen voelde hij een koord gewikkeld. De navelstreng was taai maar zat gerekt en hij deed geen poging het voetje te bevrijden voordat de wee voorbij was. Toen wond hij voorzichtig met maar twee vingers de streng los en trok het voetje naar beneden.

Het andere voetje zat hoger, vastgeklemd tegen de kanaalwand en bij de volgende wee kon hij erbij en trok hij het naar beneden tot er twee kleine voetjes uit de jonge moeder staken. De voetjes werden beentjes en al vlug zagen ze dat het een jongetje was. Het buikje van de baby kwam te voorschijn met de navelstreng eraan. Maar het ging niet verder toen de schoudertjes en het hoofdje van het kindje in het kanaal bleven steken als een kurk in een fles.

Shaman kon het kindje niet verder trekken en hij kon er niet diep genoeg in om te zorgen dat het slijmvlies van de moeder de neusgaten van de baby niet afsloot. Hij knielde neer met zijn hand in het kanaal en dacht na over een oplossing, maar hij dacht dat de baby zou stikken.

Slaapwandelaar had zelf een tas in een hoek van de hut en daaruit haalde hij een stuk klimplant van een meter twintig. Die liep uit op iets dat opmerkelijk leek op de platte, lelijke kop van een groefkopadder met zwarte kraalogen en giftanden van vezel. Slaapwandelaar bewoog de 'slang' zodat hij over het lijf van Klimmende Eekhoorn scheen te kruipen, tot de kop, die heen en weer ging, dicht bij haar gezicht was. De medicijnman reciteerde in zijn eigen taal, maar Shaman deed geen moeite om van zijn lippen te lezen. Hij hield Klimmende Eekhoorn in het oog.

Shaman zag dat de ogen van het meisje zich op de slang richtten en groot werden. De medicijnman liet de slang kronkelen en langs haar lichaam omlaag kruipen tot hij precies boven de plek was waar de baby zat.

Shaman voelde een siddering in het geboortekanaal.

Hij zag Rachel haar mond opendoen om te protesteren en hield haar met zijn ogen stil.

De giftanden raakten de buik van Klimmende Eekhoorn. Opeens voelde Shaman een verwijding. Het meisje perste geweldig en het kindje kwam zo vlot naar beneden dat hij het er gemakkelijk uit kon trekken. De lippen en wangen van de baby waren blauw maar begonnen meteen roze te worden. Met een trillende vinger haalde Shaman het slijm uit het mondje. Het kleine gezichtje was vertrokken van verontwaardiging, het mondje ging open. Shaman voelde de buik van het kind samentrekken om adem te halen en hij wist dat de anderen een hoge, ijle kreet hoorden. Misschien was hij in *des*, want het buikje trilde precies zoals Lillians piano als Rachel de vijfde zwarte toets van rechts aansloeg.

De medicijnman en hij gingen terug naar de beek om zich te wassen. Slaapwandelaar keek blij. Shaman was heel nadenkend. Voor hij uit de hut vertrok, had hij de klimplant nog eens bekeken om te zien of het gewoon een klimplant was.

'Het meisje dacht dat de slang haar kindje zou verslinden en ze baarde het om het te redden?'

'Mijn gezang luidt dat de slang slechte *manitou* is. Goede *manitou* heeft haar geholpen.'

Hij begreep de les: dat de wetenschap de geneeskunst maar tot op een zeker niveau kan brengen. Daarboven helpt het geweldig als er geloof is in iets anders. Dat was een voordeel dat de medicijnman had tegenover de medicus, want Slaapwandelaar was behalve dokter ook priester.

'Bent je sjamaan?'

'Nee.' Slaapwandelaar keek hem aan. 'Weet je van de tenten van Wijsheid?'·

'Makwa heeft ons verteld over zeven tenten.'

'Zeven, ja. In sommige opzichten ben ik in de vierde tent. In vele opzichten in de eerste tent.'

'Word je ooit sjamaan?'

'Wie zal mij leren? Wabokieshiek is dood. Makwa-ikwa is dood. De stemmen zijn verspreid, de *Mide'wiwin* bestaat niet meer. Toen ik jong was en wist dat ik geestenbezweerder wilde worden, hoorde ik van een oude Sauk, bijna sjamaan, in Missouri. Ik vond hem en bleef daar twee jaar. Maar hij stierf aan de koortspokken, te vroeg. Nu ben ik op zoek naar oude mensen om van hen te leren, maar er zijn er niet veel en meestal weten ze niets. Onze kinderen krijgen reservaat-Engels en de zeven tenten van Wijsheid zijn verdwenen.'

Hij zei eigenlijk dat er geen medische opleiding was waar hij zich kon aanmelden, begreep Shaman. De Sauk en de Mesquakie waren een overblijfsel, beroofd van hun religie, hun medicijn, hun verleden.

Hij had een kort, afschuwelijk beeld van een groenhuidige horde die aanviel op het blanke ras van de aarde en maar een paar opgejaagde overlevenden overliet met niet meer dan geruchten van een vroegere beschaving en de vaagste naklanken van Hippocrates, Galenius, Avicenna, Jahwe, Apollo, Jezus.

Heel het dorp scheen meteen van de geboorte gehoord te hebben. Het was geen uitbundig volk maar Shaman voelde hun instemming terwijl hij tussen hen door liep. Charles Keyser kwam naar hem toe en vertelde in vertrouwen dat het geval van dit meisje hetzelfde was als de bevalling waarbij zijn vrouw het jaar tevoren gestorven was. 'De dokter was er niet op tijd. De enige vrouw daar was mijn moeder en ze wist niet meer dan ik.'

'Je moet jezelf niet de schuld geven. Soms kunnen we iemand gewoonweg niet redden. Is het kindje ook gestorven?'

Keyser knikte.

'Heb je meer kinderen?'

'Twee meisjes en een jongen.'

Shaman dacht dat Keyser onder meer naar Tama gekomen was om een vrouw te zoeken. De Tama-Indianen schenen hem te kennen en wel te mogen. Verschillende keren werd hij gegroet door mensen die voorbijkwamen en hem Charlie de Boer noemden.

'Waarom noemen ze je zo? Zijn zij ook geen boeren?'

Keyser grijnsde. 'Een ander soort. Mijn papa heeft me zestien hectare van de zwartste Iowa-grond nagelaten die je ooit gezien hebt. Ik bewerk er zeven en zaai het grootste deel in met wintertarwe.

Toen ik hier voor het eerst kwam, probeerde ik die mensen te leren hoe ze moesten zaaien. Het duurde een tijdje voordat ik begreep dat ze geen blankenboerderij willen. De mensen die hun dit land verkochten, moeten gedacht hebben dat ze hen bedrogen want de grond is arm. Maar ze stapelen struiken en planten en afval op in kleine tuintjes en laten het rotten, soms jarenlang. Dan stoppen ze er zaad in en ze gebruiken een pootstok in plaats van een ploeg. Die tuinen geven hun meer dan genoeg voedsel. Het land is rijk aan klein wild en in de Iowa zit veel vis.'

'Dan hebben ze echt het leven van vroeger waar ze hier op uit waren,' zei Shaman.

Keyser knikte. 'Slaapwandelaar zegt dat hij je gevraagd heeft meer mensen te behandelen. Ik zou je graag helpen, dokter Cole.'

Shaman had Rachel en Slaapwandelaar al om hem bij te staan. Maar het kwam bij hem op dat Keyser, al zag hij er net zo uit als de bewoners van Tama, niet helemaal op zijn gemak was en misschien het gezelschap van andere buitenstaanders nodig had. Hij zei dus tegen de boer dat hij zijn hulp op prijs zou stellen.

Het viertal vormde een vreemd karavaantje terwijl ze van hut naar hut gingen, maar al vlug werd duidelijk dat ze elkaar aanvulden. Door de medicijnman werden ze geaccepteerd en hij reciteerde zijn gebeden. Rachel droeg een tas met suikergoed en was er heel goed in het vertrouwen van kinderen te winnen en Charlie Keyser met zijn grote handen had een kracht en zachtheid waardoor hij iemand stil kon houden als dat vereist was.

Shaman trok een aantal rotte tanden en zag hoe patiënten draderig bloed uitspuugden, maar glimlachten omdat de bron van de aanhoudende kwelling weg was.

Hij stak puisten door, zette een zwart geworden ontstoken teen af, en Rachel werd beziggehouden met door de stethoscoop luisteren naar de borst van hoesters. Sommigen van hen gaf hij hoestdrank, maar anderen hadden tering en hij moest Slaapwandelaar zeggen dat hij voor hen niets meer kon doen. Ook zagen ze zes mannen en verschillende vrouwen die beneveld waren door alcohol, en Slaapwandelaar zei dat er nog meer dronken zouden zijn als ze maar whisky hadden.

Shaman besefte dat er door de ziekten van de blanken veel meer roodhuiden waren uitgeroeid dan door kogels. Vooral de pokken waren verwoestend geweest voor de stammen van de bossen en de vlakten en hij had een houten doosje meegebracht naar Tama, half vol koepokkenkorstjes.

Slaapwandelaar was hoogst geïnteresseerd toen Shaman hem zei dat hij een geneesmiddel had om pokken te voorkomen. Intussen deed hij zijn uiterste best om precies uit te leggen wat ervoor nodig was. Hij maakte een krasje in hun arm en stopte korreltjes van het koepokkenkorstje in de wond. Er zou een jeukende rode blaar komen zo groot als een erwtje. Die zou veranderen in een grijze zweer in de vorm van een navel, met daaromheen een groot stuk dat rood, hard en heet was. Na de inenting zouden de meeste mensen ongeveer drie dagen ziek zijn van de koepokken, een veel minder erge en kwaadaardige ziekte dan de pokken, maar men werd bestand tegen de dodelijke ziekte. De ingeënte mensen kregen allerwaarschijnlijkst hoofdpijn en koorts. Na die korte ziekte zou de zweer groter en donker worden terwijl hij uitdroogde. Tot op de eenentwintigste dag de korst eraf zou vallen en er een roze litteken met een putje over zou blijven.

Shaman vroeg Slaapwandelaar dat tegen de mensen te zeggen en te zien of ze behandeld wilden worden. De medicijnman bleef maar kort weg. Iedereen wilde beschermd worden tegen de pokken, meldde hij, en dus begonnen ze aan het karwei het hele dorp in te enten.

Slaapwandelaar had de taak, een rij mensen door te laten lopen naar de blanke dokter en te zorgen dat ze wisten wat hun te wachten stond. Rachel zat op een boomstronk en schraapte met twee lancetten heel kleine stukjes van de koepokkenkorsten in het doosje. Als er een patiënt bij Shaman kwam, pakte Charlie Keyser hem bij zijn rechterhand en tilde die op zodat de binnenkant van de bovenarm vrijkwam, waar de kans het kleinst was dat je je per ongeluk stootte of schaafde. Shaman gebruikte een puntige lancet om oppervlakkige kerfjes in de arm te maken en deed dan een uiterst klein beetje van het korrelige spul in het wondje.

Het was niet ingewikkeld maar moest met zorg gebeuren en de rij ging maar langzaam voort. Toen de zon tenslotte onderging, maakte Shaman er een eind aan. Een kwart van de mensen uit Tama moest nog ingeënt worden, maar hij zei dat het kantoor van de dokter dicht was en dat ze de volgende morgen terug moesten komen.

Slaapwandelaar had het talent van een succesrijke baptistische predikant: en die avond riep hij de mensen bij elkaar om de bezoekers eer te bewijzen. Op de open plek werd een vreugdevuur ontstoken en de mensen gingen er op de grond omheen zitten.

Shaman zat rechts van Slaapwandelaar. Kleine Hond zat tussen Shaman en Rachel om voor hen te vertalen. Shaman zag dat Charlie bij een slanke, glimlachende vrouw zat en Kleine Hond zei dat het een weduwe was die twee zoontjes had.

Slaapwandelaar vroeg dokter Cole hun te vertellen over de vrouw die hun sjamaan geweest was, Makwa-ikwa.

Shaman was zich ervan bewust dat iedereen daar ongetwijfeld meer wist van het bloedbad bij de Bad Ax dan hij. Ze moesten al bij duizenden kampvuren een beschrijving gehoord hebben wat er gebeurd was waar de Bad Ax de Mississippi instroomde en dat zou wel zo blijven. Hij vertelde dat een van de mannen die gedood was door de Lange Messen, Groene Bizon was, een naam die Slaapwandelaar vertaalde als Astibugwa-gupichee, en een vrouw die Samenloop-van-Rivieren heette, Matapya. Hij vertelde hoe hun dochtertje van tien, Nishwri Kekawi, Twee Hemels, haar broertje achter de vuurlinie en de kanonnen van de jagers van het leger van de Verenigde Staten had gebracht door de Masesibowi af te zwemmen met de zachte huid van de baby tussen haar tanden om te zorgen dat hij niet verdronk.

Shaman vertelde hoe het meisje Twee Hemels haar zus Lange Vrouw gevonden had en hoe de drie kinderen zich als hazen in het struikgewas verstopt hadden, tot de soldaten ze ontdekten. En hoe een soldaat het bloedende kindje had meegenomen en het nooit meer was teruggezien.

En hij vertelde dat de twee Sauk-meisjes werden meegenomen naar een christelijke school in Wisconsin en dat Lange Vrouw zwanger was geworden van een missionaris en het laatst werd gezien in 1832, toen ze werd meegenomen om meid te worden op een blanke boerderij bij Fort Crawford. En dat het meisje Twee Hemels uit school ontsnapt was en helemaal naar Prophetstown was gekomen, waar de sjamaan Witte Wolk, Wabokieshiek, haar in zijn hut had opgenomen en haar door de zeven tenten van Wijsheid had geleid en haar een nieuwe naam had gegeven, Makwa-ikwa, Beervrouw.

En dat Makwa-ikwa de sjamaan van haar volk was geweest tot ze in 1851 in Illinois verkracht en vermoord werd door drie blanke mannen.

De mensen luisterden stil maar niemand huilde. Ze waren gewend aan verschrikkelijke verhalen over hun naasten.

Ze gaven de watertrom door tot hij bij Slaapwandelaar kwam. Het was niet Makwa-ikwa's watertrom die verdwenen was toen de Sauk uit Illinois waren vertrokken, maar Shaman zag dat het zo'n zelfde trom was. Ze hadden met de trom één stokje doorgegeven en nu knielde Slaapwandelaar voor de trom neer en begon erop te slaan in salvo's ritmische slagen, waarbij hij zong.

> Ne-nye-ma-wa-wa,
> ne-nye-ma-wa-wa,
> ne-nye-ma-wa-wa,
> Ke-ta-ko-ko-na-na.
> Ik sla hem vier keer,
> Ik sla hem vier keer,
> Ik sla hem vier keer,
> Ik sla onze trom vier keer.

Shaman keek om zich heen en zag dat de mensen meezongen met de medicijnman en dat velen kalebassen in beide handen hielden en ermee schudden op de maat van de muziek, zoals Shaman als jongen in de klas met een sigarenkistje met knikkers erin had geschud.

> Ke-te-ma-ga-yo-se lye-ya-ya-ni,
> Ke-te-ma-ga-yo-se lye-ya-ya-ni,
> Me-to-se-ne-ni-o lye-ya-ya-ni,
> Ke-te-ma-ga-yo-se lye-ya-ya-ni.
> Zegen ons als je komt,
> Zegen ons als je komt,
> Het volk, als je komt,
> Zegen ons als je komt.

Shaman boog zich naar voren en legde zijn hand op de watertrom, vlak onder het vel. Toen Slaapwandelaar erop sloeg, was het of hij de donder tussen zijn handen hield. Hij keek naar de mond van Slaapwandelaar en zag tot zijn vreugde dat het lied er nu een was dat hij kende, een van Makwa's liedjes, en hij zong met hen mee.

> …Wi-a-ya-ni,
> Ni-na ne-gi-se ke-wi-to-se-me-ne ni-na.
> … Waarheen jij ook gaat,
> Ik loop met je mee, mijn zoon.

Er kwam iemand met een blok hout en gooide het op het vuur waarbij een zuil van gele vonken de zwarte lucht in steeg. De straling van het vuur mengde zich met de warmte van de nacht en maakte hem duizelig en slap, klaar om visioenen te zien. Hij zocht naar zijn vrouw, bezorgd om haar, en zag dat de moeder van Rachel woedend zou zijn geweest om hoe zij eruitzag. Ze was blootshoofds, haar haar zat totaal in de war, haar gezicht glom van het zweet en haar ogen schitterden van verrukking. Ze had hem nog nooit zo vrouwelijk en aanlokkelijk toegeschenen. Ze zag zijn blik en ze glimlachte toen ze zich langs Kleine Hond boog om iets te zeggen. Voor iemand die kon horen zouden de woorden in het gebonk van de trom en het gezang verloren zijn gegaan, maar Shaman kon gemakkelijk van haar lippen lezen. *Net zo fijn als een bizon zien!*

De volgende morgen glipte Shaman vroeg weg zonder zijn vrouw wakker te maken en nam een bad in de Iowa, terwijl zwaluwen rond-zwierden om zich te voeden en jonge forelletjes met een dofgouden lijf door het water aan zijn voeten schoten.

Het was kort na zonsopgang. In het dorp riepen en gilden kinderen al naar elkaar en toen hij langs de huisjes kwam zag hij vrouwen op blo-te voeten en een paar mannen in de morgenkoelte zaad in hun tuintje poten. Aan de rand van het dorp liep hij Slaapwandelaar tegen het lijf en ze bleven gezellig staan en praatten als twee landjonkers die elkaar op hun ochtendwandelingetje tegenkwamen.

Slaapwandelaar stelde vragen over de begrafenis van Makwa en haar graf. Shaman kon daar niet zo gemakkelijk op antwoorden. 'Ik was nog maar een jongetje toen ze stierf. Ik herinner me niet veel meer,' zei hij. Maar uit het dagboek wist hij nog dat het graf van Makwa in de morgen gegraven was en dat ze in de middag begraven was, in haar beste deken. Ze was met haar voeten naar het westen gelegd. De staart van een bizonkoe was bij haar begraven.

Slaapwandelaar knikte goedkeurend. 'Wat ligt er tien passen ten noordwesten van haar graf?'

Shaman keek hem met grote ogen aan. 'Dat herinner ik me niet. Ik zou het niet weten.'

Het gezicht van de medicijnman stond gespannen. De oude man in Missouri, de man die bijna sjamaan was geweest, had hem verteld over de dood van sjamaans, zei hij. Hij legde uit dat als een sjamaan begraven wordt vier *watawinona*'s, boosaardige duiveltjes, tien passen ten noordwesten van het graf gaan wonen. De *watawinona*'s waken om beurten – er is altijd één duiveltje wakker terwijl de andere drie slapen. De sjamaan kunnen ze niets doen, zei Slaapwandelaar, maar zolang ze daar mogen blijven, kan zij haar krachten niet aanwenden om levenden te helpen die om hulp vragen.

Shaman onderdrukte een zucht. Als hij was opgegroeid met het ge-loof in zulke dingen, had hij misschien meer geduld kunnen opbrengen. Maar die nacht had hij wakker gelegen en zich afgevraagd wat er met zijn patiënten gebeurde. En nu wilde hij zijn werk hier afmaken en zo vroeg op weg naar huis gaan dat ze die nacht konden overnachten bij die mooie kreek waar ze op de heenweg gekampeerd hadden.

'Om de *watawinona*'s te verjagen,' zei Slaapwandelaar, 'moet je hun slaapplaats vinden en die verbranden.'

'Ja, dat zal ik doen,' zei Shaman brutaalweg en Slaapwandelaar leek opgelucht.

Kleine Hond kwam langs en vroeg of hij de plaats van Charlie de Boer mocht innemen als het armkrassen weer begon. Hij zei dat Keyser de vorige avond meteen nadat ze het vuur uit hadden laten gaan, uit Tama vertrokken was.

Shaman was teleurgesteld dat Keyser geen afscheid had genomen. Maar hij knikte tegen Kleine Hond en zei dat het best was.

Al vroeg begonnen ze aan de overige inentingen. Het ging een beetje vlugger dan de dag tevoren want Shaman had de slag te pakken gekregen. Ze waren bijna klaar toen er een paar roodbruine paarden een boerenwagen het dorpsplein optrokken. Keyser reed en er zaten drie kinderen achter in de wagen die met grote belangstelling naar de Sauk en de Mesquakie keken.

'Ik zou het fijn vinden als je hen ook tegen pokken zou inenten,' zei Charlie en Shaman zei dat hij het graag zou doen.

Toen de andere mensen en de drie kinderen ingeënt waren, hielp Charlie Shaman en Rachel met het opruimen.

'Ik zou graag eens met mijn kinderen het graf van de sjamaan komen opzoeken,' zei hij. Shaman zei dat hij welkom was.

Het kostte weinig tijd om Ulysses te bepakken. Ze kregen een geschenk van de man van Klimmende Eekhoorn, Shemago, Lans, die kwam aanzetten met drie grote kruiken vol ahornsiroop, die ze blij in ontvangst namen. De kruiken waren bij elkaar gebonden met dezelfde soort klimplant als waar de slang van Slaapwandelaar van gemaakt was. Toen Shaman ze aan de bepakking van Ulysses bond, leek het wel of Rachel en hij onderweg waren naar een geweldig feest.

Hij gaf Slaapwandelaar een hand en zei dat ze de volgende lente terug zouden komen. Toen gaf hij Charlie een hand, en Happende Schildpad, en Kleine Hond.

'Nu ben jij *Caswo Wabeskiou*,' zei Kleine Hond.

Caswo Wabeskiou, de Blanke Sjamaan. Het deed Shaman plezier, want hij wist wel dat Kleine Hond die bijnaam niet zomaar gebruikte.

Veel mensen staken hun hand op, en Rachel en Shaman ook, en ze gingen over de weg langs de rivier Tama uit.

74. Vroeg uit bed

Vier dagen nadat ze thuisgekomen waren, betaalde Shaman de prijs die geëist wordt van geneesheren die vakantie nemen. Zijn praktijk zat elke dag stampvol en elke middag en avond was hij op huisbezoek bij bedlegerige patiënten voor wie hij verantwoordelijk was. 's Avonds laat ging hij dan terug naar het huis van Geiger.

Maar na de vijfde dag, een zaterdag, was de vloed van patiënten weggeëbd tot hij het net zo druk had als anders, en op zondagmorgen werd hij wakker in Rachels kamer in het heerlijke besef dat hij wat ademruimte had. Zoals gewoonlijk was hij het eerst van allemaal op en hij pakte zijn kleren en bracht ze naar beneden, waar hij zich stilletjes aankleedde in de huiskamer voor hij door de voordeur naar buiten ging.

Hij liep over het Lange Pad en bleef in het bos staan waar de arbeiders van Oscar Ericsson een plek hadden leeggekapt voor een nieuw huis met stal. Het was niet de plek waar Rachel als meisje naar had staan verlangen; jammer genoeg houden jonge-meisjesdromen geen rekening met afwatering en Ericsson had die plek bekeken en zijn hoofd geschud. Ze waren een geschiktere plaats overeengekomen, honderd meter verderop en Rachel zei dat dat niet te ver van haar droom af was. Shaman had gevraagd of hij het bouwterrein mocht kopen en Jay had volgehouden dat het een huwelijksgeschenk was. Maar Jay en hij behandelden elkaar de laatste tijd met genegenheid en grote voorkomendheid en de kwestie zou zonder problemen geregeld worden.

Toen hij bij de bouwplaats van het ziekenhuis kwam, zag hij dat de kelderruimte bijna helemaal uitgegraven was. Daaromheen vormden bergjes zand een landschap van reusachtige mierenhopen. Het geheel zag er kleiner uit dan hij zich het ziekenhuis had voorgesteld, maar Ericsson had gezegd dat het gat er altijd kleiner uitzag. Het fundament zou van grijze steen zijn die bij Nauvoo werd gewonnen, op dekschuiten over de Mississippi gevoerd en per ossewagen uit Rock Island hierheen gebracht, een gevaarlijke onderneming waar Shaman zich zorgen over maakte maar die de aannemer met gerust hart tegemoet zag.

Hij liep naar het huis van Cole, waar Alex binnenkort uit zou trekken. Toen nam hij het Korte Pad en probeerde zich voor te stellen dat het gebruikt werd door zijn patiënten die per boot naar de kliniek zouden komen. Er moesten bepaalde veranderingen worden aangebracht. Hij keek naar de zweethut die opeens op.de verkeerde plek stond. Hij besloot zorgvuldig op te tekenen hoe elke platte steen lag en die stenen dan weg te halen en de zweethut achter de nieuwe stal weer op te bouwen, zodat Joshua en Hattie de ervaring zouden opdoen, hoe het was om in die ontstellende hitte te zitten tot je wel het verlossende water van de rivier in móest lopen.

Toen hij zich naar Makwa's graf keerde, zag hij dat het houten grafteken zo gebarsten en verweerd was dat de rune-achtige tekens niet meer te zien waren. De figuren waren in een van de dagboeken vastgelegd en hij besloot een wat steviger grafteken te laten maken en om het graf een soort hek te plaatsen, zodat het niet verstoord zou worden.

Er was lente-onkruid opgekomen. Terwijl hij het blauwgras en de prairiezuring uittrok die zich tussen de groepjes irissen hadden gedrongen, ontdekte hij dat hij tegen Makwa zei dat een deel van haar volk in Makwa in veiligheid was.

De koude woede die hij hier gevoeld had, of die nu diep uit hemzelf gekomen was of niet, was verdwenen. Nu voelde hij alleen kalme rust.

Maar... er was iets.

Hij bleef staan en vocht een tijdje tegen de impuls. Toen keek hij waar het noordwesten was, liep weg van het graf en telde zijn stappen.

Toen hij tien passen genomen had stond hij midden in de resten van de *hedonoso-te*. De lange hut was door de jaren vervallen en was nu een lange, ongelijke hoop smalle balken en stroken vermolmde boombast, waar koordgras en wilde indigo tussendoor groeiden.

Het had geen zin, zei hij bij zichzelf, om het graf op te knappen, de zweethut te verplaatsen en deze onooglijke hoop te laten liggen. Hij liep over het pad naar de stal waar een grote kruik lampolie stond. Hij was bijna vol en hij nam hem mee en goot hem leeg. Het hout van de hoop was nat van de dauw maar zijn zwavellucifer ging bij de eerste poging aan en de olie vatte vlam en vlamde op.

Binnen de kortste keren was de hele *hedonoso-te* verteerd door springende blauwe en gele vlammen en een zuil van donkergrijze rook steeg recht op en werd toen door de wind afgebogen en waaierde uit over de rivier.

Een scherpe uitbarsting van zwarte rook spoot als een doorgebroken puist en de eerste demon, die wakker was, schoot de lucht in en weg. Shaman stelde zich een eenzame woedende demonische kreet voor, een schorre schreeuw. Een voor een schoten de andere drie boosaardige schepsels, zo ruw gewekt, weg als hongerige roofvogels die ver-jaagd werden van verrukkelijk vlees, *watawinona*'s die ergens anders heen wervelden op vleugels van rokende woede.

Van dicht bij het graf bespeurde Shaman iets als een zucht.

Hij ging dichterbij en voelde de hitte lekken, zoals het feestvuur bij een plechtigheid van de Sauk, en hij stelde zich voor hoe het er hier uitgezien had toen de jonge Rob J. Cole het voor het eerst zag, onont-gonnen prairie die helemaal tot aan de bossen en de rivier liep. En hij dacht aan anderen die hier gewoond hadden, Makwa en Maan en Komt Zingend. En Alden. Terwijl het vuur steeds lager ging branden, zong hij inwendig: *Tti-la-ye ke-wi-ta-mo-ne i-no-ki-i-i, ke-te-ma-ga-yo-se.* Geesten ik spreek nu tot u, stuur mij uw zegeningen.

Al vlug was het een dunne laag kool waaruit sliertjes rook kringel-den. Hij wist dat er gras zou gaan groeien en er zou geen spoor over-blijven waar de *hedonoso-te* geweest was.

Toen het veilig was het vuur aan zichzelf over te laten, bracht hij de kruik weer naar de stal en ging terug. Op het Lange Pad trof hij een meedogenloos figuurtje aan dat naar hem op zoek was. Ze probeerde weg te lopen van een jongetje dat gevallen was en zijn knie geschaafd had. Het jongetje hinkte koppig achter haar aan. Hij huilde en had een loopneus.

Shaman snoot met zijn zakdoek Joshua's neusje en kuste zijn knietje vlak naast waar het bloedde. Hij beloofde dat hij het beter zou maken als ze thuiskwamen. Hij zette Hattie op zijn nek met haar beentjes over zijn schouders en tilde Joshua op en begon te lopen. Dit waren de enige duiveltjes ter wereld die voor hem van belang waren, die twee goede duiveltjes die zijn ziel hadden opgeëist. Hattie trok aan zijn oren om hem harder te laten lopen en hij draafde als Trude. Toen ze zo hard aan zijn oren trok dat ze er pijn van deden, drukte hij Jo-shua tegen haar benen zodat ze niet zou vallen en begon een gestrek-te draf, als Boss. En toen galoppeerde hij, galoppeerde, op een heel geheime melodie – fraaie, prachtige nieuwe muziek die alleen hij kon horen.

Dankbetuiging en aantekeningen

In Tama, Iowa wonen nog steeds Sauk en Mesquakie op grond die ze in eigendom hebben. Hun eerste aankoop van tweeëndertig hectare is aanzienlijk uitgebreid. Er wonen nu zo vijfhonderdvijfenzeventig oorspronkelijke Amerikanen op ruim veertienhonderd hectare langs de Iowa. In de zomer van 1987 ben ik met mijn vrouw Lorraine naar de nederzetting in Tama geweest. Don Wanatee, toen hoofd van de stamraad, en Leonard Young Bear, een bekend Amerikaans schilder, antwoordden geduldig op mijn vragen. Bij latere gesprekken deden Muriel Racehill, het huidige hoofd, en Charlie Old Bear hetzelfde.

Ik heb geprobeerd de gebeurtenissen tijdens de oorlog van Zwarte Havik zo historisch mogelijk weer te geven. De aanvoerder van de krijgers, Zwarte Havik – de letterlijke vertaling van zijn Sauk-naam, Makataime-shekiakiak, is Zwarte Sperwer – is een historische figuur. De sjamaan Wabokieshiek, Witte Wolk, heeft ook echt bestaan. In dit boek ontwikkelt hij zich tot een denkbeeldige figuur nadat hij het meisje ontmoet dat Makwa-ikwa wordt, Beervrouw.

Veel van de Sauk- en Mesquakie-woorden die in deze roman gebruikt zijn, heb ik ontleend aan een aantal vroege publikaties van het Bureau voor Amerikaanse Etnologie van het Smithsonian-instituut.

De begintijd van de liefdadige organisatie, bekend als de Medische Dienst van Boston, was ongeveer zoals ik die heb geschilderd. De kwestie van de beloning van de artsen die huisbezoeken aflegden heb ik met dichterlijke vrijheid behandeld. Al is de salarisschaal echt, de vergoeding werd pas gegeven in 1842, een aantal jaren nadat Rob J. wordt uitgebeeld als iemand die loon ontvangt om de armen te verzorgen. Tot 1842 was het een soort onbetaald assistentschap, dokter te zijn bij de Medische Dienst van Boston. Maar de omstandigheden onder de armen waren zo slecht dat de jonge dokters in opstand kwamen. Eerst eisten ze betaling en toen weigerden ze de patiënten in de krotten nog op te zoeken. In plaats daarvan vond de Medische Dienst van Boston onderdak en werd een kliniek waar de patiënten naar de dokters toekwamen. Toen ik eind jaren vijftig, begin zestig als wetenschappelijk redacteur van de oude *Boston Herald* over de Medische Dienst van Boston schreef, was zij uitgegroeid tot een echte ziekenhuiskliniek en had bestuurlijk een losse samenhang met de Diagnostische Kliniek Pratt, het Drijvend Ziekenhuis voor Baby's en Kinderen, en de Medische Opleiding Tuft, als het Medisch Centrum Tuft van New England. In 1956 werden de ziekenhuizen die er deel van uitmaakten samengevoegd en opgenomen in de huidige omvangrijke instelling die bekend staat als de Ziekenhuizen van het Medisch Centrum van New England. David W. Nathan, oud-archivaris van het medisch centrum, en Kevin Richardson van de afdeling externe aangelegenheden van het medisch centrum hebben mij inlichtingen verstrekt en historisch materiaal.

Terwijl ik *Shaman* schreef, vond ik een onverwachte massa gegevens en inzichten vlak bij huis en ik ben mijn goede vrienden, buren en stadgenoten dankbaar.

Edward Gulick sprak met mij over pacifisme en vertelde mij over Elmira, New York. Elizabeth Gulick vertelde over het Vriendengenootschap en liet me een paar van haar eigen geschriften over de eredienst van de quakers lezen. Don Buckloh, een bronnenconservator bij het nationale ministerie van Landbouw, beantwoordde vragen over vroege boerenbedrijven in het Midden-Westen. Zijn vrouw Denise Jane Bucklow, vroeger zuster Miriam of the Eucharist OCD gaf me bijzonderheden over het katholicisme en het dagelijks leven van een kloosternon.

Donald Fitzgerald leende me naslagwerken en gaf me een exemplaar van het dagboek van de Burgeroorlog van zijn overgrootvader John Fitzgerald, die op zijn zestiende te voet vanuit Rowe, Massachusetts naar Greenfield gelopen was, veertig kilometer over de Mohawk Trail, om zich te melden bij het noordelijke leger. John Fitzgerald vocht bij het 27e Massachusetts Vrijwilligers tot hij door de zuiderlingen gevangengenomen werd en hij overleefde diverse gevangenkampen, waaronder dat van Andersonville.

Theodore Bobetsky, zijn leven lang boer, wiens land aan het onze grenst, vertelde me een en ander over slachten. Advocaat Stewart Eisenberg besprak met mij het stelsel van borgstelling zoals de rechtbanken dat in de negentiende eeuw toepasten en van Nina Heiser mocht ik haar verzameling boeken over de geboren Amerikanen lenen.

Walter A. Whitney gaf mij het afschrift van een brief op 22 april 1862 geschreven door Addison Graves aan zijn vader, Ebenezer Graves jr. uit Ashfield, Massachusetts. Die brief is een relaas van Addison Graves' ervaringen als vrijwillige verpleger op het hospitaalschip *War Eagle*, waarmee gewonde noorderlingen vanuit Pittsburg, Tennessee naar Cincinnati gebracht werden. Die vormde de basis voor hoofdstuk 48, waarin Rob J. dient als vrijwillige dokter op het hospitaalschip *War Hawk*.

Beverley Presley, de bibliothecaris voor kaarten en geografie van de

Clark-universiteit heeft de afstand berekend die bij de reizen van de historische en bedachte hospitaalschepen werd afgelegd.

De staf van de faculteit Klassieke Letteren aan het Holy Cross-college heeft mij geholpen bij verschillende vertalingen uit het Latijn.

Richard M. Jakowski, dierenarts, docent aan de afdeling Pathologie van het Diergeneeskundig Medisch Centrum Tuft van New England in North Grafton, Massachusetts, heeft mijn vragen over de anatomie van honden beantwoord.

Ik dank de universiteit van Massachusetts in Amherst dat ze mij langdurig toegang heeft verleend tot alle bibliotheken, en Edla Holm van het uitleenbureau van die universiteit. Ik dank het Amerikaans Antiquarisch Genootschap in Worcester, Massachusetts, voor inzage van hun verzamelingen.

Ik heb hulp en materiaal gekregen van Richard J. Wolfe, beheerder van zeldzame boeken en manuscripten en van Joseph Garland, bibliothecaris van de Medische Bibliotheek Countway van de Medische Opleiding Harvard, en ik mocht langdurig werken lenen uit de Lamar Soutter-bibliotheek van de medische faculteit van de universiteit van Massachusetts in Worcester. Ook dank ik het personeel van de openbare bibliotheek van Boston en van de academie van Boston voor hun hulp.

Bernard Wax van het Amerikaans Joods Historisch Genootschap van de Brandeis-universiteit heeft me gegevens verstrekt en onderzoek gedaan in verband met de C-compagnie van het 82e Illinois, de 'Joodse Compagnie'.

In de zomer van 1989 hebben mijn vrouw en ik verschillende slagvelden uit de Burgeroorlog bezocht. Professor Ervin L. Jordan jr., archivaris bij de Alderman-bibliotheek van de universiteit van Virginia, heeft mij gastvrij in die bibliotheek ontvangen en mij gegevens verstrekt over de hospitalen van het zuidelijke leger. De medische omstandigheden, de veldslagen en de gebeurtenissen in de Burgeroorlog in *Shaman* zijn gebaseerd op de werkelijkheid. De regimenten waarin Rob J. Cole diende zijn bedacht.

Mijn schoonmoeder Dorothy Seay was mijn bron voor het Jiddisch.

Een groot deel van de tijd dat ik aan dit boek werkte, was Ann N. Lilly medewerkster van de Forbes-bibliotheek in Nothampton èn van het Regionaal Bibliotheeksysteem in Hadley, Massachusetts. Ze heeft vaak titels voor mij opgespoord en boeken van beide instellingen eigenhandig meegebracht naar Ashfield, waar ze woonde. Ik dank ook Barbara Zalenski van de Belding-bibliotheek in Ashfield en het personeel van de Field-bibliotheek in Conway, Massachusetts, voor hun hulp bij mijn onderzoek.

De Bond voor Geboorteregeling van Amerika stuurde mij materiaal over de vervaardiging en het gebruik van condooms in de negentiende eeuw. In het Ziektenbeheersingscentrum in Atlanta, Georgia, heeft Robert Cannon, arts, mij gegevens verstrekt over de behandeling van syfilis in de tijd dat mijn verhaal speelt, en de Amerikaanse Vereniging voor de Ziekte van Parkinson, Inc. heeft me over die ziekte inlichtingen verschaft.

William McDonald, afgestudeerd aan de metallurgische faculteit van de Technische Hogeschool van Massachusetts, heeft me verteld over metalen die in de periode van de Burgeroorlog gebruikt werden om instrumenten te maken.

Jason Geigers analyse van wat er gebeurd zou zijn als Lincoln de zuiderlingen had toegestaan zich zonder strijd los te maken van de Verenigde Staten, zoals verhaald in hoofdstuk 72, is gebaseerd op de mening van de overleden psychograaf Gamaliel Bradford in zijn biografie van Robert E. Lee (*Lee the American*, Houghton Mifflin, Boston 1912).

Ik dank Dennis B. Gjerdingen, directeur van de Dovenopleiding Clarke in Northampton, Massachusetts, voor het contact met het personeel en de toegang tot de bibliotheek van die opleiding. Ana D. Grist, voormalig bibliothecaresse bij de Clarke-opleiding, heeft me langdurig boeken uitgeleend. In het bijzonder dank ik Marjorie E. Magner die drieënveertig jaar dove kinderen heeft lesgegeven. Ze heeft me een aantal inzichten verschaft en ook het manuscript gelezen om te kijken of er geen onjuistheden over doofheid in stonden.

Verschillende artsen in Massachusetts hebben me loyaal geholpen bij dit boek. Albert B. Giknis, arts, patholoog-anatoom van de provincie Franklin, Massachusetts, heeft uitvoerig met mij gesproken over verkrachting en moord en mij zijn pathologische teksten geleend. Joel F. Moorhead, arts, medisch directeur voor poliklinische patiënten aan het Spaulding-ziekenhuis en klinisch docent voor revalidatiegeneeskunde aan de Medische Opleiding Tuft heeft vragen beantwoord over verwondingen en ziekten. Wolfgang G. Gillar, programmaleider voor revalidatiegeneeskunde aan het revalidatiecentrum Greenery en docent in revalidatiegeneeskunde aan de Medische Opleiding Tuft heeft met mij over fysiotherapie gesproken. Mijn familie-internist Barry E. Poret, arts, heeft me gegevens verstrekt en zijn eigen medische boeken beschikbaar gesteld. Stuart R. Jaffee, arts, hoofduroloog aan het St.-Vincent-ziekenhuis in Worcester, Massachusetts, en docent in de urologie aan de medische faculteit van de universiteit van Massachusetts, heeft mijn vragen op het gebied van lithocenose beantwoord en het manuscript nagelezen op medische juistheid.

Ik dank mijn agent Eugene H. Winick van McIntosh & Otis, Inc., voor zijn vriendschap en enthousiasme, en dr. Karl Blessing, directeur van uitgeverij Droemer Knaur in München. *Shaman* is het tweede deel van een trilogie, opgezet over de artsenfamilie Cole. Dr. Blessings vroegtijdig geloof in het eerste boek van de trilogie, *De heelmeester* (Luitingh-Sijthoff, Utrecht 1992[?]) heeft er mede voor gezorgd dat het in Duitsland en andere landen een groot succes werd en heeft me energie gegeven bij het schrijven van *Shaman*.

Ik dank Peter Mayer, Elaine Koster en Robert Dreesen van Penguin Books USA voor de moeite die ze voor dit boek gedaan hebben. Raymond Phillips heeft geweldig werk gedaan bij het redigeren.

In vele opzichten was *Shaman* een gezinsproject. Mijn dochter Lise Gordon heeft *Shaman* geredigeerd voordat het naar mijn uitgever ging. Ze is nauwgezet, hard zelfs voor haar eigen vader, en geweldig bemoedigend. Lorraine, mijn vrouw, heeft me geholpen bij de voorbereiding van het manuscript en mij zoals gewoonlijk haar liefde en onvoorwaardelijke steun gegeven. Mijn dochter Jamie Beth Gordon, fotografe, heeft mijn cameravrees verminderd bij een bijzondere, vrolijke zitting waarbij ze foto's van mij maakte voor het omslag en de aanbiedingsfolder. Ze vrolijkte me op met haar briefjes en kaarten. En de verre telefoontjes van mijn zoon Michael Seay Gordon kwamen steeds weer als ik behoefte had aan de opsteker die hij me altijd geeft. Deze vier mensen vormen het belangrijkste bestanddeel van mijn bestaan, en ze hebben het plezier in het schrijven van deze roman minstens vertienvoudigd.

Ashfield, Massachusetts
20 november 1991